À la bourre et sans un rond

Du même auteur
aux Éditions J'ai lu

Stella, *J'ai lu* 6886

Terry McMillan

À la bourre et sans un rond

Traduit de l'américain
par Frédérique Pressmann

J'ai lu

Titre original :
DAY LATE AND A DOLLAR SHORT
Éditeur original : Viking

À mes sœurs et frère,

Rosalyn, Crystal, Vicky et Edwin,
avec beaucoup d'amour et de respect.

Et en souvenir de notre mère,
Madeline Tillman (1933-1993),
« qui n'en loupait pas une ».

Comment j'vois les choses

C'est pas vous qui allez m'apprendre quelque chose que j'sais pas déjà. Rapport à mes enfants, en tout cas. Ils sont grands maintenant, mais par des tas d'côtés ils s'conduisent encore comme des mômes. Je sais bien que j'leur tape sur les nerfs – eux aussi, d'ailleurs – et qu'ils m'accusent tout le temps d'me mêler de leurs affaires mais, merde, j'suis leur mère. C'est mon boulot d'm'en mêler. Ce qu'il y a, surtout, c'est qu'j'me fais du souci. Pour eux quatre. Et j'le dis haut et fort. Si j'les aimais pas, j'me foutrais pas mal de c'qu'ils font ou de c'qui leur arrive. Mais j'm'inquiète. La plupart du temps, ils voient même pas où ils mettent les pieds, alors j'leur dis c'que je vois. De toute façon, ils m'écoutent pas. Mais si c'est pas moi, leur mère, qui mets l'doigt sur les choses qu'ont l'air d'leur causer du souci ou d'leur faire du mal, qui c'est qui l'fera ?

C'est comme ça, d'ailleurs, que j'me suis r'trouvée dans ce foutu hôpital. À force de m'inquiéter pour mes gosses. Cecil, lui, j'veux même pas y penser, des fois que ça m'déclencherait une nouvelle crise. C'est un vice que j'ai depuis trente-huit ans, appelez ça un mari si vous voulez. Entre lui et les mômes, j'en peux plus. C'est même un miracle que j'respire encore.

J'les ai eus si vite qu'on aurait cru une seule portée, sauf qu'ils sont tous devenus des animaux différents.

Paris est une lionne qui rugit jamais assez fort. Lewis, un cheval qu'arrive pas à s'traîner. Charlotte est un taureau, ça fait pas un pli ; quant à Janelle, ça doit être un mouton – un agneau, plutôt –, vu qu'elle s'laisse toujours mener ici ou là par le bout du nez et s'demande après coup comment elle a fait pour s'retrouver là où elle est.

On a toujours de grands espoirs pour ses enfants. Des grands rêves. On veut qu'il leur arrive c'qu'il y a d'mieux. Que la vie leur fasse les cadeaux qu'elle vous a jamais faits, pour une raison ou pour une autre. Qu'ils soient plus malins qu'vous. Qu'ils fassent de meilleurs choix. Prennent de meilleures routes. On veut pas qu'ils fassent les idiots, qu'ils se conduisent comme des imbéciles.

C'est pour ça que j'pourrais étrangler Lewis de mes propres mains, si j'm'écoutais. C'est la confusion faite homme. Il a toujours une excuse pour tout et en trente-six ans il a pas bougé d'un poil. Il les avait pas volés, bien sûr, les climatiseurs du Lucky Lady Motel qu'la police a, comme par hasard, r'trouvés à l'arrière de notre voiture, dans East L.A. en 1974. À l'écouter, un pote lui avait dit qu'ils appartenaient à son oncle. Et pourquoi qu'il l'aurait pas cru, hein ? Après ça, tout à coup, il a chopé des allergies. V'là qu'il éternuait et qu'il reniflait à tout bout de champ. Il disait que c'était la pollution, mais j'suis pas née de la dernière pluie. Et tout à l'avenant. Il disait qu'il y pouvait rien si les gens lui r'filaient des choses à réparer, ou des trucs qu'il avait pas demandés. Comme la fameuse chaîne hi-fi qui marchait pas. Ou les vieux outils qui en fait sortaient tout droit du garage de Miss Beulah. Quoi, j'l'accusais de voler Miss Beulah ? Parfaitement. Toujours là où il fallait pas quand il fallait pas, celui-là. Comme en 1978, le jour où Duckey et Lucky sont entrés chez le teinturier alors qu'il attendait dans sa voiture, et qu'ils sont ressortis les mains vides en lui criant : « Fonce ! » et que comme un idiot il l'a fait et qu'ils ont eu les flics au cul, direction la prison du comté, terminus !

Au cours des trois années qu'ont suivi, il en a fait des allers et retours entre la maison et cette bâtisse grise, et puis un jour il est allé passer dix-huit mois dans un endroit beaucoup plus grand. Mais c'était pas un bon criminel parce que, et d'une, il se f'sait toujours choper ; et de deux, il volait que des conneries dont personne voulait : tondeuses à gazon rouillées, pelles, râteaux, batteries à plat, pneus lisses, selles, j'en passe et des meilleures. À chaque fois qu'il se f'sait serrer, j'me demandais comment quelqu'un avec un QI de 146 pouvait être aussi con. Ses profs disaient qu'c'était un vrai génie. Surtout en maths. Il avait une calculette à la place du cerveau. Mais à quoi ça lui a servi ? J'attends toujours le jour où tous ces chiffres s'additionneront.

Il a dû s'passer un truc, quelque chose, quand il était derrière les barreaux, parce que depuis – et ça remonte à douze, treize ans, c'que j'vous raconte – Lewis est pas bien. Dans sa tête. Il va jamais jusqu'au bout de c'qu'il entreprend. Des fois, il entreprend même pas. Heureusement, il est jamais r'tourné en prison, à part une ou deux fois pour conduite en état d'ivresse, et il a eu assez d'bon sens pour arrêter de déconner avec cette saloperie de dope quand il a vu tous ses amis mourir d'overdose. Depuis, il passe son temps à fumer des joints dans son petit deux-pièces lugubre en buvant des milliers d'litres de bière à douze degrés et à jouer aux échecs avec les Mexicains. Quand y a personne chez lui (c'qui arrive pas souvent, vu qu'il supporte pas d'être tout seul plus de deux, trois heures d'affilée), il fait des mots croisés. Les difficiles. Et il est bon. Ça, il termine. D'après c'que j'sais, il a laissé des centaines de femmes franchir sa porte pour un jour ou deux, mais comme il passe son temps à pleurer sur Donnetta, son ex-femme

– qu'ça fait déjà six ans qu'ils sont plus ensemble – eh bien, la plupart, elles reviennent pas.

Et l'laissez pas trop picoler, surtout. Parce qu'alors là, il a plus qu'ce mot-là à la bouche : Donnetta. Il en parle comme s'ils avaient divorcé la veille. « Elle voulait quelqu'un d'parfait », il dit, ou « J'me suis ruiné la santé à essayer d'la satisfaire. » Pourtant, même si Donnetta était pas une flèche, c'était quelqu'un d'bien, d'honnête. Quand j'ai quitté Cecil pour la troisième fois, j'ai passé presque un mois chez eux. Remarquez, au bout d'deux semaines, j'étais bonne pour l'asile. D'abord, elle était incapable de faire quoi que ce soit de correct à manger ; en matière de conversation, c'était pas vraiment Oprah ; le ménage, ça faisait pas partie d'ses priorités ; et son garçon aurait eu bien besoin qu'on lui botte le cul au moins deux fois par jour, mais elle, elle disait qu'il fallait les « laisser vivre » et toutes ces histoires qu'on raconte chez les Blancs. Elle avait à peu près autant d'jugeote qu'une dinde de Noël, alors comment voulez-vous mettre un enfant sur le droit chemin si vous-même vous êtes perdue ? J'étais pas étonnée l'jour où cette gosse s'est tournée vers le Bon Dieu, l'a rencontré et a fini par refuser à Lewis son dessert du soir. Y a quelques mois, elle m'a envoyé une carte postale rose d'un motel de San Diego où elle disait qu'elle s'était r'mariée, qu'elle était enceinte de sept mois et qu'ils savaient déjà que c'était une fille, qu'son nouveau mari s'appelait Tony et qu'il voulait adopter Jamil, qu'est-ce que j'en pensais ? Et puis : P.S. C'est pas que ça a de l'importance, mais Tony est blanc. D'abord, qui elle épouse, c'est ses oignons, même si Lewis en fera sans doute une jaunisse quand il apprendra la nouvelle. Mais y a une chose que j'sais : occupez-vous d'un enfant et il vous aimera, qui qu'vous soyez.

Lewis est largué depuis qu'elle est partie. Et à l'écouter, le monde entier est responsable de ses malheurs sauf lui.

Il peut pas trouver d'boulot : « Je suis une menace pour l'homme blanc », qu'il dit. « En quoi donc ? je lui demande. T'es surtout une menace pour toi-même, oui. » Il prend la mouche. « Je suis une victime. » « J'suis d'accord, que j'lui réponds. De ton organisation à la con ! » Et là, il démarre et reprend toute l'histoire de l'espèce humaine, puis du peuple noir, pour en arriver finalement au vingtième siècle et à la castration de l'homme noir qui continue dans notre société actuelle, parce que r'garde comme la femme noire réussit bien, par rapport à nous ! C'est là que j'lui tends une autre bière, en général, c'qui la lui boucle pour de bon ou l'fait plonger dans un coma profond.

On aurait dû l'appeler Tragédie.

Pendant des années, j'suis tombée dans le panneau. J'lui prêtais l'argent que j'gagnais. L'argent de l'assurance. Un jour, j'ai même mis mon alliance au clou pour qu'il puisse verser sa pension alimentaire. Et puis j'ai fini par piger qu'les seules fois où il m'appelle, c'est quand il veut quelque chose, alors j'ai arrêté les frais. La semaine dernière, il a téléphoné pour m'dire qu'une de ses voitures pourries était tombée en rade sur l'bord de l'autoroute, en pleine cambrousse blanche, là où Rodney King [1] s'est fait tabasser. J'imagine qu'il voulait qu'on le plaigne, c'que j'ai fait pendant à peu près une minute, et puis j'me suis souvenue qu'on lui a retiré son permis de conduire depuis près d'un an. Et là, il m'demande si j'peux pas lui prêter trois cent cinquante dollars jusqu'à c'qu'il touche son allocation handicapé. Et cette fois, j'ai répondu : « Ah non ! »

Il l'a mal pris.

— Tu t'en fous de c'qui m'arrive, hein, Ma ?

---

1. Jeune Noir passé à tabac par quatre policiers en mars 1991. L'acquittement de ces derniers, en avril 1992, a causé une semaine de violentes émeutes à Los Angeles. *(N.d.T.)*

— Arrête ton char, Lewis.

— Tu comprends rien à c'que j'traverse. Rien du tout. Hein ?

— C'est pas l'problème, que j'comprenne ou pas. J'suis ta mère. Pas ta femme. Pas ta copine. Et pas ta psy non plus. Au fait, qu'est-ce qu'est arrivé à Conchita ?

— Carlita, pas Conchita.

— Comosita, Consuela, Conleche... peu importe.

— C'est fini.

— Tiens, ça m'étonne !

— J'ai besoin d'ton aide, Ma. C'est pas des blagues.

— Ça nous change pas beaucoup. De toute façon, tu d'vrais même pas conduire, Lewis.

— Et comment tu veux qu'j'aille bosser ou chercher du boulot ?

J'ai fait comme s'il avait pas prononcé le mot « boulot ».

— J'sais pas. Appelle un d'tes amis.

— J'ai pas d'amis qu'ont autant d'argent. La vie est dure pour les hommes noirs, Ma, surtout si t'es handicapé. Tu sais pas ça ?

— J'savais pas que t'étais handicapé.

— J'ai de l'arthrite.

— Ah ouais. Et moi je suis enceinte de trois mois et j'attends des triplés.

— Comment ça s'fait que personne me croit quand j'dis la vérité ? Je peux à peine fermer le poing, tellement mes phalanges sont gonflées ! Et j'ai un os qui ressort de mon poignet droit. Oh, et puis laisse tomber. Mama, s'il te plaît...

— Faut qu'j'y aille, Lewis. Et j'ai pas trois cent cinquante dollars.

— Si, tu les as.

— Tu me traites de menteuse, maintenant ?

— Non.

— J'te l'ai déjà dit. J'ai dépensé tout c'que j'avais.

— Et Papa, il est où ?

— Au resto, je réponds. (Un mensonge plus gros que moi.)

— Tu pourrais pas lui demander ? En lui disant que c'est pour toi ?

Je me suis mise à rire. D'abord ça faisait plus d'un mois qu'j'avais pas vu Cecil, mais j'avais pas envie de m'lancer là-dedans.

Il a grogné.

— Bon, et deux cents dollars, alors ?

C'est là qu'j'lui ai raccroché au nez, parce que j'supportais pas d'l'entendre mendier. J'avais les mains qui tremblaient et l'cœur qui battait à cent à l'heure, alors j'ai attrapé ma Ventoline qu'est dans le tiroir de la cuisine et j'en ai avalé deux ou trois bouffées. Celui-là, tant qu'il aura pas eu ma peau, il s'ra pas content, on dirait. Rien que d'y penser, j'me suis mise à pleurer et j'aime pas pleurer, parce que ça m'fout par terre. L'air passait plus ni par mon nez, ni par ma bouche, alors j'ai fermé les poings et j'ai pensé « Donne-moi de la force, mon Dieu », et j'ai réussi à retourner dans la chambre, j'me suis assise sur le lit, j'ai allumé ma machine, j'ai attrapé le tuyau en plastique et j'ai tiré et tiré jusqu'à en avoir les mains moites et le front tellement en sueur que j'ai arraché ma perruque et que j'l'ai flanquée par terre.

J'adore Lewis. Je donnerais jusqu'à mon dernier souffle pour lui. Le Seigneur m'est témoin, j'veux pas qu'il lui arrive du mal, mais Lewis a des problèmes que j'peux pas résoudre. Y a des choses que l'amour peut faire, et d'autres choses que l'amour peut pas faire. J'peux pas l'sauver. J'sais déjà pas comment sauver ma peau, bordel.

Bon, au tour de Charlotte maintenant. Pour un taureau, c'est un taureau. J'aimerais bien qu'il en soit autrement, mais je dois l'avouer : la moitié du temps, j'peux pas la blairer. J'sais pas comment son mari fait pour la supporter. Al me fait d'la peine, vraiment. Le genre d'homme mené à la baguette par sa femme et qui fait semblant d'être Superman devant les autres. Pourtant, il suffit que Charlotte ouvre la bouche pour que tout l'monde s'rende compte que c'est un vrai gendarme. Cette fois, ça fait quatre mois qu'on s'parle plus. Je crois que l'record c'est cinq ou six. J'me rappelle plus. Mais bordel, il a suffi que j'lui dise qu'elle devrait passer plus de temps à la maison avec ses enfants pour qu'elle démarre au quart de tour.

— Dis donc, tu sais c'que c'est de travailler à plein temps, de s'occuper de trois enfants, d'un mari, d'une maison, et de gérer trois Lavomatic en plus ?

— Non, j'ai répondu.

— Alors comment tu peux monter sur tes grands chevaux et m'dire c'que je dois faire ?

— Fais-toi aider et arrête de vouloir tout faire toi-même.

— Tu sais combien ça coûte une femme de ménage, ces temps-ci ?

— Oh, Charlotte, arrête d'être aussi radine ! T'as pas de problème quand il s'agit de dépenser...

— Radine, moi ? Écoute...

— Il paraît que Tiffany s'est fait virer et que Monique ouvre tellement sa grande gueule en classe qu'ça va pas tarder non plus.

— Qui c'est qui t'a dit ça ? Janelle, j'parie ? Elle est bien placée, elle, pour parler ! J'sais que c'est elle, j'en suis sûre. Et d'abord, laisse-moi te dire que c'est pas vrai.

— Si, c'est vrai et c'est d'ta faute. Si t'étais plus souvent à la maison, tu pourrais les tenir, tes gosses.

— Écoute, Maman, on va faire comme si j'avais pas entendu c'que tu viens d'dire. Mais sache que Tiffany s'est pas fait renvoyer. On lui a dit de rentrer à la maison parce qu'elle avait mis trop de parfum et qu'la moitié de la classe, y compris l'prof, avait mal au cœur. Et pour ta gouverne, Monique a juste raconté une blague qu'a fait rigoler tout l'monde.

Je savais qu'elle mentait comme un arracheur de dents mais j'ai pas osé lui dire, alors j'ai fait :

— Uh-huh.

— Et puisque Janelle arrête pas de l'ouvrir, est-ce qu'elle t'a dit aussi que Monique avait des problèmes parce qu'on ajuste son traitement ?

— Eh bien moi j'ai c'qui faut pour la traiter.

— Maman, tu sais quoi ? J'en ai tellement marre de tes sarcasmes que j'sais plus quoi faire. Ras le bol ! T'as jamais un mot d'gentil à dire à propos d'mes enfants !

— Ça, c'est des conneries et tu l'sais.

— C'est pas des conneries !

— Le jour où ils f'ront quelque chose de bien, j'aurai une raison d'en dire du bien.

— Tu vois ? C'est typique ! Et Dingus, il a marqué un essai récemment ? Et Shanice, ta chérie, elle a encore eu des super notes ? Vas-y, balance-moi ça en pleine gueule ! Quelques bonnes nouvelles me f'raient pas de mal aujourd'hui, bordel !

— Tu f'rais mieux d'me parler sur un autre ton. Je suis encore ta mère.

— Alors, comporte-toi comme une mère et comme la grand-mère de mes enfants, pour changer !

Et *bing,* elle a raccroché.

La vérité blesse toujours. C'est pas la première fois qu'elle m'raccroche au nez ou qu'elle m'parle sur ce ton, comme si j'étais une parfaite inconnue. J'vais pas mentir : ça fait mal, et blesse au plus profond, mais pas question qu'elle le sache, j'refuse de lui donner c'plaisir. Pour être honnête, Charlotte cherche qu'une seule chose : qu'on lui lèche le cul. Mais j'ai déjà léché celui d'son père pendant trente-huit ans, je suis plus là pour torcher mes mômes. Non, Seigneur. C'est fini, c'temps-là, surtout qu'ils approchent tous sérieusement d'la quarantaine.

Charlotte est v'nue trop tôt. Dix mois après Paris. J'avais pas besoin d'un autre bébé aussi vite et j'crois qu'elle l'a senti. Elle voulait toute mon attention, à l'époque. Et c'est encore l'cas aujourd'hui. Elle m'a jamais pardonné d'avoir eu Lewis et Janelle par la suite, et elle me l'a bien fait savoir. J'ai dû lui arracher la peau du derrière, une fois, pour avoir versé du vernis à bois dans leur lait. Un jour, tandis qu'j'étais en ville pour payer des factures, elle les a forcés à faire la sieste dans la niche du chien avec le chien et leur a donné des croquettes à manger. Les a entraînés à la noyade dans une baignoire pleine d'eau froide. A voulu savoir combien d'marches ils pouvaient sauter les yeux fermés sans tomber. Etc. La liste est longue.

Bon, j'dois dire que tous mes enfants sont plus grands qu'la moyenne, beaux comme c'est pas permis et noirs comme pas deux, et qu'j'ai passé beaucoup plus de temps et d'énergie que nécessaire, il m'semble, à leur apprendre à apprécier la couleur de leur peau. À pas en avoir honte. « Plus le fruit est foncé, plus le jus est sucré », j'leur disais, car on sait bien qu'à l'époque, il suffisait d'avoir la peau pâle et des longs cheveux ondulés pour être forcément belle. Des conneries, mais aujourd'hui encore, en 1994, des millions d'femmes sans charme à la peau pâle et aux cheveux filasse s'pavanent en croyant à ces bobards. Bref, malgré tout c'que j'pouvais dire ou faire pour qu'mes enfants se sentent fiers, Charlotte a toujours détesté la couleur de sa peau. Et peu importe qu'ça soit elle la plus jolie de toute la bande. Peu importe qu'elle ait les cheveux les plus longs, les plus épais, les plus brillants de toutes les filles noires de son école. Rien lui a fait plus d'peine que quand Paris a commencé à avoir des seins et a appris à faire le grand écart alors qu'elle, Charlotte, y arrivait pas. C'était l'genre de môme dont il aurait fallu chanter les louanges en permanence. Elle en voulait toujours plus. Mais, bon, j'en avais trois autres, et j'devais faire des heures sup pour satisfaire tout le monde. C'qui me restait comme temps et comme énergie, j'le donnais à mon mari.

Et mon repas, alors ? J'sais bien que j'suis pas à l'hôtel, mais quand même, ils vous laisseraient mourir de faim dans c't'hôpital. Et voyez-moi ça : il pleut des cordes et on est en mars ! Le temps à Vegas a bien changé au fil des années. Ça fait un bruit de chevrotine contre le carreau. J'aimerais bien qu'ils baissent un peu cette saloperie d'clim. J'ai l'nez gelé et j'sens même plus mes orteils. J'espère que j'suis pas morte sans m'en apercevoir.

Enfin bon, d'toute façon, c'est pas d'ma faute si, quand on a quitté Chicago pour venir s'installer en Californie, ça n'a pas plu à Charlotte et si elle a fait un tel foin qu'on l'a renvoyée là-bas, vivre chez mon abrutie d'sœur, Suzie Mae. Elle a juste oublié d'nous dire qu'elle en était dans son quatrième mois d'grossesse quand on l'a mise dans l'train. Les filles, ça sait cacher un bébé quand ça veut, et pourtant on m'roule pas facilement. J'fais gaffe. J'rate pas grand-chose. Mais Charlotte est bonne pour planquer c'qu'elle veut pas qu'on sache. Elle s'est mariée en douce et c'est que deux mois plus tard que Suzie Mae m'appelle et m'dit : « Tu pourrais envoyer un cadeau d'mariage à ta fille, quand même, ou au moins un paquet d'couches pour le bébé. » Pardon ? Quel bébé ? J'ai manqué quelque chose ? Mais j'allais pas lui poser la question. J'lui ai envoyé une parure de serviettes-éponges beiges, pour-lui-pour-elle, de chez J.C. Penney, mais comme j'savais rien du gars à part qu'il s'appelait Al, qu'il était camionneur et qu'sa famille venait de Baton Rouge, j'ai pas pu faire mettre d'initiales dessus. J'ai aussi acheté des chaussons en tricot vert pomme pour le bébé, mais j'les ai pas envoyés car on dit qu'ça porte malheur de prévoir trop à l'avance, et puis, juste après leur voyage de noces (ils s'sont contentés d'passer la nuit au Holiday Inn, à deux sorties d'autoroute de chez eux), Charlotte s'est réveillée une nuit dans une mare de sang. Elle avait des crampes horribles et croyait qu'les contractions avaient commencé, sauf qu'après elle nous a raconté qu'le bébé avait pas bougé depuis deux ou trois jours. Les docteurs ont dû déclencher l'accouchement, l'enfant était mort-né. Un garçon. Je lui ai demandé si elle voulait que j'vienne auprès d'elle et elle m'a dit que non. Son mari s'occuperait d'elle. Et ça, on peut dire qu'il l'a fait.

Avec tout ça, elle a oublié d'aller à la fac. Elle a trouvé un boulot à la poste et elle y a passé tellement d'heures sup que j'me demande comment ils ont trouvé le temps d'faire autre chose, mais ils ont quand même réussi à fabriquer trois autres gosses.

Tiffany – c'est la fille aînée – a de grands yeux gris, une peau claire et des cheveux ondulés qu'elle tient de son père – des créoles de Louisiane –, et elle pète plus haut qu'son cul parce qu'elle croit qu'elle est la huitième merveille du monde. Et elle l'est. Pas plus grosse qu'une crevette et beaucoup trop jolie pour une gamine. Mais ça fait tellement longtemps qu'on lui répète que, des fois, j'peux pas la voir en peinture, elle non plus. Elle a treize ans mais elle va sur sa vingtième année. Elle peut être odieuse, comme sa mère. Demandez-lui d'faire quelque chose qui lui plaît pas et elle lèvera les yeux au ciel, comme une femme adulte. J'lui ai balancé une chaussure, la dernière fois qu'j'étais là-bas, et sans faire exprès elle lui a atterri dans l'œil, encore une raison sans doute pour que sa mère me parle plus. Cette gosse passe son temps devant l'miroir. Elle change d'coiffure au moins deux ou trois fois avant d'partir à l'école, ça doit être pour ça qu'elle a jamais l'temps d'faire ses devoirs. Chaque fois que j'la vois, elle est en train d'laver et d'friser un postiche – boucles, queue-de-cheval, etc. – , qu'elle met ensuite à sécher au micro-ondes, ce qui fait qu'tout le premier étage sent le roussi. J'lui ai dit, pourtant : « Ça t'mènera nulle part d'être une ravissante idiote par les temps qui courent. Y a des millions de jolies filles. T'es rien qu'une parmi d'autres. Rajoute quelque chose en plus. »

Monique, elle, pourrait presque être gentille mais y a quelque chose qui la retient. Il paraît qu'elle a des difficultés d'apprentissage, un truc qu'ils diagnostiquent chez tous les mômes qui ont des problèmes de concentration, mais attendez qu'un clip passe à la télé, et vous verrez comment elle laissera tout tomber et entrera en transe. Elle connaît les paroles de tous les morceaux d'rap qu'on entend à la radio. Et elle remue son derrière avec tant d'adresse qu'on dirait une femme miniature en train de répéter les gâteries qu'elle va faire à son homme à la prochaine occase. Faut lui reconnaître un truc : quand elle joue de la flûte, ça vous fout le bourdon. Et elle sait lire les notes, en plus. Elle a appris toute seule à jouer du piano. Mais sortie d'ça, elle est trop mûre pour son âge. Quand j'y suis allée, y a quelques mois, j'leur ai acheté des vidéos à toutes les deux. Quelle idée j'ai eue de leur prendre des films tout public ! « Mémé, tu sais pas qu'les meilleurs, c'est les films interdits aux moins de dix-huit ans ? », m'a dit Monique, les poings sur c'qui s'ra peut-être un jour des hanches. « Si y a pas de cul, pas de sang et qu'personne se fait flinguer, c'est chiant, hein, Tiff ? » Et Mam'zelle a reposé son flacon de colle et a répondu « ouais », tout en soufflant sur les faux ongles à un dollar quatre-vingt-dix-neuf qu'elle venait de se poser. Ça m'l'a coupée. À l'allure où elles vont, ces deux-là, ça s'ra un miracle si elles finissent le lycée sans avoir pondu un môme. Et j'dis pas ça pour leur porter la poisse, mais c'est c'que j'vois venir.

Trevor est le seul de la maison à avoir un peu d'bon sens, mais j'ai du mal à dire c'qu'il en fera. Il est malin comme pas deux – il a toujours des A dans toutes les matières – mais y a pas grand-chose qu'a l'air d'l'intéresser, en dehors d'sa machine à coudre et des autres garçons, et pas forcément dans c't'ordre-là, d'ailleurs. Sa mère refuse de voir qu'il est comme ça, mais moi j'le sais depuis qu'il est tout p'tit. Il a toujours été sensible. Il faisait les choses un peu trop délicatement. Mais il y peut rien. Et même si ça m'plaît pas, Oprah m'a aidée à comprendre. Il a le droit d'être qui il est et il peut bien fourrer son artillerie où il veut, j'continuerai à l'aimer quand même. J'espère juste qu'il attrapera pas le sida. Il danse mieux qu'les deux filles réunies, comme s'il avait pas un seul os dans l'corps, et il est doué pour pas mal de choses. En plus d'la couture, ce garçon sait cuisiner comme un chef. Côté décoration, ça f'rait pas de mal à sa mère de venir jeter un bon coup d'œil dans sa chambre, parce que son style à elle, fait de bric et de broc, ça vaut pas un clou. Un jour elle nous la joue chinoise, l'autre jour gothique, le coup d'après campagne française. Y a des règles qu'on doit pas briser. La classe : encore un truc que Charlotte croit pouvoir acheter.

Trevor m'appelle en PCV de temps à autre. « J'ai trop envie d'me casser d'ici, Mémé », il m'dit à chaque fois qu'on discute. « Mais ça va aller. Plus qu'deux ans, et j'serai libre. »

Mais ma parole, on dirait une infirmière qui arrive dans la chambre avec son plateau ? Miam miam. Encore d'la bouffe pour bébés ? Est-ce qu'ils vont m'expliquer comment j'fais pour avaler avec un tuyau dans la gorge et un autre dans le nez ? J'ai déjà eu deux traitements respiratoires depuis ce matin, qu'est-ce qu'elle m'veut ? Rien, en fait. Elle s'contente de regarder les chiffres sur la machine, là, et d'me faire un sourire. « Tout va bien ? », elle m'demande, et je fais non d'la tête, puisque j'peux pas parler et elle l'sait bien. « Parfait », qu'elle dit en esquissant une petite révérence, puis elle tourne les talons et elle se casse ! Si j'pouvais ouvrir la bouche, j'lui dirais : « Eh, pétasse ! J'crève de faim, j'crève de froid et un p'tit remontant me f'rait pas d'mal ! » Mais j'peux pas parler. Et Dieu sait qu'j'ai peur, parce que j'suis encore en salle de réanimation, et j'en ai marre et j'ai envie d'rentrer chez moi même si y a personne qui m'attend à la maison. Cecil est parti depuis le premier d'l'an mais j'ai pas envie de penser à sa vieille tronche, à l'heure qu'il est. C'est aussi pour ça que j'suis bien contente d'avoir des gosses.

Paris est la plus vieille. Et tout le contraire de Charlotte. Un peu trop, même. Elle m'a jamais donné d'fil à retordre, en vérité. Et même si on aime ceux qu'arrivent après, on garde toujours un p'tit faible pour le premier. C'est avec lui qu'on a appris à s'occuper de quelqu'un d'autre que soi-même. À l'époque, j'avais seize ans et j'allais trop au cinéma, et c'est pour ça que j'm'étais mis dans la tête qu'un jour j'irais à Paris et que j'deviendrais une star comme Dorothy Dandridge ou Lena Horn et que j'porterais des robes du soir vaporeuses et des pyjamas de satin. J'voulais parler français parce que Paris m'paraissait un des endroits les plus romantiques du monde et qu'à cet âge-là, c'est c'que j'souhaitais l'plus, la romance. Mais j'pensais pas qu'elle arriverait sous la forme de Cecil. J'me revois encore, les yeux fermés, allongée entre mes deux sœurs, Suzie Mae d'un côté, Priscilla d'l'autre. Je sentais l'odeur du pain en train de cuire, on versait du vin rouge dans mon verre et on m'coupait un morceau de fromage couleur crème ; dehors, derrière des rideaux en dentelle, j'apercevais la brume, et sous mes talons aiguilles j'sentais les pavés. Quelqu'un jouait d'l'accordéon. Des petites barques en bois dérivaient sur l'eau verte. Mais à partir du moment où j'me suis mariée et j'suis tombée enceinte – je devrais plutôt dire « où j'suis tombée enceinte et j'me suis mariée » –, j'ai compris que mes chances d'monter dans un avion un jour pour aller où qu'ce soit étaient plutôt maigres et j'ai décidé de nommer ma fille d'après cet endroit que j'connaîtrais sans doute jamais.

J'ai fait deux erreurs : épouser l'premier homme qui s'montrait gentil avec moi, m'accordait toute son attention et m'donnait un plaisir sans bornes au lit. Et, par mon ignorance, laisser tomber le lycée à seize ans pour faire un enfant. Ce n'est que cinq ou six ans plus tard, un soir où j'regardais *Casablanca* à la télé, toute seule, qu'j'ai dû me demander si j'aimais vraiment Cecil. Est-ce que j'irais aussi loin qu'ça pour lui ? Bien avant que Humphrey et Ingrid arrivent à l'aéroport, j'avais compris qu'la réponse était non. À l'époque, j'ressentais un certain confort, pas du bien-être, du confort. Y avait pas d'mystère dans notre vie. Mais au fil du temps, tout ça a fini par s'mélanger et s'transformer en un genre d'amour, j'dois bien l'reconnaître.

À c'propos. Tous mes enfants ont l'feu au cul – ils tiennent ça d'leur père – et Paris fait pas exception. C'est sans doute pour ça qu'ils ont tous divorcé au moins une fois, sauf Charlotte, bien sûr, mais ça c'est parce qu'elle a la tête trop dure pour admettre la défaite. Ils ont tous épousé les mauvaises personnes pour les mauvaises raisons. Ils s'sont mariés avec des gens qui allumaient leur corps et leur cœur et ils ont oublié qu'ils avaient aussi un esprit et une âme. Au jour d'aujourd'hui, j'suis pas persuadée qu'ils sachent faire la différence entre amour et orgasme.

Paris, c'est clair, sait pas choisir un homme. Tous ceux qu'elle a aimés avaient quelque chose qui tournait pas rond. Nathan – c'est l'père de mon petit-fils – se posait là, dans le genre. J'sais pas pourquoi, mais on dirait qu'elle choisit toujours ceux qu'ont des gros problèmes de connexion. Ceux qui feraient mieux de mettre un panneau pour annoncer la couleur, du genre « Demeuré », « Flemmard », « Débile », « Pas l'étoffe d'un père », « Ouais, j'suis mignon mais j'vaux pas un clou. » Elle doit penser que son amour suffira à remplir les cases vides parce qu'elle est toujours attirée par ces types-là. Le genre d'hommes qui vous vident, vous tirent vers le bas, prennent plus qu'ils vous donnent et, quand ils vous ont bien usée, qu'ils ont eu c'qu'ils voulaient, ils s'ennuient, vous êtes à sec mais eux, ils sont prêts à r'partir vers de nouvelles aventures.

Elle aime trop fort. Son cœur est trop grand et elle est trop généreuse. Pour dire les choses autrement : c'est une imbécile. Rien d'pire qu'une imbécile intelligente. Et pour être intelligente, elle l'est. Elle a monté sa propre entreprise de traiteur à domicile. Mais attention, pas l'genre qui s'contente de préparer les plats et d'foutre tout ça dans un service en argent avec quelques bougies par en dessous. Non, monsieur. C'est pas un truc de minables. D'abord, faut avoir vraiment de l'argent pour manger chez Paris, parce qu'elle est chère comme c'est pas permis. Mettons qu'vous faites une grande fête – mais pas une p'tite réunion du dimanche, non, le genre qu'on voit dans les films. Comme dans *Le Parrain I*, par exemple, où la bouffe a l'air fausse ou trop bonne pour être mangée et qu'on ose pas y toucher. Donnez-lui un thème : elle s'en inspirera pour cuisiner. Donnez-lui un nom de pays : elle transformera votre maison. Comme si vous étiez en Afrique, au Brésil, ou en Espagne. Y a qu'à lui dire. Elle s'occupe de tout le reste : des couverts à la nappe en passant par les palmiers, les haies et les fleurs, l'orchestre de jazz ou le DJ. Un de ses assistants, et elle en a plusieurs, s'occupe même de réserver l'hôtel pour les invités et d'envoyer les limousines à l'aéroport pour aller les chercher.

Enfin, bref, elle a d'la classe et elle tient ça d'moi. Elle a eu un article dans le journal de San Francisco et aussi dans le *L.A. Times,* je crois. Elle est passée dans plusieurs émissions du matin, où elle faisait semblant d'cuire en une minute un truc qu'en réalité elle avait préparé la veille. Y a même une télé locale qui lui a proposé d'faire sa propre émission, mais comme une idiote elle a dit non, sous prétexte qu'elle a déjà trop d'choses à faire. Ah bon ?

La bouffe, c'est une histoire de famille. Son papa et moi avons ouvert notre premier resto barbecue, qu'on avait appelé La Bicoque, y a plus de quinze ans. Mais Vegas, c'est plus c'que c'était. Avec toute cette violence, et ces gangs, et ces drogues, et ces jeunes qui vous braquent avec un flingue en s'en tapant pas mal que vous soyez d'la même couleur qu'eux mais qui peuvent même pas vous regarder dans les yeux parce que y a des chances que vous ressembliez à quelqu'un qu'ils connaissent, on a dû en fermer deux et il en reste plus qu'un debout. Ç'a toujours été dur d'joindre les deux bouts. Paris, ça fait des années qu'elle cuisine plus comme nous. Elle dit qu'notre façon de manger fait mourir. C'est vrai, mais c'est dur pour un Noir d'vivre sans cochon grillé, sans salade de pommes de terre, sans légumes revenus dans l'lard, une tranche de pain de maïs pour saucer, une p'tite cuillerée de patates douces confites et un plat de tripes de temps à autre. Sa bouffe à elle est tellement jolie qu'la moitié du temps vous savez pas c'que c'est avant de l'avoir mis dans la bouche, et même là, faut encore demander.

Malgré tout cet argent qu'elle gagne et la grande maison où elle habite avec Dingus, mon p'tit-fils préféré – oui, j'ai bien dit préféré –, elle est pas heureuse. C'qu'il lui faut s'trouve pas dans un livre de r'cettes, ni dans une maison, ni dans un garage. Il lui faut un homme, et vite, et Dingus a besoin d'un père qu'il puisse toucher. Un autre bébé s'rait pas une mauvaise idée non plus. Elle a que trente-huit ans mais elle jure ses grands dieux qu'elle est trop vieille pour avoir un enfant. Des conneries tout ça, j'lui ai dit. « Tant qu'tu saignes encore, t'es capable. » Elle a levé les yeux au ciel. « Et où j'vais trouver un père, à ton avis ? » Des fois, elle rend les choses plus compliquées qu'elles sont. « Choisis-en un ! »

J'sais pas comment elle fait pour tenir comme ça, toute seule. Ça fait bien six ans qu'elle a divorcé. Que j'sache, Paris aime personne et personne ne l'aime. Elle donne le change, genre tout marche au poil. Mais elle m'la fait pas, à moi. Je sais quand y a un truc qui va pas chez mes gosses. Pas la peine qu'ils ouvrent la bouche. Je l'sens. Paris dépense tellement d'énergie à essayer d'être parfaite, à jouer les Superwoman, que j'crois qu'elle se rend même pas compte à quel point elle est seule. Elle doit s'dire que tant qu'elle s'occupe elle aura pas à y penser. Mais j'vois bien qu'y a quelque chose qui manque. Elle a trop la pêche en permanence pour être honnête.

J'suis bien placée pour l'savoir : y a pas d'date limite pour les peines de cœur. Cecil m'a brisé l'mien si souvent que j'me demande comment il fait pour battre encore. Mais il s'agit pas d'moi. Ça fait si longtemps que Paris pleure sur Nathan qu'elle s'est pratiquement transformée en statue d'pierre. J'crois qu'elle a tellement peur qu'on lui refasse mal qu'elle est dev'nue la Reine des Glaces. On peut pas l'approcher. On dit qu'le temps guérit les blessures. Mais j'en suis pas si sûre. J'crois plutôt qu'elles se courent après à l'intérieur et quand elles s'rencontrent, elles s'agglutinent et elles bougent plus jusqu'à c'que quelque chose arrive qui vous rende tellement heureuse que vous oubliez vos souffrances passées. Un peu comme un accouchement, quoi.

Quelle heure il est ? J'suis sûre que mes feuilletons sont passés. Je regarde *Les Feux de l'amour* et *Lives* et de temps en temps *World*, mais y a des jours où ça m'énerve tellement que j'peux plus supporter leurs conneries. Ah ah ah ! Je « délire », comme dirait Dingus : je suis allongée dans un lit en réa et tout c'que j'ai dans la tête, c'est ces conneries de *soaps*, alors que je devrais être en train de remercier le Bon Dieu de m'avoir laissée repartir pour un tour ! Merci, Jésus.

Pour être honnête, Nathan m'a jamais dit rien qui vaille. Ça faisait pas deux mois que Paris l'connaissait quand ils s'sont mariés. Sur les huit ans qu'a duré leur mariage, il en a passé sept en fac de droit. Même moi, j'sais qu'ça dure que trois ans, normalement. J'ai serré les dents et j'me suis mordu la langue quand elle m'a dit qu'elle comptait pas l'traîner devant le juge pour la pension alimentaire. « Ça vaut pas le coup », qu'elle m'a dit. C'était en quoi ? 1987 ? Nous v'là en 1994 et j'peux compter sur les doigts d'une main les fois où il a vu son fils depuis qu'il est retourné à Atlanta. Il appelle presque jamais. Il doit plus savoir écrire non plus vu qu'il a quasiment jamais envoyé d'cartes pour l'anniversaire du p'tit, et pas un seul cadeau de Noël au cours des trois dernières années. J'ai pas entendu parler de chèques-surprises non plus – elle en a pas besoin, mais c'est pas ça l'problème. Elle s'y est pris comme un manche. Si un homme s'occupe pas d'ses mômes, alors le minimum c'est qu'il allonge un peu. C'est pour ça qu'y a autant d'délinquants juvéniles et d'criminels et d'gangs qui pullulent dans nos quartiers. Où ils étaient, leurs foutus pères, quand on avait besoin d'eux ? Les mamans peuvent pas tout faire.

Le seul truc bien qu'est sorti d'ce mariage, c'est mon p'tit-fils. C'est un sacré numéro, celui-là. Il vient d'entrer dans l'équipe de football américain de son lycée. Le premier quaterback noir de toute l'histoire d'l'école. Il est en terminale et j'ai jamais vu un seul C sur son bulletin. Il est pas rentré une seule fois bourré à la maison, et il m'a dit qu'les drogues lui faisaient peur. Il dit qu'sa défonce à lui, c'est le sport, les légumes et l'espèce de truc protéiné qu'il boit tous les jours. Je parie mon argent sur lui. Qu'un jour il deviendra quelqu'un. Mettre ce gamin à l'école chrétienne, c'était c'que Paris pouvait faire de mieux. Aller à l'église une fois par mois lui f'rait pas d'mal, d'ailleurs, à celle-là. M'enfin. J'espère juste vivre assez longtemps pour le voir entrer à l'université. Et attendez un peu : s'il décroche une bourse ou si jamais il passe à la télé, vous verrez comment son papa va rappliquer tout d'un coup, sorti d'on ne sait où.

Le jour où on m'a amenée ici, Paris a appelé à la maison et comme j'répondais pas aux trois messages qu'elle avait laissés sur l'répondeur, elle a téléphoné aux urgences qui lui ont dit que j'étais en réanimation. Bien sûr, elle était toute prête à sauter dans un avion mais j'ai attrapé le bras du docteur et j'ai secoué la tête de droite à gauche tellement fort que la pièce s'est mise à tourner. Il lui a dit que j'serais sans doute d'retour chez moi dans trois, quatre jours. Qu'j'étais pratiquement hors de danger. Que si mon état continuait à s'améliorer, ils me mettraient dans une chambre normale jeudi, c'est-à-dire demain, et qu'si j'récupérais au moins soixante-dix pour cent de capacité respiratoire, j'pourrais rentrer chez moi samedi matin. C'est pas la peine que Paris dépense son argent inutilement alors que j'respire encore et qu'elle peut prendre ce même argent et l'glisser dans une enveloppe pour mon anniversaire dans trois semaines.

Des fois, j'me dis qu'ils ont fait une erreur, à l'hôpital, en m'tendant Janelle. Alors celle-là, c'est un cas. Ça doit faire quinze ans qu'elle fait des études d'ceci et d'cela et elle a encore aucun diplôme. Elle devrait déjà remplacer l'prof, à l'heure qu'il est ! On a pas l'temps de dire ouf qu'elle prend un nouveau cours. Un jour, c'est l'vitrail. Le lendemain, rideaux et embrasses. Maintenant, elle en a marre des travaux manuels et elle veut faire une carrière sérieuse. Elle m'a pas dit qu'elle allait entrer dans l'immobilier ? Qui sait ? Toutes ces années à comparer les enfants entre eux, à la traiter comme un bébé, peut-être que c'est ça qui l'a déglinguée. C'est sans doute pour ça qu'elle se conduit encore comme si elle en était un. Avec son père, on lui d'mandait pas autant qu'aux premiers et si ça s'fait c'est pour ça qu'elle attend pas grand-chose d'elle-même. J'sais pas. Mais c'que j'sais, c'est qu'c'est d'la faute de Cecil si elle est aussi gnangnan. Y en avait qu'pour elle. Il l'a pourrie-gâtée. Tout c'qu'elle faisait, c'était bien. Bien sûr, à l'époque, on savait pas.

Malgré tout, Janelle est vraiment gentille, un peu bouchée, mais c'est la plus affectueuse de toute la smala. Elle va voir les voyantes, les diseuses de bonne aventure et les gens qui vous lisent les cartes. J'sais pas c'qu'ils lui racontent comme bobards, mais elle y croit. Et des fois elle vous sort des trucs tellement cons qu'les bras vous en tombent. Elle vit que pour les fêtes du calendrier. Si vous savez plus laquelle arrive, passez donc d'vant chez elle ! Le jour d'la Saint-Patrick : des trèfles à quatre feuilles en veux-tu en voilà. Pour la Saint-Valentin : des cœurs rouge et rose collés un peu partout. Une fois, pour Noël, elle a installé sept sapins, un dans chaque pièce d'la maison, plus un géant dans le jardin ! Et maintenant, v'là Pâques qui approche.

Depuis que Jimmy s'est fait descendre, en 85, Janelle est plus tout à fait elle-même. C'était son deuxième mari. Le premier, il a duré qu'vingt-deux jours. Il a suffi qu'il lui foute une raclée, une fois, et c'était fini. Mais Jimmy, c'était l'papa de Shanice. Quand Janelle s'est enfin remise à s'intéresser aux hommes, elle est plus sortie qu'avec des hommes mariés. J'lui ai dit qu'c'était pas bien mais elle m'a répondu que comme ça, au moins, ça risquait pas de devenir sérieux.

Eh bien, devinez quoi ? Le dernier, elle l'a épousé. Pour elle, il a quitté sa femme avec qui il était marié depuis un million d'années. Il s'appelle George. Il est moche et assez vieux pour être son père. Mais il a d'l'argent plein les poches et ça l'gêne pas d'allonger. C'est ça, l'problème de Janelle : elle veut toujours qu'on s'occupe d'elle. On est pas dans les années 90 ? Même moi je sais qu'c'est ridicule de penser encore comme ça d'nos jours, et pourtant j'suis presque du troisième âge ! C'est pour ça qu'y a tellement de femmes qui sont devenues esclaves de leurs maris et qu'elles ont pas d'qualifications qui valent quelque chose sur l'marché du travail. Y a aucun homme qui peut s'occuper d'vous comme vous l'ferez vous-même. Janelle a trente-cinq ans et elle a toujours pas pigé.

J'ai fait tout c'que j'pouvais pour aimer George, pour être gentille, m'conduire comme il faut avec lui, mais j'peux plus faire semblant. Il est chef de la sécurité à l'aéroport de L.A., ça fait partie de la police. Janelle fait la fière parce qu'il a plus de six cents personnes sous ses ordres. Si elle croit qu'ça m'impressionne. Shanice, ma p'tite-fille, qui a douze ans, est venue passer Noël dernier avec Cecil et moi. C'était y a trois mois. J'ai bien vu que quelque chose clochait mais j'arrivais pas à mettre le doigt d'ssus. D'abord, elle voulait pas retirer cette affreuse casquette de baseball, mais je sais qu'c'est la mode maintenant, alors j'ai rien dit. Il m'a pas fallu deux jours pour remarquer à quel point elle était bizarre. Elle qui a la langue bien pendue, elle disait plus rien. Elle avait l'air nerveuse. Franchement agitée, même. Comme si elle avait l'esprit ailleurs. Elle a failli foutre le feu à la cuisine en faisant cuire un steak haché.

Elle l'a carrément oublié. Elle a laissé tomber trois œufs par terre et s'est taillé le doigt en m'aidant à couper du céleri pour une sauce. Quand j'ai vu qu'elle était pas l'moins du monde excitée en ouvrant ses cadeaux – des vêtements horribles qu'elle m'avait d'mandés –, j'ai dit : « Dis donc, ma puce. Retire-moi cette casquette et regarde-moi. » Elle a fait non d'la tête. « T'es pas en train d'dire non à ta grand-mère, quand même ? » Elle a refait non d'la tête. J'me suis approchée, lui ai arraché sa casquette et quand j'ai vu ce qu'il y avait en dessous, j'en ai pas cru mes yeux. Des ronds de peau beige avec quelques petites mèches par-ci par-là. « Cecil, passe-moi ma Ventoline, s'te plaît... » Mais j'avais oublié qu'il était parti au Harrah's juste après la fin du match. J'ai regardé tout autour de moi jusqu'à c'que j'aperçoive un flacon sur la petite table, près du canapé, et j'en ai pris deux grandes bouffées.

Shanice avait pas bougé et j'l'avais pas quittée des yeux. « Pourquoi tu perds tes cheveux ? » Elle a pas répondu. Elle regardait dans l'vide. « C'est à cause d'une permanente ratée ? » Elle a secoué la tête. Merde. Quoi alors ? J'ai vu qu'elle faisait le geste d'enrouler une mèche autour de son doigt et d'tirer dessus. « Tu t'les arraches ? » Elle a fait oui. « Pourquoi ? » J'ai attendu, en essayant de pas pleurer, parce que j'voulais savoir de quoi il en retournait, mais v'là qu'la gamine s'effondre sur les papiers cadeaux comme si quelqu'un l'avait frappée avec un couteau. « Dis à Mémé c'qui va pas, mon chou. » Elle a continué à pleurer. « T'as peur ? » Elle a fait oui. « Peur de quoi ? De qui ? » Elle disait rien. « C'est quelqu'un qu'on connaît ? » Elle a fait non d'la tête, puis oui. « Parle-moi, Shanice. Relève-toi, nom de Dieu, et parle-moi. » Elle s'est assise mais a continué à r'garder le sapin de Noël. « C'est George ? » Oui d'la tête. « Il t'a touchée ? » Elle a fait non, mais j'étais pas sûre qu'elle ait compris c'que j'voulais dire. J'l'ai prise dans mes bras et j'l'ai bercée. Quand elle s'est arrêtée d'pleurer, elle m'a dit que George était méchant et que des fois il la battait et qu'elle avait peur de lui. « T'as des marques ? » Elle a secoué la tête. « T'es sûre que c'est tout c'qu'il t'a fait ? » Elle a fait oui d'la tête mais, j'sais pas pourquoi, j'l'ai pas crue. « Tu l'as dit à ta mère ? » Oui d'la tête. « Et ? » Elle s'est remise à pleurer. J'ai attrapé ma Ventoline, décroché le téléphone, et j'suis tombée sur Janelle.

— Shanice vient d'me dire que George la frappait et qu'elle avait essayé d't'en parler mais qu'tu la croyais pas. Dis-moi tout de suite que c'est pas vrai, s'il te plaît.

— Maman, George n'a jamais frappé Shanice. Elle raconte beaucoup de mensonges, ces temps-ci. Elle joue la comédie, c'est tout.

— Ah oui. Et ses cheveux, c'est d'la comédie, aussi ?

— Le médecin a dit qu'il y avait des enfants qui faisaient ça.

— Est-ce que t'as posé la question à George, au moins ?

— Bien sûr. Écoute, Maman, George est un brave type. Il aime Shanice comme sa propre fille. Il a fait tout ce qu'il pouvait pour entrer dans ses bonnes grâces, mais elle ne l'a jamais aimé, et maintenant elle fait une dernière tentative pour essayer de s'en débarrasser.

— Et comment tu peux en être aussi sûre ?

— Écoute, dis-lui de rentrer à la maison, un point c'est tout.

J'ai pris quelques bouffées de Ventoline et j'ai foutu le flacon sur le comptoir. J'ai changé d'oreille.

— J'vais t'dire un truc. La maison, c'est un endroit où un enfant devrait s'sentir en sécurité, protégé.

— Je sais, Maman, et elle devrait...

— Visiblement, c'est pas l'cas d'ta fille.

— T'as bientôt fini ?

— Non. J'fais que commencer. Alors, écoute-moi bien : t'as intérêt à surveiller cet enfoiré de près, parce qu'il s'contente pas d'la frapper. T'es p'têt aveugle mais moi pas. Et j'la renverrai chez toi que quand je s'rai prête, un point c'est tout !

Et j'ai raccroché.

Ma petite-fille est pas une comédienne, et c'étaient des vraies larmes qui coulaient sur ses joues. Comme elle fait d'la course à pied et qu'elle avait une compétition, je l'ai laissée rentrer mais j'lui ai promis que j'allais mettre mon nez là-d'dans. J'lui ai dit que la prochaine fois qu'il s'amusait ne serait-ce qu'à la bousculer, il fallait qu'elle appelle les flics. Depuis, j'ronge mon frein en m'demandant quoi faire de tout c'merdier. Cecil m'a dit de m'occuper d'mes oignons. J'lui ai répondu de s'occuper d'son cul. Cette môme-là a mon sang dans les veines.

Plus j'y pense, plus j'me d'mande si on est pas une de ces familles dysfonctionnelles comme on en voit à la télé. Il s'passe plein de trucs merdiques dans la famille Price depuis des années. Maintenant, j'sais bien qu'y a des gens qui font plus fort que nous. Regardez les Kennedy, par exemple. Peut-être que tout l'monde est dysfonctionnel, en fin de compte, et que Dieu nous a mis dans c'foutoir pour qu'on apprenne à fonctionner. Pour nous tester. Voir c'qu'on peut supporter. J'trouve pas qu'on s'en tire très bien jusqu'ici. C'est qu'il faudrait s'débarrasser de ce « dys- ». Si seulement j'savais par où commencer...

J'vais pas mentir : aucun d'mes enfants n'a tourné comme je l'espérais, mais j'suis quand même fière d'être leur mère. J'ai fait du mieux que j'pouvais. Cecil avait deux boulots à l'époque, c'qui veut dire que j'ai dû tout faire. Les élever, en gros. J'ai essayé d'leur apprendre la différence entre le bien et le mal, j'leur ai enseigné l'honnêteté, les bonnes manières et tout c'que j'savais en matière de dignité, de fierté et de respect. C'que j'ai laissé de côté, ils auraient dû l'apprendre au catéchisme. Quant au bon sens, ça s'enseigne pas, et c'est pour ça qu'y a des choses que les enfants peuvent reprocher à leurs parents et d'autres pour lesquelles ils ont qu'à s'en prendre qu'à eux-mêmes.

J'ai encore peine à croire qu'ils soient tous sortis d'mon corps. Qu'ils aient grandi dans la même maison. J'ai fait d'mon mieux pour les envelopper d'mon amour, pour qu'aucun d'entre eux se sente exclu. J'leur ai même menti, des fois, pour qu'ils se sentent uniques. J'ai essayé d'les entraîner dans la bonne direction, mais y a des fois où ils voulaient pas y aller, un point c'est tout. Ils avaient une autre idée d'leur destinée, c'qui est pas grave, sauf que quand vous voyez pas d'chemin d'vant eux, vous vous d'mandez un peu où ils vont.

J'les ai vus faire plein d'erreurs, au fil des ans. J'ai tremblé pour eux. J'me suis fait des ch'veux. J'ai prié comme une voleuse. Mais j'ai fini par apprendre qu'on peut pas porter tout le poids de c'qui arrive à ses mômes. J'l'ai fait, pourtant, pendant longtemps. Mais c'est fini, tout ça. J'ai laissé tomber les « j'aurais pu, j'aurais dû », on va pas r'faire l'histoire : j'reconnais que j'ai pas été une mère parfaite mais que j'me suis tuée à essayer d'être une bonne mère. J'en ai marre de faire la nounou. À leur tour de s'prendre en main. J'peux pas faire plus que c'que j'ai déjà fait. Maintenant, j'me tiens à carreau. À force de m'faire du souci pour les maris et les enfants, j'me retrouve bien trop souvent dans cet hôpital. À partir de maintenant, y a plus qu'une seule personne pour qui j'vais me faire du souci : Viola Price.

C'est moi.

J'ai presque cinquante-cinq ans. Encore vingt-trois jours et j'ferai officiellement partie du troisième âge. J'peux plus attendre. Le 15 avril. Un jour dont personne veut s'rappeler mais que personne peut oublier. Dire que Charlotte et moi, on est nées l'même jour… Ces astrologues, ils racontent vraiment n'importe quoi. On est comme le jour et la nuit. Tout c'que j'sais, c'est que quand j'vais sortir de l'hosto, cette fois-ci, les choses vont changer. J'vais commencer à vivre. J'ai hâte de faire tous les trucs que j'veux faire depuis si longtemps mais que j'repousse toujours pour une raison ou pour une autre. D'abord, le lendemain d'mon anniversaire, je file chez Jenny Craig pour perdre ces quinze kilos d'trop une bonne fois pour toutes. Peut-être que quand j'serai mieux physiquement, j'me sentirai mieux dans ma tête. À partir de là, j'pourrai peut-être réfléchir à c'que j'veux faire du restant de mes jours. Vendre du Mary Kay, c'est pas l'pied. J'l'ai fait pour m'éloigner du barbecue et d'la fumée et pour éviter de devenir complètement cinglée en restant à la maison. J'ai essayé mais j'peux pas supporter tous ces parfums qu'ils mettent dans leurs produits, et au rythme où ça va, ça m'prendra encore vingt ans avant d'en avoir vendu assez pour obtenir une de leurs p'tites voitures roses.

Ce téléphone pourrait sonner, quand même. Je sais que Paris a prévenu Janelle en premier, mais elle aurait dû le dire à cette saleté d'Charlotte, et quelqu'un aurait pu envoyer un SOS à Lewis ; Cecil, surtout, devrait savoir que j'suis là. J'ai entendu dire par le téléphone arabe qu'il s'est installé avec une pouffiasse qu'a trois enfants et qui vit des allocs. Il doit vraiment s'prendre pour John Travolta. Mais sa crise de la quarantaine, ça fait près d'vingt ans qu'elle dure. Il approche des cinquante-sept, maintenant ! J'vais pas mentir. Cecil m'a rendue folle quand il a pris une retraite anticipée d'son boulot d'conducteur de bus scolaire ; et en plus de tout, v'là qu'il a dû arrêter d'travailler à La Bicoque, à cause de ses sinus qu'en avaient pris un coup. On a dû embaucher des étrangers ; pas besoin de comptable pour voir qu'ils nous roulaient dans la farine. Cecil savait pas quoi faire de tout c'temps libre, tout d'un coup. Vu que Vegas est un désert et qu'là où notre baraque est située, y avait pas d'pelouse à tondre ni de haies à tailler ni d'mauvaises herbes à arracher ni de piscine à nettoyer, il a commencé à traîner dans les tripots et il a découvert en même temps qu'il pouvait encore faire quelque chose de ses bijoux d'famille ; lesquels ont tapé dans l'œil d'une petite chatte idiote qu'a vraiment dû s'dire qu'elle avait touché l'jackpot. Malheureusement, les bijoux d'famille de Cecil manquent de ressort depuis longtemps, et j'me demande bien c'qu'il peut lui faire, à cette gamine.

Pour être vraiment honnête, c'est pas lui qui m'manque c'est sa présence. Notre p'tite baraque m'paraît encore plus p'tite sans lui. Comme si on l'avait vidée d'son oxygène. J'sens même plus son odeur. Y a plus rien à ramasser. À accrocher. Cette semaine, j'ai fait qu'une seule machine, et encore, à moitié pleine. Et y a plein de restes. Cuisiner seulement pour deux, j'ai jamais pu m'y faire, alors pour un, vous imaginez. Si j'me concentre, j'pourrais presque dire qu'il m'manque.

Il est passé le mois dernier pour chercher son chèque de r'traite ; il était tout penaud et, de Dieu, il a eu l'air surpris en voyant ses affaires en baluchons dans des vieilles taies d'oreiller et des vieux draps, entassées dans le placard juste à côté d'l'auvent ! Les araignées avaient déjà commencé à faire leur boulot. J'ai fait ça pour l'impressionner. Je voulais qu'il pense que j'peux m'débrouiller sans lui. Je suis sûre que j'peux, d'ailleurs, c'est juste que j'sais pas encore si j'en ai envie. Il a pas parlé de rev'nir à la maison et j'ai pas abordé la question non plus. Sans mentir, le jour où il a quitté la maison, j'me suis sentie soulagée, comme si j'prenais des vacances bien méritées. C'est comme si la partie de moi qui l'avait aimé était piquée aux anesthésiants. J'ai pas versé une seule larme. J'suis engourdie depuis trop longtemps. Pourtant, y a une autre partie de moi qu'a peur, parce que j'ai jamais vécu seule. Y a toujours eu lui, ou les enfants ; quelqu'un, quoi.

*

* *

— Comment ça va, Vy ?

Eh bien ma foi, regardez-moi qui va là, si c'est pas Cecil ! Au début, j'fais semblant d'être déjà morte. J'veux qu'il soit rongé de r'mords. Mais il voit l'oxygène circuler dans les tubes et ma vie qui zigzague en vert sur le moniteur. Il prend ma main ; j'la retire aussi vite. Quand j'ouvre les yeux, il a l'air d'un ours. Il sent une odeur de permanente. Cecil coupera jamais ses boucles, même si sa vie en dépend. J'lui ai dit cent fois d'regarder autour de lui : ce style s'fait plus depuis des lustres. Mais il s'en fout. Comme il se teint les cheveux en noir, il pense que ça l'rajeunit, ce qui est totalement faux. Il croit qu'il « assure » toujours, comme dirait Dingus. Pour que les choses soient claires, disons que Cecil a l'air d'être enceinte de quatre mois. Aujourd'hui, il porte sa tenue de gala : pantalon en polyester noir sans ceinture, chemise rose façon Sammy Davis Jr. mais sans jabot (Dieu soit loué) et chaussures en lézard qui datent de l'an Un, quand on habitait encore à Chicago. On dirait un chanteur de bal du dimanche qui revient du boulot. Mais à part ça, tout bien considéré, j'dirais qu'il est peut-être encore pas mal.

— J'me suis fait du souci pour toi, qu'il dit, et il a l'air sincère. Ça va bien ?

Si j'me goure pas, on dirait qu'il a les larmes aux yeux. Mais moi aussi j'sais l'faire et c'est pour ça que cette p'tite démonstration de – comment appeler ça ? d'émotion ? – me fait ni chaud ni froid. J'écarquille les yeux, comme une femme qu'aurait fait trop de liftings, j'attrape le p'tit calepin posé sur mon plateau et j'écris : « À ton avis ? »

Il a l'air vaguement blessé et s'assied au bout du lit. La chaleur de son corps réchauffe mon pied droit. J'glisserais bien les deux pieds sous ses grosses fesses mais j'me retiens. Il pourrait s'faire des idées.

— Et à la maison, tout va bien ?

J'fais oui de la tête.

— T'as besoin d'quèqu'chose ?

J'ai envie de montrer ma bouche du doigt mais je l'fais pas. Ma copine Loretta m'a promis d'm'apporter mon dentier qui est quelque part sur le sol du salon ; j'le sais parce que j'l'ai entendu glisser sur l'plancher quand les infirmiers m'ont ramassée et balancée sur leur brancard. Mais sa voiture est au garage. Loretta, c'est ma voisine. Elle est blanche et gentille, et veuve depuis peu. Elle essaye même de m'apprendre à jouer au bridge. J'espère juste qu'elle oublie pas d'arroser les plantes et qu'elle a sorti c'qui restait dans le frigo, parce que j'étais en train de l'nettoyer, justement, quand j'ai senti mes bronches se r'fermer.

— T'as l'air en forme, qu'il me dit.

Si j'avais la force, j'lui en collerais une. J'ai l'air d'un cadavre réchauffé et il le sait. J'ai encore les cheveux entortillés et sous cellophane parce qu'ils m'laissent pas r'mettre ma perruque. Cecil reste là quelques minutes, l'air complètement idiot, comme s'il essayait d'se souvenir d'un truc mais qu'il y arrivait pas. Au bout d'un moment, le silence doit lui peser parce qu'il finit par prendre une grande inspiration et il dit :

— Alors ? Quand c'est qu'tu rentres ?

Je lève trois doigts, puis quatre.

Il s'lève.

— Tu veux qu'j'vienne te chercher ?

J'fais non de la tête.

— J'peux rev'nir te voir demain.

Je fais non. Il fait oui.

— Après l'turbin.

Avec les yeux, je demande :

— Turbin ?

— Juste un p'tit boulot d'gardien. À mi-temps. C'est toujours ça.

J'me demande si c'est au Harrah's, au Circus Circus, ou au Mirage – ses deuxièmes maisons. Sur le calepin, j'écris : « La Bicoque ».

— Shaquan s'est encore fait cambrioler, alors on a fermé. J'en pouvais plus.

Plus de resto.

— J'passerai à la maison voir si tout va bien.

Et il se penche et m'embrasse sur le front. Ou bien il m'aime encore et il l'sait pas, ou bien j'lui fais pitié. J'm'en fiche un peu pour l'instant ; tout c'que j'sais, c'est que ses lèvres sont la chose la plus chaude que j'ai sentie depuis l'jour où j'ai passé du gras sur les cheveux d'Shanice et qu'elle s'est endormie sur mes genoux. Ça m'fait chier de l'reconnaître, mais c'est bon.

J'me tourne vers la fenêtre et j'ferme les yeux en espérant qu'mes larmes vont pouvoir attendre encore quelques minutes. J'entends la semelle de ses chaussures couiner sur le carrelage. La porte s'ouvre. Une bouffée d'air froid, puis le clic de la poignée. J'regarde la pendule. Cecil est resté en tout et pour tout huit minutes. Quand la porte se rouvre, j'me r'tourne en pensant qu'il a r'trouvé ses esprits, qu'il a changé d'avis, qu'il veut m'dire un truc sentimental comme dans *All My Children* ; un truc qui m'donne des ailes pour sortir de c'lit et plonger direct dans ses bras et poser ma tête contre sa poitrine douce, et qu'il me berce comme il le f'sait dans l'temps et que j'respire à nouveau normalement.

Mais c'est pas Cecil. C'est l'infirmière. Qui m'apporte enfin à manger. Une soupe verte épaisse et d'la purée. Ça fait mal quand j'avale mais j'm'en fiche : je crève de faim. J'mange mon tapioca jusqu'à la dernière lichée et pourtant, d'habitude, j'supporte pas les trucs gluants. J'bois mon jus d'pomme tout en m'disant que j'préférerais une bière. Quand j'appuie sur le bouton pour que l'infirmière vienne rechercher l'plateau, un truc métallique tombe par terre. Les clés d'Cecil. Ah ah ah.

*

* *

J'ai dû piquer du nez quelques minutes depuis qu'ils ont ramassé mon plateau et qu'les médecins sont venus vérifier les chiffres. J'sais bien que j'suis pas en forme. Je déteste cette saloperie d'asthme. J'suis même pas née avec. J'avais quarante-deux ans la nuit où Suzy Mae m'a appelée à quatre heures et demie du matin pour m'dire que le p'tit-fils de Papa (du côté de sa première femme) qu'il hébergeait chez lui l'avait poignardé de trente-six coups d'couteau parce que Papa avait refusé qu'sa petite copine reste dormir. J'ai fait une crise d'angoisse, j'pouvais plus reprendre mon souffle. Les médecins m'ont soignée contre l'asthme et depuis j'suis sous traitement. À chaque fois qu'j'essaie d'arrêter les médocs, j'fais une crise, du coup j'ai l'impression que c'est les médecins qui m'ont refilé cette putain d'maladie. J'm'en sors pas.

Et j'vais être franche. Cette dernière crise m'a foutu la trouille. Dans un coin d'ma tête, j'peux pas m'empêcher de m'demander : et si c'était la bonne ? En un quart de s'conde, vous revoyez tous les gens qu'vous aimez, et le quart de s'conde suivant, vous vous demandez : est-ce que j'ai fait c'qui fallait ? Est-ce que j'ai fait tout c'que j'voulais ? Qu'est-ce que j'changerais si j'pouvais tout r'commencer ? Est-ce que j'ai fait du mal à certains au point qu'ils puissent pas m'pardonner ? Est-ce qu'ils me pardonneront d'pas avoir été parfaite ? J'me pardonne.

Et j'pardonne à Dieu. Et puis là, vous sentez vos yeux s'ouvrir et vous vous apercevez qu'vous êtes pas morte. Y a des tubes qui vous sortent de partout. Des lumières fortes. Vous avez l'cœur qui bat. Vous prononcez une longue prière de remerciement. Et vous pensez à tout et à tout le monde puisqu'on vous offre une deuxième chance. Vous vous demandez c'que vous allez faire, maintenant. Ma réponse est simple : j'vais faire les choses autrement parce que, comme on dit chez nous : si vous changez pas la recette, vous changerez pas l'plat. C'est la vérité et tout l'monde le sait.

Donc, ma vieille, voilà c'que tu vas faire. En premier lieu, j'vais mettre cette saloperie d'asthme en sourdine, parce que j'en ai marre qu'il m'pourrisse la vie. Marre aussi des enfants et des maris qui m'pourrissent la vie. Marre d'être futée sans avoir rien pour le prouver. J'veux passer mon bac. Et pourquoi pas ? Il est jamais trop tard pour apprendre. J'espère juste que c'est vrai, leur histoire de cerveau qu'est comme un muscle. À part ça, il m'semble que j'mérite de m'offrir une croisière quelque part avant d'avoir atteint la soixantaine, surtout vu qu'j'ai chassé Paris, France, de mes rêves depuis quelques millions d'années. J'suis jamais allée nulle part ! Comment j'vais trouver l'argent pour le faire, c'est un mystère, mais j'le trouverai. Si ça doit arriver, ça arrivera. Faudrait aussi que j'me fasse faire un dentier correct, le genre qui tient en place et qu'a pas l'air tocard. Et si jamais on gagne à la loterie, moi ou un des gosses, j'me payerai carrément un modèle inamovible. Paris et Janelle pensent que c'est une perte de temps et d'argent de jouer. Paris dit qu'y a qu'les immigrés et les retraités qui gagnent. Mais Charlotte joue au Loto trois fois par semaine et Lewis aussi parfois, quand il a un dollar qui traîne, c'qui arrive pas très souvent. Tous les deux, ils m'ont promis qu'si jamais ils gagnaient, ils partageraient avec moi. Moi, j'ai promis de partager les gains en trois, à condition qu'ça soit un peu plus d'vingt dollars, bien sûr.

Le premier truc que j'ferais, ça serait d'm'acheter une maison qu'aurait pas besoin d'travaux et d'm'y promener nu-pieds, parce que la moquette serait assez épaisse pour ça. Bon, j'me contenterais d'un appart, du moment qu'y a un p'tit bout de terrain où j'pourrais faire pousser quelques salades, deux, trois épis de maïs, des tomates et des piments à faire en conserve pour l'hiver. Et j'aimerais bien savoir c'que ça fait aussi d'conduire un machin neuf, n'importe quoi. J'sais bien que j'rêve, mais au fond de vous, quand vous savez qu'votre vie est déjà avancée à plus d'quatre-vingts pour cent, c'est un peu tout c'qui vous reste, de rêver.

Surtout, surtout, si un truc devait m'arriver, je prie pour que chacun d'mes enfants trouve le bonheur. J'veux qu'ils s'sentent bien. Qu'ils vivent bien. Qu'ils fassent c'qu'est juste. J'espère vivre assez longtemps pour voir Lewis s'ressaisir et commencer à se conduire comme l'homme qu'il est, au fond. Dieu sait qu'j'adorerais que Paris épouse un type à sa hauteur et que j'payerais cher pour voir mon petit-fils marquer un but à la télé. Et puis Charlotte. J'espère qu'elle arrêtera d'se fâcher contre moi à tout bout d'champ et qu'elle comprendra qu'elle est pas ma fille adoptive, que j'l'aime tout autant qu'les autres. J'veux voir le jour où Janelle s'débarassera du violeur qu'elle a épousé. Et si j'récupère pas mon vieux mari, et bien, j'm'en trouverai un neuf. Un truc que j'sais, avec les hommes et les enfants, c'est qu'ils finissent toujours par rappliquer. À la bourre, souvent, et sans un rond, mais ils rappliquent.

Clés froides

Viola m'rend malade. Franchement, des fois, j'me d'mande si elle fait pas exprès d'avoir des crises d'asthme. Elle f'rait n'importe quoi pour qu'on s'intéresse à elle. C'te bonne femme m'fait vieillir avant l'âge. Sous toute cette teinture noire, j'ai les ch'veux gris, et pourtant j'aurai pas cinquante-sept ans avant l'mois de septemb'. Le paternel avait soixante-dix piges quand il a eu les ch'veux blancs et il avait passé toute sa vie aux champs. Moi, j'me la suis coulée douce, rapport à lui, et regardez-moi ça : vieux avant l'heure.

Nom d'un chien, qu'est-ce qui tombe ! J'suis trempé. Et comment que j'vais m'rappeler où j'suis garé, dans un si grand parking ? Si au moins j'avais pas une voiture rouge, ça s'rait plus commode, mais y a des milliers d'voitures rouges à Vegas et on dirait qu'elles sont toutes v'nues dans c't'hôpital aujourd'hui. J'sais que j'dois avoir l'air d'un couillon à tourner en rond comme ça. J'crois bien qu'c'est sa fenêtre là-haut, d'ailleurs. Attends un peu. V'là ma voiture ! Maint'nant j'trouve plus mes clés dans ma poche arrière. Et dans celles de côté non plus. Attends voir. Réfléchis un peu, Cecil. Pute borgne ! Elles sont au pied du lit de Viola.

J'aurais dû rester un peu plus longtemps. J'sais bien qu'j'aurais dû. Mais Viola avait pas l'air trop réjouie de m'voir. Elle avait comme qui dirait envie de m'voir repartir dare-dare. Enfin, c'est c'qui m'a semblé, en tout cas. Elle m'a répondu non à tout c'que j'y ai demandé. J'ai essayé d'être gentil, pourtant. Hier, j'ai appelé à la maison rien qu'pour voir comment elle allait, pass'que, même si j'y habite plus, j'aime bien savoir comment elle va, comment elle s'débrouille là-bas, tout'seule. Mais ça répondait pas, alors j'suis passé en allant au turbin. Y avait sa voiture garée sous l'auvent. Viola s'déplace jamais à pied. Et elle s'balade pas tant qu'ça non plus. J'ai frappé une dizaine de fois, pas de réponse. J'savais qu'Loretta était à son travail de bénévole, donc Viola pouvait pas être chez elle. Quand j'ai voulu ouvrir la porte, ma clé entrait plus dans la serrure, elle a dû finir par faire changer l'verrou. J'suis allé au boulot, mais j'avais comme l'impression qu'y avait un truc qui tournait pas rond. Dès qu'j'suis arrivé, j'ai appelé l'hôpital. J'avais l'ventre serré en f'sant l'numéro que j'connais par cœur. Vu qu'personne sait comment m'joindre, si jamais y était arrivé quèqu'chose à Viola, comment j'l'aurais su ? Y m'ont fait poireauter un moment et pendant tout c'temps-là j'priais pour que, si jamais elle y était, ça soit pas une crise trop grave, qu'elle arrive à respirer, au moins, même si l'était branchée à un truc. Et dès qu'l'infirmière m'a dit : « Elle est en réa », et même si j'suis nouveau, au boulot, et encore payé à l'heure et que l'casino m'paye pas si j'y suis pas, et bien j'suis reparti.

J'crois qu'elle m'regarde derrière son rideau mais j'en suis pas sûr. J'crois pas qu'elle peut se l'ver mais on dirait sa main, pourtant. J'peux m'tromper. J'sais pas quoi lui dire d'autre, à Viola. J'me sens pas trop bien en d'dans. Ça fait un moment qu'ça va plus entre nous. C'est à cause du resto, tout ça. Et puis, le jeu, faut dire, ç'a rien arrangé.

Dans le temps, pendant la Dépression, y a un paquet de gens d'chez nous qu'ont quitté Texarkana vite fait et qu'y sont montés à Chicago pour trouver un boulot correct. Le reste d'la famille a filé à Los Angeles dans un wagon à bestiaux. Quand j'avais seize ans, Papa m'a envoyé à la grande ville du Nord, chez son frère, pour que j'puisse finir l'école. Il disait qu'un seul paysan dans la famille, c'était assez. Qu'y valait mieux que j'trouve un boulot où c'est qu'on s'salit pas. Si possible, un boulot où j'porterais l'uniforme. Gardien de quèqu'chose, n'importe quoi.

Et c'est comme ça qu'j'ai rencontré Viola. J'étais embauché pour faire traverser la rue aux enfants, devant l'école élémentaire du quartier. Quatorze ans, belle comme tout. Impertinente. J'suis tombé amoureux. L'était ma rose en chocolat. Et bing, on a pas eu l'temps d'dire ouf qu'on était mariés, on avait quatre enfants et on en pouvait plus d'ces vents glacés, de la neige qui craque, des saletés de rats tous les hivers et des moustiques qui vous sucent le sang tous les étés, quand y fait bien lourd et poisseux. Ça d'vait être en 1973.

C'est elle qu'a eu la riche idée d'quitter Chicago pour venir s'installer à L.A. Moi, j'ai suivi. L.A., j'étais pas trop chaud même si j'me suis trouvé un poste de conducteur de bus scolaire. Mais comme ni l'un ni l'autre on voulait dev'nir vedettes de cinéma et que Viola elle aimait pas trop ma famille, vu qu'ils sont trop ploucs, vulgaires, grossiers, voire carrément méchants – elle a pas tout à fait tort – et qu'ça lui foutait la honte d'les voir, du coup, quand l'paternel est mort, en 78, en m'laissant un p'tit quèqu'chose de la ferme, on a pas trouvé assez d'bonnes raisons pour rester en Californie. Les gosses étaient déjà grands et ils avaient quitté la maison, et j'avais entendu dire qu'on avait un peu d'famille correcte du côté de Vegas, alors on a parié su'l'désert et on s'est acheté un p'tit pavillon par ici. Les cinq cousins que j'avais sont morts avant qu'on ouvre la première Bicoque, c'était l'année où Viola voulait toujours que j'l'emmène au bowling. Ça, j'm'en souviens.

Tout le monde, et moi pareil, croit qu'à Las Vegas y a rien qu'des néons qui clignotent et des casinos. Des cabarets et des casinos. Mais y a des gens normaux qui vivent par ici. Dans des quartiers normaux. Et c'est pas si joli qu'ça. Sec et plat et désolé ; marronnasse, surtout. D'nos jours, avec toute cette construction, on croise des nouveaux immeubles de partout. C'est toujours sec et plat et désolé, quoiqu'y a des gens qui font pousser d'l'herbe, des arbustes et des fleurs, et y a même quèques arbres qu'arrivent à prendre. Mais pas dans notre cour.

La première année qu'on était ici, Viola m'a convaincu d'mett'toutes nos économies avec l'argent d'Papa pour ouvrir notre premier resto. Plus tard, on en a eu trois, pasqu'on savait fumer la viande juste à point, comme on fait au Texas, et qu'la recette de ma sauce est un secret d'famille. Tout le monde disait qu'j'aurais dû la mettre en bouteille pour la vendre, mais j'avais pas envie d'm'embêter. Déjà qu'entre Viola, le bus de ramassage que j'ai conduit pendant treize ans et les restos, j'étais fatigué le jour où j'ai pris ma r'traite anticipée, y a presque deux ans... Fatigué d'vivre comme qui dirait en attendant aut'chose. Ça y ressemblait d'plus en plus. Comme si j'passais à côté de quèqu'chose. Comme si c'était pas ça. Comme si la vie, ça devait être autrement. Un peu comme quand on appelle une entreprise au téléphone et qu'ils vous font poireauter et qu'au bout d'un moment vous avez oublié qui vous avez appelé mais vous restez là quand même, à écouter leur musique enregistrée, et vous attendez. Quand y a quèqu'un qui revient au bout du fil, vous priez pour vous rappeler où vous êtes et pour qu'ils aient les réponses à tout'vos questions. Mais ils les ont jamais. Et alors, vous commencez à vous dire qu'en cherchant un peu plus loin, vous trouverez p'têt c'qui vous manque. Mais jusqu'où on peut aller ? Et comment faire quand on sait pas exactement c'qu'on cherche ?

Viola a pas compris pourquoi j'me sentais pas bien en d'dans ni depuis combien d'temps. Ça f'sait des années. C'était dur à expliquer et elle avait pas l'air trop intéressée, d'toute façon, quand j'ai essayé. De nous deux, elle croit qu'y a qu'elle qu'a l'droit d'avoir peur. Y a personne qui peut s'faire du souci, sauf elle. Elle croit qu'elle a toutes les réponses à tous les problèmes, même quand elle sait pas c'que c'est, l'problème. Elle a dit que si j'me sentais pas mieux, fallait qu'j'aille chez l'toubib. Mais j'ai jamais bien aimé ça, l'toubib. Et j'ai pas d'maladies, à part c'te foutue arthrite, mais ça, j'sais c'que j'dois faire. Mais comment un toubib peut vous guérir les choses de la tête ? Et du cœur, alors ? Vous rendre heureux, vous rendre la passion et la joie d'vivre ? Ça s'achète sur ordonnance, tout ça ? J'crois pas.

Quand ils ont commencé à nous cambrioler et qu'on a dû fermer deux restos sur trois, v'là-t-y pas que Viola s'fâche contre moi. Elle m'reproche tout c'qui va pas mais elle m'félicite jamais quand ça va. C'est pour ça qu'j'ai changé d'adresse. Si ça t'nait qu'à moi, j'y serais encore, à la maison. Mais y a des limites à c'qu'un homme peut avaler, après des années passées à s'entendre dire c'qui faut faire, comment l'faire et quand c'est qu'il faut l'faire. Comment être un homme. Ou bien qu'on n'en est plus un. C'qu'on est plus capab'de faire. Une femme, ça peut vous éreinter. Viola a toujours aimé commander. J'ai toujours accepté. Dans le temps, elle râlait moins qu'maintenant mais elle savait me m'ner par l'bout du nez. Si elle disait « saute ! » j'disais « jusqu'où ? », ce genre de chose. Elle savait m'en faire faire, des trucs. Elle saurait encore, d'ailleurs, mais y a un moment où j'ai dû r'tirer les doigts d'la prise et souffler un peu. Pasque j'en avais marre. Marre des disputes. Marre de d'voir tout expliquer. Marre de d'voir mentir pass'que c'était moins dangereux que d'dire la vérité. Mais surtout, marre de d'voir m'excuser tout l'temps d'être moi.

Avant, j'croyais qu'une fois qu'on aimait quèqu'un, c'était pas possib'd'arrêter d'l'aimer. Mais j'me trompais. Enfin, comprenons-nous bien. J'aime toujours Viola, mais c'que j'veux dire c'est qu'en même temps j'l'aime plus. Elle est méchante. Une vieille peau qui ronronne plus jamais et fait rien que râler. J'aimerais bien qu'y ait une façon d'dire gentiment à sa femme que c'est une emmerdeuse en chef et qu'elle vous casse les couilles, mais moi, en tout cas, j'ai pas trouvé. Dieu sait qu'j'lui aurais dit d'puis longtemps. J'voulais pas lui faire de peine, moi, pas comme elle m'en a fait à moi.

Ça m'gêne pas d'êt'trempé. Fait pas si froid qu'ça. C'est d'jà l'mois d'mars. Et l'hiver est jamais bien terrible, ici. Y doit faire dans les dix-huit, vingt degrés. En fait, cette pluie m'fait du bien. J'pourrais rester ici toute la journée, si fallait, mais faut pas. Quoique. Et mes cheveux alors, j'avais oublié ? Faudrait pas que d'la teinture dégouline sur ma belle chemise. J'l'ai mise exprès pour Viola.

Quand elle a quitté le lit conjugal, l'an dernier, c'était la goutte d'eau qui a fait déborder l'vase. Déjà qu'l'amour, pour elle, c'était comme une récompense... Fallait l'mériter et la supplier, en plus. Des fois j'ai quèqu'problèmes de c'côté-là, mais des fois pas. Et sans mentir, Viola est encore capab'de m'faire grimper aux rideaux, mais après des années passées à vivre comme qui dirait au mitard, même la bonne baise, ça suffit plus. En plus, j'ai découvert qu'y avait plein de moyens d'tirer son coup, à Vegas, et souvent, c'est pas cher. Pas besoin d'la regarder dans les yeux ni d'savoir son nom, finis les « Pourquoi ? », les « Où t'étais ? » et les « Quand c'est qu'tu rentres ? » Elles s'en fichent pas mal qu'vous en ayez qu'pour cinq ou dix minutes. On fait c'qu'on a à faire, on laisse l'argent bien en vue et on se casse.

Avant, Viola c'était mon amie. J'lui f'sais confiance. J'lui disais tout. Mais d'nos jours, on peut pas trop savoir c'qu'elle va faire de c'que vous lui dites. En général, elle vous retourne ça comme une arme. Avec sa grande gueule, elle m'fait honte. Avant, y en avait qu'pour moi. Beau. Sexy. Intelligent. Fort. Maintenant, elle m'critique tout l'temps. Nom de Dieu, j'sais bien que j'suis un péqu'not mais ça m'gêne pas. Elle avait pas compris qui j'étais quand on s'est mariés ? Les gens changent pas rien que passqu'ils sont mariés. Quand on a été él'vé d'une certaine façon, eh bien on reste comme ça. À moins d'aller chez un d'leurs toubibs de la tête qui, à force de vous baratiner, vous font dev'nir quèqu'un d'aut'. Viola, elle m'laissait jamais en paix. « Quand est-ce que tu vas changer d'coiffure, Cecil ? » qu'elle m'disait. Ou : « Va falloir faire des abdos, t'as l'ventre qui grossit à vue d'œil. » Si j'oubliais un truc, n'importe quoi : « Mais où t'as la tête, Cecil ? C'est déjà Alzheimer ? » Si on s'apprêtait à aller quèqu'part : « Tu crois qu'tu vas sortir avec moi dans cette tenue ? » Un vieux costume, p'têt, mais c'était elle qui l'avait choisi, dans le temps. Et on r'gardait toujours c'qu'elle voulait à la télé, pass'que chez nous, c'était elle qu'a t'nait la télécommande. Mais l'pire de tout, c'était : « Déjà fini ? »

Elle s'fiche pas mal des sentiments des aut', y a qu'les siens qui comptent. Elle dit l'premier truc qui lui passe par la tête, et c'est pour ça d'ailleurs qu'elle a pas beaucoup d'amis. Loretta est pas dangereuse, c'est pour ça qu'elle l'aime bien. En plus, elle est blanche. Et j'crois que Viola a peur des Blancs, ou alors elle se sent obligée d'prouver qu'elle est aussi bien qu'eux. Mais Loretta demande rien. Gentille, c'est tout. Une brave femme. Qu'est arrivée les mains tendues. Viola adore ça, quand on en a qu'pour elle.

Du côté d'ses frangines – si c'est pas malheureux, vu qu'c'est la seule famille qui lui reste – elles sont toutes les deux complètement siphonnées. Priscilla, c'est une voyoute de cinquante-cinq ans. Ça fait vingt ans qu'elle fait l'aller-retour entre la prison et chez elle. J'crois qu'elle est r'ssortie ces jours-ci. Mais j'm'avancerais pas. Vous aurez pas l'temps d'dire ouf qu'elle se s'ra fait coffrer d'nouveau. Même qu'ils lui ont mis l'machin autour d'la cheville et qu'elle f'sait quand même des siennes. En plus, elle prend des drogues ; ça doit être pour ça qu'elle a du mal à arrêter d'cambrioler son monde. Dans la famille, on l'appelle Bonnie.

Suzie Mae a soixante-cinq ans. Elle a toujours été un peu dérangée, mais maintenant y a plus la lumière dans toutes les pièces. J'crois bien qu'elle a un peu d'Alzheimer, là, mais personne veut l'reconnaître, vu qu'elle a jamais été très loin d'l'asile, même Viola l'disait. J'crois qu'c'est passqu'elle a jamais eu d'enfants. Son mari est mort en 1971 d'un genre de cancer et, d'après Viola, elle dort toujours avec sa photo, comme si l'allait rentrer d'la guerre. Suzie Mae a toujours été une dingue du bon Dieu ; elle allait à l'église quatre ou cinq soirs par semaine et donnait tout son argent aux bonnes œuvres. Un jour, son prêtre l'a convaincue d'avoir une « liaison réparatrice », comme Suzie a dit à Viola. Et puis, deux ans plus tard, quand elle a découvert la taille véritab'de sa paroisse, elle a décidé d'rester chez elle pour étudier la Bible. Depuis, elle laisse plus rentrer personne. Faut lui parler à travers la porte. Y paraît qu'les tuyaux ont gelé à Noël et qu'son évier est bouché, alors elle fait la vaisselle dans la baignoire. D'après c'que Charlotte a dit à Viola, c'est toujours pas réparé. Mais Suzie Mae dit qu'elle veut pas qu'on l'aide, qu'elle a pas b'soin d'aide.

Question d'être perdu, moi, j'ai bien perdu l'fil avec mes gosses. J'veux dire j'suis pas trop au courant. J'les connais pas trop. Pas personnellement. J'sais qu'c'est des braves gosses. Qu'ils ont un bon fond. Les filles sont dev'nues des vraies femmes, et c'est dur à croire quand on y pense. D'abord, elles ont poussé comme du chiendent. Elles font toutes entre un mètre soixante-huit et soixante-quinze. Par contre Lewis, qu'est l'seul garçon, ça m'a étonné qu'il soit pas plus grand qu'ça, un mètre quatre-vingt-deux, p'têt. J'sais pas comment ça s'fait. Mais mes p'tites filles… Un jour vous êtes en train de passer d'la crème sur leurs p'tites bouilles et vous r'gardez leurs longues nattes se balancer quand elles sautent à la corde, et le lendemain, *bing*, elles ont des seins, elles portent des collants, elles ont des ch'veux bouclés et du fard à paupières, et leurs lèvres sont rouges ou rose vif. J'avais à peine retiré les p'tites roues du vélo d'la dernière qu'j'ai pas eu l'temps d'dire ouf, elle conduisait une voiture et avait rattrapé l'reste du troupeau.

Lewis et moi, on a jamais été trop d'accord. Alors il s'mêle pas d'mes affaires et j'me mêle pas des siennes. Depuis la première fois qu'il s'est fait arrêter, et qu'il a pas voulu m'écouter – il m'a même mis l'poing sous l'nez comme si voulait m'frapper – on a plus grand-chose à se dire. L'a toujours eu l'impression d'êt'un homme et d'rien avoir à apprendre. Là d'ssus, on est pareils. Du coup, j'ai arrêté d'lui parler comme un père parle à son fils, depuis longtemps déjà. La prochaine fois que j'le vois, j'espère pouvoir lui parler d'homme à homme. P'têt que l'temps a changé les choses. J'aime tous mes enfants, sans mentir, mais d'avoir trimé si dur toutes ces foutues années, j'les ai pas vus grandir. Viola était là et d'mon côté, j'pensais que j'jouais mon rôle en mettant un toit au-d'ssus d'leurs têtes et d'quoi manger dans leurs assiettes. Mais y a des fois où on travaille trop dur. J'vois bien, maintenant. On peut rater beaucoup d'choses : les années par exemp'. Elles filent. Vous r'gardez vos mains et, tout d'un coup, elles sont pleines de grosses veines vertes, noueuses à cause de l'arthrite, vous avez mal aux genoux, le blanc d'vos yeux est dev'nu jaune et vous vous d'mandez, où j'étais, moi, pendant c'temps-là, au lieu d'êt'en train d'vivre ? Réponse : au boulot. J'ai raté mes plus belles années. Voilà c'que j'ai fait.

Enfin, maintenant, ils sont grands et d'après c'que j'comprends, ou c'que Viola m'en dit, ils ont chacun leur dose de problèmes mais pas plus que la moyenne, quoi. J'ai essayé d'dire à Viola de pas mettre son nez dans leurs affaires, d'les laisser mener leur vie, mais c'que j'lui dis elle s'en fiche pas mal. Elle s'en fiche complet. Encore une raison de partir. Elle m'écoute pas. L'écoute personne, en fait. Elle a toujours raison. Mais ça c'est pas vrai, pas toujours, et va falloir qu'elle s'y fasse.

Elle m'a toujours accusé d'la tromper, depuis des années. Mais c'était tout dans sa tête. Bon, p'têt une fois ou deux mais c'est pass'que j'travaillais tard, au resto. J'ai fait des pieds et des mains pour lui montrer qu'j'étais désolé, pour m'faire pardonner. Et puis j'en ai eu marre. Maintenant, c'est à elle de d'mander pardon, pass'que j'ai rien fait d'plus qu'êt'moi-même.

Comment ça s'est passé ? C'était l'nouvel an. Elle voulait aller nulle part, alors on est restés à la maison à r'garder les jeunes de New York à la télé. On est sortis dans la cour pour voir les feux d'artifice, on a compté vingt-six coups de feu, on a trinqué au champagne et puis on est rentrés s'coucher. J'voulais inaugurer la nouvelle année par un frotti-frotta mais Viola, elle voulait pas en entend'parler. Elle s'est r'tirée dans sa chambre et moi dans la mienne.

Le lend'main, à la première heure, j'file chez Howie. Dans son garage. J'l'aide à réparer une vieille clim. On boit un p'tit coup au goulot. Après on en a marre, on s'nettoie juste assez pour pas avoir l'air sale et on décide d'aller faire un tour au Harrah's. Là, j'gagne de tous les côtés et quand j'jette un coup d'œil à ma montre, y s'fait deux heures du mat. Le jeu, ça peut vous faire ça. Vous oubliez tout, surtout l'temps. J'me s'rais cru Cendrillon. J'cours jusqu'à la caisse pour empocher mes sous et j'dis salut à Howie.

Quand j'suis arrivé d'vant not'p'tite maison bleue, y avait encore d'la lumière. J'suis rentré dans la cour mais j'suis pas descendu d'la voiture pass'que j'y arrivais pas. Rien qu'à l'idée d'me faire encore engueuler, mes dents grinçaient toutes seules. Impossible de l'ver la main pour ouvrir c'te portière. Juste après, j'entends mon nom : « Cecil ! ». J'espère qu'les voisins vont pas s'réveiller. J'ai d'jà honte. Pourquoi elle fait autant d'boucan ? « Cecil ! » J'baisse la fenêtre. « Ouais. » « Pourquoi tu restes dans ta voiture comme ça ? » J'savais pas comment lui dire la vérité, alors j'ai rien dit. « T'as perdu combien, cette fois ? » J'ai rien dit. J'aurais voulu répondre que j'avais eu d'la chance, qu'j'avais plus de quatre mille dollars en poche et qu'elle pouvait les prendre pour faire des travaux dans la baraque. « Comment qu'elle s'appelle ? T'as pris une douche après, au moins ? » J'l'ai regardée : sous la lampe du perron, l'avait les ch'veux comme des flammes d'argent, ses grosses hanches bloquaient la lumière qu'essayait d'passer à travers sa ch'mise de nuit. Elle était tellement en colère qu'elle a ramassé un pot de fleurs et l'a j'té vers la voiture. Puis elle a mis les poings sur les hanches, j'ai vu sa bouche remuer toute seule, et c'est là qu'j'ai senti ma main droite passer le levier d'vitesses en marche arrière. Les yeux droit d'vant, j'suis sorti d'la cour à reculons, très lentement. Quand j'suis arrivé sur la chaussée, j'ai r'monté la vitre et j'l'ai r'gardée. On aurait dit une statue. Elle bougeait plus, à part sa tête qui m'suivait. J'm'en fichais pas mal de c'qu'elle r'ssentait. J'ai mis la clim et j'ai enfoncé l'bouton d'l'autoradio. B.B. King m'a aidé à appuyer sur l'accélérateur. J'savais pas où j'allais, vu qu'j'avais nulle part où aller, alors j'me suis baladé dans la ville jusqu'à c'qui fasse jour.

Viola et moi, c'est fini.

Et c'est pour ça que j'suis chez Brenda avec les gosses. Elle v'nait tout l'temps à La Bicoque, surtout en début d'mois. Maintenant, j'm'aperçois que j'étais toujours content d'la voir. Elle m'a fait bander plus d'une fois, rien qu'à la r'garder. C'est bon d'savoir qu'on peut encore avoir la gaule comme ça, tout d'bout. Brenda, c'est pas une beauté mais elle peut être mignonne, si elle est dans un bon jour. L'est très propre. Elle sent toujours bon. J'ai jamais vu des ongles aussi longs qu'les siens, avec des p'tits dessins d'ssus, en plus. Quand on s'est séparés, avec Viola, Brenda a été tellement gentille avec moi qu'une chose en entraînant une autre... Elle a toujours flirté avec moi. Elle disait qu'elle m'trouvait beau, mais c'est vrai que j'suis beau, d'abord. Plus noir qu'Evander Holyfield, le boxeur. On pourrait être cousins. Enfin, disons qu'en m'regardant vraiment longtemps et en f'sant comme si j'avais trente ans, vous pourriez p'têt voir une ressemblance. Mais p'têt pas. J'suis pas très grand mais j'suis pas p'tit non plus. Un mètre soixante-dix-huit, dans le temps, mais on dit qu'on s'tasse en vieillissant. Viola doit descendre des amazones passqu'elle fait juste quèqu'centimètres de moins qu'moi et c'est pour ça qu'elle m'cassait toujours les pieds pour qu'j'me tienne droit et qu'j'aie l'air plus grand qu'elle. Encore maintenant, ça m'arrive, j'suis quèqu'part et j'me r'dresse d'un coup. Même si j'veux pas penser à Viola, elle trouve toujours l'moyen d'entrer dans ma tête et ça fait j'sais pas combien d'temps que j'suis là, sous la pluie, comme un con, sans avoir les couilles de r'monter dans c'te chambre d'hôpital récupérer mes clés. J'vais pas tarder à choper une pneumonie. C'est moi qui vais avoir besoin d'une chambre. Mais il m'faut encore une minute ou deux. Histoire de trouver un peu d'courage. Trouver c'que j'vais lui dire, c'te fois-ci.

La dernière fois que j'suis monté sur une balance, j'avais dépassé les cent kilos. Faudrait que j'me mette à faire un peu d'exercice, y paraît qu'on peut vivre plus longtemps, qu'on s'sent mieux, il s'passe un truc avec leurs métamorphines qui vous rent'dans le cerveau, comme si on avait pris d'la drogue. J'ai jamais eu envie d'savoir à quoi ça ressemblait, c'machin, mais j'sais que j'pourrais perdre quèqu'kilos, ça m'ferait pas d'mal. Brenda dit qu'elle a jamais r'marqué qu'j'avais un gros ventre et quand elle a r'marqué, elle a dit qu'ça la gênait pas. Qu'ça f'sait un bon coussin. Et puis, elle dit que j'suis quèqu'un d'bien. Qu'des hommes bien, y en a pas beaucoup. L'a pas dû chercher comme il fallait. « J'ai pas cherché du tout, qu'elle dit. J'voulais qu'on m'trouve. » Eh bien, j'l'ai trouvée. Et elle adore ma coiffure. Elle a un peu la même. Des boucles, pareil, mais plus long. Des fois, la cousine à Brenda, qui veut dev'nir coiffeuse, elle s'entraîne sur elle, même si Brenda dit qu'elle préférerait s'faire des tresses, un jour, quand elle aura d'l'argent, pass'que les tresses ça coûte vach'ment plus cher qu'les boucles. J'vais voir si j'peux faire quèqu'chose pour ça.

Elle a pas d'père pour ses enfants et c'est pour ça qu'elle est aux allocs. L'aime pas trop vivre dans c'te cité (moi non plus, d'ailleurs) et elle essaye d'trouver du travail mais surtout elle voudrait r'prend'des études pour passer son bac. Elle dit qu'elle veut s'donner les moyens. Et pour ses enfants, aussi. J'vais essayer d'l'aider. Mais d'abord, elle s'demande si elle d'vrait pas aller aux Alcooliques anonymes. Chaque chose en son temps. Elle a du mal à s'rend'compte quand elle est soûle. Moi aussi, j'aime bien boire un coup, mais j'aime pas trop être soûl : ça tourne et j'sais plus c'que j'raconte, ou c'que j'ai fichu, tout ça. C'est aussi pour ça qu'elle m'aime bien, Brenda. Elle dit que j'sais me contrôler. Mais c'est pas tout à fait vrai. J'ai toujours un faible pour le jeu. Pour être honnête, on aurait b'soin de s'faire soigner tous les deux. J'crois qu'on peut s'encourager, s'entraîner sur l'bon chemin. Plus tard, quand ça d'viendra sérieux. J'suis pas encore prêt à laisser tomber les dés. Malgré ça, elle m'aime bien. Et quand j'gagne, j'lui rapporte l'argent. Chaque fois que j'fais un truc pour elle, elle dit merci. Viola pourrait en prendre de la graine.

Ses gosses sont tout petiots. Africa, qu'on appelle Sunshine, a dix-huit mois. Hakeem a trois ans. Et Quantiana, cinq. J'l'appelle Miss Q. Pourquoi les Noirs d'aujourd'hui donnent des prénoms à leurs gosses qu'on peut pas s'rappeler, et encore moins écrire ou prononcer ? Et quelle idée d'donner un nom d'pays à un enfant, plutôt qu'le nom d'quèqu'un d'la famille ? Ils sont pénibles, ces gosses, mais j'les aime bien. Et ils m'aiment bien. Ils croient que j'suis leur grand-père, mais ça m'gêne pas. Le père de Miss Q et d'Hakeem est p'têt mort ; Brenda en est pas sûre mais elle a entendu dire que quèqu'un l'avait descendu l'an dernier. Le père de Sunshine, il traîne dans l'coin. J'le connais. J'lui ai pris tous ses sous aux dés, une fois. Il vaut pas un clou. Faut bien que quèqu'un s'occupe de ces mouflets, alors pourquoi pas moi ? Ça m'gêne pas du tout. Au contraire. Ça fait du bien d'se sentir utile.

Reste pas sous la pluie, Cecil. R'monte là-haut et va la voir. Elle va rien t'faire, nom d'un chien. Elle peut même pas parler, Dieu merci, et pardon, mon Dieu, d'penser une chose pareille. Mais ces yeux qu'elle a... Elle pourrait couper du verre avec. Elle a pas b'soin d'dire un seul mot. Vas-y Cecil. Arrête de faire le crétin. Et puis, c'est pas tout ça mais faut qu'j'me dépêche, en plus. J'avais oublié. Brenda m'a d'mandé d'rapporter d'la viande hachée et du ketchup. Elle prépare des hamburgers. Ses mômes, c'est des ventres à pattes. Ils bouffent qu'des saloperies, et le bébé, il mange comme un homme. J'sais pas comment ils font pour pousser avec ça, j'ai dit à Brenda qu'ils devraient manger plus de légumes. Elle dit qu'les seuls qui veulent bien avaler, c'est ceux en boîte, des haricots au jus ou du maïs en purée. C'est pas tout à fait à ça que j'pensais, mais c'est un début. Les jours où elle fait la cuisine, Brenda, c'est quèqu'chose. Elle dit qu'elle aimerait bien pouvoir s'payer une femme de ménage. C'est sûr que l'appart en aurait b'soin. Mais c'est pas grave. J'suis pas là d'puis assez longtemps pour faire des changements. Plus tard. Quand j'me s'rai installé. Quand j'aurai l'impression d'habiter vraiment là-bas au lieu d'êt'en vacances prolongées.

J'aime bien Brenda. J'me sens bien avec elle. Elle m'donne l'impression d'êt'quèqu'un. Elle dit qu'elle a trente et un ans, mais j'crois qu'elle ment sur son âge. Elle paraît plus. Mais j'm'en fiche. L'est née ici, à West Vegas. Sa famille habite dans l'coin, mais ils peuvent rien pour elle. Ils sont encore plus mal en point qu'elle, enfin ça dépend d'comment qu'on voit ça.

Allez, r'mue-toi, Cecil. C'te fois-ci, j'le fais : j'cours vers l'entrée d'l'hôpital et une fois d'dans, j'm'approche de l'accueil.

— J'ai oublié mes clés dans la chambre de ma femme. Elle s'appelle Viola Price et...

La femme agite un trousseau d'clés sous mon nez.

— Elle se doutait que vous reviendriez les chercher...

— Merci, j'lui dis.

J'y prends les clés tout doucement. Elles sont froides. Et j'me sens mal. Très mal. Je sors d'un pas dur, j'passe les portes qui tournent et j'reviens à ma voiture. Il pleut plus. C'te fois-ci, j'lève même pas les yeux vers la fenêtre de Viola, elle s'rait capab'de m'regarder. Elle s'rait capab'de croire qu'elle a encore du pouvoir sur moi. Mais c'est pas vrai. Quand j'arrive à la voiture, j'sais bien que j'devrais la laisser tourner quèqu'minutes, vu qu'elle a quinze ans, mais j'le fais pas. Faut que j'me dépêche d'passer au magasin. J'ai des bouches à nourrir à la maison. P'têt même que j'achèterai une cannette pour Brenda. Mais p'têt qu'il vaut mieux pas.

ÇA SERT DE PARIER

J'me fous de c'que les gens racontent, je sais que j'ai pas de problèmes. Tout va bien. Très bien, même. Ma vie se déroule mieux que je l'espérais. C'est pas parfait, mais c'est pas aussi pourri que Mama ou l'reste de la famille veut bien l'dire. Bon, pour être tout à fait honnête, y a des jours où j'aimerais bien pouvoir recommencer à zéro. Et y a même des jours où j'me dis que j'aurais mieux fait d'naître blanc. La vie aurait sûrement été plus facile. Comme une ligne droite qui mènerait quelque part, au lieu de ces putains de chemins détournés qui mènent à rien.

Mais j'suis pas con. J'sais bien que j'étais censé aller à la fac et pas en taule. À l'époque, là, j'étais vraiment con. C'est pour ça aussi que j'lis au moins un journal par jour et que j'fais au moins un mot croisé, et que j'prends des cours du soir depuis une dizaine d'années, plus ou moins. Commerce, marketing surtout. De l'informatique. Des cours pour entrepreneurs, quoi. Et puis j'essaie de suivre un cours de philo par-ci par-là, quand j'peux, parce que je me pique de réfléchir à plus d'un niveau. C'est dur de parler aux gens, la plupart du temps, et ces cours me donnent l'occasion d'échanger des idées sans m'sentir ridicule. J'aime bien pouvoir interpréter les trucs. Regarder la vie par plein de côtés différents, pas seulement les plus évidents.

Sauf que ce semestre, j'peux pas m'offrir le cours de logique, alors va falloir que j'poursuive ma réflexion tout seul.

J'ai un boulot. Mais c'est au point mort, en ce moment. Je vis de l'alloc handicapé. Personne me croit dans ma famille quand j'dis que j'fais de la polyarthrite chronique évolutive. Y sont comme moi, y croient que l'arthrite c'est pour les vieux. J'ai que trente-six ans, putain. Ça m'a troué l'cul quand l'docteur m'a dit ce qui m'arrivait. Je sais pas ce que j'vais devoir faire pour leur prouver, aux autres. Quand j'l'ai dit à Mama, elle a eu l'air de croire que c'était un bobard que j'avais inventé. Même la maladie, j'l'avais inventée. Mais j'en suis au point où j'peux même plus m'servir d'un marteau. Pas toute la journée en tout cas. Plus maintenant. Pendant des années, j'ai fait comme si de rien n'était mais la douleur a fini par avoir une influence sur mes revenus. Depuis six mois, je dois bosser par intermittence. J'installe des parquets en bois dans des apparts de luxe avec un mec qui s'appelle Woolery. Il veut que j'devienne son associé, à condition que j'puisse apporter de cinq à dix plaques, mais où j'vais trouver le fric ? Ce genre d'opportunité se présente pas tous les jours dans l'monde dans lequel je vis. J'ai deux sœurs qu'ont pas mal de tunes, mais tu crois que j'pourrais leur demander de m'en prêter ? Mon cul. Elles me riraient au nez, ouais. Elles me prennent pour un blaireau. Pour un mec qui tient pas la route. Parce que j'ai du mal à finir les trucs que j'commence, des fois. Mais c'est pas toujours d'ma faute. Et elles voient même pas le mérite que j'ai à essayer. J'pourrais être tox, putain. J'pourrais faire des casses. Au lieu de ça, j'essaie d'être un citoyen honnête. C'est lent, mais j'avance. C'est la seule façon que j'connais et j'fais de mon mieux. Si elles m'voyaient sans mes habits, elles auraient un choc. Merde, putain, j'ai des boules au poignets grosses comme des glands. On dirait que les os de mes coudes essaient de traverser la peau. Y a des matins où y sont tellement gonflés que j'peux même pas déplier les bras. Et j'parle pas d'mes genoux et d'mes chevilles. J'vais bientôt être difforme. La plupart du temps, on dirait que j'ai de l'éléphantiasis au genou droit. Et y a pas de traitements pour cette saloperie. J'me bourre de Tylenol, extra fort. Y a des jours où j'en prends dix. Le docteur dit que ça va faire qu'empirer. Mais j'me plains pas. Côté douleur, j'ai déjà connu pire, bien pire.

La vérité, c'est que j'voudrais monter une affaire, parce que j'ai des idées cent pour cent garanties qui pourraient me faire gagner un max de tunes, si j'm'y prends comme y faut. Putain, les idées, c'est pas ça qui manque, mais j'ferme ma gueule en général parce qu'y a des gens en meilleure position que moi qui pourraient m'les piquer et après raconter que ça vient d'eux. Je sais comment faut s'y prendre pour faire breveter les trucs mais ça coûte du fric. Et bien sûr, y a personne dans ma famille qui veut en entendre parler. Elles pensent toutes que j'délire. « Trouve du travail, d'abord », dit toujours Paris. « Et essaie d'le garder assez longtemps pour avoir droit à la mutuelle », ajoute Charlotte à tous les coups. Putain, quand t'es déjà malade, c'est pas évident de trouver une mutuelle ! « J'espère que tu ne te drogues pas et que tu n'as pas recommencé à boire des alcools forts » : d'après Janelle, si tu bois un verre, t'es un alcoolique et si tu fumes un joint de temps à autre, t'es pratiquement toxico. Mama, c'est à peu près la seule qui a l'air de croire en moi : « T'as beaucoup d'jugeote, Lewis. Essaie seulement d't'en servir, ça m'fera plaisir. » Et Papa, l'homme qui veut jamais prendre position : « Fais c'que tu peux, Lewis. Tant qu't'évites les ennuis, ça m'va. »

Ils me connaissent même pas. Ils se rappellent de moi, c'est tout. Ils regardent les vieilles photos et pensent que j'suis le même qu'y a vingt ans. Eh bien non. Ma famille peut même pas imaginer qui je suis aujourd'hui, ce que j'traverse, ce que j'ressens. J'crois qu'ils s'en foutent un peu, d'ailleurs. Ils me respectent pas parce que j'm'en sors pas aussi bien qu'les autres. Ça fait mal. Mais y f'raient mieux de s'concentrer un peu sur leurs vies, putain, au lieu de vouloir résoudre les équations d'la mienne.

J'vais être franc. Paris – même si c'est l'aînée et que je l'aime et que j'la respecte et tout, et qu'elle a une affaire qui marche et que ça roule pour elle –, elle croit qu'la vie est une ligne droite. Y a pas de place pour les détours, dans son univers. Soit t'es dans l'coup, soit tu y es pas. C'est dur de lui parler au téléphone. J'ai l'impression de répondre à un quizz. Et puis, elle a aucune patience. Elle aime pas écouter et elle croit qu'elle sait tout. D'accord, elle est pas con, elle a deux diplômes, mais elle sait pas tout. C'est pas parce que tu réussis dans la vie que t'es parfait. Tu peux faire des erreurs. Elle s'débrouille bien avec Dingus, mais c'est pas une raison pour me rabaisser parce que j'suis pas le genre de père qu'elle pense que j'devrais être. Comme si j'avais besoin d'elle pour m'en rendre compte. C'est elle qu'est toute seule dans sa grande maison avec personne à aimer. Moi, j'ai aucun problème pour trouver quelqu'un qui m'aime. J'ai toutes les meufs que j'veux. Enfin, peut-être pas toutes mais presque. Y a des femmes vraiment prêtes à tout, dans ce monde, suffit de les repérer. Et croyez-moi, c'est pas dur.

Ça m'fait penser à Janelle. Elle, elle vit dans ses rêves. Genre l'Ile enchantée, un truc comme ça. Elle est un peu simple et elle comprend pas qu'la vie, c'est comme un puzzle. Qu'il faut d'abord voir l'ensemble et puis essayer d'le monter, pièce par pièce. Janelle, elle veut tout d'un seul coup. C'est pour ça qu'elle essaie toujours de mettre la main sur celui qui va pouvoir tout lui donner. Son mari qu'est mort la gâtait, lui donnait trop de tout. J'l'aimais bien quand même. George, par contre, j'suis pas sûr que ça soit un bon plan.

Mon autre sœur, Charlotte, elle fait rien sans être certaine qu'elle va y gagner. Elle aime pas faire de gros investissements, mais elle veut des gros bénefs. Leurs Lavomatic tombent en ruine, mais elle est trop radine pour les réparer. Je compte plus le nombre d'affaires qu'elle a lancées et arrêtées parce que l'argent rentrait pas assez vite. En plus, elle croit que le monde entier doit tourner autour de son nombril. Elle était déjà comme ça quand elle était petite. Elle s'fout le doigt dans l'œil jusqu'au coude, la conne.

Et elles passent leur temps à m'rappeler que si j'm'étais comporté comme un homme, un vrai, je s'rais sans doute encore marié avec Donnetta, j'porterais un costume-cravate – un truc que j'ai jamais eu dans ma garde-robe jusqu'à présent –, j'serais salarié et j'irais chercher Jamil à l'école pour l'emmener à ses entraînements de foot. Mais ça s'est pas passé comme ça. J'suis divorcé. Et content d'l'être. Cette fille avait des problèmes bien plus gros qu'les miens mais ma famille avait l'air de dire qu'c'était elle qui méritait un prix de consolation. Donnetta jouait très bien les innocentes et c'est c'qui m'a fait craquer au début, d'ailleurs. Y avait une douceur chez elle que j'avais jamais rencontrée chez aucune femme noire avec qui j'étais sorti. Elle faisait semblant d'avoir de l'ambition, tout comme elle faisait semblant d'croire en moi. Mais elle était flemmarde. Savait pas c'qu'elle voulait. Juste c'qu'elle voulait pas. Elle s'est mise à éliminer une chose après l'autre et puis tout a basculé quand elle a rencontré Jésus. Déjà qu'elle avait jamais été très branchée cul, mais alors après... Si on baisait une ou deux fois par mois, c'était presque trop. Au jour d'aujourd'hui, je sais toujours pas si Donnetta a jamais joui avec moi. Elle disait que oui, mais j'sais pas pourquoi, j'l'ai jamais crue. La patience : c'est surtout ça que j'ai appris dans cette affaire, parce que j'espérais avoir d'autres enfants, mais après neuf ans où il s'était rien passé elle a déclaré que c'était fini, qu'un seul lui suffisait. J'avais vécu toutes ces années d'enfer pour rien. Mais si j'ai tenu, c'est que j'ai fini par aimer mon fils davantage que j'l'aimais elle.

Jamil. J'aimerais bien être en mesure de faire plus pour lui, mais comme j'le suis pas – en tout cas pour l'instant – j'fais semblant de pas avoir d'enfant, pour éviter d'être complètement rongé de l'intérieur, c'qui est déjà l'cas de toute façon, et ça doit être pour ça que j'bois autant. Si y avait pas Donnetta, ma situation financière serait vachement meilleure. C'est à cause d'elle que j'dois travailler au noir la plupart du temps, parce que juste après notre divorce, elle a absolument tenu à m'faire un procès, alors qu'elle savait très bien que j'gagnais à peine plus que le salaire minimum. Ce dont elle se foutait royalement. C'est c'qu'elle voulait. Et elle l'a eu.

En tant que mec, tu t'sens tout petit quand tu connais tes limites. Quand tu sais que tu vis pas à la hauteur de tes potentialités, quand tu sais pas si t'y arriveras jamais. Ça peut vraiment te niquer la tête quand tu sais à quoi t'aimerais que ta vie ressemble et quand tu vois comment elle est en réalité. Y a un putain d'espace entre les deux, un gros trou qu'il faut apprendre à combler.

Au moins, je sais que Jamil souffre pas. Il manque pas d'grand-chose. On le prive de rien. Donnetta est peut-être pas la meuf la plus futée d'la terre, mais c'est une bonne mère. J'lui accorde ça. Ils vivent seulement à soixante-dix kilomètres d'ici et j'te parie que d'ici pas longtemps je pourrai me pointer devant la maison – ou les retrouver au coin de la rue, plutôt, parce que j'veux pas foutre les pieds dans cette baraque – et emmener Jamil se balader. En plus, j'ai entendu dire qu'elle avait un autre mec qui venait chez elle régulièrement. Il paraît que c'est un dingue du bon Dieu, comme elle. Enfin, j'me fous de qui c'est et de c'qu'il peut bien fabriquer, tant qu'il fait pas d'mal à mon fils. Mais il est hors de question que j'rencontre cet enfoiré. Laisse tomber.

Si seulement les autres savaient. Le boulot que ça m'a demandé pour en arriver là où j'suis aujourd'hui. Quand on y pense. J'veux dire, j'en veux à personne. Enfin, peut-être à quelques-uns, quand même. Parce qu'il y a des gens qui m'ont fait des trucs lamentables, inavouables. Si y a une chose que j'ai apprise, c'est bien celle-là : tes proches peuvent te faire plus de mal que n'importe quel putain d'inconnu. Y a des statistiques qui montrent que la plupart des meurtres ont lieu au sein des familles et, crois-moi, j'comprends pourquoi. Même si j'aimerais bien, j'ai jamais pu oublier le jour où mes cousins Boogar et Squirrel – seize et dix-sept ans à l'époque – m'ont poussé dans la trappe de notre abri antiatomique et m'ont forcé à sucer leur pénis. J'avais dix ans. J'arrivais pas à croire qu'ils m'faisaient faire un truc pareil et j'comprenais pas pourquoi. On était des garçons. Et on était cousins, en plus. J'me suis jamais senti aussi humilié et aussi paumé qu'ce jour-là. Quand j'ai vomi, après coup, ils ont rigolé et m'ont dit que si jamais j'le racontais à quelqu'un, ils me tueraient. Jusqu'au jour d'aujourd'hui, j'en ai jamais parlé à personne.

Mais j'suis pas complètement con. Tout comme j'connais le produit national brut, je sais aussi que cet incident a sans doute eu un effet sur ma personnalité et tout, mais j'crois pas que ce soit le facteur décisif pour expliquer le genre d'homme que j'suis devenu. Quand j'étais en taule, pour pas péter les plombs, j'ai feuilleté des encyclopédies et j'ai commencé à faire des mots croisés. Et puis j'ai lu plein de bouquins de psychologie par Freud et Jung et tous ces enfoirés qui croient qu'ils peuvent psychanalyser tout et tout le monde. Mais comme on dit chez nous : quand ça chie, ça chie. Et la merde, ça rentre pas toujours bien comme il faut dans les livres. Et même si c'était le cas, qu'est-ce que ça peut foutre ? C'est pour ça que j'ai jamais rien dit à personne. Les gens veulent toujours t'analyser. Trouver dans quelle case te ranger. Et si y a aucune case qui te va ? Si un truc traumatisant t'est arrivé quand t'étais môme, ils pensent automatiquement que t'es foutu, ou du moins sévèrement atteint, pour le restant d'tes jours. Eh bien, bordel regardez-moi. Je suis un parfait exemple de quelqu'un qui s'en est tiré. C'est pour ça que j'crois pas à leurs conneries. Et c'est pas du déni non plus, putain. Si t'es un peu malin, tu peux t'débrouiller pour oublier n'importe quoi : tu mets ça dans un coin de ta tête qui sert à rien, tu verrouilles et tu jettes la clé. C'est surtout pratique quand il s'agit de trucs qui font mal. Et si jamais ça remonte de temps en temps ? Faut bien vivre.

En plus, toutes ces saloperies, ça se paye. J'ai pas fait long feu en taule. Pas de mitard, et j'ai pas baissé mon froc non plus. J'ai passé tout mon temps seul, à bouquiner. À m'éduquer. Boogar et Squirrel étaient en train de tirer cinq à dix ans quand j'ai débarqué. Vol à main armée, agression avec arme mortelle. Moi, j'avais volé des putains de tondeuses à gazon. Des outils de jardin. Je sors. Six ans passent. Ils sortent. Je rentre en Californie pour être plus près d'ma famille et pour m'éloigner des voleurs et des dealers qu'on trouve à tous les coins de rue dans le South Side, à Chicago. J'évite toute forme d'activité illicite, y compris les balles perdues. Une autre année passe. En 1981, Boogar prend une balle dans la tête pour une connerie, et un an plus tard, presque jour pour jour, Squirrel fait une OD d'héro. Et là personne ne comprend pourquoi je vais pas à leurs enterrements. Surtout pas Mama.

— C'est tes cousins, Lewis ! Vous jouiez ensemble quand vous étiez petits !

— On s'amusait pas tant que ça.

C'est tout c'que j'ai répondu.

J'suis pas bloqué sur le passé. J'essaie de vivre dans l'instant présent. Et à l'instant présent, j'suis coincé entre le drap du d'ssous, le matelas et une nana. Une nana très rebondie. Je crève d'envie d'une clope mais je sais que j'en ai pas. Ça, j'm'en rappelle. Par contre, j'ai presque peur de m'retourner pour voir qui est à côté de moi. Je cligne des yeux à plusieurs reprises pour essayer de recoller hier et aujourd'hui. Luisa. C'est comme ça qu'elle s'appelle. Quel soulagement, putain. Je la repousse sur le côté et j'me lève. Le téléphone s'écrase par terre mais c'est pas grave parce qu'il marche pas, de toute façon. Merde. J'ai la tête dans le cul. Cette piaule minus est toute sombre et pue le tabac, la bière tiède et l'herbe rance. Mais j'suis habitué. Cela dit, ça ferait pas de mal d'ouvrir une fenêtre. Dehors, des enfants jouent.

Avant que j'aie pu mettre le pied dans la salle de bains, on frappe à la porte. Qui ça peut bien être à cette heure-ci ? Je m'entoure la taille d'une serviette, vais jusqu'à la porte et regarde par le judas mais je reconnais pas la tête du Noir d'une cinquantaine d'années qui se tient là. J'entrebâille la porte un chouia.

— Ouais ?

— Vous êtes Lewis Price ?

— Qui le demande ?

— Clearing House Sweepstakes [1], Monsieur, mais si vous n'êtes pas Lewis Price...

— Attendez, attendez...

---

1. Célèbre loterie organisée par la Publishers Clearing House, centrale d'abonnements multi-magazines. (*N.d.T.*)

Mon cœur bat comme un cheval au galop et au moment où il me tend l'enveloppe blanche par l'entrebâillement de la porte, je sais déjà, petit un, que Dieu existe ; petit deux, que la chance devait forcément tourner un jour ; petit trois, que ça sert à quelque chose de jouer, parfois. Je laisse échapper un long soupir.

— Y avait ça collé à la porte, reprend le type en m'tendant un deuxième bout de papier. Ça a l'air important. Bonne journée.

Je referme la porte. Si seulement j'avais la moitié d'une clope à inhaler, ça m'aiderait à absorber la nouvelle. J'sais pas combien j'ai gagné, mais ça doit être assez pour acheter la camionnette Ford que j'ai repérée. Bordeaux. C'est ma couleur. Ouah ! Je vais avoir de quoi rembourser tous mes arriérés de pension alimentaire. En foutre plein la vue à Donnetta, une fois pour toutes. Et je vais peut-être même pouvoir me construire une baraque à moi, dans le High Desert, plus loin encore de tous ces connards et ces tarés. Je vais pouvoir démarrer mon affaire. Et pas qu'une seule ! Faire breveter plusieurs idées. Suivre des cours plus difficiles. « Calme-toi, bordel », je dis tout fort. J'ai tout mon temps, donc je respire à fond pour essayer d'me dégriser, mais j'ai les doigts qui m'démangent avec cette enveloppe dans une main et le bout de papier dans l'autre. Je lis le papier d'abord, comme pour prolonger l'orgasme. « Lewis : Mama est à l'hôpital. Fais quelque chose. Trouve une cabine téléphonique. Elle sort de réanimation aujourd'hui, mais que ça ne t'empêche pas de te faire du souci. Janelle. » C'est la troisième fois en deux ans que Mama est amenée aux urgences. Je suis content que Papa soit là. Mais vu que j'travaille pas, je pourrais quand même aller passer quelques jours avec elle. Lui filer un coup de main, parce que Papa doit être pris par le resto.

Faut que j'aille à Vegas. Mais il est pas question que j'fasse quatre heures de route avec Janelle. Laisse tomber. D'abord, elle sait pas conduire. Elle a la tête ailleurs. Elle lit pas les panneaux et elle roule à deux à l'heure. En plus, elle te laisse pas fumer et elle écoute de la musique bizarre, genre New Age. Non, merci. Je prendrai le bus. Comme ça, je pourrai réfléchir sans être dérangé.

Dès que j'aurai encaissé ce chèque. Non. D'abord, faut que j'ouvre un compte en banque. Mais j'ai oublié que j'avais plus de permis d'conduire. Il faut qu'j'attende encore huit mois avant de le récupérer. On l'a suspendu. Deux fois chopé pour conduite en état d'ivresse en cinq mois. C'est pour ça que j'peux plus boire ou conduire, il faut choisir. Je peux peut-être me faire faire une carte d'identité californienne ? Non, j'ai d'autres moyens de prouver que j'suis bien qui je suis. J'ai des factures. Peut-être que la meuf de la banque sera prête à croire que j'suis bien moi une fois qu'elle aura vu la taille du chèque. J'ai d'autres courriers à cette adresse. En plus, je dois avoir des polaroïds quelque part.

Une bouteille de Schlitz à moitié vide traîne sur le comptoir de la cuisine et je l'engloutis d'un seul trait. Après, je fouille dans un cendar jusqu'à ce que je trouve un mégot correct et je l'allume. Il m'arrache la gueule. À ce moment, je sens un regard. Je me retourne pour voir si c'est Luisa, ma serviette tombe par terre et le visage brun d'un petit Mexicain de cinq ou six ans apparaît derrière le dossier du canapé. On dirait qu'il sait pas où il est.

— Salut, je dis.

Je jette le mégot dans le cendrier, me baisse pour ramasser la serviette et l'enroule de nouveau autour de ma taille, mais plus serrée. Je souris de toutes mes dents ; il me regarde comme si j'étais une poupée mécanique et c'est d'ailleurs à peu près comme ça que j'me sens. Fini, le temps où j'avais honte de voir mon fils à Noël ! Maintenant, j'irai le voir sobre comme un chameau, des paquets plein les bras. Dans ma camionnette neuve. La F-250. Et j'vais toucher un mot à Woolery, rapport à sa proposition de partenariat dans les parquets, voir si ce p'tit Blanc était sérieux. Sinon, qu'il aille se faire foutre. De toute façon, j'ai déjà un vrai partenaire, mon pote Silas. Tout le monde l'appelle Simple Sam. Ça fait un moment qu'on parle d'acheter un semi-remorque. Y a plein de tunes à s'faire dans les camions. Et j'filerai un coup d'main à Mama et Papa, parce qu'y a pas besoin de s'appeler Einstein pour voir que la dernière Bicoque qui reste marche pas aussi bien qu'avant. Les gens mangent plus trop de barbecue, de nos jours. Faut qu'ils réparent la maison, qu'ils mettent au moins un toit neuf et une véranda, un truc comme ça. Et des vacances leur feraient pas d'mal. À moi non plus, remarque. Où est-ce que j'pourrais aller ? Acapulco ? Nan. La moitié du Mexique vit déjà ici, en Californie du Sud. On verra. Et puis y a mes trois charmantes sœurs. Je ferai un truc sympa pour chacune d'elle. Histoire d'leur en foutre plein la vue. Je sais pas encore ce que ça sera, mais tu peux être sûr qu'elles seront secouées.

— Je m'appelle Lewis, je finis par dire au petit garçon. Et je suis riche !

J'me dis qu'il est temps d'ouvrir cette enveloppe, maintenant que j'me suis fait à l'idée d'être plein aux as, mais à peine j'la retourne pour passer mon index sous le rabat que j'reconnais le logo du tribunal du comté de Santa Rita.

— Putain de bordel de merde ! (Je me rattrape en voyant la tête du petit garçon.) Excuse-moi.

On dirait qu'on va s'mettre à pleurer, tous les deux. Il se laisse glisser derrière le canapé en écossais marron ; je vois plus ses yeux, juste le sommet d'son crâne.

Plus besoin de finir d'ouvrir cette putain d'enveloppe. Pourtant, j'me dis qu'il vaut mieux savoir combien j'dois. C'est bien une assignation. À comparaître au tribunal. Défaut de versement de pension alimentaire. Le chiffre est humiliant, gênant : trois mille deux cent soixante-huit dollars. La moitié en intérêts.

— Elle est où, ma maman ?

Quelle salope, cette Donnetta. Elle sait bien que j'travaille pas. Elle sait bien que j'vis de l'alloc handicapé, je lui avais dit que j'enverrais ce que j'pourrais. Le problème, c'est que j'pouvais pas. Je l'ai pas fait. Merde, une fois qu'j'ai payé le loyer, l'électricité et un repas par-ci par-là, il me reste plus rien ! C'est pour ça que j'ai même pas le téléphone.

— Elle est où, ma maman ? redemande le môme.

— J'vais la chercher, je réponds en me dirigeant vers la chambre. (Puis je m'arrête net.) Au fait, comment tu t'appelles ?

— Miguel. Et j'ai faim. T'as des Cocoa Puffs ?

— Nan, mais on va t'trouver quelque chose d'ici une minute.

Quand j'rentre dans la chambre, Luisa dort encore. Je voudrais qu'elle se casse avec son môme le plus vite possible, mais il faut qu'je sois sympa. Ma voiture marche plus – j'ai pété un joint de culasse y a plus d'un mois – et il faut que je chope un bus pour aller voir Mama. Je sais qu'y en a un qui part à 13 h 15 pour Vegas. Le seul blème, c'est que je dois taper d'la tune à Luisa pour pouvoir le prendre. Je me penche pour l'embrasser sur les lèvres, mais elle pue tellement d'la gueule après hier soir que ma bouche préfère se poser sur sa joue. Elle remue vaguement.

— Réveille-toi, ma puce. Ton fils te réclame et j'ai rien à lui donner à manger.

Elle s'assoit avec effort. Ses longs cheveux noirs tombent sur ses épaules. Sa peau a la couleur de l'or. Elle est jolie, la vingtaine et quelques, mais son corps paraît beaucoup plus que son âge. Elle est foutue comme un carré aux angles arrondis. Je l'ai rencontrée dans un bar, y a quelques semaines. Elle m'a invité à danser, mais je sais pas danser, alors on a bu des bières et au bout de la cinquième ou de la sixième, elle m'a demandé si elle pouvait venir chez moi. Ça m'a soulagé. J'aime pas dormir tout seul si j'y suis pas obligé. J'ai la tronche qui va à cent à l'heure et quel que soit mon état d'esprit de départ, je finis toujours complètement déprimé à force de penser ou de boire. Souvent, quand j'suis tout seul, bourré, je pleure. Des fois, je pleure devant les femmes aussi. Pas exprès. Tout ce que j'demande, c'est un peu de compassion, quelqu'un qui ressente ma souffrance, qui m'écoute, qui comprenne mes déceptions, mes désirs – mes rêves, quoi. Les femmes adorent les hommes qui pleurent et c'est pour ça que j'ai pleuré devant des tas d'femmes dans ma vie. Elles se sentent plus proches une fois que tu leur as montré cet aspect de toi-même. Mais c'est pas d'la comédie. C'est pas du jeu et, la plupart du temps, je cherche rien d'autre que leur attention totale, sauf peut-être un petit plan cul pour terminer la soirée en beauté.

J'vais pas mentir. Je regrette le temps où j'étais marié. Le temps où j'étais père. Mon fils me manque. Et j'aimerais bien en avoir plus qu'un. Je sais que ça fait près d'un an que j'l'ai pas vu. Et j'peux m'en prendre qu'à moi-même de pas être allé là-bas, mais j'peux pas supporter de voir Donnetta ces jours-ci. C'est vrai que j'étais un peu bourré la dernière fois que j'y suis allé et que je l'ai insultée devant Jamil, mais c'est juste parce qu'elle voulait pas me laisser rentrer, sous prétexte que j'avais oublié d'appeler pour prévenir, et puis elle a envoyé Chuckaluck – son grand frère à côté duquel j'passe pour un nabot avec mon mètre quatre-vingt-cinq – et j'ai pas eu envie de déconner avec lui. Mais j'étais quand même furax et du coup, en repartant, j'ai cassé le pare-brise de sa bagnole et elle a demandé que je sois interdit de visite et j'y suis pas retourné depuis.

Y a des fois où je hais les femmes. Bon, peut-être que « haïr » est un mot trop fort. Disons que j'leur en veux, à cause de leur pouvoir. Le fait de grandir dans une maison remplie de femmes m'a permis de voir à quel point elles sont roublardes, manipulatrices. Jusqu'où elles sont capables d'aller pour obtenir ce qu'elles veulent. Comment on s'fait avoir à chaque fois. Le problème, c'est qu'elles sont aussi mon point faible. Elles sont nécessaires à ma survie, et c'est pour ça qu'on me voit rarement sans une meuf. J'me fous pas mal de la couleur de leur peau, même si j'ai jamais couché avec une Blanche, mais ça, c'est parce que les Mexicaines et les Noires m'ont tenu bien occupé jusqu'à présent. Je sais comment faire craquer une femme et je peux les convaincre de n'importe quoi, parce que j'suis beau, je pense, qui paraît que j'ai du sex appeal – va savoir ce que cette connerie veut dire –, et aussi parce que je suis intelligent et, surtout, parce que j'suis un bon coup.

Le petit Miguel débarque dans la chambre et Luisa remonte la couverture sur ses longs seins.

— Bonjour, mon chou, elle dit tandis qu'il saute sur le lit. On va aller te chercher un petit déjeuner et après on rentre à la maison, d'accord ?

Il la regarde comme s'il y croyait pas.

— Maintenant, file, pour que Maman puisse s'habiller. Va regarder les dessins animés quelques minutes et j'arrive.

— C'est un gentil garçon, je dis.

— Merci.

Elle se lève. En la voyant toute nue, en plein jour, je m'aperçois qu'elle est tapée. Mais qui je suis, moi, pour me plaindre ? Merde, elle est quand même bien. C'est pas une tox, contrairement à beaucoup de meufs que j'rencontre au bar. C'est pas une vraie alcoolo. Et elle est pas aux allocs. Attends une minute. Si, elle est aux allocs. Mais elle est pas mariée, ça c'est sûr, elle est pas vulgaire ou salope, et c'est pas une abrutie non plus. Elle suit des cours du soir, elle aussi ; en plus, elle m'aime bien. Elle m'a tenu compagnie hier soir, m'a baisé comme il faut – enfin, je crois – et je vais la garder le temps d'en avoir marre ou de rencontrer quelqu'un qui me plaise davantage, selon ce qui s'produit en premier.

En un sens, c'que j'espère, c'est de voir débouler par hasard ma prochaine femme. Ça fait des années que j'essaye de remplacer Donnetta mais c'est pas facile de tomber amoureux. Pourtant, c'est pas un truc qui devrait demander du travail. J'crois que je suis encore en pleine transition d'homme marié à divorcé. Ça fait que six ans. Pour être complètement honnête, certains jours, quand j'imagine Donnetta en train de faire la lessive ou d'boire un thé glacé avec un sandwich ou de poireauter dans sa voiture au milieu des encombrements, je prie pour qu'elle retrouve ses esprits et se rappelle qu'elle m'aime autant qu'elle aime Dieu, qu'elle me supplie de revenir et qu'on redevienne une famille unie. Si j'veux, je peux me rappeler comment c'était quand je l'aimais, quand sa foi était en moi au lieu d'être en Dieu, quand elle me donnait l'impression d'être un roi. J'suis sûr que je pourrais encore l'aimer. Ça serait tellement bien de retrouver ma vie d'avant. Mais tout ça, c'est des conneries et j'le sais.

Je suis Luisa jusqu'à la salle de bains et referme la porte derrière nous.

— J'ai un service à te demander, ma puce.

— C'est quoi ?

Elle ouvre le robinet de la douche. Elle cherche du savon mais il reste plus que trois petites lamelles blanches recroquevillées et il va falloir qu'elle s'en contente. La serviette bleue qu'elle va utiliser a déjà servi à Melody, y a trois ou quatre jours. Faut que j'aille faire une lessive, ça, au moins, c'est clair.

— Je t'ai dit que ma mère était à l'hôpital ?

— Non, tu me l'as pas dit. Ça va ?

— Moyen. Elle habite à Vegas et faut que j'aille la voir aujourd'hui. Elle a de l'asthme, sévère. (Je lâche un long soupir.) Enfin bref, j'ai dû payer la pension alimentaire la semaine dernière, et tu sais que j'ai plus de voiture, et il me reste quatre dollars cinquante-deux exactement et je me demandais si tu pourrais me prêter quarante ou cinquante dollars pour que j'prenne le bus cet après-midi. J'te les rendrai dans huit jours, j'te promets. J'ai un petit boulot de manutentionnaire prévu pendant quelques semaines, j'aurai du liquide.

— T'inquiète pas, puisque c'est pour une bonne raison, je vais te le prêter, Lewis. Mais n'oublie pas, c'est bientôt Pâques, et j'ai retenu des trucs chez Kmart et si je les paye pas d'ici le 7, ils les remettent en rayon. *Comprendes ?*

— *Comprendes.* Et t'inquiètes pas, j'ferais pas ça à ton môme.

— Mes mômes. T'as oublié Elesia et le petit Rocky ?J'ai oublié. Mais, bon, toutes les meufs à qui j'ai affaire en ont au minimum un, ça devrait pas m'étonner.

— Nan, j'ai pas oublié. Mais je les ai pas encore rencontrés, c'est tout.

— T'inquiète, dit-elle en entrant dans la baignoire et en refermant le rideau de douche. Ça viendra.

— J'y compte bien.

Je quitte la pièce moite et retourne m'asseoir sur le bord du lit, en priant pour que Luisa fasse vite. J'ai mal au crâne. Ça brûle. Comme si j'avais une casquette trop serrée. Je baisse les yeux et aperçois son sac en vinyle noir par terre. J'aimerais trop fouiller dedans, prendre l'argent et aller à l'épicerie du coin chercher des céréales pour son fils, le journal, des nouveaux mots croisés pour le bus, un paquet de Kool, et juste une cannette ou deux pour commencer la journée. Mais ça serait pas très cool. Et puis j'en suis pas à ce point-là, quand même. Alors je croise les mains. Et j'attends.

Course à pied

— Pourquoi tu ne dis rien ?

Shanice est assise à l'arrière de la Jaguar, le nez dans un livre, la tête coincée contre la vitre. Elle a déjà dévoré au moins deux cents graines de tournesol sur la route. Le tas de coquilles est empilé sur le sac en plastique posé sur ses genoux. Je n'arrête pas de lui dire que ces trucs sont pleins de graisse et de sodium, mais elle s'en fiche. Pour quelqu'un qui court, elle en mange beaucoup trop. C'est nerveux. Comme quelqu'un qui fume cigarette sur cigarette. Mais je ne peux pas l'en empêcher. Elle les achète en douce. Quand elle est dans sa chambre, elle lit livre après livre et suce ces cochonneries, et sa poubelle finit par être pleine de serviettes en papier toutes chiffonnées.

Aujourd'hui, elle ne parle pas, et quand Shanice n'a pas envie de parler, rien de ce que je peux dire ou faire ne la fera changer d'avis. Elle peut être une vraie chipie quand elle veut, exactement comme sa grand-mère. Elles sont faites de la même étoffe. Têtues comme des mules.

George, qui est assis côté passager, n'ose rien lui dire quand elle est comme ça. Il n'est pas fou. Elle est tellement sèche avec lui depuis quelque temps que j'ai dû demander à George de ne pas l'interroger, la critiquer ou la gronder hors de ma présence. Tout cela découle du fameux mensonge que Shanice a raconté à Mama ; depuis, je surveille les moindres mouvements de George – de bien trop près à son goût –, ce qui crée aussi un cercle de tension permanente dans notre foyer. Il ne dit pas deux mots à Mama quand elle appelle, mais ça, bien sûr, c'est parce qu'il prétend qu'elle l'a menacé. Connaissant Mama, c'est probablement vrai, mais il ne veut pas me dire ce qu'elle lui a dit. Quoi qu'il en soit, George ne répond plus au téléphone.

— Si tu manges trop de ces machins, t'auras plus faim pour le déjeuner, dit George à Shanice.

— Ne t'inquiète pas pour elle.

Nous pénétrons dans le parking du Sizzler. Nous emmenons Shanice dans son restaurant préféré puisqu'il y a une journée de formation pour les profs aujourd'hui et que les élèves sortent à midi et demi.

Une fois dehors, ma fille marche devant nous. Elle se développe trop vite. Si je ne me trompe pas, je vois ses fesses pointer sous son jean déchiré. Elle porte un bustier moulant mais, Dieu merci, elle ne remplit pas encore des bonnets B. Enfin, je ne crois pas, du moins. Ça pourrait être moi, il y a vingt ans. À treize ans, j'étais dangereuse et à quinze, d'après Mama, mortelle. J'avais le corps d'une femme faite. À trente-cinq ans, je ne suis pas trop décrépite. Beaucoup de gens jurent que j'en parais à peine vingt-huit ou vingt-neuf.

Des trois filles de la famille, je suis la plus mince. La plus en forme, devrais-je dire. Je suis la seule à faire de l'exercice, une habitude que j'ai prise quand j'étais avec Jimmy. Non seulement, il était prof de sport mais il avait aussi été décathlonien en son temps. Il savait combien il est important de s'entretenir et ça a déteint sur moi, sans aucun doute. J'ai essayé de persuader Mama et mes sœurs – en particulier Charlotte, avec ses grosses fesses – de marcher un peu, au moins. Mais elles sont trop paresseuses. Paris a de la chance. Habillée, elle fait illusion, mais je sais qu'elle doit se ramollir dans son jean, parce qu'elle ne fait rien avec consistance hormis, bien sûr, la cuisine. Elle sait qu'elle devrait mais son cœur n'y est pas, sinon elle trouverait le moyen de glisser un peu de sport dans son emploi du temps. Moi, quoi qu'il arrive, je vais à la gym. J'envisage même de devenir coach particulier, mais étant donné les circonstances, bien sûr, je n'y songe pas pour l'instant. On verra comment les choses évoluent au cours des prochaines semaines. Quoi qu'il en soit, je prendrai peut-être quelques cours si cette affaire d'immobilier ne marche pas. Il vaut toujours mieux garder les portes ouvertes.

J'ai tendance à regarder George, rebaptisé Incinérator, d'un sale œil à chaque fois qu'il engloutit des biscuits ou qu'il avale un bol de glace à la noix de pécan ou qu'il dévore une grosse part de gâteau à la carotte. C'est-à-dire à peu près tous les soirs avant d'aller au lit. Il mange tout à toutes les sauces et si le beurre ne ruisselle pas dans son assiette, c'est qu'il n'y en a pas assez. Il ne croit pas aux bienfaits du sport. Dit qu'on a le corps qu'on était destiné à avoir. J'ai du mal à accepter cette idée, surtout qu'une petite bouée est en train de se développer autour de sa taille et que ses pectoraux tombent plus que les miens. Je lui ai dit que ça s'appelait du gras. Que ça se brûle. Quelques machines et quelques poids, et il pourrait s'en débarrasser. Il se trouve beau, sans doute, et c'est sûrement pour ça qu'il dort toujours en pyjama. Je peux compter sur les doigts d'une main le nombre de fois où je l'ai vu nu. On se lave séparément. Je dois quitter la salle de bains quand vient son tour. Il dit que c'est une question d'intimité. La plupart du temps, je peux le comprendre. Quand on fait l'amour – si tant est qu'on puisse appeler ça comme ça –, il retire tout sous les couvertures. Et il va vite en besogne aussi, même si parfois, selon mon état de fatigue, je peux le battre. Il n'aime pas trop entrer en moi, de toute façon, et quand il le fait ça ne dure jamais longtemps. C'est pour ça que j'étais tellement choquée hier d'apprendre que j'étais enceinte de sept semaines. Je ne l'ai pas dit à George, parce que je ne sais pas comment le lui annoncer. Ni quand. C'est le premier homme que je rencontre qui peut jouir rien qu'en se frottant contre moi. Il dit que c'est une histoire de friction. Du moment que ça marche... je réponds. À d'autres moments, il aime que je fasse semblant que c'est un cornet de glace ou bien il me demande de la frotter de haut en bas, comme si j'essayais d'allumer un feu. Ça fait un moment que c'est comme ça, mais j'imagine que tous les hommes ont leurs petites manies, celles-là sont celles de George. Ceci dit, lui il refuse de me prendre dans sa bouche. Je l'ai supplié d'essayer mais il dit qu'il ne peut pas. Que ce n'est pas hygiénique. Il ne supporte pas l'odeur. Quoi qu'il en soit, nous avons un rituel : tous les soirs, je prends mon bain à neuf heures, parce que je lis au moins une heure avant d'aller au lit. Il y va juste après moi. J'ai tout essayé, mais il se contente de se servir de son doigt et parfois, quand nous sommes au lit en train de regarder un film – pas nécessairement un film porno, d'ailleurs – et que nos mains sont en action, je me sens vraiment bête. *Vraiment* bête.

Par sécurité, quand Shanice est revenu de chez Mama après le nouvel an, j'ai réuni tout le monde pour qu'on puisse se débarrasser une bonne fois pour toutes de cette sale histoire.

— George, est-ce que tu as déjà levé la main sur Shanice sans que je le sache ?

— Je ne veux même pas répondre à cette question.

— S'il te plaît, réponds-moi.

— Pourquoi tu lui demandes pas, à elle ? a dit George d'une voix plutôt forte.

Je me suis tournée vers Shanice.

— Est-ce qu'il l'a fait ?

— Pas vraiment.

— C'est oui ou c'est non ?

— Non.

— Alors pourquoi tu as menti, Shanice ?

— Parce que Mémé regardait mes cheveux et n'arrêtait pas de me poser des questions sur pourquoi je faisais ça et depuis quand, et quand elle a fini par demander si ça avait un rapport avec George, j'ai dit oui pour la faire taire.

— Et c'est tout ?

Shanice a acquiescé de la tête.

— Alors je pense que tu dois des excuses à George.

Elle n'a rien dit.

— Laisse tomber, a dit George.

— Désolée, a dit Shanice au mur ou à la porte, mais certainement pas à lui, en tout cas. Je peux y aller, maintenant ?

— Vas-y, j'ai dit.

George avait l'air comme d'habitude : préoccupé par quelque chose d'autre. Et ça s'est arrêté là. On n'en a jamais reparlé depuis et les choses sont redevenues aussi proches de la normale qu'elles peuvent l'être chez nous.

Shanice balance ses deux cents et quelques tresses par-dessus son épaule comme si c'étaient ses vrais cheveux. J'ai laissé la nièce de George les lui faire, il y a quelques semaines. Ça dissimule un peu les trous et on dirait qu'elle les arrache moins qu'avant. Le docteur a dit que parfois ce genre de comportement signifiait qu'un événement traumatisant avait eu lieu et que c'était une forme de réponse. J'ai interrogé Shanice à ce sujet. Elle a répondu que la seule chose qui l'avait terrifiée, c'était le tremblement de terre qu'on avait eu en janvier. Mais elle les arrache depuis bien plus longtemps que ça. Parfois, les enfants gardent des secrets et s'ils ne veulent pas les dire, ils ne les diront pas. Elle sait que je suis là pour elle, je le lui ai clairement fait savoir.

Malgré tous ses efforts pour faire croire qu'elle n'aime pas George, Shanice l'adore. Il la gâte comme si c'était sa propre fille. Il lui achète tout ce qu'elle veut, et elle ne se gêne pas pour demander. Il ne sait pas lui dire non et je le gronde tout le temps à ce sujet. On dirait qu'il se croit redevable envers elle de sa simple présence. Mais c'est sa maison, pourtant. Techniquement, je veux dire. Mon nom n'est toujours pas sur l'acte d'achat ; encore une chose sur la longue liste de ce qu'il reste à régler entre nous. Heureusement, nous sommes en Californie, un état qui pratique la communauté des biens automatique, et je ne m'inquiète pas trop de ce qui est à lui et de ce qui est à moi. Si les choses se gâtaient, je n'aurais pas à quitter la maison les mains vides.

George nous tient la porte du restaurant. À douze ans trois quarts, comme elle dit, Shanice fait un mètre soixante-sept : presque aussi grande que moi. Je fais un mètre soixante-quinze. Toutes les filles de la famille du côté de Jimmy sont dégingandées, avec des hanches étroites. J'attends toujours qu'un peu de sang Price fasse son apparition. Jimmy avait la peau comme de l'argile rouge ; Shanice a hérité de nos deux colorations et elle est cuivre foncé.

Elle passe devant George en serrant son livre. Il ne fait que deux ou trois centimètres de plus qu'elle. Moi non plus, je ne lui parle pas beaucoup aujourd'hui, vu qu'il a annoncé ce matin qu'il refusait de payer pour l'envoyer en pension alors qu'il avait promis de le faire. Elle veut y aller. En fait, elle nous supplie depuis un moment, ce qui est un peu bizarre à mon avis, étant donné qu'elle a tout le confort dont une fille peut rêver à la maison. Sa chambre est pleine de tout, et c'est sans doute pour cela qu'elle en sort rarement.

Une fois que nous sommes assis, Shanice tourne toute son attention vers ce qui se passe dans la rue. Nous l'ennuyons.

— Qu'est-ce que tu veux manger, aujourd'hui ? lui demande George.

— J'ai pas faim.

— Je t'avais bien dit que ces pépites allaient te couper l'appétit...

— C'est pas les pépites. C'est toi. Tu me rends malade.

— Arrête-toi, Shanice. Tout de suite ! je crie et puis, en essayant de baisser la voix : Pas aujourd'hui, s'il te plaît.

— Écoute, on ne peut pas se permettre de t'envoyer en pension, si c'est ça dont il s'agit.

— Vous pouvez très bien. Vous savez que je veux y aller et c'est pour ça que vous le faites pas. Vous voulez me garder prisonnière cinq ans de plus tous les deux.

— Ne parle pas sur ce ton, je dis. Écoute, je peux essayer de demander à l'assurance s'ils veulent bien te verser une part plus grande de ton héritage, mais l'avocat de ton père a fait en sorte que les versements augmentent de façon régulière jusqu'à ta majorité.

— Ton école privée nous coûte déjà une petite fortune, reprend George. Tu as une idée de ce que coûte une pension ?

— Non, aucune, répond Shanice.

— Est-ce qu'on peut remettre cette discussion à plus tard ? je demande.

— Comme tu veux, dit-elle en soupirant.

— Écoute. J'ai deux partiels cette semaine, Mama vient de sortir de réanimation et j'aimerais aller la voir samedi. Pour m'assurer que tout va bien.

— Je peux y aller, moi aussi ? demande Shanice.

— On verra ça.

— Non, tu ne peux pas, déclare George.

Shanice lui lance un regard meurtrier.

— Et pourquoi pas ?

— Parce que tu as une compétition ce week-end.

— Mais c'est pas éliminatoire et en plus j'ai envie de voir ma grand-mère !

— J'aimerais bien qu'elle vienne avec moi, George.

— Je croyais que tu avais dit que Viola rentrait chez elle samedi ?

— C'est bien ça.

— Tu crois pas qu'il lui faut quelques jours pour récupérer complètement d'abord ?

— Mais j'y vais justement pour l'aider à récupérer, George. Il y a plein de choses qu'elle ne pourra pas faire.

— Je croyais que tu avais dit que Lewis y allait…

— C'est tout à fait le genre de comité d'accueil dont elle a besoin. Écoute, George, sois sérieux.

— Je comprends bien, mais le week-end suivant tomberait mieux.

— Pourquoi, tu as besoin de moi ?

— Je vois que tu as oublié la réception de samedi soir… C'est un dîner important. Et tu le sais. Toutes les femmes des autres seront là. Sauf la mienne, bien sûr.

— Écoute, George, je ne savais pas précisément à quel point cette crise était grave, mais…

— Mémé est encore à l'hôpital, dit Shanice. Ça devrait te donner un indice…

— Toi, tu ferais bien de faire attention au ton que tu emploies, dit George. Écoute, Janelle, ce dîner n'a lieu qu'une fois par an. Ça fait huit mois qu'il est inscrit sur l'agenda. La maladie de ta mère tombe plutôt mal, tu ne crois pas ?

Je me pique de faire preuve de retenue et il est même rare que je hausse le ton avec George, mais là, il pousse les choses vraiment trop loin.

— C'est vrai que c'est triste quand ta mère tombe malade et doit être transportée d'urgence à l'hôpital et qu'elle frôle la mort de près, mais c'est sûr que c'est bien moins important que, mettons, un poulet desséché et un rôti trop cuit, et d'abord, tu crois que j'ai vraiment envie de rater l'occasion de revoir toute une tablée de pétasses qui ne se rappellent même pas de mon prénom, tout ça pour aller au chevet de ma mère ? Quelle décision difficile, vraiment !

— Alors, c'est comme ça que tu considères mes collègues ?

— Tes collègues ? Ce sont des flics, George.

— Donc je dois y aller tout seul ?

— Si je pouvais me diviser en deux, je le ferais. S'il te plaît, n'essaie pas de me faire culpabiliser avec ça.

— Alors, tu vas à Vegas, c'est ça ?

— Je n'ai pas le choix. Il s'agit de ma mère.

— Comme c'est touchant...

— Maman, tu peux m'emmener à l'entraînement aujourd'hui ?

— Non. Le seul moment où j'ai pu réserver un ordi à la bibliothèque est de cinq à sept et je veux aller faire une heure de sport. Je devrais être de retour vers huit heures et demie. Je peux t'emmener demain, si tu veux.

— Ça me gêne pas de l'emmener, dit George.

— J'ai pas envie que tu m'emmènes, dit-elle.

— T'as plus vraiment le choix, non ? fait George avec un petit sourire narquois.

Il se dirige vers le buffet d'hors-d'œuvres. Je sais qu'il veut bien faire mais Shanice devient trop grande et sa bouche tourne au vinaigre. Des fois, c'est moi qui aimerais qu'elle s'en aille.

*
* *

Il est presque deux heures et demie quand nous arrivons à la maison. Shanice monte directement dans sa chambre et ferme la porte. Comme d'habitude. La musique démarre presque automatiquement. Je vais dans le garage chercher mes décorations de Pâques, et George, bien sûr, me suit.

— Qu'est-ce qu'on va faire à propos de son attitude, Janelle ? Je ne vais pas pouvoir supporter ça très longtemps...

Je repère le grand lapin bleu. Il est appuyé contre le mur, dans un coin, sous un plastique.

— Écoute, elle est en pleine puberté. La plupart des filles sont un peu difficiles pendant ce moment-là. Essaie d'être un petit peu plus patient avec elle, d'accord ?

— Elle m'en veut et tu le sais...

— Je pense sincèrement que tu interprètes de travers.

Je sors l'escabeau de sous les étagères où je range toutes mes boîtes. Elles sont à peu près dans l'ordre chronologique et chaque boîte porte une étiquette : « Noël », « Quatre Juillet », « Saint-Valentin », « Saint-Patrick », etc. Et voilà « Pâques ».

— Elle voudrait que je m'excuse de ne pas être son père.

— Ça, on ne peut pas y faire grand-chose, non ? (Je monte sur l'escabeau.) Tu veux bien m'aider ?

— Bien sûr, dit-il, et nous échangeons nos places.

Il me donne les quatre boîtes mais par erreur m'en tend une cinquième marquée « Quatre Juillet ». « Pas celle-là ! » je hurle, et il la remet vite en place comme si j'avais crié « au feu ! » ou un truc comme ça. Je me rends dans le coin où sont rangés mes drapeaux, soulève le plastique et les passe tous en revue jusqu'à ce que je trouve mon drapeau avec l'œuf de Pâques. D'après moi, toutes les fêtes méritent d'être célébrées. Ça ajoute un peu de piquant à des semaines sans cela bien monotones et me donne une occupation.

— Je fais tout ce je peux pour être un bon père pour elle, mais elle me repousse.

J'ouvre les boîtes une à une, à la recherche des œufs en papier mâché. Ils font presque trente centimètres de diamètre. Je les ai fabriqués dans un cours de papier mâché. Je n'ai pas aimé. Trop poisseux.

— Ne t'inquiète pas, je dis après avoir trouvé les jaune et rose, tu vas avoir une autre occasion.

— Une occasion de quoi ?

— D'être un bon père. Avec le prochain. Où est le nid ? Je crois que tu n'as pas descendu la boîte avec le nid.

— Quel prochain ?

— Celui qui est là-dedans, je dis en me tapotant le ventre.

Je repère la boîte sur laquelle est noté : « Nid/Poussins/ Paniers » et je la montre du doigt. George s'appuie contre le grand lapin bleu et manque de le renverser. Il le rattrape.

— T'es pas enceinte ?

— Si.

— Janelle, je croyais qu'on avait déjà parlé de ça…

— On en a parlé. Tu veux bien sortir ma voiture dans le jardin pour que je puisse étaler mes affaires ici ?

— Je t'ai dit que je ne voulais pas d'enfants. J'en ai assez des enfants. J'en ai déjà élevé deux, et maintenant elles sont grandes et j'ai fini de payer. J'ai cinquante et un ans. J'ai pas besoin de tout recommencer. Je suis bien trop vieux pour tout recommencer.

— Ce n'est pas vrai.

Je lui tends les clés accrochées au mur, près de la porte qui mène à la cuisine.

— Je croyais que tu prenais tes précautions, dit-il.

Il appuie sur le bouton de la porte du garage et ouvre la portière de ma Volvo.

— Des précautions contre quoi, George ? Je n'arrive même pas à croire que quelque chose ait pu trouver son chemin jusque là, quand on y pense...

Il démarre le moteur et passe sa tête par la fenêtre.

— T'es en train de te plaindre ?

— Non.

— En tout cas, quelque chose a réussi à trouver son chemin.

Et il sort du garage en marche arrière.

Les voitures passent devant la maison à toute allure. Je les regarde. Il y a vraiment trop de circulation dans cette rue. Un jour, j'aimerais bien trouver une rue plus calme où habiter. Une impasse, même. Il sort de la voiture, revient et rappuie sur le bouton de la porte du garage. Tandis qu'elle redescend, je lâche :

— Je le garde.

La bâche est toujours à la même place. Je l'étale à l'endroit où se trouvait ma voiture et pose, un à un, tous mes objets dessus.

— Écoute, Janelle, monte pas sur tes grands chevaux. Je n'ai pas dit que j'en voulais pas. Et d'abord c'est pas comme un truc que t'as trouvé pour moi au magasin.

— J'ai trente-cinq ans, George. Mes jours sont très nettement comptés. En plus, Shanice, a toujours voulu un petit frère ou une petite sœur, et maintenant ses vœux vont pouvoir être exaucés. Regarde Hugh Hefner, le fondateur de *Playboy*.

— Je suis pas Hugh Hefner.
— Eh bien...
— T'en es à combien ?
— Sept semaines.
Voilà l'œuf rose. Dieu merci. Bon. Demain, après mes examens, j'installerai tout ça dans le jardin. Ça sera charmant.
— Il peut se passer beaucoup de choses, dit George.
— Qu'est-ce que tu veux dire par *beaucoup de choses* ?
— On a encore le temps de changer d'avis.
— Je ne changerai pas d'avis.
Et je me dirige vers la porte de la cuisine en lui passant devant le nez.
— Des fois, tu me rappelles vraiment ma première femme, tu sais ?
— T'amuse surtout pas à me comparer à elle. On m'a déjà assez comparée dans ma vie.
— Il s'agit pas de vous comparer, mais elle aussi adorait m'acculer dans un coin pour obtenir ce qu'elle voulait. Ça me rappelle des choses.
— Écoute, faut que je prépare mes exams.
— Désolé, dit-il d'un ton plein d'excuses. Mais je m'attendais pas à ça. J'ai plein d'autres soucis en tête. Tu sais, les appartements à l'angle de Western et de la Quarante-septième ?
— Ouais ?
— Les toxicos ont envahi toute la rue et les Noirs quittent le quartier en masse. Et avec ça, les Coréens qui rachètent, et les Crips et les Bloods qui détruisent tout, le quartier est en train de devenir une zone sinistrée. Va peut-être falloir que je vende.
— Et quel imbécile voudrait acheter ces deux taudis ?
— Ces *deux taudis*, comme tu dis, me rapportent la moitié de mon revenu annuel, qui n'a pas l'air de te gêner.

— Pardon, je dis.

Mais je n'en pense pas un mot.

— C'est pas grave. Mais faut que je m'habitue à l'idée. Donne-moi quelques jours. Au moins. Maintenant, je dois emmener Shanice à son entraînement.

— Tu la ramènes aussi ?

— Oui.

— Ne lui en parle pas, s'il te plaît. Je veux attendre d'en être au moins à la dixième semaine avant.

— Pourquoi ?

— Parce que je veux faire une amniosynthèse pour être sûre que tout va bien.

— Comme tu voudras.

— Et en plus, je voudrais lui annoncer moi-même.

Je lui tiens la porte.

— T'inquiète pas, il me répond. Ton secret ne craint rien avec moi.

*

* *

Une fois qu'ils sont partis, je vais dans la cuisine me chercher une banane. J'adore ma cuisine. Immaculée. Comme j'aime. Je ne supporte pas quand les choses ne sont pas à leur place, en désordre. Ça me rend folle. Toutes les étagères sont couvertes de figurines noires que j'ai collectionnées au fil des années.

Ma maison est jolie. Douce. Propre. Toute en dentelles et en tons pastel. Du plancher dans toutes les pièces, sauf l'entrée qui est en marbre crème. Imitation, mais on dirait du vrai. Je dirais que j'ai un goût moderne avec un petit quelque chose de traditionnel. J'ai acheté tout mon salon chez Scandinavian Designs et la table de la salle à manger chez Ikea. Ils ont des jolies choses à des prix raisonnables. J'adore les magasins où on peut tout trouver en un seul endroit. Un jour, quand j'aurai les moyens, je m'achèterai des vrais tableaux au lieu des reproductions qu'ils vendent au centre commercial.

Une fois dans mon bureau, je m'assieds dans mon fauteuil de lecture en cuir beige. Il s'incline, et j'ai un pouf assorti. Pour être tout à fait honnête, je n'ai pas très envie d'aller à la bibliothèque aujourd'hui mais je vais y aller quand même. Je n'ai pas envie de travailler non plus, mais je vais le faire quand même. J'essaie d'apprendre à finir ce que j'ai commencé. À donner suite. Le livre sur les contrats est dans ma mallette, mais mon roman d'amour aussi. Oh, et puis pourquoi pas ? Je suis accro aux histoires d'amour. Elles me détendent. Elles m'aident à échapper au ronron de mon univers sans importance où il ne se passe jamais rien. Tout ce qui manque dans ma vie, je le trouve dans ces livres. Il y a des soirs où je remercie Dieu de m'avoir envoyé Danielle Steel, Nora Roberts ou Janet Dailey.

La seule raison pour laquelle je prends ce cours d'immobilier, c'est qu'un jour une voyante m'a dit que j'étais « douée pour le contact » et parce qu'en plus, j'essaie de trouver quelque chose que j'aimerais faire. Quelque chose qui me plaise. C'est sûr que c'est pas facile. Mais au moins, j'ai le mérite d'essayer. Personne n'a l'air de remarquer ça. C'est vrai, je prends des cours depuis une éternité, mais j'ai plus appris que si je travaillais à la poste ou comme caissière. Je ne suis pas un prodige et je ne suis pas très créative non plus – au moins, j'en suis consciente. Mais j'aime bien les gens. Et les maisons. Et je suis sûre que je pourrais en vendre. Surtout par ici, dans le coin de Palmdale et Lancaster, où elles poussent comme des champignons. Si je me débrouille bien, je pourrais même essayer de passer ma licence de courtier, plus tard. Mais les cours sont plus durs que je l'aurais cru – très techniques – et il faut être bon en maths, ce qui a toujours été ma pire matière, donc si je ne m'en tire pas trop bien, j'envisagererai vraiment la possibilité de devenir coach ou nutritionniste.

Je sais très bien que ma famille se moque de moi derrière mon dos. Selon eux, je suis la retardée de la bande. Ils m'appellent « Cerveau-lent », « Dériveur », « La Flêche » et tout un tas d'autres petits noms charmants. L'Éternelle Étudiante en quête d'une spécialité, aussi. Lewis m'a raconté tout ça un matin où il était soûl et où je l'avais emmené boire un café et manger quelques tartines pour dessoûler. Je sais qu'ils ne me veulent pas de mal avec ces petites insinuations et qu'ils ne disent pas ça méchamment – du moins, je crois. C'est ma famille, c'est tout.

Je me force à me lever de ce fauteuil. J'arrive même à la bibliothèque avec vingt minutes d'avance. Je suis fière de moi, étant donné que je suis toujours en retard, d'habitude. Mais devinez quoi ? Les ordinateurs sont en panne. Une coupure de courant les a déconnectés et ça va prendre au moins une heure ou deux avant qu'ils puissent redémarrer. Peut-être jusqu'à demain, même. Au début, je ne sais pas quoi faire, mais tout à coup, je me rappelle qu'il y a un cours de *low-impact* à six heures qui ne peut pas faire de mal au bébé. Je prendrai ma douche au gymnase et je rentrerai travailler à la maison.

*
* *

Il est presque sept heures et demie quand j'arrive chez moi. Au moment où je vais appuyer sur la télécommande de la porte du garage, je me rappelle que ma déco de Pâques est toujours étalée sur le sol. George ferait une crise si je lui prenais sa place et si sa Jaguar devait passer la nuit dehors, en plein air.

Visiblement, ça n'a pas d'importance qu'elle ait dix ans. Pour lui, une Jaguar reste une Jaguar. Je laisse ma voiture devant la maison et j'entre par la porte principale ; je crois que c'est la première fois. C'est bizarre d'entrer chez soi comme si on était une invitée. Je retire mes baskets, vu que je demande à tout le monde de faire la même chose. Je lève les yeux sur l'escalier : une nouvelle couche de blanc satiné ne lui ferait pas de mal. Oh non ! Il y a une énorme toile d'araignée qui pend au lustre. Je ne l'ai pas vue ce matin. Il faut que j'enlève ça tout de suite. J'emporte ma mallette dans mon bureau et je la pose par terre. C'est tellement calme. George et Shanice ne devraient pas tarder à revenir, d'ici une demi-heure, par là. En général, il l'emmène manger un morceau après l'entraînement.

Je monte me changer et enfiler un survêtement propre et, en ressortant de ma chambre, je vais sur le palier, un chiffon à la main, pour essayer d'atteindre cette toile d'araignée, mais je ne peux pas. C'est là que je remarque le sac à dos de Shanice posé sur la table du hall, près de la cuisine. Je ne les ai pas entendus rentrer. Je m'approche de la porte de sa chambre, qui est fermée, comme d'habitude. Comme elle n'a pas le droit de la fermer à clé, je frappe toujours, par mesure de courtoisie et de respect. Je ne sais pas pourquoi, mais ce soir, j'ouvre doucement la porte, sans frapper. Je ne sais toujours pas pourquoi mais ça ne me surprend pas quand je vois George assis sur le bord du lit de Shanice, la main appuyée sur les siennes qui vont et viennent à l'intérieur de son pantalon noir. Ses yeux sont paisiblement fermés mais Shanice plisse les siens tellement fort que je sais que ça doit lui faire mal, car elle se mord la lèvre inférieure comme je fais, moi aussi. Un brasier envahit tout mon corps et puis, tout d'un coup, je deviens un bloc de glace. George ouvre grand les yeux et il a l'air d'avoir peur. Shanice baisse la tête. L'espace d'une seconde, je regarde les murs de la chambre, on ne voit même plus qu'ils sont jaunes tellement il y a de posters, tous les rappers de la planète y sont accrochés. Quatre paires de baskets sont alignées sous le lit. Elles devraient être rangées dans le placard. Que font-elles ici ? J'ai presque envie de les remettre à leur place mais maintenant je sombre dans des eaux si profondes que je ne peux pas bouger. Je secoue la tête pour essayer de remonter à la surface mais je suis bloquée. J'essaye de prendre une grande respiration et de sauter, pousser, mais je suis coincée. Cette putain de chambre est trop petite. Étouffante. On suffoque, ici. Pourquoi est-ce qu'on l'a installée dans cette chambre ? Et pourquoi y a autant de bruit ? Pourquoi cette foutue musique hurle dans mes oreilles, tout d'un coup ? Qui a monté le son ? Si seulement ces gosses sur les murs pouvaient arrêter de chanter. « Vos gueules, merde ! »

George essaye de refermer sa braguette et de se relever en même temps, mais ça n'a pas d'importance. Il doit passer devant moi. J'ai été épargnée. Le bloc de glace a fondu. Et je n'ai pas besoin d'air pour l'arrêter. J'attrape la lampe halogène posée sur la table près de la porte, je me dirige vers lui et je m'arrête. On est face à face. Il ouvre la bouche pour dire quelque chose et peut-être qu'il le dit, d'ailleurs, mais je n'entends pas un mot. Je me mets à le taper sur la tête avec la lampe jusqu'à ce que la vue du sang et les cris de Shanice m'arrêtent.

— Je suis désolé ! crie-t-il en essayant de se sauver, la tête dans les mains.

— Reviens ici, espèce de sale malade !

— Maman, arrête ! hurle Shanice.

— Je suis vraiment désolé, dit encore George tout en s'enfuyant.

Je l'entends dévaler l'escalier. Je le suis. Quand je le rattrape, il est en train de tamponner sa tête avec un torchon. Il ne saigne pas beaucoup. Pas assez. Il me regarde. D'un air piteux.

— J'ai jamais fait plus que ça.

— Va te faire foutre, George.

— Je te jure.

— C'est mon enfant.

— Mais je lui ai jamais fait de mal.

— Tu ferais mieux de partir.

— Mais c'est ma maison...

— Va te faire foutre, avec ta maison !

— Je veux t'expliquer.

— Casse-toi, j'ai dit ! Et tout de suite !

— Est-ce que je peux prendre quelques affaires, quand même ?

— T'as déjà pris beaucoup trop. Maintenant, casse-toi avant que j'appelle la police. Oh, j'avais oublié ! C'est toi la police, mon salaud !

Maintenant, je tremble et je peux plus m'arrêter. J'ai du sang sur les mains et sur les poignets, et tandis qu'il se dirige vers le garage, je m'aperçois que je tiens toujours la lampe à la main. Je pourrais le tuer. Je devrais le tuer. Mais je bouge pas. J'entends la voiture démarrer et la porte du garage qui s'ouvre puis se referme. Je reste debout dans la cuisine très longtemps jusqu'à ce que, finalement, j'ouvre la porte pour m'assurer qu'il est parti. Mes trucs de Pâques ont l'air vraiment idiot, par terre. Faudrait que j'arrête ces conneries. Faudrait vraiment. Tout le monde s'en fout, de toute façon.

Les chaussures de course de Shanice sont posées sur la première marche du garage. Elles sont usées. Elle n'a jamais eu qu'un seul rêve dans la vie : courir. Battre des records. Voler. Comme ils disent dans les pubs pour Nike ou pour Reebok. Elle se donne tellement de mal. Plus de mal que je m'en suis jamais donné pour quoi que ce soit.

Peut-être que c'est pour ça qu'il l'a voulue. Parce qu'elle est jeune et belle et qu'elle peut encore voler. Mais j'étais comme elle, dans le temps. Arrête ton char, Janelle. T'aimerais bien être comme elle. Elle sait ce qu'elle veut. Elle connaît ses points forts. Elle est plus concentrée à douze ans que tu ne l'es à trente-cinq.

Pourquoi je n'ai pas vu les signes ? Quand elle a arrêté de nous faire la bise, le soir, peut-être ? C'était il y a plus d'un an. Maintenant, je ne sais plus. Il faut que je réfléchisse. Il faut que je repasse les deux dernières années dans ma tête. Je me demande depuis combien de temps il fait ces saloperies à mon bébé. Et s'il mentait ? S'il l'avait touchée comme il m'a touchée moi ? Pourquoi j'ai rien vu ? Pourquoi j'ai pas fait plus attention ? Et pourquoi je l'ai cru, putain, quand il m'a dit qu'il lui avait jamais fait de mal ? Je me suis voilé la face. Parce que tu voulais le croire, c'est pour ça. Admets-le, Janelle. Parce que reconnaître qu'il lui faisait du mal, c'était reconnaître qu'il y avait maltraitance et ça voulait dire que tu risquais de tout perdre. On se seraient retrouvées toutes seules. Et j'ai jamais été toute seule. Je sais même pas si je peux m'en sortir s'il n'y a pas quelqu'un pour me tenir par la main.

Je referme la porte, traverse le hall d'entrée et regarde l'escalier. Demain, je passerai une nouvelle couche de peinture sur la rampe. Demain. Je sais qu'il faut que je monte les marches mais j'y arrive pas. Pas tout de suite. Elle a menti parce qu'elle devait avoir peur. Et je l'ai cru, lui. Je pose ma lampe sur la table de l'entrée et j'oblige mes pieds à bouger. Je ne sais pas comment je vais réussir à monter jusque là-haut. Mais il le faut. Il n'y a personne pour m'aider. Mais il n'y a personne là-haut pour aider ma fille non plus. Mes jambes pèsent une tonne. Tout ce que je peux, c'est faire semblant d'être en cours d'aérobic et lever un pied après l'autre jusqu'au moment où je vais me retrouver devant la porte de sa chambre, qui est fermée. Je frappe. J'attends. C'est une voix éraillée qui me dit d'entrer. Elle est là, elle m'attend. Je pose la main sur la poignée mais je n'ai pas la force de tourner. J'essaye encore, mais ça tourne pas. J'ai peur. Peur de ne pas savoir quoi lui dire quand la porte finira par s'ouvrir, mais encore plus peur de ce qu'elle me dira à moi.

Rien en commun, sauf le sang

J'essaye de trouver l'courage d'appeler Mama mais j'sais pas quoi lui dire. Elle choisit toujours le pire moment pour tomber malade. Quand j'ai un million d'autres trucs en tête. Tous les jours, on court à la boîte aux lettres pour voir si nos retours d'impôts y sont. De toute façon, on va récupérer moitié moins que l'an dernier – on avait touché presque huit mille. On a fait trop d'heures sup, Al et moi, et ça vaut pas l'coup. On s'tue au travail et on s'en sort pas mieux. Vue du dehors, la maison a l'air bien mais à l'intérieur, elle tombe en ruine, petit à petit, et il faut soit faire des travaux, soit vendre cette pompe à fric. Faudra peut-être faire un deuxième emprunt pour qu'elle soit vendable mais j'ai vraiment pas envie d'en arriver là. Du double endettement, voilà c'que c'est, à mon avis.

Et puis y a les mômes. Tiffany a des problèmes à l'école. Les garçons l'embêtent tellement qu'elle peut plus s'concentrer sur rien. Le téléphone arrête pas d'sonner. Dans le temps, elle faisait une tente avec ses draps et s'asseyait dessous avec une lampe de poche pour écrire ses petits poèmes. Mais récemment, je l'ai chopée en train de déblatérer au téléphone sans même un stylo, juste une feuille de papier blanc sur les genoux. L'entraînement de basket de Monique, où j'devais aller la chercher trois soirs par semaine, vient juste de s'terminer, mais maintenant, comme elle est devenue tellement bonne à la flûte, sa prof veut qu'elle fasse partie de l'orchestre du lycée l'année prochaine, c'qui veut dire que j'vais devoir la conduire aux répéts quatre fois par semaine. De toute façon, ça change pas grand-chose, vu que du lundi au vendredi j'dois pointer à la poste, superviser vingt-six postiers à moitié demeurés, écouter les riches de Hyde Park qui s'plaignent parce que leur courrier a du retard ou parce que l'postier refuse d'aller jusqu'à leur porte depuis que leur chien l'a mordu, et puis rentrer et bricoler un truc à manger ; et les week-ends, c'est pas mieux, parce que c'est là que j'essaie de repasser, de faire les courses, de payer les factures et en plus, tous les dimanches sans exception depuis qu'Al et moi on est mariés, je dois lui faire un gâteau et préparer un putain de festin, sans oublier qu'il faut maintenir en état les deux Lavomatic d'Englewood qui perdent de l'argent par tous les trous et où, en général, j'ai peur d'aller toute seule quand Al est sur la route avec son camion pour deux ou trois jours d'affilée, parfois.

Là où j'vis, le linge sale tombe comme s'il en pleuvait. J'fais au moins une ou deux machines par jour parce que chez moi, on s'croit riche et on remet jamais deux fois la même chose. On m'dit que j'devrais prendre une femme de ménage, mais c'est pour ça que j'ai des enfants, non ? Remarquez, le temps que j'leur rappelle, jour après jour, c'qu'ils doivent faire, j'aurais aussi vite fait de l'faire moi-même. Sauf que j'peux pas tout faire et qu'ça doit être pour ça que j'suis toujours super stressée. Dans ces cas-là, j'regrette de pas avoir fait d'études. Si j'arrivais à trouver le temps, j'aimerais bien retourner à l'école, au moins pour prendre quelques cours. Pas forcément pour passer un diplôme. Et puis merde. Pourquoi j'essaierais pas de passer un diplôme ? J'ai vu des gens chez *Oprah* ou *Sally* qu'ont la cinquantaine et la soixantaine, et qui apprennent tout juste à lire ou qui sont en train d'passer leur bac. C'est jamais trop tard, à c'qui paraît.

À propos de trop tard ou pas. Ce matin, j'ai reçu deux messages de mes charmantes sœurs qui essaient de m'faire sentir coupable de pas être partie en courant voir Mama, alors qu'elles savent très bien qu'on me fera jamais monter dans un avion. Qu'est-ce qu'elles veulent que j'fasse, d'abord ? Que j'plaque tout, que j'saute dans ma voiture et conduise jusqu'à Vegas ? Cette maison tiendra pas vingt-quatre heures si j'm'en vais. Elles peuvent se permettre d'aller la voir parce qu'elles habitent à côté, elles. Moi pas. Et j'peux pas. L'argent pousse pas sur les arbres, à Chicago.

En plus, pour être honnête, quand on se retrouve toutes ensembles sous le même toit, elles m'tapent sur les nerfs. On dirait que tout l'monde compare ses notes : qui s'débrouille mieux ou moins bien que la dernière fois qu'on s'est vues ? Est-ce que t'as acheté des nouveaux matelas pour la chambre des filles ou bien tu continues à dépenser ton argent pour des trucs dont t'as pas besoin ? Ça, c'est Mama. Qui c'est qu'a pris du poids et qui c'est qu'en a perdu ? Ça c'est Janelle. Qui fait plus vieille que son âge ? Qui s'en sort et qui s'en sort pas ? Etc., etc. Donc, j'suis pas vraiment pressée de les voir toutes en même temps.

Au fond, j'sais bien que Mama s'en fiche pas mal que j'vienne pas. Elle raffole pas d'moi. Tout le monde le sait. Elle m'a laissée tomber par terre quand j'étais bébé. Ça aussi, tout le monde le sait. Elle était soi-disant en train de m'donner le bain mais à c'qui paraît Paris s'est coincé le doigt dans la porte et elle s'est mise à crier si fort que Mama m'a complètement oubliée, et pendant qu'elle allait voir c'qui s'passait, j'suis tombée sur le lino. On a dû m'emmener d'urgence à l'hôpital. Au début, ils ont cru que j'aurais des lésions cérébrales mais Tante Suzie Mae m'a raconté que, par miracle, j'ai réussi à ralentir ma propre chute et que j'm'en suis tirée avec une grosse bosse sur la tête. J'aurais pu en mourir. Mais ils ont dit que j'avais pas de problèmes et ils m'ont renvoyée à la maison au bout de quelques heures. Au jour d'aujourd'hui, Mama m'a jamais présenté d'excuses pour c'qui est arrivé.

Elle a toujours préféré Paris et j'crois pas qu'c'est parce qu'elle était l'aînée, non plus. Paris avait jamais tort. Elle était tellement parfaite. Tellement intelligente. Et patati et patata. Et Janelle, comme c'était la dernière, on lui passait toujours tout. Papa l'a pourrie, celle-là, et c'est sans doute pour ça qu'elle est devenue tellement gnan-gnan. Quant à mon seul et unique frère, Lewis, quel raté ! Mais ça, c'est la faute à Cecil.

J'adore ma famille. Vraiment. Mais j'leur en veux à mort aussi. La plupart du temps, j'ai l'impression d'être à l'écart, vu que j'habite ici, à Chicago et qu'ils sont tous sur la Côte ouest. Moi, j'ai pas aimé la Californie pour deux raisons : j'trouvais qu'c'était plus beau à la télé, et mon petit copain, qui est devenu par la suite mon mari, y était pas. J'suis pas encore allée à Vegas. On va peut-être y aller cet été, si j'arrive à convaincre Al de changer d'programme. Ça fait six années de suite qu'on rend visite à sa famille à Baton Rouge et j'lui ai dit tout net : cette fois-ci, on va voir la mienne.

Les seules fois où j'les vois tous ensemble, c'est quand y a quelqu'un qui meurt ou qui s'marie ou quand on fait une soi-disant « réunion de famille », mais c'est pas arrivé depuis 91. Voilà presque sept ans que j'ai plus vu personne, mais c'est seulement parce que tout mon argent est bloqué dans les Lavomatic et qu'j'ai dû refaire ma cuisine. Y a toujours un truc pour engloutir tout mon temps, sans même parler du fric.

À propos d'fric, il nous en faudrait beaucoup, beaucoup plus. C'est une des raisons pour lesquelles j'me renseigne en ce moment sur la vente par correspondance. Y a des milliers d'occasions pour démarrer une entreprise pas trop cher, faut juste prendre son temps, faire ses calculs et trouver la manière de monter ça. J'vois pas pourquoi on devrait s'contenter de c'qu'on a alors qu'on pourrait très bien passer carrément dans la tranche d'impôts supérieure si on en mettait un coup. Mais j'ai plus d'énergie dans mon gros orteil qu'Al en a dans tout l'corps, sauf, bien sûr, quand il s'agit d'baiser. La plupart du temps, s'il faut lever son cul et se creuser un peu la cervelle, il est carrément léthargique. Jamais absent au boulot, j'dois lui reconnaître ça. Mais j'lui ai déjà dit un million de fois : il est pas question qu'on habite encore dans cette pseudo-maison quand j'prendrai ma retraite. Non, monsieur. On peut faire mieux qu'ça. Beaucoup mieux qu'ça.

Le téléphone sans fil est là et m'regarde. D'un côté, j'me sens mal de pas avoir appelé Mama plus tôt. Ouais, c'est moi qui lui ai raccroché au nez la dernière fois, mais elle me gueulait dessus comme si j'étais une parfaite inconnue.

J'ai pas fait d'études, et alors ? Janelle et Lewis ont jamais terminé non plus, que j'sache. J'suis la seule à pas être divorcée. J'ai jamais couché avec les maris des autres, moi. J'ai pas épousé un bon à rien qui s'faisait passer pour avocat. J'ai jamais pris aucune drogue et j'ai pour ainsi dire aucun vice. J'l'ai jamais appelée en PCV et j'lui ai jamais demandé d'argent – jamais rien demandé, en fait, sauf peut-être de garder les mômes quand ils étaient petits, et encore, j'la payais pour.

J'ai fait tout ce qui était en mon pouvoir pour prouver à Mama que j'suis aussi intelligente et aussi capable que Paris, mais rien à faire, faut qu'elle la mette sur un piédestal, genre quand elle pète ça sent la rose. Paris est pas une sainte. Et elle est loin d'être parfaite. D'accord, elle sait cuisiner. Et alors, moi aussi je sais ! C'est pas la seule de la famille à pouvoir suivre une recette, bordel ! Si elle est dans sa position, c'est uniquement parce qu'elle connaît des gens qui connaissent des gens. À c'qui paraît, c'est eux qui lui achètent tous ses trucs sophistiqués. Mais merde, n'importe qui peut monter une boîte de traiteur. Moi aussi j'pourrais, si j'voulais. Mais la bouffe a pas assez d'importance, à mes yeux.

Janelle, par contre, aurait vraiment besoin des conseils de Mama, et à la pelle encore, parce qu'elle a pas d'jugeote, pas d'scrupules et pas la moindre ambition. Y a des bouquins sur les femmes comme elles, on dit qu'elles sont co-dépendantes, tout ça. Elle a couché pour arriver là où elle est. Elle m'a envoyé des photos d'sa maison. On dirait qu'y a jamais personne qu'a habité dans cette baraque. Comme les appartements modèles, sauf que Janelle a des goûts bizarres. Pas d'classe. Pas d'style. Pas d'allure.

Mais soyons clairs : c'est Lewis la vraie victime d'la famille. Il a des problèmes affectifs. Ça irait mieux s'il arrêtait d'boire cette saloperie de crack en bouteille, genre Schlitz Malt Liquor ou Old English. Lewis est alcoolique mais on dirait qu'il est l'seul à pas s'en rendre compte. S'il se faisait soigner, il pourrait peut-être aider Donnetta à entretenir son fils.

À propos d'enfants, Mama a jamais un mot gentil à dire sur les miens, sauf peut-être sur Trevor, mais ça l'empêche pas d'raconter partout qu'il est homo. C'est Janelle qui m'l'a dit. Moi, j'peux vous assurer que mon fils est pas pédé. J'en suis sûre. Il est timide avec les filles, mais ça lui passera. À tout bout d'champ, j'entends dire que Dingus a fait ci et que Shanice a fait ça, combien elle a fait au deux cents mètres et combien de bouquins elle a lus dans le mois, et même Jamil, le fils de Lewis, qui a environ l'âge de Tiffany et que plus personne voit jamais. Il paraît qu'il fait partie d'une équipe de foot qui voyage partout avec les meilleurs de tous les lycées (elle m'a quand même envoyé les coupures de journaux trois années de suite) et elle s'donne un mal de chien pour m'raconter tous les détails, comme quoi il a été pris dans l'programme junior des ROTC [1] et qu'on lui a fait sauter une classe... Merde, Monique joue d'la flûte comme une déesse et c'est la reine du rebond dans son équipe de basket, mais l'seul truc que Mama s'rappelle, apparemment, c'est qu'elle fait de l'hyperactivité infantile, comme si ça existait pas à Vegas. Et Tiffany accroche pas en maths et en sciences ? Et alors ? Ses poèmes sont aussi beaux que ceux de Maya Angelou, mais j'ai jamais entendu Mama s'en vanter. Tout le monde sait qu'mes filles ont la tête sur les épaules, même si elles traversent une période un peu difficile – elles attendent leurs règles – mais quand elles les auront, les choses devraient s'arranger et s'calmer un peu. Trevor, lui, c'est ma fierté. Il a presque que des A, mais là non plus, j'ai jamais entendu Mama s'en vanter.

Merde. Ça y est, j'recommence. Faut qu'j'arrête avant qu'les gosses me voient dans cet état. J'avale une gorgée d'asti spumante et j'appuie sur la manette du fauteuil pour l'incliner aussi loin qu'il peut aller. J'en ai marre de ce machin bleu. Dès qu'on renverse un truc dessus, ça se voit. Et j'vais m'débarrasser du canapé écossais pour en acheter un modulable, en cuir, puisque l'cuir est tellement à la mode à c'qui paraît. J'essuie mes yeux sur ma manche. Pourquoi faut toujours que j'pleure

1. Reserve Officers' Training Corps : programme d'enseignement mis en place par l'armée pour les élèves méritants et assorti de bourses. (*N.d.T.*)

quand j'pense à Mama ? Parce que, quoi que j'fasse, c'est jamais assez bien. Des fois, quand j'pense vraiment à ma famille, j'me dis qu'on a rien en commun, sauf le sang.

Les filles sont en train de jouer dans la cour avec le reste de neige. Il est 17 h 46 à la pendule fixée au mur. Ça veut dire qu'il est presque 4 heures à Vegas. Elle doit être en train de faire la sieste. Mama pique toujours du nez à la fin d'ses feuilletons. J'entends Al qui sort du garage. Lui non plus, j'lui parle plus.

Il manque vraiment pas d'air, celui-là. Hier soir, juste après l'amour, il m'dit :

— Oh, ma puce, j'avais oublié d'te prévenir, je vais à la pêche avec Smitty pendant trois jours. J'ai pris une journée. On part vendredi.

Et c'était tout. J'l'ai repoussé au bord du lit et j'ai mis un oreiller entre nous des fois qu'il comprendrait pas le message. Il m'a dit que j'faisais la gamine. « Va mourir », c'est tout c'que j'lui ai répondu, et ce matin, quand il a vu qu'il avait ni œufs au bacon ni café qui l'attendaient, il a compris c'que j'voulais dire. Et maintenant, il vient de rentrer et, comme d'habitude, il doit être en train d'se préparer un gin-tonic qu'il va siroter sous la douche. Je ronge mon frein jusqu'à ce que j'entende l'eau couler et là, tout d'un coup, j'me retrouve dans la salle de bains à l'regarder s'déshabiller.

— Si j'rentrais du boulot un soir en t'disant que j'pars quelques jours batifoler avec une copine, tu vas m'dire que tu s'rais pas en colère ?

— D'abord, t'as pas de copines, Charlotte, il fait en retirant son pantalon.

Il sait même pas de quoi il parle.

— Si, j'en ai. Mais c'est pas l'problème. Pourquoi faut qu't'ailles à la pêche avec Smitty, tout d'un coup ? Pourquoi c'est si important qu'ça ?

— C'est pas qu'c'est important, Charlotte. J'ai envie d'y aller, c'est tout. Y a pas d'mal à faire un truc avec ses potes de temps à autre. La femme à Smitty est pas fâchée, elle. Et j'vois vraiment pas pourquoi t'en fais tout un plat.

Au début, j'réponds rien. Je sais qu'il essaie d'me culpabiliser. Eh bien, va te faire foutre, Al, j'me dis en regardant son long corps dur à travers la porte de la douche. Sa peau est couleur paille, ses yeux d'un vert-gris perçant, il a des lèvres épaisses, des beaux cheveux – épais et ondulés – et les dents du bonheur. Un homme du Bayou, sensuel et encore charmant, et y a des fois où j'préférerais pas l'aimer autant que j'l'aime, mais c'est comme ça. Et c'est bien pour cette raison que j'veux l'partager avec personne.

— Comment j'peux savoir que tu pars avec Smitty et qu'tu vas pas rejoindre une autre femme dans un motel pendant trois jours ?

— Tu d'vrais arrêter, là. Tout de suite. J'vais à la pêche. Quand je reviendrai, j'aurai du poisson. Si j'voulais vraiment rejoindre une femme, j'crois que je pourrais trouver un meilleur mensonge. Alors arrête, tu veux bien ? On peut éviter les drames pour une fois ?

— Pourquoi tu m'as pas demandé de venir ?

— Mais je viens d'te l'dire ! C'est un truc de mecs ! D'ailleurs, on est tout un groupe à y aller. Des mecs du syndicat. Et puisque tu es furieuse, j'peux déjà te prévenir que l'mois prochain on part à la chasse, alors autant te défouler une bonne fois pour toutes.

— Tu manques pas d'air, Albert Toussaint. Tu manques vraiment pas d'air !

— C'est toi qu'es égoïste et qui fais l'idiote. Maintenant, si ça t'embête pas, j'peux prendre ma douche en paix ?

Il est là avec son mètre quatre-vingt-deux, nu et mouillé, les mains sur les hanches. L'espace d'un instant, j'me dis que j'aimerais le noyer sous la douche mais j'me contente de claquer la porte de la salle de bains. J'm'en fiche qu'il aille à la pêche. C'est la manière dont il le fait. Il s'est contenté de me prévenir. Il m'a pas demandé si ça m'gênait et surtout pas si j'voulais venir avec lui. On fait toujours tout ensemble. Du plus loin que j'me souvienne, ça nous est jamais arrivé d'aller quelque part l'un sans l'autre. En plus, au fond de moi, j'lui fais pas confiance. On peut pas faire confiance aux hommes. Un point, c'est tout. Donnez-leur l'occasion de tringler gratos et ils sauteront dessus, à tous les coups.

J'ai des raisons pour penser ça et il le sait. Y a quelques années – ça doit faire pas loin d'dix, maintenant – j'étais en train de nettoyer le garage, et comme une idiote j'ai voulu soulever sa boîte à outils pour la reposer sur son établi et j'l'ai laissée tomber. Tournevis, pinces, marteaux, clous, boulons – tout, absolument tout s'est cassé la gueule sur le sol en ciment. J'ai commencé à ramasser les trucs et, tout d'un coup, j'suis tombée sur une feuille de papier sale et chiffonnée. J'l'ai aplatie et j'ai remarqué qu'y avait un truc écrit dessus et puis, en commençant à lire, j'ai compris qu'c'était une lettre d'amour adressée à Al par une femme qu'avait pas signé. Elle lui disait qu'elle en avait marre d'cette situation. Qu'ça durait depuis trop longtemps et qu'c'était clair qu'il allait pas divorcer. Et puis : « Je t'aime trop mais je m'aime encore plus. Appelle-moi quand tu auras pris une décision. »

Appelle-moi quand tu auras pris une décision ? J'ai balancé tous les outils, y compris la boîte, contre sa Thunderbird ; j'arrivais pas à croire cette saloperie. J'étais pas blessée. J'me sentais trahie. Flouée. Bernée. Alors, j'avais beau aimer Al de toutes mes forces et on avait beau faire plein de trucs délire au pieu, et il sautait quelqu'un d'autre ? Il m'avait toujours dit que j'étais le meilleur coup qu'il avait jamais eu. C'était un mensonge. Qu'est-ce qu'il m'avait raconté d'autre comme mensonges ? Que personne cuisinait aussi bien qu'moi. Que personne repassait ses chemises comme moi. Que personne pouvait lui couper les cors sans l'faire saigner sauf moi. Putain, j'aurais dû toucher au moins une centaine de médailles d'or pour tous les trucs que j'faisais si bien. Et qu'est-ce que j'faisais d'autre pour plaire à Monsieur ? J'me pomponnais toujours pour lui. Un des trucs qu'il disait aimer l'plus chez moi, c'était m'regarder : que ma peau était noire et douce et tendre et qu'il adorait que tous les mecs essaient de m'draguer et que tout le monde pensait que j'portais une perruque ou une permanente pour avoir des cheveux pareils, et que personne pouvait croire que j'avais trente-quatre, trente-cinq, trente-six ou trente-sept ans et que j'avais eu trois gosses. Merde, à l'époque j'faisais encore du quarante, et Al m'disait tout le temps qu'il était super fier que j'sois sa femme. Fier. Et il baisait quelqu'un d'autre ? Comme, visiblement, il savait pas où il en était, j'ai jeté quelques affaires dans un sac et j'ai emmené les enfants trois jours chez Tante Suzie Mae. Al était fou quand il a vu qu'on était partis. Et dès qu'il a su que j'savais, il s'est fait un sang d'encre à l'idée que j'le quitte. Mais c'était déjà fait. C'est pour ça que j'étais chez Tante Suzie. J'essayais de réfléchir à la prochaine étape. Et là, il a fallu qu'il vienne me voir. Il voulait parler.

— C'est pas c'que tu crois, Charlotte.

— Ah oui, j'dois être folle, alors. J'ai pas lu une lettre d'une femme qui disait qu'elle t'aimait... Et au fait, c'est vrai que t'as voulu divorcer, Al ? Parce que, d'après sa lettre, ça faisait un moment qu'tu lui promettais d'le faire. Ils sont où, les papiers ? Amène-les, que j'signe tout ça vite fait ! Ou alors j'vais les demander moi-même, ça sera encore mieux !

— J'veux pas divorcer. C'était une erreur et ça fait tellement longtemps que j'ai complètement oublié.

— Une erreur ? Et t'as oublié ?

— C'était y a plus de cinq ans, Charlotte. Quand t'étais enceinte de Monique. T'as eu une période un peu dure pendant les quatre derniers mois, tu t'rappelles ?

— Et alors ? Si tous les maris avaient des aventures à chaque fois que leurs femmes ont des grossesses difficiles, on irait où comme ça ? C'est vraiment nul, Al, j'te jure.

— J'suis désolé, Charlotte. Vraiment, vraiment désolé. C'était rien. J'me sentais seul, c'est tout, et j'ai rompu juste après la naissance de Monique parce que j'ai retrouvé la femme que j'aimais. J'sais même pas c'qu'elle est devenue, cette nana. J'suis désolé.

— Et pourquoi j'devrais t'croire ?

— Parce que j'te dis la vérité. Je t'aime, Charlotte, et si j'étais pas heureux, je serais pas là. Je serais parti.

— Ah oui ? Comme c'est louable de ta part. Écoute, faut qu'je passe à la maison récupérer des affaires pour les enfants. J'aimerais bien que t'y sois pas. Et puis ils veulent rentrer chez eux, alors si tu pouvais te trouver un endroit pour habiter, ça m'arrangerait.

— Fais pas ça, Charlotte...

J'lui ai claqué la porte au nez. Après coup, j'en revenais pas que mon couple soit détruit. Comme ça. Avec quelques mots, en quelques secondes. J'étais toute retournée. J'ai tout raconté à Tante Suzie Mae.

— Assieds-toi, ma puce.

Elle martelait le comptoir de la cuisine avec ses doigts. Dieu merci, c'était avant qu'elle perde la boule.

— Et écoute bien c'que j'ai à t'dire.

— J'ai pas envie, Tante Suzie.

— Eh bien tu vas m'écouter quand même, elle a fait en remettant sa perruque en place.

On aurait dit Roseanne, en plus vieille et en noire. Elle était devant la cuisinière, en train d'ajouter du concentré de tomate à une énorme marmite de chili con carne.

— C'est idiot, c'que tu fais. J'sais bien qu't'es blessée et tout le tintouin, et c'est quèqu'chose que nous aut', les femmes, on aime pas traverser, mais à un moment ou à un aut', tous les hommes nous trompent. La plupart du temps, si s'y prennent bien, y s'font pas choper et c'est plus facile pour tout l'monde. Mais quand y s'font choper et qui s'font tout p'tits et honteux et qui disent qui sont désolés, des fois, ils l'pensent vraiment. Si t'aimes encore c't'homme-là, ravale ton orgueil et r'donne-lui une chance. Dieu nous d'mande d'apprendre à pardonner.

— Mais comment j'pourrais lui faire à nouveau confiance, avec c'qui m'a fait ?

— Il t'l'a pas fait à toi, ma poule. Il l'a fait pour lui. C'était pas pour t'faire du mal. C'est pour ça qu'y l'a fait en douce. Tu peux pas faire comme si ça f'sait pas mal. Tu peux pas oublier non plus. Mais tu peux met'ça dans un coin d'ta tête dont t'as pas b'soin et continuer ta vie avec lui. Les femmes font ça tous les jours...

— Et s'il recommence, Tante Suzie ?

— Alors, t'auras le choix entre divorcer, prendre un amant, ou lui faire sauter l'caisson.

Et elle s'est mise à rire si fort que je pouvais voir ses racines grises sous sa perruque.

Deux jours plus tard, j'suis rentrée à la maison. Mais seulement après des heures de pleurs et d'négociations et d'menaces et d'promesses et de j'ferai-plus-jamais-ça. Al a fait des pieds et des mains pour m'montrer à quel point il était content d'nous revoir.

Il m'a emmenée faire des courses, m'a sortie au cinéma, m'a laissée lui monter dessus et m'a juré que c'était la seule fois qu'il m'avait trompée en toutes ces années d'mariage. J'ai décidé que c'était plus facile de l'reprendre que de l'quitter.

Et voilà où on en est, environ dix ans plus tard. Toujours amoureux, j'pense, mais avec des problèmes en pagaille. Ça, j'le sais.

— Qu'est-ce qu'on mange, ce soir, Maman ? demande Trevor.

C'est le portrait craché d'son père, à part qu'il a hérité de ma couleur café Maxwell, mais il a les yeux verts des Toussaint. Il est beaucoup plus grand qu'Al : un mètre quatre-vingt-douze et le docteur dit qu'il pousse encore. J'sais pas comment c'est possible. J'me lève du fauteuil.

— Commande une pizza. J'ai pas envie d'faire la cuisine, ce soir. Va chercher les filles et dis-leur de s'mettre à leurs devoirs. Et j'veux pas d'histoires aujourd'hui.

— J'peux aller chercher la pizza ?

Ça, ça veut dire qu'il veut conduire. Il vient d'avoir son permis y a quelques mois. Comment il a fait, je sais pas. Comme dirait Mama, il a pas les yeux en face des trous. Il est tellement occupé par c'que font les autres qu'y fait pas attention à c'qui fait lui. Il est infoutu de faire un créneau et il a une façon de changer de file qui m'fait peur, mais bon, après tout, c'est juste au coin d'la rue.

— D'accord, j'm'entends lui répondre. Et prends-moi mon ticket de loto, s'te-plaît. J'ai oublié.

— Et l'argent ? C'est toi qui m'le donne ou Papa ?

Comme il est tout près de moi, j'suis obligée de lever la tête pour l'regarder. Non seulement il est plus grand qu'Al, mais il est encore plus beau. J'croyais pas qu'c'était possible.

— Tu veux m'demander quoi ? fait Al qui arrive dans l'salon.

— L'argent d'la pizza, répond Trevor en se dirigeant vers la porte vitrée pour appeler les filles.

— T'as entendu les messages de Paris et de Janelle à propos d'ta mère ?

— Oui.

— Alors ? Tout va bien ?

— J'lui ai pas encore parlé.

— Ah bon, pourquoi ?

— J'allais l'appeler plus tard.

Al regarde le sol, puis moi.

— Plus tard ? Un jour, ça sera peut-être trop tard, Charlotte. Faut vraiment qu't'arrêtes d'être aussi gamine.

Et avant que j'puisse dire ouf, il décroche le téléphone mais j'lui arrache des mains.

— C'est ma mère, pas la tienne !

Et j'me remets à pleurer.

— Papa, qu'est-ce qu'elle a Maman ? demande Tiffany.

Monique et elle retirent leurs blousons d'ski dans l'entrée. On pourrait croire qu'c'est Monique l'aînée, vu qu'elle est plus grande. Elles sont plus jolies que n'importe quelle nana qu'on voit dans les clips à la télé. Elles devancent pas mal de Miss America aussi. Les gens disent toujours que Tiffany est l'sosie de Vanessa Williams.

— Mémé Vy est à l'hôpital, répond Al, mais ça va aller.

Tiffany s'approche pour m'voir de plus près. J'dois avoir les yeux vraiment rouges et brillants parce qu'elle a l'air stupéfait. Les gosses ont pas l'habitude de m'voir comme ça, faible et tout. En général, quand j'pleure c'est que j'suis énervée, pas triste. J'me redresse et lui fais un petit sourire. Tiffany m'en fait un aussi.

— Allez faire vos devoirs, les filles. Trevor va aller chercher une pizza.

— Ouais ! crie Monique.

— Y a quelqu'un qui veut m'accompagner ? demande Trevor.

— Non merci, répond Monique.

— Pas moi, dit Tiffany.

Elles non plus, elles aiment pas sa façon d'conduire.

— Tu commandes la pizza, tu y vas et tu reviens, d'ac ?

Al fouille dans sa poche et lui tend un billet de vingt. Les filles montent l'escalier, Trevor part vers le garage et Al reste là à m'regarder. J'ai toujours l'téléphone dans la main.

J'veux appeler ; mais qu'est-ce que j'vais lui dire ? Désolée de t'avoir raccroché au nez et d'pas avoir rappelé depuis quatre mois ? Pourquoi faut qu'tu sois si têtue, Mama ? T'aurais pu m'appeler aussi, après tout ? C'est toi qui t'es mise à m'gueuler dessus !

— Alors ? il fait.

Puis il secoue la tête, remonte à l'étage et allume la télé.

Je regarde le magazine sur lequel j'ai noté l'numéro d'l'hôpital mais, sans qu'je sache pourquoi, j'me retrouve à composer le numéro de Smitty à la place. Quand sa femme répond, j'ai presque envie de raccrocher vu qu'on est pas si proches que ça, on se voit juste dans des dîners ou à l'église, mais j'me dis qu'elle risque d'avoir des soupçons et d'accuser Smitty d'quelque chose d'idiot si j'fais ça, alors je dis :

— Salut, Lela, comment ça va ?

— Charlotte ?

— Ouais, c'est moi.

— Quelle surprise ! Tout va bien ?

— Très bien. Écoute, Lela, est-ce que j'peux te d'mander un truc ? De femme à femme ?

— Ben... oui. Comme quoi ?

— Ça t'fout pas en colère que Smitty aille à la pêche ?

— Qu'il aille où ?

— À la pêche.

— Quand ça ?

— Ce week-end. Avec Al.

— Smitty va nulle part ce week-end, à part dans l'jardin. Il a promis d'nous construire une cabane et, à moins qu'on ait encore une tempête de neige, c'est c'qu'il va faire. En plus, son oncle est mort et l'enterrement est samedi. T'es sûre qu'il a bien dit c'week-end ?

— Je croyais, mais j'ai dû m'emmêler les pédales.

— Ça tient pas d'bout. Smitty a une peur bleue de l'eau, sauf quand elle est dans une baignoire. (Elle glousse un peu.) Et à part ça... quoi d'neuf ?

— Ben, ma mère est à l'hôpital.

— Ah bon, mais ça va aller ?

— Je crois. J'vais l'appeler tout de suite.

— J'vais prier pour elle.

— Merci, Lela. Prends soin de toi. Et, au fait...

— Oui ?

— Fais-moi plaisir, parle pas d'tout ça à Al. Ça a pas d'importance.

— D'accord. J'espère te voir bientôt à l'église.

— Tu m'y verras. Sans faute.

J'serre les dents tellement fort que j'dois faire gaffe à pas m'mordre la langue. À la pêche, hein ? Maintenant, je sais exactement quel genre de gaule il comptait utiliser. Eh bien, bonne chance, Al ! J'espère que tu choperas plus que c'que tu croyais. J'espère vraiment.

J'compose le numéro de l'hôpital tellement vite que tous les chiffres s'mélangent. Tout est bleu, flou. Le numéro que vous demandez n'est pas attribué... Recommence. Si seulement j'avais une bonne copine à qui téléphoner. Mais j'en ai pas. Al a raison. Si seulement j'pouvais en parler à mes sœurs. Mais j'peux pas. Elles sont pires que des fausses copines. Racontez-leur vos histoires et elles vous descendent dès qu'vous avez l'dos tourné. Entre elles. Avec leurs copines. C'est pour ça que j'raconte rien d'ma vie. Juste c'que j'veux bien qu'on sache. Faut faire confiance à personne. Pas donner d'renseignements personnels. C'est comme avec les patrons : ils mettent tout dans votre dossier et s'en servent contre vous plus tard.

C'est pour ça qu'il faut que j'parle à ma maman. J'aurais dû l'appeler plus tôt. Avant qu'elle tombe malade. Bien avant. Ça fait des mois qu'j'aurais dû l'appeler. Et j'aurais jamais dû lui raccrocher au nez. À la pêche... Et Mama qu'est à l'hosto parce qu'elle peut plus respirer. Moi non plus, j'respire presque plus. Appelle, Charlotte. Tout d'suite. Elle te dira quoi faire. Elle a déjà été dans cette situation. Mais d'abord, il m'faut un verre d'asti spumante. Non, t'en as pas besoin. Appelle. Et sois honnête, cette fois-ci. Raconte-lui toute l'histoire. La première fois. Et ça, maintenant. Dis-lui qu't'as eu tort. De raccrocher. Tu peux faire ça ? Reconnaître qu't'as eu tort ? Non, j'peux pas. Parce que j'avais pas tort. Mais si Charlotte. Qu'est-ce que ça change, d'toute façon ? Rien qu'en l'appelant, tu lui fais comprendre que tu regrettes. Rien qu'en composant c'numéro. Elle l'entendra à ma voix. J'ai pas besoin d'prononcer les mots. En plus, c'est des mots qu'elle m'a jamais dits à moi. Peu importe : appelle. Écoute le son d'sa voix. Prie pour que ça siffle pas. Tu sais bien qu'elle va faire comme si de rien n'était. Comme si elle était même pas à l'hosto. Comme si elle pouvait respirer normalement. Toi aussi, fais comme si. Comme si t'entendais pas le ronflement dans ses bronches et quand elle te demandera comment ça va, essaie de lui dire la vérité. Et cette fois-ci, écoute-la. Écoute tous les mots qui sortent de sa bouche, que tu sois d'accord ou pas. Boucle-la. Et écoute. Et c'qu'elle te dira d'faire, Charlotte, fais-le. Même si tu dois faire semblant.

Dans mon dos

J'ai entendu dire que j'étais peut-être lesbienne. Si je l'étais, je ne chercherais certainement pas à m'en cacher. J'ai aussi entendu dire que j'avais très mauvais goût en matière d'hommes. Je ne comprends pas. C'est l'un ou l'autre. À moins que je sois les deux ? Je crois savoir que le premier mensonge émane de Chicago. C'est là que Charlotte, mon ex-Sœur Préférée, sévit. La deuxième non-vérité provient de nulle autre que Mama, qui se croit douée pour juger du caractère des gens, mais si c'est le cas, pourquoi est-elle restée avec Papa tout ce temps ?

On dit aussi que je suis perfectionniste. Je le reconnais ; et j'en suis fière. À les entendre, on croirait que c'est un gros mot. Tout ce que je peux dire, c'est : ne m'en voulez pas d'être organisée. Et c'est précisément pour ça que je me retrouve actuellement face à mon ordinateur, à cinq heures et demie du matin, en train de me lamenter sur le dernier épisode de l'Interminable Saga de la Famille Price, alors que je devrais être en train de régler les derniers détails d'une fête marocaine qu'une de mes clientes souhaite organiser dans trois semaines pour l'anniversaire de son futur mari. Il a encore fallu que je l'ouvre et que je lui suggère quelque chose d'exotique… Du coup, elle est tellement emballée à l'idée de voir ses quarante invités assis par terre, en train de manger avec leurs doigts puis de se laver les mains avec des serviettes tièdes parfumées à la rose pendant que deux danseuses du ventre tourbillonnent autour d'eux qu'il me reste exactement quatre heures pour lui faxer le menu et le budget.

Je tiendrai mon délai car je pense que quand on prend un engagement, il faut le respecter. Même si vous devez vous donner un mal de chien pour y arriver. Quand les gens vous font confiance, il faut être fiable. C'est comme ça que je fais tourner ma boîte. C'est comme ça que j'essaie de faire tourner ma vie. C'est souvent plus facile avec ma boîte qu'avec ma vie, mais je ne vais pas me plaindre.

Enfin si, aujourd'hui, un peu. Mama est à l'hôpital. À Las Vegas. Et mes soit-disant frère et sœurs prennent tout leur temps pour m'appeler et me dire ce qu'ils comptent faire. Elle sort tout juste de réanimation et c'est à mon sens une raison suffisante pour sauter dans un avion et aller la voir. Je parie que notre Chère Charlotte ne viendra pas ; elle ressortira son excuse à la con, comme quoi elle a peur des avions. Mais Charlotte est radine, un point c'est tout. Pourtant, on pourrait croire qu'une mère compte plus qu'un nouveau papier peint, non ?

Lewis, lui, ne sait sans doute même pas que Mama est à l'hôpital. Il a du mal à garder le téléphone. Il a du mal à garder un appartement. Il a du mal à garder une voiture – du moins une voiture qui roule. Il s'est acheté un vélo. Mais il a raconté que sa soi-disant arthrite le faisait tellement souffrir qu'il ne pouvait plus s'en servir et puis quelqu'un lui a volé, et c'était pas de sa faute, d'abord. Tout le monde lui vole toujours des trucs. La dernière fois, c'était un matelas. Comment peut-on se faire voler un matelas ?

Et notre Cher Papa, alors ? C'est lui qui aurait dû nous appeler tous les quatre, nom d'un chien. J'ai laissé trois messages sur le répondeur et il a même pas pris la peine de me rappeler, et c'est là que mon intuition m'a dit d'essayer l'hôpital. Papa n'est pas la personne que je préfère. En fait, je l'avoue, je ne l'aime pas beaucoup, principalement à cause de tout ce qu'il a fait subir à Mama depuis des années. Je suis au courant de ses petites copines depuis plus longtemps qu'elle, je pense, mais de toute façon, elle a toujours refusé de voir les choses en face ou, comme on dit en Californie, elle est en plein déni.

Comme toujours, la petite dernière de la famille se conduit en vrai bébé, mais qui pourrait le lui reprocher ? Papa a toujours tout fait pour elle, lui a toujours tout passé. Pour l'instant, elle est plongée dans son mélodrame avec Machin-Truc. Mais un petit homme qui se teint les cheveux, porte des chaussettes à rayures, fume des cigares cheap et conduit des grosses voitures ne m'inspire rien qui vaille. Et je me fous qu'il soit flic.

Pour commencer, que diriez-vous d'un plateau de fruits exotiques et de légumes méditerranéens ? Puis de crevettes de Madagascar à la noix de coco, parfumées d'une touche de curry et saisies à la perfection ; petits pâtés de crabe du Cap-Vert, accompagnés d'une rémoulade de citron vert et de coriandre ; salade Cachemire, une plantureuse assiette composée de taboulé, houmous, crevettes à la vapeur et leur vinaigrette d'huile d'olive et de citron, tomates, feta et menthe fraîche, le tout servi avec des pita sortant du four aromatisées au beurre d'ail ; et pastilla, grand classique maghrébin, gâteau de feuilles de brick, délicates et aériennes, poulet en lanières, cottage cheese, ricotta et noix, le tout relevé d'un soupçon de cannelle et d'une farandole d'épices.

Qu'est-ce qu'on peut bien raconter sur moi, encore ? Que je crois que je sais tout, que je pense avoir toujours raison. Je n'y peux rien si j'ai des ressources et si j'en sais plus que d'autres sur un certain nombre de questions ; mais je ne me conduis jamais comme si je savais tout sur tout et je n'avance rien que je ne puisse défendre. Je ne crois pas que ce soit une forme d'arrogance, et si certains membres de ma famille acceptaient d'être éclairés par d'autres lumières que celles de *Melrose Place, Les Feux de l'amour* ou *Oprah* – quoique j'adore Oprah –, eh bien ils seraient peut-être un peu mieux informés, eux aussi. Je dois dire en faveur de Lewis que lui au moins lit des livres intéressants. Mais je crois qu'il en a trop lu, parce qu'il déborde par tous les pores d'informations pour lesquelles il n'a pas trouvé de débouché, et c'est là que la famille s'avère utile.

Je suis habituée à leurs critiques et à leurs accusations. Attendez voir. Non ce n'est pas vrai. Je ne m'y suis pas faite. Sauf, peut-être, quand elles viennent de Mama car, petit un, c'est ma maman, et, petit deux, elle a rarement des choses gentilles à dire à notre sujet de toute façon, ce qui signifie simplement qu'elle nous aime. Si je m'arrêtais aux apparences, je jurerais que Charlotte n'a plus aucune affection pour moi, ou qu'elle m'en veut pour quelque chose qui m'échappe complètement. Je sais qu'elle a bon cœur, au fond, mais je crois que la douceur lui fait peur. Elle voit ça comme une forme de faiblesse. Janelle, elle, est gentille et toute simple. Si seulement j'avais un moyen de lui injecter un peu de confiance en soi par intraveineuse pendant son sommeil... Elle ne sait pas que le doute peut ruiner les plus grands génies ; en plus, Janelle est beaucoup plus intelligente qu'elle veut bien le croire.

La version officielle qui circule parmi les Enfants Price Devenus Adultes, c'est que, en tant qu'aînée, j'aurais eu droit à un traitement de faveur. Je pense qu'ils doivent me confondre avec quelqu'un d'autre. Si je me rappelle bien, on prenait tous la râclée quand on faisait une bêtise ; mais comme j'étais l'aînée, c'était souvent moi qui étais punie pour les autres. Papa et Mama me tenaient pour responsable, ce que je n'ai jamais trouvé très juste. Comme la fois où Lewis a allumé un feu dans le sèche-linge. J'ai pas pu quitter la maison pendant deux week-ends d'affilée. « T'aurais dû faire attention. J't'avais bien dit de l'surveiller. » Et la fois où il a mis la voiture au point mort et qu'elle a roulé jusque dans la rue et bloqué la circulation et qu'on savait pas où étaient les clés et qu'on arrivait pas à lui faire remonter la pente ? Mama et Papa m'en ont fait tout un plat, alors que j'étais dans la salle de bains en train de me laver les cheveux quand c'est arrivé. « Lewis sait pas conduire. Il a que huit ans. Qu'est-ce qu'il foutait dans la voiture, d'abord ? » J'avais envie de répondre : « Je suis censée avoir des yeux derrière la tête ou quoi ? » Je me dis que j'aurais mieux fait de le faire. J'en serais pas là aujourd'hui. Et la fois où Charlotte a fait manger de la bouffe pour chien à Lewis et Janelle et les a mis dans la niche ? Qui c'est qu'a dû avaler une cuillerée de Canigou et se mettre à quatre pattes pour lessiver et cirer tous les planchers de la maison, centimètre par centimètre ? Charlotte a dit à Mama que c'était moi qui l'avais forcée à le faire.

En ce qui concerne le plat de résistance, nous pouvons commencer par des brochettes de poulet au curry, légèrement marinées dans un mélange d'épices exotiques et cuites sur le gril. Par la suite, vos invités pourront choisir entre les brochettes de filet mignon, parsemées d'ail, de fleur de sel et d'herbes fraîches, cuites au feu de bois, ou l'agneau Ali Baba, tendres brochettes d'agneau mariné, également cuites au feu de bois. Pour accompagner ces plats, mes chefs vous prépareront une graine de couscous parfumée au beurre et aux herbes, garnie de petits pois et de pois chiches. En dessert, je vous suggère le pudding à l'africaine, aromatisé à la cannelle, à la cardamome et au safran et accompagné d'une crème anglaise relevée au cognac. Si vous le souhaitez, je peux également vous préparer un somptueux gâteau d'anniversaire à la pistache qui risque de donner à votre fiancé envie de vous épouser sur-le-champ.

De toute façon, je prends un avion pour Vegas dès demain et je me fiche de ce que Mama dira. L'asthme, c'est grave. Il y a des gens qui en meurent. Je ne veux même pas imaginer ce que je ferais – ce que nous ferions tous – si un jour Mama n'arrivait pas aux urgences à temps. Dieu merci, Lewis ne sera pas là. Ce qui veut dire qu'il y aura moins de scènes. À moins, bien sûr, qu'il ait appris la nouvelle par télépathie. Et qu'il ait touché son allocation handicapé ou réussi à persuader une de ses idiotes de nanas de lui prêter de l'argent, auquel cas il se trouve peut-être déjà dans un bus à l'heure qu'il est. Lewis adore les bus. Quant à Charlotte, bien que je ne sois pas convaincue que son histoire de lesbienne ait été entièrement dépourvue de malice, je lui pardonne. Mama a essayé de tasser l'affaire en disant qu'elle avait dit ça pour plaisanter. Mais Charlotte ne plaisante jamais. Tout le monde le sait. J'espère quand même qu'elle viendra.

J'ai aussi entendu dire que Lewis aurait dit à Janelle que je ne me prenais pas pour de la merde parce que j'ai acheté une maison sans l'aide d'un mari. Mama a fait la grosse erreur de dire à Charlotte que c'était un manoir – ce qui est faux. C'est une maison de mille mètres carrés, achetée pour cinq cent mille dollars, et située dans une banlieue middle-class typique du nord de la Californie. Nous n'avons même pas de piscine. Une maison sur six ressemble grosso modo à la mienne. Et apparemment, je suis une des dernières du quartier à ne pas avoir fait paysager mon jardin. J'y viendrai quand le moment sera venu.

Quand j'arriverai chez Papa et Mama, je vais leur dire une bonne fois pour toutes de me lâcher un peu la grappe, de me foutre la paix. J'en ai assez de devoir m'excuser d'être ce que je suis. J'aime ce que je suis. J'aime ce que je fais de ma vie. J'adore faire à manger et c'est pour ça que j'ai monté ma boîte. Et je m'amuse beaucoup. J'adore le pouvoir de la nourriture. La beauté de la nourriture. Je veux que les gens vivent une expérience intégrale avec leurs cinq sens ; j'essaie de créer un environnement envoûtant, plein de couleurs, d'odeurs et d'arômes pour les séduire du début jusqu'à la fin. Je vois mon travail comme un art et je l'offre comme un cadeau. Je rencontre aussi des tonnes de gens intéressants et je voyage partout dans le monde. Les gens ont l'air d'apprécier mes talents culinaires, ce qui me fait plaisir. C'est tout ce que je demande : être reconnue pour ce que je fais. Comme tout le monde, non ?

Budget. (Oh, laisse tomber le budget pour l'instant. Fais le programme, c'est plus facile.) 15 h : j'arrive et commence à préparer à manger. 17 h : mon équipe arrive pour installer le bar, la salle de service et pour m'aider. 18 h 45 : mise en place de l'apéritif. 19 h : les invités commencent à arriver. 20 h : invités installés par terre autour de tables rondes (ils doivent apporter leurs propres coussins). 20 h 15 : danse du ventre et salades. 20 h 30 : entrées, fin de la danse du ventre. 20 h 45 : plat principal. 21 h 15 : champagne. 21 h 30 : hommes et femmes se séparent pour le strip-tease et début du spectacle. 22 h : dessert. 22 h 30 : musique et suite de la fête. L'équipe (pas moi !) reste jusqu'au départ du dernier invité pour ranger.

À la réflexion, je devrais peut-être m'excuser d'avoir réussi ce que Mama et Papa nous ont tous incités à faire, à savoir suivre des études, obtenir un diplôme et trouver sa place dans ce monde. Ce n'est pas de ma faute si

Charlotte a choisi de faire son chemin à la Poste. Ou si Lewis a passé une licence de taulard et travaille actuellement sur sa maîtrise d'alcoolique. Janelle, apparemment, continue à chercher, mais combien de cartes de tarot lui faudra-t-il pour trouver ?

D'après mes frère et sœurs, je crois que ma vie est parfaite parce qu'elle fait bien sur le papier. Mais ce sont eux qui n'acceptent pas l'idée que j'aie tout comme eux des problèmes. Comme j'ai un peu de sous à la banque, ils pensent que je peux m'acheter tout ce que je veux. S'ils ne regardaient pas autant la télé, ils sauraient ce que savent la plupart des gens intelligents : que l'argent ne fait pas le bonheur et ne garantit pas la sérénité. Ça peut vous faire oublier certains problèmes, vous distraire, mais ça ne remplacera pas les choses de base dont tout le monde a besoin. Si je pouvais aller chez Neiman Marcus et acheter de l'amour avec ma carte de crédit, je le ferais. Si je pouvais me procurer une ordonnance de bonne santé à la pharmacie, je le ferais. Si je pouvais me rendre au rayon « Hygiène » au supermarché et choisir un mari qui me convienne à moi, à mon style de vie et à mon fils, je l'aurais déjà fait.

Mama, de son côté, a tendance à confondre stress et détresse. Comme je ne suis pas non plus Ma Sorcière bien aimée, je ne peux pas vraiment remuer le bout du nez pour faire tomber du ciel le mari numéro deux qu'elle espère me voir rencontrer. C'est vrai, ça serait agréable de dénicher un homme qui corresponde à tous mes fantasmes, mais, très honnêtement, je ne sais même plus à quoi ils ressemblent. Trois ans après mon divorce, j'étais encore dans une impasse totale sur le plan affectif. J'avais l'impression que la personne que j'avais le plus aimée au monde était morte et que je faisais son deuil. Il s'appelait Nathan. C'est le père de mon fils. Je ne peux plus le blairer. Pendant huit ans, je lui ai donné le bénéfice du doute. Il disait une chose mais en faisait une autre. Il aurait pu décrocher l'exam du barreau du premier coup, mais je crois qu'au fond de lui-même il ne s'en sentait pas digne. Il a saboté tout ce qu'il avait de formidable en lui et s'est laissé aller à l'échec, c'était tellement plus facile. Mais ce n'était pas sexy. Un jour j'en ai eu assez de lui repomper l'ego en permanence alors que lui ne me rendait jamais la pareille. Ma boîte était en plein essor et il ne pouvait même pas faire semblant d'être content. En fait, il m'en voulait. Mais il fallait bien que quelqu'un porte la culotte dans la famille, sinon on se serait retrouvés dans la merde jusqu'au cou. C'est devenu de plus en plus difficile de l'aimer. Ce n'était plus l'idéaliste engagé, l'être viril et spontané qui me tenait éveillée la nuit en me racontant des cas de procès scandaleux et en me faisant l'amour dans le même souffle. Il a perdu tout intérêt pour le droit et, juste après sans doute, pour moi. Je n'aurais pas cru qu'il me quitterait et qu'il retournerait en courant chez lui, à Atlanta. Mais c'est exactement ce qu'il a fait. Ça m'étonnerait que j'aime jamais un autre homme avec la même intensité et la même conviction ; mais en même temps, je hais Nathan de nous avoir déçus, notre fils et moi. Je le déteste de ne pas s'être battu davantage pour ce qu'il voulait, de ne pas s'être montré à la hauteur de ses propres attentes. Et je le déteste de ne pas avoir su être heureux pour moi au moment où je concrétisais les miennes. Je voulais qu'il soit content de ma réussite. Qu'il soit fier de moi. Est-ce trop demander à un mari ? Dans le cas de Nathan, je crois que oui, puisqu'il a sauté de l'avion avant même de savoir s'il allait s'écraser.

Cela dit, Nathan m'a fait un vrai cadeau qu'il n'a pas pu reprendre, et c'est Dingus. Mon fils donne un but et un sens à ma vie. Il a presque dix-sept ans et je l'aime encore. Il me respecte. Ne me parle pas mal. J'ai eu de la chance de ne pas avoir une fille. Sinon, je serais probablement en train de craquer à l'heure qu'il est, comme Charlotte et Janelle.

Estimation du budget. Retrouver une vieille facture et calculer au prorata du nombre de clients. Si mes souvenirs sont justes, pour quarante personnes ça devrait faire dans les quatre mille dollars. Pour qui j'ai organisé la dernière fête marocaine, déjà ? Compulser les dossiers. Et ne pas oublier de faire un prix à Mariah pour la remercier d'être aussi fidèle.

Déjà le téléphone ? J'ai peur de répondre. À part Mama, personne ne m'appelle aussi tôt depuis que j'ai fait savoir, il y a déjà des années, que c'était le seul moment de calme dont je disposais pour m'organiser et démarrer tout ce que je dois faire dans une journée. C'est peut-être Miss Ordelle, la dame qui vient repasser une fois par semaine. Si c'est le cas, cela veut dire qu'elle encore mal aux dents ou un rhume ou des douleurs dans la poitrine. Elle n'appelle jamais aussi tôt, d'habitude. Depuis le début de la semaine quelqu'un appelle et raccroche. Je parie que c'est une de ces écervelées qui essaie de coincer Dingus avant qu'il parte à l'école, dans l'espoir pathétique d'inscrire son nom sur son carnet de bal, mais c'est pas demain la veille que ça risque d'arriver parce qu'il est complètement ensorcelé par Jade, une fille intelligente, grande, aussi noire que belle, qui va à l'église tous les dimanches parce que son père est pasteur, chante dans le chœur, assure comme avant dans l'équipe du lycée et qui, d'après ce que je sais, refuse pour l'instant de lui accorder ses faveurs. Pendant un temps, j'ai eu peur parce qu'il était accro à une petite plouc blanche – Meagan Quelquechose –, bête comme pas deux. Mais je l'ai bouclée, en espérant qu'elle ferait son temps et qu'il se dégoûterait d'elle, ce qui est arrivé quand il a découvert qu'elle couchait aussi avec un de ses potes. Du calme, je me suis dit, laisse ton fils choisir à sa guise, arrête d'être aussi raciste et montre au moins une once de respect à cette fille. Ce que j'ai fait. En me limitant à un « Bonjour » cordial et un « Au revoir » soulagé quand il l'amenait ici. Je lui ai offert des chips une fois, mais c'était presque au-dessus de mes forces. Elle a redoublé sa cinquième, quand même ! Quand je pense que mon fils a toujours eu tous les prix d'excellence. Mama et Dingus ne comprennent pas que ce ne sont pas les Blancs qui me posent problème. Il y a plein de Blancs que j'aime bien. Et ça ne me gêne pas que mon fils soit avec une Blanche, c'est pas ça. Je me fous de la couleur de sa peau. Mais s'il y a une couleur que je ne supporte pas, c'est bien celle de la bêtise. Les esprits lents me tapent sur les nerfs.

Je décroche le combiné mais apparemment Dingus a déjà pris la ligne dans la cuisine.

— Allô ?

On dirait que la voix de ce garçon devient plus grave de jour en jour.

— J'ai pas eu mes règles, dit Meagan.

Oh non, elle n'a pas dit ça… Je retiens mon souffle.

— Tu avais dit que tu prenais la pilule, dit Dingus.

La petite salope. Je savais que ça allait arriver. J'en étais sûre. Depuis que Dingus a sa chemise de sportif aux couleurs de son lycée, que sa photo est passée dans le journal local et que les universités commencent à s'intéresser à lui, sans parler des filles plus âgées qui lui tournent autour comme des mouches après les matchs, cette petite génisse n'a qu'une idée en tête : mettre un terme aux activités parascolaires de mon fils. Mais c'est très mauvais, comme truc. Et carrément dépassé. Genre années cinquante. Pas d'inquiétude. Il est hors de question que mon fils tire un trait sur son avenir comme ça, bordel. Et toi, idiot, ta maman t'a jamais rien appris ? Je devrais couper quelques centimètres de sa petite bite immature pour lui apprendre à ne pas utiliser les capotes que j'avais glissées dans son tiroir et dans son sac à dos.

— Tu t'rappelles quand j't'ai dit que j'devais arrêter d'la prendre pendant quelques semaines parce que ça m'donnait mal au cœur ?

— Écoute, Meagan. C'est vraiment nase. Ma mère me tuera si elle l'apprend. Qu'est-ce que tu vas faire ?

— Faire ? Je sais pas. Qu'est-ce tu veux qu'je fasse, Dingus ?

Qu'est-ce qu'il veut qu'elle fasse ? Mais elle est défoncée, ou quoi ? Il a pas dix-sept ans, putain. Elle en a dix-huit. Demande à ta mère, greluche, ce que tu dois faire. Pas à mon fils.

— Écoute, est-ce qu'on peut s'retrouver au centre commercial après l'école ? Devant Mrs. Field's ?

— D'accord, dit-elle au moment où elle raccroche.

Moi aussi. Mais d'abord, j'ouvre le tiroir de mon bureau pour attraper un cachet. Ce sont des antidouleurs qu'on m'a prescrits quand je me suis fait refaire les lolos, et après, pour des soins dentaires. J'ai découvert qu'ils marchaient aussi très bien pour soulager les migraines dues au stress, du genre de celle qui est en train de monter maintenant. J'en avale un et je le fais passer avec quelques gorgées de café chaud. Au moment où Dingus frappe à ma porte, il fait déjà son effet.

— Bonjour, Ma, dit-il mollement.

Il s'approche de moi, m'embrasse comme tous les matins et me tapote la tête.

— Bonjour. C'était qui au téléphone ?

— Asokah. Il avait oublié quel exercice on devait faire en maths.

— Oh.

Voilà ce qui s'appelle savoir mentir.

— Alors, c'est quoi ton programme aujourd'hui, Maman chérie ?

— Comme d'hab.

— Tu veux pas m'raconter un peu ?

— Tu ferais mieux de me lâcher la grappe.

— Qu'est-ce qui t'arrive, ce matin ?

— J'ai fait un cauchemar.

— Raconte à ton fils aimant ce qui te préoccupe.

Je lève la tête pour regarder ce garçon et son mètre quatre-vingt-dix. La semaine dernière encore, il était dans son berceau. Et l'autre jour, je l'ai emmené à son entraînement chez les minimes, non ? Et maintenant, il se rase... Le temps passe trop vite. Mama avait raison. J'aurais dû en faire un autre. Mais maintenant, c'est trop tard.

— J'ai rêvé que le passé revenait te hanter.

— Et alors ? fait-il en feuilletant les pages de mon bloc de téléphone sur lesquelles sont notés les vingt-trois coups de fil que je dois passer aujourd'hui si je veux être sûre que la garden party de Louisville prévue pour ce week-end se déroule correctement en mon absence.

— Une petite nana prétendait qu'elle était enceinte de toi.

Il me regarde sans la moindre trace de surprise dans les yeux et me décoche un grand sourire métallique.

— Tu te fais du souci pour rien, Ma. C'était qu'un rêve. Oublie.

— Dingus ?

— Oui, Ma ?

Il est déjà à la porte. Visiblement, il a senti la pression.

— J'espère que tu mets des capotes quand tu fais tes affaires.

— Bien sûr, répond-il. Ça va si je passe une demi-heure au centre commercial après l'école ?

— Pour quoi faire ?

— Y a des nouvelles Jordan qui arrivent aujourd'hui chez Footlocker et on voudrait aller les voir, avec mes potes.

— T'as pas d'argent pour des Jordan.

— On veut juste faire les vitrines.

— Si tu veux. Du moment que tu es à la maison à cinq heures et demie.

— Pas de problème.

Il s'éloigne puis s'arrête.

— Oh… J'voudrais appeler Mémé en rentrant pour voir si elle veut que j'lui apporte quelque chose.

— OK.

— Faut que j'lui refile la pêche. Tu sais qu'j'y arrive bien.

— Oui, je sais. Je t'aime, mon fils.

— Et moi encore plus.

Je le regarde s'éloigner. Mon bébé. En train de devenir un homme. J'aime les effets de ce cachet. Maintenant j'ai l'impression de pouvoir dire exactement ce que je veux sans me mordre la langue. J'aimerais bien me sentir comme ça tout le temps. C'est ce que je me dis tout en composant le numéro de téléphone de Meagan. C'est elle qui répond.

— Je peux parler à ta mère, s'il te plaît ?

— Elle est pas là, Paris.

— Elle ne travaille pas. Comment se fait-il qu'elle ne soit pas là ?

— Parce qu'elle est partie faire des courses.

— À sept heures du matin ?

— C'est ouvert vingt-quatre heures sur vingt-quatre.

— Tu peux lui demander de me rappeler dès qu'elle rentre ?

— Je peux savoir de quoi il s'agit ?

— Cherche, je dis en raccrochant.

Petite conne. Allez, Paris, sois gentille. Mais à l'heure qu'il est, j'ai pas envie d'être gentille. Je suis tout le temps gentille. Avec tout le monde, bordel. J'ai besoin de faire un break. Du coup, qu'est-ce que je fais ? J'appelle Nathan. Il mérite de se faire un peu hanter par son passé, lui aussi. Bien sûr, je tombe sur son répondeur, mais ce n'est pas grave.

— Nathan, c'est Paris. Comment ça va ? Bien, j'espère. Le but de ce coup de fil c'est de te rappeler, comme tous les ans, que TU AS TOUJOURS UN FILS, qui va avoir dix-sept ans d'une minute à l'autre et puisque tu as l'air tellement ému, tu pourrais peut-être envisager de marquer cet anniversaire par, je sais pas moi, UNE CARTE POSTALE OU UN PETIT COUP DE FIL, BORDEL ! Quelque chose, quoi. À condition que ça ne te dérange pas trop bien sûr, et seulement si t'es pas trop dans la merde. Au fait, Monsieur l'imprésario sportif, tu représentes des athlètes ou toujours pas ? Et le barreau de Géorgie, tu l'as passé ou t'as encore oublié ?

Le répondeur me coupe alors que j'avais à peine commencé, mais c'est pas grave. J'ai un double appel. Je me demande bien qui ça peut être.

— Allô ?

— Paris, t'es là ? Décroche, c'est moi, dit Mama.

— C'est moi, Mama.

— Ah ! T'as la même voix que ton répondeur.

— Comment ça va ? T'es pas encore rentrée, hein, dis ? Dingus et moi, on arrive demain, que ça te plaise ou non.

— Du calme, ma fille, nom d'un chien. J'rentre c'matin. Dieu soit loué. J'ai perdu trois kilos que j'avais pas l'intention d'perdre si vite. Mais j'me sens beaucoup mieux.

— Tant mieux. Où est Papa ?

— On s'entend plus, avec ton père.

— Ça, c'est pas nouveau, Mama. Vous ne vous êtes jamais entendus.

— Il est parti.

— Parti où ?

— Vivre avec une gonzesse aux allocs et ses trois enfants, dans une cité.

J'ouvre le tiroir du bureau pour attraper mes cachets mais je réalise que je n'ai pas mal à la tête, alors je le referme.

— Qu'est-ce que t'as dit ?

— T'as très bien entendu. Prends pas cet air surpris. C'est pas la première fois, mais par contre, c'est sûrement la dernière, tu peux m'croire. Ça lui pendait au nez. J'en ai MARRE de lui.

— Papa a déménagé ?

— C'est bien c'que j'viens d'dire, non ?

— Quand ça ?

— Vers le premier de l'an.

— Hein ?

— Arrête de me hurler dans les oreilles, ma fille !

— Pourquoi tu nous l'as pas dit avant ?

— Parce que ç'a pas d'importance.

— Pas d'importance ? L'homme à qui t'as été mariée pendant près d'un demi-siècle s'en va et ça n'a pas d'importance ? Tu plaisantes ou quoi ?

— Écoute, j'viens d'avoir une saloperie d'crise d'asthme, qu'est-ce tu veux qu'je fasse, que j'aie une crise cardiaque et que j'passe l'arme à gauche à cause de ton abruti d'père ?

— Non, Mama.

— Il m'manque pas.

Je ne la crois pas une seconde.

— Alors t'es toute seule ?

— Pas tout à fait. Lewis vient d'arriver.

— Tu déconnes ?

— J'préférerais.

— C'est toi qui lui as demandé ?

— Tu m'as bien r'gardée ?

— Combien de temps il reste ?

— Pas longtemps, j'espère.
— Il est juste à côté de toi ?
— Ouais.
— Il a bu ?
— Ouais.
— Il te tape déjà sur les nerfs ?
— Ouais.
— Il se lamente sur Donnetta ?
— Ouais.
— Est-ce qu'il sait qu'elle s'est mariée ?
— Ouais.
— Tu lui as tout raconté, Mama ?
— Ouais.
— Il s'est énervé ?
— Ouais.
— Pourquoi tu lui as dit ?
— Y m'avait énervée.
— Comment ? Qu'est-ce qu'il a fait ?
— Devine.
— Il est venu sans argent et maintenant il peut plus rentrer chez lui.
— T'as d'viné. En plus, il l'aurait su tôt ou tard. Enfin, bref. T'es prête pour Pâques ?
— Pâques ? C'est bien la dernière chose à laquelle je pense à l'heure qu'il est, Mama. Tu dois me confondre avec ton autre fille.
— Tu vas aller à l'église ou pas ?
— J'aime pas trop Pâques. Avec tous ces chapeaux et ces habits neufs, on se croirait dans un défilé de mode, tu sais…
— OK, OK, j'ai compris !
— Mais peut-être que tu aimerais venir le fêter avec moi et Dingus ?
— Ça dépendra comment j'me sens. C'est un peu trop près d'mon anniversaire. À moins, bien sûr, que t'aies prévu un truc spécial…

Elle se croit maligne ou quoi ?

— D'abord, j'viens d'mettre trois cents dollars d'arrhes pour une croisière, c'est Loretta qui m'a convaincue. C'est en juin, fin juin, mais j'l'ai fait comme ça, pour faire quelque chose.

— Une croisière ?

— Ouais, ils vont dans cinq ou six îles des Caraïbes. Me d'mande pas où. Et me d'mande pas combien ça coûte. Pas maintenant. En plus, ton père et moi, y faut qu'on fasse nos comptes pour les impôts, ou on va avoir des gros ennuis. Enfin, bon, j'te dirai. Attends un peu. Y a ton frère qui veut t'dire bonjour.

— Salut, frangine.

Je change d'oreille.

— Salut, Lewis.

— Ça va.

Est-ce que je lui ai demandé comment ça allait ? Il fait toujours ça.

— Comment va Dingus ?

— Bien. Tu restes combien de temps à Vegas ?

— Juste quelques jours, même si ça me plaît bien ici. Si j'trouvais un boulot correct, je crois que j'envisagerais de rester.

— N'y songe même pas, Lewis.

— Enfin, de toute façon, la plupart de mes contacts professionnels sont à L.A., dit-il dans un soupir.

Je me retiens de lui demander : « Quels contacts professionnels ? »

— Donc, Mama t'a dit, pour Papa ?

— Ouais. Mais il va revenir.

— Comment tu peux dire ça alors qu'tu sais même pas c'qui s'passe ?

— Tu sais depuis combien de temps ils vivent ça, Lewis ? Alors s'il te plaît...

— Mais c'est sérieux, cette fois.

— Je suis bien contente qu'il soit parti.

— Comment tu peux dire ça ? Vous les femmes, vous êtes vraiment...

— Ah, commence pas avec moi, Lewis !

— Commencer quoi ? Je disais juste que...

— Écoute, je vais le redire : je suis bien contente qu'il soit parti. Il aurait dû partir il y a vingt ans, déjà. Et fais-moi plaisir, Lewis. N'énerve pas Mama, s'il te plaît. Elle est encore même pas rentrée à la maison.

Il lâche un deuxième soupir exaspérant.

— Je suis venu pour lui donner un coup de main. J'vois pas comment ça pourrait l'énerver.

— Laisse tomber.

— Donc, tout le monde était au courant à propos de mon ex sauf moi, hein ?

— Au courant de quoi ? Qu'elle s'est mariée ? C'est son droit, non ?

— Tout c'que j'sais, c'est qu'ça doit être un vrai branque pour vouloir d'elle.

— Ouais, eh bien Todd est peut-être un branque mais il a un boulot et...

— Où c'est qu'elle a trouvé un Noir avec un nom pareil ?

— Il est blanc. Je croyais que Mama te l'avait dit.

— Il est *quoi* ?

— Oh, ça va, Lewis, remets-toi. On est en Amérique. En 1994.

— Elle a épousé un putain de Babylone ?

— Eh oui, et elle a même eu un enfant de lui. Une petite fille qui s'appelle Heather. Mama m'a dit qu'elle te l'avait dit...

— Elle m'a juste dit que cette salope s'était mariée et qu'le mec voulait adopter Jamil. C'est tout.

— D'abord, ce n'est pas une salope et je ne veux pas que tu parles des femmes comme ça, Lewis, tu m'entends ?

— D'accord, désolé. Mais...

— Je disais donc que ce Babylone, comme tu dis, a l'air de s'occuper drôlement bien de ton fils noir.

— Putain, mais Donnetta a complètement perdu la boule ! À quel genre d'église elle va, bordel ?

— Tu f'rais bien d'surveiller ton langage, mon garçon !

Ça, c'est Mama dans le fond.

— J'en sais rien et je ne vois pas le rapport, de toute façon.

— En tout cas, ce mec a pas intérêt à s'imaginer qu'il va être le père de mon fils. Et il a pas intérêt à lever la main sur lui non plus, ou j'lui casse sa petite gueule de Blanc.

— Bon. Arrête-toi, Lewis, parce que j'ai vraiment pas l'intention d'écouter ce genre de...

— Mais qu'est-ce que tu crois que ça m'fait, à ton avis ? D'abord, j'apprends de la bouche de ma propre mère que mon ex-femme s'est remariée avec un inconnu que j'connais même pas, et quelques heures après je découvre qu'il est blanc et qu'il veut adopter mon fils ?

— Faut bien que ce garçon ait un père. C'était quand, la dernière fois que t'as vu Jamil ?

— C'était y a pas si...

— C'était quand, la dernière fois que t'as fait quelque chose pour lui, Lewis ? Secoue-toi un peu et reviens à la réalité, merde ! J'en ai tellement marre des mecs comme toi que je sais même plus quoi faire !

— Vous les femmes, vous pensez toutes pareil et...

— Repasse-moi Mama, tu veux bien ?

— J'ai pas fini.

— Je raccroche immédiatement si tu me passes pas Mama.

— Attends une minute. On peut même plus demander à sa propre sœur de l'écouter ? Lui dire ce qu'on ressent ? Bon, de toute façon, on se voit demain.

— Super.

Mama reprend l'appareil :

— Oui oui...

— Il est pathétique !

— Pire que ça, dit Mama.

— Je croyais que tu lui avais tout dit ?

— Tout c'que j'avais envie d'lui dire. Mais c'qui est fait est fait.

— T'as parlé à Janelle ou à Charlotte ?

— Janelle et Shanice arrivent demain en voiture, j'sais pas à quelle heure. Et non, j'ai pas eu d'nouvelles de Charlotte et t'avise pas d'l'appeler pour lui d'mander d'venir. J'ai pas envie d'voir sa tronche.

— Très bien.

— Je plaisante pas, Paris. Essaie de pas jouer les arbitres, pour une fois. Contente-toi d'venir et d'm'apporter du bon pain d'chez Fisherman's Wharf et une boîte de crackers comme j'aime pour mettre dans ma soupe – tu peux faire ça ?

— Pas d'problème, Mama. Je t'aime.

— C'est la seule chose qui compte, dit-elle en raccrochant.

Je regarde ma liste d'appels à passer. Puis ma projection de budget. J'ai pas envie de parler à ces gens. Pas envie de papoter, d'entendre leurs voix. Pas envie de penser à des brochettes-ci et des feux de bois-ça, marocain par-ci, marocain par-là. Je me fous de savoir quelle salade ils vont manger, où l'orchestre pourra s'installer, et quelle est la différence de prix entre une strip-teaseuse qui fait la totale et celle qui montre seulement ses seins. Mon papa est parti. Je me demande si Mama est vraiment contente. Les gens disent une chose et en pensent une autre. Et merde ! J'ai oublié ce putain de rendez-vous avec les producteurs qui veulent que je présente une émission où je préparerais un repas du début jusqu'à la fin. Du début jusqu'à la fin, bordel ! Et regardez-moi ce bureau ! Il est couvert de papiers en tous genres : photos de bouffe, recettes que je garde et révise depuis des années pour les mettre dans le bouquin que j'écrirai peut-être un jour – si jamais j'en trouve le temps.

Ce que je sais, c'est que j'ai un budget à taper, un fils de presque dix-sept ans qui est peut-être en voie de devenir père, que ma mère est à l'hôpital, que je n'ai envie de voir personne aujourd'hui et que je recommence à avoir mal au crâne. Je respire à fond plusieurs fois de suite mais ça n'y fait rien, alors je plonge la main dans le tiroir et en sort le flacon en plastique contenant mes cachets. J'en fais tomber un dans ma main, puis je me dis que deux feront sûrement plus d'effet.

Un œil fermé n'est pas forcément clos

Shanice ouvre la porte d'un coup sec.

Avant que j'aie pu décider si je dois entrer ou pas, elle apparaît. On dirait qu'elle voudrait bloquer l'entrée par sa seule présence. Son corps dégage un halo de chaleur qui forme comme un bouclier invisible que je ne peux pas pénétrer pour l'instant. Je regarde ma fille. Ce n'est plus ma petite fille. Elle est trop grande pour son âge. Les épaules en arrière, la poitrine bombée comme celle d'un mannequin. Elle plaque ses mains sur ses hanches, comme si elle voulait se retenir de me sauter dessus. Je me trompe peut-être. J'espère que je me trompe. Elle n'a pas l'air d'avoir peur comme je me l'imaginais. Plutôt agacée qu'autre chose.

— Je peux entrer ?

Elle me regarde sans broncher.

— Pour quoi faire ?

— Je crois qu'il faut qu'on parle, Shanice.

— De quoi ?

— Je suis tellement désolée, ma puce.

Je tends le bras pour la toucher mais elle fait un bond en arrière.

— J'en doute pas.

Elle dit ça d'un ton sarcastique et se laisse retomber sur le bord du lit, exactement à l'endroit où elle était assise il y a quelques instants. Il y a des gouttes de sang sur sa couette rose ; on dirait des étoiles bordeaux au bout de ses doigts. Elle se penche en arrière et me regarde.

— Alors, il est où ?

— Parti.

— Où ça ?

— J'en sais rien.

— Il reviendra.

Elle dit ça comme une évidence.

— Non.

— Si.

— Il peut pas revenir.

Elle me regarde de nouveau comme si elle ne me croyait pas.

— Qui va l'en empêcher ?

— La police.

— L'appelle pas, Ma. S'il te plaît. Je t'en prie.

— Pourquoi pas ?

— Parce que le monde entier sera au courant.

— Le monde entier n'aura pas besoin d'être au courant. Shanice, ma puce, pourquoi tu m'as rien dit ?

— Parce que tu m'aurais pas crue, de toute façon.

Je me mords la lèvre et joue avec l'interrupteur du plafonnier mais heureusement l'ampoule a grillé il y a déjà longtemps. Ça fait des semaines que George promettait de la changer. Je sais maintenant pourquoi il ne l'a pas fait.

— Qu'est-ce qui te faisait penser ça ?

— Parce que tu crois tout ce qu'il te raconte.

— C'est pas vrai.

— Si, c'est vrai. Même Mémé dit que t'es une imbécile avec les hommes.

— Elle a dit ça ?

— Je suis d'accord avec elle, dit Shanice en croisant les bras.

J'ai envie de l'étrangler. De quel droit Mama discute de mes relations avec ma fille de douze ans ?

— Ta grand-mère n'est pas dans une bonne position pour juger mon comportement.

— Mais moi oui. Je sais avec combien d'hommes mariés tu es sortie, sans oublier le pervers qui a fini par t'épouser.

— Laisse-moi te dire quelque chose pour que ce soit bien clair, Shanice. Après la mort de ton père, j'avais peur de m'attacher à un homme et c'est pour ça que j'ai fait les choses comme ça. Je ne voulais faire de mal à personne.

— Je m'en fous. Tout ce que je sais, c'est que si t'avais fait ce que t'aurais dû faire avec ton mari, j'aurais pas été obligée de le faire à ta place.

— Qu'est-ce que tu viens de dire ?

— T'as très bien entendu.

J'ai envie de lui filer une paire de claques retentissantes. Comment ose-t-elle me parler sur ce ton ? En plus, elle ne sait même pas de quoi elle parle. Elle doit être sous le choc. Traumatisée. Cette conversation ne ressemble absolument pas à ce que j'imaginais. Je suis venue pour la consoler. Pour essayer de comprendre ce qui s'était passé. C'est pourquoi je décide de laisser filer les choses désagréables qu'elle vient de me dire.

— T'as peut-être raison.

Elle a l'air sincèrement surprise. Comme si elle s'était préparée à la bataille.

— T'as grossi.

J'ai envie de lui parler du bébé. Le bébé. Le bébé, au fait ? Qu'est-ce que je vais faire de son enfant ? Je ne veux rien de lui. Rien. Mais ça fait trop de choses pour l'instant. Oublie le bébé. Occupe-toi de celle-là.

— Il t'a fait du mal ?

— Qu'est-ce que tu veux dire ?

— Qu'est-ce qu'il t'a fait, exactement ?

— J'ai pas envie d'en parler maintenant.

Elle tend le bras et attrape un livre sur une pile – clairement un livre qu'elle a déjà lu –, le pose sur ses genoux, l'ouvre au hasard et se met à enrouler une tresse autour de son doigt.

— J'ai besoin de savoir, Shanice.

— Il en a fait assez.

— Ça fait combien de temps qu'il te touche ?

— Touche ?

Elle lâche un gloussement sarcastique.

— Oui.

— Il a fait plus que me toucher.

— Quoi, par exemple ?

— Eh bien, juste après votre mariage par exemple. Quand j'avais sept ans. T'étais toujours endormie quand il venait me dire bonsoir. Il éteignait la lumière, là, mais il partait pas. Il venait jusqu'ici, il s'allongeait près de moi et m'embrassait. Mais il repartait pas.

J'ai mal au cœur. Il n'a pas pu faire ça à ma fille pendant cinq putains d'années, quand même. Où j'étais, moi ? Comment j'ai bien pu ne pas remarquer une chose pareille ? Et comment, au nom du ciel, elle a pu laisser passer tout ce temps sans m'en parler ?

— Ça fait cinq ans qu'il te fait ça ?

— Plutôt six. J'vais avoir bientôt treize ans, tu te rappelles ?

— Shanice, je dis comme un gémissement.

— T'inquiète, Ma. D'ailleurs, je m'en suis pas mal tirée.

— Qu'est-ce que tu veux dire ?

— Regarde tous ces trucs. À ton avis, pourquoi il me les a achetés ?

Je ne veux pas regarder. Je sais ce qu'il y a. Trop de peluches. Trop de poupées. Trop de jeux vidéo et de gadgets. Des centaines de bibelots. Je cligne des yeux, cligne, cligne, cligne jusqu'à ce que tout ça disparaisse.

— Mais Shanice, tu ne m'as jamais envoyé le moindre signe indiquant qu'il y avait un problème...

— Mémé a remarqué, elle, dit Shanice d'un ton acide.

Est-ce là la fille avec qui je vais devoir vivre dorénavant ? Où est partie sa douceur ? Cet enfoiré l'a-t-il détruite définitivement ? Je n'avais jamais entendu ma fille dire des mots aussi crus. Elle n'a jamais utilisé ce ton de voix pour me parler non plus. Elle a la tête penchée, je vois ses épaules qui s'affaissent, puis elle secoue la tête et se redresse lentement.

— Je repasse le film dans ma tête et j'essaie de comprendre pourquoi je n'ai vu aucun signe.

— Parce qu'il aurait dû être acteur, au lieu d'être flic. Le matin, c'était quelqu'un de complètement différent. La nuit, il venait ici. Il disait des choses. Il faisait des choses. Mais au petit déjeuner, c'était à nouveau mon beau-père. Il était deux personnes à la fois.

— C'est une maladie.

— Ouais ouais ouais. Complètement malade. À ton avis, Ma, pourquoi je ne voulais jamais qu'il m'emmène à l'entraînement ?

— Parce que tu ne l'aimais pas.

— Et tu t'es jamais demandé pourquoi ?

— Je croyais que c'était parce qu'il n'était pas ton vrai père.

— Mais je ne me rappelle même pas de mon père, Ma ! J'avais quatre ans quand il est mort !

— Oh.

C'est à peu près tout ce que j'arrive à dire. J'ai envie de m'asseoir près d'elle. J'ai envie de poser ma main sur sa tête comme je faisais quand elle était petite et l'attirer entre mes seins pour sentir son souffle contre moi. Je veux faire glisser sa tête contre mon ventre et la poser sur mes genoux et lui caresser les cheveux jusqu'à ce qu'elle s'endorme. Comme on faisait avant.

— Qu'est-ce que vous faites la nuit, dans votre chambre ?

— Quoi ?

Ce n'est pas seulement la question qui me fait sursauter mais le fait qu'elle est toujours sur son lit et moi toujours près de la porte. Elle n'a pas la tête sur mes genoux. Et ce n'est plus un bébé. Mais je reste sa mère.

— Ça ne te regarde pas.

— Grâce à lui, maintenant, ça me regarde.

— Je lis.

— Moi aussi. Tu vois, j'ai même un livre pour te le prouver.

Elle me montre son livre, puis le laisse retomber sur ses genoux.

— Et puis je dors.

— Eh bien moi, j'ai appris à dormir les yeux ouverts et à rester réveillée même quand ils étaient fermés.

Je plaque une main sur ma bouche et sens des larmes rouler sur mes joues. Elle sait que je pleure. Mais elle s'en fiche. Elle ne me regarde même pas. Et pourquoi elle ne pleure pas, elle ?

— Qu'est-ce que vous faisiez d'autre ?

— Ce que font les grandes personnes normales.

— Normales ? (Maintenant elle me regarde d'un œil noir. On dirait qu'elle me déteste.) Il est pas normal.

— Je le sais maintenant.

— Mémé dit que tu lis trop de romans d'amour.

— Comment est-ce qu'elle sait ce que je lis, d'abord ?

— Parce que je le lui ai dit.

— Je lis ce que j'ai envie de lire.

— Elle dit que tu vis dans tes rêves. Et tu sais quoi? Elle a raison.

— Arrête !

— C'est toi qui arrêtes !

— D'accord.

Je me mouche dans mon sweat-shirt. Je la regarde à nouveau, toujours assise sur son lit. Je vais lui en acheter un nouveau. Celui-ci va débarrasser le plancher. Dès demain, il part à la poubelle, avec toutes les affaires qu'il lui a achetées. Je croise les bras et la regarde lire.

— Shanice ?

— Quoi ?

Elle ne relève toujours pas la tête.

— Pourquoi tu ne m'as pas dit ce qui se passait ?

— Je t'ai déjà répondu.

— Non, pas vraiment. Tu m'as dit que je ne te croirais pas, mais ça ne suffit pas. Il devait bien y avoir une autre raison.

— Parce qu'il me disait que si j'en parlais il me ferait encore plus de choses et que ça me ferait encore plus mal.

Un truc épais remonte, arrive dans ma gorge. J'attrape la poubelle blanche et laisse sortir tout ce qui veut sortir. Shanice ne bronche pas. Elle continue à lire. Je pose la poubelle dehors. J'ai chaud. Et j'y comprends de moins en moins. Depuis l'âge de sept ans ? Mon bébé. Cet enfoiré, ce fils de pute. Quand j'ai rencontré George, il était en train de divorcer de sa deuxième femme, que j'ai jamais connue, mais je sais qu'elle avait deux filles à peu près de l'âge de Shanice. Il leur avait fait la même chose ? Et les filles qu'il avait eues de sa première femme, alors ? Je dois avoir le numéro de la première quelque part. Il faut que je sache. Je dois savoir. Mais comment a-t-il fait ? Je ne suis pas si bête. Et pendant tout ce temps... Et comment un homme adulte peut-il bien avoir envie de déconner avec une petite fille ? *Ma* petite fille ? Je m'entendis dire à nouveau :

— Je suis désolée.

— Tu l'as déjà dit. Tu peux y aller maintenant ? Je viens d'acheter le nouveau *Chair de poule* et j'ai vraiment envie de le terminer ce soir. Ça s'appelle : *Pourquoi j'ai peur des abeilles*. Ça doit être bien et ça va me parler, à moi, parce que j'ai déjà été piquée au moins une centaine de fois. Tu piges ?

— Shanice ?

— Quoi ? dit-elle d'un ton nettement irrité.

— Ce n'est pas fini.

— Je m'en doute.

— Non. Ce que je veux dire, c'est qu'il faudrait que tu te fasses examiner.

— On m'a déjà examinée. Comme on dit au cours de danse : j'ai déjà eu mon rite de passage.

J'aimerais qu'elle arrête. Mais je sais pourquoi elle fait ça. Je ne lui en veux pas. C'est ma fille. Et je l'aime. Et je dois prendre les mesures nécessaires pour lui montrer que je ne veux que son bien, contrairement à ce qu'elle a l'air de penser.

— Je devrais sans doute te faire voir quelqu'un, un conseiller.

— J'ai en ai déjà un à l'école.

— Je ne pensais pas à ça.

— Oh, tu veux dire un psy ?

— Peut-être.

— J'ai pas besoin de voir un psy. J'ai pas de problèmes. C'est ton mari qui est malade. C'est lui qui a besoin de voir un docteur. Pas moi.

— Écoute. Je propose qu'on y réfléchisse un moment et qu'on voie ce qui se passe. Qu'est-ce que t'en dis ?

— Je sais que je penserai pareil la semaine prochaine, le mois prochain et même sans doute l'année prochaine.

— Tu ne sais pas ce que tu penseras.
— Toi non plus.
— C'est vrai. Mais je veux savoir.
— Eh bien, pour le moment, je suis contente qu'il ait fini par se faire choper et je suis soulagée qu'il soit parti. Je le déteste, ce mec.
— Je sais.
— Non tu ne sais pas.
— Moi aussi, je le déteste, je dis en m'appuyant contre le chambranle parce que j'ai besoin d'être soutenue.
— Tu ne le détestes pas.
— Si.
— Tu détestes ce qu'il m'a fait. Mais tu ne peux pas le détester lui, tu l'adores tellement !
— La frontière entre l'amour et la haine n'est pas large et il l'a franchie.
— Mais qu'est-ce que tu vas faire sans lui ?
— Comment ça ?
— Qu'est-ce que tu vas faire sans lui ?
— Faire ?
— Je ne vais pas le répéter une troisième fois.
— On va s'en tirer.
— Ah ouais ? On verra bien, de toute façon.

Elle jette son livre sur la pile, en attrape un autre, l'ouvre à la première page et prend un air totalement absorbé.
— Tu veux bien refermer la porte derrière toi ? demande-t-elle sans même relever la tête.
— T'es sûre que ça va ?
— Très bien, dit-elle en faisant tourner cinq ou dix pages d'un seul coup.
— Tu crois que tu seras d'attaque pour aller voir ta mémé demain ?
— Bien sûr. (Elle soupire.) Pourquoi je le serais pas ?

J'ai honte d'avoir demandé. Je referme lentement la porte et je reste juste derrière, à l'affût d'un son, d'un signe, n'importe quoi qui me laisserait penser qu'elle ressent autre chose que de la colère. Je l'entends tourner quelques pages. Et encore d'autres. Et même si je sais que c'est ma fille la vraie victime dans cette histoire, malheureusement moi aussi je me sens bien meurtrie.

Urticaire

Le téléphone glisse de mes genoux et tombe par terre. J'me penche par-dessus le bras du fauteuil pour l'ramasser et l'sang me monte à la tête, du coup, en m'relevant, j'ai la tête qui tourne. J'repose le sans-fil sur mes genoux et j'attends d'reprendre un peu mes esprits. Qu'est-ce que j'vais lui dire ? « Salut, Mama, y paraît qu't'as eu une crise d'asthme et qu'on a dû t'emmener aux urgences, j'suis contente que tu sois pas morte et j'suis désolée de pas avoir rappelé plus tôt et j'aimerais bien pouvoir sauter dans un avion pour venir t'aider à t'remettre sur pied mais j'peux pas parce que j'viens d'apprendre que mon mari m'trompe pour la deuxième fois en dix ans, d'ailleurs quand j'vais m'lever d'ce fauteuil, j'vais sans doute monter l'voir et lui dire de s'casser. J'veux même pas écouter ses excuses bidon, cette fois-ci. C'est pas comme ça qu'il évitera l'divorce. Mama, est-ce que tu peux m'dire, s'il te plaît, si tu penses que c'est la bonne façon d'faire ? J'ai les mômes, et plein de responsabilités ; j'sais même pas comment j'peux m'en sortir toute seule. Mais j'le laisserai pas abuser d'moi, ni personne d'autre d'ailleurs. Comment t'as réagi toi quand Papa t'a fait ça ? Pourquoi tu lui as pas demandé d'partir ? Pourquoi t'as pas divorcé ? C'est pas dur, de faire comme si tu t'en fichais ? C'est pas dur, d'faire comme si t'avais pas mal ? Comment on fait pour redresser la tête malgré la douleur et continuer sa vie ? Comment on fait, Mama ? »

J'pourrais commencer par là. Mais faut qu'j'me dépêche avant d'avoir oublié tout c'que j'pensais dans l'ordre que j'le pensais, parce qu'après ça voudra plus rien dire et elle va croire que j'fais une crise de nerfs, ce qu'elle croit toujours dès qu'un d'ses enfants s'retrouve dans le pétrin et sait pas comment s'en sortir. Mais j'fais pas d'crise du tout, moi. J'laisserais jamais un homme me rendre folle à c'point. Aucun homme vaut la peine qu'on perde la tête pour lui. Déjà qu'il a votre cœur... Ça suffit.

Je finis par appuyer sur le bouton du téléphone mais aussitôt j'entends la voix de Tiffany à l'autre bout.

— J'ai besoin du téléphone.

— Ma, c'est mon prof particulier. T'as oublié ? J'ai une grosse interro d'maths demain et on a vachement d'choses à voir en trois quarts d'heure.

— Pardon.

Et je raccroche.

Et maintenant ? J'fais basculer mon fauteuil et appuie sur la télécommande. J'ai pas la tête à regarder des sitcom et j'crois qu'j'ai eu assez d'nouvelles comme ça pour la journée. Faut qu'je bouge. Que j'aille quelque part. N'importe où. Je remonte la manette du fauteuil et l'dossier s'redresse tellement vite que j'me retrouve sur mes pieds presque sans effort. Je cherche mon sac des yeux. Près d'la porte. J'l'attrape et me dirige vers le garage. J'espère qu'les clés sont dedans. Elles devraient y être. J'les entends cliqueter et j'suis tellement contente que Trevor ait pas refermé la porte du garage que j'ai envie de gueuler. Comme ça, Al m'entendra pas partir. Il entendra que mes pneus crisser.

J'attrape mon blouson de ski accroché au portemanteau et en mettant l'bras dans la manche, j'fais tomber mon bonnet blanc. J'l'enfonce sur ma tête, et puis j'enfile mes après-ski marron avec leur rebord en fourrure beige. Les jambes de mon jean sont pas assez larges pour passer par-dessus, alors j'les rentre à l'intérieur. Maintenant, on dirait que mes genoux font trois fois leur taille normale mais c'est pas grave. J'ai pas l'intention d'gagner un concours de beauté, ce soir.

Je monte dans la Suburban. Je déteste cette voiture. Trop grosse, trop bleue, même si le bleu c'est ma couleur préférée. Mais pas c'bleu-là. Y a trop de vert dedans et dès qu'Al sera parti, j'la change contre une Tahoe noire, c'est c'que j'voulais depuis l'début. Voilà c'qui s'passe quand on fait des concessions. S'il était pas si tard, j'irais direct au garage pour échanger cette saloperie. Demain, à la première heure. Je fais marche arrière, débouche dans la rue sans savoir où j'vais et j'me mets à conduire. Avant le premier stop, je ralentis, je me range sur le côté, fouille dans la boîte à gants et j'tombe sur une petite bouteille de Beefeater's. Une collègue du boulot a un mari qui travaille dans une entreprise qui fournit les compagnies aériennes en alcool, et elle nous apporte des sacs entiers pleins de toutes sortes de trucs. On prend c'qu'on veut et j'fais pas la difficile. À cheval donné... En plus, dans ces cas-là, c'est bien d'avoir des provisions pour la route. J'déchire le papier qui entoure le goulot et dévisse le bouchon, j'avale cette saloperie en une seule gorgée et j'laisse tomber la bouteille vide dans mon sac. J'ai chaud. J'me sens mieux. Détendue. Quel enfoiré...

Je passe la marche avant d'un coup sec et j'conduis pendant vingt minutes, jusqu'à c'que j'me retrouve sur le parking du centre commercial. Bonne idée. J'suis loin de lui et des gosses, ici. C'est plein d'lumières. Plein d'inconnus qui savent pas que mon mari me trompe pour la deuxième fois en dix ans. J'entre chez Zales Jewelers en m'efforçant de sourire et m'retrouve devant le comptoir des bagues où je repère un diamant qu'a l'air d'attendre que moi.

— Je peux vous aider ?

La vendeuse est noire, avec deux tresses épaisses et argentées séparées par une raie au milieu.

— Oui, je voudrais voir cette bague.

Je lui montre la bague.

— C'est une pierre précieuse. Demi-carat. Un peu chère. Mais... c'est pour vous ?

— Oui.

Elle me la tend.

— Fiançailles ?

Je lui lance un regard noir.

— Pas vraiment, non.

Elle lâche un petit « ah » gêné. La bague me va parfaitement, c'que j'prends comme le signe que j'dois l'acheter.

— Est-ce que vous souhaitez savoir le prix ?

— Elle fait moins de mille ?

Je sais que j'suis pas loin de la limite sur ma carte Zales alors je croise les doigts.

— Un tout petit peu plus.

— J'la prends.

Je lui tends ma carte et remarque des zébrures rouges sur ma main droite. Pendant que la vendeuse va à la caisse, j'me gratte. Ça m'démange tout à coup.

— Voulez-vous que je vous l'emballe ?

— Non, j'vais la garder sur moi. Vous pouvez m'mettre la boîte dans un petit sac, si ça vous dérange pas.

— Ça ne me dérange pas du tout.

Je supporte pas sa voix. Trop douce. Comme si elle se croyait dans une pub. Elle me tend la fiche, je signe et sors du magasin. J'me sens mieux. J'ai fait quelque chose pour moi. Quelque chose d'extravagant. Bon. Maintenant, les gosses aussi ont besoin d'trucs. Mais d'quoi ?

J'me dirige vers les nouvelles boutiques hip hop qui sont toutes côte à côte, on dirait. Je vais divorcer. Il va pas s'en tirer comme ça. Pas cette fois. Il pourra m'faire toutes les excuses du monde, j'le laisserai pas s'en tirer comme ça. À la pêche... Les gosses et moi, on va s'débrouiller.

Tiffany et Monique ont droit à deux jeans et à des cols roulés en solde et puisque leurs doudounes seront trop petites l'an prochain, j'leur en prends aussi chacune une. Trevor, ça lui plaît jamais c'que j'lui achète, alors j'attrape juste quelques T-shirts, un paquet de chaussettes et des slips de qualité. J'me demande combien de temps il lui faudra pour faire ses paquets et partir. Qu'il s'en aille. Qu'il se casse. N'importe où. Il m'mérite pas. Ni les enfants. J'me casse le cul à essayer d'être une bonne épouse et une bonne mère, et c'est comme ça qu'il me remercie ? Ça va pas s'passer comme ça.

J'ai la main gauche qui m'gratte, maintenant, et c'est lourd, ces sacs, alors j'm'assois sur un banc mais j'm'aperçois qu'il faut que j'aille aux toilettes. J'regarde des deux côtés pour voir où sont les plus proches et mes yeux tombent sur une cabine téléphonique. Avant qu'j'ai vraiment réfléchi, j'me retrouve en train d'appeler l'hôpital, puisque j'connais le numéro par cœur, maintenant. Elle est peut-être en train d'regarder la télé. Ou bien elle est allongée dans l'noir, en train d'attendre qu'un d'ses enfants l'appelle pour lui dire bonsoir, un truc comme ça. Quand j'entends la voix de la standardiste, j'suis un peu étonnée.

— Euh, la chambre de Viola Price s'il vous plaît ?

— Je suis désolée, mais elle dort et elle a demandé à ce qu'on ne la dérange pas. Une bonne nuit de sommeil ne lui fera pas de mal. Je peux prendre un message ?

— D'accord. Dites-lui d'interroger son répondeur chez elle. C'est sa fille Charlotte.

— Je n'y manquerai pas. Elle aura ce message dès son réveil.

J'la remercie et j'appelle à la maison. J'espère que Cecil y est pas. Bon, il est pas là. J'entends une voix d'ordinateur qui prononce le nom de Mama sans mentionner celui de Papa et après le bip, je dis :

— Bonjour, Mama. Je sais qu't'es pas encore rentrée. C'est Charlotte. J'arrive pas à te joindre, j'voulais juste avoir de tes nouvelles. J'espère que ça va. Les gosses et moi, on va bien. Al va pas trop bien, lui. Il va partir pour un long voyage. J'sais pas pour combien de temps. En tout cas, j'aimerais vraiment pouvoir venir te voir si t'as besoin d'moi, mais faudrait que j'prenne le train et pour l'instant j'ai personne pour garder les enfants, mais dis-moi c'que tu veux qu'je fasse. Je t'aime, Mama. Prends soin de toi et dis-moi quand tu rentres à la maison. J'aimerais bien pouvoir t'envoyer des fleurs, mais tu t'rappelles c'qui s'est passé la dernière fois ? T'étais allergique. Enfin bref, fais attention à toi. Remets-toi bien. Et t'inquiète pas pour moi. Tout va bien. Ça pourrait pas aller mieux. Je t'embrasse. Et j'te rappellerai demain.

Je vais aux toilettes et quand je regarde mes mains je vois qu'il s'agit plus seulement de taches rouges. Je retire mon blouson, remonte mes manches et j'en crois pas mes yeux : j'ai les bras couverts de milliers de petits boutons. Qu'est-ce que c'est qu'cette saloperie ? Ça doit être nerveux. C'est tout. C'est nerveux. J'me regarde dans la glace. J'ai rien sur le visage. Mais j'ai le cou qui devient rouge. Je relève mon pantalon ; j'ai les jambes tellement noires que j'vois pas les boutons. J'les sens, par contre. Un bon coup d'lotion à la calamine devrait arranger ça. Dans le miroir, j'secoue la tête. Vous voyez c'que ça peut vous faire, les hommes ? Vous filer d'l'urticaire, putain !

Je ressors des toilettes en faisant comme si je n'étais pas couverte de plaques rouges et j'me dirige vers le parking mais là j'tombe sur un chapeau en velours violet qui irait super bien avec un ensemble orange et violet que j'voudrais mettre pour aller à l'église. Je l'achète. Mais comme j'peux pas porter un carton à chapeau en plus, j'enlève mon bonnet de ski, j'le mets dans mon sac à main et j'mets l'autre chapeau sur ma tête. Je sais que j'ai l'air d'une barjo mais je m'en fous.

Je jette les sacs sur le siège arrière et je sors une autre bouteille. De la Stolichnaya, cette fois. Ça f'ra l'affaire. Je la finis et j'enfile les gants en cuir rouge qu'étaient dans ma poche. Sur le chemin, j'les retire parce qu'ils m'irritent, même si j'essaie d'me persuader que ça gratte pas du tout, tout en cherchant la meilleure façon d'annoncer la nouvelle à Al :

— Tu peux emporter autre chose que ta canne à pêche quand tu t'en vas, vendredi. Prends tout ton merdier. Et j'espère que ça mordra beaucoup plus que t'espérais. J'en ai ras-le-bol, Al. En près de vingt ans de mariage, j'ai jamais pensé à te tromper. Même les fois où on était fâchés, ça m'a jamais effleuré l'esprit. Pourquoi est-ce que les mecs ont besoin d'aller voir ailleurs ? Pourquoi est-ce qu'une seule femme, ça leur suffit pas ?

Et j'le laisserai planté là, comme ça, parce que je sais qu'il aura rien à m'répondre. En même temps, peut-être que j'ferais mieux de rien lui dire du tout. Non. Faut bien dire quelque chose. Oh ! Je sais :

— J'ai parlé à la femme de Smitty et j'ai cru comprendre qu'il allait pas à la pêche ce week-end. T'étais au courant ?

Et il prendra un air idiot, alors j'continuerai :

— Il s'trouve que l'oncle de Smitty est mort et qu'il doit construire une cabane dans le jardin ce week-end, et visiblement il a jamais eu l'intention de partir à la pêche. Qu'est-ce que tu dis de ça, Albert Toussaint ? Avec qui tu vas aller pêcher, maintenant ? Tu peux m'le dire ?

Et il me regardera avec sa tête de Créole et je devrai m'retenir pour pas lui flanquer un coup de quelque chose sur le crâne.

Quand je rentre dans le garage, il est là, à la porte, en train de m'attendre. Très bien. Parfait. Comme ça, les gosses entendront rien. J'espère qu'il va s'approcher de la voiture. Ça serait encore mieux. J'attrape le volant à deux mains. En fait, j'dois me retenir pour pas l'agripper de toutes mes forces. Le voilà.

— Baisse la fenêtre, Charlotte.

Je la baisse mais je continue à regarder les skis appuyés contre le mur du fond et les vélos accrochés au plafond. J'les compte. Un deux trois. Un deux trois quatre.

— Où c'est que t'étais ?

— Au centre commercial.

— Pourquoi t'as pas dit à quelqu'un où t'allais ?

— Qu'est-ce que ça peut bien faire, où j'vais ?

— Ça fait que j'me suis fait du souci. Les enfants aussi.

— Ça m'fend le cœur, vraiment.

— Qu'est-ce qui va pas ?

— Tu sais bien c'qui va pas.

— Non, je sais pas.

— Réfléchis un peu.

— Attends. Y a Smitty qui m'a appelé y a une demi-heure en m'engueulant.

Maintenant, j'le regarde.

— Tu chauffes.

— Pourquoi t'as appelé là-bas ?

— Parce que.

— Parce que quoi ?

— J'avais envie.

— Écoute, Charlotte, t'as mis Smitty dans la merde.

— Comment ça ?

— D'abord, je savais pas qu'il avait pas dit à sa femme qu'il allait pêcher mais il paraît que tu lui as raconté.

— Je croyais qu'elle savait.

— Eh bien visiblement non, et c'était pas à toi de lui dire.

— C'était pas mon intention. Quand elle m'a parlé de l'enterrement de l'oncle de Smitty, j'ai cru que tu m'avais menti.

— Smitty dit qu'il le connaissait à peine et qu'il en a marre des enterrements. C'est le quatrième depuis l'début de l'année et on est même pas en avril.

— Bon, et qu'est-ce que ça veut dire, Al ?

— Ça veut dire que Smitty a menti à sa femme.

— Et ? Ça veut dire que tu vas vraiment à la pêche ?

— J'te l'ai dit. Oh, mais tu me croyais pas, c'est ça ?

— Non.

— Je t'ai dit que j'y allais avec Smitty et d'autres types.

— Quels autres types ?

— Bill Carson, Willie et Buffalo.

— Pour de vrai ?

— Bon, on peut oublier Smitty, maintenant. Il est pas près d'y aller. Il est privé de sortie.

— Comment ça, « privé de sortie » ?

— Tu connais sa femme, Charlotte.

— J'suis désolée, Al.

— Me dis pas ça à moi. C'est Smitty qu'est fâché. C'est à lui qu'il faudra faire des excuses.

J'ouvre la porte de la voiture et il recule pour me laisser passer.

— Qu'est-ce que t'as au doigt ?

Merde. Je voulais pas qu'il la voie. J'la rapporterai. Demain. J'en ai pas besoin. J'ai assez de diamants comme ça.

— Rien.

— Montre voir.

Il prend ma main mais je veux pas qu'il voie les taches rouges. C'est trop tard. Maintenant, j'me sens con d'avoir dépensé tout cet argent pour une bague dont j'ai pas besoin. Sans parler du chapeau. Mais ça, apparemment, il a pas remarqué.

— C'est joli.

— Quoi ?

Il doit pas bien voir, avec cette lumière. Tant mieux.

— Alors, c'est la bague de la revanche ?

— Ouais. Mais j'peux la rapporter.

— Pourquoi ?

— Parce que j'en ai pas besoin.

— La maison est pleine de trucs dont on a pas besoin, pas vrai, Charlotte ?

— Si.

— Alors, tu crois toujours pas ton vieux mari ?

— J'aimerais bien, Al.

— Tu devrais. Tu devrais vraiment.

Je sors de la voiture et comme les vitres sont teintées, il voit pas les sacs à l'arrière et j'prends même pas la peine de les sortir. À l'intérieur, les gosses ont laissé les boîtes à pizza sur le comptoir de la cuisine, avec quelques parts racornies pour moi. Mais j'y touche pas.

— Viens, je dis à Al et je l'emmène en haut, dans notre chambre.

— Te fais pas d'idées, il dit.

— J'en ai plein au contraire.

En arrivant dans la chambre, je vais dans la salle de bains pour mettre de la lotion et je décide de prendre une douche. Al se met au lit.

— J'ai appelé Mama ! je lui lance.

— Comment ça va ?

— J'ai pas pu lui parler. Mais j'lui ai laissé un message.

— C'est bien. J'suis content d'l'apprendre, Charlotte. Tu te sens pas mieux maintenant ?

— Si.

J'me regarde dans le miroir, toute nue. Je tends les bras, les mains : complètement lisses. Plus une seule plaque. Plus de rougeurs. Plus de boutons. Juste quatre-vingts kilos de chair noire. En me savonnant, je m'demande si j'me sens mieux à cause du coup de fil ou bien parce que j'ai compris que mon mari me trompait pas. Je m'en fiche. J'me sens tellement bien que j'décide non seulement de m'laver les cheveux mais d'me raser les jambes et les aisselles. J'me passe de la lotion à l'abricot sur tout le corps, un peu de talc entre les seins et à l'intérieur des cuisses, et j'enfile la combinaison rose pâle accrochée derrière la porte. Quand je reviens dans la chambre, prête à offrir à mon mari le meilleur de moi-même, il est endormi. Mais c'est pas grave. J'me glisse à côté de lui, sous les couvertures. J'embrasse ses mains chaudes et j'le regarde. Le téléphone sonne. Je sais que j'devrais lui faire confiance. C'est un brave gars. Le téléphone sonne à nouveau. Pourquoi personne répond ? J'regarde le réveil. Dix heures moins dix. Les enfants sont déjà couchés et en plus ils ont pas le téléphone dans leur chambre. J'embrasse les gros sourcils d'Al et décroche.

— Oui ? je dis d'une voix qui doit donner l'impression qu'on vient de me réveiller.

— Al est là ? demande Loretha.

C'est sa première femme. Ça faisait au moins soixante-douze heures que cette salope n'avait pas appelé. Elle doit essayer de battre son propre record.

— Il dort, Loretha.

— C'est important.

— Comme d'habitude...

— Écoute, Charlotte, il est tard et j'ai pas envie de jouer à ça ce soir. Dis-lui qu'il faut payer les cours d'été de Birdie avant la semaine prochaine et qu'il oublie pas.

— J'croyais qu'elle avait terminé son école d'esthéticienne ?

— Elle aura terminé après l'été. Il lui manque encore quelques cours.

— Ça m'étonne pas. Pourtant, elle l'a déjà fait l'été dernier, non ?

— Tu t'rappelles pas qu'elle est tombée malade et qu'elle a pas pu terminer ?

— Non.

— Écoute, Charlotte, Birdie est la fille d'Al, elle aussi, tout comme Tiffany ou Monique, d'accord ? C'est pas de sa faute si elle est arrivée la première.

— J'ai aucun problème avec Birdie, alors essaye pas de tout emmêler. C'est toi qui me tapes sur les nerfs.

— Eh bien remets-toi. Ça fait longtemps que ça dure, cette histoire, et il nous reste plus qu'une année à nous supporter. T'es sûr qu'Al dort vraiment ?

— Je veux même pas répondre à cette question. Et pour ta gouverne, j'ai pas besoin que tu m'rappelles depuis quand Birdie est la fille d'Al parce que j'le sais très bien. Tout c'que j'veux dire, c'est qu'j'ai jamais vu quelqu'un prendre trois ans pour suivre un cours qui en dure deux. T'aurais jamais dû la laisser quitter le lycée, de toute façon.

— Ça, c'est vraiment pas tes oignons, si ?

— Si. L'argent d'Al, c'est mon argent.

— Depuis quand ?

— C'est combien ?

— Trois cent soixante-deux.

— Dollars ?

— C'est c'que j'viens dire. J'compte sur toi pour lui passer le message, hein ?

— Alors, la pension alimentaire, ça couvre pas les frais de scolarité, hein ?

— On dirait pas, hein ?

— J'crois qu'je vais raccrocher, Loretha.

— Bonne nuit, Charlotte. Et dors bien, surtout.

Je raccroche. J'la déteste, cette salope. Ça loupe jamais : dès que j'commence à me sentir bien, il peut pas s'passer dix secondes sans qu'une merde arrive. Si seulement elle pouvait disparaître... Et Birdie avec. Elle commence à m'énerver, celle-là, aussi. J'ai prié pour qu'le jour vienne où cette gamine finirait le lycée et aurait dix-huit ans, et où ces putains de versements pourraient s'arrêter. Loretha saigne Al aux quatre veines et j'ai l'impression qu'ça fait trois ans que la gamine a dix-sept ans. Loretha a attendu qu'Al décide de divorcer pour tomber enceinte. Elle a toujours été une pute, et sournoise en plus. Tout le monde le savait sauf Al et quand il a appris qu'elle couchait avec Scratch, son soi-disant meilleur pote, il lui a plus parlé. Au jour d'aujourd'hui Al est toujours pas sûr que Birdie soit vraiment sa fille. Elle était très différente de lui, mais il paye pour elle depuis tellement longtemps qu'elle a fini par lui ressembler.

J'ai reposé la tête au milieu de l'oreiller. Il est tout froid. J'me tourne vers Al. Il y a quelques minutes, j'voulais passer mon bras autour de lui et le serrer si fort qu'il resterait plus d'espace entre lui et moi, mais maintenant j'ai juste envie d'dormir.

Le lendemain matin, je lui prépare des œufs au plat, du bacon et des petits pains. Quand il arrive dans la cuisine, j'suis en train de terminer la sauce. Il m'embrasse avec la langue.

— Bonjour, poupée.

— Bonjour, mon chéri.

— Qui c'était au téléphone, hier soir ? il demande en trempant son doigt dans la semoule.

— C'était Janelle, je m'entends lui répondre.

— Et alors, ça va ?

— Ouais, comme d'hab.

— Pourquoi elle appellait si tard, alors, si tout va bien ?

— Oh, Shanice et George se sont encore disputés.

— Ah ouais ? J'lui fais pas confiance à ce mec, il dit en nous versant une tasse de café chacun. Y a un truc qui cloche chez lui. J'arrive pas à dire quoi, mais les quelques fois que j'l'ai vu, il a l'air de deux personnes en même temps : celle qu'il veut qu'on voie et celle qu'il veut pas. Tu comprends ?

— Non. Mais c'est pas nos oignons et c'est pas notre problème ; c'est celui de Janelle. Maintenant, ramène-toi et viens manger.

— J'arrive, j'arrive. Au fait, maintenant qu't'es plus fâchée, j'aurais droit à quoi comme dessert, dimanche ?

— Moi, avec un nappage à la framboise.

— Ah oui ? Remarque, ça peut pas faire de mal d'essayer quelque chose de nouveau.

Et on en reste là.

Saucisses piquantes

— Qu'est-ce qui s'serait passé si elle était morte ? me d'mande Brenda.

— Comment ça, qu'est-ce qui s'serait passé ?

J'suis en train d'beurrer six tranches de pain d'mie. Les mômes, ils aiment le pain d'mie avec du beurre dessus, même si c'est d'la margarine. Y font pas la différence. Des fois, Miss Q rajoute même du sel.

Brenda fait griller des saucisses piquantes dans une grande poêle sans manche. L'étaient à moitié prix pass'que la date d'expiration est aujourd'hui. Elle m'a d'jà engueulé pass'que j'étais en r'tard. Elle a dit qu'les gosses avaient tell'ment faim qu'ils f'saient une crise en attendant que j'r'vienne avec la viande hachée, et qu'c'est pour ça qu'elle les a laissés dix minutes ici et qu'elle a couru chez l'épicier ach'ter un truc à crédit. J'y ai dit, à Brenda, qu'c'était pas une bonne idée d'laisser les gosses ici tout seuls. Même dix minutes. Elle a juste répondu que Quantiana a la tête sur les épaules. Mais Miss Q a que cinq ans. Qu'est-ce qu'elle peut avoir comme bon sens à c't'âge-là ? J'y ai dit à Brenda qu'c'est comme ça qu'les enfants y s'retrouvent au journal de vingt heures, mais elle m'a juré ses grands dieux qu'c'était la première et la dernière fois qu'ç'arrivait. Y suffit d'une fois, pourtant, non ?

Ils sont tous p'lotonnés dans l'salon en train d'attend', maint'nant. Y a au moins trois ou quat'couleurs dans c'te pièce : y a un mur vert pomme, l'aut'comme une mandarine très mûre, et après Brenda a dû en avoir marre passqu'elle a peint les deux derniers en noir. L'plafond est d'un bleu comme j'ai jamais vu dans ma vie. Pas ordinaire, ça c'est sûr. Miss Q et Hakeem, y sont assis par terre, la tête sur la table basse. La p'tite – Sunshine – est en d'ssous, su'l'tapis tout sale, en train d'sucer son pouce. Y r'gardent la télé. Y font qu'ça toute la journée, r'garder la télé.

— Qui c'est qui récupér'rait la maison ? Brenda m'demande tout en buvant un p'tit coup d'bière.

Elle a dû l'ach'ter à crédit, aussi, pasqu'y en avait pas dans la glacière quand j'suis parti. Quand j'y ai rangé le ketchup et la viande hachée t'à l'heure, y avait trois aut'bouteilles là d'dans autour du pichet de Kool-Aid vide. Ça doit être son dîner. Mais j'lui dis rien.

Y a d'la graisse qui saute partout, même sur son T-shirt bleu clair. Brenda, ç'a pas l'air de la gêner. Dans une poêle à côté des saucisses, y a du maïs en purée en train d'faire des bulles.

— C'te maison vaut pas un clou, j'lui dis. Tu devrais baisser l'feu sous l'maïs avant qu'ça attache, mon chou.

— C'est une maison. C'est toujours mieux qu'ça, elle fait en passant l'bouton d'cinq à deux.

« Ça », c'est la cité, mais si Brenda rev'nait quarante ou cinquante ans en arrière dans la cambrousse du Texas où moi et mes onze frères et sœurs on a été élevés, elle s'plaindrait pas. Elle a l'eau courante. Des toilettes avec une chasse d'eau. Un téléphone qui marche depuis qu'j'suis ici. Et deux chambres pour trois marmots. On avait pas plus. Elle a pas à s'faire du souci pour les rats. Juste quèqu'cafards par-ci par-là. Donc, « ça », c'est pas si mal, j'me dis en j'tant un coup d'œil tout autour. Tout dépend d'vos points d'comparaison.

Fallait qu'on travaille à la ferme chacun son tour, alors y en a qu'allait à l'école et d'aut'qui y allaient pas. Quand deux d'mes frangins s'sont tués en f'sant les cons avec une fourche, Papa m'a envoyé vivre chez son frère à Chicago. J'avais pas encore mon certificat d'études. Y voulait que j'l'aie. J'aimais bien l'école. J'voulais terminer. C'est c'que j'ai fait. Quand j'ai quitté l'Texas, j'savais déjà comment marchaient la plupart des trucs. J'avais vu mon père conduire les tracteurs et faire tourner la ferme. J'savais cuisiner. Mettre un pied d'vant l'aut'. J'ai même réussi à gagner ma vie sans véritab'instruction. Des fois c'était dur. Des fois c'était facile. Quand même, j'me dis qu'le mieux ç'aurait été d'aller à l'université faire des études. S'il avait tenu qu'à moi. Mais bon. Nous v'là presqu'en avril. 1994. J'ai largement dépassé la cinquantaine. Soi-disant à la r'traite. Et me voilà en train de r'partir à zéro.

— Le fisc a mis une opposition sur la maison de toute façon. Donc elle est, comme qui dirait, même pas à moi.

— C'est quoi, une opposition ? demande Brenda.

Elle installe des assiettes en papier sur la table avec des cuillères en plastique propres qui sortent du tiroir. Elle a deux ou trois vraies fourchettes et quèqu'couteaux, qu'elle garde pour nous en général. Ça fait un moment qu'j'veux m'arrêter chez Target pour acheter deux ménagères. Elles valent que dix-neuf dollars quatre-vingt-dix-neuf, et y a un grand choix d'couleurs pour les manches.

— Une opposition, c'est quand le fisc se fâche pass'que t'as pas payé tes impôts et qu'ils le disent au monde entier. Tu peux plus avoir un crédit nulle part et tu peux plus vend'la maison tant qu'tu les as pas payés d'abord. Si tu payes rien pendant longtemps, y rajoutent tell'ment d'intérêts et puis des pénalités en plus des intérêts qu'tu finis par devoir dix fois plus qu'au début. Si t'arrives plus à payer tes versements, ils ont aucune pitié. Z'iront jusqu'au bout pour récupérer leur argent, même si ça veut dire prend'ta maison, ta voiture, ton alliance, tout c'que t'as qui vaut quèqu'chose.

— Mais qu'est-ce tu fais s'ils prennent ta maison et ta voiture et tout ?

— Comment ça, qu'est-ce tu fais ?

— Bah, ça sert plus à rien de payer pour un truc qui t'appartient même plus !

— C'est pas comme ça qu'ça marche, Brenda. J'pourrai plus jamais ach'ter une aut'maison si j'rends pas l'argent au gouvernement d'abord.

— Alors vaut mieux qu'tu leur rendes. Cecil, tu veux bien préparer du Kool-Aid pour les gosses vite fait ?

— Bien sûr, où est le pichet ?

— Dans la glacière, comme d'hab. Pourquoi t'as pas payé tes impôts, Cecil ?

— C'est idiot comme question, Brenda.

— Pourquoi c'est idiot ?

Elle sort une vraie fourchette du tiroir et elle la plante dans les saucisses deux par deux. Y a d'la graisse qui coule partout sur la gazinière et des gouttes noires qui tombent dans l'maïs jaune. J'peux pas bouffer c'truc-là.

— En général, pourquoi les gens payent pas leurs impôts, Brenda ?

— Pasqu'y z'ont pas d'argent ?

— Eh bah voilà.

— Mais t'avais les restos.

— Dans l'temps, oui.

— Quantiana ! V'nez à table, on mange ! Et alors, qu'est-c'qui leur est arrivé ?

— Eh, tu m'écoutes, quand j'te cause ?

— Ouais, mais tu m'as rien raconté en fait.

V'là les gosses qu'arrivent. Un à un, comme des p'tits soldats. Miss Q est belle comme tout. L'a des grands ch'veux bouclés. La peau d'la couleur d'une pièce de cuivre toute neuve. J'crois qu'son père, qu'est aussi celui d'Hakeem, est, ou plutôt était mexicain. J'suis pas sûr. Ils ont du sang mélangé. Hakeem est un beau p'tit gars. Il a d'jà l'visage d'un adulte. On peut voir à quoi il r'ssemblera dans vingt ans. Pas grand pour son âge, à mon avis. Il a trois ans mais il est pas beaucoup plus grand que Sunshine, et elle aura pas deux ans avant l'mois d'septemb'. Cette gamine, par cont', elle est noire à cent pour cent. Pas besoin d'jouer aux devinettes, avec elle. Son papa aime bien jouer aux dés mais il a jamais eu beaucoup d'chance en jouant contre moi. J'ai gagné la dent en or qu'il a dans la bouche, une fois, mais j'ai pas eu l'cœur d'la r'tirer. Et si j'ai bonne mémoire, y m'doit toujours l'équivalent d'une couronne.

Brenda s'appuie cont'l'évier pendant qu'les gamins s'assoient. Y a qu'trois chaises, alors même si on voulait manger tous ensemble, on pourrait pas.

— Mama, Hakeem il m'a piqué ma chaise.

— C'est pas ta chaise.

— Si, c'est ma chaise !

— Non, c'est pas ta chaise !

Miss Q, qu'est debout derrière Hakeem, pose ses mains sur sa chaise et l'fait basculer en arrière tell'ment vite qu'avant qu'on ait eu l'temps d'se r'tourner v'là l'garçon qui se r'trouve par terre en train de s'époumoner. Et puis Sunshine s'met à pleurer et Miss Q s'assied sur sa chaise et s'met à manger comme si de rien n'était. J'ai envie d'dire quèqu'chose mais c'est pas à moi d'le faire. En plus, ces gosses m'aiment bien. Si j'me mets à les gronder comme si c'étaient les miens, y a des chances qu'ils changent d'opinion.

Brenda avale une gorgée d'bière avant d'ouvrir la bouche.

— Tu veux qu'j'aille chercher ma ceinture ?

J'sais pas à qui elle parle et j'suis pas sûre qu'elle-même le sache, mais les trois gamins font non d'la tête.

— Hakeem, lève-toi. Tu sais bien que Quantiana s'assied toujours sur la même chaise. Pourquoi faut qu'tu l'énerves, comme ça ?

Y pleure pas autant que j'croyais. C'était juste du boucan. D'la comédie, comme dirait Viola.

Il est déjà assis sur l'aut'chaise, en train d'avaler son maïs. Miss Q lui fait des yeux comme pour dire qu'elle a encore gagné et la p'tite suce une saucisse. Brenda devrait savoir qu'elle est trop p'tite pour manger des trucs épicés comme ça. R'marquez, ça a pas l'air de la gêner.

— Ça va aller maint'nant ? demande Brenda.

Y font tous oui d'la tête.

— Bon, alors Cecil et moi on va dans l'salon pasqu'on a des trucs importants à s'dire. V'nez pas nous déranger tant qu'je vous aurais pas dit de venir, compris ?

Miss Q et Hakeem font oui d'la tête et la p'tite les imite. Avec Brenda, on va s'asseoir sur l'canapé du salon. Il est pas beau à voir, c'canapé. J'pourrais pas vous dire d'quelle couleur il est. Ces gosses font tout périr. Y a un creux dans l'coussin du milieu, alors pour pas glisser l'un sur l'aut', faut s'asseoir un à chaque bout. J'lui ai donné cinq cents dollars la s'maine dernière et j'croyais qu'elle allait en acheter un neuf pasqu'y avait des soldes chez Levitz. Mais j'vois pas d'nouveau canapé.

Brenda a sa bière à la main et après avoir bu une longue gorgée, elle la r'pose sur la tab'. Elle est poisseuse, j'sais pas d'quoi et j'veux pas l'savoir. Et l'tapis en dessous est troué, alors j'lève un pied d'la table et j'repousse un bout du tapis cont'l'aut'. Maintenant, ça s'voit plus qu'y a un trou, mais j'le sais.

Brenda attrape la télécommande et met la chaîne BET. Y passent d'la musique. Elle s'appuie cont'le canapé et sa bretelle de soutien-gorge glisse sur son épaule gauche. Mais j'crois qu'elle a pas r'marqué pasqu'al fait rien. J'crois bien qu'elle a un coup dans l'nez. Elle penche la tête su'l'côté et m'regarde en souriant. J'lui souris aussi. Si elle restait comme ça, dans cette position, on pourrait presque dire qu'elle est jolie. Mais elle s'remet comme avant et r'garde par terre.

— Tu m'aimes bien, Cecil, non ?

C'est une question idiote à poser à un homme qui vit avec vous, qui vous donne tout son argent et qui vous aide à vous occuper d'gamins qui sont pas les siens, mais j'me contente d'répondre :

— Bien sûr que j't'aime.

— Combien ?

— Comment ça, combien ?

Elle a dû sentir sa bretelle pass'que maintenant elle fait comme un crochet avec son doigt pour la ram'ner sur son épaule. J'remarque qu'al a changé d'vernis à ongles. Y sont rose bonbon avec un p'tit palmier vert sur chaque doigt. On peut dire qu'elle manque pas d'imagination.

— Bon. Tu sais comment y font pour mesurer les tremblements d'terre, non ?

— Sur l'échelle de Richter?

J'ai comme qui dirait l'impression qu'elle va m'larguer, mais en général, j'ai pas d'mal à suiv'ses raisonnements, alors pourquoi elle me f'rait d'la philosophie tout d'un coup ?

— Bon. Et combien y f'sait, le dernier, celui de L.A. ?

— J'en sais rien, mais il était gros.

— Bien sûr qu'il était gros ! Y devait au moins être de huit, pour tuer des gens et faire le genre de dégâts qu'il a fait, pas vrai ?

— Si.

— Bon, alors disons que neuf c'est le plus gros tremblement d'terre et mettons qu'trois, c'est rien qu'une p'tite secousse. Où c'est qui sont, tes sentiments pour moi, Cecil, sur l'échelle de Richter ?

C'est là qu'elle voulait en v'nir ?

— Y sont facilement à huit, Brenda.

— Me mens pas, Cecil.

— J'te mens pas. T'es la meilleure chose qui m'est arrivée d'puis bien longtemps. J'brûle pour toi. Mes pieds touchent à peine terre quand j'marche et quand y la touchent j'sens même plus mes oignons. Et toi, alors ?

Elle boit une gorgée d'bière, puis décide d'la finir. Elle pose la bouteille et s'relève. Elle s'étire d'une manière sexy qui fait qu'ses seins r'montent et r'tombent. Elle pose ses mains d'ssus et les presse.

— Tu pourrais être sur le point d'être à huit, toi aussi.

— Comment ça, sur le point ?

— Ben, faut qu'on prenne des décisions.

— Comme quoi ?

— Dis-moi quelque chose. Puisque ta femme, elle est pas morte, t'as prévu d'divorcer bientôt ou quoi ?

— Bien sûr. On vit dans l'péché, nous aut'. C'est pas bien. J'le sais. Tes gosses sont p'tits pour l'instant, mais y vont pas l'rester.

— Et tu comptais faire ça quand ?

— Ben, faut qu'j'lui laisse le temps de se remett'sur pied et puis, comme j'te disais, faut qu'on règle nos problèmes de sous d'abord. C'est pas aussi simple que ça, Brenda. Pourquoi tu veux savoir tout ça aujourd'hui, alors qu'on a déjà parlé d'ça avant ?

— Parce que c'est plus pareil.

— Qu'est-ce qu'est plus pareil ?

— Y s'est passé un truc et j'peux rien y changer.

— Quel genre de truc ?

Avant qu'j'aie l'temps d'dire ouf, elle jette un coup d'œil du côté d'la cuisine pour voir si les gosses nous r'gardent pas, et comme y r'gardent pas, elle lève son T-shirt bleu clair et sort ses deux seins d'son soutien-gorge.

— Est-ce qui sont plus gros ?

— J'peux pas dire. J'ai pas l'habitude d'les mesurer avec un doub'décimètre.

Elle les r'met dans l'soutien-gorge et r'descend son T-shirt.

— Eh bien y vont être plus gros qu'ça dans quelques mois.

— T'as pas besoin d'en faire mett'des faux, Brenda, si c'est là qu'tu veux en v'nir.

Elle s'coue la tête.

— Quel âge a ta plus jeune fille, Cecil ?

— Trente-cinq.

— Et la plus vieille ?

— J'crois qu'elle a trente-huit. Pourquoi ?

— Eh bien tu peux leur dire que d'ici septembre, y vont avoir un nouveau p'tit frère ou une nouvelle p'tite sœur.

— Tu t'moques de moi, Brenda, pas vrai ?

— Et pourquoi que j'plaisant'rais avec un truc pareil ?

— T'es en train d'me dire qu'à l'heure qu'il est, t'as un bébé dans l'ventre qu'est d'mon sang ?

— C'est exactement c'que j'suis en train d'te dire.

Elle s'approche de moi. Mon cœur bat plus qu'un coup sur deux. J'ai chaud. J'me sens jeune. Béni. Comme si on m'donnait une deuxième chance. Un bébé. Un vrai bébé. Nom d'un chien, Cecil. J'savais même pas qu'le vieux était encore capab'.

— Et donc...

Maintenant, elle chuchote tout près et elle m'lèche l'oreille. Elle sait bien qu'ça m'rend dingue, que j'suis plus capab'de m'contrôler.

— Tu veux être le père de c't'enfant ?

— Bien sûr que oui. Bien sûr que oui.

— Alors, y a des trucs qui vont d'voir changer.

— J'sais bien.

— Faut qu'on déménage.

— J'sais bien.
— Qu'on aille dans un endroit correct.
— J'sais bien.
— Où les gosses pourront aller dans une bonne école.
— Oui.
— Plus près des Blancs, c'est c'que j'voulais dire.
— Pas besoin d'aller chez les Blancs pour ça. Y peuvent aller à l'école privée.
— L'école privée ?
— Y z'ont des bonnes écoles chrétiennes, par ici. Ça leur f'rait pas d'mal à ces gosses de s'rapprocher un peu du bon Dieu et d'recevoir de l'instruction par la même occasion, vu qu'personne a l'air d'aller à l'église par ici.
— On peut s'y mettre aussi, tu verras.
— Ça, c'est une très bonne idée, Brenda.
— Bon, mais j'ai pas terminé.
— J'suis tout ouïe, ma poule. T'as toute mon attention. Mais tu veux pas m'refaire le coup d'l'oreille ?
— J'vais pas pouvoir faire beaucoup d'ménage dans mon état.
— T'inquiète pas pour ça, Brenda.
Elle m'donne un grand coup d'langue dans le cou qui r'monte jusqu'à l'oreille et puis, elle m'souffle dedans. Nom de Dieu de nom de Dieu !
— Et ma voiture, elle a sérieusement b'soin d'être réparée.
— On peut la changer.
Maintenant, elle m'fait l'coup d'me mordiller le lobe de l'oreille. Ça aussi, j'aime bien. Vraiment bien.
— Faut qu'j'me débarrasse de cette permanente et que j'me fasse faire des tresses, pour pas avoir à l'ver les bras pour m'en occuper quand je s'rai trop grosse.
— D'accord.
— Et tu pourrais t'faire raccourcir les cheveux, toi aussi. Et peut-être que d'ici l'été, tu pourrais trouver un autre style qui t'plaît. On a pas beaucoup de taies

d'oreiller et, à nous deux, on les tâche toutes. C'est pas donné, les taies d'oreiller.

— J'vais m'en occuper sans faute, Brenda.

— Oh, et une dernière chose...

Et elle m'embrasse sur la joue, c'qui m'rend tout mou et j'me tortille quand j'sens ses lèvres qui recouv'les miennes. Elle m'suce les lèvres comme si c'était des oranges, et puis elle m'les rend.

— Faut qu'Hakeem et Sunshine trouvent une bonne école maternelle où aller parce que j'peux pas étudier avec deux gosses à la maison toute la journée.

— Étudier quoi, Brenda ?

— Pour le bac. Tu t'rappelles que j't'avais dit que j'voulais l'passer ?

— Ouais, j'm'en rappelle. Moi non plus, ça m'ferait pas d'mal de j'ter un coup d'œil à ces bouquins.

— J't'avais bien dit qu'y avait des trucs qu'allaient changer.

Elle m'dit ça d'un air si fier. J'l'aime bien, cette fille. Elle a d'l'ambition. Tout c'qu'elle veut, c'est améliorer sa situation, à elle, aux gosses et à nous maintenant. C'est nouveau, pour moi. Mais c'est bon. Et puis c'est bien.

— Tu l'as dit, ma fille. Mais faut encore rajouter quèqu'chose à c'te liste.

— Quoi ? elle fait d'un air un peu inquiet, si j'me trompe pas.

— Prend'les bières qui sont dans la glacière et les vider dans l'évier. T'en as pas besoin, et l'bébé non plus.

— J'vais l'faire, Cecil. T'inquiète même pas pour ça.

— Un bébé...

— Ouais, mais c'est pas pour aujourd'hui, elle fait en r'partant vers la cuisine. Tu veux une saucisse ou t'en veux pas ?

— Nan. Vas-y, sers-toi.

J'suis tell'ment content que j'serais capab'de courir dans la rue en criant de toutes mes forces. J'ai envie d'appeler Viola pour lui apprendre la bonne nouvelle. J'suis encore capab'd'faire un enfant ! Après tout ce temps. Dieu sait que j'peux rien lui dire au sujet du bébé. Et aux gosses non plus. Pas encore. Mais nom d'un chien, faut qu'je fasse un truc pour fêter ça.

Brenda est sur l'pas d'la porte de la cuisine et elle r'garde les gamins. Les assiettes en papier sont toutes propres. Y boivent du Kool-Aid. J'me mets derrière elle, j'pose les mains sur son ventre et l'caresse en rond.

— Quoi ? elle fait.

— Faut qu'j'aille fêter ça.

— D'accord, mais rapporte-moi quelque chose de vert, OK ?

— Brocoli ou épinards ? À toi d'choisir.

Elle m'écrase l'orteil, juste sur mon cor, mais j'fais comme si j'avais rien senti.

— OK, j'dis et j'vais vers la porte.

— Tu pourras rapporter un dessert pour les gosses ?

— Vous voulez quèqu'chose, vous'aut'?

— Ouais ! y crient en chœur.

— Des gaufrettes à la vanille ! fait Miss Q.

— D'la glace avec des bouts d'chocolat d'dans ! fait Hakeem.

La p'tite s'contente de sourire. Elle prendra c'qu'on lui donn'ra. Une fois dehors, j'reste là, à r'garder le désert tout noir. J'y vois rien, à part les lumières du Mirage, de l'Excalibur et du Caesar's Palace qui clignotent. J'me dis qu'j'ai d'la chance. Comme si j'avais déjà touché l'jackpot et qui fallait qu'je l'dise à quèqu'un. J'descends les marches en courant sur la pointe des pieds. Au moment d'mettre la clé dans ma Lincoln, j'ai trouvé : Howie. C'est à lui qu'j'vais l'dire. La seule personne au monde à qui j'peux faire confiance. Y m'jugera pas, lui. Y s'ra content pour moi.

J'monte dans la voiture, j'mets l'contact et avant de démarrer, j'pousse ma cassette de B. B. King dans la machine, mais j'entends rien de c'qui raconte vu que j'souris comme un dingue. Faut qu'j'le dise à Howie. Y va pas en croire ses oreilles. Mais putain, il est pas le seul.

Rêves de poisson

— J'peux marcher ! je crie à l'infirmière.

Faut qu'elle insiste pour que j'sorte d'ici sur cette foutue chaise roulante. C'est bon, j'connais le règlement. J'ai déjà donné. Mais, bon sang, y a des règlements qui sont faits pour pas être suivis.

— Je n'en doute pas, Mrs. Price, mais vous connaissez le règlement : nous devons vous aider à sortir de l'hôpital en chaise roulante, que vous soyez ou non en état de marcher. C'est votre fils, là-bas ?

Lewis est assis sur une des chaises toutes pareilles, les mains jointes, comme s'il priait dur pour un truc qu'il sait qu'il mérite pas. Il a l'visage tout suintant à force de transpirer et on dirait qu'il a besoin d'une bonne douche. Pourquoi faut-il qu'il ait toujours l'air d'un clochard quand il s'montre en public ?

— Ouais, c'est mon fils, je marmonne alors que Lewis me r'garde d'un air de dire qu'il s'excuse.

Des fois, j'aimerais que Dieu m'ait fait sorcière ou au moins qu'il m'ait donné des pouvoirs magiques. J'commencerais par resserrer les boulons d'mon fils et lui r'donner un nouveau départ, le r'mettre sur l'droit chemin, un chemin qui l'mène quelque part.

— Il vous ramène à la maison ?

J'lui jette un r'gard noir. Il a plus d'permis d'conduire mais j'l'ai laissé conduire ma Sentra pour qu'il aille m'chercher mon dentier, vu qu'Loretta est pas trop en forme non plus, ces jours-ci, et qu'elle a pas pu v'nir me voir. J'lui ai d'mandé de m'rapporter des sous-vêtements propres et quelque chose de correct à mettre pour rentrer – n'importe quoi qui pendait dans l'placard, pourvu qu'ça soit élastique, sans fermeture éclair ni bouton ni agrafe. J'ai dit à Lewis qu'il avait pas intérêt à sentir l'alcool, même si y a des chances qu'il en soit déjà plein, et qu's'il avait dans l'idée de partir en balade avec ma voiture, il valait mieux qu'il abandonne tout d'suite. Que j'le saurais, d'toute façon, parce que j'sais toujours où j'en suis, question kilomètres, et qu'si c'était l'cas, il pouvait s'préparer à traverser la ville à pied pour aller r'trouver son Papa. Et qu'il pourrait rester chez Cecil avec sa p'tite copine et ses gosses dans leur fabuleuse cité jusqu'à c'qu'ils en aient marre de lui. Lewis m'a promis qu'il s'rait là vers midi, alors qu'on m'laissait sortir qu'à une heure. D'après les deux infirmières, il est là d'puis dix heures et d'mie.

J'm'assois sur la chaise roulante et j'fais oui d'la tête à l'infirmière. Lewis se lève et nous suit jusqu'au comptoir, où on m'remet un sac en plastique avec mes affaires personnelles. J'le pose sur mes genoux. L'infirmière me tend tout un tas d'papiers – un million d'conseils pour continuer à respirer –, et une pile de petites feuilles. Je sais c'que c'est.

— On vous a prescrit sept médicaments que vous devez vous procurer au plus vite. Votre fils pourra s'en occuper ?

— Oui, dit Lewis.

— OK, OK. Sors-moi d'là, maintenant. J'veux rentrer à la maison.

J'l'entends pousser un d'ses longs soupirs et j'lui dis pas deux mots jusqu'à c'qu'on s'gare d'vant la maison.

*

* *

J'en crois pas mes yeux. La maison est propre. Rutilante.

— Qui a fait ça ?

— Moi. C'était pas grand-chose.

J'vais dans la cuisine et j'ouvre le frigo tout doucement. Nettoyé, lui aussi. Y reste plus qu'un pot d'moutarde, un paquet d'café et deux grandes bouteilles de bière. Ça, c'est pas à moi. Subitement, j'sens l'odeur du produit qu'il a utilisé pour nettoyer et j'referme la porte d'un grand coup. Rien qu'les vapeurs, ça peut m'foutre en l'air. Y manquerait plus qu'ça, que j'reparte à l'hosto direct, le jour où j'rentre chez moi. Ça s'rait hilarant, non ?

— J'ai réparé ta voiture, dit Lewis en s'dirigeant tout droit vers le frigo.

J'essaie d'deviner c'qu'il veut. Boire un coup, bien sûr. Mais, bon, j'en boirais bien un, moi aussi.

— Elle avait pas d'problèmes, ma voiture.

J'vais dans ma chambre. En passant d'vant la chambre où dormait Cecil, j'constate que Lewis a pris ses aises. Voyez-vous ça. J'espère qu'il a pas l'intention de s'installer ici. Si c'est là qu'il veut en v'nir, avec toutes ces histoires de nettoyage par-ci et d'réparation par-là, il va avoir de mes nouvelles. Je lui conseille de pas prendre ma maison pour un motel.

— C'était quand la dernière fois qu't'as changé l'huile, Ma ?

— Comment ça, la dernière fois ? J'ai jamais changé l'huile. C'est ton père qui s'en occupait, pas moi.

Lewis revient dans l'salon avec un bocal à spaghettis rempli d'bière et fait mine de s'asseoir sur mon canapé blanc cassé. Je hurle.

— Non, pas ça !

— Qu'est-ce qu'y a ? il m'dit, l'air apeuré.

— T'assois pas sur mon beau canapé avec tes vêtements tout sales, Lewis, s'il te plaît.

— D'accord, il fait d'un ton geignard.

Il se relève, regarde les deux fauteuils dorés que j'viens d'faire recouvrir, puis son pantalon, et décide de rester d'bout.

— Enfin, bref, tes bougies étaient mortes et t'avais besoin d'un nouveau starter, alors j'ai convaincu le mec de faire du troc et j'les ai échangés contre quelques heures de boulot, c'qui explique en partie pourquoi j'suis si crade.

Il regarde le couloir – en attendant qu'j'lui chante ses louanges, j'imagine, alors j'le fais.

— Merci, Lewis. J'suis contente de voir que tu sais encore t'servir du bon sens qu'on t'a donné à la naissance. Enfin, par moments en tout cas. (Cette partie-là, j'aurais dû m'en passer mais c'est sorti tout seul.) Quelques heures de boulot, t'as dit ?

— Ouais. Il m'a dit qu'il pouvait m'embaucher, d'ailleurs.

— T'imagines le trajet pour venir travailler ?

— Justement, j'ai l'intention d'faire quelques changements dans ma vie.

— Ouais, ben, va pas trop vite. Tu sais comment il fait chaud, ici ?

— Ma, s'il te plaît. T'as b'soin d'quelque chose ?

— Ouais, donne-moi une gorgée d'ta bière. (J'réfléchis un instant.) Laisse tomber et sers-moi un verre, s'te plaît. Est-ce que tu sais quand Paris et Janelle vont arriver ?

— Non. J'crois qu'y a pas mal de messages sur l'répondeur.

J'me lève du lit et m'penche en avant pour voir. Y a un quatre orange qui clignote.

— Pourquoi tu les as pas écoutés ?

— Parce que c'est pas mon téléphone.

— Et si c'était urgent ? J'étais à l'hôpital, moi !

— Excuse. Enfin, bon. Et les ordonnances, alors ? Tu veux qu'j'aille à la pharmacie pour chercher c'qui t'faut ?

— Ouais, mais comme j'ai plus qu'soixante-dix dollars et quelques, et que c'est toute ma fortune, demande-leur combien ça va coûter. Y a rien à manger ici, hein ? J'crève de faim.

— Moi aussi.

— Ça m'étonne pas. Ça m'fait mal de l'admettre, mais qu'est-ce que j'donnerais pas pour des saucisses piquantes de chez ton père, avec des haricots noirs, une salade de pommes de terre et quelques patates douces. Juste une bouchée.

— J'peux m'arrêter à La Bicoque.

— D'où tu sors ? Y a plus d'Bicoque, j'lâche en m'mettant à trier la pile de courrier posée près du téléphone.

Lewis se contente de secouer la tête et d'avaler son reste de bière. J'parie qu'ça fait trop, pour lui, à digérer, mais ça lui apprendra à toujours croire que tout l'monde va bien sauf lui. Que tout l'monde est heureux, bordel. Des gens vraiment heureux, j'en connais pas. Pas heureux au point d'se balader en fredonnant, en tout cas. Peut-être un p'tit couplet par-ci par-là, mais c'est tout. Donc, il s'pourrait bien qu'ce flash d'informations familiales le tire du monde enchanté dans lequel il vit.

— Prends-moi juste un Big Mac et une grande frite et deux apple-pie. Non, attends. Pas d'apple-pie. Et une p'tite frite, plutôt. J'avais oublié qu'j'étais au régime.

— J'y vais à pied ou en voiture ?

J'ai envie d'lui balancer un truc à la figure quand il pose des questions pareilles. Il était plus dégourdi quand il était ado.

— C'est toi qui choisis, Lewis, et tu fais c'qui t'paraît l'plus logique, OK ?

Il réfléchit pendant une minute. Soupire. Fait deux, trois pas en direction d'la porte, puis dit :

— J'vais prendre la voiture, alors. Est-ce que j'peux acheter un paquet d'cigarettes, aussi ?

— Ajoute ça sur ta note, vas-y et reviens sans traîner. Et, Lewis, qu'ça t'vienne même pas à l'idée d'fumer dans ma voiture ni dans cette maison, t'as compris ?

— J'y aurais même pas pensé.

Une fois la porte refermée, j'me rends compte que j'ai oublié un truc important.

— Eh, Lewis, prends-moi aussi deux billets d'loto !

Y a des jours où il est aussi brillant que j'l'ai toujours espéré, et d'autres fois où j'me demande comment il a fait pour passer son bac.

*
* *

Le premier message est d'mon abrutie d'sœur, Suzie Mae, qui s'demande si j'suis déjà rentrée d'l'hôpital ou pas. Si elle a tellement envie d'savoir, pourquoi elle pas téléphoné aux enfants ? Après ça, j'ai du mal à en croire mes oreilles en entendant la voix d'Charlotte. Au début, on dirait même pas qu'c'est elle, elle a une voix tellement douce, et j'entends qu'elle appelle d'une cabine parce qu'il y a d'la musique de centre commercial et plein de bruits dans l'fond. Il doit s'passer quelque chose à la maison, sinon elle m'aurait pas appelée comme ça. Enfin, elle a appelé, au moins. Ça m'étonne pas vraiment qu'elle vienne pas. J'me demande quel genre de vacances peut prendre Al. Peut-être qu'il a décroché un gros boulot avec son camion, quelque chose comme ça. Oh non, pas Cecil ? Il dit qu'il a appris que j'rentrais aujourd'hui et qu'il passera plus tard pour voir si tout va bien. Et puis qu'il a des nouvelles. J'espère qu'il a payé l'fisc. Ça voudrait dire que j'peux déménager quand j'en ai envie et pas parce que j'y suis obligée. Tout d'un coup, j'me demande où j'vais bien pouvoir aller si j'dois déménager. J'ai des revenus limités et ça m'limite sérieusement, on peut l'dire. J'suis en train d'méditer la question quand j'entends Essex, le chef de notre groupe de bowling, dire qu'ça fait un bail qu'ils ont pas eu d'nouvelles de moi :

— On est perdus sans toi, Vy. T'as intérêt à ramener ta fraise sur l'allée. Où c'est qu'tu te caches ? T'es encore en vie, j'espère. Casse pas ta pipe avant le tournoi du mois prochain, hein ? Ha ha ha.

On frappe à la porte, on dirait. J'ai pas envie d'me l'ver pour aller répondre, surtout si c'est Cecil ou Loretta, parce que j'ai à peine eu l'temps d'reprendre ma respiration depuis qu'j'suis rentrée. J'suis pas encore d'humeur à tailler une bavette. Je jette un coup d'œil entre les rideaux et oui, c'est bien Loretta. Elle s'est encore refait une teinture. Maintenant, elle a les cheveux violets. Elle devrait vraiment s'calmer. On voit son crâne rose tellement ses cheveux sont fins, et y a un tel paquet de mousse et d'laque par-dessus qu'on dirait qu'elle a d'la barbe à papa autour d'la tête.

— Viola, t'es là, ma chérie ?

Oh et puis zut. J'peux pas mentir à Loretta comme ça. J'frappe au carreau pour attirer son attention et elle vient vers moi.

— Bonjour Loretta. Merci d'passer, ma chérie, mais j'viens d'rentrer et j'dois rester au lit au moins jusqu'à demain.

— D'accord. Mais est-ce que t'as besoin de quelque chose ? Je vais faire des courses et je pourrais te rapporter des provisions, si tu veux.

— Merci, mais mon fils y est déjà.

— Oh, ton fils est là ? C'est gentil, ça.

— Ouais. Et mes autres enfants vont arriver dans la journée.

Elle prend un air blessé. Comme si elle avait plus rien à faire maintenant.

— Où t'es allée chez l'coiffeur, Loretta ?

— Chez Vivacious.

— C'est superbe, ma puce.

— Merci, Vy. Bon, ben j'vais rentrer chez moi mais appelle-moi si jamais il te faut quelque chose. Et préviens-moi quand tu veux te remettre au bridge.

— Sans faute. Et toi, comment ça va ?

— Ça dépend des jours. Le diabète, ça peut vraiment te déglinguer. Mais grâce au bon Dieu, je suis toujours là.

— Bienvenue au club. À plus tard, ma poule.

Elle me sourit, m'fait un p'tit geste de la main et puis s'éloigne. Elle est tellement frêle et pâle. Difficile de croire qu'elle vit à Las Vegas. Elle a pas d'famille à proprement parler, j'imagine qu'on pourrait dire qu'c'est moi, sa famille.

*

* *

« Réveille-toi, Mama » est en train de m'dire Janelle. Mais c'est pas possible parce que j'dors pas. On m'secoue et j'm'aperçois qu'j'ai les yeux fermés, ça doit faire un p'tit moment, sans doute. Le courrier que j'étais en train d'ouvrir et qui est posé près d'moi ressemble à un éventail d'enveloppes blanches, à part la marron qui vient du fisc et menace pour la dernière fois de prendre la maison. Ils peuvent le prendre, ce trou miteux. J'vais plus m'faire des cheveux pour c'taudis. Que Cecil s'fasse du souci, un peu. Qu'il trouve une solution, lui.

— Mémé, comment tu t'sens ?

— Shanice ?

J'essaie de m'asseoir. Elle m'aide. Janelle, debout au pied du lit, est en train d'enfiler une paire de gants en caoutchouc.

— Quand est-ce que vous êtes arrivées ? Lewis est de retour ?

— Non, Dieu merci. Ça fait un quart d'heure qu'on est là, à peu près. T'étais complètement endormie et on voulait te laisser te reposer, mais ta fouine de petite-fille a absolument tenu à s'asseoir près de toi. Elle t'a réveillée ?

— Non, je l'ai pas réveillée, répond Shanice sèchement.

— Dis donc, ma fille, faudrait voir à surveiller le ton qu'tu prends pour parler à ta mère.

— Pardon, Mémé. Pardon, Ma.

— Alors, t'as retrouvé la forme, Mama ?

— Plutôt moyen, j'dirais, mais bon, j'suis en vie, donc on va pas s'plaindre. Et vous alors ? Vous devez être fatiguées. Vous êtes venues en voiture ?

— Oui. C'était bien. Ça nous a fait du bien de passer un moment ensemble.

J'regarde Shanice. Ses yeux sont vitreux, comme si elle essayait de pas montrer c'qu'elle ressent, dans un sens ou dans l'autre. Après, je jette un coup d'œil à sa mère. Elle, c'est le contraire, on dirait qu'ses yeux essaient de retenir quelque chose. Pas des larmes. Plus fort que ça. Seigneur Jésus, qu'est-ce que ça peut bien être ? Pas c'que j'pense, j'espère. Elle me l'dira quand elle voudra. Et j'attendrai.

— T'as pris du poids ? j'demande à Janelle.

— Un petit kilo, peut-être.

— J'croyais qu'ça t'plaisait d'être anorexique, j'lui dis avec un p'tit sourire narquois.

— J'aime pas être grosse.

— En tout cas, j'sais pas c'que ça vaut, mais j'ai rêvé d'poisson, cette nuit.

— Et alors ?

— Eh bien, en général, ça veut dire que quelqu'un est enceinte. Qu'est-ce que t'en penses ?

— Les contes de bonne femme n'ont pas résisté à l'épreuve du temps, Ma, et tu le sais bien.

— Ah oui, c'est toi qui m'dis ça ? Pourtant, ça t'gêne pas de dépenser dix dollars pour aller voir une voyante ?

— C'est une autre façon d'acquérir de la clairvoyance à l'égard de soi-même et d'apprendre à se connaître mieux.

— Eh, arrête ton char, tu veux ? Qui peut te connaître mieux que toi, à part moi ? Au fait, tes voyantes, elles t'ont pas dit quand t'allais passer un diplôme et trouver du travail ?

— J'ai un travail.

— Non, t'en as pas, lâche Shanice.

— Je gère un foyer et j'élève un enfant. Écoute, Mama, je viens d'arriver alors ne commence pas, d'accord ?Elle jette un regard noir à Shanice et je décide de couper court.

— Shanice, ma puce, va chercher le verre de Mamie que ton oncle Lewis a posé dans l'salon, tu veux ?

— J'l'ai vidé dans l'évier, dit Janelle.

— Hein ? Pourquoi ?

— Parce que la bière, c'est la dernière chose dont t'as besoin en ce moment. Paris vient de me parler d'un article qu'elle a lu dans un magazine de médecine naturelle à propos du houblon – c'est avec ça qu'on fait la bière – et de plein d'autres choses que les asthmatiques doivent éviter.

— Paris croit tout c'qu'elle lit. Où est-ce qu'elle est, au fait ? Elle a changé d'avis ?

— Elle devrait arriver avec Dingus d'une minute à l'autre. Ils ont dû atterrir il y a une demi-heure à peu près. Elle ne voulait pas qu'on vienne la chercher et elle a loué une voiture. Tu sais comment elle est.

— Oui, je sais comment elle est. Shanice, mets-toi d'bout un peu, que Mémé puisse te r'garder !Elle se lève. Toute en jambes. Pas un poil de graisse sur les cuisses.

— Comment ça s'fait qu'ce short est si court ?

— C'est un Daisy Dukes.

— Daisy quoi ? J'me fous de comment il s'appelle. Avec un truc comme ça, tu peux pas t'pencher en avant sans qu'on voie ton derrière !

— Et alors ? elle dit d'un ton sarcastique comme on en fait pas.

J'attrape ma Ventoline et j'en avale quelques bouffées.

— Je veux pas te voir avec ça en ma présence ni en public, alors va le r'tirer et enfile-moi quelque chose de décent.

— Mais ça va, hein, Ma ?

— Non, ça va pas, je lui réponds.

Si j'pouvais, j'sauterais du lit et j'lui filerais deux claques à c'te gamine, mais quand j'vois ses yeux, j'me rends compte qu'il y a quelque chose qui est plus là. Ce genre de r'marques insolentes, c'est pas comme ça qu'ma p'tite-fille me parle d'habitude. Pas sur ce ton-là. Y a quelque chose qui va pas. Alors laisse tomber, Vy. Laisse tomber.

— Bon d'accord.

— Et alors, où est Papa ? demande Janelle.

J'entends un bruit de moteur d'vant la maison.

— Va voir si c'est lui, j'lui dis avant d'avoir eu l'temps d'me retenir.

Elles filent dans l'salon toutes les deux et j'me force à m'lever. Au début, j'ai la tête qui tourne, mais ça va. Le temps qu'j'arrive dans l'salon ça commence sérieusement à ressembler à une réunion d'la famille Price – moins deux.

Bon. Alors tout l'monde embrasse tout l'monde, mais ça a pas l'air de v'nir du cœur, sauf quand j'serre mon p'tit-fils, qu'est dev'nu un géant, dans mes bras. Dingus m'embrasse sur le front, puis il m'prend par le coude et m'conduit jusqu'au canapé. Il porte un jean et un grand sweat-shirt rouge. Ça lui va bien, le rouge, à ce garçon.

— Tu crois que tu devrais être debout, Mémé ?

— J'suis sorti d'l'hôpital, mon lapin. Et j'ai pas l'intention de d'venir invalide. C'était juste une petite crise d'asthme. J'te jure, tu ressembles de plus en plus à ton père. Et tu prends deux centimètres par mois, en ce moment, ou quoi ?

— Même pas. J'peux aller t'chercher quelque chose ?

Il sourit, dévoilant ses bagues en métal. J'espère qu'elles vont marcher parce qu'il avait les dents qui s'chevauchaient complètement par endroits. Avant qu'j'aie pu répondre, v'là Paris et Lewis qu'arrivent. Et ils sont déjà en train d'se disputer.

— Ma, tu veux bien lui dire que c'est toi qui m'as demandé de t'rapporter un truc du McDo ?

Lewis a la tête d'un type jugé pour un crime qu'il a pas commis. Pauvre petit.

— Oui, c'est moi. Et envoie par ici, parce que j'meurs de faim.

— Mama, tu sais très bien que tu devrais pas manger ces saloperies.

Voilà Paris, les mains sur les hanches. Si c'est pas mon portrait tout craché, j'm'appelle plus Viola. Moi il y a vingt ans. Son jean doit être du 42 et elle le remplit complètement, à en faire péter les coutures. Mais elle a pas ma poitrine. Non, Seigneur. Les autres filles l'appellent P'tits Nichons depuis toujours. J'arrache le sac des mains de Lewis et prends quelques frites.

— Il y a quelque chose à manger, ici ? demande Paris en s'dirigeant vers la cuisine.

J'entends la porte du frigo qui s'ouvre et qui s'referme. Shanice s'est endormie sur le lit d'Cecil, un livre à la main. Sa mère fait couler d'l'eau dans la salle de bains, mais j'sais qu'elle est pas en train d'se laver parce qu'elle a emporté le téléphone sans fil et en plus, elle a toujours ses gants en caoutchouc.

— Qu'est-ce qui est arrivé à mes médicaments, Lewis ?

Il est dehors, assis sur les marches, en train d'faire des mots croisés et d'fumer une cigarette. Il doit être perdu dans ses pensées parce qu'il m'répond pas.

— Tonton Lewis, y a Mémé qui demande ce qui est arrivé à ses médicaments, fait Dingus.

Il allume la télé. Comme par magie, c'est un match de basket qui passe.

— Ah ouais... fait Lewis en grognant.

Il ouvre la porte moustiquaire et arrive en boitant.

— Ça va pas t'faire plaisir.

— Quoi ? Ça fait plus de soixante-dix dollars, c'est ça ?

— 497,83 dollars au total.

— Qu'est-ce que tu viens d'dire ?

— J'l'ai écrit ici, parce que j'y croyais pas moi-même.

J'porte la main à ma poitrine. Un des gars des Utah Jazz est en train d'marquer un panier à trois points.

— Où est la pharmacie, Lewis ? demande Paris.

— À cinq minutes.

— Et l'épicerie ?

— C'est la même boutique.

— Alors, allons-y, elle dit. On sera de retour d'ici une demi-heure. Tu veux quelque chose en particulier, Mama ?

Je secoue la tête. Elle vient toujours à ma rescousse. Je m'demande qui vient à la sienne. Dingus agite son long bras.

— Maman, tu veux bien rapporter du Pepsi Max, s'il te plaît ?

— Attends voir ! je crie. Des nachos avec du fromage fondu, ça s'rait bien aussi. On pourrait les manger en regardant l'match, hein, Dingus ?Il m'fait un clin d'œil.

Mais sa maman secoue la tête tellement fort qu'on dirait qu'elle va s'envoler.

— Pas de produits laitiers pour toi, Mama. Si tu veux aller mieux, il faut que t'oublies le fromage, le lait et les œufs. J'ai toute une liste d'aliments que tu dois éviter. Autre chose ?

— Pourquoi tu m'dis pas plutôt d'quoi j'ai besoin, alors ?

— Hé, Mamie, j'ai oublié, dit Dingus. Moi non plus, je peux pas manger de fromage fondu. Ça se coince entre mes bagues et c'est trop dur à enlever.

— On revient tout de suite, dit Paris. Et Lewis, je te préviens tout de suite : si tu prononces une seule fois le nom de Donnetta, j'arrête la voiture et tu rentres à pied, d'accord ?

Il prend un air perplexe.

— C'est toi qui viens d'en parler. Moi j'y pensais même pas !

— Attends une minute, dit Paris.

Elle plonge la main dans son sac et fait tomber un cachet blanc dans sa paume.

— C'est quoi ? j'lui demande.

— Un Advil. Je commence à avoir mal à la tête.

— J'ai jamais vu d'Advil de cette couleur. C'est quelle dose ?

— Forte. Lewis, t'es prêt ?

— Depuis un moment, oui. Et pour ton information, j'ai l'esprit tellement loin de mon ex-femme que je pourrais même pas t'expliquer.

— Alors n'essaye pas, dit Paris.

Et j'glisse ma main jusqu'à ma bouche pour que personne me voie rigoler.

*

* *

J'ai dû me rendormir pendant la mi-temps parce que tout d'un coup, Paris et Lewis sont d'retour et on dirait qu'ils viennent de partir. Dingus est étalé sur l'sol, les bras ouverts comme les ailes d'un aigle. Il occupe presque tout l'espace du salon et sa maman est obligée de l'enjamber pour aller à la cuisine, mais d'abord elle lui donne un p'tit coup d'pied et il lève la tête.

— Tu pourrais nous aider à sortir les sacs de la voiture ?

— Bien sûr, Maman. Où est Mémé ?

— Ici, j'réponds derrière lui.

Il lève la tête et m'fait un p'tit sourire.

— Où est ta balle de bowling, Mémé ? J'ai rêvé qu'on allait tous jouer au bowling.

— Sous l'lit, j'crois bien. Mais j'peux pas y aller pendant encore deux semaines, au moins.

Il s'interrompt pour regarder une passe. Shanice sort de la chambre en frottant ses yeux pleins d'sommeil. Elle fait un p'tit signe à Dingus pour lui dire bonjour.

— Elle est où, ma mère ?

— Au téléphone avec George, je crois. Elle parle à quelqu'un depuis qu'on a commencé à regarder l'match.

Shanice lève les yeux au ciel.

— Pourquoi tu fais la gueule, Niecie ? demande Dingus tout en ouvrant la porte parce qu'il a vu Paris qui revient le chercher.

— J'fais pas la gueule, elle répond d'un ton désagréable.

— Je crois que si. Et tu ferais bien de faire attention à pas trop lever les yeux au ciel non plus.

Et il sort.

— Viens t'asseoir près de ta mémé, j'dis à Shanice en lui faisant signe d'approcher.

Elle s'assoit au bout du canapé. J'tapote le coussin entre nous.

— Viens plus près.

— Pourquoi ?

— C'est à ta grand-mère que tu parles, Shanice, ou à quelqu'un d'autre ?

On dirait qu'elle revient à elle. Elle se rapproche doucement jusqu'à c'que son bras touche le mien. Elle fixe la télé mais je sais qu'elle regarde pas l'basket.

— Shanice ?

— Oui, elle fait sans m'regarder.

— Regarde-moi.

Elle tourne la tête vers moi au ralenti et une fois qu'elle est face à moi, j'vois qu'il lui est encore arrivé quelque chose à cette gamine. C'est c'que j'vois dans ses yeux. De la tristesse et un genre de blessure. Maintenant, ils sont rouges comme si elle avait pleuré ou dormi vraiment profond. Mais attendez voir. Si j'me goure pas, c'est une odeur de bière que j'sens dans son haleine. C'est pas possible. Sa mère a j'té mon verre dans l'évier. Pourtant, on m'la fait pas et une odeur de bière, c'est une odeur de bière.

— Ça va ?

— Ouais. J'suis fatiguée et j'ai faim, c'est tout. Tante Paris t'as acheté des trucs sympa à manger ou que des trucs bons pour la santé ?

— J'ai pris du flétan.

— J'ai essayé d'la convaincre d'acheter des côtes de porc, dit Lewis avec un p'tit gloussement.

Il est près d'la porte, en train de tirer sur une cigarette et d'boire au goulot d'une bouteille quelconque. Il est toujours gai après ses deux premiers verres, mais son baromètre retombe sur « dépression » aussi sec après l'troisième.

— Qu'est-ce que tu bois, maintenant ? j'lui d'mande.

— Juste un *wine cooler*. Ça fait que sept degrés.

— Oui, mais t'as oublié de lui dire que c'était le troisième ! lance Paris depuis la cuisine. Ma, t'as eu des nouvelles de Charlotte ?

— J'suis capable de tenir l'alcool, Paris, j'te r'mercie. Et j'suis plus un môme, donc t'as plus besoin de cafter à Mama comme tu faisais dans l'temps. J'crois qu'on est tous des adultes, maint'nant, si j'me suis pas trompé d'maison.

— Oh, la ferme, Lewis ! dit Paris.

— Elle vient pas, j'lui réponds. Elle dit qu'elle a toujours peur de l'avion. Qu'il faudrait qu'elle prenne le train ou un truc comme ça. Ça m'est égal. Et puis il paraît qu'Al risque d'partir en vacances. J'sais pas d'quoi elle parle.

— Janelle ! Grouille-toi de raccrocher ! J'ai besoin du téléphone ! crie Paris.

— Où sont mes médicaments ?

— Ici, répond Paris d'une voix déjà moins forte. Je vais faire à dîner. Et n'ayez pas peur, ce sera quelque chose que tout le monde pourra reconnaître et avaler.

— Je vais t'les chercher, dit Shanice qui cherche visiblement n'importe quelle excuse pour se lever.

Janelle sort enfin d'la salle de bains, le téléphone sans fil à la main. On dirait qu'elle vient d'perdre quelque chose. Elle tend l'téléphone à Paris.

— Qu'est-ce qui t'arrive, ma fille ?

Janelle se contente de secouer la tête.

— Rien.

— Eh bien, reste pas là avec cet air piteux. Aide-moi, fais quelque chose. Prépare la salade, tiens.

— Ma, dit Lewis, y a Papa qu'arrive.

J'avale cinq cachets sur sept avec une gorgée du verre de Pepsi Max que Dingus a posé sur la table basse. Je déteste ce goût-là. J'espère qu'il y en a un qui va faire son effet rapidement.

— Et merde, je marmonne.

— Pourquoi tu dis ça, Ma ? demande Janelle.

— C'est pas tes oignons.

— Ça fait un an que j'ai pas vu Pépé, déclare Dingus en se levant.

Je vois Lewis serrer la main d'son père, dehors, puis Cecil lui donne une tape sur l'épaule et entre dans la maison. On croirait qu'c'est le Père Noël ou un truc comme ça, à voir comment ses petits-enfants se précipitent sur lui pour lui sauter au cou. Dingus est plus grand qu'lui, bien sûr, et Shanice est pas loin derrière.

— Bonjour tout l'monde ! dit Cecil.

— Bonjour, Papa, dit Janelle en l'embrassant.

V'là Paris qu'arrive. Elle se plante là et bouge plus.

— Salut, Papa. Je suis contente que t'aies trouvé le temps de passer.

— Le temps de passer ? fait Janelle.

J'ai oublié qu'elle était pas au courant.

— J'voulais êt'sûr qu'la vieille allait bien et qu'elle était pas toute seule.

— Pas toute seule ? fait Janelle.

— J't'ai dit qu'Lewis était là, non ?

— Non, répond Cecil.

— Y a quelque chose qui m'a échappé ? demande Janelle.

— Tu l'as pas dit aux gosses ? demande Cecil.

— Pas à tous.

— Dit quoi ? demande Janelle.

— Tu vois pas, Ma ? demande Shanice. C'est évident pourtant. Pépé habite plus ici. Allô !

— Depuis quand ?

Pauvre petite. Elle a l'air complètement largué.

— Depuis l'premier d'l'an.

J'crois pas qu'cette maison ait déjà connu un tel silence. Tout l'monde reste là, sans bouger, et Cecil a l'air de vouloir disparaître. Mais il y a nulle part où s'cacher. Ça lui f'ra les pieds.

— Papa, c'est Ma qui t'a mis dehors ou c'est toi qu'es parti ?

Cecil prend son air de péqu'not penaud et dit :

— Demande à ta maman.

— Et quand est-ce que tu vas revenir ?

Janelle a toujours pas compris. Cette fois-ci, il prend même pas la peine de répondre.

— Pourquoi tu leur dis pas quand George va revenir ? lance Shanice.

— Il est où, George ? j'demande.

— Elle est où, Charlotte ? demande Cecil.

Paris attrape le téléphone et compose le numéro d'Charlotte. Ça commence à devenir un peu trop chaud pour moi.

— Où est ma Ventoline ?

— J'vais t'la chercher, Mémé, dit Dingus en s'dirigeant vers la chambre.

Cecil sait toujours pas quoi faire : on voit bien qu'il se demande s'il ferait mieux d's'asseoir ou d'rester debout.

— Et apporte-moi aussi l'enveloppe marron qu'est sur le lit, tu veux bien mon chou ?

— Celle où c'est marqué « Trésor Public » ?

— C'est bien ça, j'réponds en j'tant un coup d'œil de travers à Cecil.

Maintenant, c'est clair qu'il regrette d'être venu.

— Charlotte ? fait Paris. Oui. On est tous là. Chez Mama. Elle est rentrée aujourd'hui, mais visiblement, le fait qu'elle ait failli mourir ne te fait ni chaud ni froid, hein ?

Là, elle fait une grosse erreur : l'appeler, et sur ce ton ? Charlotte va pas aimer. Surtout qu'elle sait qu'on est aux premières loges.

— Oui. Et quel genre de vacances il prend, Al ? C'est bien ce que je pensais. T'as pas besoin de hausser le ton, Charlotte. Non, je ne t'ai pas gueulé dessus. Et arrête de m'insulter. Tout ce que je dis, c'est que Mama aurait pu mourir et que tu devrais ramener ta fraise d'égoïste ici, comme tout le monde !

Paris écarte le téléphone de son oreille et l'observe.

— Elle m'a raccroché au nez.

— Étonnant, non ? dit Janelle.

— Quelle garce ! dit Paris.

— Où est George ? j'demande à Janelle.

— Il est parti.

— Où ça ?

— J'en sais rien et je m'en fous.

— Bon, eh bien... dit Cecil. Vous restez combien d'temps, vous'aut'?

— Juste le week-end, répond Paris. Pourquoi ? Tu voulais nous inviter chez toi ?

— Tu peux pas rester dîner, Papa ? demande Janelle.

— Non, il peut pas, j'réponds.

— J'peux pas, ma poupée, dit Cecil. Faut qu'j'aille au travail.

— Au travail ? demande Janelle.

— C'est un mot qu't'as pas dû entendre souvent, fait Paris d'un ton sarcastique. « Travail. »

Elle essaie juste de faire de l'humour. Enfin, j'crois.

Dingus s'est rassis par terre et il tourne la tête de droite à gauche comme pour suivre un match de tennis. Il a un sourire aux lèvres qu'a l'air de dire qu'tout ça est bien plus drôle que *Les Feux de l'amour*. Il a pas tort. Shanice a encore disparu dans la cuisine. J'entends la porte du frigo qui s'ouvre. Personne remarque, à part moi. Faut la surveiller. D'la bière aujourd'hui et demain ça s'ra du whisky. Faut qu'je parle à ma p'tite-fille. Faut qu'elle comprenne. Faut qu'Janelle fasse quelque chose.

— Paris, va mourir ! dit Janelle. Alors, Papa ?

— J'fais partie d'la sécurité au Harrah's, maint'nant.

— Tu crois que c'est malin de passer tout ce temps-là dans un casino ? demande Paris.

Elle devrait arrêter.

— J'm'en tire pas trop mal.
— Paris, je dis. Est-ce que ton cachet fait effet ?
— Pas vraiment.
— Alors tu devrais peut-être en prendre un deuxième.
— Pourquoi ?
— Parce que tu m'as l'air un peu grincheuse.
— Grincheuse ?
— C'est bien c'que j'viens d'dire, oui.
— Alors je devrais peut-être aller faire à manger et la boucler.
— Non, attends. Cecil, t'as pas dit qu't'avais une bonne nouvelle ?
— Moi ?
— Non, le facteur.
— Ça peut attendre.
— Non, vas-y, Papa, dit Paris. On aimerait beaucoup entendre une bonne nouvelle, c'est pas vrai ?
Et elle regarde tout l'monde à la cantonade si bien qu'ils finissent par avoir l'air tous d'accord.
— Faut toujours partager les bonnes nouvelles, déclare Janelle.
— Ça m'ferait pas d'mal, personnellement, je dis.
— Moi non plus, dit Lewis.
Il est toujours dehors sur le perron. J'commence à m'demander s'il va pas dormir là, d'ailleurs.
Cecil a l'air nerveux, inquiet, apeuré même. Peut-être que c'est pas des bonnes nouvelles, après tout. Il a juste dit qu'il avait des nouvelles. Il a pas dit qu'elles étaient forcément bonnes. J'voulais pas l'mettre sur la sellette comme ça, quand même. Peut-être qu'c'est personnel. Entre lui et moi.
— Bon, tu m'le diras plus tard et j'le dirai aux gosses.
Il a l'air soulagé. Tant mieux, parce que les choses commençaient à devenir un peu tendues par ici. Tout c'que j'sais, c'est que j'suis rentrée chez moi. Que j'suis en vie. Et que j'suis contente de voir mes enfants et mes

p'tits-enfants. Maintenant, faut réchauffer un peu l'ambiance. Qu'on s'détende.

— Eh, j'vous ai pas dit que j'ai rêvé d'poisson la nuit dernière ?

— Non, dit Paris, les mains sur les hanches comme si elle attendait que Cecil s'en aille pour retourner à ses affaires dans la cuisine.

— Si tu l'as dit, fait Janelle.

— Faut qu'j'y aille, dit Cecil.

— Et alors, qu'est-ce que ça veut dire de rêver de poisson ? demande Dingus.

— Ça veut dire que quelqu'un attend un bébé ou un truc comme ça, non ? demande Lewis, toujours près d'la porte.

— Exactement, j'réponds.

Et si j'avais pas pris autant de médicaments, je s'rais prête à jurer que Janelle, Cecil, et même Paris et Dingus ont tous eu l'air d'avoir vu Dieu en personne, ou au moins un sacré fantôme.

Dix mille choses

— Mama, ça t'a plu, le flétan ?

— C'était pas commun, ça c'est sûr. Ça avait comme un p'tit goût d'vinaigre. Enfin, bon, j'me plains pas, mais j'aurais préféré une bonne côte de porc panée noyée dans d'la sauce.

— Je ne fais rien paner, Mama.

— Je sais bien, Paris. En tout cas, c'qui m'a vraiment plu, c'était la sauce de la salade et la cramboulée que t'as fait en dessert.

Je glousse.

— Ça s'appelle une *crème brûlée* [1]. Mama.

Je suis allongée près d'elle dans le lit. Ça m'étonne qu'elle ne dorme pas encore. Il est presque une heure du matin, quand même. Après le dîner, on a joué au Trivial Pursuit. C'est Lewis qui a gagné. Mama s'est contentée de regarder. Elle nous a abandonnés peu après onze heures. La télé est allumée, sans le son. On est moitié en dessous, moitié au-dessus des couvertures. Tout le monde dort, sauf Lewis. J'entends la télé dans le salon et les glaçons qui tintent dans son verre. Son esprit doit sauter d'une chose à l'autre parce qu'il n'a pas appris à faire des cases, comme tout le monde. J'ai de la peine pour mon frère, vraiment. Il est telle-

1. En français dans le texte. (*N.d.T.*)

ment intelligent que ça le rend bête. Moi aussi, des fois, j'ai l'impression d'avoir trop de circuits branchés en même temps mais j'en débranche quelques-uns pour diminuer la cadence et pouvoir faire une chose sans penser aux dix mille autres qu'il me reste à faire. Je me demande si ça m'arrivera jamais d'avoir une journée sans rien d'inscrit sur ma liste de choses à faire.

— Paris ?

Mama est au bord du lit et je sens à peine la chaleur de son corps. Je me rapproche d'elle, ce qui la met un peu mal à l'aise, visiblement, alors je lui attrape le bras pour l'empêcher de reculer davantage.

— Oui, Mama ?

— Tu trouves que l'matelas est confortable ?

— Très.

— J'l'ai acheté à crédit chez Thomasville. T'as déjà ach'té des trucs chez eux ?

— Non.

— À mon avis, ils offrent le meilleur crédit d'toute la ville. Tu peux prendre ton temps et leur donner vingt dollars par mois, ça les gêne pas. Et leurs meubles, c'est pas du toc. Ils sont d'bonne qualité et très élégants. J'adore cette boutique.

— Tant mieux, Mama.

— Faudrait vraiment que j'fasse quelque chose pour cette baraque, mais ça vaut peut-être pas l'coup.

— Qu'est-ce que tu veux dire ?

— J'ai pas envie d'en parler pour l'instant.

— D'accord.

Le lit, la commode et la coiffeuse sont très nettement seventies, mais tout est bien entretenu. Les rideaux couleur crème sont amidonnés et repassés. Je sais qu'elle le fait elle-même. Mama a toujours été propre et ordonnée. C'est une chose que j'aime bien chez elle. Ses bouteilles de parfum sont alignées sur la coiffeuse, même si certaines doivent avoir au moins trente ans et ne contiennent plus que des vapeurs. Il y a des boîtes de poudre rondes couvertes de motifs cachemire, de fleurs et de feuilles vert vif ; des tonnes de rouge à lèvres, dont certains ont au moins cinq ou six ans parce que j'ai repéré environ dix tubes de Fashion Fair que Janelle, Charlotte et moi lui avions offerts pour son cinquantième anniversaire. Pas de trace de bijoux : même s'ils sont presque tous fantaisie, Mama les cache dans ses tiroirs, parmi ses « vieilles culottes » (elle en a des piles) parce qu'un voleur ne regarderait sans doute pas là. Le diamant que Papa lui avait donné était tellement petit que quand il est tombé, elle ne s'en est même pas aperçu. Il est dans la boîte avec les faux bijoux.

Les murs sont d'un blanc cassé qui n'arrête pas de jaunir et ils sont nus, à l'exception de deux reproductions de marines identiques qu'elle a achetées dans un vide-grenier. La moquette est d'un marron rouille atroce. Elle a toujours été moche mais Mama semble s'en accommoder. J'aimerais pouvoir lui acheter une nouvelle maison, avec des meubles neufs, des parquets cirés, des tapis venus d'ailleurs et au moins une œuvre d'art originale.

— Merci d'être venue, dit-elle.

— T'as pas besoin de me remercier.

— Je sais. Mais j'me sens déjà mieux, d'vous savoir tous là.

— C'est fait pour ça, les enfants, Mama. Pour apporter un peu de réconfort.

— Si seulement Charlotte pouvait penser pareil.

— Elle pense pareil, Mama.

— Tu t'fous d'moi ? J'crois qu'elle aime rajouter à mes malheurs. Mais bon, trois sur quatre, c'est déjà pas si mal.

— Il suffit que tu fasses attention à quelqu'un d'autre pour que Charlotte soit jalouse. Mais au fond de toi, tu devrais savoir qu'elle fait pas ça pour te faire du mal, Mama.

— Tous les enfants aiment pas leurs parents, tu sais. Et y a pas d'règle qui dit qu'les parents doivent aimer leurs enfants non plus. Enfin bon, d'toute façon, j'ai pas envie d'parler d'elle. Je veux qu'tu m'écoutes et qu'tu m'écoutes bien, compris ?

— D'accord.

— Et prends tout au pied d'la lettre.

— Mama, s'il te plaît, est-ce qu'on peut éviter les discussions du genre « si je meurs demain ou après-demain » ? C'est possible ?

— Tais-toi, Paris. Tu peux appeler ça comme tu veux, je m'en fiche. Ouvre bien tes oreilles, c'est tout. D'accord, Mademoiselle Je-sais-tout ?

— Très bien, je t'écoute.

— Cette crise m'a foutue une peur bleue.

— C'est normal, tu devrais toujours les prendre au sérieux.

— Non, ma puce. Celle-là, c'était autre chose.

— Mais t'es toujours là...

J'essaye de toutes mes forces de prendre un ton positif même si ma voix enjouée sonne faux.

— Ouais, mais j'peux pas continuer comme ça.

— Continuer comment ?

— Continuer à m'battre.

— Comment ça, à te battre ?

— Chaque fois qu'un de ces machins arrive, je panique et c'est c'qui fait qu'c'est de plus en plus dur de respirer, et ça me prend toutes mes forces de continuer.

— Et alors, qu'est-ce que tu veux dire par là, Mama ?

— Je veux dire que, si vient le jour où j'peux plus m'battre, j'veux être sûre que tu fasses en sorte que tes frère et sœurs foirent pas complètement leurs vies. Ils ont besoin qu'on les guide, Paris, et il s'pourrait bien qu'ce soit toi qui sois obligée d'le faire.

— Moi ?

— Oui, toi.

— Juste parce que je suis la plus vieille ?

— Nan, c'est pas la seule raison. T'as la tête sur les épaules et tu t'en sers comme j'ai toujours souhaité qu'vous l'fassiez tous. Et puis tu réussis aussi quelque chose que nous, on arrive pas à faire.

— Quoi ?

— Tu gagnes de l'argent.

— Vraiment ? D'abord, Mama, pour commencer, il va peut-être falloir que t'abandonnes l'idée de mourir pour de bon, parce que dès que tu commenceras ce nouveau régime – si tu te donnes le mal d'arrêter la bière, entre autres – et que t'iras voir un naturopathe au lieu des distributeurs de gélules que tu vois d'habitude, tu verras que tu peux apprendre à contrôler cette maladie.

Elle secoue la tête comme pour dire que je n'y comprends rien et elle me serre la main, fort. Trop fort.

— Il a plein de gens qui mènent une vie active, productive et qui ont de l'asthme. Regarde Jackie Joyner-Kersee, par exemple. C'est une heptatlonienne, championne du monde, et médaillée olympique.

— Elle est jeune, aussi.

— Mama, t'es pas vieille ! T'as que cinquante-cinq ans.

— J'aurai pas cinquante-cinq ans avant deux semaines et demie. De toute façon, il est pas question d'courir ou d'sauter. Grand bien lui fasse, à cette fille. Moi, j'aimerais juste pouvoir monter un escalier ou marcher jusqu'au coin d'la rue sans être essoufflée.

— Je sais.

— Non, tu sais pas.

— D'accord.

Je ne sais plus quoi dire après ça. Mais voici ce qui sort de ma bouche :

— En admettant, de manière hypothétique, qu'il t'arrive quelque chose et que je devienne le soi-disant guide, j'ai une question à te poser : qui me viendra en aide et me guidera ?

— Moi, répond-elle comme une évidence en lâchant ma main.

Je n'aime pas cette conversation. Ni le sujet, ni le ton, et surtout pas la direction qu'elle prend, donc je décide d'en changer.

— Où tu en es, avec Papa ?

— On est pas en train d'parler d'Cecil, non ?

Je secoue la tête.

— Écoute, Paris, j'veux pas t'foutre les jetons. J'peux vivre encore deux ans comme j'peux en vivre vingt. On peut pas savoir. Mais ça fait un moment que j'veux aborder ces questions d'front pour que, au cas où il m'arrive quelque chose, quelqu'un soit préparé.

— Quelle chance pour moi. OK, Mama, j'ai pigé. Maintenant, est-ce qu'on peut parler de la vie, pour changer ?

— OK. Qu'est-ce que tu veux ?

— Comment ça, qu'est-ce que je veux ?

— Dans la vie.

— J'ai à peu près tout ce qu'il me faut.

— J'vois pas les choses du même œil que toi, ma puce.

— Qu'est-ce que ça veut dire ?

— Dingus est une bénédiction, on l'sait bien. Mais c'est écrit sur ton front, Paris : y a quelque chose qui t'manque. La cuisine et l'argent, ça suffit pas, hein ?

Pourquoi faut-il qu'elle en vienne là ? Je m'étais bien dit que j'allais remettre tout le monde à sa place en venant ici, pourtant. Mais ce n'est pas exactement le meilleur moment pour gronder ma mère, alors je me contente de dire :

— Je fais de mon mieux.

— C'est pas vrai. Tu veux trop bien faire, remplir tous les vides. Mais tu les remplis avec des conneries. Des trucs qui t'rendent pas heureuse. Ça fait bien, vu de l'extérieur, mais c'est pour ça qu't'as mal à la tête et qu'tu prends des cachets. Y a aucun cachet au monde qui soignera c'que t'as.

— Et qu'est-ce que j'ai ?

— Une peine de cœur.

— Une peine de quoi ?

— Tu peux appeler ça comme tu veux, mais au bout du compte, c'est juste un problème de solitude.

Elle ne sait pas de quoi elle parle.

— Je suis pas seule, Mama. Et depuis quand j'ai des peines de cœur ?

Elle me regarde comme si j'étais folle. Elle doit faire référence à Nathan.

— Tu m'la f'ras pas à moi, Paris. Je t'ai mise au monde. T'es un livre ouvert, pour moi. Il faut qu'tu baisses la garde et qu'tu laisses quelqu'un trouver la clé qui ouvrira ton cœur. Tu t'sentiras beaucoup mieux.

— Mais qu'est-ce qui te fait penser qu'il est pas ouvert ?

— Parce que t'envoies un radar qui dit : « Me parlez pas ! Me dérangez pas ! Tout va bien ! Je peux m'débrouiller toute seule ! J'ai besoin d'personne ! »

— OK, OK, on a compris. Mais quel mal y a-t-il à se débrouiller toute seule ?

— Aucun, Paris. Mais arrête de t'concentrer tellement sur Dingus. C'garçon est déjà lancé. T'as fait du bon boulot en l'élevant et ça va aller pour lui. Maintenant, faut qu'tu dépenses cette énergie pour toi.

— Comment ?

— Sors. Amuse-toi. Fais des choses idiotes, des fois. Des choses qui t'font rigoler... Merde, j'sais pas, moi, des trucs qu'ont pas d'sens !

— Est-ce que vous pourriez préciser un peu, Oprah ?

— Inscris-toi dans une association.

— Une association de quoi ?

— Est-ce que j'sais, moi ? Ils ont des associations pour tout.

— Et toi, Mama ?

— On est pas en train d'parler d'moi, que j'sache ?

— Non. Mais si on disait que la séance n'est pas à sens unique ? Si je te disais : Ce n'est pas moi qui ai cinquante-quatre ans et sept huitièmes et dont le mari est parti s'installer avec une pétasse aux allocs en me laissant toute seule dans une petite maison mocharde qui, si j'ai bien compris, va être retenue par le fisc, et c'est pas moi qui viens de sortir de l'hôpital après une sérieuse crise d'asthme et qui n'ai pas d'autres revenus que ceux de la Sécurité sociale. Alors, qu'est-ce que vous envisagez comme changements dans votre vie, Miss V ?

— D'abord, si tu veux parler d'ça, te goures pas. C'est plus qu'une opposition qu'a mis le fisc. Ils vont saisir ce taudis d'une minute à l'autre.

Je sens une boule monter dans ma gorge.

— Quoi ?

— Tu m'as bien entendue.

— Et... qu'est-ce qu'il faut faire pour les arrêter ?

— On fait rien. J'en ai marre de vivre dans c'trou.

— Et Papa, alors ? T'es sûre qu'il va pas revenir ?

— J'veux pas qu'il revienne.

— J'ai déjà entendu ça quelque part.

— Enfin, bref, tu veux savoir ce qu'j'ai envie d'faire, oui ou non ?

— Oui.

— Bon, dit-elle d'un ton radouci. J'adorerais partir en croisière avec Loretta.

— Ça me paraît bien.

— J'veux un nouveau dentier à peu près correct. Bien serré, pour pas qu'il claque quand j'parle.

— Il te faut les meilleures dents du monde, Mama.

— J'plaisante pas ! J'déteste cette saloperie d'dentier. Y m'fait mal aux gencives.

Je suis bien contente qu'il fasse noir et qu'elle puisse pas me voir sourire.

— Et j'vais perdre du poids. Chez Jenny Craig.

L'idée de Mama en train de faire une pub pour Jenny Craig et de mourir de faim avec ces repas pour lilliputiens me donne envie de rire, mais je sais qu'elle est sérieuse, alors je me contente de faire :

— Ah oui ?

— Et j'veux habiter dans une vraie maison avec une porte de garage automatique, mais un appart dans une copropriété f'ra l'affaire, tant qu'j'ai un p'tit bout d'terrain pour faire pousser trois légumes.

— Beau programme.

— Le dernier truc va peut-être te paraître un peu exagéré…

Ah bon, parce que le reste ne l'était pas ?

— C'est quoi ?

— J'veux une voiture neuve. N'importe quelle marque, j'm'en fous. Tu savais qu'avec ton père on a jamais eu d'voiture neuve ?

— Non. Mais, sans vouloir casser l'ambiance, Mama, je peux te demander comment tu comptes acheter tout ça ?

— J'sais pas.

— Tu dois bien avoir une idée.

— J'vais peut-être démarrer une crèche.

— Une quoi ?

— T'as bien entendu.

— Je croyais que les gosses te tapaient sur les nerfs ?

— C'est vrai. Mais j'pourrais diriger la crèche. J'ai pas forcément besoin d'm'occuper des marmots.

— Bonne idée. Mais il te faut un diplôme.

— Eh bien j'le passerai.

— Faut prendre des cours.

— J'sais lire.

— Je sais.

— En plus, j'joue au loto et depuis un an j'ai souvent quatre numéros qui sortent et ma paume de main m'gratte, c'qui veut dire qu'un truc va arriver dans un avenir proche. J'le sens, c'est tout.

— Donc tu comptes être en vie le jour où tu gagnes au loto ?

— Va mourir, Paris.

— Je vais croiser les doigts pour toi, Mama. Mais, plus sérieusement, j'aurais peut-être quelques dollars de rab à te donner. Une fois que j'aurai payé mes impôts ce trimestre, je verrai avec mon comptable ce que je peux faire pour t'aider.

— Ça s'rait gentil, mais te casse pas pour ça.

— Faut bien que je fasse quelque chose.

— Nan, *faut* pas.

— Mais je peux le faire, Mama.

— OK. Maintenant, j'peux t'poser une autre question ?

— Non.

— Pourquoi tu veux pas faire l'émission télé ?

— Parce que ça me prendrait trop de temps.

— Et alors ? Tout prend du temps ! Ça t'rapporterait beaucoup d'argent.

— C'est pour ça qu'il y a autant de gens malheureux sur terre, parce qu'ils font les choses uniquement pour l'argent. En plus, c'est pas si bien payé que ça.

— Et l'histoire du livre de cuisine, alors ?

— J'y travaille. Il me faut juste un peu de temps pour écrire le projet. Il ne suffit pas de leur donner un paquet de recettes, Ma.

Elle roule sur le côté, attrape sa Ventoline et en prend quelques bouffées par habitude, puis elle revient sur le dos et contemple le plafond. Elle reste silencieuse quelques minutes. J'écoute le silence.

— Il arrive un truc à Janelle. J'crois qu'elle a découvert que George faisait c'que j'le soupçonne de faire depuis des années.

— Qu'est-ce qui te fait dire ça ?

— Tu vois pas comme Shanice a l'air vieilli, sans parler d'son attitude ?

— J'ai rien remarqué de spécial.

— Elle est plus comme avant.

— Elle est en pleine puberté, Mama.

— Puberté mon cul. Y a quelqu'un qui lui a foutu sa puberté en l'air et il s'appelle George ou moi j'm'appelle pas Viola Price.

— Qu'est-ce qu'on doit faire, alors ?

— J'sais pas. Mais si j'te dis un truc, tu l'garderas pour toi ?

— Bien sûr.

— Shanice sentait l'alcool aujourd'hui.

Je me redresse.

— Quoi ?

— T'as parfaitement entendu. J'crois bien qu'c'était d'la bière.

— Mais, Mama, elle a que douze ans !

— Réveille-toi, Paris. Y a quelque chose qui perturbe cette gamine. Mon instinct m'dit qu'les choses tournent pas rond dans cette maison. J'veux juste être sûre qu'tu tendes l'oreille, parce que si Janelle est assez bête pour faire passer c't'homme-là avant sa propre fille – le jour où les choses finiront par péter – promets-moi qu'tu t'occuperas de Shanice avant que quelqu'un d'autre la récupère.

— Je croyais que Janelle avait dit que George était parti ?

Mama fait un bruit de succion avec son dentier, puis elle le sort et le pose sur la table de nuit. Je crois que je vais effectivement lui en acheter un autre.

— Pas pour longtemps, sans doute. C'est sa maison.
— Bon, ben, je lui en parlerai demain matin.
Mama m'attrape par le bras.
— J'viens d'te dire de pas parler de Shanice et du fait qu'elle boit.
— J'en parlerai pas. Je lui demanderai pourquoi George est parti et si elle a l'intention de le reprendre, s'il revient.
— Il reviendra, dit Mama, qui roule alors sur le flanc. J'vais dormir maintenant. Alors si t'as autre chose à dire, tu risques de parler toute seule. Bonne nuit.

*
* *

J'ai du mal à m'endormir. Je tourne et retourne dans tous les sens et finalement je me lève, attrape mon sac et cherche mes cachets à tâtons. En entrant dans le salon, je manque de marcher sur Dingus. Il est enroulé dans des draps et une petite couverture de flanelle que Mama a dû piquer dans un avion. Lewis est écroulé sur le canapé. Dans la cuisine, j'entends un bruit de verre qui heurte l'évier. Shanice apparaît, avec le même short qu'elle portait tout à l'heure et un petit débardeur rose pâle.
— Qu'est-ce que tu fais debout à cette heure-ci ?
Évidemment, elle est surprise de me voir.
— J'avais soif. J'voulais boire de l'eau, marmonne-t-elle à toute vitesse.
Je me dirige vers elle mais elle file vers la chambre qu'elle partage avec Janelle.
— Attends une minute, je lui dis.
— Qu'est-ce qu'il y a ? me demande-t-elle, le dos tourné.
— Pourquoi t'es si pressée ?
— Faut que j'aille aux toilettes.
— Bon, d'accord. Bonne nuit, alors.

— Bonne nuit, dit-elle.

Elle file à la salle de bains. J'entends un robinet qui s'ouvre puis, quelques minutes plus tard, la chasse d'eau. Dans la cuisine, je vois un verre bleu posé de côté dans l'évier en inox. Je pose le cachet sur ma langue, prends le verre et renifle. Ça me fait mal de sentir l'odeur du *cooler* aux fruits exotiques, alors j'avale mon cachet à sec et je retourne me coucher.

*

* *

Je suis réveillée par une odeur de bacon en train de cuire et une musique rap bien forte. Mama est déjà levée. J'ai pas vraiment envie de bouger. J'entends toc toc toc à la porte.

— Oui ?

— Je peux entrer ? demande Janelle.

— Non, reste-là et parle-moi à travers la porte.

Elle l'entrouvre au moment même où le téléphone sonne. Dans la cuisine, Mama crie : « J'y vais ! » Je regarde la pendule. Il est à peine neuf heures et demie.

— Qu'est-ce qu'il y a ?

Janelle a un air sinistre, malgré son jogging blanc. Elle a les cheveux attachés en queue-de-cheval et porte du rouge à lèvres rose foncé. Sur sa peau sombre, ça lui donne un air de Barbie somalienne. Si je ne me trompe pas, on dirait qu'elle a quelques kilos de trop. Je n'ose rien dire, j'ai peur qu'elle se fâche.

— Assieds-toi, je lui dis. Non, attends. Viens plutôt dans la salle de bains pendant que je me brosse les dents.

— Dingus ! crie Mama. Y a une fille qui s'appelle Meagan au téléphone !

Je m'arrête net et Janelle me rentre dedans par derrière. On dirait que ses seins ont grossi.

— Paris, je peux te parler une minute ?

— Un instant.

Je vais dans le salon voir si Dingus dort encore. Il dort. Lewis a disparu. Si je n'avais pas de témoins, je prendrais le téléphone et je remettrais cette petite garce à sa place et peut-être même que je filerais une rouste à mon fils pour nous avoir mis tous les deux dans une situation aussi précaire. Sur la route, j'étais trop préoccupée par l'état de santé de Mama pour aborder le sujet et bien qu'il prenne beaucoup de place dans mon esprit, j'ai décidé de le laisser en suspens jusqu'au retour. Ce n'est pas le bon moment ni les meilleures circonstances pour en parler parce que je sais que Mama en aurait le cœur brisé et en plus ce genre de nouvelle risque de la renvoyer à l'hôpital direct. Je donne quand même un bon coup de pied au cul à Dingus.

— Aïe ! Mais, Ma... Qu'est-ce qui s'passe ?

— Qu'est-ce qu'il y a de si important pour que cette fille t'appelle ici ?

— Qui ça ?

— Meagan.

— J'en sais rien, moi.

— Si tu le sais et je le sais aussi. Et je te conseille de t'en occuper maintenant, sinon tu risques d'avoir à en subir les conséquences.

— Écoute, Ma, j'ai pas la moindre idée de ce que tu racontes. Mémé, tu veux bien lui demander si je peux la rappeler plus tard, s'il te plaît ?

— Pas question que tu passes des coups de fil longue distance de ce téléphone. Paris, viens parler à cette fille, tu veux bien ?

— Non ! fait Dingus. Laisse tomber, je vais la prendre.

— Qu'est-ce qu'on fait aujourd'hui, Paris ? Tu veux aller faire des courses ? demande Mama.

— Tu crois que tu peux déjà marcher et faire des courses ?

— J'me sens bien. J'ai pas envie d'rester ici toute la journée comme une malheureuse. Faut bien qu'on fasse quelque chose. Quand est-ce que vous r'partez ?

— J'ai un avion tôt demain matin.

— Prends aussi une place pour ton frère, s'il te plaît.

— Où est-ce qu'il est, au fait ?

— Il a dit qu'il allait travailler. Me pose pas d'questions.

Je secoue la tête et repars vers la chambre mais je m'arrête en entendant Mama dire :

— Tout c'que j'sais, c'est qu'il a intérêt à m'ramener ma voiture en un seul morceau.

— Tu devrais pas le laisser conduire, Mama.

— Je sais. Mais c'est trop loin et il fait beaucoup trop chaud pour aller où qu'ce soit à pied, avec son arthrite en plus.

— Son quoi ?

— Il s'peut qu'ça soit pas des bobards. Son genou droit est tout gonflé et tu d'vrais voir ses coudes et ses poignets, Paris. On dirait des grosses boules. Il a même deux doigts tout recroquevillés.

— Vraiment ? Je croyais que c'était un truc bidon. Qu'il racontait ça pour qu'on le plaigne et que ça lui servait d'excuse pour ne pas travailler.

— J'l'ai vu de mes propres yeux.

— Et pourquoi il va pas voir un médecin, alors ?

— Il dit qu'il est allé en voir trois ou quatre, mais tout c'qu'ils font c'est lui donner des médicaments qui lui ravagent le bide. Le Tylenol marche, des fois. Il en prend quatre d'un coup. Pourquoi tu lui donnes pas un d'tes Advil ?

Elle essaie de faire de l'humour, ou quoi ?

— Je lui demanderai s'il veut essayer quand il rentre. Où est Shanice ?

— Elle dort encore ! crie Janelle depuis la salle de bains.

Quand je reviens, Janelle est assise sur le rebord de la baignoire et joue avec le rideau de douche de Mama ; les poissons exotiques nagent dans son dos.

— Je crois qu'elle est crevée.

— Je n'en doute pas, je réponds en me penchant pour attraper une brosse à dents neuve sous le lavabo.

— Qu'est-ce qu'on va faire pour l'anniversaire de Mama ?

— C'est pour ça que tu voulais me parler ?

— Oui.

— C'est tout ?

— Euh, non, pas exactement.

— Quoi d'autre alors ?

— D'abord, est-ce que t'as une idée de ce qu'on pourrait faire ?

— Ben, je me disais que j'allais lui proposer de venir à la maison quelques semaines. En plus, il se peut que je doive aller à Londres pendant quatre, cinq jours. Elle pourrait rester avec Dingus, peut-être passer une semaine chez toi.

— Je sais pas trop où j'en serai, pour l'instant.

— T'en fais pas. Au fait, qu'est-ce qui se passe avec George ? Vous êtes vraiment séparés ?

— Probablement.

— Qu'est-ce qui s'est passé ?

— J'ai pas envie d'en parler.

— Pourquoi pas ?

— Parce que j'ai encore beaucoup trop les boules.

— Il a pas touché à Shanice, quand même ?

— Non, fait-elle d'un ton plat.

— Tu me mentirais pas sur un truc pareil, Janelle, hein ?

— Non. Mais j'ai pas envie de parler de George pour l'instant, Paris, d'accord ?

— T'es enceinte ?

Elle a l'air choquée par ma question.

— Pourquoi tu me demandes ça ?

Ses yeux sont noirs et vitreux. Comme si elle allait craquer d'un moment à l'autre.

— Eh bien, on dirait que t'as pris du poids et tu as les seins plus gros que d'habitude.

— Et alors ? Toi aussi.

— Oui, mais moi je les ai achetés.

— Hein ?

— J'ai fait mettre des implants.

— Quand ? Pourquoi tu me l'as pas dit ? Montre !

Je soulève mon haut de pyjama pour lui montrer ces petites merveilles.

— La vache, dit-elle. Ils sont énormes !

— Non. Je fais du 90 D. C'est tout.

Je les prends dans mes mains puis je les lâche. Ils ne bougent pas.

Janelle a plaqué ses deux mains sur sa bouche.

— Comment ça se fait que tu me l'as pas dit ?

— Tu me racontes pas tout non plus, si ?

— Les choses importantes.

— Alors, t'es enceinte ou pas ?

— J'arrive pas à y croire, Paris. Combien ça t'a coûté ?

— Cinq mille dollars, environ, et ça valait complètement le coup. Je peux même remettre des débardeurs sans soutien-gorge.

Le téléphone sonne.

— Quelqu'un peut décrocher ? crie Mama depuis la cuisine.

— J'y vais.

Je décroche le combiné posé sur la table de chevet.

— Allô ?

— Ouais, Paris ? C'est Lewis. J'ai eu un petit problème. Y a pas de quoi s'inquiéter mais...

— Où tu es ?

En l'entendant soupirer, je sais immédiatement que quelque chose ne va pas.

— Où tu es ?

— En prison.

Je change le combiné d'oreille.

— Qu'est-ce que tu fous en prison ?

— J'ai conduit sans permis.

— C'est tout ?

— Et sous influence.

— Sous influence de quoi ?

— De l'alcool.

— Il est que onze heures du matin, Lewis !

— Je sais quelle heure il est. J'suis juste allé voir le mec qui avait dit qu'il allait m'embaucher mais il était pas là. Y avait un autre type qui l'attendait aussi et il avait un petit coup à boire et j'ai commencé à siroter avec lui et puis il en avait marre d'attendre et il m'a demandé d'le raccompagner chez lui et c'est c'que j'ai fait et on s'est fait arrêter.

— Où est la voiture de Mama ?

— Ils l'ont confisquée.

— Elle va être furieuse.

— Je sais, mais est-ce que tu pourrais, toi ou quelqu'un d'autre, venir me chercher et payer la caution, s'il te plaît ?

— Putain, Lewis. Mama est rentrée juste hier et regarde ce que tu fais.

— Écoute, j'ai pas besoin qu'on m'fasse la leçon maintenant, Paris. Est-ce que tu peux venir me chercher, oui ou non ?

— De combien est la caution ?

— Deux mille.

— Dollars ?

— Il suffit que tu mettes deux cents. J'te rembourserai, t'inquiète pas.

— Ouais, bien sûr. Je retiens mon souffle en attendant. J'suis là dans une heure.

— Plutôt deux. Faut qu'je reste ici au moins quatre heures. Ils veulent être sûr que j'ai dégrisé, ce qui est le cas, tu peux m'croire. Merci, frangine.

— C'est ça, et moi j'te serre sur mon cœur.

Je raccroche.

— J'ai entendu, dit Janelle. Dis rien à Mama, va juste le chercher.

— Alors ? je fais en regardant son ventre.

— Non, je ne suis pas enceinte.

— Viens avec moi.

— D'accord, dit-elle sans bouger d'un pouce.

— Je peux te poser une autre question ?

— Je t'écoute.

— Est-ce que t'as remarqué quelque chose de différent dans l'attitude de Shanice ces derniers temps ?

— Tout à fait et je vais l'emmener voir quelqu'un.

— Alors tu l'as chopée en train de le faire ?

— De faire quoi ?

— De boire.

— De boire quoi ?

Oh oh, Paris. Toi et ta grande gueule...

— Écoute, je me trompe peut-être, mais je crois qu'elle était en train de boire un *cooler* hier soir.

— T'es folle, Paris.

— Janelle, Mama a dit qu'elle sentait la bière.

— Et alors, qu'est-ce que ça veut dire ? Ça fait des années que Mama fait goûter sa bière à ses petits-enfants. Peut-être qu'elle en a pris une gorgée. Tous les gosses aiment faire des expériences. Tu parles d'une affaire...

— Est-ce qu'il se passe quelque chose à la maison qui pourrait la perturber ?

— Le fait que son père est parti, sans doute.

— Janelle, George n'est pas son père et tout le monde sait que Shanice peut pas le sentir ! Ça m'étonnerait que son départ la dérange.

— En tout cas, quoi qu'il se passe, on peut très bien se tirer d'affaire toutes les deux, ne t'inquiète pas. Je serai prête dans un quart d'heure.

Quand elle se lève, trois anneaux du rideau de douche sautent. Elle doit me prendre pour une idiote.

— Ma, je peux venir avec vous chercher Tonton Lewis en prison ? demande Dingus dans le salon.

— La ferme ! je réponds entre mes dents.

— Où vous allez tous ? demande Mama.

— Chercher quelque chose au centre commercial.

— J'ai dit que j'voulais y aller, moi aussi.

Merde. Merde. Merde. Je fais signe à Dingus que je vais lui trancher la gorge.

— D'accord, Mama, mais d'abord, Janelle et moi on doit faire une course et tu ne peux pas venir avec nous parce que c'est une surprise.

— Quel genre de surprise ? demande-t-elle en débarquant dans le salon tout en s'essuyant les mains sur un torchon jaune.

Elle est déjà tout habillée. Pantalon de coton rose, polo rose et chaussures en cuir blanches. Ses cheveux sont un désastre : des petits tortillons tout desséchés. Et elle n'est pas maquillée. Elle devait attendre que Janelle ou moi le fasse pour elle.

— Si on te le disait, ça ne serait plus une surprise, non ?

— J'adore les surprises, déclare-t-elle.

— Tout le monde aime ça, Mama, tout le monde.

Et sur cette note, je décide d'aller vite chercher notre andouille de frère en prison et récupérer la voiture de Mama, puis de trouver la fameuse boutique Thomasville et de régler son crédit en espérant qu'ils pourront livrer les meubles cet après-midi et puis, après, de repérer un salon de coiffure pour Noirs où on lui traitera les cheveux et peut-être même qu'on les lui coupera et les défrisera, et puis ensuite de l'inviter au Red Lobster pour déjeuner avant d'aller au centre commercial. Et puis, qui sait, s'il nous reste encore un peu de temps, on pourra peut-être l'emmener essayer une voiture neuve.

Le petit Jésus en culottes courtes

Bon, d'accord. J'ai déconné. J'aurais jamais dû boire un coup quand Kirk m'a tendu sa bouteille. En plus, j'le connais même pas, ce mec. J'aurais pu choper une saloperie. Pleins de saloperies. Oh et puis… maintenant, j'peux m'attendre à ce que mes sœurs me fassent la leçon pendant tout l'chemin du retour. Elles comprennent pas. Et quoi que j'dise, elles comprendront jamais. J'ai pas envie d'être obligé de picoler, mais pendant que j'étais là-bas en train d'attendre le mec, j'pensais qu'à un truc : c'est l'occasion d'me faire un peu de tunes, peu importe combien, pourvu qu'ce soit assez pour que j'aie plus besoin de rien demander à personne. Surtout pas à ma famille.

J'aime pas mendier. Et emprunter, ça revient à mendier quand on y réfléchit bien. Parce que j'ai pas d'sous et que quelqu'un d'autre en a. Vu comment ça s'passe en général, les chances que tu rembourses sont plutôt maigres, parce qu'une fois que tu commences à emprunter, c'est comme quand tu prends du retard avec tes factures : c'est rare que tu rattrapes. D'abord faut s'rappeler qui t'a prêté quoi. Mais admettons qu'un jour t'aies du bol et que tu touches quelques dollars de rab (même si y a peu d'chances que ça t'arrive). À ce moment-là, t'as déjà oublié combien t'as emprunté et combien il te reste à rembourser (sauf si la personne en question te laisse pas oublier, ce qui est souvent le cas quand c'est pas mal d'argent, genre dans les cent dollars ou plus) et comme tu peux pas décider en toute conscience qui rembourser en premier, tu les évites tous pendant l'temps que ça te prendra de rembourser tout le monde, c'est-à-dire jamais. Bien sûr, ça veut dire que ta relation avec ces gens-là est niquée pour toujours, parce que dans un coin d'leur tête, ils pensent que tu leur as fait un sale plan, tu les as pas respectés, t'as profité d'eux ou qu'on peut pas te faire confiance. C'qui veut dire aussi que la prochaine fois que t'auras une galère, c'est même pas la peine d'envisager de leur demander un *quarter*. C'est pour ça que j'essaie de pas emprunter de tunes. J'préfère aller chez « ma tante ». Mais j'l'ai tellement fait que j'ai plus rien de valeur à mettre au clou.

Même si j'suis handicapé, faut qu'j'arrive à rester digne. Faut que j'me fixe des limites, même si j'arrive pas à les respecter. C'est c'que j'essaie de faire. C'est dur. Une partie de mon cerveau sait exactement c'qu'il faudrait que j'fasse pour me remettre sur les rails et une autre partie a envie d'le faire. Exactement comme a prévu la première. J'veux dire, c'est clair comme de l'eau de roche, putain. Mais... y a un autre pan de moi – c'est triste à dire, mais c'est une toute petite partie et pourtant c'est elle qu'a l'air d'avoir le plus de pouvoir – qui dit : C'est trop difficile. T'as trop peur. T'arriveras jamais à rien même si t'essayes à fond. Tu sauras jamais c'que c'est, la réussite, la vraie. À quoi ça ressemble. Quel goût ça a. Non. Cette petite partie crie plus fort que toutes les autres : T'es foutu, Lewis ! Tordu ! T'es loin d'être fou mais t'as trop d'idées et pas c'qui faut pour les réaliser ! Tu sais déjà pas où est le putain de point A. Comment tu veux savoir quand t'arrives au point B ? Des fois tu t'rends même pas compte qu'un pas n'est pas un pas. Tu croyais que t'étais en train de bouger mais en fait t'as fait du surplace. Je sais bien que j'avance pas beaucoup, alors pour éviter que tous ces fils à vif que j'ai dans l'crâne me fassent péter les plombs définitivement, j'les fais taire en buvant un coup.

J'suis pas venu jusqu'ici pour m'retrouver en taule. J'voulais juste voir si Mama allait bien. Dire bonjour à Papa. Putain, j'vais passer en procès ici et j'en ai un autre qui m'attend en Californie. J'vais devoir rester chez Mama le temps d'savoir quand j'passe et s'ils me relâchent ou si j'dois faire quelques mois dans leur prison du comté. Mais ils peuvent aller s'faire foutre, ils sauront jamais que j'ai déjà été arrêté pour conduite en état d'ivresse en Californie. Merde. Cette nouvelle ère technologique est bonne pour certains trucs mais pas quand on a un casier. Ils peuvent retrouver l'histoire de ta vie entière en quelques minutes.

Faut qu'j'envoie un petit quelque chose à Donnetta. Que j'fasse un geste. Un truc symbolique. Mais elle comprendra jamais c'que ça veut dire d'être fauché. Elle s'en fout complètement de savoir c'que ça fait à un homme de pas pouvoir s'occuper d'son fils. C'est trop dur de lui faire comprendre – à elle ou aux autres – c'que ça veut dire. Alors au bout d'un moment, t'essayes même plus.

Putain, les voilà. Pourquoi Paris a amené Dingus ? J'veux pas qu'il me voie dans ce genre d'endroit. Peu importe que j'sois coupable ou pas. La taule, c'est la taule. Le plus triste, c'est que la plupart des mecs qui sont là sont pas des criminels. Ils sont juste cons. Comme moi. On s'retrouve derrière des barreaux pour avoir attaqué des machines ou des entreprises qui arnaquent les gens, ou s'être attaqués nous-mêmes. Enfin moi, j'ai rien fait à personne. J'ai juste conduit avec un verre dans l'nez. J'étais loin d'être soûl et j'suis content d'avoir fait d'mal à personne, même si j'me bourre jamais la gueule au point de plus pouvoir conduire. J'suis pas si con, quand même.

Le mec roux aux yeux bleu acier me tend mes affaires dans un sac en plastique. Y a mon portefeuille noir tout usé ; ma montre Casio avec mémoire et calculette ; une bague avec une pierre rouge qu'une fille m'a donnée en gage d'amour ; un paquet de Kool tout écrasé avec trois cigarettes tordues dedans ; deux cachets de Tylenol extra-fort ; et quatre-vingt-douze *cents* de monnaie. Le type qui m'tend l'sac à l'air d'attendre que j'lui dise merci, mais j'le dis pas. Il est pas en train d'me faire une faveur.

On entend une longue sonnerie. J'appuie sur la porte en métal beige en prenant mon temps. Paris a les mains sur les hanches mais elle en laisse retomber une. On dirait qu'elle essaye de pas paraître trop furax. Janelle a l'air complètement ailleurs, elle est v'nue juste pour la balade. J'pourrais être n'importe qui. Dingus s'approche de moi et m'passe le bras autour des épaules.

— Comment ça va, Tonton Lewis ?

Il sourit en exhibant toutes ses bagues en métal. C'est un beau garçon. Intelligent. J'suis pas sûr qu'il sache vraiment c'que c'est qu'la vie, vu le monde dans lequel il vit, mais c'est quand même un brave gosse. Il a tout le temps pour découvrir c'qui s'passe dans la rue, ou pour l'éviter complètement.

— Ça va. J'suis content d'sortir d'ici.

— J'imagine.

— En tout cas, c'est bien, ici, dit Janelle en contemplant cet endroit stérile. C'est pas du tout comme je pensais.

J'prends même pas la peine de lui répondre. Je les suis. Paris dit pas un seul mot jusqu'à c'qu'on soit dehors, devant sa voiture de location. Une Cutlass bleue. Ça fait des années que j'ai pas conduit un truc pareil.

— Elle est loin, la voiture de Mama ?

— T'inquiète pas, Paris, j'te rendrai tous tes sous. Te fais pas de souci pour ça.

— Je ne me fais pas de souci, Lewis. Je ne m'inquiète jamais de savoir quand tu vas me rembourser. C'est toi qui t'inquiètes. Maintenant, dis-moi où est la voiture de Mama, s'il te plaît.

— J'en sais rien. Mais ça peut pas être bien loin.

J'allume une cigarette.

— Tu sais que tu ne peux pas fumer dans la voiture, alors dépêche-toi, dit Paris.

Je tire encore deux longues taffes puis je m'assois sur le siège arrière, à côté de Dingus. Paris dégaine son portable et trouve l'adresse de la fourrière. C'est seulement à cinq minutes d'ici. Comme d'habitude, c'est elle qui s'occupe de tout. Janelle nous suit dans la voiture de Mama. Je vois le regard de Paris dans le rétro. Elle a l'air totalement dégoûtée, mais c'est pas elle qui m'inquiète, c'est Mama. J'vais pas y couper. Dans quelques minutes, j'aurai à nouveau quatorze ans.

— Quand on arrivera chez Mama, dit Paris, pas un seul mot sur la prison ou sur le fait que sa voiture a été confisquée, t'as compris, Lewis ?

— Oui. Enfin non. Tu veux dire qu'elle est pas au courant ?

— Non, elle n'est pas courant. Si t'as besoin que je te rafraîchisse la mémoire, je te rappelle qu'elle vient de sortir de l'hôpital ! C'est tout à fait ce qu'il lui faut pour son deuxième jour de convalescence, tu ne crois pas ?

Et voilà. Elle enfonce le clou. Je suis le diable. La mauvaise graine, sans doute. J'me contente d'écouter. Ça sert à rien de discuter avec elle. En plus, elle a raison. Elle a toujours raison.

— Et, euh... les affaires, ça va ?

— Hein ?

— Comment vont les affaires ?

— Les affaires vont bien, Lewis. Essaie pas d'éviter le sujet.

— J'essaie pas. J'ai compris. Maintenant, dis-moi... C'est quoi le nom de ta boîte, déjà ? J'ai oublié.

— Thym Sauvage, elle lâche. Thym Sauvage.

*

* *

Je m'endors sur la banquette arrière. Quand j'ouvre les yeux, on est garés devant un magasin de meubles. J'suis tout seul. Le moteur tourne. La clim marche. Quand je vois Paris et Janelle sortir du magasin, je referme les yeux, vite. J'les garde fermés même quand j'entends Paris monter dans la voiture. Je m'demande où est Dingus mais j'ouvre plus les yeux jusqu'à ce qu'on soit à la maison. À propos de maison, c'est là qui faut que j'aille. Chez moi. Mais la grande question, c'est : comment ?

*

* *

— Vous avez pris votre temps, dit Mama.

— T'es prête ? demande Paris.

— Ça fait un moment, dit Mama en attrapant son sac. Qui vient et où on va, au fait ?

— Pas moi, je dis en levant la main comme à l'école.

Paris me fait les gros yeux.

— On va au centre commercial. Allez viens, Shanice.

— J'veux pas y aller, elle fait en sortant de la chambre.

Elle a d'longues jambes, cette gamine, et visiblement ça la gêne pas de les montrer. Janelle devrait faire gaffe. Ça pourrait donner des mauvaises idées à certains.

— Tu viens avec nous, dit Paris.

— Sans discuter, ajoute Janelle toujours sur le perron.

— Pourquoi tu veux pas aller faire des courses, ma puce ? demande Mama.

— J'ai pas d'argent. Je vois pas l'intérêt d'aller faire des courses si on peut rien acheter.

Janelle brandit deux billets de vingt dollars. Paris en brandit deux autres. J'ai l'eau à la bouche, les mains qui m'démangent. Il leur suffit de plonger la main dans leur sac pour en tirer de l'argent, comme ça. Il y en a que la vie traite bien.

Shanice essaie de prendre un air excité mais tout le monde peut voir que ça l'emballe pas du tout.

— Où est Dingus ? demande Mama.

— Chez un concessionnaire de voitures.

— Qu'est-ce qu'il fabrique chez un concessionnaire ?

— Il regarde les voitures. On va passer le prendre. Mama, ajoute Paris, va à la voiture, faut juste que je passe un petit coup de fil.

— OK, dit Mama en se dirigeant vers la porte.

J'm'assois sur le canapé en attendant les ordres.

— Il va y avoir une livraison, dit Paris en pointant son doigt sur moi. Ne bois pas. C'est des meubles. Fais-les entrer et montre-leur dans quelle pièce ça va.

— Comment tu veux qu'je sache où ça va, je sais même pas c'que c'est.

— Je suis en train de te le dire. C'est un lit et une commode. Ça va dans la chambre de Mama.

— Et ses anciens meubles, alors ?

— Débrouille-toi.

— Et vous partez combien de temps ?

— Pourquoi ?

— Juste pour savoir.

— Deux ou trois heures.

— J'me disais que j'allais peut-être prendre le bus de ce soir.

— Avec quoi ?

Je serre les dents.

— Comment ça, avec quoi ?

— T'as pas d'argent. Comment tu vas faire pour prendre le bus ?

Pourquoi faut toujours qu'elle rentre dans les détails, comme ça ? Elle sait pas combien d'argent j'ai. Pas vraiment.

— J'ai presque assez.

— Presque, c'est pas assez, Lewis.

— Je sais, Paris. Je suis pas con.

— Dis-moi un truc. T'as déjà oublié que tu passais en jugement ?

— Non.

— Parce que si t'es pas là le jour dit, je reverrai plus mes deux cents dollars.

— Je ferais pas ça. Fais-moi un peu confiance, quand même.

— De toute façon, Mama a suggéré que tu prennes l'avion avec nous demain matin.

— J'aime pas l'avion.

— Fais-toi une raison. De toute façon, c'est déjà fait.

Et elle s'en va. C'est déjà fait. Déjà. Fait. Comment elle peut s'imaginer qu'j'aie envie d'être coincé à côté d'elle dans un avion, sans échappatoire possible, à l'écouter énoncer ce que je dois et ne dois pas faire ? Très peu pour moi. Dès que les gens des meubles seront passés, j'me casse. J'trouverais bien un moyen de revenir pour le jour où j'passe en jugement, mais en attendant, j'ai des affaires à régler.

J'prends une longue douche, j'me rase, me passe la brosse dans les cheveux un millier de fois, remets les mêmes habits, vais dans la cuisine et me fais réchauffer au micro-ondes une boîte de soupe Campbell lard-pommes de terre. J'la mange et j'me demande avec quoi je pourrais bien la faire passer. Mes yeux se posent sur les bouteilles de Cooler. Je décide que non, mais sans que j'm'en aperçoive ma main droite a déjà dévissé le bouchon et le goulot froid de la bouteille est pressé contre mes lèvres. Je caresse l'idée de la vider dans l'évier mais c'est que quelques décilitres et ça fait jamais que sept pour cent d'alcool, alors je la descends, j'l'enfouis au fond de la poubelle sous l'évier.

J'attrape mes cigarettes dans la poche de ma chemise et j'vais m'asseoir sur le perron pour m'en griller une quand je vois une dame blanche remonter le trottoir d'un petit pas. Je crois que j'la connais.

— Bonjour, je dis.

— Bonjour, mon petit. Toi, tu dois être Lewis.

— Bien vu. Et vous, vous êtes Miss Loretta.

— Exactement. Où es ta maman ?

— Elle est partie faire des courses avec mes sœurs.

— Elle doit aller beaucoup mieux, alors ?

— Beaucoup.

— Et qu'est-ce que tu fais ici tout seul ?

— Vous voulez que j'vous dise la vérité vraie ?

— Bien sûr.

— J'suis un peu embêté.

— Ah bon, pourquoi ?

Elle a l'air sincèrement intéressée.

— Eh bien, j'attends des meubles qu'on doit livrer à Mama et j'viens de recevoir un coup de fil qui m'dit que j'dois retourner tout de suite en Californie et que c'est urgent mais j'suis un peu à court de liquide et j'sais pas très bien quoi faire.

— Combien il te faut, Lewis ?

— Quarante ou cinquante dollars, mais j'vous les rendrai, Miss Loretta, j'vous l'promets...

— Te fais pas de souci pour ça. Personne n'est blessé ?

— Non, Dieu merci.

— Eh bien, je file chercher mon sac et je reviens.

Et la voilà partie. Juste à ce moment-là, le camion de livraison arrive et quand ils me demandent où ils doivent mettre les trucs, je m'aperçois que le lit de Mama est fait et que sa commode est pleine d'affaires et que je sais pas où les mettre, alors je leur dis de tout laisser sous l'auvent, devant la voiture de Mama, où personne les verra. Tandis qu'ils déchargent, Miss Loretta revient.

— Eh bien, je vois que Vy a fini par s'acheter une nouvelle chambre à coucher ! Ça fait des années qu'elle en demandait une dans ses prières. Comme quoi les prières finissent par être exaucées.

— Des fois.

— Tiens, Lewis, elle fait en me tendant trois billets de vingt.

— J'ai juste besoin de quarante ou cinquante dollars.

— Ça ne fait rien. Tu ne veux pas arriver là-bas les mains vides, quand même ?

— Non, m'dame. Merci.

— Je peux te déposer quelque part ?

— Ça vous ennuierait de m'amener à la gare routière ?

— Bien sûr que non. Je vais chercher mes clés.

Et là-dessus, j'écris un petit mot sur la première chose qui me tombe sous la main, à savoir une serviette en papier, et je la glisse sous un aimant, sur la porte du frigo. Puis je referme la porte d'entrée en priant qu'on ne croise pas ma famille en chemin.

Avant que j'explose

Je n'aime pas les restaurants en boiseries laquées avec des banquettes recouvertes de tissu écossais et juste une fronce tout autour histoire de faire sérieux. J'ai mal au cœur. Comme si j'allais dégueuler. Les frites de Mama baignent dans une huile qui inonde la serviette en papier blanche sur laquelle elles sont posées et suinte à travers le petit panier en plastique rouge. Elles me narguent. Je lève le menton pour voir plus loin que ce recoin sombre où Dingus, Shanice, Paris, Mama et moi sommes en train de déjeuner, enfin je suppose que ça s'appelle comme ça.

Paris s'est surpassée cette fois-ci en tendant sa carte Neiman Marcus à Mama qui a refusé de regarder ailleurs que dans les rayons en soldes. On a dû l'aider à porter ses sacs pour sortir du centre commercial et aller jusqu'au parking. Et puis quand on s'est garés chez le concessionnaire Acura, elle a demandé :

— Quelqu'un peut m'dire c'qu'on fait ici, exactement ?

— Tante Paris veut t'acheter une voiture, a lâché Shanice qui ne sait jamais tenir sa langue.

— Miséricorde ! a dit Mama. J'vais pas pouvoir supporter autant d'excitation en une seule journée. (Elle a attrapé sa Ventoline.) Paris, j'ai pas besoin d'une Acura. Mais si tu veux dépenser tout cet argent, alors va un peu plus bas, y a un magasin Mitsubishi. J'ai vu une chouette Galant qui a l'air faite pour moi, j'le jure. Mais on va pas y aller maintenant. J'suis crevée et j'ai faim. Alors est-ce qu'on peut aller manger un bout, plutôt ?

— Comme tu veux, Mama. Mais n'oublie pas que nous partons demain matin.

— Je sais, je sais. Mais ça fait des années que j'ai pas eu d'voiture correcte ; c'est pas quelques semaines de plus qui vont m'tuer. Et puis, j'tiens pas à laisser Lewis tout seul chez moi trop longtemps.

C'est comme ça qu'on est venus ici. C'était l'idée de Mama. Je ne sais même pas comment ce resto s'appelle, mais je suis sûre que c'est une chaîne. Ma salade du chef était dégueulasse ; tous les autres ont pris des cheeseburgers et des frites. Mama et Dingus sont les seuls à avoir dit oui à la sauce aux haricots rouges.

— Faut que j'aille aux toilettes.

J'espère que Mama va se dépêcher de se lever, mais non, elle a l'air de prendre son temps. Je sens que j'ai un haricot coincé au fond du gosier ; par-dessus, il y a des morceaux de blanc de poulet et, en dessous, les gaufres que j'ai mangées au petit déjeuner. Tout ce petit monde a une envie pressante de sortir. Quand Mama finit par s'extraire de son siège, je ne peux plus me retenir et là, sur la table et le sol, ressortent mon petit déjeuner et mon déjeuner. Et merde !

— Qu'est-ce qui va pas, ma fille ? demande Mama tandis que Dingus m'aide à me remettre sur pied.

— Ça va, Janelle ? demande Paris. Qu'est-ce que t'as mangé aujourd'hui ?

Mais ce n'est pas fini. Cette fois-ci, je vise le sol. Les gens me regardent. J'ai le visage en feu. Mal au ventre. Mal à la tête. Je suis gênée et j'espère pouvoir trouver une explication. Quand j'ai l'impression d'avoir terminé, je m'aperçois que Shanice n'a pas bougé. Elle est toujours assise au fond de la banquette, la tête appuyée contre le mur tendu d'écossais, elle a l'air de s'ennuyer.

— J'te parie que t'as mangé un truc pas frais, dit Mama. C'est horrible comme impression, hein ?

Je la regarde sans répondre.

— Faut que j'aille aux toilettes.

— Je t'accompagne, dit Paris.

— Et Dingus, dit Mama, appelle à la maison et vois c'que ton oncle fabrique. Dis-lui qu'on s'ra là d'ici dix à quinze minutes, comme ça, il a l'temps d'arrêter d'faire c'qu'il est pas censé faire.

— Ça marche, Mémé.

— Et Shanice, t'as un problème ou quoi ? Remue ton derrière, un peu, et va avec ta maman pour être sûre que tout va bien !

Ma fille décroise les bras d'un air de dire que ça l'emmerde au plus haut point de me venir en aide. À peine aux toilettes, elle file s'enfermer. Elle ne déboutonne pas son short en jean. Elle ne s'assoit même pas. Je vois ses tennis à semelles compensées dirigées vers les cabinets, ses mollets bruns appuyés contre la porte en métal gris. Elle me tape sur les nerfs avec son attitude de pimbêche. Elle croit que le monde entier tourne autour de son nombril. Je me rince la bouche au robinet et m'appuie sur le rebord du lavabo. À ce moment-là, Paris me regarde droit dans les yeux et dit :

— Janelle, tu peux peut-être embobiner Mama mais ça ne marche pas avec moi. T'as pas mangé un truc pas frais. Tu es enceinte ou je ne m'appelle pas Paris. Allez, crache.

Je me redresse trop vite, un doigt sur les lèvres pour la faire taire, je secoue la tête si fort qu'elle se met à tourner. Avant que j'aie pu dire quoi que ce soit, elle frappe à la porte des cabinets où Shanice est enfermée. Maintenant, ses chaussures sont pointées dans notre direction.

— Shanice ! Est-ce que ta mère est enceinte ou pas ?

Quand la porte s'ouvre, j'ai peur de ce qu'elle va dire, de son attitude, de ce qu'elle va faire. Mais elle se contente de regarder sa tante et de dire :

— J'en ai aucune idée. Vous avez besoin de moi ou je peux y aller ?

— Vas-y, je lui dis en montrant la porte.

— Attends une seconde, dit Paris. Qu'est-ce qui se passe ici ?

— Quoi ? gémit Shanice.

— Tu ferais mieux de faire attention au ton que tu prends avec nous, dit Paris.

Et puis :

— On dirait que tu t'en fiches complètement.

— Ça m'intéresse pas, c'est tout.

— OK, ça suffit ! je crie. Je suis peut-être enceinte mais peut-être pas. Qu'est-ce que ça peut faire ? Je suis une femme mariée, après tout. C'est un crime d'être enceinte, ou quoi ?

— T'as qu'à demander à ton mari, le policier, lance Shanice. Il en connaît un rayon question crimes.

Et elle sort avec un air arrogant.

— Me pose plus de questions, je lance à Paris en sortant à mon tour.

De derrière, je l'entends dire :

— Juste par curiosité, je me demandais si c'est le deuxième épisode de *Guiding Light* ou de *As the World Turns* ? En tout cas, y a quelque chose qui tourne pas rond.

Je n'ai même pas la force de lui répondre.

*

* *

Quand on revient, Lewis n'est plus là. La voiture de Mama est là, forcément, parce qu'elle a les clés. On le cherche un peu partout dans la maison, comme s'il allait réapparaître, mais c'est clair qu'il est parti. Tout d'un coup, Dingus se penche sur le réfrigérateur et dit :

— Eh, écoutez ! « Il fallait que je rentre. Vous faites pas de souci pour moi, s'il vous plaît. Je suis content que tu te sentes mieux, Mama. Je ne savais pas quoi faire avec tes affaires, alors j'ai laissé tes meubles sous l'auvent, devant ta voiture. Bisous, Lewis. »

— Quels meubles ? demande Mama.

— Il est fou ou quoi ! lâche Paris. Et son procès, alors ?

— Son quoi ? crie Mama depuis la chambre. Et de quoi il parle ? J'ai pas acheté de meubles !

Elle se dirige vers l'auvent. Shanice la suit.

— Il devait comparaître bientôt et il avait oublié ! je crie en faisant signe à Paris de fermer sa grande gueule pour la deuxième fois de la journée.

— Y a toujours quelque chose qui va pas avec ce garçon, dit Mama.

Je l'entends pousser un grand cri et puis « Oooh ! » et puis « Vous alors, vous êtes vraiment incroyables ! » et elle revient dans la pièce, un énorme sourire aux lèvres.

— Qui c'est qu'a fait ça ?

Paris ment et me désigne du doigt.

— C'était son idée.

— C'est vraiment trop gentil mais j'adore, j'adore, j'adore ! Merci, Janelle.

— Je t'en prie, je réponds en adressant un sourire de remerciement à Paris.

Elle sait que si je pouvais le faire, je le ferais.

— Et on m'prendra pas à mettre ces meubles dans c'taudis. Faites-moi penser à acheter une bâche pour les r'couvrir. Ça viendra à l'idée d'personne qu'on puisse avoir la bêtise de laisser une chambre à coucher toute neuve dehors.

Elle retourne dans sa chambre.

— Shanice, viens dégrafer l'soutien-gorge de Mémé avant que j'explose ! Dieu seul sait comment Lewis a fait pour rentrer chez lui. Tous les moyens ont dû être bons, j'parie. Dingus, viens un peu ici vérifier que les bijoux d'Mémé sont là, s'il te plaît ! Lewis sait pas que je laisse les faux dehors juste pour les voleurs. Regarde dans l'tiroir du milieu d'la commode, sous mes culottes, soulève la pile du centre, tu devrais trouver un sac en plastique avec une chaussette dedans. Dis-moi qu'il est toujours là. Et au fait, Janelle, ton mari chéri a laissé un message, il faut qu'tu l'rappelles à la maison.

— À la maison ?

— T'es sourde ou quoi ?

— T'es sûre qu'il a dit « à la maison » ?

— Viens écouter toi-même. Y a aussi un message de Nat King Cole. Il voulait savoir s'il pouvait vous inviter à dîner – il m'la jamais faite, celle-là – ou si vous vouliez pas allez jouer au casino pendant que vous êtes là. Il a pas laissé d'numéro, il a dit qu'il rappellerait autour de sept heures, c'est-à-dire dans un quart d'heure.

— Mama, ça te fait rien que Papa soit parti comme ça ?

— Est-ce que ça a l'air de m'faire quelque chose ? elle dit avec un sourire.

Je sais que ce n'est qu'une façade. Elle cache sa douleur, comme moi. Je déteste ça. Tout ça. Le fait d'être là et de faire semblant qu'il ne s'est rien passé. Que ma fille et moi formons une famille saine, aimante, unie. Que mon mari est un brave homme. Que je n'aurais pas pu souhaiter mieux que lui pour partager ma vie. Et Papa, alors ? Qu'est-ce qui l'a poussé à faire ses bagages et à quitter Mama après près d'un demi-siècle ? Pourquoi les hommes font-ils toujours ce qui leur plaît quand ça leur plaît, sans faire attention aux autres, à nous, les femmes qui faisons tout pour eux ? Et qu'est-ce qu'ils nous donnent en récompense ? Ils nous quittent ? Ils nous trompent ? Ils ne paient pas la pension alimentaire ? Ils violent nos enfants ?

*
* *

Shanice est affalée sur le canapé à côté de Dingus. Elle a la tête posée sur son épaule comme si elle était fatiguée mais je sais qu'elle ne l'est pas. Elle est maquillée : rouge à lèvres cannelle et un trait de crayon sombre, poudreux sous la paupière inférieure. Je n'avais jamais remarqué. Depuis quand se maquille-t-elle ? Qui lui a donné la permission ?

— Shanice, redresse-toi !

Elle fait la moue puis se redresse d'un coup.

— Quoi ? fait-elle d'un ton clairement agacé.

— Mais qu'est-ce que t'as ? demande Paris dans la cuisine.

Elle est en train de préparer quelque chose qui sent bizarre. Dieu seul sait ce que ça peut être.

— Laissez cette gamine tranquille ! crie Mama depuis sa chambre.

J'entre dans la chambre et m'assois près d'elle, sur le lit. Elle doit se pousser un peu.

— Mama, j'ai un grand service à te demander.

— Tu s'ras pas la première. C'est quoi ?

— Est-ce que Shanice pourrait rester ici avec toi quelques semaines, le temps que je prenne des décisions ? On a des petits problèmes, George et moi, et je ne veux pas qu'elle y soit confrontée davantage.

— Quels genres de problèmes vous avez ? me demande Mama en me regardant du coin de l'œil.

— Pas ce que tu crois, Mama. C'est compliqué, et puis Shanice pourrait t'être d'un grand secours ici, maintenant que Papa est parti. Et le collège au bout de la rue n'est pas trop mauvais, non ?

— Tu veux qu'elle aille à l'école ici ?

— Elle va pas rester à la maison toute la journée...

— Et qu'est-ce qu'elle en pense, Shanice, de tout ça ?

— Je ne lui ai pas encore demandé.

— Demandé ou ordonné ?

Pourquoi faut-il qu'elle complique tout ?

— Shanice, tu veux bien venir ici une minute s'il te plaît ?

Elle apparaît dans l'embrasure de la porte.

— Oui ?

Sous ses tresses, ses cheveux refrisent et ses racines ressemblent à des petits radis noirs. Elle a vraiment besoin d'une retouche.

Avant que j'aie trouvé comment formuler la question, Mama dit :

— À c'que j'comprends, ta mère et George ont des problèmes et elle pense que ça s'rait mieux si tu restais ici avec moi quelques s'maines, le temps qu'elle arrange ses affaires. Qu'est-ce t'en penses ?

Le visage de Shanice s'éclaire. Je ne l'ai pas vu s'animer ainsi depuis des lustres.

— Tu veux dire que je suis pas obligée de rentrer avec toi demain ?

— Non.

— Ouais ! s'écrie-t-elle en rapprochant son coude de son genou comme Arsenio Hall dans son émission télé. Combien de temps je peux rester chez Mémé ?

— Je ne sais pas. Quelques semaines, par là.

— C'est tout ? C'est pas juste. Tu veux me retirer d'une école pour me mettre dans une autre pour quelques semaines seulement ? Comment je vais savoir où on en est, moi ?

— Attends une seconde.

Il faut que je réfléchisse. Tout ça va trop vite pour moi.

— Je peux rester jusqu'à la fin de l'année scolaire ?

— Ça, je ne crois pas. Si on disait jusqu'à après les vacances de Pâques ?

— Tu peux rester ici jusqu'à c'que tu m'tapes sur les nerfs, dit Mama en souriant.

— Merci, Mémé. Je peux aller te chercher quelque chose ?

— Ouais, une bière. Oh, et puis non. À partir de maintenant, y aura plus de bière ni d'alcool dans cette maison. J'en ai marre de boire. T'as compris ?

— Oui.

— Tu peux m'faire un thé. Ça d'vrait faire la blague.

— Et mes affaires, Ma ?

— T'inquiète pas. Je t'enverrai tout ce qu'il te faut.

— C'qui est sûr, c'est qu'il va lui falloir d'l'argent de poche, parce que j'm'aprête à m'mettre au régime Jenny Craig. Et j'vais pas faire beaucoup d'cuisine par ici.

— Ça me gêne pas d'être au régime Jenny Craig moi aussi, Mémé.

— Comme si t'en avais besoin…

— Je te laisserai un chèque, Mama.

— J'peux pas prendre de chèque. Le fisc est déjà bien trop au courant d'mes affaires. Envoie-moi un mandat quand t'arrives.

— Eh, Ma, tu m'enverras des livres ?

— Te fais pas trop d'illusions, Shanice. Il ne s'agit pas de s'installer ici pour toujours, on est bien d'accord ?

— Du moment que je suis loin de lui même quelques semaines, c'est toujours ça de pris.

Mama s'empare de la télécommande et se met à appuyer sur les touches. Elle préfère faire celle qui n'a rien entendu. Ce n'est pas moi qui vais la détromper.

— Bon, alors, tu vas l'appeler ou pas ?

— Quand j'en aurai envie, Mama, mais pour l'instant, j'ai rien à lui dire.

Juste à ce moment-là, le téléphone sonne et je fais un bond d'au moins dix ou vingt centimètres.

— Décroche, dit Mama. Ça doit être Tarzan et à l'heure qu'il est, j'ai à peu près aussi envie d'lui parler que toi à c'vieux George.

Le temps que je décroche, Paris m'a grillée depuis le téléphone de la cuisine. Je redoute ce qu'elle va dire à Papa, mais j'écoute.

— C'est Paris, Papa. Qu'est-ce qu'on peut faire pour toi ?

— J'me disais qu'j'vous aurais bien emmenés au restaurant, vous aut', avant qu'vous r'partiez.

— C'est gentil, mais j'ai déjà préparé à dîner. La prochaine fois, peut-être.

— Eh bien, alors, vous voulez pas v'nir passer une heure ou deux au casino ?

— C'est pas trop mon truc, de jouer, répond Paris.

— Moi non plus, je m'entends répondre.

— Lewis est là ?

— Il est déjà rentré, je dis.

— On a qu'à se retrouver pour aller boire un verre ?

Je suis étonnée d'entendre Paris proposer ça. Ça veut dire qu'elle doit avoir une idée derrière la tête. Et je ne suis pas sûre d'avoir envie de savoir ce que c'est.

— J'bois pas trop, ces jours-ci, mais on peut aller s'asseoir au bar, si c'est ça qu'tu veux.

— À huit heures, alors ? Je viendrai te chercher au travail, devant la porte. Au Harrah's, c'est bien ça ?

— Parfait'ment. J'suis agent d'sécurité, dit Papa d'un ton fier. Très bien, ma puce. Et toi, Janelle, tu viens aussi ?

— Je suis trop fatiguée, Papa, et puis faut que je me lève tôt demain matin pour reprendre la route.

— Eh bien tu n'as qu'à lui parler maintenant, alors, dit Paris avant de raccrocher.

Je me sens idiote. J'ai rien à lui dire. Enfin, si, mais je ne sais pas comment tourner ça, du coup je lui repose la question à laquelle il n'a jamais répondu.

— Quand est-ce que tu reviens à la maison, Papa ?

Mama me donne un coup de poing sur l'épaule, tellement fort que je sens déjà une bosse, alors je me lève et tire le fil du téléphone pour ne plus être à sa portée. Elle secoue la tête violemment tout en écoutant, l'air très concentré, la présentation des trois joueurs de *Jeopardy* comme si on risquait de l'interroger un jour sur leurs CV.

— Va falloir qu'on cause de ça une aut'fois, répond Papa. J'voulais juste passer un peu d'temps avec vous aut', tant qu'vous êtes là.

— Où est-ce que t'habites ?

— Dans un appartement.

— Quel genre d'appartement ?

— Dans une cité, lance Mama, les yeux toujours rivés à l'écran.

— Un genre d'appartement normal.

— T'habites tout seul ?

— Pas vraiment.

— Qu'est-ce que ça veut dire ?

— J'habite avec quelqu'un.

— Un homme ou une femme ?

Il se racle la gorge.

— Une femme.

— Elle est aux allocs et j'ai entendu dire que c'était une alcoolo, dit Mama.

Elle zappe sur *La Roue de la fortune*, un jeu où elle est parfaitement incapable de gagner. J'ai joué avec elle assez souvent pour le savoir.

— C'est des gosses que j'entends dans le fond ?

— Absolument. Trois p'tits gosses.

— Tu vis avec quelqu'un qui a des enfants ?

— Et alors, y a pas d'mal à ça ?

— Non non, Papa, pas de mal du tout. Faut que j'y aille.

— Attends une minute. J'ai une bonne nouvelle à t'apprend'mais faut qu'tu m'promettes de pas l'dire à ta maman. Pas encore.

— Qu'est-ce que c'est ?

— J'vais être papa !

— Être quoi ?

— Papa.

— Tu plaisantes...

— J'suis très, très sérieux. Tu vois, l'vieux a pas perdu la main, après tout.

— Qui en doutait ?

— J'vais pas répondre à cette question pour l'moment. Comment va ta maman ?

— Elle va bien. Mais t'amuse pas à passer la voir sans prévenir pour nous l'énerver et qu'elle se retrouve encore à l'hôpital. T'as compris, Papa ?

— Une voyelle, idiot, une voyelle ! grommelle Mama entre ses dents. Merci.

— T'as l'air en colère, mon bébé, qu'est-ce qui s'passe ?

— Apparemment, je ne suis plus ton bébé, Papa. Et qu'est-ce que ça peut faire que je sois en colère ou pas ? Tu n'y peux rien. Tu fais partie des raisons qui font que j'ai les boules mais à l'heure qu'il est j'ai pas envie d'entendre ta voix une minute de plus. Salut.

Et je raccroche.

— L'argent du contribuable ! crie Mama.

Elle applaudit bruyamment. Je jette un coup d'œil à la télé. Une autre énigme s'affiche à l'écran. Vanna White est exactement comme il y a douze ans, à l'époque où je donnais le sein à Shanice. Voilà ce que l'argent peut faire pour vous. Mama appuie sur la télécommande et on retourne à *Jeopardy*. Quand le téléphone sonne à nouveau, elle dit :

— C'est encore lui.

Je réponds.

— Janelle, dit Papa, j'suis désolé qu'tu sois fâchée cont'moi et vu la tournure que prennent les évén'ments, c'est p'têt pas une bonne idée que j'aille boire un coup avec Paris.

— T'as pas peur, Papa, quand même ?

— Il devrait, dit Mama.

Elle est revenue sur *La Roue de la fortune*. Difficile, celui-là. Un endroit, en trois lignes.

— Dis-lui qu'y a une autre enveloppe marron dans la boîte aux lettres qui l'attend, le jour où il passe dans l'quartier. Ça r'tiendra peut-être son attention.

— J'ai entendu, Janelle. Et pour répondre à ta question, nan, j'ai pas peur, pas de ma prop'fille. Mais j'ai comme qui dirait l'impression qu'vous avez pas idée, vous aut', de c'qui s'passait là-bas d'puis un bon moment. Ça s'comprend qu'vous preniez l'parti d'vot'maman, mais moi j'ai rien fait d'mal et j'ai jamais fait exprès d'blesser ta mère. Elle le sait bien.

— Et alors, qu'est-ce que tu veux que je dise à Paris, Papa ?

— Dis-lui qu'on boira un coup ensemb'la prochaine fois qu'elle r'viendra. Quand les choses se s'ront un peu calmées.

— Je lui dirai, je fais.

Et je raccroche sans dire au revoir.

Sans décoller les yeux de l'écran, Mama déclare :

— Y vaut rien.

— La réponse, c'est « San Juan, Porto Rico », Mama. Et c'est vraiment pas le seul.

Bingo

— Qu'est-ce que vous allez voir, comme film ? je demande aux enfants.

— On a envie d'voir *Above the Rim,* avec Tupac et Leon, crie Tiffany.

Ils apparaissent tous les trois à la porte d'la lingerie. Les filles portent les blousons d'ski qu'elles devaient pas mettre avant l'année prochaine mais j'ai pas envie d'râler.

— Vous ne me ferez jamais voir un truc pareil, déclare Trevor.

— Tu m'étonnes ! répond Monique en levant les yeux au ciel.

Un jour, à force, ils vont rester coincés là-haut.

— Ben lequel tu veux voir, alors ? demande Tiffany.

— En fait, j'me disais que j'allais vous déposer et que j'allais retrouver un copain au magasin de tissus et traîner là-bas en attendant que le film soit fini.

Il se tourne vers moi :

— Si ça te va, Ma.

— T'as encore besoin d'tissu ?

Tout un coin de la cave est occupé par des tas et des tas de tissu en train de pourrir, juste à côté de mon tapis de jogging qui fait la même chose.

— Y a pas autre chose que t'as envie d'faire aujourd'hui ?

— C'est ça que j'ai envie d'faire.

— Tiff et moi, on aimerait bien savoir quand tu vas nous faire l'pantalon brillant à la Janet Jackson que tu nous avais promis pour Noël et qu'était pas sous le sapin...

— Bientôt, bientôt, bientôt. J'ai quelques commandes à terminer d'abord.

J'ai du mal à croire à cette conversation, mais quand vous demandez à votre seul et unique fils ce qu'il veut pour Noël et qu'il répond : « Une surjetteuse pour terminer mes coutures comme un professionnel », plus rien devrait vous étonner. Je continue à trier deux tonnes de linge sale en trois piles : couleur, blanc et très sale.

Trevor a dû se mettre quelque chose dans les cheveux parce qu'ils sont tout ondulés et coiffés vers l'avant. Il ressemble à un des Beatles mais en Noir. Il est pire que les filles pour c'qui est des coiffures. Et même s'il est toujours au fait de la mode à Paris et à New York, il s'habille comme un ringard, comme diraient les gosses. Aujourd'hui, il porte un jean Dockers bleu marine, un col roulé blanc sous sa veste Nautica jaune, blanc et bleu, et des bottes en daim bleues.

J'ai pas l'courage de lui demander directement et Al dit de le laisser tranquille, qu'il fait d'mal à personne et que même s'il l'est, on peut pas lui en vouloir parce qu'il paraît que c'est dans les gènes ou un truc comme ça. Mais personne a c'genre de gènes dans la famille, pas qu'je sache, en tout cas. Il a même demandé aux filles de lui faire les mains et les pieds. Il leur fait jurer d'se taire, mais j'suis pas aveugle. Il a des ongles plus propres que les miens, les talons plus doux qu'la plupart des femmes. Rien que l'idée qu'il embrasse un autre garçon – et j'veux même pas penser à c'qu'ils pourraient faire d'autre – me donne envie d'vomir.

— Sors de c'miroir, Tiffany.

Tout en disant ça, je ramasse une culotte qui sent trop fort pour des filles de leur âge et quand je regarde de plus près, je vois qu'il y a une tache brune là où il devrait pas y en avoir. J'la roule en boule et la jette sur un tas à part. Et pourquoi elle m'a rien dit ? J'suis sa mère, après tout. J'devrais être la première prévenue. Qui lui a dit c'qu'il fallait faire ? Comme j'ai pas envie de lui faire honte devant tout le monde, j'me la ferme.

Apparemment, Miss Tiffany est dans un jour Cindy Crawford aujourd'hui, parce qu'elle a sur la tête une casquette de baseball bleue « North Carolina » à l'envers, et tout un tas de cheveux roux qui sont loin d'être les siens qui flottent sur ses épaules. Son blouson est bleu clair ; celui de Monique rose bonbon. Tiffany a remonté la fermeture du sien jusqu'au cou, c'qui veut dire qu'elle doit pas avoir le moindre col roulé dessous, mais j'suis pas d'humeur à discuter et j'veux qu'ils se grouillent de m'débarrasser le plancher. Al est parti à la pêche hier et même si j'étais fâchée au début, ça m'a étonné de voir comment j'étais soulagée à peine cinq minutes après son départ. Maintenant, quand les gosses seront partis, j'vais avoir la maison pour moi toute seule, c'qui arrive presque jamais.

Ils vont être partis au moins trois ou quatre heures, c'qui devrait m'donner l'temps d'regarder sous les lits, dans les placards et d'vider les tiroirs trop pleins. J'fais ça deux ou trois fois par an pour m'débarrasser des trucs qui sont trop petits pour eux ou qu'ils ont jamais mis. Certaines choses sont bonnes à jeter mais en général j'y regarde à deux fois parce que, comme on dit, le malheur des uns fait le bonheur des autres. La plupart du temps, j'en donne une partie à l'église et j'apporte le reste dans un foyer pour femmes avec enfants. J'lésine pas à donner mes affaires et celles d'Al non plus, mais j'ai déjà fait nos placards c'matin.

Ça m'déprime d'aller dans ces foyers – y en a deux ou trois que j'alterne – mais ça m'rappelle la chance qu'on a d'avoir tout c'qu'on a. Une fois d'temps en temps, quand je m'ennuie et qu'j'ai envie d'aller faire un tour, je trie mes cartes de crédit, j'en prends une ou deux où il reste plus grand-chose et j'pars faire des courses, en sachant pertinemment qu'il nous manque rien, à moi et aux enfants ; mais j'pense à ces gosses du foyer et j'deviens folle. J'fais semblant d'croire qu'ils sont les miens, ou au moins mes neveux et nièces, et qu'ils ont pas de chance parce qu'ils ont des parents toxicos ou alcoolos, ou je sais pas quelle autre raison qui fait qu'ils ont pas de chez-eux.

C'est du rouge à lèvres que j'vois sur les lèvres de Monique ? J'espère qu'c'est juste de la vaseline. En regardant de plus près, je m'aperçois qu'c'est bien ça. Tiffany, par contre, c'est une autre histoire : un trait de crayon noir à l'intérieur de l'œil, un tour de crayon sur les lèvres et du rose pâle à l'intérieur. Qui c'est qui lui a appris à faire tout ça ? Ça lui va bien, même si j'suis pas sûre qu'elle ait vraiment l'âge de s'maquiller mais, bon, les temps ont changé. Aujourd'hui, les filles font des choses à treize ans auxquelles on pensait même pas avant d'avoir fini l'lycée.

— Allez, on y va, dit Trevor qui s'dirige vers la porte du garage.

Il est tellement impatient ! J'me demande comment il fait pour coudre aussi bien qu'il fait, et autant. Mais il peut fabriquer à peu près tout c'qu'il voit dans les magazines de mode qu'il achète, celui avec un W et d'autres, européens, qui sont même pas en anglais. La plupart du temps, il a même pas besoin d'patron. C'est pas moi qui vais lui reprocher d'avoir du talent. Si jamais j'arrive à perdre les douze kilos qu'j'ai en trop, j'veux qu'il m'fasse une robe moulante, mais pas tant qu'j'entrerai pas dans un quarante.

— Trevor, attends ! crie Tiffany. Ma, on peut aller faire un tour au centre commercial, après ?

— Pour quoi faire ? Vous avez pas d'argent ?

— Non. D'ailleurs, on voulait te d'mander si tu pouvais nous donner notre argent d'poche en avance.

— Pour quoi faire ?

— Parce qu'on veut t'acheter ton cadeau d'anniversaire.

J'suis sciée qu'ils y aient pensé, étant donné qu'c'est pas avant deux bonnes semaines.

— J'veux rien.

— J't'offrirai un truc quand même, dit Monique. Mais cette fois-ci, ça sera un truc que t'aimes bien.

— Moi aussi, Ma, dit Tiffany.

— Je ne dirai pas un seul mot, dit Trevor.

— J'vous ai déjà dit qu'je voulais rien.

— On a entendu, Ma, fait Monique. Et Mémé, alors ? Qu'est-ce qui lui f'rait plaisir, tu crois ?

— J'en sais rien. Appelle-la pour lui demander !

— C'est marrant qu'vous soyez nées l'même jour, toutes les deux, alors qu'vous vous r'ssemblez pas du tout, hein, Ma ? fait Tiffany.

— Hilarant. Quelqu'un peut aller m'chercher mon sac qu'est posé sur le comptoir de la cuisine ?

En moins de deux, Monique est de retour avec mon sac. Y a cent trente-deux dollars dans mon portefeuille. J'leur donne quarante à chacun. Leurs yeux s'éclairent.

— Merci, Ma ! dit Monique.

— Ouah ! Merci ! dit Tiffany.

— J'ai ce qu'il faut, dit Trevor en refusant son argent.

Ses sœurs le regardent comme s'il était fou, surtout quand j'reprends les quarante dollars.

— Pas d'quoi. Si j'suis pas là quand vous rentrerez, c'est que j'serai partie faire la tournée des laveries. Maintenant, dehors, fichez-moi l'camp. Et amusez-vous bien.

Dès qu'j'entends la porte s'refermer et la voiture sortir en marche arrière, j'me mets à sourire de toutes mes dents. J'suis si contente qu'ils soient partis que j'ai envie d'gueuler. J'me fous de c'que ça m'a coûté pour m'débarrasser d'eux. Y a des jours où j'me demande pourquoi j'ai fait trois enfants alors qu'un seul aurait largement suffi. C'est trop d'boulot, trop d'personnalités différentes à gérer, sans parler d'un mari en plus.

J'mets un peu d'eau d'javel et d'lessive dans l'eau et j'jette un paquet d'linge blanc à tremper. Il doit être bientôt trois heures. On est samedi, ça fait pas d'doute, et je trouve que j'ai bien droit à un petit quelque chose pour m'donner un peu d'enthousiasme, alors j'me dirige vers notre bar bricolé et j'me sers un Tanqueray-tonic. En haut, la chambre des filles est un désastre de couleurs pastel : habits, chaussettes, serviettes, draps, culottes – y a de tout partout sauf là où ça devrait être.

Comme d'habitude, la porte de Trevor est fermée avec un cadenas, mais il sait pas qu'je sais où il range la clé d'secours. Il perd toujours sa clé. Une fois j'lai vu la récupérer sous le coussin du vieux fauteuil qu'il a promis d'recouvrir un jour. Effectivement, la clé est là. J'pose mon verre par terre mais la moquette est tellement épaisse qu'il s'renverse. Merde. Tant pis, j'nettoierai plus tard.

J'savais pas qu'il existait autant d'nuances de bleu. Trevor a peint sa chambre lui-même et tout est à sa place. Tout. Il fait son lit tous les matins, même s'il est en retard. Il partage la salle de bains avec les filles mais il garde son gant et sa serviette dans sa chambre, accrochés à côté d'l'armoire. Il a fait un énorme tableau avec des hommes et des femmes découpés dans les magazines et collés tellement près les uns des autres qu'on voit même plus le fond en liège. Il appelle ça son « collage de mode » ou un truc comme ça. J'vois pas l'intérêt. Il a la même commode depuis qu'il a dix ans et ça s'voit.

J'sais même pas si c'est du vrai bois ou pas mais il la cire quand même. Ses bouteilles d'eau de Cologne sont posées sur un truc tournant et tous ses bijoux sont dans une boîte en velours bleu. J'reste là une minute à m'demander si ça ressemble vraiment à une chambre de garçon. En quelque sorte, on pourrait dire que oui. Y a pas d'fanfreluches, en tout cas. Mais y a plein d'genre d'homos différents, à c'qui paraît.

J'ouvre un tiroir d'la commode, très vite. Des slips bien rangés. Tiroir d'après. Des tricots d'peau. Tiroir d'après. Des chaussettes. Après, pyjamas et T-shirts. J'ai presque envie de glisser ma main dessous, comme dans les films, mais j'ai trop peur. En plus, tout est tellement bien rangé que j'vois pas comment il pourrait cacher quelque chose.

Son placard, on croirait des portants de grand magasin. C'en est ridicule. Sur les boîtes à chaussures, il a carrément écrit le type et la couleur du modèle qui est dans chaque boîte. Son lit, on dirait que personne y dort jamais. Sans même réfléchir, j'glisse ma main entre l'matelas et l'sommier et – bingo ! – des magazines. J'en sors un, j'me mets à l'feuilleter et – Seigneur, aie pitié ! – des hommes en train de s'faire plein de trucs les uns aux autres. Des choses que j'fais à mon mari. J'le referme vite. Celui d'après, c'est *Playgirl*. Y a surtout des jeunes mecs blancs avec des grosses queues. Visiblement, les conneries qu'on raconte comme quoi les Blancs en auraient des petites, c'est pas vrai, en tout cas plus maintenant. J'me suis même pas aperçue que j'm'étais installée confortablement par terre et que j'prenais tout mon temps pour regarder ces photos. Je jure devant Dieu que voilà des beaux gars bien sexy. Mais j'referme le magazine d'un coup sec, j'les remets tous les deux là où j'les ai trouvés, je lisse le dessus-d'lit comme il était et j'fiche le camp. Après avoir refermé le cadenas, je r'glisse la clé où elle était.

Bon. Donc c'est vrai. Qu'est-ce que j'peux y faire, bordel ? Rien. Absolument rien. Autant oublier l'idée que mon fils décroche un jour une bourse de footballeur ou de basketteur ; oublier mon rêve de l'voir dans la NFL ou la NBA ; pas d'petits-enfants, ni d'putain d'mariage non plus, d'ailleurs. C'que j'déteste le plus dans toute cette affaire, c'est que tout l'monde dans ma famille va découvrir qu'ils avaient raison depuis l'début. J'crois pas que j'vais pouvoir supporter ça. Donc, je vais la boucler.

Dans la chambre des filles, je jette les choses en tas mais il m'faut pas longtemps pour m'apercevoir que tout l'merdier qui est par terre appartient à Tiffany. Des fringues dont elle a rien à foutre, parce que sinon elle les laisserait pas traîner comme ça, bordel. Faut qu'elles aient toutes les conneries hip hop que ces jeunes rappers – qui sont tous devenus stylistes en un clin d'œil – mettent sur le marché et que mes gosses et les autres achètent plus vite qu'ils les fabriquent. Rectification : c'est moi qui les achète. J'ouvre le côté d'la commode qui est à Monique et toutes ses affaires sont bien rangées. Elle s'plaint toujours que Tiffany est bordélique et elle raconte pas de bobards. Et regardez-moi toutes ces paires de baskets : on devrait avoir des actions chez Nike, parce qu'elles portent que ça. Et si ce Michael Jordan sort encore une paire, je lui botte le cul en personne.

Ça m'prend près d'une heure pour ranger la chambre ; y a des gosses qui vont être heureux comme le pape quand ils vont voir tous ces trucs, certains qu'ont même jamais été portés. C'est à moi qu'on devrait botter l'cul pour dépenser tout cet argent. J'remplis trois grands sacs-poubelle verts, ceux qui sont faits pour l'herbe et les feuilles mortes, j'les pousse dans le couloir avec mon pied, et les fais tomber un par un dans les escaliers. Je les contourne pour aller m'servir un autre verre. J'me demande si Al a pris du poisson. J'vais pas l'appeler, ça c'est sûr. J'veux pas me prendre une grosse claque si jamais il est pas dans sa chambre de motel. Et j'ai pas envie d'en tirer des conclusions hâtives. J'aurais dû lui dire que Loretha avait téléphoné. Je sais. Mais je voulais pas qu'il soit déprimé pendant tout l'week-end.

Mon fauteuil attend que j'vienne me poser avec mon verre. On dirait que quelqu'un m'a pompé toute mon énergie avec un aspirateur géant. Et puis laisse tomber les Lavomatic. Ils sont aussi pourris qu'la semaine dernière. Les machines à laver essorent plus. Les machines à sécher sèchent plus. Les clients veulent toujours que j'leur rende leur argent. J'me demande à quoi ça sert qu'on paye Popeye et Flozena. Ils savent pas c'que veut dire le mot « entretenir ». Et j'suis pas d'humeur à faire risette à des dealers en faisant semblant d'pas savoir que c'est des dealers et qu'ils viennent là pour s'réchauffer parce qu'à chaque fois qu'ils me voient – ils commencent à savoir qui j'suis – ils vont coller leur nez au hublot d'une machine pour faire comme s'ils regardaient leur linge. Non, j'crois qu'j'en ai fait assez pour aujourd'hui.

Quand la porte et l'téléphone s'mettent à sonner en même temps, j'fais un bond. « Un instant », je grogne et j'vais à la porte. La voiture du facteur : ça doit être nos chèques. Y doit y avoir trop de courrier pour l'mettre dans la boîte, alors il l'apporte directement. J'ouvre. C'est pas notre facteur habituel et il dit simplement :

— Bonjour, m'dame. Une lettre recommandée, si vous voulez bien signer...

C'que je fais, et il m'tend une enveloppe marron adressée à Albert Toussaint, de la part du fisc. J'ai envie de l'ouvrir mais y a pas mon nom dessus. Juste le sien. J'la pose sur la table et j'retourne dans l'salon où j'prends le sans-fil. « Allô ? » J'm'approche de la baie vitrée et regarde le jardin. Quelle journée sinistre… Sur le sol, les plaques de neige grise ressemblent à des nuages sales.

— J'tai réveillée, mon chou ?

— Tante Suzie ?

— C'est moi. Tu dormais ?

— Nan, j'me suis juste assoupie quelques minutes. Comment ça va ?

— En pleine forme et bénie des dieux, j'peux l'dire moi-même, même si tout l'monde me dit tout l'temps qu'j'ai un poil d'Alzheimer. C'est p'têt vrai, mais j'ai gagné cent quarante-six dollars au Bingo hier. Ou p'têt y a deux jours. C'est égal. En tout cas, j'ai gagné.

— C'est bien.

— Oui, c'est bien. Et j'vais m'ach'ter une voiture.

Je dois entendre des voix.

— Tante Suzie, où est-ce que tu vas trouver assez d'argent pour ça ?

— J'ai des économies.

— Attends une seconde. D'abord, depuis quand t'as pas conduit ?

— Depuis 1978, j'crois bien. Mais y a des choses qu'on oublie jamais, ma poule, pas si on a l'talent de Tante Suzie.

Et elle pousse un ululement.

— J'croyais qu'tu pouvais à peine lever la jambe depuis ton opération de la hanche.

— J'me débrouill'rai.

— Et tous les médicaments qu'tu prends ?

— C'est mon problème, non ? J'en ai marre d'rester à la maison en attendant qu'le bus du troisième âge ou mes amis viennent me chercher. Zut alors ! Des fois, j'ai pas envie d'être embêtée par tous ces vieux.

— Mais t'as une idée de c'que ça coûte, une voiture, ces jours-ci ?

— J'ai pratiquement seize mille dollars à la banque, ma poule. J'devrais pouvoir trouver quelque chose qui roule pour c'prix-là, tu crois pas ?

Seize mille, elle a bien dit seize mille ? J'retiens un gloussement. Pas étonnant qu'elle ait perdu tout c'poids. Elle mange plus. Mais Tante Suzie perd la boule depuis un bon moment ; j'sais pas comment elle s'imagine qu'elle va pouvoir conduire.

— Tante Suzie, dis-moi un truc. T'as un permis de conduire valide [1] ?

— Dans mon portefeuille.

— Mais est-ce qu'il est valide ?

— J'en sais rien. Arrête de t'faire autant d'souci, Charlotte. À part ça, comment ça va ?

— Ça va.

— Bien. Et Al ?

— Il travaille. Il vient d'rentrer d'une partie de pêche.

— Il a pris du poisson ?

— Plein.

— Alors dis-lui de m'en garder pour mon congélateur.

— J'lui dirai.

— Comment vont les enfants ?

— Ils vont bien. Ils sont au cinéma.

— T'en a que trois, hein ?

— Tante Suzie, tu sais combien j'ai d'enfants, quand même ?

— Y a trop d'choses à s'rappeler, des fois. Combien t'en as ?

— Toujours trois. Comme la semaine dernière et comme l'année dernière.

— Tu sais qu'ta tante Priscilla sort de prison cette semaine ?

---

1. Aux États-Unis, le permis de conduire doit être renouvelé tous les quatre, cinq ou six ans suivant les États. (*N.d.T.*)

— Lui donne pas mon numéro, s'il te plaît, Tante Suzie.

— Non non. Elle a dit qu'elle irait p'têt passer un peu d'temps chez Viola quand elle s'rait r'mise pour de bon.

J'savais bien qu'elle appelait à propos d'Mama et qu'elle tournait autour du pot.

— Au rythme où elle va, j'te parie qu'on enterr'ra Viola avant moi.

— Arrête de parler comme ça, Tante Suzie ! J'plaisante pas !

— J'ai rien dit qui soit pas vrai. J'sais bien qu't'as pas envie d'l'entendre, mais moi, j'perds p'têt la tête, mais y a une chose qu'est sûre, j'ai pas d'problèmes pour respirer.

— Bon, bien, merci d'me remonter l'moral, Tante Suzie.

— Pas d'quoi. On vieillit, Charlotte, on vieillit. Et toi aussi, alors arrête de faire comme si t'allais vivre éternellement.

— T'as pas bientôt fini, Tante Suzie ?

— Non. Comment ça s'fait qu'tu t'es pas r'mué les fesses pour aller voir ta mère ?

Nom d'un chien ! J'ai pas besoin qu'elle me fasse la leçon, elle aussi. Bon. Dis quelque chose.

— Tante Suzie ?

— J'écoute.

— Les gens ont des raisons, des fois, pour pas faire certaines choses.

— C'est bien c'que j'te d'mande, Mam'zelle Charlotte. J'veux savoir quel genre de raisons tu pouvais avoir qui t'ont empêchée d'aller voir ta prop'mère alors qu'elle a failli mourir.

— Mais elle est pas morte !

— Elle aurait pu. C'était pas gagné, c't'affaire.

— J'avais pas les moyens ! Voilà ! Ça te va ?

— Écoute, c'est pas la peine de hausser l'ton, Mam'zelle. Si tu peux sortir tes cartes de crédit quand ça t'chante pour aller faire des courses, tu peux bien les sortir pour prendre un avion, non ?

— J'prends pas l'avion.

— Eh bien, il est temps d't'y mettre. Au revoir, Charlotte. Passe une bonne journée. Et dis à Al de pas oublier mon poisson. J'oublierai pas, moi.

Tante Suzie appelle toujours au mauvais moment. Ça loupe jamais. J'raccroche et j'vais regarder l'enveloppe. Merde, j'suis sa femme. J'ai l'droit d'ouvrir son courrier. Je l'ouvre tellement vite que j'me coupe avec le papier. D'abord, c'est clair que c'est pas un chèque. On en est loin. C'est une lettre. J'en crois pas mes yeux, putain, et mes oreilles commencent à bourdonner quand je vois que le fisc retient nos retours d'impôts pour rembourser son retard de pension alimentaire. Mais il la paie, sa pension alimentaire ! Ça fait des années que Loretha reçoit d'l'argent retenu directement sur son salaire ! Qu'est-ce que c'est qu'ce bordel ? Ça doit être une erreur. Et quand Al rentrera demain, on verra bien qui l'a faite.

Grand ménage

Je ne l'ai même pas appelé. Qu'est-ce que j'aurais bien pu lui dire ? « Je te manque, chéri ? Ou c'est surtout ma fille qui te manque ? Pourquoi t'es pas parti ? Tu devais partir, pourtant... » De toute façon, je savais qu'il serait sans doute là quand je rentrerais. Je le savais. Et plus je conduisais, plus j'espérais qu'il serait là. J'ai besoin de le croiser. De le regarder dans les yeux pour voir si j'y trouve le moindre remords, la moindre trace de regret ou de honte.

Le trajet du retour depuis Las Vegas a été suffisamment long pour que je puisse mettre les choses au clair. Pas tout, mais pas mal de choses. Même si j'ai peur, je vais faire semblant de ne pas avoir peur, lundi matin, quand j'irai demander le divorce. Ça fait six ans que je suis mariée avec cet homme, je ne devrais pas m'inquiéter de savoir comment je vais me débrouiller quand il sera parti. Après tout, il a adopté Shanice. Elle porte son nom, Porter. Légalement, il est responsable d'elle jusqu'à sa majorité. Je trouverai un vrai boulot. Je m'en fiche si je suis payée seulement le smic. Non, c'est pas vrai. Il faut que je gagne plus que ça. En fait, à l'heure qu'il est, je m'en fiche presque.

Quand je tourne le coin de notre rue, je vois que George a sorti toutes les affaires de Pâques dans le jardin. Mais il a tout faux. D'abord, le grand lapin bleu ne devrait pas être aussi loin des œufs ; le nid doit aller dans le panier. Le drapeau ne devrait pas être planté dans le sol ; il va sur le mât, sur le perron. Ça ne fait jamais que cinq ans qu'il me voit faire. Où sont mes poussins ? Et pourquoi n'a-t-il pas sorti mes œufs miniatures ? Ce sont les plus jolis, bleu clair. Le jardin fait vraiment vide et amateur comme ça. Il aurait mieux fait de laisser tomber s'il n'était pas capable de le faire correctement. Je préfère ne pas penser à ce que les voisins vont dire. J'arrangerai ça plus tard.

La porte du garage s'ouvre avant même que j'aie appuyé sur le bouton. Je sors de la voiture et George se précipite à ma rencontre en courant presque.

— Bonjour, Janelle. Laisse-moi porter les sacs.

— Il n'y en a qu'un.

— Ah bon ? Où est Shanice ?

— Elle a disparu. Ça ne se voit pas ?

Je lui passe devant et entre dans la cuisine en laissant la porte lui claquer au nez.

— Non, sérieusement... dit-il en rouvrant la porte.

— Elle est quelque part où elle sera en sécurité.

— À partir de maintenant, elle sera en sécurité dans cette maison.

— Épargne-moi ça, George, s'il te plaît.

La cuisine est dégueulasse. Des tas d'assiettes sales empilées dans l'évier. Quelque chose qui colle par terre. Des bouteilles de vin et des packs de jus de fruits vides éparpillés sur le plan de travail. Deux plateaux repas pas entamés, un au bœuf, l'autre au veau, sur le micro-ondes. Des casseroles sur la cuisinière. Ça pue le vieux brocoli. Il me dégoûte.

Je vais dans le salon, et là, au beau milieu de la table, trône le plus gros bouquet de fleurs que j'aie jamais vu de ma vie. Je l'entends qui entre dans la pièce. Je le sens derrière moi. Quand je me retourne, je m'aperçois que George n'est pas beau du tout. Je me demande quand j'ai pu le trouver beau. Et il fait vieux. Beaucoup plus que cinquante et un ans. Je vois maintenant pourquoi les gens le prennent pour mon père. Là, tout de suite, il a surtout l'air pitoyable. On dirait un chiot. Mais je n'éprouve aucune pitié pour lui, loin de là, parce que ce n'est pas un chiot. C'est l'homme qui a violenté ma fille.

— Je commence les consultations demain, dit-il.

— Qu'est-ce que tu as dit ?

— Les consultations. Pour mon comportement. Pour arrêter. Pour que ça n'arrive plus jamais. Je ne voulais pas faire ce que j'ai fait, et d'ailleurs, je ne lui ai jamais rien fait à elle, si ça peut changer quelque chose.

J'ai l'impression d'avoir besoin de Ventoline, comme Mama.

— T'as fait tes bagages ?

— Je peux pas partir d'ici.

— Il faudra bien que tu partes quand j'aurai rapporté ce qu'il s'est passé.

— Janelle, s'il te plaît, fais pas ça. Je t'en supplie. Ça pourrait tout détruire. Toute une vie que je me suis donné tellement de mal à construire.

— Fallait y penser avant d'aller dans la chambre de ma fille, la nuit.

— J'y ai pensé.

— Ah bon ? T'y as pensé et ton cerveau t'a donné l'autorisation de le faire, c'est ça ?

— Non. Je veux dire, je ne pensais à rien pendant que je le faisais. C'est bien ça, le problème.

— T'arrives à penser correctement quand tu travailles, et t'as un putain d'flingue, en plus. T'as pas l'air d'avoir de problèmes pour prendre des décisions au boulot, si ? T'as jamais tué quelqu'un parce que t'étais dépassé par les émotions, bordel ?

— Non, c'est vrai.

— Qu'est-ce qui a bien pu te pousser à faire un truc pareil ?

— Je ne sais pas.

— Et à continuer à le faire, en plus ?

— J'en sais rien, vraiment.

— Eh bien réfléchis un instant ! Si tu ne sais pas, qui d'autre va savoir ?

— Je crois que je voulais qu'elle m'aime.

— Pardon ?

— Je voulais qu'elle m'aime.

— Ah oui ? Et ça c'était un moyen garanti pour te faire aimer d'elle, à ton avis ?

Il se contente de secouer la tête.

— Elle ne t'a jamais aimé, George, et j'aurais dû faire confiance à son instinct depuis le début.

— Je sais bien, mais j'espérais qu'elle finirait par m'aimer. Ça n'a pas de sens.

— Et tu pensais vraiment qu'en touchant ma fille et en la forçant à te faire des choses, elle allait t'aimer davantage ? C'est bien ça, George ?

— À peu près.

— Tu t'es jamais demandé ce qu'elle pouvait ressentir ?

— Je croyais qu'elle aimait ça.

J'ai envie de lui lancer le bouquet à la tête mais je me retiens. Ça ne vaut pas le coup. Je serre les dents, je serre les poings et je recule.

— Je crois que j'ai mal entendu ce que tu viens de dire...

— Elle aurait pu m'arrêter.

— Comment ça ?

— Elle aurait pu dire non.

— Parce que tu vas me faire croire qu'elle l'a jamais fait ?

— Écoute, Janelle, je ne veux pas discuter de ça. Ce que j'ai fait est méprisable et je veux me faire soigner. Je n'aime pas ce côté-là en moi.

Je croise les bras, en me disant que j'aimerais bien qu'ils soient des battes de base-ball.

— Et si on ne peut pas te soigner ?

— Ça n'a pas d'importance. Je réalise l'ampleur de ce que j'ai fait. C'était mal et je te promets que ça ne se reproduira jamais plus.

— Et tu penses que je vais te croire comme ça ?

— Oui.

— Dis-moi un truc, George. Est-ce que t'as fait ça à tes filles, aussi ?

— Absolument pas.

— Ah, donc Shanice, c'était le gros lot ?

— Non.

— D'autres petites filles, alors ?

— Non, écoute, je suis aussi choqué que toi par ma conduite.

— Vraiment ?

Je ne sais pas si je le crois. Généralement, les voleurs volent longtemps avant de se faire attraper. Je veux en avoir le cœur net.

Il soupire.

— Janelle, tu crois vraiment que j'ai fait ça exprès pour faire du mal à Shanice ?

— Il ne s'agit pas seulement de Shanice, George.

— À toutes les deux, même ?

— Ça, pour nous faire du mal, tu nous en as fait. Un paquet.

— Mais je ne voulais pas. Je te le jure.

Il y a un long silence. J'en ai marre de lui parler. Marre de l'écouter. Il ne regrette rien. Il a peur. Plus peur de ce qui risque de lui arriver que de ce qui nous attend, ma fille et moi, à cause de ce qu'il a fait. Il a transformé nos vies pour toujours. Même si j'aimerais tellement que ça ne soit pas vrai.

— Et la promesse que nous nous sommes faite, alors ? demande-t-il alors que je commence à me diriger vers le premier étage juste pour m'éloigner de lui.

— Quelle promesse ?

— Celle de traverser ensemble les mauvais moments.

— Ce qui vient de se passer ne rentre pas exactement dans la catégorie « mauvais moments », George.

— Et le pardon, alors ?

— Il y a des choses qui ne doivent pas être pardonnées.

— C'est vraiment ce que tu penses, Janelle ?

— Il y a des choses impardonnables.

— Alors, tous les dimanches à l'église, quand le révérend Mitchell prêche le pardon pour l'intolérable, tout ça n'a pas de sens pour toi ?

— Si, ça a du sens.

Je m'arrête sur la dixième ou onzième marche et me retourne.

— Tu ne crois pas que c'est une sorte de test, alors ?

— Un test de qui ?

— Je n'ai pas envie de le dire mais je vais le dire quand même. Un test de Dieu.

J'allais recommencer à monter quand j'entends le mot : « Dieu ». Je ne plaisante pas avec Lui. Et même si ça me fait mal de l'admettre, ce que George a dit est vrai. Le révérend Mitchell nous donne tellement d'exemples du mal que les gens peuvent se faire les uns les autres, en disant que Dieu nous a donné le pouvoir de pardonner. Qu'il veut qu'on pardonne. Mais là maintenant, je ne vois pas comment. Je n'ai pas envie de lui pardonner. Je ne crois pas que je me sentirais mieux si je lui pardonnais. Et Shanice, alors ? Est-ce qu'elle doit lui pardonner, elle aussi ?

— Et notre bébé, alors ? demande George.

Je m'assois sur une marche. Le bébé... Il y a un enfant qui grandit en moi. Qu'est-ce que je vais bien pouvoir faire d'un enfant ? De son enfant ? Est-ce que j'ai envie d'un souvenir permanent de lui dans ma vie ? Je ne me vengerais pas sur un enfant innocent quand même, si ? Mais est-ce que je pourrais le protéger ? Je m'en suis pas très bien tirée avec ma fille ; comment puis-je m'attendre à protéger celui-ci ? Et comment Shanice se comportera-t-elle avec lui, ou elle ?

— Écoute, Janelle, j'ai honte de moi pour ce que j'ai fait, mais je suis content que tu aies découvert ce qui se passait parce que maintenant on peut y mettre un terme. C'est fini. J'arrête. Et j'espère qu'on va pouvoir poursuivre notre vie ensemble. Je veux que notre enfant grandisse dans cette maison, élevé par ses deux parents sous le même toit, dans une ambiance nouvelle de confiance et d'amour. On peut même acheter une plus grande maison, si tu veux. Pour la remplir avec plus de confiance et d'amour qu'on ne pourra jamais l'imaginer. Je sais que ça va me demander du travail, mais je suis prêt à faire des heures sup, chérie, pour regagner ta confiance. Je te promets. Je suis désolé. Vraiment vraiment désolé. Est-ce qu'on peut essayer de tourner la page et de penser à notre avenir, maintenant ?

J'essaye de retenir mes larmes mais j'y arrive pas. Je voudrais que tout ça ne soit qu'un mauvais rêve et qu'il suffise que quelqu'un claque dans ses doigts ou allume la lumière pour que ça s'arrête. Ma fille serait de nouveau dans sa chambre, en haut, en train de lire *Chair de poule* et moi je serais en train de lire un roman de Janet Dailey et George frotterait son pied contre ma jambe jusqu'à ce qu'il s'endorme. Je l'ai aimé fort mais maintenant je n'aime plus rien de lui. Je ne peux pas. Je me sentais protégée, en sécurité, avec lui. Comment retrouver ce sentiment une fois qu'on l'a perdu ?

George pleure, lui aussi. On pleure tous les deux un moment, jusqu'à ce que je comprenne que notre douleur n'est pas la même. Ne vient pas du même endroit. Il est désolé, sans doute, mais la plupart des criminels le sont quand ils se font coincer. Moi aussi, je suis désolée. Pour lui. Pour Shanice. Pour moi. Mais il ne m'aura pas. Je ne ferai plus courir de risques à ma fille. Je le regarde et je dis juste :

— Je veux que tu t'en ailles avant la fin de la journée. Si tu ne le fais pas, j'appelle quelques collègues à toi et tu t'expliqueras avec eux.

— Mais où tu veux que j'aille ?

— Je ne sais pas, George. Mais il paraît qu'on en cherche des comme toi, en enfer.

Je me lève et redescends les marches d'un pas pressé. Je le bouscule tellement fort qu'il en perd l'équilibre. Il fait ce qu'il peut pour se rétablir. Je l'ignore et pars dans la cuisine pour nettoyer car tout le monde sait bien, et lui en premier, que j'aime que ma maison soit propre et bien rangée.

MANCHE APRÈS MANCHE

— T'as pas bientôt fini, mec ? demande Howie. On est au jeu depuis qu'j'ai quitté l'boulot.

— Quelle heure il est ?

— Tard. Et j'ai faim. Ça fait près d'cinq heures qu'on a rien bouffé. Faut que j'becte un truc avant d'rentrer. Allez viens, Cecil. On va encaisser.

J'regarde mes j'tons. Encaisser quoi ? D'la monnaie d'singe, ouais. J'ai qu'deux ou trois cents dollars en main. Howie est en meilleure forme que moi, mais y a des soirs comme ça. On prend nos j'tons et on les amène à la caisse, où bosse une des caissières que j'aime le moins, ce soir : Betty Sue, une péqu'naude blanche de Reno qu'aurait mieux fait d'rester chez elle. Elle s'prend pas pour d'la merde avec ses p'tits ch'veux marron qui lui font comme un nid à rat sur la tête. Ç'a l'air d'lui faire mal quand c'est un Noir qui vient palper ses sous et ce soir j'suis bien emmerdé de pas avoir fait plus que ça.

J'lui dis pas un mot. J'regarde juste ses doigts qui volent entre les billets comme si c'était des plumes. Howie prend sa part et on s'dirige vers le resto. Y a pas foule, pas à c't'heure-ci. On est lundi. Y a pas d'congrès prévu en ville cette semaine. Dieu merci. C'qui veut dire qu'on a p'têt une chance de s'refaire d'ici d'main soir.

On s'assoit à une table d'où on peut voir le casino et les gens qui s'baladent devant les machines à sous, à r'garder laquelle a l'air de porter chance, à d'viner quel croupier leur donnera la main heureuse, manche après manche après manche. J'aim'rais bien pouvoir leur dire à ces crétins qu'y a pas d'machine qui porte chance, pas d'bon croupier non plus. Les dés sont pipés pour les joueurs. Les casinos, y sont là pour faire d'l'argent. Alors, y a des jours où y vous laissent gagner. Mais la plupart du temps, y vous font perdre. C'est aussi simple que ça. Ça d'vrait pas vous prend'des heures pour savoir quel jour on est. Mais bon, j'croyais qu'tout l'monde savait ça.

Une serveuse rousse vient prend'la commande. Elle est nouvelle.

— On va prend'tous les deux un steak bien cuit avec deux œufs à ch'val, des patates sautées et des toasts, fait Howie.

Elle me r'garde et j'la r'garde comme pour dire : « Il a dit "tous les deuxnh, non ? » Elle s'en va. Son uniforme orange va pas trop bien avec ses ch'veux et sa peau toute pâle. Moi, à sa place, j'aurais pas pris c'boulot. Y a des centaines d'autres endroits comme celui-ci en ville qu'ont des uniformes qu'iraient drôlement mieux avec cette couleur cuivrée. Mais j'suis qu'un homme, après tout, alors qu'est-ce que j'en sais, hein ?

— Alors, comment c'était d'voir tes gamins, Cecil ?

J'avale un coup d'flotte.

— J'en sais trop rien.

— Comment ça ?

— Ben, j'crois qu'y m'en veulent.

— Pasque t'es plus avec Viola ?

— D'abord et puis pass'que j'suis avec quèqu'un d'autre.

— Faut juste qui s'y fassent, non ?

— P'têt bien.

Howie allume une cigarette et souffle la fumée d'l'aut'côté. Y sais que j'suis allergique mais j'suis tellement habitué, maintenant, que j'sais même plus si ça m'gêne encore. Il a pas d'femme ni d'maîtresse sérieuse dans sa vie – rien qu'des visiteuses, comme y dit – et pas d'amis, sauf moi. Mais il a un chien, un berger allemand qu'il appelle Lassie. J'lui ai dit qu'c'était un nom idiot, quand même, mais Howie dit qu'il a toujours adoré c'feuilleton, et qu'ce chien-là pouvait tout faire et qu'c'est pour ça qu'il a appelé l'sien Lassie et qu'il s'en foutait pas mal de c'que j'en disais. Son Lassie est un bel enfoiré, aussi. Ça lui viendrait même pas à l'idée d'vous donner la patte. Il est jamais d'bonne humeur mais, Dieu merci, y m'aime bien. J'crois qu'Howie a dû lui dire qu'j'étais son pote.

— Tu leur as dit, pour Brenda ?

— J'l'ai dit à ma p'tite dernière, Janelle, mais j'parie qu'Viola avait déjà dû en avoir vent et qu'elle l'a dit à Paris et Lewis aussi.

— T'as rien fait d'mal, Cecil.

— J'sais bien, Howie.

— Et alors, il est où, l'problème ?

Howie gratte sa tête chauve, tell'ment luisante qu'on dirait un plancher ciré. Il a les yeux d'la même couleur qu'sa tête, marron clair. Sa peau, qui sent toujours l'tabac froid, devait êt'dorée, dans l'temps, mais comme il a vieilli et qu'il s'entretient pas comme y faudrait, il a les mains et l'visage que deux ou trois tons en d'ssous d'moi – en toute honnêteté – et tout l'monde sait bien qu'j'suis aussi noir qu'un poulet grillé brûlé. Howie et moi, on a passé tellement d'temps sous l'soleil d'ce désert qu'on a changé d'couleur, quoique personnellement j'vois pas comment j'ai pu foncer davantage.

— T'as pas envie qu'tes gosses te fassent la gueule, c'est tout.

— Les miens m'font la gueule depuis tellement longtemps…

Il éteint sa cigarette et fait signe à la serveuse. J'sais qu'il veut un verre. D'habitude, y fait ça dans l'aut'sens, mais c'est pasqu'on a l'ventre vide, aujourd'hui, y veut pas faire l'idiot. Howie est un peu délicat, question digestion, ça fait des années qu'on sait ça.

— C'est pas pareil, j'lui dis.

— Faire la gueule, c'est faire la gueule... dit Howie.

— Moi, j'ai comme qui dirait l'impression qu'ils m'aiment plus, pas seulement qui m'font la gueule. On dirait qu'ils ont plus d'respect pour moi. En tout cas, c'est c'qui m'a semblé quand j'leur ai causé au téléphone. Et c'est pas bon, Howie.

— Qu'est-ce tu veux faire ? R'tourner chez Viola rien qu'pour leur faire plaisir ?

— Nan, j'peux pas faire ça.

— Et alors ?

La serveuse nous amène nos plats, qu'ont exactement la même tête que d'habitude, et Howie dit :

— J'pourrais avoir un double Dewar avec des glaçons, s'il vous plaît ? Et un ginger ale pour mon ami.

Elle sourit, fait un clin d'œil et dit qu'elle r'vient tout d'suite. Elle m'fait penser à la fille de *Gilligan's Island*, le sitcom des années soixante.

— T'as jamais l'impression qu'les choses vont tellement vite que même si c'est toi qui l'fais, t'es quand même surpris ?

— Tu peux répéter, s'te plaît ?

La serveuse pose nos boissons sur la table. Howie prend une longue gorgée.

— Bon, c'que j'veux dire, c'est ça : tu sais, des fois, tu dis à peine ouf qu'y a une s'maine entière qu'a passé ?

— Euh, ouais...

— Eh bien, j'ai été marié avec Viola pendant trente-huit ans et maint'nant, j'suis avec Brenda et on va avoir un bébé.

— J'y pense, à c't'histoire de bébé, depuis qu'tu m'en as parlé...

— Attends, laisse-moi finir mon idée, Howie.

— D'accord, d'accord, j't'écoute.

— Eh bien, on dirait qu'j'ai à peine dit ouf et qu'toute ma vie a changé, sauf qu'j'ai plus l'impression d'être un témoin que d'y êt'pour quèqu'chose. Tu vois c'que j'veux dire ?

— Ouais, très bien. T'as sauté dans c'nouveau merdier tellement vite que tu sais pas comment t'as fait pour te r'trouver là ni comment tu vas faire pour t'en sortir. C'est ça ?

— Ouais, à peu près. Mais attention. J'aime bien Brenda. Beaucoup, même. P'têt même que j'l'aime tout court. C'est juste que j'ai du mal à croire que j'suis plus avec Viola.

— C'est jamais trop tard.

— Des fois, si.

— Comment tu peux savoir ?

— J'suis pas tout à fait sûr. P'têt quand tu t'sens comme l'dernier jour de boulot avant les vacances, sauf que t'aimerais mieux pas rentrer d'vacances...

— J'peux te d'mander un truc, Cecil, sans qu'tu l'prennes mal et qu'tu t'mettes dans tous tes états ?

— Vas-y.

— T'es sûr qu'il est d'toi, c'mouflet ?

— Bah ouais. Enfin, j'pense. J'vois pas pourquoi. Y doit êt'de moi. Pourquoi qu'tu m'demandes ça ?

— Elle est tombée enceinte vach'ment vite, tu trouves pas ?

— Elle est jeune. Ça va vite quand elles sont jeunes.

— Ouais, ouais, mais arrête un peu ton char deux minutes, tu veux ? On a d'jà parlé d'ça, toi et moi, et on sait bien qu't'as des soucis dans c'rayon-là d'puis quèqu'temps déjà, et j'voudrais bien savoir comment qu't'as pu fabriquer un bébé alors qu'ça fait pas cinq minutes qu't'es avec cette fille ?

— C'est possib', Howie, mais qu'est-ce t'as derrière la tête ?

— Elle a dû avoir d'aut'hommes avant qu't'arrives, non ?

— Bien sûr. Elle est séduisante.

— Ça, c'est une question d'goût, Cecil. Mais tu vois où j'veux en v'nir ?

— Pas du tout.

— T'as une retraite. T'as plus personne à charge. Tu touches bien au jeu. J'dirais qu't'es un bon parti. Moi aussi, j'aimerais bien qu'tu sois l'père de mes enfants si j'étais jeune et moche et qu'j'vivais avec trois gosses dans une cité et que j'rencontrais un vieux salaud comme toi.

— D'abord, elle est pas moche, Brenda. J'suis pas d'ton avis, Howie. Elle vaut mieux qu'tous les orangs-outans avec qui tu sors d'habitude, alors ferme-là.

— Chacun ses goûts, dit Howie en gloussant. C'était juste histoire de t'faire réfléchir un peu.

J'sais bien qui dit pas ça méchamment. Mais quand même.

— M'fais pas trop réfléchir à l'heure qu'il est, Howie. J'ai déjà assez d'trucs dans la tête comme ça. Va falloir que j'quitte le boulot chez Harrah's pass'que j'crois bien qu'le fisc a dans l'idée d'mett'la main sur mon p'tit chèque. Mais pour rev'nir à la conversation, j'crois pas que Brenda m'mentirait sur un truc pareil.

— Tu la connais pas d'puis assez longtemps pour dire ça, Cecil. Déconne pas, mon vieux.

— Mais elle a bon cœur, pourtant…

— On parle pas d'ça.

— J'sais bien. Mais ça s'peut qu'ce gosse soit d'moi. J'crois.

— Elle est enceinte de combien ?

— J'sais pas exactement.

— Eh bien, surveille l'calendrier, c'est tout c'que j'ai à dire. Te fais pas rouler comme un vieux con, hein, Cecil ?

— J'entends bien.

— Qu'est-ce qu'un vieux comme toi va faire avec un môme, d'toute façon ?

— J'sais pas. C'que font les autres. L'élever et lui donner d'l'amour.

— T'auras p'têt pas l'occasion d'l'élever beaucoup avant d'casser ta pipe, mais on va faire comme si j'avais rien dit.

Ça nous fait rigoler un coup. J'bois quèqu'gorgées de ginger ale. C'est bon, ils ont même mis du citron vert dedans.

— Dis-moi quand même un truc, mec, dit Howie en s'penchant en avant comme si j'allais y dire un s'cret. Ça fait quoi d'faire ça avec une jeunette ?

— Pour être honnête, c'est pareil, Howie. Avec quèqu'gestes différents, p'têt, et une tête plus jeune.

— C'est tout ?

— À c'que j'vois, oui.

— Alors c'est qu'tu dois pas t'y prend'comme y faut.

— Comment tu peux savoir comment j'm'y prends ?

— Attends, attends. Quand même. On sait bien que Viola est une femme forte.

— Pour dire les choses gentiment, oui.

— Elle est pas grosse, mais un peu enrobée.

— Si, elle est grosse.

— D'accord, c'est pas moi qui l'ai dit. Mais Brenda, elle a pas l'air d'avoir un poil de gras. Ça doit bien faire une différence, quand même ?

— Pas vraiment. Attends, si. C'est pas vrai. Pour être honnête, j'aime bien le coussin qu'ça fait, un corps comme celui d'Viola. Mais dans not'cas, avec Brenda, c'est moi qui fais l'coussin. L'un dans l'aut', ça r'vient un peu au même.

— Tu crois qu't'es amoureux pour de vrai, Cecil ?

— Tu veux dire, comme quand j'étais amoureux d'Viola à l'époque où j'étais amoureux d'elle ?

— Ouais.

— Nan, c'est différent c'te fois-ci. C'est plus facile. J'perds pas la boule.

— Tu crois ?

— J'suis sûr. Mais c'est quand même drôlement bon. Mieux qu'la guerre qu'y avait à la maison depuis des années. Cela dit, j'espère que la vieille va s'remett'.

— Va la voir d'temps en temps, mec. Y a pas d'mal à ça, quand même ?

— Nan, sans doute que non.

On reste là encore une dizaine de minutes, à saucer l'reste de jaune d'œufs avec du pain. Pour cinq dollars, y a pas mieux. Une fois dans l'parking du personnel, j'monte dans ma voiture et j'la laisse tourner quèqu'minutes. Faut qu'j'appelle mes gosses. Juste histoire de dire bonjour. Et d'être sûr qu'ils savent qu'j'aime toujours leur maman et qu'si jamais y a moyen qu'on s'remette un jour ensemb'et qu'on soit heureux, on trouvera bien. Ça s'f'ra p'têt pas aujourd'hui. P'têt pas demain. P'têt jamais, d'ailleurs. Mais si ça doit s'faire, on trouv'ra bien comment faire. En attendant, j'veux qu'ils m'comprennent et qu'ils voient qu'c'est la première fois d'puis des lustres que j'suis comme qui dirait heureux.

ÇA PULSE

Je fous rien, j'suis couché et j'mate *Dans la chaleur de la nuit* parce que j'ai dépensé mes sept derniers dollars pour acheter une bouteille de bière, un Filet O'Fish, un Big Mac avec des frites, un ticket de Loto et un paquet de Kool. Il pleut pas mal depuis c'matin et comme ma voiture est toujours en rade et qu'le service de bus ici, à Lancaster, est à peu près inexistant, c'est trop dur d'aller rendre visite à quelqu'un. Vu mon état, j'peux pas trop marcher et en plus j'sais même pas où habite Luisa. J'me rappelle qu'elle m'a dit qu'c'était pas loin d'ici, mais où ? D'toute façon, j'lui dois d'l'argent, donc j'ai vraiment pas besoin d'la voir aujourd'hui. Toutes les autres meufs que j'connais habitent dans l'quartier – merde, j'peux pas m'rappeler d'un seul prénom – mais j'ai pas envie d'être emmerdé par des histoires de bonnes femmes, ce soir, alors c'est pour ça que j'ai décidé d'rester à la maison et d'r'garder la télé. Au moins jusqu'à c'qu'il pleuve plus. Et en plus, c'est gratuit.

La vache ! J'me rappelle de Denise Nicholas, c'est la meuf de *Room 222*, le truc des années soixante-dix qui se passait dans un lycée ! Elle est encore pas mal. J'me demande c'qu'est devenu c'feuilleton. Je bois un coup au goulot et j'reste là sans bouger. J'aurais besoin d'prendre une douche mais vu que j'vais pas sortir, je retire juste mon jean et mon T-shirt, j'les jette en boule par terre et j'me fous sous les couvertures. Au bout de quelques minutes, j'm'aperçois que c'qui passe à la télé m'intéresse vraiment pas mais j'ai la flemme de m'relever pour aller changer d'chaîne. Dans ces moments-là, j'me dis qu'j'aimerais bien avoir une télécommande. J'ai vu un poste avec écran de 45 cm et magnétoscope incorporé pour moins de trois cents dollars à Circuit City. J'me demande s'ils font crédit. Putain, quand j'commence à rêver d'une télé avec télécommande et que ma réflexion s'arrête là, c'est que j'me fais vraiment chier.

Cela dit, vu ma situation, j'préfère penser à rien d'autre. Comme j'peux rien y faire, d'toute façon, mieux vaut pas penser à Mama et aux autres qui doivent être furax à cause de la façon que j'suis parti, ou au fait qu'ils vont sans doute me coller un mandat d'arrêt à Vegas puisque j'suis pas allé au tribunal, et que si Woolery se magne pas et me donne pas les trois cents dollars qu'il me doit, j'pourrais pas payer mon loyer, faire réparer ma caisse ou envoyer une centaine de dollars à Donnetta pour mon fils. Et merde, j'avais complètement oublié le procès pour pension alimentaire. Si je m'y pointe pas, là je s'rai vraiment dans la merde.

Mais j'veux pas penser à ça maintenant et c'est pour ça que j'attrape ma chaussette spéciale sous le matelas, je l'enfile poliment de la main gauche et me sers d'la main droite pour la faire glisser sur ma queue jusqu'à c'que j'gonfle et que j'la remplisse entièrement. Les frottements la réchauffent. Encore. J'repousse les couvertures parce qu'on dirait que quelqu'un vient d'allumer la chaudière, tout à coup. C'est ça qui m'faut : d'la chaleur. Les frottements. La sauce. Alors je ferme les yeux et j'efface complètement cet appart nase et tout c'qu'il y a dedans.

— Salut, poupée !

À l'instant même où elle a posé les yeux sur moi, j'ai su que Halle Berry voulait m'sucer la bite. Mais ça s'comprend, hein ? J'ai d'l'argent plein les fouilles, des cartes de crédit en veux-tu en voilà, et ma Benz est garée devant la porte. En plus, j'sens bon, putain. Et j'suis encore plus beau que j'sens.

— Vas-y, Halle, prends-la !

Et elle la prend toute entière.

— Oh, oui, c'est ça !

Halle, elle assure. C'est bon, ma puce. Putain ! Elle peut faire des miracles avec ses lèvres, j'te jure. J'ai chaud et j'me sens bien, comme une ampoule prête à éclater, on dirait que les poils d'une brosse chaude et douce me chatouillent, c'est pas drôle mais j'souris quand même comme un taré parce que... Attention, Halle ! Toni Braxton a dit qu'elle pouvait m'la sucer mieux que toi ! Pousse-toi un peu et laisse Toni nous montrer c'qu'elle sait faire. Elle dit la vérité, rien qu'la vérité !

J'voudrais la regarder mais j'ai pas envie d'ouvrir les yeux. Toni me caresse la queue comme si elle la connaissait, comme si elle l'aimait, comme si elle avait attendu toute sa vie de l'embrasser, de la toucher, de la prendre, de la caresser. J'lui chuchote : « Prends ton temps, ma puce. » J'commence à picoter. Dans toutes mes veines, jusqu'au bout d'mes doigts. Putain. Ça pulse dans ma queue, qui a envie d'gueuler et d'dire au monde entier à quel point elle se sent bien. J'ai chaud et j'ai froid en même temps et j'sens un espèce de courant électrique dans mon corps qui descend peu à peu vers le bas.

— Oh oui, Toni !

J'adore comment elle fait ça.

— Vas-y, poupée...

Je bouge avec elle.

— Viens, Toni, fais c'que tu veux avec, fais-la danser. Oh oui, c'est ça, oui oui oui, c'est ça !

La chaussette est mouillée et mon corps retombe sur ce matelas d'merde puisque j'suis de retour dans le monde réel, maintenant, mais j'peux pas ouvrir les yeux avant d'avoir fait un baiser à Toni et à Halle, embrassé leurs jolis tétons, et les avoir remerciées d'avoir été à mon service ce soir. Elles me disent merci. Elles voudraient bien rester et s'blottir contre moi toute la nuit mais j'leur explique :

— Vous pouvez pas rester toutes les deux. Ça s'fait pas.

Dans quel merdier j'me suis foutu ! Mais j'peux pas choisir, parce que j'les aime toutes les deux. Tandis qu'elles se bagarrent pour m'avoir, un coup à la porte les fait disparaître. J'retire ma chaussette et j'la jette sous le lit. J'la ramasserai plus tard. Mais j'dis toujours ça. J'me demande qui ça peut être. Tant que c'est pas ces enfoirés de Clearing House ou Luisa, j'm'en fous presque.

— Attendez une minute ! je gueule en enfilant un pantalon de jogging propre. Ç'a intérêt à être important. Qui c'est ?

— C'est moi, Jamil, répond une petite voix éraillée. Ton fils.

Mon fils. Bordel. Je fais peur à voir. Merde. Mon fils ? Qu'est-ce qu'il fout ici ? J'savais même pas qu'il connaissait mon adresse. Ouvre cette porte, Lewis, putain.

— Juste une minute, je réponds en courant enfiler un T-shirt propre.

— Je peux revenir plus tard, il dit à travers la porte.

— Non ! T'en va pas ! Donne-moi une seconde. J'arrive !

Je mets un T-shirt bleu clair presque pas froissé, j'attrape mes clopes et des allumettes et je retourne en boitant aussi vite que j'peux vers la porte. J'ouvre. J'en reviens pas quand je vois une version miniature de moi-même en train d'me regarder. J'y crois pas.

— Salut, j'dis. Entre, entre.

Jamil porte une casquette de base-ball noire enfoncée super bas, donc je vois pas vraiment ses yeux. Ses lèvres ressemblent aux miennes, et son menton aussi. Il a grandi. Il doit faire un mètre soixante-douze, soixante-quinze peut-être. Et il est maigre. Doit pas peser plus de soixante kilos à tout casser. J'crois pas qu'j'aie jamais été maigre comme ça quand j'étais gamin. J'crois qu'il a treize ans. Mais j'en suis pas sûr. C'était un avorton la dernière fois que j'l'ai vu. Y a tellement d'choses qui peuvent changer en une année.

— Assieds-toi, j'lui fais.

J'suis un peu nerveux. J'ai envie d'le serrer dans mes bras mais j'sais pas si j'dois. J'sais pas s'il en a envie. Si c'est l'cas, il le montre pas. Mais merde, c'est mon fils. Ici. Dans mon appartement. Il va s'asseoir sur le canapé mais il s'relève aussitôt en tenant un tas de plastique chiffonné à la main. Merde. J'avais oublié Betty.

— Qu'est-ce que c'est que ça ? il demande en apercevant sa tête qui pendouille.

— Une connerie.

— C'est ça, une poupée gonflable ?

Il rougit.

— Non. C'est un truc dont j'me sers de temps en temps pour aller au travail quand j'suis en retard et que j'veux prendre la file covoiturage. J'la gonfle et j'la pose à côté de moi sur l'siège avant.

Il laisse échapper un rire mais j'vois bien qu'il y croit pas. Il fait glisser Betty à l'autre bout du canapé et j'viens m'asseoir en face de lui, sur une chaise. C'est là que j'remarque qu'il a un œil au beurre noir. Et tout gonflé.

— Qu'est-ce qui lui est arrivé, à ton œil ?

— J'ai pris un coup.

— Ça t'fait mal ?

— Ça me lance.

— J'vais t'chercher d'la glace. Qui c'est qui t'a frappé ?

— Mon père.

— Attends une minute ; c'est moi ton père.

— Je voulais dire mon beau-père.

— Ce p'tit Blanc t'a frappé dans l'œil assez fort pour faire ça ?

— Ouais.

— Et pourquoi ?

— Parce qu'il a trouvé de la beu dans mon sac.

— Tu fumes de l'herbe, toi ?

— Des fois.

— C'est pas bon pour toi, c'truc-là.

— Ouais, ouais.

— J'croyais que tu faisais le programme de l'armée pour les supers élèves ! ?

Je sors une clope du paquet et j'l'allume.

— Je le faisais. C'est pas bon pour toi, ces trucs-là.

— Ouais, ouais. Comment ça, « faisais » ?

— Je l'ai juste fait parce qu'ils m'y ont obligé.

— Qui, ils ?

— Mes parents.

Quand j'entends ces mots-là, je sais qu'il parle plus de Donnetta et moi. Et merde.

— T'es en quelle classe ?

— Quatrième.

— Et t'as quel âge, déjà ?

— Treize ans et demi.

— C'est bien c'que j'pensais. Mais qu'est-ce qu'a bien pu lui donner envie de t'mettre un coup de poing dans l'œil ?

— Je lui ai répondu et j'ai fait un peu le malin.

— Et ta mère, elle était où ?

— Juste à côté, avec Heather dans les bras, en train de nous regarder.

— Quoi ?

— Elle dit jamais rien, elle fait jamais rien. C'est lui qui commande à la maison. Elle fait tout ce qu'il veut.

— Tu l'as frappé ?

— Après qu'il m'ait frappé, bien sûr.

— C'est vrai ?

J'essaie de pas laisser apparaître mon sourire, mais j'suis plutôt fier qu'il ait eu les couilles de s'défendre.

— Avec quoi tu l'as frappé ?

— Avec mon poing.

— Sans blague ?

J'me dis qu'ça pas dû lui faire du bien.

— Et lui aussi ?

— Ouais, plusieurs fois.

— Il est où, maintenant ?

— À la maison.

— Ils savent que tu es venu ici ?

— Non. Ils savent pas où je suis.

— Alors, t'as fait une fugue, un truc comme ça ?

— Exactement.

— Et tu vas aller où ?

— Ici. Je veux habiter avec toi.

— Merde.

C'est tout c'que j'arrive à dire. Mais à l'heure qu'il est, tout c'que j'ai en tête c'est que j'vais aller foutre mon pied au cul à ce fils de pute. J'ai juré que s'il levait la main sur mon fils j'lui casserais la gueule et c'était pas des blagues.

— T'es pas content de me voir ?

— Si. Bien sûr que j'suis content. Mais pas dans ces circonstances. Et j't'attendais pas ce soir.

— Je peux dormir sur le canapé. Ça ne me gêne pas.

— Attends un peu, Jamil. D'abord, c'est pas aussi simple que ça. Tu peux pas simplement venir ici et t'installer sur mon canapé. C'est ta mère qui a la garde. Et t'es mineur. Tu peux pas venir ici juste parce que t'en as envie.

— Et pourquoi tu n'obtiens pas la garde, alors ?

— Qu'est-ce qui fout ?

— Todd ?

— Ouais, Todd.

— Qu'est-ce que tu veux dire par là ?

— Putain, tu causes bien, toi. Un vrai petit Blanc.

Il tourne la tête, façon Stevie Wonder. Il doit en avoir marre d'entendre ça.

— Mais c'est cool, je dis, comme pour m'excuser. T'as l'air intelligent.

Et c'est vrai, en plus, et ça me ferait pas d'mal de parler comme si j'avais eu mon bac, moi aussi. Surtout devant lui. Je sais. Et j'sais aussi qu'il doit pas être trop impressionné par ma façon d'jacter.

— Ouais, enfin bref... Qu'est-ce que tu voulais savoir, à propos de Todd ?

— Où c'est qu'il taffe, euh... qu'il bosse, enfin, qu'il travaille, quoi ?

— Il travaille pour UPS mais il a dû se faire opérer d'une épaule et du coup il est en arrêt de travail depuis plusieurs mois.

— Qu'est-ce qu'il a ?

— C'est à force de porter des charges lourdes, le docteur a dit qu'il s'était déchiré les tendons à quatre-vingt-dix pour cent. Il était plutôt mal.

— Ah oui ?

— Oui. Il fait de la rééducation deux fois par semaine mais les autres jours, quand Maman rentre du travail, ils vont à l'église. Ils y vont trois soirs par semaine et deux fois le dimanche. Moi, je garde Heather pendant ce temps-là. J'en ai marre. Ils m'obligent même à chanter dans le chœur alors que je ne sais pas chanter.

Je ricane.

— Quand est-ce qu'il retourne au boulot ?

— Dans un mois, quelque chose comme ça. Mais il paraît qu'il va avoir des horaires aménagés pendant un temps.

— Pourtant, il a eu assez d'force pour te mettre un gnon ?

— Ouais, faut croire.

Je serre les dents. J'essaie de rassembler mes esprits. De m'détendre.

— Et ta mère, elle sait faire à manger maintenant ?

— Non. C'est Todd qui fait presque toute la cuisine et le ménage.

— Sans déconner ?

— Je ne plaisante pas.

— Il fait la lessive, aussi ?

— Seulement son linge et celui de Maman.

— Et qui s'occupe du tien ?

— J'ai dû apprendre. Je vais à la laverie une fois par semaine. Je suis obligé d'acheter ma propre lessive et de prendre l'argent que je gagne en livrant des journaux pour payer les machines.

— Tu te fous d'ma gueule ! Pourquoi ils t'font faire ça ?

— Pour que je sois responsable.

— C'est des conneries.

— Je suis bien d'accord.

— Et alors, pourquoi tu fumes de l'herbe ?

— Je sais pas. Pour pas trop réfléchir.

— T'as toujours des bonnes notes ?

— Plus ou moins. Avant, j'avais que des A, mais j'ai eu deux B et un C au dernier trimestre.

— C'est à cause de l'herbe, Jamil.

— Je ne fume pas tant que ça. J'étais flippé. Je m'en foutais un peu de ce que j'avais sur mon carnet de notes, mais maintenant ça va, j'ai repris les choses en main.

— Donc Todd t'a frappé et pendant c'temps-là ta mère regardait ?

— Elle lui a demandé d'arrêter quand elle a vu qu'il m'avait fait mal.

— Il t'a déjà frappé avant ?

— Il m'a lancé un truc, une fois.

— C'est vrai ?
— Oui, mais il m'a raté.
— C'était quoi ?
— Une batte de base-ball.
— Une batte ?
— Oui. Qu'est-ce que tu as à la main ?
J'essaie de refermer le poing mais j'peux pas.
— Un peu d'arthrite.
— Mais t'as les doigts vraiment crochus...
— Je sais.
— C'est pour ça que tu boîtes ?
— Malheureusement.
— Qu'est-ce que tu peux faire pour t'en débarrasser ?
— Rien, en fait. Juste prendre des cachets pour dégonfler.
— Ça fait mal ?
— À fond, mais j'fais avec. Ça fait un moment déjà que j'fais avec. J'ai pas le choix de toute façon.
— T'as pas quelque chose à manger ?
Merde. J'attendais pas de la visite, ce soir. J'ai presque peur d'aller ouvrir le frigo. Mais j'le fais quand même, histoire de faire diversion et de pouvoir prendre un air étonné quand je trouverai rien dedans.
— J'viens d'rentrer de Vegas et j'ai pas eu l'temps d'aller faire des courses. Ta grand-mère était à l'hôpital. Elle a eu une crise d'asthme assez grave. Ça va beaucoup mieux maintenant. Mais j'sais pas c'qui m'reste à manger.
Quand j'ouvre le frigo, c'est triste à voir. Il est vide. Y a même pas une plaquette de beurre, une tranche de pain, quelque chose à boire, rien. J'devrais avoir honte. J'le sais. J'le sens. J'ouvre le freezer. J'ai des glaçons, par contre. J'prends un torchon et je mets quelques glaçons dedans.
— J'ai presque deux cents dollars. On peut aller manger dehors.

— T'as deux cents dollars sur toi ?
— Ouais.
— Où t'as trouvé c't'argent ?
— Je travaille, je t'ai dit, je livre des journaux. Mais j'ai pas le droit de dépenser mon argent. Alors je mens, je dis pas tout ce que je gagne et j'en cache une partie. Ça, c'est mon butin.
C'est bien l'fils de son père.
— C'est bien, en fait, que t'aies un boulot. C'est vrai qu'ça t'apprend à être responsable…
— J'ai treize ans, Papa.
— Ouais, tu m'as dit.
— Il y a pas un Tony Roma's dans le coin ?
— Un quoi ?
— Tony Roma's. Ils font des grillades.
— Non, mais y a un Arby's.
Il fronce les sourcils.
— Et un McDo ?
La seule chose que j'aie en tête, c'est qu'j'ai déjà mangé chez McDo à midi et que là j'ai l'occasion de prendre un vrai repas. J'veux pas rater cette chance, même si j'ai toutes les intentions du monde de rendre à mon fils l'argent qu'il dépensera. J'le pense vraiment. J'lui tends les glaçons, il les met sur son œil et je m'entends dire :
— Tu vas pas manger cette saloperie, si ?
— Bah, qu'est-ce qu'il y a d'autre, pas trop loin d'ici ?
— Y a un Marie Callender's. C'est sympa, assez classe, et ils font les meilleurs hachis parmentier du monde. Qu'est-ce que t'en penses ?
— Ça m'a l'air bien.
— Mais va falloir qu'on marche. Ma voiture est pas en état, là. Elle est au garage, en train d'être réparée. Elle sera pas prête avant quelques jours, demain peut-être.
— Ça me gêne pas de marcher. Et toi ?

— Ça va aller, mais il pleut plus ?

— Il pleuvait plus quand je suis arrivé.

— Comment t'as fait pour venir ici, d'ailleurs ? Et qui t'a dit où j'habitais ?

— J'ai pris deux cars. J'en ai eu pour quatre heures, mais c'était cool. J'étais jamais monté dans un car comme ça. C'est Tante Janelle qui m'a donné ton adresse, parce qu'elle a dit que tu n'avais pas le téléphone. Tu joues toujours aux échecs ?

J'suis super étonné qu'il s'en souvienne. C'est bien. Qu'il ait au moins un truc positif inscrit dans sa mémoire à mon sujet.

— Quand j'ai un adversaire digne de ce nom…

— Eh bien, tu en as un.

Et il se dirige vers la porte. J'espère qu'il est pas trop bon, j'me dis en attrapant ma veste mais tout d'suite après j'ai honte d'avoir laissé une pensée pareille me traverser l'esprit. C'est pas pour lui qu'je dis ça. C'est pour moi. J'en ai marre de perdre. J'voudrais gagner, pour une fois. J'voudrais qu'il voie que j'suis plus malin qu'lui. Ça s'entend peut-être pas quand j'cause mais j'le suis. J'veux remonter dans son estime et pour ça faut qu'il voie comme je bouge vite, comme je sais m'battre. J'veux qu'il voie son père réfléchir et agir et prendre des décisions précises, intelligentes. J'm'en fous si c'est seulement sur un échiquier. Parce que la victoire peut transcender. Et la victoire, c'est le pouvoir. Et si j'dois perdre face à quelqu'un, j'espère juste que ça sera pas face à mon fils.

Crédit

J'voulais pas être là au moment où Al rentrerait, alors juste après l'travail, j'me suis arrêtée au magasin pour acheter mon ticket de loto et puis j'suis allée au centre commercial rendre ce chapeau idiot et ce diamant ridicule et j'ai fait remettre l'argent sur ma carte de crédit. Ensuite, j'suis allée chez Red Lobster et j'me suis payé un dîner complet, homard, steak et trois margaritas. Elles étaient pas très fortes. Après ça, j'avais toujours pas envie d'rentrer, alors quand j'ai vu un cinéma, j'me suis garée devant et j'ai acheté une place pour un film dont j'avais jamais entendu parler et j'suis allée l'voir, même s'il restait plus que vingt minutes quand j'suis arrivée, donc j'sais même pas d'quoi ça parlait, mais au moins ça m'a occupé l'esprit. J'ai pas échangé trois mots avec les gosses ces derniers jours. Ils savent quand quelque chose va pas : en général, j'suis super calme et tout d'un coup j'explose. Ils marchent sur des œufs en c'moment et ils attendent. Vont être étonnés, cette fois : j'vais pas exploser. Je garde la tête froide.

Quand j'rentre à la maison, les gosses sont en train d'manger les restes de queue d'bœuf que j'ai préparée la semaine dernière et visiblement Tiffany s'est lancée et a cuisiné des patates douces que personne mange, sauf elle. La cuisine est en bordel, comme d'hab, mais j'dis rien. Je m'en fous si cette saloperie de baraque se casse la gueule.

— Salut, Ma, dit Tiffany. T'inquiète pas, on va ranger dès qu'on aura fini. T'étais où ?

— Dehors, je dis en allant m'asseoir dans mon fauteuil. Pourquoi vous mangez si tard ? Il est onze heures.

— On attendait qu'tu rentres.

— Très gentil d'votre part. Maintenant, vous laissez ça et vous allez vous préparer pour vous mettre au lit. Tout d'suite.

Ils filent comme des souris, même Trevor qui m'a pas dit un seul mot à part : « T'es pas venue dans ma chambre pour fouiller dans mes affaires, Ma ? » « Non, j'ai répondu. Pourquoi, t'as des choses à cacher ? » Et il m'a dit : « Non, je cache rien mais y a des gens qui préfèrent que les choses restent cachées parce que c'est plus simple. Sauf qu'en fait ça l'est pas. » Et là-dessus, il m'a claqué la porte au nez.

Al est en train d'regarder les infos.

— Salut, chérie. J'me suis fait du souci, j'me demandais où t'étais. T'as bossé tard ?

— Non, j'ai pas bossé. J'avais des courses à faire.

— Ah oui ? (Il a pas décollé les yeux du poste.) À c'qu'il paraît, ils vont finir par laisser les Noirs voter, là-bas.

— Où ça ?

— En Afrique du Sud. Y a un mec, Mandela, qu'était en prison depuis plus d'vingt ans pour un truc qu'il avait voulu faire, un peu comme Luther King avait essayé d'faire ici, et maintenant il est sorti et les gens viennent en masse pour voter et ils pensaient pas qu'y en auraient autant qui viendraient. Les Noirs, quand même, c'est quelque chose !

Il glousse.

— J'suis bien contente pour eux.

C'est tout c'que j'arrive à dire.

— Qu'est-ce qui va pas, chérie ? Il s'est passé un truc au boulot ?

— En fait, ouais.

— Ah ouais ?

Il m'écoute pas. Il a les yeux collés au poste, alors j'dis :

— J'ai démissionné parce que j'ai envie de devenir prostituée à temps plein pour fabriquer plein d'enfants et ensuite aller chercher leurs pères et leur faire payer les yeux d'la tête en pension alimentaire.

— Répète un peu ? Qu'est-ce que tu racontes, chérie ?

— Je dis que je veux divorcer.

Là, ça retient son attention. Il prend la télécommande, baisse le son et se tourne vers moi.

— Quoi ?

— T'as très bien entendu, Al.

— Oh non, Charlotte, pas ce soir...

— Et pourquoi pas ce soir ?

J'attrape mon sac, j'y trouve la fameuse lettre et j'lui jette à la figure. Il la ramasse et s'met à lire, et puis il la laisse tomber sur ses genoux. Il dit pas un seul mot, il reste là comme si tous les os d'son corps s'étaient fait la malle. Ses épaules s'affaissent et tout d'un coup on dirait qu'il est prêt à rouler par terre.

— Redresse-toi, j'lui dis comme un ordre.

Mais il s'redresse pas. Il a mis la main sur son front pour couvrir ses yeux.

— Je priais que ce jour n'arrive jamais, il dit.

Il pleure. Al pleure. Mais je m'en fous.

— Eh bien il arrive, tu vois ?

— J'voulais pas t'faire de mal, Charlotte.

— Me faire du mal à moi ?

— Ouais.

— Attends, j'y comprends plus rien, Al. Y a une femme qui te fait poursuivre pour des arriérés de pension alimentaire impayée et ils prennent nos retours d'impôts et toi t'es là et tu m'dis que tu voulais pas m'faire de mal ? Et tu penses que j'vais t'croire, bordel ? Arrête ton char, s'te plaît. T'es trop bon. C'est qui d'abord, cette gonzesse ?

— Tu sais qui c'est.

Là, j'ai l'impression qu'on vient d'me planter une fléchette dans l'cœur. Je sais qui c'est ? J'ai peur de faire le tour des femmes que j'connais et j'ai pas l'intention d'avoir une crise cardiaque en essayant d'deviner.

— C'est qui, Al ?

— Tu t'rappelles, y a longtemps, quand t'avais trouvé une lettre dans ma boîte à outils ?

— Ah, elle ?

— Elle m'a fait un enfant dans l'dos et comme on s'séparait pas, toi et moi, elle m'a dit que tant que j'lui enverrais d'l'argent tous les mois, elle m'ferait pas d'ennuis.

— Elle a eu un enfant d'toi ?

— Ouais. Un garçon. Il s'appelle Raynathan. Il va sur ses dix ans. Ils vivent en Caroline du Sud, là où y a sa famille.

— Comment elle s'appelle ?

— Alice. Tu sais, Charlotte, quand elle m'a parlé d'tout ça, il était trop tard pour faire quelque chose.

— Tu l'as déjà vu, c'gamin ?

— Pas depuis quelques années. C'était trop dur. J'ai jamais aimé cette femme, et elle a fait ça pour qu'on reste liés et ça a marché.

— Bien marché ? Raconte-moi un peu, Al…

— Eh bien, j'lui ai envoyé d'l'argent régulièrement pendant des années, mais tu sais comment ça va, ici, avec les Lavomatic, tout ça, et comment on est coincés des fois en fin de mois, alors ça fait un moment que j'envoie plus rien et elle a dû s'mettre en colère.

— Ah, elle s'est mise en colère, hein ?
— Ouais. Sûrement.
— Dommage.
— Pourquoi ? J'peux arranger ça, Charlotte.
— C'est tes conneries, c'est à toi d'arranger ça. Mais tu sais quoi ?
— Quoi ?
— Gaspille pas ton énergie pour ça.
J'me lève et j'me dirige vers l'escalier.
— Attends une minute, Charlotte !
Il me suit.
— Non, c'est toi qui attends une minute, mon salaud. J't'ai donné les meilleures années de ma vie, enfoiré, et tu passes ton temps à m'tromper et à m'mentir, et maintenant j'apprends qu't'as un autre enfant – pas un, mais deux ! J'ai rien à foutre d'un mec à qui j'peux pas faire confiance. Et toi, on peut pas t'faire confiance, alors garde ton cinéma et va l'faire à, comment elle s'appelle déjà ? Alice ! Va l'faire à Alice.
— Charlotte, s'il te plaît, fais pas ça. Réfléchis une minute. Prends la nuit pour réfléchir.
— Non, toi tu prends la nuit pour réfléchir. Mais pas ici. Parce que si t'es encore là demain matin quand j'me réveille, j'vais au tribunal et j'demande qu'on t'interdise d'approcher de la baraque.
— Pourquoi ? J't'ai rien fait…
— Pardon ?
— J'veux dire, j'ai pas levé la main sur toi ni rien.
— Oh, mais si, Al, mais si. Tu sais quoi ? J'ai l'impression qu't'es une carte de crédit que j'ai depuis trop longtemps et maintenant j'ai dépassé la limite, alors j'prends mes ciseaux et je découpe cette saloperie pour plus pouvoir m'en servir. J'ai assez d'crédit comme ça, tu comprends c'que j'veux dire ?
— Nan. Charlotte, ma chérie, et les enfants alors ?
— Ils vont s'débrouiller. Ils sont grands d'toute façon.

— Je veux pas divorcer.

— Ah non ? J'vois pas pourquoi. Comme ça, tu seras libre de baiser qui tu veux, où tu veux, quand tu veux. C'est sans doute c'que tu fais depuis des années dans ton gros camion, hein ? C'est là qu'tu fais ça, dans ton camion ?

— Arrête, Charlotte ! J't'ai dit la vérité. J'ai pas couché avec une seule femme en dix ans à part toi. Je jure sur la tombe d'mon père et d'ma mère que c'est vrai.

— Mais t'es un menteur, Al.

— Y a des fois où faut bien mentir pour protéger les gens.

— Écoute, j'en ai marre de t'entendre et j'suis crevée, alors j'vais m'coucher.

J'monte quelques marches et j'l'entends dire :

— Qu'est-ce que tu vas faire sans moi ?

J'repose mon pied sur la marche d'en dessous et j'me retourne sans trop savoir c'que j'vais répondre, mais voilà c'qui sort :

— Vachement plus.

— Qu'est-ce que ça veut dire, Charlotte ?

— Tu veux vraiment l'savoir, Al ?

— Ah, parce que ça fait un moment qu't'y penses, alors ?

— Disons les choses comme ça. J'en ai tellement marre de bosser à la poste que j'ai envie de hurler. Voilà c'que j'fais toute la journée, pour t'donner une idée. Aujourd'hui, l'ordinateur est tombé en panne alors j'ai dû calculer à la main le temps de trajet de chaque foutu facteur, c'qui veut dire que j'ai dû multiplier le temps qu'il faut en moyenne pour mettre le courrier dans chaque boîte – soit dix-huit secondes – par le nombre de maisons sur chaque trajet. Oh, j'ai oublié d'dire qu'y en a quatre qu'ont appelé pour dire qu'ils étaient malades, alors j'ai dû trouver des remplaçants, et puis un des camions est tombé en panne et j'ai surpris des facteurs en train de déconner au lieu d'trier leur courrier, parce qu'ils feraient n'importe quoi pour se faire compter des heures sup, et après ça on a des engueulades avec le syndicat et ils veulent que j'lise j'sais pas quel contrat, et après ça y a des clients furieux qui gueulent parce que leur courrier arrive toujours à la mauvaise adresse ou bien parce qu'il arrive pas avant six heures du soir, et aujourd'hui, j'ai même dû aller jusqu'à Hyde Park en voiture chez une sale Blanche riche parce que son salaud de clébard veut pas laisser l'facteur mettre le courrier dans la boîte depuis qu'il lui a mis un coup de bombe lacrymo y a longtemps, et maintenant, du coup, il l'laisse même pas approcher d'la putain de boîte, donc j'ai dû y aller pour dire à la bonne femme de garder son chien à l'intérieur, ou sinon elle sera bonne pour venir chercher son foutu courrier à la poste, et pendant tout ce temps-là, le chien me lèche la main ! J'ai pas envie de faire c'genre de conneries. J'ai un cerveau, putain, et j'm'en sers pas. J'ai l'impression d'être un chien de garde. Voilà, c'est ça que j'suis ! Un chien de garde, bordel. Alors tu veux savoir c'que j'vais faire sans toi, Al ? Eh bien j'vais reprendre des études, voilà c'que j'vais faire.

— Des études ?

— T'as parfaitement entendu.

— Attends, tu vas pas quitter ton boulot…

— Si. J'vais récupérer l'argent de l'assurance vieillesse.

— Sois pas ridicule, Charlotte. C'est notre retraite.

— Notre retraite ?

— La tienne, la nôtre, c'est pareil.

— Non, c'est pas pareil, Al. C'est mon nom qu'est écrit dessus, pas « Albert Toussaint », tu piges ?

— OK, OK. Mais tu veux carrément aller à la fac ?

— J'sais pas. Peut-être. Tout c'que j'sais c'est qu'j'en ai marre de m'lever à quatre heures du mat pour avoir l'impression à la fin d'la journée que tout l'monde se fout éperdument de c'que j'ai fait. J'veux faire un truc pour moi. Un truc où j'me sente bien.

— J't'ai jamais empêché d'faire ça, Charlotte.

— J'ai pas dit ça, si ?

Il s'approche de l'escalier.

— Monte pas, Al. Je plaisante pas.

— Qu'est-ce que tu veux faire pour te sentir bien, Charlotte ? Dis-moi.

— J'sais pas encore. Tout c'que j'sais, c'est qu'j'veux l'faire chez moi.

— Comme quoi ?

— J'viens d'te l'dire, j'sais pas encore. Mais disons qu'j'ai vu une pub à la télé pour une école internationale d'études par correspondance et j'leur ai écrit pour leur demander des renseignements. J'vais y jeter un œil et voir si ça m'dirait d'essayer un des trucs qu'ils proposent.

— Comme quoi ?

— Mais t'arrêtes pas d'poser les mêmes questions ! Pars ! Va-t'en !

— D'accord, d'accord. Mais voilà c'que j'ai à dire, moi : je suis désolé. J'ai pas fait ça pour t'faire du mal. J'ai cru que j'protégeais notre couple en faisant comme ça, et j'me suis trompé. Des fois, les gens font des mauvais choix, mais ça veut pas dire qu'ils sont mauvais, hein ?

— J'en sais rien, Al, j'sais même plus si j'te connais. J'sais pas si t'es encore l'même homme que j'ai épousé. Et pour être honnête, à l'heure qu'il est, je m'en tape. Bonne nuit.

Et j'monte l'escalier en passant devant les chambres des enfants. J'entre dans notre chambre et ferme la porte à clé. J'me couche toute habillée sous les couvertures. Je tends l'oreille en m'demandant combien d'temps ça va lui prendre de faire quelque chose. J'me demande s'il va venir se battre pour moi ou s'il va être lâche et s'casser. Quand j'entends l'moteur tourner et la porte du garage s'ouvrir, j'comprends qu'c'est là sa réponse.

Cancer

Le type qui a construit cette maison s'est montré vraiment radin au niveau du jardin. Les buissons sont complètement rabougris, et les rares arbres se résument à quelques branches. Je peux compter l'ensemble des fleurs sur les doigts d'une main. Le jardin est en pente et comme les couvre-sol n'ont jamais vraiment pris, le soleil et la chaleur ont fait virer les écorces de pin par terre du marron foncé au beige grisâtre. D'après le type, les pins devraient faire au moins trois mètres à l'heure qu'il est mais j'aurais peur d'y suspendre des guirlandes de Noël. Quand on s'est installés ici, il y a deux ans, je me suis juré de faire refaire tout ça un des ces quatre, et c'est aujourd'hui le jour.

Je suis en train de tuer le temps, en fait, car j'attends deux choses. Après avoir enfin pris un moment pour travailler sur ce qui n'était dans mon esprit qu'une première version de mon projet de livre de cuisine, j'ai été stupéfaite d'apprendre par mon agent que deux ou trois éditeurs étaient peut-être intéressés. Elle doit me dire aujourd'hui ou demain lequel fait la meilleure offre. J'ai failli faire dans mon froc quand elle m'a dit qu'elle visait « un nombre à six chiffres ». Mais je ne m'emballe pas. N'importe quelle somme qui permettrait à Mama d'acheter un appart, une voiture, et de partir en croisière serait la bienvenue. Je veux que sa vie s'améliore.

Qu'elle s'amuse. Qu'elle arrête de se faire autant de souci. Depuis que j'ai soumis le projet de livre, je n'ai pas réussi à trouver le temps nécessaire pour écrire le texte ; je n'ai même pas commencé à sélectionner les recettes. Tout ce que j'ai, c'est un concept : comment préparer des repas pour gourmets, sains et délicieux, en très peu de temps et pour moins cher que vous ne le pensez. Mon agent m'a dit qu'ils aimeraient voir une introduction détaillée d'ici quelques semaines. Qu'il faut que je leur donne une idée un peu plus précise de ce que serait la structure du livre.

J'attends aussi le paysagiste. Il est noir. C'est une première pour moi parce qu'ici, en Californie, quatre-vingt-dix-neuf pour cent des jardiniers sont mexicains. Mais une de mes clientes jure que ce type n'est pas le jardinier de base ; que c'est un « architecte du paysage ». Il commence par faire un plan du jardin. Elle dit qu'il fait des choses formidables, des mares notamment, avec des carpes japonaises et toutes sortes de plantes exotiques. J'aime acheter « black » quand j'en ai l'occasion, donc c'est plutôt agréable. Il a déjà vingt minutes de retard mais je ne lui en tiendrai pas rigueur.

Une tonne de courrier attend sur le comptoir et je me mets à le trier en faisant des piles. Au moins dix invitations de la part de clients : je les fais tomber dans la poubelle. Deux ou trois lettres pour Dingus qui viennent de différentes universités. Il en a déjà reçu de USC, UCLA, Stanford et quelques autres. Il m'avait dit que ça arriverait. J'ai jamais reçu la moindre lettre de fac me demandant de venir leur rendre visite. Ces sportifs, alors...

C'est tellement calme, ici. Dehors, les oiseaux gazouillent et je réalise que c'est le printemps. Le soleil brille. La cuisine a l'air d'une photo sortie d'un magazine. Elle est parfaite. Trop parfaite, en fait. J'ai fait tout ce qu'il fallait. Acheté ce qu'il y avait de mieux. Et tout est là : le comptoir Wolf, la machine à laver Miele, les fours Gaggenau, le réfrigérateur Sub-Zero. Mais qui en a quelque chose à foutre de savoir sur quoi je cuisine, dans quoi je lave mes assiettes ou comment je conserve mes aliments ? Et est-ce que j'étais vraiment obligée de peindre la pièce en jaune crème ?

Je me laisse glisser le long du mur jusqu'au sol. J'aimerais qu'il m'arrive quelque chose de bien. Et je ne parle pas d'un contrat avec une maison d'édition. Je parle de quelque chose qui viendrait rompre la monotonie d'une vie où le travail prend trop de place. En fait, je devrais être dans mon bureau à l'heure qu'il est, en train de mettre au point une fête ou d'organiser un programme de repas pour l'été, semaine par semaine. Je passe mon temps à planifier. Et c'est presque toujours pour quelqu'un d'autre. Des gens que je n'ai même pas envie de connaître. Ce qu'ils ne savent pas, c'est que le plaisir de la nourriture tient dans le fait de cuisiner. On en arrive au point où la présentation elle-même devient un peu *has-been*. Parce que, une fois qu'ils ont mangé, c'est fini. Il ne reste aucune trace du plaisir.

Mon niveau d'énergie est en train de chuter. Toutes ces pensées négatives ne vont pas m'aider à faire ce que j'ai à faire. Il me faut un coup de fouet. Je glisse mon pied dans la courroie de mon sac et je l'attire à moi. Ma boîte de pilules en sort en roulant et j'en avale une à sec, mais je me rappelle que je suis tout à côté de l'évier, alors je me relève pour boire un peu d'eau au robinet.

Sans même m'en apercevoir, je me penche pour regarder dans le trou d'évacuation. Je ne vois rien. Il fait trop sombre là-dedans. Mais je continue à regarder quand même. J'espère que cette fille n'est pas enceinte. C'est ça qui me tracasse, aussi, et je ne sais pas pourquoi j'essaie de faire comme si ça n'était pas le cas. Ce n'est pas quelque chose que je peux contrôler et il va falloir que j'en parle à Dingus. Et s'il s'énerve parce que j'ai espionné sa conversation, je m'en fous royalement. J'ai passé les seize dernières années de ma vie, et de la sienne, à l'élever pour en faire un jeune homme responsable. J'ai insisté et insisté sur l'importance de faire des études, surtout pour un Noir. J'ai instillé en lui le sens de l'honnêteté, de la fiabilité, de la responsabilité. Je lui ai appris à essayer d'être le meilleur, même s'il ne le devient pas. C'est essentiel en soi. Comment un bébé pourrait trouver sa place dans ce tableau ? Et si la fille décide de le garder ? Est-ce qu'il a la moindre idée de la façon dont ça pourrait affecter son avenir ? S'il te plaît, Dieu, ne fais pas ça. Mon fils est peut-être un crétin mais il est intelligent. Il a travaillé trop dur. J'ai travaillé trop dur pour en arriver là.

Je ne sais même pas quelle sœur j'ai appelée jusqu'à ce qu'elle réponde.

— Charlotte ?

— Ouais ?

— C'est moi, Paris.

— Qu'est-ce que j'peux faire pour toi ?

Elle dit ça d'un ton sec. On croirait que je suis une commerciale.

— T'as pas besoin de prendre ce ton froid, Charlotte, nom de Dieu !

— J'prends pas un ton froid et si t'appelles encore pour m'faire la morale, j'suis pas d'humeur.

— Je n'appelle pas pour te faire la morale, alors, s'il te plaît, ne raccroche pas.

— Qu'est-ce qu'il y a, alors ?

— Je voulais juste savoir comment tu allais.

— J'vais très bien. Pourquoi ça irait pas ?

Rien qu'au ton de sa voix, je sais qu'elle ment. Je ne sais pas pourquoi c'est devenu si difficile de se dire la vérité entre nous, alors qu'on se disait tout, avant.

— Détends-toi, Charlotte. Pourquoi tu es sur la défensive, comme ça ? C'est toi qui m'as raccroché au nez la dernière fois, tu te rappelles ?

— Écoute, Paris, j'ai parlé avec Mama et elle a très bien compris pourquoi j'étais pas venue, d'accord ?

— D'accord. C'est pas pour ça que je t'appelle.

— Et pourquoi tu m'appelles, alors ?

J'entends un petit clic sur la ligne. C'est peut-être mon agent.

— Tu peux attendre une seconde ?

— Ouais.

Avant même que j'aie le temps de prendre l'autre appel, j'entends Miss Ordelle, la dame qui vient repasser chez moi le mercredi, qui entre dans la cuisine. Elle a un bandana sur la tête.

— Salut, ma puce, dit-elle en s'adressant pratiquement au plancher.

— Bonjour, Miss Ordelle. Comment allez-vous ?

— Pas terrible, dit-elle en crachant ses bronches. Mais j'suis là.

Deuxième petit clic.

— Tu l'prends c't'appel ou pas ? demande Charlotte.

Cette fois, j'appuie sur le bouton.

— Allô, Mrs. Price ?

Mon agent m'appelle Paris et de toute façon c'est une voix d'homme, alors je me dis que ça doit être Dingus, qui essaye d'imiter Isaac Hayes ou Barry White, mais à cette heure-ci il est en classe.

— Écoutez, je suis en ligne avec Chicago et si c'est pour me vendre quelque chose, je vous dis tout de suite que ça ne m'intéresse pas ou bien que j'en ai déjà un et que je n'ai pas l'intention de changer de compagnie de téléphone non plus, et si ce n'est pas pour me vendre quelque chose, qui êtes-vous et comment avez-vous eu ce numéro ?

— C'est Randall Jamison au téléphone. Je suis le paysagiste...

— Oh, pardon, je suis désolée.

Maintenant, j'ai un peu honte.

— Non, c'est moi qui suis désolé d'être en retard. Je suis coincé dans les encombrements. Apparemment, il y a un camion qui s'est renversé sur l'autoroute et il y a une centaine de voitures, dont la mienne, qui attendent de savoir quand elles vont pouvoir recommencer à rouler. Je voulais juste vous prévenir.

— Bon, eh bien merci d'avoir appelé, Randall. Et ne vous en faites pas, j'ai de quoi faire en attendant votre arrivée.

Avant de reprendre Charlotte, je fais une pause d'un instant. Quelle belle voix ! Quelle voix sexy ! Un paysagiste... Il doit être grossier, rude, dépenaillé, moche, rugueux et sale, et je parie qu'il pue en plus. Oh, et puis on s'en fout, tant qu'il fait son boulot. J'appuie sur le bouton.

— Charlotte ?

— J'suis toujours là.

— Donc, comment ça va, tu disais ?

— Ça va, Paris. Ça pourrait pas aller mieux. Et Dingus, ça va ?

— Ça va. Sauf qu'une gamine blanche est peut-être enceinte de lui.

— Ah ouais, dit-elle comme si ça lui faisait ni chaud ni froid.

— Et tes gosses ? Comment vont-ils ?

— Ils vont bien. Très très bien.

— Et Al ?

— Oh, ça va. Tout l'monde va bien.

— Tant mieux. Qu'est-ce que tu vas faire pour ton anniversaire ?

— Rien. J'fête plus mon anniversaire. C'est un jour comme les autres.

— On était en train de réfléchir à ce qu'on allait faire pour celui de Mama et on se demandait si...

— C'est qui, « on » ?

— Janelle et moi.

C'est un mensonge. On n'en a pas vraiment discuté en détail, mais je sais que Janelle suivra le mouvement. Elle suit toujours le mouvement.

— J'écoute.

— Eh bien, d'abord, je pensais que Mama voudrait peut-être venir passer une ou deux semaines ici...

— Ça, elle veut toujours, non ?

— Non, elle ne veut pas toujours, Charlotte. Tu peux me laisser finir, s'il te plaît ?

— J'écoute.

— Enfin bref, comme Shanice est chez elle en ce moment...

— Depuis quand Shanice est chez Mama ?

— Depuis la fin du mois de mars. T'as pas parlé à Janelle ?

— Non, j'ai parlé à personne, sauf à mon avocat.

— Un avocat ? Pour quoi faire ?

— Je divorce.

— Attends une seconde ! Tu viens de dire que Al et toi alliez bien...

— Oh, ça va bien ! C'est c'qui pouvait nous arriver d'mieux à tous les deux. Ça fait longtemps qu'j'aurais dû l'faire, déjà. Pourquoi Shanice est chez Mama ?

— Parce que Janelle et George ont des problèmes.

— Et elle se débarrasse de sa fille et pas du mec ?

— Bien vu. Il paraît qu'il est parti, pourtant.

— Qu'est-ce qui leur est arrivé ?

— Je ne sais pas vraiment. Janelle n'en parle pas.

— D'après Mama, il a dû tripoter Shanice, même si Shanice dit qu'il l'a seulement frappée.

— Qui t'a dit ça ?

— Mama, pourquoi ? C'est un secret ou quoi ?

— J'en sais rien. Je n'y comprends plus rien. Tout déconne. Tout le monde divorce. Se sépare. Qu'est-ce qui s'est passé avec Al ? Remarque, je suis pas sûre d'avoir envie de savoir.

— T'es pas obligée d'savoir.

— Mais t'es sérieuse ?

— Comme le pape. Il est poursuivi pour défaut d'versement de pension alimentaire par une bonne femme avec qui il a couché y a dix ans, qui vient de sortir du néant, et ils nous ont pris nos retours d'impôts et tout le bordel.

— Sans déconner. C'est qui, cette bonne femme ?

— J'la connais pas, cette salope !

— Elle a eu un enfant de Al et il ne le savait même pas ?

— Apparemment, il le savait.

— Je ne sais pas quoi te dire, Charlotte.

— Y a rien à dire. Y a plein d'trucs que j'ai envie d'changer dans ma vie, j'veux me barrer d'ce putain de bureau de poste et, pour être honnête, Al m'aide pas vraiment. On est bloqués depuis un bout d'temps, donc c'est peut-être une bonne chose, en fait. Enfin, bref, et pour l'anniversaire de Mama, tu disais ?

Je ne sais pas quoi dire d'autre à propos de son divorce, donc je laisse tomber pour l'instant. Ce n'est pas le genre de sujet à survoler, mais je ne suis pas en mesure de résoudre leurs problèmes, si problèmes il y a. On ne sait jamais vraiment avec Charlotte. Elle aime tellement le mélodrame.

— Eh bien, Mama nous a dit de ne rien prévoir pour son anniversaire mais par contre elle se demandait si on ne pouvait pas donner chacun un petit quelque chose pour l'aider à partir en croisière cet été avec son amie Loretta.

— Gros comment, le petit quelque chose ?

— Je ne sais pas encore. Sans doute pas plus de cinq cents dollars.

— C'est beaucoup d'argent. Pour certains.

— Si tu peux, tu peux. Si tu peux pas, tu peux pas. T'inquiète pas pour ça, Charlotte.

— Tu t'en chargeras si on y arrive pas, c'est ça ?

— Je ne sais pas. J'ai pas mal de dépenses en ce moment, moi aussi. Écoute, je voulais juste que tu le saches.

— D'accord. C'est tout ?

— Je crois. Mais t'es sûre que ça va, Charlotte ?

— Ça pourrait pas aller mieux. Bon, écoute, faut qu'j'y aille, Paris.

— OK, mais appelle-moi si t'as besoin de parler.

— J'y manquerai pas. Et dis à Dingus de dire à la fille de s'faire avorter. Il a pas besoin d'un môme. Il a un avenir devant lui. Salut.

Je suis sciée. Elle va divorcer ? Charlotte aime Al et il est là pour elle et les enfants depuis le début des temps. Est-ce qu'on blâme quelqu'un pour une faute qu'il a commise longtemps auparavant quand elle revient le hanter ? Ça ne me paraît pas juste, mais encore une fois, je ne suis pas à sa place.

Impossible d'aller travailler maintenant. Pas question. J'ai l'impression de flotter dans une zone d'attente, entre ce type qui doit arriver et le coup de fil de New York. Pourquoi elle n'appelle pas, d'abord ? Ça n'a pas marché ? Je compose le numéro de mon autre sœur, qui répond dès la première sonnerie.

— Comment ça va, Janelle ?

— Bien, et toi ?

— Je suis crevée, si tu veux savoir la vérité.

— Moi aussi.

— Tu ne vas pas me croire...

— Quoi ?

— Charlotte dit qu'elle va divorcer parce qu'une femme avec qui Al avait eu une liaison le poursuit pour défaut de paiement de pension alimentaire.

— Je pense qu'il y a de meilleures raisons que ça pour divorcer. De toute façon, elle ne le fera pas. Tu verras.

— J'en sais rien. T'as parlé à Shanice ?

— Oui. Elle va bien. Elles s'entendent de mieux en mieux, avec Mama.

— Elle te manque ?

— Bien sûr qu'elle me manque.

— Et quand est-ce qu'elle rentre ?

— J'en sais rien.

— Comment ça, t'en sais rien ?

— Il y a encore trop de choses pas claires chez moi.

— Comme quoi ?

— J'ai pas envie de rentrer là-dedans pour l'instant, Paris.

— Mais pourquoi ? Tu n'as jamais envie de parler des choses importantes ? Comment ça se fait ?

— C'est pas vrai. C'est juste qu'il y a des fois où les autres ne peuvent pas résoudre tes problèmes.

— Est-ce que j'ai dit que j'allais résoudre tes problèmes ? Non. Mais je suis ta sœur, abrutie, et s'il y a quelque chose qui ne va pas chez toi, je voulais juste que tu saches que tu peux m'en parler.

— Je sais.

— Et pourquoi tu le fais pas, alors ?

— Je le fais.

— Mais non. Il se passe quelque chose entre ta fille et ton mari et tu ne dis rien.

— C'est vrai. Mais comme je t'ai dit, j'ai besoin de m'en sortir toute seule.

— Mais tu n'y arrives pas très bien, on dirait.

— Ça, t'en sais rien...

— Ça fait juste trente-cinq ans que je te connais, Janelle. On a grandi ensemble. Donc, je crois que je sais un peu.

— Écoute, on peut parler d'autre chose ? De l'anniversaire de Mama, par exemple ?

— Elle m'a dit qu'elle voulait qu'on participe tous pour l'aider à partir en croisière cet été.

— Ça me paraît bien.

Petit clic dans le téléphone. Ça, c'est forcément New York.

— Tu peux attendre une minute s'il te plaît ? Je reviens tout de suite, je te le promets.

— D'accord.

— Allô ?

— Allô, Paris ? fait une voix éraillée.

— Qui est-ce ?

— C'est ta tante Priscilla, ma puce. Comment ça va ?

— Priscilla Prison, tu veux dire ? je demande, à nouveau déçue.

— Eh bien, oui, on peut dire ça comme ça.

Ce coup de fil signifie deux choses : qu'elle est sortie et qu'elle veut un truc. Et c'est toujours le même truc : de l'argent, pour acheter de la drogue. C'est la plus vieille toxico que je connaisse. J'espère que ce n'est pas un trait de famille.

— Tante Priscilla, est-ce qu'il y a un numéro où je pourrais te rappeler ? Je suis déjà en ligne.

— Écoute, je voulais juste te demander un service, c'est tout. J'viens d'sortir, tu sais, et j'suis allée chez l'docteur et y m'a dit qu'j'avais le cancer et je voulais savoir si tu pouvais m'aider pour l'opération.

— Quelle opération ?

— L'opération pour enlever le cancer.

Celle-là, c'est la meilleure.

— Quel genre de cancer tu as ?

— Je crois qu'il a dit qu'c'était dans ma gorge. Une boule, un truc comme ça, qu'il faut qu'ils enlèvent.

— Écoute, Tante Priscilla, je suis vraiment désolée d'apprendre que tu as un cancer et j'aimerais bien pouvoir t'aider mais je suis fauchée. T'as pas d'assurance ni de couverture maladie ?

— Fauchée ? Tout l'monde sait qu't'as d'l'argent, ma poule. Faut pas mentir à ta Tante Priscilla. Et quand t'es en taule t'as aucune couverture sociale. (Elle se met à pleurer.) C'est vraiment pas une façon de rentrer chez soi : avec rien du tout, sauf quèqu'chose dont t'as pas besoin. Tu vas même pas essayer d'aider ta tata à vivre un peu plus longtemps ?

— Elle coûte combien, l'opération ?

Je demande ça pour la forme ; en réalité, j'adorerais lui demander carrément combien il lui faut pour tenir la journée, mais ça va venir. Je le sens.

— J'crois qu'ça sera seulement dans les mille dollars, mais si tu pouvais m'envoyer cent ou deux cents aujourd'hui, j'pourrais payer le docteur et les radios qu'on m'a faites.

— T'es chez Tante Suzie Mae ?

— Non non non non non. Tu sais bien que Suzie Mae et moi, on s'entend pas. J'ai pas encore d'domicile fixe.

— Attends une seconde, Tante Priscilla.

Je reprends Janelle.

— Tu vas pas me croire. C'est Tante Priscilla sur l'autre ligne.

— Elle s'est encore évadée ?

— Non, elle est sortie. Cette fois-ci, c'est un cancer et elle veut que je l'aide à payer l'opération. Je reviens tout de suite.

Je rappuie sur le bouton.

— Tante Priscilla ?

— J'suis toujours là.

— Je pourrais t'envoyer un peu d'argent par Federal Express chez Tante Suzie et tu pourrais aller le chercher demain, si tu veux.

— Est-ce que tu pourrais pas m'envoyer cinquante ou cent dollars par Western Union, plutôt, comme ça j'pourrais les avoir aujourd'hui ?

— Je peux essayer, mais je ne te promets rien, Tante Priscilla. J'ai beaucoup de choses à faire aujourd'hui. T'as parlé à Charlotte ? Elle est à Chicago, elle.

— Suzie Mae m'a donné son numéro et j'y ai laissé un message mais elle m'a pas encore rappelée. Tu sais comment elle est…

— Écoute, faut vraiment que j'y aille, Tata. Rappelle-moi demain.

— Attends, attends ! Maintenant ça peut s'faire par téléphone avec une carte de crédit ! T'as plus besoin de t'déplacer, tu sais !

— D'accord ! Je le ferai ! Mais faut que j'y aille, maintenant. Je suis contente que tu sois ressortie. Encore une fois ! Au revoir !

Et je reprends Janelle. Elle en rigole encore.

— Laisse tomber. Enfin bref, qu'est-ce que tu fais, là ?

— Là maintenant ?

— Ouais ?

— Je suis dans le jardin, devant la maison, et je compte les voitures rouges qui passent. J'en suis à dix-sept. En fait, je suis en train de me demander si je dois garder cet enfant ou si je dois avorter.

Je sens une énorme boule se former dans ma gorge.

— Oh, alors…

— T'avais raison. Mais ça me fait vraiment bizarre, Paris. George est parti.

— Pour combien de temps ?

— Pour toujours, j'espère. Je sais vraiment pas quoi faire. C'est vraiment trop. Il faudrait que j'aille en parler avec quelqu'un qui ne me connaît pas. Pour expliquer comment les choses se sont passées.

— Ne va pas chez une voyante pour ce genre de trucs, Janelle. S'il te plaît.

— T'inquiète pas, j'ai trop peur. Je suis allée me faire tirer un tarot et la première carte qu'elle a retournée était vraiment trop, alors je suis partie.

— C'était quoi, par pure curiosité ?

— Le pendu. Enfin bon, j'aimerais que ma fille rentre. Pour être honnête, je ne sais pas comment je vais m'occuper d'elle et je ne sais pas si je devrais garder cet enfant ou pas.

— T'es pas handicapée, Janelle. Tu peux trouver un boulot correct. T'en es à combien ?

— Un peu plus de deux mois.

— Ouah… ça devient limite.

— Je sais.

Voilà Miss Ordelle qui vient se planter devant la porte, une main sur la hanche et un jean dans l'autre. Apparemment, il y a quelque chose qui ne va pas. Je l'ai embauchée juste pour repasser mais elle tient absolument à laver le linge quand même (elle s'ennuie quand ses feuilletons s'arrêtent). On s'est déjà disputées à ce sujet mais elle a gagné. Je lui demande juste de ne pas laver mon blanc parce qu'elle met trop d'eau de javel et qu'elle radine sur l'adoucissant.

— Attends une minute, Janelle. Oui, Miss Ordelle ?

— Excuse-moi, ma puce, mais j'sais pas comment qu'c'est arrivé. Tu vois c'te tache rouge, là ? J'pense que Dingus devait avoir un truc rouge dans la poche. Mais maint'nant, ça s'est foutu partout et j'voulais juste te dire que c'est pas moi qu'ai fait ça.

— C'est pas grave. Vous en faites pas, Miss Ordelle.

— T'es sûre ? Sinon, j'peux essayer d'l'enl'ver, mais ça m'a l'air un peu foutu.

— Si vous pouvez, tant mieux.

— D'accord.

Elle retourne dans la buanderie en toussant. Elle fume comme un pompier. Devant la porte du garage. Et à peu près une fois par mois, elle fait un abcès et doit se faire retirer une nouvelle dent. Elle était SDF il y a trois ans, bien qu'elle ait des enfants adultes. Je l'ai trouvée par une agence. Elle repasse aussi bien que Mama m'a appris. Mais quand elle m'a dit combien elle touchait sur le tarif qu'on me prenait, je lui ai proposé quelques dollars de plus pour venir toute seule, une fois par semaine. C'était il y a deux ans. Depuis, toutes les semaines, quand je lui demande de ses nouvelles, ça va de mal en pire, à tel point qu'elle devrait être déjà morte depuis un an, au moins.

— Désolée, je dis à Janelle.

— C'était Miss Ordelle ?

— Bien sûr. Elle adore m'interrompre quand je suis au téléphone, tu le sais bien.

— Est-ce qu'elle a son bandana ?

— Oui.

— Combien de dents il lui reste ?

— T'inquiète. J'adore cette bonne femme, alors boucle-la. Écoute, j'appelais juste pour prendre des nouvelles et faire un geste amical entre sœurs, quoi. Mais entre toi et Charlotte, je te jure ! Quant à notre frère chéri, Dieu seul sait ce qu'il fabrique.

— Jamil m'a appelée il y a quelques jours pour me demander son adresse.

— Tu te fous de moi ?

— Non non. Il n'était pas très causant mais je la lui ai donnée. Et ça s'est arrêté là.

J'entends sonner à la porte.

— Ah, ça sonne, ça doit être le paysagiste que j'attendais !

— Je croyais que ton jardin était déjà paysagé ?

— Je n'irais pas jusque là. De toute façon, ce type va juste jeter un coup d'œil, proposer quelques trucs et puis faire un devis pour me donner une idée de ce que ça coûterait pour le rendre beau et vert. Mais je dois dire qu'à l'heure qu'il est, comparé à ce que vous traversez toutes les deux, ça paraît un peu mesquin comme préoccupation.

— T'en fais pas. Tout finit par s'arranger. Je ne t'ai même pas demandé comment ça allait, au fait ?

— Ça va. Je crois que j'ai vendu mon projet de livre de recettes et je pète un peu les plombs en attendant que mon agent me rappelle pour me dire combien on me propose.

— Ça serait génial, Paris ! C'est vraiment un truc pour toi. T'as mis assez de temps pour en arriver là...

— Ouais ouais.

J'essaye d'apercevoir le type par la fenêtre, mais ce n'est pas vraiment possible sans se faire repérer. On sonne à nouveau.

— Une seconde ! J'arrive !

— Bon, bon, je te laisse. Je t'appellerai plus tard.

— Essaie de ne pas prendre de grande décision dans la minute, Janelle, d'accord ?

— T'inquiète pas. Et merci, Paris.

Je raccroche et jette un coup d'œil dans le miroir pour voir si je ressemble à une femme au foyer sans mari. Effectivement. Je suis affreuse. J'ai un bas de survêtement gris et un sweat rose plein de taches de café de ce matin. Je me rappelle même plus si je me suis coiffée ou pas. Mais qu'importe ? C'est jamais que le jardinier, bordel.

Quand j'ouvre la porte, je m'aperçois que la boule qui s'était formée dans ma gorge pendant que je parlais avec Janelle est revenue. Impossible d'ouvrir la bouche ni de prononcer un seul mot. C'est la première fois que je rencontre un paysagiste noir, et ils m'en envoient un digne de figurer dans un calendrier de photos sexy... Et à une femme dans mon état ? Moi qui n'ai pas reniflé un homme d'aussi près depuis plus d'un an, sans parler de le toucher ? C'est bien ma veine. Tout ce que j'ai en tête, c'est : au moins, je vais avoir quelque chose d'agréable à regarder pendant un mois, ou le temps que ça durera. Si ça marche.

— Bonjour, Mrs. Price. Je suis Randall. J'ai fini par arriver.

Il me tend la main. Ses ongles sont propres. Ses mains sont pleines de grosses veines mais il doit les enduire de crème régulièrement car son alliance est terne.

Je déglutis.

— Bonjour, Randall. Moi c'est Paris. Contente que vous soyez arrivé.

Je me sens grosse et moche. J'aurais dû me coiffer même si je n'attendais personne. C'est bien ça le problème, je n'attends jamais personne et personne ne vient jamais, à part quelques amis de Dingus. Comment ça se fait, Paris ?

— Je crois qu'il y a eu pas mal de victimes, malheureusement. Mais bon. Je suis là. Vous avez une belle maison.

Je n'arrive même pas à y croire. Voilà qu'un inconnu venu jeter un coup d'œil à mon jardin me fait tourner la tête. Ressaisis-toi, Paris, s'il te plaît.

— Vous voulez me montrer votre jardin ?

— Bien sûr, je dis en lui montrant du doigt la porte-fenêtre qui mène dehors. Je vous rejoins dans une minute.

Je suis trop nerveuse. Il faut que je me calme. La bonne nouvelle, c'est que ça fait des années que ça ne m'est pas arrivé. Qu'il soit marié ne me dérange pas. J'espère même que c'est un mariage heureux. Je lui suis juste reconnaissante de cette excitation qu'il me fait ressentir. Mais il faut que je contienne ce sentiment, que je le modère. Alors… j'attrape mon sac, sors un cachet et décide d'en casser un deuxième en deux. J'avale le tout.

Je sors par la porte ouverte et regarde cet homme qui se promène dans mon jardin. Il est tout au fond, à côté d'un sapin qui a l'air d'avoir la tuberculose. Il doit faire un mètre quatre-vingts, quatre-vingt-deux peut-être. Couleur chocolat. Pas plus de trente-quatre ou trente-cinq ans. Dieu savait exactement ce qu'il faisait le jour où il l'a fabriqué, celui-là. Sa femme a bien de la chance.

Il me lance :

— Vous voulez me dire quelles sont vos idées et après je vous dirai les miennes ?

— D'accord !

Je m'installe dans une flaque de soleil. La chaleur me fait du bien. Pendant l'heure qui vient, je vais faire comme si je ne pensais qu'aux fleurs, aux mares, aux carpes, aux sapins et aux buissons. Mais ce soir, quand je fermerai les yeux, je suis presque certaine que c'est cet homme qui viendra s'allonger auprès de moi. C'est comme ça depuis longtemps. C'est comme ça, c'est tout.

FUMER LÀ-DESSUS

Il m'a battu. Mais j'me suis pas senti aussi mal que j'aurais cru. En fait, c'était presque comme jouer contre moi-même, parce que mon fils est malin, peut-être même plus malin que moi. Mais c'est bien. On dit que chaque génération doit dépasser la précédente et il en est la preuve vivante, et c'est sans doute pour ça que j'me sens mieux d'avoir perdu face à lui.

Il dort encore sur l'canapé et j'ai déjà fait pas mal de trucs ce matin. J'ai remis la main sur Woolery, qui m'a rendu la plupart de ma tune, assez, en tout cas, pour acheter les pièces pour la voiture, et même si ça m'fait mal de tout rembourser d'un seul coup, j'ai renvoyé à Miss Loretta les soixante dollars que j'lui devais, et à Luisa ses quarante. Mon pote Silas a passé toute la matinée à m'aider à faire tourner la caisse et maintenant j'suis en train d'fumer une cigarette en attendant que Jamil se réveille pour le ramener chez lui. On s'est pas couchés avant trois heures, quasi, et je suis content qu'y ait rien eu à boire à la maison, à part le reste de bière, parce que du coup j'étais à peine bourré. C'était sympa de se réveiller avec les idées claires au lieu d'avoir la tête dans l'cul comme d'habitude. J'ai pas la bouche pâteuse non plus, c'qui veut dire que j'pourrais carrément rouler une pelle à quelqu'un si j'avais quelqu'un sous la main à qui rouler une pelle. Faudrait peut-être que j'essaye plus souvent.

Une tasse de café devrait faire agir ces trois Tylenol plus rapidement. Le matin, c'est dur quand j'sors du lit et que mes pieds et mes chevilles m'font tellement mal que j'peux pas m'appuyer dessus. Ce matin, ça allait à peu près, mais si j'reprends pas quelque chose d'ici cet aprèm, on risque de m'prendre pour un infirme. Y a des jours où j'peux même pas tenir ma cigarette entre mes doigts. Comme maintenant, par exemple, y en a plusieurs qui sont gonflés et tordus vers l'extérieur. Et dans pas longtemps, les boules dans mes poignets et dans mes coudes vont être en feu, et il sera pas question d'étendre les bras. J'veux pas qu'mon fils me voie aussi mal. J'veux pas d'sa pitié.

— Hé, Jamil ! je lance, assez fort. Debout ! On va allez prendre un p'tit déj et puis j'te ramènerai chez toi. J'voudrais parler à Todd.

Sa tête apparaît derrière le dossier du canapé. Il a dormi avec sa casquette.

— Je prends pas de petit déjeuner.

— Moi si. J'ai l'ventre de travers si j'mange pas. En plus, le petit déj, c'est pour les champions, tu savais pas ça ?

Il sourit de toutes ses dents. Il a des fossettes, ce gamin. J'en ai pas et sa mère non plus, ça au moins j'm'en rappelle. À la réflexion, j'sais pas comment ça va être de revoir Donnetta après tout ce temps. Pour l'instant, j'ai pas le trac, sauf à l'idée qu'elle puisse soulever la question de la pension alimentaire, mais j'dois déjà passer en jugement pour ça et en plus j'lui montrerai mes mains. Peut-être qu'elle comprendra pourquoi j'travaille pas.

Pendant que Jamil prend sa douche, je fume une autre clope et j'essaie de réfléchir à c'que j'vais dire à Todd. J'vais m'conduire en homme. Pas faire le con, cette fois. Mais j'veux qu'il sache, d'homme à homme, qu'on lève pas la main sur le fils d'un autre. C'est tout.

J'vais lui faire savoir que si jamais il le touche encore une fois, y aura des conséquences. J'ai jamais frappé Jamil. Même quand il était pas sage, je lui parlais, c'est tout. Il était têtu et il pouvait pas tenir en place plus de cinq minutes, alors j'le forçais à rester assis dix, quinze minutes, une demi-heure. Quand Donnetta a demandé le divorce, il en était à deux heures.

— Je suis prêt, il dit. Faut que tu t'achètes des nouvelles serviettes, Papa. Elles sentent le moisi, celles-là.

— Je sais. Chaque chose en son temps. Allons-y.

— Comment on y va ?

— Ma voiture est réparée.

— Cool. Où est-ce qu'on va manger ?

— Chez Coco's ou IHOP, comme tu veux.

— Ça m'est égal.

— Alors IHOP, c'est mon préféré. C'est moi qui t'invite.

— Cool.

Si j'avais l'dos tourné, je jurerais que ce gosse est blanc.

*

* *

Quand j'arrive à la voiture, Jamil est en train de jouer avec la radio. Il dit pas un mot sur la fumée qui sort du pot d'échappement, pas un seul commentaire sur ce vieux tas d'boue, et j'dis rien non plus. J'suis content d'avoir un moyen d'transport, même si celui-là a douze ans et que c'est dur de lui trouver des pièces détachées. Cette Riviera bordeaux me promène quand j'm'en occupe. Elle pompe comme une malade, mais bon, j'l'ai achetée à un Mexicain pour deux cents dollars, alors j'ai pas trop fait l'difficile et j'lui ai pas demandé si on la fabriquait dans d'autres couleurs. En plus, les voitures, ça m'intéresse pas tellement. Pas comme quand j'étais jeune. J'veux juste un truc qui m'emmène là où je vais. Mais putain, si jamais j'gagne au loto, le premier truc que j'fais après avoir remboursé mes dettes, c'est de m'acheter une caisse neuve.

— Ça va ? j'lui demande.

— Ouais. À peu près. J'espère qu'il va pas y avoir de scandale.

— T'inquiète pas pour ça, Jamil. Je veux juste m'assurer que ce type lèvera plus jamais la main sur toi. S'il fait ça, il va en prison. Un point c'est tout.

Et revoilà ce fameux sourire. On dit plus grand-chose pendant les quarante minutes suivantes, le temps d'arriver à Simi Valley et de se garer devant chez lui. La maison est couleur melon, c'est une de ces baraques cheap en plâtre comme celles que j'construisais avant que mon arthrite fasse des siennes. Je sais pas pourquoi faut toujours qu'elles soient de couleur pastel, comme ça, et toutes disposées exactement comme celle d'à côté. Si jamais tu rentres bourré, tu peux même pas voir la différence entre ta maison et celle des voisins. Mais elles sont neuves. Et les gens aiment les trucs neufs : les chaussures, les voitures, et surtout les maisons. Ils aiment l'odeur du neuf. La gueule du neuf. Le toucher du neuf. J'les comprends. Moi aussi, si j'avais les moyens, j'habiterais dans un truc comme ça.

J'me demande bien c'qui lui a pris, à Donnetta, de v'nir s'installer par ici. Quelle question débile, Lewis. Elle a un mari blanc. C'qui veut dire qu'elle doit penser comme tout l'monde : plus on est loin des Noirs, mieux on s'porte. Mais faut voir c'qui est arrivé à Rodney King, et c'était pas loin d'ici.

Jamil ouvre sa portière plus vite que j'l'aurais cru et le v'là sur le perron avant même que j'aie pu éteindre le moteur. Le temps que j'remonte le trottoir en boitant, Donnetta est sur le pas d'la porte, une main sur la hanche, les yeux plissés. Elle est mieux que dans mon souvenir. Elle a toujours la peau douce et crémeuse, comme nappée de caramel. Ses cheveux sont châtain doré et ondulés, ils lui arrivent bien en dessous des épaules, maintenant. Et pour quelqu'un qui vient d'avoir un bébé, elle est en forme, plus mince qu'elle l'a jamais été.

— Qu'est-ce que tu fais ici ? elle me d'mande.

— Je suis juste venu vous parler, à toi et ton mari. Je suis pas venu faire d'embrouilles, t'inquiète pas.

— Qui est là, chéri ? demande une voix d'homme qui ressemble presque à une voix de femme. (Mais il vient pas à la porte.)

— C'est Lewis.

Et à ma surprise, elle se recule pour me laisser entrer.

— M'oblige pas à demander une nouvelle interdiction de visite, elle siffle entre ses dents.

En entrant dans la maison, je m'aperçois qu'il y a des choses qui changent jamais. La maison est peut-être neuve, mais ce qu'il y a dedans est vieux et démodé, à part la télé grand écran. Donnetta a toujours le même vieux canapé qu'on avait acheté juste après notre mariage et la même table basse, aussi. C'était même pas du vrai bois, mais je m'en foutais à l'époque, c'était tout c'qu'on pouvait s'offrir. Sur des étagères en verre, je vois environ quatre années de trophées et de photos de Jamil en tenue de foot. Ça sent le déodorant Glade, ici, mais c'est à peu près tout c'qu'il y a à dire.

— Comment ça va, mec ?

J'me retourne. Voilà Todd, l'homme en toc. Pas étonnant qu'il mette des coups à des gosses. C'est probablement les seuls qu'il peut s'permettre de donner sans danger. Il est carrément loin d'être beau et franchement maigrichon. Pour quelqu'un de la même taille que moi environ, il doit peser soixante, soixante-cinq kilos grand max. Et on dirait que sa tête est trop petite pour son corps. Il est rasé de près, avec des petits yeux perçants. Il me tend la main mais j'me contente de l'regarder.

— J'vais pas rester longtemps, je dis.

— Qu'est-ce qui t'amène ici ? demande Donnetta. Et où est-ce que t'as trouvé Jamil ?

— Je l'ai pas trouvé. Il est venu chez moi hier.

— Il a dû te raconter un paquet de mensonges, alors, dit Todd.

— Je sais pas combien de mensonges il a dit, mais j'ai quelques questions auxquelles j'aimerais bien que tu me répondes.

— Comme quoi ?

— Comme qu'est-ce qui a pu te pousser à mettre un coup de poing dans l'œil d'un gosse de treize ans ?

Todd se met à marcher autour du salon, genre pour essayer de trouver la bonne réponse. Jamil, qui a grimpé les marches de l'escalier dès qu'on est arrivés, se tient en haut et nous regarde, comme si le spectacle allait bientôt commencer.

— Écoute, Todd, voilà ce que j'ai à te dire. J'aime pas beaucoup que tu lèves la main sur mon fils et je trouve ça déplacé de mettre des coups de poing à un gosse comme si c'était un adulte.

— Attends un peu, mon pote. D'abord, est-ce qu'il t'a dit ce qu'il avait fait ?

— Je suis pas ton pote, Todd. J'te l'dis tout net.

— Est-ce qu'il t'a dit ce qu'il avait fait ?

— J'vois pas c'qu'il a fait de mal, à part fumer un peu de marijuana...

— Je n'en crois pas mes oreilles. Est-ce que tu crains Dieu, oui ou non ?

— J'vois pas c'que Dieu a à voir là-dedans.

— Il est hors de question que j'autorise un enfant de treize ans vivant sous mon toit à consommer des drogues, quelles qu'elles soient. Pas dans cette maison.

— Mais c'est pas ton fils !

— Mais c'est moi qui m'occupe de lui depuis quatre ans.

— Ah oui, c'est vrai ?

— Lewis, s'il te plaît, dit Donnetta en se levant de la table où elle était assise, les mains croisées. Ça commence à déraper et ça me met mal à l'aise. On pourrait pas en parler au téléphone, plutôt ?

— Tais-toi, Donnetta, tu veux bien ? dit Todd.

— Ouais, ferme-la, Donnetta.

— Dis pas à ma femme de la fermer.

— C'était ma femme avant, donc j'peux lui dire de la fermer si j'en ai envie. Si tu peux foutre ton poing dans la gueule de mon fils, j'peux bien lui dire de la fermer dix mille fois si j'en ai envie.

— Non, pas dans cette maison.

— Écoute, je veux juste que tu saches que si t'as un problème avec Jamil, tu ferais mieux d'y réfléchir à deux fois avant d'lever la main sur lui, parce que tu risques de m'avoir sur le poil vite fait.

— C'est une menace ?

— À ton avis, espèce d'enculé ?

— S'il me désobéit, s'il me manque de respect, je le punirai de la manière qui me semble appropriée, et étant donné qu'on peut compter sur les doigts d'une main les fois où tu as subvenu à ses besoins au cours des quatre dernières années, je ne pense pas que tu aies grand-chose à dire en la matière. Maintenant, est-ce que tu veux bien avoir l'obligeance de partir ?

Avant même de réfléchir, je lui balance mon poing dans la gueule à cet enfoiré de blond, tellement fort qu'il tombe à la renverse derrière la table, dans la cuisine, et j'entends Jamil crier : « Vas-y, Papa, casse-lui la gueule ! » et je suppose que c'est à moi qu'il parle, et puis Donnetta hurle : « J'appelle la police ! » et quand je relève la tête, Todd s'approche avec un balai brosse et je lui arrache des mains comme si j'avais plus d'arthrite et j'me mets à l'tabasser avec jusqu'à c'que le manche en bois se casse et que j'ai la main pleine de sang, tout le monde crie et hurle, et la seule chose que j'ai en tête, c'est « j'parie qu'il touchera plus à mon fils, maintenant ! »

Quand les flics arrivent, ils me mettent les menottes, me font monter à l'arrière de leur voiture et m'amènent en prison. J'en ai rien à foutre, vraiment. J'ai fait passer mon message. Donnetta a couru chercher son bébé à moitié blanc qu'elle m'avait caché depuis tout ce temps et elle s'est plantée là, le bébé dans les bras, en secouant la tête. Todd était toujours par terre, à faire semblant d'être à moitié mort. J'lui ai pas fait mal, à cet enculé, pas avec c'petit bâton d'merde, mais il faisait encore celui qui pouvait pas s'relever quand les flics m'ont poussé dehors.

D'après un des agents, la caution sera sûrement dans les parages de cinquante mille dollars, cette fois. Merde. Y a personne à qui j'peux téléphoner et demander cinq patates pour qu'on m'laisse sortir. C'est bien la dernière chose dont j'avais besoin : un autre procès. Paris est déjà furax contre moi à cause de c'qui s'est passé à Las Vegas, alors c'est même pas la peine de penser à l'appeler. L'argent de Janelle est pas à elle, et j'la vois vraiment pas en train d'expliquer à George pourquoi elle aurait besoin d'tout ce liquide. Et puis y a Charlotte. J'suis sûr qu'elle me gueulerait dessus en entendant l'mot « prison » et qu'elle me raccrocherait au nez. Donc, laisse tomber. J'vais devoir attendre, c'est tout. Pourquoi fallait qu'ça arrive un samedi ? Ça veut dire que j'passerai pas avant mercredi.

Un des flics me dit que j'vais être inculpé pour coups et blessures et trouble à l'ordre public. Que Todd va engager des poursuites. J'ai jamais été condamné pour délit violent et j'sais pas exactement c'que ça veut dire, mais quand on arrive à la prison, j'leur demande si j'peux fumer une cigarette avant d'entrer et pour combien d'temps j'risque d'en prendre. Ils gloussent tous les deux et puis l'un d'eux m'dit que j'remettrai pas les pieds dans la rue pendant au moins un an et là-dessus il m'conseille de fumer.

COUP DE BOL

— Alors, Mémé, on la fait, cette tarte pour ton anniversaire ou pas ? me d'mande Shanice.

— J'te l'ai déjà dit cent fois : pas question que j'm'amuse à étaler d'la pâte ni à couper des pommes.

J'adore cette gamine mais elle commence à m'taper sérieusement sur les nerfs. On peut faire ci ? On peut faire ça ? On peut aller là ? Elle croit qu'j'suis jeune et j'ai dû lui rappeler qu'à partir d'aujourd'hui je faisais officiellement partie du troisième âge pour qu'elle me fiche la paix. J'exagère. Un peu. J'crois que j'ai l'habitude de m'plaindre et que j'suis contente d'avoir quelqu'un pour m'écouter. À l'heure qu'il est, j'suis allongée sur mon lit, en train d'regarder Oprah d'un œil et d'lire mes cartes d'anniversaire de l'autre. Je viens d'prendre une douche et d'me faire un traitement respiratoire, et maintenant j'vais essayer de coincer une petite sieste d'une heure ou deux avant qu'on aille au bowling. Quelle journée, mes aïeux, quelle journée !

— Je t'avais dit que t'aurais dû me laisser faire un gâteau, reprend Shanice dans le salon.

— D'abord, c'est pas toi qui vas m'dire c'que j'dois faire, Miss, et en plus c'est mon anniversaire et j'aime pas les gâteaux. C'est toujours trop sucré, trop bourratif et trop sec, surtout avec ces dents de camelote que j'ai dans la bouche. J'aime bien les tartes et les *cobblers* aux pêches et un pudding ou du riz au lait une fois de temps en temps.

— Et si on en achetait une tarte surgelée, alors ?

— Tu sais comme ils sont radins, les Blancs, avec les pommes ?

— Pas Mrs. Smith.

Elle arrêtera jamais, celle-là.

— C'est la pire. Mais écoute, si tu veux, en allant au bowling, on peut acheter une tourte aux pommes qu'on laissera décongeler dans la voiture et trois-quatre pommes que tu couperas en morceaux, et quand on reviendra la croûte sera assez ramollie pour qu'on puisse l'ouvrir, et on pourra ajouter un peu d'cannelle et d'sucre roux et de jus d'citron et de vanille et quelques noisettes de beurre pour relever l'tout et lui donner le même goût qu'si on l'avait fabriquée nous-mêmes.

— Le temps de faire tout ça, Mémé, tu crois pas qu'on aurait plus vite fait de la fabriquer nous-même ?

— Pourquoi tu vas pas poser tes petites fesses quelque part et trouver quelque chose pour t'occuper ? Non. À la réflexion, va plutôt chercher la boule de bowling de Mémé et la mettre dans ma voiture neuve, tu veux bien ?

En entendant ces mots, j'ai les pommettes qui frétillent. J'adore comment ça sonne : « Ma voiture neuve ». Paris est vraiment trop, des fois, j'vous jure. Quand vous avez des sous, vous pouvez vraiment acheter tout c'que vous voulez sans même sortir de chez vous. Tout c'qu'il vous faut, c'est un téléphone, une carte de crédit et Federal Express.

Hier soir, juste avant *Arsenio Hall*, ma sœur Priscilla m'a appelée en PCV pour me souhaiter mon anniversaire ; elle a eu l'culot d'avoir l'air contente parce qu'elle venait d'rencontrer Precious, son espèce de fille, dans la même prison qu'elle. Elle voulait quoi, que j'saute de joie ? J'l'ai pas fait. Precious a trente-cinq ans. J'lui ai même pas demandé pourquoi elle était à l'ombre, parce que toute cette histoire est vraiment ridicule. D'abord Boogar et Squirrel, et ensuite sa seule fille ? Ils s'sont tous retrouvés mêlés à la même connerie, j'comprends même pas quoi. J'ai dit à Priscilla que j'étais en train de m'endormir quand elle a appelé, que j'pouvais pas lui envoyer plus d'vingt ou trente dollars et j'ai raccroché. J'étais encore en train de s'couer la tête quand le téléphone à sonné d'nouveau. C'était Paris qui voulait m'souhaiter un bon anniversaire en avance parce que le lend'main elle devait aller avec un jardinier chercher des arbres et des plantes et des pierres et des ardoises et un genre de poisson et qu'elle savait pas à quelle heure elle serait d'retour et qu'elle voulait m'choper à la maison. Je lui ai dit que pour m'choper à la maison, y avait pas d'doutes, elle avait réussi, que j'étais même en train d'm'endormir, et qu'elle ferait mieux de s'dépêcher de dire c'qu'elle avait à dire pour que j'puisse y retourner. Elle m'a dit qu'j'avais intérêt à m'remuer le popotin pour m'réveiller un peu si j'voulais entendre les bonnes nouvelles qu'elle avait à m'annoncer. J'me suis assise et j'lui ai dit qu'j'étais réveillée, maintenant, alors où c'est qu'elle voulait en venir ? Et c'est là qu'elle m'a appris qu'elle venait d'vendre son livre de recettes pour un bon paquet d'sous et que non seulement j'pouvais aller chez le concessionnaire à partir de dix heures et demie c'matin pour chercher la Mitsubishi Galant bleu marine toute neuve qui m'attendait, mais qu'en plus j'pouvais prendre rendez-vous chez l'meilleur dentiste du coin pour m'faire faire un nouveau dentier, et qu'ensuite j'pouvais faire le tour de la ville dans cette beauté jusqu'à c'que j'voie un appartement où j'pourrais avoir envie d'vivre et m'garer à l'ombre avant d'aller voir l'agent immobilier pour l'acheter. Au début, elle m'a même pas donné d'ordre de grandeur, mais après elle a dit qu'il fallait qu'le chiffre commence par un « un » et que j'fasse pas de folies quand même. Nom d'un chien. Ici, pour cent mille dollars, même un crétin a d'quoi vivre vraiment bien. Mais comme j'suis curieuse comme une chatte, il a quand même fallu que j'lui demande combien elle avait touché pour un livre qu'elle avait même pas encore écrit, vu qu'c'était plutôt elle qu'avait l'air partie pour faire des folies. « Faut c'qui faut », elle s'est contentée d'me répondre, alors on en est restées là.

Shanice et moi, on était trop excitées en sortant de chez l'concessionnaire pour s'occuper de dentier ou d'appartement, alors on est allées direct chez Red Lobster pour fêter ça, et devinez qui on a rencontré ? Cecil et sa nouvelle famille – on dirait les Pierrafeu, mais en noir – et j'ai même pas « flippé », comme dirait Dingus. Cecil était sur le point de glisser une crevette dans sa bouche quand il nous a vues et j'lui ai juste fait un signe de tête, à lui et à la greluche en forme de champignon qui était à ses côtés. Elle a l'air assez jeune pour être sa petite-fille et devrait s'fixer une bonne fois pour toutes sur l'genre de coiffure qui l'intéresse au lieu d'en porter trois ou quatre sur la tête. D'après c'que j'ai aperçu, y a des crans sur le côté gauche, le sommet du crâne est un mélange d'ancienne permanente et de rajouts blond-roux qui retombent par-dessus les crans (peut-être que c'est censé faire une cascade, pour c'que j'en sais) et sur le côté droit, des nattes tressées de fil violet. Qu'est-ce qu'a bien pu lui passer par la tête pour s'infliger un truc pareil ? Et encore, j'l'ai vue que d'face.

Y avait aussi trois p'tits gamins presque mignons mais qu'auraient bien eu besoin d'un peu d'crème sur les cheveux, les coudes et les genoux, et un bon bain leur aurait pas fait d'mal non plus. Visiblement, Cecil les avaient emmenés dans son magasin préféré – Target – vu qu'ils avaient tous des nouvelles tenues, mais il aurait dû pousser jusqu'au rayon chaussures. J'me suis contentée d'sourire et j'ai entraîné Shanice loin du groupe, jusqu'à une table dans un coin d'où on pouvait pas les voir.

Mais qu'est-ce qu'il a fait, Cecil ? Il est rev'nu à notre table et il s'est planté là !

— Bon anniversaire, Viola.

— Comme c'est gentil de v'nir à ma fête, Cecil. Merci.

Et j'me suis mise à lire le menu. Quand la serveuse est arrivée, j'ai commandé une margarita pour moi et un Shirley Temple pour Shanice. Cecil restait planté là comme un abruti.

— Va, j'lui ai dit. Va retrouver ta nouvelle famille, là-bas.

— Tu s'ras à la maison, t'à l'heure ?

— Non, je s'rai pas à la maison. C'est mon anniversaire. J'vais fêter ça.

— J'voulais t'apporter un p'tit quèqu'chose.

— J'ai un rendez-vous.

— Un quoi ?

— Un rendez-vous. Tu sors bien avec quelqu'un, toi, et bien moi aussi, ce soir, j'sors avec quelqu'un.

— Avec qui… ? a commencé à faire Shanice. (J'lui ai filé un coup d'pied sous la table alors elle s'est reprise :) Ah oui, lui, j'l'avais oublié !

— J'voulais juste te donner un p'tit quèqu'chose, Viola. C'est pas obligé qu'ça soit aujourd'hui.

— Alors qu'ça soit un autre jour, Cecil. D'toute façon, t'as l'air d'être assez pris, toi aussi. Et va, maintenant. Va-t'en.

— D'accord, il a fait ; et il s'est éloigné d'un pas gauche comme si ses oignons lui faisaient mal.

Bien fait pour sa vieille gueule. Des fois, j'aimerais avoir un aspirateur géant pour aspirer tous les hommes idiots d'la terre et les mettre dans un grand trou et les enterrer dans la boue chaude et pas les laisser sortir tant qu'ils auront pas compris qu'les femmes qu'ils ont épousées – celles qui les ont soutenus tout c'temps-là, ces pauvres mecs – étaient celles qui les aimaient vraiment et qu'leurs nouveaux modèles version améliorée, même s'ils peuvent leur donner un plaisir rapide, ils dureront pas plus longtemps que l'temps qu'il leur faut pour tirer leur coup. Qu'est-ce qu'une jeune nana avec une tripotée de gosses peut bien attendre d'sa vieille tronche, à son avis ? Quand j'pense que Cecil et les autres arrivent à croire que ces filles les aiment pour de vrai, j'me dis qu'ils délirent, comme dirait Dingus. Tout c'que ces vieux cons ont à leur offrir, c'est une carte de crédit et du liquide. Mais j'ai pas passé trente-huit ans d'ma vie à engraisser une grenouille pour qu'un serpent vienne me la piquer. Attendez voir : quand il s'ra prêt à rev'nir en s'traînant à genoux, j'aurai l'dos tourné ou bien je s'rai pas là. Sont toujours à la bourre et sans un rond, mais c'est pas d'ma faute et désormais c'est plus mon problème.

— Mémé, j'la vois nulle part, ta boule de bowling...

— Eh bien cherche ! Y a pas cent cinquante mille endroits où elle peut être, dans c'palace !

— Je dois vraiment tout faire ici, hein, Mémé ?

— Qu'est-ce tu dis, ma puce ?

— Je dis : Je dois vraiment tout faire ici, hein ?

Maintenant elle est sur le pas d'la porte et elle hausse ses petites épaules maigrichonnes en disant ça, mais j'sais qu'elle m'fait marcher. Elle va bien. Elle sourit. Rit tout fort. Et elle sent plus l'alcool. J'voulais m'débarrasser d'mes bouteilles mais j'ai pas eu l'courage. Ça coûte de l'argent, tout ça, et puis, d'temps à autre, j'ai besoin d'un p'tit quelque chose pour me r'quinquer. J'ai fait des marques sur les bouteilles et j'crois qu'elle a pas trouvé ma planque parce qu'on dirait bien que j'suis la seule à barrer les traits et à en faire de nouveaux.

Peut-être bien qu'elle est en train d'se r'mettre. J'sais pas. Tous les jours, j'la prends dans mes bras. J'essaie d'lui faire sentir qu'elle est unique. Mais elle est unique. Et rapide, avec ça. Pourrait bien être la prochaine Flo Jo. Mais au fond, j'm'en fous un peu qu'elle soit rapide, pourvu qu'elle ait plus jamais à courir pour sauver sa peau. Et c'est pour ça qu'elle reste ici, avec moi. J'veux qu'elle sache comment ça fait d'se sentir en sécurité.

Certains soirs, elle dort ici, avec moi, et on lit ensemble. Avant, sa mère m'envoyait ses vieux romans à l'eau d'rose mais j'en ai eu marre de lire des conneries qu'arrivent jamais dans la vraie vie, alors j'suis allée à la librairie « L'enfant du pays », sur D Street, où y a un charmant monsieur noir qui m'fait une réduction troisième âge sur les poches.

À sa façon, j'crois que Shanice a l'impression de m'protéger, elle aussi. J'aime bien ça, qu'elle s'occupe de moi. Ça fait du bien d'être entourée d'gens qui s'font du souci pour vous. J'l'ai aussi convaincue d'arrêter de s'arracher les cheveux comme ça. J'lui ai juste dit qu'ça avait pas d'sens de s'faire du mal à soi-même quand d'autres y étaient déjà tellement bien arrivé, mais qu'elle croie surtout pas qu'ils allaient s'en tirer comme ça. Dieu mange pas d'ce pain-là. Que le bonheur soit ta revanche, j'lui ai dit. Venge-toi en étant heureuse.

J'lui jette un bonbon à la menthe et j'lui fais un clin d'œil.

— Tu payes pas d'loyer ici, que j'sache, alors oui, c'est vrai, on peut dire que t'es ma p'tite esclave.

— Mémé !

— T'as parlé à ta mère, tu disais ?

— Oui.

— Tu lui as pas dit que j't'avais fait sécher l'école aujourd'hui pour aller chercher la voiture avec moi, hein ?

— Bien sûr que non.

— Et qu'est-ce qu'elle raconte ?

— Elle appelait pour te souhaiter un bon anniversaire mais c'était au moment où t'avais emmené Miss Loretta faire un tour dans ta voiture neuve et Mama a dit qu'elle avait des problèmes de femme et qu'elle devait rester au lit pendant un jour ou deux.

— Quel genre de problèmes de femme ?

— Je sais pas, Mémé.

— Fais-le numéro et passe-la-moi, tu veux, ma puce ?

Mais à peine j'ai dit ça qu'le téléphone sonne.

— Shanice, tu veux bien décrocher pour Mémé, s'il te plaît ? Bon, laisse tomber, j'vais l'prendre.

J'attrape le combiné.

— Ouais ?

— Bon anniversaire, Mama.

— Charlotte ?

— Ouais.

— Eh bien, merci ! Et bon anniversaire à toi. T'as reçu ma carte ?

— Oui, hier. C'était très gentil, merci. J'voulais t'appeler toute la journée mais j'ai pas arrêté d'courir depuis c'matin et c'est seulement maintenant que j'peux l'faire. Ta carte est partie, tu sais. Tu devrais la recevoir d'ici demain ou après-demain, maximum.

— Pas d'problème. Qu'est-ce que tu vas faire pour fêter ça ?

— Rien.

— Comment ça, rien ?

— Comme j'ai dit. J'ai pas envie d'faire quelque chose.

— Tu veux dire qu'Al a rien prévu pour ton anniversaire ?

— Al est parti.

— Parti où ?

— J'sais pas. J'ai demandé l'divorce, mais j'ai pas envie d'en parler maintenant, c'est ton anniversaire. Les gosses veulent te dire un truc, bouge pas.

Le divorce ? Elle me tue, la façon qu'elle a d'vous lâcher une bombe sur le poil, comme ça, et puis d'faire comme si de rien n'était.

— Bon anniversaire, Mémé ! (Les trois s'mettent à crier en même temps.) *On a un joli cadeau pour toi !*

— Eh bien, merci !

Puis Charlotte r'prend le téléphone.

— Et toi, alors, qu'est-ce que tu vas faire pour ton anniversaire ?

— Attends, attends, Charlotte. Tu viens d'dire que t'allais divorcer...

— Mama, on peut parler d'ça un autre jour, s'il te plaît ?

— Très bien.

Si elle a pas envie d'en parler, qu'elle aille au diable.

— T'as parlé à Paris, récemment ?

— Pas depuis quelques jours, pourquoi ?

— Tu sais qu'elle a vendu son livre, non ?

— Non, j'savais même pas qu'elle écrivait un livre.

— Mais si, tu l'savais. Elle l'a dit devant tout l'monde, à Thanksgiving, ça fait des années qu'elle travaille dessus. Enfin bref, elle a touché un gros paquet d'argent pour ça et elle m'a acheté une voiture neuve !

— Quel genre de voiture ?

— Une Mitsubishi Galant, bleu marine.

— C'est gentil.

On dirait qu'elle en pense pas un mot.

— Attends. J'ai pas terminé.

— Tu veux dire qu'il y a autre chose ?

— Oh oui. J'vais avoir un nouveau dentier – le plus cher et l'meilleur – et demain j'vais commencer à regarder les appartements.

— Parce que Paris va t'acheter un appart ?

— Oui, madame.

— Et qu'est-ce que t'as eu d'autre pour ton anniversaire ?

— Shanice m'a fait une tasse en cours de travaux manuels et Dingus m'a envoyé des anneaux en or pour les oreilles.

— En vrai or ?

— J'crois pas, mais qu'est-ce que ça peut faire ? C'est l'intention qui compte. Et puis ma copine Loretta – celle avec qui j'vais peut-être partir en croisière – elle m'a fait un dessus-d'lit au crochet très joli, doré, violet et vert kaki, pour aller sur mon vieux canapé.

— Elle est pas blanche, Loretta ?

— Si, et alors ?

— Juste pour savoir.

— Et c'est à peu près tout.

— Janelle et Lewis t'ont rien offert ?

— Janelle me donne la même chose tous les ans : un chèque cadeau de chez Nordstrom's.

— Chez qui ?

— Un grand magasin, très classe. Pas tout à fait Neiman Marcus, mais pas loin, à mon avis. Et j'ai pas eu d'nouvelles de Lewis, c'qui veut dire qu'il doit être en prison parce qu'il oublie jamais mon anniversaire.

— Tu vois, tu recommences, Mama.

— J'recommence quoi ?

— À m'balancer des trucs dans la gueule.

— De quoi tu parles, Charlotte ?

— Fallait vraiment que tu t'vantes de tout c'que les autres ont fait pour ton anniversaire, à part moi et mes gosses !

— Tu m'as demandé c'que j'avais reçu, alors j'te l'dis !

— Ouais, mais regarde comment tu l'dis !

— Mais qu'est-ce tu veux que j'fasse, que j'sussure ? Que j'te dise que j'suis déçue parce que mes autres filles ont assez d'estime pour moi pour m'fêter mon anniversaire, et toi pas ? Il y a quelque chose que j'ai toujours pas compris : c'est moi qu'ai fait un truc pour qu'tu t'comportes comme si j'étais ta marâtre, ou t'es juste méchante de nature ?

— J'suis pas méchante de nature et tu ferais mieux d'réfléchir à tous les trucs que t'as fait pour m'faire du mal et qu'tu t'rappelles jamais, putain !

— Toi, tu ferais mieux de pas monter sur tes grands ch'vaux et de m'parler sur un autre ton. T'as toujours une bonne raison pour ramener le problème à toi, hein ? Quoi qui s'passe, c'est toujours la pauvre Charlotte qui est à plaindre ! Toujours la pauvre victime innocente ! En tout cas, sache que j'ai jamais fait exprès d'te faire du mal et je jure sur la tombe de ma mère que c'est vrai.

— C'est ça, c'est ça.

— J'y peux rien, moi, si toi et tes enfants vous m'avez rien envoyé pour mon anniversaire !

— Ils viennent de t'dire qu'ils avaient quelque chose pour toi !

— Et c'est où, alors ? Quand j'leur envoie des cadeaux, ils arrivent à temps, non ? Et toi ? T'es toujours tellement occupée, trop occupée pour...

— Écoute, c'est la peine d'essayer d'me faire culpabiliser.

— T'as pas tellement l'air de t'sentir trop coupable...

— T'as raison, Mama ! J'me sens pas coupable ! Et à partir de maintenant, j'vais plus jamais m'sentir coupable pour c'que j'fais ou c'que j'fais pas ! J'en ai ras le cul de faire c'que les autres veulent que j'fasse. Ras le cul de vivre ma vie en cherchant à plaire à tout l'monde, sauf à moi-même. Alors, ouais, j'en ai marre de m'sentir coupable parce que ma propre mère aime enfoncer une de ses filles en s'vantant de c'que ses autres enfants ont fait pour elle !

— C'est pas c'que j'fais, Charlotte, et tu l'sais très bien.

— Ah oui ? Eh bien ça y ressemble, pourtant. Alors amuse-toi bien avec ta voiture neuve et oublie pas d'mettre tes nouvelles boucles d'oreilles et d'boire un truc bien chaud dans ta nouvelle tasse et de t'allonger sur ton dessus-d'lit bleu et orange, et quand tu t'installeras dans ton nouvel appart, prends pas la peine de m'appeler avant d'avoir appris comment on devrait parler aux gens parce que les poules auront des dents le jour où j'te rappellerai !

Clic.

Nous y r'voilà. Et le jour de mon anniversaire, en plus. Cette petite garce m'a raccroché au nez une fois de trop. Al a dû lui faire un coup vraiment bas pour qu'elle flippe comme ça.

— La vache, dit Shanice. Elle flippe complètement.

— T'es encore en train d'écouter au téléphone, toi ?

— Ouais. C'est mieux qu'un feuilleton, Mémé. Qu'est-ce qui lui arrive, à Tante Charlotte ? Elle délire complètement.

— Fais-moi plaisir. Ne prononce plus son nom dans cette maison jusqu'à c'que j'te l'dise, d'accord ?

— D'accord.

— Maintenant appelle-moi ta mère et dépêche-toi.

— OK.

Je l'entends composer le numéro, mais quand j'décroche, c'est Suzie Mae. Comment c'est possible ?

— Vy ? T'es là ?

— Oui, Suzie, j'suis là.

— J'appelais juste pour te souhaiter un bon anniversaire. Au début, j'me rappelais plus d'qui c'était l'anniversaire, mais après ça m'est r'venu : c'est l'tien et celui d'Charlotte ! Le jour d'la déclaration d'impôts, toutes les deux.

— C'est gentil d'avoir appelé, Suzie, mais j'peux t'rappeler un peu plus tard ?

— Bien sûr, j'comptais pas rester plus d'une minute, d'toute façon, c'est plein tarif à c't'heure-ci. Tu t'sens bien ?

— Très bien.
— T'as mis tes papiers en ordre ?
— Quels papiers ?
— Bah, tu sais, au cas où tu meurs, quèqu'chose comme ça...
— Y a personne en train d'mourir par ici, Suzie Mae.
— On sait jamais. Mieux vaut prév'nir que guérir.
J'me demande comment j'ai fait pour avoir une sœur pareille. Vraiment, j'me l'demande.
— En tous les cas, mes papiers sont en ordre.
— Faudrait pas qu'tes gosses se disputent pour s'arracher tes affaires personnelles, hein ?
— Pas comme les tiens, c'est ça ?
— J'ai pas d'gosses.
— Non, et t'as pas d'affaires personnelles non plus.
— J'ai entendu dire qu'Cecil était parti ?
— Tu r'gardes les infos, alors ?
— Il était temps. Y valait pas l'coup, à mon avis, mais on va faire comme si j'avais rien dit.
— Allez, au revoir, Suzie.
— Au revoir, Vy. J'te rappellerai dimanche, c'est moins cher. Eh, attends ! T'as eu des nouvelles d'not'sœur ?
— Prononce pas l'nom de cette crétine, s'il te plaît. J'en ai marre des idiotes et j'sais pas laquelle est en haut d'ma liste à l'heure actuelle.
— Tant qu'c'est pas moi... Au r'voir !
Je glousse et puis j'appelle Janelle moi-même.
— Bon anniversaire, Mama.
Elle a l'air sonnée, fatiguée.
— Qu'est-ce qui va pas, Janelle ?
— J'ai mal au ventre, c'est tout.
— Depuis quand t'as mal au ventre ?
— Ça m'arrive de temps en temps, ça dépend des saisons.
— Et là, c'est quoi comme saison ?

— C'est le printemps, Mama, c'est le printemps. Où est Shanice ?

— Dans la cuisine. On va partir au bowling dans un p'tit moment, si j'arrive enfin à faire la sieste.

— Je veux qu'elle rentre à la maison.

— C'est gentil, mais elle est pas encore prête à rentrer.

— Mais j'ai besoin qu'elle rentre.

— Écoute, Janelle, tu lui as déjà fait subir tout un merdier non nécessaire, à cette gamine. Maintenant, ça fait pas longtemps qu'elle est là, ça marche bien à l'école, elle fait d'la course, et on l'a inscrite pour une colo d'une semaine avec des filles qu'elle a rencontrées à l'église et avec qui elle s'entend drôlement bien. Il s'trouve qu'ça tombe en même temps qu'ma croisière. De toute façon, l'école s'ra finie début juin et j'la retire pas d'là avant. Va falloir que t'attendes notre retour, c'est tout. Qu'est-ce que t'en dis ?

— OK, OK. De toute façon, je vais être occupée à chercher du travail.

— Ça, c'est pas nouveau.

— Ma, pas aujourd'hui, s'il te plaît... À part ça, t'as entendu, pour Lewis ?

— Quoi ?

— Paris t'a pas appelée ce matin ?

— Elle a appelé hier soir.

— Et elle t'a rien dit sur lui ?

— Mais viens-en au fait, s'il te plaît !

— Il est en prison. Mais cette fois-ci, il va y rester un moment. Peut-être même un an. Ça dépend. Il se pourrait qu'il passe en procès.

— Hein ? Mais pourquoi ?

— Il a frappé le mari de Donnetta avec un balai brosse.

— Comment ça, frappé ?

— Il lui a donné des coups avec le manche en bois.

— Tu mens, j'le sais.

— Si seulement...

— J'veux pas en savoir plus. La journée a déjà été bien chargée, c'est tout c'que j'sais. Il a frappé... J'te jure, des fois j'me demande où il était, c'garçon, le jour où on distribuait le sens commun !

— Je vais peut-être aller le voir la semaine prochaine.

— Te gênes surtout pas pour moi. Et George, il est où ?

— Il habite plus ici. Je te l'ai déjà dit.

— On verra, on verra. Mais j'vais t'dire quelque chose : si t'arrives à t'y tenir, t'auras droit à toute mon estime.

— J'essaie, Ma, j'essaie. Embrasse Shanice pour moi. J'ai pris un cachet pour dormir, alors il faut qu'j'y aille.

— J'te retiens pas, alors. À plus tard. Et merci pour le cadeau. Dès qu'j'aurai perdu cinq ou six kilos, j'file au magasin. Merci, ma puce.

Je fais un bruit d'bisou dans l'appareil et j'raccroche.

— Shanice ! je hurle. Débranche-moi c'téléphone, s'il te plaît ! J'veux plus parler à personne.

— D'accord, Mémé. Mais la porte, alors ? Je crois bien que Pépé Cecil vient d'arriver.

— Et merde ! C'est mon anniversaire et j'ai envie d'faire la sieste non mais !

J'me relève péniblement et m'approche d'la porte d'entrée.

— Qu'est-ce que j'peux faire pour toi, Cecil ?

Il a r'mis sa chemise à la Sammy Davis Jr. et son pantalon à la James Brown. Y a des choses qui changeront jamais.

— J'tavais dit que j'voulais t'apporter un p'tit quèqu'chose pour ton anniversaire.

— Qu'est-ce que c'est ? j'lui demande à travers la porte-moustiquaire.

J'ouvre pas cette porte avant d'en avoir envie et une chose est sûre, Cecil mettra pas les pieds ici, et j'me fiche de c'qu'il m'a ammené.

— C'est à qui, c'te voiture d'vant la maison ?

— À mon ami.

— C'est qui, c't'ami ?

— Mais ça t'regarde pas, Cecil. Bon, il est où c'cadeau ? C'est pas tout ça, mais faut qu'je m'habille.

— Où c'est qu'tu vas ?

J'prends ma respiration. Et puis, juste pour satisfaire sa curiosité :

— On va au bowling.

— Ah. Et j'le connais, c'type-là ?

— Ça m'étonnerait. Moi-même, j'viens seulement d'le rencontrer.

— Vegas est pas si grand qu'ça.

— Écoute, Cecil, ce cadeau, c'est pour aujourd'hui ou pour demain ? Parce que j'ai pas qu'ça à faire.

J'entrouvre la porte-moustiquaire juste assez pour qu'il puisse me passer quelque chose.

— Tiens.

Il me tend un sac en plastique d'chez Philmon's Hair Emporium, là où j'me faisais coiffer avant qu'je décide de m'occuper d'mes cheveux moi-même. Mais Philmon's, c'est une librairie, aussi. Et quand j'ouvre le paquet, c'est un livre.

— Merci, Cecil. C'est très gentil d'ta part.

— Pas d'quoi. À part ça, va falloir qu'on discute bientôt de c'qu'on fait d'cette baraque.

— Tu peux en faire c'que tu veux.

— Qu'est-ce tu veux dire par là, Vy ?

— J'veux dire que j'vais bientôt déménager.

— Pour aller avec ce type ?

— Seigneur, non ! J'voudrais pas vivre avec un autre homme à mon âge même si on m'payait. Tu m'en as fait passer l'envie, Cecil. Non, c'est mieux qu'ça. Paris va m'acheter un appart pour moi toute seule.

Ça l'fait sourire, on dirait.

— Ah ! il fait en s'frottant les p'tits poils gris qui r'couvrent déjà ses joues. Celle-là, quand même !

— Tu peux l'dire.

— On aura au moins réussi quèqu'chose, tous les deux, hein, Vy ?

— On dirait. Mais comme j'ai dit, faut qu'j'y aille, Cecil. Merci encore.

— Pas d'quoi. J'peux t'faire un p'tit bisou ? Pas sur la bouche, sur la joue ?

— C'est pas vraiment nécessaire.

— J'sais bien. Mais j'en ai envie.

— Bon d'accord.

J'tourne la tête pour présenter ma joue droite dans l'ouverture de la porte. Il a les lèvres sèches, dures, gercées, comme s'il avait embrassé personne depuis longtemps. J'ai presque d'la peine pour lui, mais quand même pas.

— Bon anniversaire.

Puis il fait demi-tour et repart vers sa Lincoln rouge qui, à ma grande surprise, démarre au quart de tour.

Quand j'me r'tourne vers Shanice, elle est en train d'sortir de derrière le frigo où elle s'était planquée, les deux mains sur la bouche, à force de rigoler sans doute.

— T'es bonne, Mémé !

— Des fois, t'es obligée d'mentir. J'en fais pas une habitude, c'est tout. Maintenant, j'vais aller m'préparer et on fiche le camp d'ici. Et tant pis pour la sieste !

Je r'tourne dans ma chambre et j'enfile mon T-shirt de bowling jaune, avec « Coup de bol » écrit en grosses lettres rouges dans l'dos, quand l'téléphone s'remet à sonner.

— Shanice, j'croyais que j't'avais dit de débrancher c't'appareil ?

— Je l'ai fait, Mémé, c'est toi qu'as pas débranché le tien !

— Bon sang d'bonsoir !

J'réponds. C'est Essex.

— Quand est-ce que tu ramènes ta fraise, ma fille ? On t'attend !

— J'arrive, j'arrive. Donne-moi quinze ou vingt minutes, Essex.

— D'accord, mais dépêche-toi.

Depuis qu'j'suis rentrée d'l'hôpital, Essex arrête pas d'me tanner pour que j'revienne au bowling. J'suis une des rares de l'équipe à faire dans les 170 à chaque fois, alors ils ont besoin d'moi. Vraiment besoin d'moi. LuEsther fait entre 155 et 170, mais ça peut changer d'une semaine à l'autre suivant l'nombre de bouffées d'chaleur qu'elle a c'jour-là. Essex fait dans les 180 depuis des années. Lui et moi, on joue en équipe, mais depuis qu'j'suis plus là, il est obligé d'faire équipe avec Mr. Kentucky qui sent des pieds mais personne a l'courage de lui dire. On s'contente de s'éloigner quand il joue, parce qu'il lance la boule comme pas deux.

Sur le chemin, on s'arrête à l'épicerie et Shanice court acheter une tarte, des pommes et une glace à la vanille. En entrant dans le bowling, on descend l'allée et j'regarde sur ma gauche : pas une seule tête connue. J'regarde sur ma droite : toujours personne de notre équipe dans notre allée habituelle. J'suis pas folle. On est au bon endroit, quand même. J'me dirige vers le bar pour demander à Zenobia si elle veut bien mettre la glace au frais et aussi si elle sait pas où ils sont tous passés, mais elle s'contente de sourire comme une imbécile en montrant ses deux dents en or qui brillent plus d'puis longtemps et c'est là que, dans mon dos, j'entends une bande de Négros hurler à plein poumons :

— SURPRISE SURPRISE ! JOYEUX VINGT ET UN ANS, VIOLA ! ON EST CONTENTS D'TE REVOIR !

J'ose pas m'retourner de peur de faire une crise cardiaque mais c'est un risque que j'vais devoir prendre. Quand j'me retourne, je vois Essex et toute la bande qui tiennent un énorme gâteau, avec mon nom écrit en lettres roses dessus et des grosses roses jaunes et vertes dans les coins. Ils ont dû l'acheter chez Costco. J'ai oublié d'dire à Shanice que j'aimais bien les gâteaux d'chez Costco, ils m'collent pas au palais comme les autres ; mais si j'la laisse jouer un peu avec ma boule, j'pourrai peut-être en manger un p'tit bout en douce pendant c'temps-là et elle en saura rien...

Le pain brûlé

Je ne sais pas pourquoi je n'ai pas peur. Je devrais, dans ce quartier. South Central. C'est ici que Jimmy a été tué, descendu par deux types qui passaient en voiture. C'était en 1985, avant que cette manière de faire ne devienne à la mode. Je n'ai pas l'impression que cela fait déjà neuf ans. En fait, si je poursuivais encore sur deux ou trois pâtés de maison et tournais quelques fois à droite, je me retrouverais pile devant la maison où ça s'est passé. Mais je n'ai pas envie de voir le perron ni les marches qui y conduisent. Je ne veux pas voir l'herbe rouge ni le trottoir bordeaux. Le verre brisé et répandu comme la carte d'un monde déchiré où les pays ne sont plus à leur place. Je ne veux pas me rappeler les cris qui ressemblaient à des sirènes et les sirènes qui ressemblaient à des cris. Ou la foule, trop de gens, même des gamins, accourant et formant un cercle dense pour le plaisir de voir un corps de plus évacué vers la morgue ; une victime de plus dans leur quartier, tuée par quelqu'un de leur quartier.

Jimmy n'a jamais fait de mal à personne. Même une fois qu'il a eu son diplôme et qu'il est devenu entraîneur sportif dans les lycées, il a continué à venir travailler ici bénévolement pendant l'été, pour aider à former des jeunes espoirs aux épreuves athlétiques des Jeux olympiques juniors. Il avait un grand cœur et je suis heureuse d'avoir eu la chance de profiter de sa chaleur. C'est la meilleure chose qui me soit arrivée dans la vie. Je suis sûre que s'il était encore là, on serait heureuses, Shanice et moi. Il n'aurait jamais laissé quoi que ce soit nous arriver. C'était un protecteur, et ce qui est triste c'est que dans son quartier personne n'a eu l'air d'être touché. Je crois que c'est Malcolm X qui a dit qu'il s'agissait de génocide quand on s'entre-tue comme ça, sans raison, et pendant ce temps-là l'homme blanc nous regarde en souriant faire le boulot qu'il n'aura plus à faire. Je suis sûre que c'est pour ça qu'ils n'ont jamais retrouvé ceux qui avaient tué mon mari. Ils n'ont jamais vraiment cherché.

Je traverse Normandie Avenue, Western et Crenshaw Boulevard, et je réalise que ces rues sont devenues célèbres grâce à Rodney King. Elles n'ont toujours pas l'air très hospitalières.

J'ai remué ciel et terre pour retrouver le numéro de téléphone d'Arlene – c'est la première femme de George – et j'ai fini par tomber sur une des cartes de Noël identiques qu'elle lui a envoyées quatre ans de suite. Sur un morceau de papier séparé, elle lui demandait toujours de l'appeler avant les fêtes et de ne pas oublier de lui envoyer de l'argent ou elle allait devoir se mettre en colère. « Salope », disait juste George à chaque fois, et il jetait le tout à la poubelle. J'ai récupéré la première carte et je l'ai rangée dans un coin. Ce matin, j'ai essayé d'appeler le numéro qu'elle avait inscrit, ce n'est plus chez elle. Mais je sais qu'elle habite toujours au même endroit, sans payer de loyer, parce que la maison appartient à George. J'imagine que c'est une forme de pension alimentaire, puisque, d'après ce que je sais, Arlene n'a jamais travaillé.

La maison est l'une des seules du pâté de maisons a avoir l'air d'être entretenue. Elle est vieille, mais repeinte de frais. C'est jaune pâle ou vert amande, je ne sais pas très bien. Il y a plusieurs plates-bandes rondes entourées de petits grillages sur le carré d'herbe tondue de près qui se prend pour de la pelouse. Des gosses font du roller au bout de la rue, sur une sorte de butée construite en planches de contreplaqué. Sur le trottoir, deux hommes âgés, assis sur des chaises de cuisine, boivent un Pepsi.

Je me gare devant une Escort bleu couverte de rouille et je frappe à la porte. Je ne sais pas exactement ce que je vais lui dire si elle est là. Et si elle me claque la porte au nez ? Si elle se fiche pas mal que je sois venue jusque là ? Si elle se fout complètement de ce qui est arrivé à ma fille ?

— Ouais, qui c'est ? fait une voix rauque derrière la porte.

— Est-ce qu'Arlene Porter est là ?

— Qui la d'mande ?

— Janelle Porter.

— Pardon ?

Je suis surprise de voir une belle femme de cinquante-trois ou cinquante-quatre ans ouvrir la porte.

— Qu'est-ce que vous faites ici ? George est mort ?

— J'ai bien peur que non.

— Et alors, qu'est-ce que j'peux faire pour vous ?

Elle ne bouge pas. En regardant par-dessus son épaule, je vois que sa petite maison est propre et bien rangée. Qu'elle prend grand soin de ce qu'elle a. Et d'elle-même aussi, apparemment. Malgré des racines grises, ses cheveux ont dû être défrisés récemment, car ils sont bien plaqués sur sa tête. Elle a une peau parfaite – et quel joli ton de brun ! – sans une seule ride à l'horizon. Elle pourrait venir d'une île des Caraïbes. Et ses yeux... Ils ont l'air d'être verts ou gris, je ne sais pas. Qu'est-ce qu'elle pouvait bien trouver à George ?

— Je me demandais si je pourrais vous parler de quelque chose. Il n'y en a pas pour longtemps.

— Pasque vous voulez entrer ?

— Si ça ne vous ennuie pas.

— C'est pas qu'ça m'ennuie mais j'étais sur l'point d'sortir.

— Ah, je suis désolée si j'arrive au mauvais moment…

— Bah, j'ai une minute, mais pas plus passqu'il faut qu'j'aille chez Ross chercher un truc qu'ils m'ont mis d'côté avant qu'ils ferment, c'est-à-dire dans un quart d'heure à peu près, alors entrez, mais faites vite.

Une fois à l'intérieur, elle me fait signe de m'asseoir sur le canapé, ce que je fais. Elle a un goût très soixante-dix mais c'est compréhensible. Sur les murs du salon, dans des vieux cadres, je vois des photos de ses filles quand elles étaient petites. Une des deux seulement ressemble à George. Il y a aussi des photos de lycée et c'est facile de voir qu'elles sont devenues de belles jeunes filles. Je ne sais pas qui est qui mais l'une des deux fait du basket et à l'air de savoir mettre un panier. Sur un polaroïd, on en voit une avec un bébé dans les bras. Elle a l'air d'avoir dix-huit ans. Je ne sais pas laquelle c'est ni quand la photo a été prise.

— Comment vont vos filles ?

— Ça va, pourquoi ?

On dirait que je lui ai demandé quelque chose que je n'aurais pas dû.

— Je voulais juste savoir, par curiosité.

— Vous êtes pas v'nue jusqu'ici simplement par curiosité…

Elle attrape une cigarette dans son sac et l'allume. Quand elle repose les yeux sur moi, je vois qu'elle sait exactement pourquoi je suis ici.

— Elles ont quel âge, maintenant ?

— JaDonna a vingt-six et Yolanda presque vingt-quatre. Pourquoi ?

— Elles vivent toujours à Los Angeles ?

— Ouais. JaDonna habite ici avec moi et Yolanda est dans les parages. Mais j'l'ai pas vue depuis presque deux ans.

— Comment ça se fait ?

— Pasqu'on s'parle pas.

— Ah bon, pourquoi ?

— Pasqu'on a rien à s'dire.

— Et JaDonna est là, aujourd'hui ?

— Ouais, là-bas, dans son lit.

— Elle est malade ?

— On pourrait app'ler ça comme ça, mais pas vraiment. Disons qu'elle a ses bons et ses mauvais jours.

— Qu'est-ce qui ne va pas ?

— Elle prend des médicaments.

— Des médicaments pour quoi ?

— Dépression. Ils disent qu'elle est maniaco-dépressive. J'en sais rien, moi. Y a des jours où j'pense qu'c'est juste d'la paresse, tout ça, mais j'peux pas la fiche à la rue, quand même. Elle a déjà vécu tellement d'choses et elle est ma première, et tout...

— Oui, je sais.

— Comment vous savez ? Vous prenez des médocs, vous aussi ?

— Non.

— En tout cas, j'sais pas d'quoi vous vouliez causer mais j'suis sûre que JaDonna pourra vous renseigner passqu'elle adore jacter et qu'vous en aurez pour vot'argent. Elle est au courant de tout c'qui s'passe dans cette maison et en plus, l'heure passe et faut qu'j'y aille.

— C'est qui, Mama ? fait une voix au bout du petit couloir.

— C'est la quatrième femme de ton père, Janelle !

— La troisième.

— Quatrième, reprend Arlene en gloussant un peu. J'étais la deuxième.

Je sens un trou se former dans ma gorge. Quatrième ? J'avale des petites goulées d'air pour pouvoir respirer. C'est le premier mensonge.

— Allez-y, c'est là-bas, dans l'fond, première porte sur la gauche. D'toute façon, y en a qu'deux, pouvez pas vous gourer. J'en ai pour vingt ou trente minutes maxi, mais si vous êtes plus là quand j'reviens, j'comprendrai. Z'en faites pas.

— Bon, d'accord.

J'ai tellement envie de reprendre son anglais que j'ai du mal à me retenir. Je ne comprends pas que George ait pu tolérer qu'elle parle comme ça.

— Dites-moi un truc, Janelle : y a-t-il une cinquième épouse à l'horizon ?

— Je n'en sais rien.

— Y d'vient trop vieux pour tout ça. Ça m'étonne que vous ayez t'nu si longtemps. Où qu'elles sont mes clés ? JaDonna, t'as pas vu mes clés ?

— Pourquoi ça vous étonne, Arlene ?

— Non, Mama ! Regarde sur le d'ssus du frigo !

Arlene écrase sa cigarette et se dirige vers le petit coin cuisine et effectivement, ses clés sont là-haut.

— Pasqu'il sait pas comment traiter les femmes. D'abord y vous gâte à mort, si bien qu'vous finissez par adorer jusqu'à ses vieux caleçons, vous y faites confiance, vous vous r'posez sur lui pour tout et après vous découvrez qu'pendant tout c'temps-là y vous trompait. Vous saviez pas ça ?

— Je suis en train de l'apprendre au prix fort.

— Ça m'a pris seize ans pour voir la vérité, mais on dirait bien qu'vous et LaVerne l'avez vue aussi.

— LaVerne ?

— Ouais, c'était la troisième. Elle lui a tiré d'ssus, mais faut croire qu'ça l'a pas arrêté.

— Tiré dessus ? George m'a dit que cette blessure venait d'un cambriolage qui avait mal tourné.

— On peut app'ler ça comme ça, d'une certaine manière.

— Vous savez où elle est ?

— Y paraît qu'elle a pris ses filles sous l'bras et qu'elle est r'tournée à Dallas, mais j'en suis pas sûre. D'mandez à George.

— Je ne peux pas.

— Écoutez, moi, ça m'est égal. J'me suis trouvé quèqu'un. Quèqu'un d'bien. D'toute façon, j'en ai d'jà dit plus que j'comptais. Faut qu'j'y aille. Quand vous aurez fini d'causer avec JaDonna, si jamais y a aut'chose qu'vous voulez savoir, pas d'problème, j'vous verrai p'têt en rev'nant. Sinon, claquez la porte derrière vous, fort.

Et la voilà partie.

Je reste plantée là une minute, sans trop savoir quoi faire. J'ai vraiment peur d'aller dans la chambre de JaDonna et j'avance presque à reculons. Quand j'arrive devant sa porte ouverte, je vois une femme qui a l'air d'avoir la quarantaine, allongée sur le côté en train de manger des Cheez Doodles et de regarder la télé. Elle doit peser au moins cent trente kilos. C'est impossible que ce soit une des deux filles en photo, et pourtant je sais que c'est l'une d'elles.

— Salut, Janelle. Quelles conneries Mama t'a racontées sur nous ?

— Comment ça ?

— Elle ment à fond.

Je suis toujours à la porte. Il n'y a nulle part pour s'asseoir. La chambre est petite. Étouffante. Une serviette noire masque l'unique fenêtre, sans doute pour éviter que la lumière se reflète sur l'écran de la télé.

— Ça ne t'ennuie pas que je m'assoie par terre ?

— Faut pas t'gêner. Alors, qu'est-ce qui t'amène chez nous, dans les « Black Beverly Hills » ?

— Euh...

— Attends, laisse-moi deviner. Mr. Baise Baise Baise a aussi niqué ta petite fille. Dis-moi si j'me trompe ?

Je n'en crois pas mes oreilles. Je ne m'attendais vraiment pas à entendre un truc de cet acabit sortir de la bouche de cette femme. Mais tout ce que je peux dire, c'est :

— Non. Tu ne te trompes pas.

Elle serre les mains, fort.

— Il arrêtera vraiment jamais, celui-là...

— Alors... tu veux dire qu'il a fait ça à toi et à ta sœur aussi ?

— Oh oui, putain.

— Quand ça ?

— Quand on était mômes et quand on était ados.

— Pourquoi ta mère ne l'a pas arrêté ?

Elle me lance un regard glacial.

— Arrêté comment ?

— Tu ne lui as pas dit ?

— Ça lui a pris combien d'temps à ta fille, pour te l'dire ?

— En fait, elle me l'a pas dit. J'ai découvert ça toute seule.

— Tu vois. Il te fait du chantage et s'arrange pour que ça soit super dur pour toi de l'dire et quand finalement t'en as marre et qu'tu trouves assez de courage pour dire merde et pour raconter c'qui s'passe, tu te rends comptes que ta mère est tellement conne et tellement amoureuse de cet enfoiré qu'elle jure ses grands dieux que t'as tout inventé rien que parce qu'elle veut pas t'croire, même quand, finalement, à quatorze ans, tu tombes enceinte de ton putain de beau-père et qu'tu lui dis : « Alors, maintenant, tu me crois ? » et qu'elle t'accuse d'être une petite pute et te force à avorter et toi, tout c'que tu sais, c'est qu'c'est pas comme ça que tu rêvais d'perdre ta virginité, et que jamais au grand jamais t'aurais imaginé que la première fois que tu tomberais enceinte, ça serait de ton putain de beau-père, et comme il a gâché tout ce qui était censé avoir du prix, après ça tu retombes enceinte mais cette fois-ci tu sais pas de qui et tu t'en tapes pas mal parce que t'as couché avec tous ceux qu'en avaient envie, et tout ça c'est parce que tu te dis « j'en ai plus rien à foutre de rien » et après ça, tu t'rends compte que t'as d'plus en plus de mal à t'lever le matin, alors tu laisses ta mère s'occuper de toi et d'la gamine vu que, de toute façon, c'est d'sa faute si t'es devenue comme ça et tu t'la coules douce, tu fous rien, tu regardes la télé en mangeant tout c'que tu veux et tu laisses passer les jours en attendant que les choses s'arrangent, mais tu sais bien qu'ça s'arrangera jamais, alors voilà, j'en suis là. Cool.

Je ne dis pas un seul mot.

— Dis quelque chose.

— Je ne sais pas quoi dire.

— Je sais. C'est mieux que *Sally,* hein ?

— Alors comme ça, George n'est pas ton père ?

— Oh non. Tu savais pas ça ?

— Non.

Pendant quelques secondes, je ne trouve vraiment rien à dire.

— Quel âge tu avais, à l'époque ?

Elle ferme les yeux et les rouvre très vite.

— Cinq ou six ans, j'pense, parce qu'elle a épousé Mr. Baise Baise Baise quand j'en avais sept. Il habitait en dessous de chez nous, dans le même immeuble. Il était avec sa première femme, à l'époque, et Mama lui a piqué.

— Vraiment ?

— Elle disait que son cul valait bien ça.

Ses paroles crues me font grincer des dents.

— Mais faut croire qu'il valait quand même pas l'mien ou celui de Londa.

— Donc, tu veux dire que pendant tout ce temps-là ta mère savait ce qui se passait et qu'elle n'a rien fait ?

— Elle voulait pas nous croire. Elle le croyait, lui.

— Et personne ne l'a dénoncé ?

— Dénoncé où ça ? Si même ta mère te croit pas, qui va te croire, bordel ?

— Vous ne l'avez pas dit à d'autres gens ? À la famille ?

— Elle leur a dit que Londa était pas bien dans sa tête. C'était pas faux, remarque.

— Et toi alors ?

— Ça fait longtemps qu'j'ai abandonné. J'me suis pas levée pendant six mois, jusqu'à ce qu'on m'mette sous médocs. Mais tu sais, Londa a pas d'vrais problèmes dans sa tête. C'est juste qu'elle peut pas blairer Mama et que cette haine s'est retournée contre elle.

— Et toi, tu ne la hais pas ?

— Moi, elle me fait pitié, en fait.

— Pourquoi ?

— Parce qu'elle est tellement conne, c'est à pleurer. J'crois qu'y a un truc qui tourne pas rond chez elle, si tu veux savoir la vérité. Le mec qu'elle a maintenant – Charlie Z, il s'appelle –, elle l'a piqué à une femme qui était censée être sa copine. Ils habitaient juste en face. Elles se connaissaient depuis le lycée. Mais Mama dit qu'elle a rien fait d'mal. Elle dit qu'elle y peut rien si l'mec à Sheila en a eu assez d'elle. De toute façon, Mama aime bien prendre les trucs des autres. J'ai mis du temps à comprendre que c'était comme ça qu'elle avait trouvé tous ses mecs. C'est comme un jeu, elle veut voir si elle va gagner. Mais qu'est-ce qu'elle gagne, en fait ? C'est pas des vrais mecs. Ils font semblant d'être bien, mais au fond ils sont pourris. J'sais pas pourquoi elle s'en rend pas compte. C'est pour ça que j'm'en fous pas mal si j'aime jamais personne, parce que si l'amour me fait à moi c'qu'il lui a fait à elle, j'en veux pas.

— Et Yolanda ?

— Quoi Yolanda ?

— Elle est où ? Comment elle va ?

— Elle est dans l'coin. Elle prend un peu d'crack. Enfin... elle prend beaucoup d'crack, plutôt. Mais il s'peut qu'elle soit en désintox, à l'heure qu'il est. Elle arrête, elle reprend. Elle essaie de s'en sortir, mais c'est pas facile pour elle. Ça fait presque quatre ans qu'elle a pas parlé à Mama.

— Pourquoi ?

— Parce qu'elle dit qu'elle lui adressera plus jamais la parole tant que Mama s'sera pas excusée d'avoir fait semblant d'pas savoir ce que George nous faisait alors qu'elle le savait très bien.

— Pourquoi elle ne veut pas le faire ?

— Elle jure toujours ses grands dieux qu'il a rien fait.

— Mais vous êtes sûres qu'elle savait ?

— Oh oui, elle savait !

— Tu dois le haïr, non ?

— Pire que l'pain brûlé.

Je secoue la tête vigoureusement en signe d'acquiescement.

— Quel âge elle a, ta fille ? demande JaDonna.

— Presque treize ans.

— Elle va être bousillée, j'peux te l'dire tout de suite. Y a pas moyen d'y couper.

— Oh, j'en suis pas aussi sûre. (Je me remets debout.) Mais je vais te dire un truc, JaDonna. Je vais faire tout ce que je peux pour faire en sorte qu'elle ne le soit pas et je vais commencer par empêcher que George fasse ça à quelqu'un d'autre.

— C'est ça, dit-elle en attrapant la télécommande et en se mettant à zapper.

— Je peux te demander autre chose ?

— T'arrête pas en si bon chemin.

— Quand t'étais plus grande, t'as jamais essayé d'en parler à George ?

— Non.

— Pourquoi ?

— Parce qu'il sait bien mentir, en plus.

— Pourquoi vous ne l'avez pas dénoncé, ta sœur ou toi ?

— À qui ?

— À la police.

— Mais parce que c'était lui, la police !

— Je sais, mais c'est pas pour ça qu'il ne peut pas aller en prison.

— Tu crois vraiment à ces conneries ?

— Tu verras.

Elle a l'air de me croire.

— Mama disait qu'on se retrouverait en famille d'accueil, ma sœur et moi, si quelqu'un nous croyait. Et on voulait rester ensemble.

— Écoute, fais-moi plaisir, JaDonna. Dis à ta mère que je la remercie et essaie de prendre soin de toi.

— J'y manquerai pas. De toute façon, Mama est même pas allée chez Ross.

— Ah non ? je fais, du ton le plus convaincant possible.

— Mais non. Elle a rien de côté nulle part. Elle s'est fait la malle parce qu'elle avait la trouille de c'que t'allais lui dire. C'est pas comme si tu passais tous les quat'matins pour boire un coup, tu vois c'que je veux dire ?

— C'est vrai.

— Dis, avant de partir, ça t'embêterait pas de m'attraper une bière dans le frigo ? Et puis claque bien la porte en repartant parce que sinon elle va pas fermer et Dieu sait que j'ai pas envie d'me lever.

— Pas de problème.

Je file dans la cuisine. En revenant, j'essaie d'effacer le sourire que j'ai aux lèvres. Ce n'était pas un hasard si Arlene nous envoyait ces cartes de Noël. Et elle savait que JaDonna me dirait la vérité. Parce qu'elle-même n'en était pas capable. Ça doit faire longtemps qu'elle attend que sa fille raconte son histoire à la bonne personne. L'espace d'un instant, j'ai presque envie d'attendre qu'elle rentre. Pour lui dire que j'apprécie son geste. Que je comprends comment cela a dû être dur pour elle, pendant toutes ces années. Mais je sais qu'elle ne reviendra pas tant que ma voiture sera là.

Dans la chambre, JaDonna s'est assise. Elle porte un survêtement bleu clair. J'ai de la peine pour elle. On dirait un énorme bébé. Et tout d'un coup, je m'aperçois que je n'ai pas vu la moindre trace de son enfant.

— Et ta fille, où elle est ?

— En famille d'accueil, répond-elle. Où est-ce qu'elle pourrait être d'autre ?

Je m'en vais et, en sortant, je tire tellement fort sur la porte que je m'érafle les doigts contre le montant. Je regarde dans la rue. Une nouvelle bande d'enfants court. Si Jimmy était là, il irait les voir et leur demanderait s'ils ont envie de courir pour de vrai. Dans une équipe. Il leur dirait qu'ils sont assez bons pour gagner des médailles. Même si ce n'est pas vrai, il leur ferait croire qu'ils peuvent y arriver. J'aimerais qu'il soit là pour m'aider à croire que tout cela va marcher.

À huit heures trente, le lundi matin, je décroche mon téléphone et je compose le numéro de la Protection de l'enfance et je leur dis que je souhaite leur signaler un cas d'abus sexuel. Pendant une heure, à peu près, je réponds à toutes leurs questions et explique tout ce qui s'est passé. Ils me disent qu'ils vont vérifier les informations que je leur ai fournies et déposer une plainte auprès de la police. Ils me demandent si George est toujours à la maison et je leur dis que non. Ils me demandent si ma fille y est et je leur dis qu'elle est à Las Vegas, chez sa grand-mère. Ils sont contents de l'apprendre. Je leur dis que je ne sais pas où George habite mais que je sais où il travaille. Ils n'ont pas l'air émus quand je leur dis qu'il est policier. Ils l'arrêteront au travail. Il sera inculpé et détenu en attendant une enquête plus approfondie. Ils disent qu'il sera sans doute libéré sous caution jusqu'à ce que suffisamment de preuves soient réunies pour monter un dossier contre lui. Et pour cela, la seule solution serait que Shanice accepte de subir un examen médical et d'être interrogée, et que son témoignage soit enregistré sur cassette vidéo. Je sais qu'elle ne le fera pas. Le travailleur social dit que beaucoup d'enfants refusent de le faire, pour des raisons évidentes. Je prends ma respiration plusieurs fois avant de lâcher les mots : « Je veux qu'on l'arrête » et puis je passe l'heure qui suit à essayer de trouver la meilleure manière d'annoncer enfin la vérité à ma famille.

Renouvellements

— Allô, bonjour, Paris Price à l'appareil, je voudrais savoir si mon ordonnance est prête.

— C'est une première ordonnance ou un renouvellement ?

— Un renouvellement. J'ai téléphoné hier soir pour demander qu'on me la prépare.

— Vous pouvez attendre un instant que j'aille vérifier ?

— Oui, je peux.

Je jette un coup d'œil à la pendule de la cuisine. Il est presque quinze heures trente. Nous y revoilà. Je suis encore en train d'attendre. Il est encore en retard. Je n'aurais jamais dû commencer à travailler avec ce Randall. Je veux dire, j'ai essayé de lui témoigner du respect, je lui ai accordé le bénéfice du doute parce que je ne fais pas partie des gens qui pensent que les Noirs ne sont pas sérieux en affaires – la preuve, il suffit de me regarder –, mais c'est les types comme lui qui nous font une mauvaise réputation. Il a appelé pour annuler nos trois derniers rendez-vous et tout ce qu'il a trouvé à dire c'est que c'était à cause d'une urgence et qu'il était désolé et est-ce qu'on pouvait reporter. Reporter ? Mon jardin ressemble à un champ de bataille. Et tout ça, bien sûr, après que je lui ai eu déjà versé un tiers de ses honoraires exorbitants parce qu'il m'avait fait baver avec ses plans et fantasmer sur la beauté luxuriante que ce serait une fois qu'il aurait terminé. Ha !

Il était censé arriver entre treize heures trente et quatorze heures. Cette fois-ci, je n'ai même pas eu droit à un coup de fil. J'imagine que le jour où il m'a rencontrée, il a dû voir « pigeon » inscrit en gros sur mon front. Il doit être en train de faire la java avec mon argent. Mais il le finira, mon jardin. Il les remplira, ces foutues tranchées, avec la terre super chère qu'il a voulu que j'achète et ses autres conneries. Et s'il le fait pas, je le traîne en procès tellement vite que la tête lui en tournera.

— Je suis désolée, mais votre médecin n'a pas rappelé pour donner son accord.

— Quoi ? Mais pourquoi ?

— Je ne sais pas. Vous devriez appeler votre médecin. Ils oublient, parfois.

Je raccroche. « C'est mon dentiste ! », je dis dans le téléphone tout en composant son numéro.

— Bonjour, Sylvia, Paris Price à l'appareil, j'ai demandé un renouvellement de mon ordonnance mais le pharmacien m'a dit que Dr Bronstein n'avait pas rappelé pour donner son accord. Est-ce qu'il y a un problème ?

— Un instant, je vous passe le docteur.

Encore attendre. J'attends que Dingus revienne parce qu'hier soir j'ai décidé que j'allais lui demander si cette fille était enceinte de lui ou pas. J'en ai marre de faire comme si tout allait au poil. J'attends aussi un fax d'une cliente avec les indications pour me rendre chez elle ; c'est à Hillsborough, dans la colline, à au moins une heure de voiture d'ici, sur une petite route qui tournicote. Elle est P-DG d'une des plus grandes boîtes de pub de San Francisco. Et elle organise un grand raout en l'honneur de je-ne-sais-pas-qui. Tout ce que je sais, c'est qu'elle est prête à débourser les cent mille et quelques que je vais lui facturer. Il faut que je vois l'endroit de mes propres yeux.

— Paris, c'est le Dr Bronstein. Je n'ai pas voulu qu'on vous renouvelle votre ordonnance parce que je me demande pourquoi vous avez encore mal aux gencives après tout ce temps-là. Si c'est le cas, il faut que vous veniez me voir tout de suite pour que je regarde ce qui se passe.

Sans même réfléchir, je m'entends mentir :

— Ce n'est pas les gencives, docteur Bronstein, c'est ma dent, je crois. Vous savez, celle du bridge, dont on a déjà parlé...

— Ah oui ! Elle commence à vous embêter, c'est ça ? Est-ce que vous pouvez passer me voir dans la journée ?

— Je peux demain, mais pas aujourd'hui.

— Très bien, alors. Je vous repasse Sylvia pour que vous preniez rendez-vous et je vous verrai demain dans la journée.

— Hé, attendez ! Et aujourd'hui, alors ?

— Vous avez si mal que ça ?

— Oui.

— Vous avez essayé le Tylenol ou l'Advil ?

— Ça ne marche pas.

— Je vais appeler le pharmacien pour prescrire six cachets de Vicodin, alors. Ça devrait vous aider à tenir jusqu'à demain et on verra si on ne peut pas arranger ça. Je vous repasse Sylvia. Bonne journée, Paris.

Après avoir pris le rendez-vous, je sais très bien que je n'irai pas le voir demain parce que je n'ai aucun problème à la dent. Le genre de douleur dont je souffre ne lance pas, ne fait pas mal. En fait, je suis en train de comprendre que ce n'est pas de la souffrance. J'ai juste envie d'être distraite. J'ai envie de me moquer de ce qui arrive, dans un sens comme dans l'autre. J'ai envie que les trucs arrêtent de m'embêter. J'aimerais être plus nonchalante, moins sur le qui-vive. Le problème, c'est qu'il y a plein de choses qui m'embêtent. Des choses que je ne peux pas contrôler. Quand je prends un cachet ou deux, ça m'aide à prendre de la distance et à remettre les rênes dans les mains des dieux.

Malheureusement ou heureusement, le fait que mon fils se retrouve ou non père à l'âge de dix-sept ans ne me laisse pas indifférente. Le fait que ma mère soit heureuse toute seule dans son nouvel appart, sans Papa pour l'énerver mais avec son nouveau dentier et sa nouvelle voiture, ne me laisse pas indifférente non plus. Mais je sais qu'il en faudra plus. Même si j'en veux à Papa pour ce qu'il a fait et pour la façon dont il est parti, je m'inquiète pour lui, aussi. J'ai peur que sa jeune gonzesse se serve de lui et j'ai peur de ce qui risque d'arriver quand elle n'en aura plus besoin. Je n'ai pas envie de le voir souffrir. Je n'ai pas envie qu'il se retrouve dans le caniveau. Il ne mérite pas ça. Pas à son âge. Il a travaillé trop dur, trop longtemps. On sait très bien que Mama l'a rejeté il y a des années. On l'a tous vu. Mais comment arranger la vie de vos parents quand la vôtre n'est pas parfaite non plus ?

Je suis seule. Je l'admets. Mais ce n'est pas le genre de chose qu'on a envie de crier sur tous les toits, de partager avec les autres – et surtout pas avec sa famille. C'est humiliant, en fait, d'être seule. Ça donne l'impression d'être un peu inadapté. Comme si vous n'étiez pas à la hauteur dans ce domaine. Le fait que je réussisse sur le plan professionnel ne compte même pas, puisque j'ai l'impression d'avoir échoué en tant que femme, et je déteste ce sentiment. Je sais que c'est idiot et j'essaye de me faire croire que ce n'est pas grave d'être seule, que ce n'est pas la fin du monde, que je n'en mourrai pas, mais j'ai quand même l'impression qu'il me manque quelque chose. Que je rate un truc que les autres ont. D'une certaine manière, c'est presque comme un châtiment, sauf que je n'arrive pas à comprendre quels crimes j'ai commis.

Encore un élément de plus à prendre en compte si je veux réfléchir aux raisons qui me poussent à avaler autant de cachetons. Ce n'est pas la panacée, ça, je sais, mais ils m'aident à ne pas me poser trop de questions, du genre ça fait combien de temps qu'on ne m'a pas embrassée ou prise dans les bras. Ils m'aident à tirer un trait sur les choses de l'amour. Sincèrement, j'aimerais vraiment que l'affection de mon fils me suffise. Que mon travail me suffise, mais apparemment ce n'est pas le cas. Et jusqu'au jour où je trouverais des solutions meilleures et plus intelligentes, voilà la solution provisoire que j'ai trouvée.

— Salut, Ma, dit Dingus en arrivant avec le courrier.

Il se penche, m'embrasse sur la joue, lâche son tas d'enveloppes sur le comptoir qui se trouve au milieu de la cuisine et laisse tomber son sac à dos par terre. Il fait le tour de toutes les enveloppes, les magazines et les catalogues, et en ressort huit ou neuf lettres qui visiblement émanent d'universités. Je crois qu'il en est à quatre-vingts maintenant. Il les range dans des boîtes à chaussures, sous son lit.

— Salut, je dis sans bouger du tabouret que je fais pivoter.

Comme d'habitude, il ouvre le réfrigérateur pour voir ce qui ne l'intéresse pas, le referme, change d'avis, attrape le pack de jus d'orange géant, va chercher dans le placard un paquet de chips ou de gâteaux – c'est pareil – et se dirige vers le couloir. Mais avant qu'il franchisse la porte, je lui lance :

— Attends !

Il pile net.

— Oui, Ma Mère l'Oye, dit-il en se retournant vers moi.

— Tu veux bien regarder s'il n'y a pas un fax pour moi ?

Il disparaît et revient aussitôt, le fax entre les dents.

— On dirait un fax.

— Merci. Maintenant, assieds-toi.

Je retire le papier de sa bouche.

— Mais j'ai des tonnes de boulot et je dois ranger ma chambre…

— Assieds-toi, je t'ai dit. Ta chambre était déjà sale hier, elle peut attendre. Et les devoirs, c'est pas si important que ça.

— Hein ?

Je savais que ça retiendrait son attention.

— Je veux savoir ce qui se passe entre toi et Meagan.

— Rien. Absolument rien.

— J'ai entendu un truc au téléphone il y a quelque temps qui m'a laissée penser que ce n'était pas le cas, pourtant.

— Oh, tu veux dire le fait qu'elle était peut-être enceinte ?

— Ça doit être ça, oui.

— C'était bidon.

— Comment ça, bidon ?

— C'était du flan. Un bobard. Un plan pour m'ambiancer.

Je me sens soulagée, mais il y quelque chose qui ne va pas dans toute cette histoire. Elle me laisse un goût amer dans la bouche.

— Très bien, M. Sex Machine, c'était du « bidon » cette fois, mais qu'est-ce qui arrivera, à ton avis, la prochaine fois que tu décides de lui grimper dessus sans capote, hein ? Et si c'est justement au moment où tu dois partir pour Stanford, UCLA ou US-machin-truc, putain ? Tu crois que ça sera bidon, ce jour-là ?

— Ma, calme-toi. C'est pas grave. Je la vois plus de toute façon. Tu paries ?

— Tu paries mon cul, oui. Arrête d'être aussi con, Dingus. Les filles font ce genre de trucs tous les jours. Dans les années soixante-dix et quatre-vingt... (Maintenant, il prend son air excédé, du genre « nous y revoilà », mais j'en ai rien à foutre.) Écoute, les jolies filles qui n'avaient pas d'avenir tracé ont toujours joué à ça. Elles choisissaient les sportifs qui se destinaient à la NBA ou à la NFL ou à n'importe quelle autre ligue nationale, les rendaient raides dingues, et ils leur étaient tellement reconnaissants de les avoir comme trophées qu'ils les épousaient et qu'elles étaient garnies pour la vie. Ce que j'essaie de te faire comprendre, Dingus, c'est que tu peux aimer qui tu veux, je me fous de sa couleur de peau, mais il faut que tu saches que les filles qui ont moins de deux virgule sept de moyenne et que ça ne réjouit pas d'aller en fac sont en général celles qui ont une idée derrière la tête. Elles veulent se marier et se marier bien. Mais le jour où elles divorcent, pour toi, c'est la banqueroute. Si bien qu'il ne te reste plus grand-chose à offrir à la prochaine femme et aux prochains enfants. Ça devient très difficile, même si tu gagnes des millions. Tu vois ce que je veux dire ?

— Je vois, Ma, je vois ! La vache ! Détends-toi un peu !

— J'ai pris ce qu'il faut pour, je réponds malgré moi.

— Est-ce que je peux dire quelque chose pour ma défense ?

Il s'approche de moi et me tapote la tête. J'essaye d'éviter sa main.

— J'écoute.

Un grand sourire s'affiche sur son visage. Si seulement son père le voyait maintenant...

— Bon. Je ne suis pas aussi irresponsable que tu le penses, Ma. Je m'étais protégé et on m'a dit qu'il y avait eu un accident, mais maintenant je sais exactement de quoi il s'agissait, donc il n'y a pas à s'inquiéter. Elle se croit maligne, mais n'aie crainte, Douce Mère, je ne sacrifierai pas mon avenir pour une fille, quelle que soit sa couleur. *Comprende ?*

— *Comprende,* je réponds, soulagée comme tout. Et Jade, alors, qu'est-ce qui s'est passé avec elle ? Si je peux me permettre...

— Ça va.

— Qu'est-ce que ça veut dire, ça va ?

— Ça veut dire que je l'aime bien, Ma.

— Pourquoi elle ne vient jamais ici ?

— Pour quoi faire ? Je la vois à l'école.

— Pour regarder un film ou dîner, un truc comme ça. Tu l'emmènes se balader, des fois ? Vous sortez jamais tous les deux ?

— On va au ciné de temps en temps.

— Invite-la quelque part, Dingus. Claque un peu ton argent de poche pour elle.

— OK ! crie-t-il. Mais est-ce qu'on peut arrêter, maintenant ?

— OK ! je réponds sur le même ton.

— C'est ma cavalière pour la fête de fin d'année.

— Alléluia.

— Tu as autre chose, pendant que j'y suis ?

— Euh... oui, en fait. Je dois filer voir une cliente à Hillsborough, alors tu peux commander une pizza ou un truc comme ça pour dîner. Et tu te rappelles le voyage à Londres que j'ai annulé quand Mémé est tombée malade ?

— Ouais ?

— Il a été reporté, j'y vais début juin.

— J'aimerais bien venir avec toi.

— Et pourquoi pas ?

— Ma... Après l'entraînement du printemps vient l'entraînement d'été. Et en plus, j'aurai un boulot, tu te rappelles ?

— Ouais, ouais, c'est ça, c'est ça. J'essaye.

— Pas de mots d'adieu ?

— Si : fiche-moi le camp d'ici et range-moi ta chambre avant que je rentre. Sinon...

— Ouais, ouais, c'est ça, c'est ça. J'en tremble d'avance, dit-il avec cette bonne humeur caractéristique que j'adore.

*

* *

Seize heures trente. Heure de pointe. Qu'est-ce que je fous sur l'autoroute à cette heure-ci de la journée ? Et merde ! Je suis coincée derrière un hippie dans une Coccinelle vert pomme, avec le truc surélevé par-dessus (j'ai jamais compris à quoi ça servait, d'ailleurs), et bien sûr il conduit super lentement et je ne peux pas changer de file. Les autres voitures nous dépassent à toute vitesse et on a l'air de jouer à touche-touche, tous les deux. Quelle idiote d'avoir pris rendez-vous à cette heure-ci de la journée, en pleine semaine ! Je sens que je me mets à grincer des dents et je n'aime pas ça. Je plonge la main dans mon sac mais quand je regarde dans ma boite à pilules, je vois qu'il n'en reste que deux au fond. Merde. Je suis légèrement surprise de voir que ça me fait paniquer mais je me calme aussitôt en me rappelant qu'il y a six cachets qui m'attendent à la pharmacie. Attends une minute : seulement six ? Ça me permettra de tenir demain, mais après-demain, alors ? La pharmacie ferme à vint et une heures mais je suis loin de la maison, et en plus je ne sais pas si je peux clore l'affaire en moins de deux heures. Je vais être obligée. C'est aussi simple que ça. Ou bien je pourrais appeler Dingus et lui demander d'aller me les chercher, mais je ne sais pas s'il a de l'argent. Merde ! Pourquoi je n'y ai pas pensé avant ?

Je décroche mon téléphone de voiture et appelle mon généraliste. Il est tellement gentil. Il me fait penser au Dr Welby du feuilleton télé. Sa secrétaire décroche.

— Oui, bonjour Lisa, c'est Paris Price à l'appareil. Est-ce que je peux parler au Dr Lerner ?

— Il est en consultation. Est-ce que c'est urgent ou ça peut attendre quelques minutes ?

— Oui, bien sûr, ça peut attendre. Vous voulez que je le rappelle ?

— Très bien. D'ici dix minutes, ça devrait être bon.

— D'accord.

Je regarde l'horloge. Seize heures quarante-cinq. Son bureau ferme à dix-sept heures. La circulation reprend, on avance un petit peu mieux. Je suis presque à l'embranchement de la 580 mais il me reste encore le Dumbarton Bridge à traverser et une vingtaine de minutes à faire, voire plus. Merde, merde, merde.

J'appelle mon répondeur pour écouter mes messages, vu que je n'ai pas répondu au téléphone de la journée puisque j'étais en train de finaliser le projet pour ce rendez-vous.

— Bonjour, Paris, c'est Frances Moore à l'appareil. Je suis désolée de vous prévenir si tard, mais j'ai un décès dans la famille et je dois sauter dans un avion pour Boston donc je ne pourrai pas vous rencontrer aujourd'hui, mais vous pouvez toujours venir jeter un œil à la maison. Sophia, notre employée de maison, vous fera entrer et vous pourrez prendre tout le temps qu'il vous faut pour regarder. Je devrais être de retour dans quatre ou cinq jours. J'ai hâte d'entendre vos suggestions. Au revoir.

Je suis désolée d'apprendre qu'elle a eu un décès dans sa famille et j'ai très envie de faire demi-tour et de rentrer à la maison. Mais j'y suis presque maintenant et ça serait idiot parce qu'il faudra que je revienne, de toute façon. En fait, c'est super, parce que comme ça je ne suis pas obligée de discuter avec elle. Je me balade dans la maison pour avoir une idée de l'espace, et puis je me casse.

Deuxième message.

— Paris, t'es là ? C'est Maman. Décroche. Bon, elle est pas là. Alors, voilà. J'voulais juste te dire deux, trois trucs. D'abord, mon dentier est très beau mais il m'fait un mal de chien et le dentiste a dit qu'ça allait prendre quelques semaines avant qu'ça s'arrange. Mais quand j'souris, je suis vraiment canon, maintenant ! Et comme j'ai tellement d'mal à mâcher, j'ai perdu quatre bons kilos. Si j'avais su que j'pouvais perdre du poids comme ça, ça f'rait longtemps que j'me s'rais payé un nouveau dentier ! Enfin, bon, ma puce, j'emménage dans mon nouvel appart la semaine prochaine. Ils ont tout repeint, même si c'était pas vraiment la peine, et j'ai choisi une autre couleur de moquette qu'j'aime bien et j'voulais savoir si tu pouvais m'rendre un grand service et j'te promets que j'te demanderai plus rien pendant très très longtemps. Est-ce que tu peux m'prêter ou plutôt m'donner deux mille dollars pour que j'puisse ret'nir une salle à manger, chez Thomasville, qui ferait très bien dans mon nouvel appart, et pour payer la différence de prix de moquette, aussi ? Si c'est trop, j'comprendrai. T'as déjà fait beaucoup pour moi. C'est juste que j'suis tellement excitée... Je t'embrasse. Appelle-moi dès que tu as c'message. Et dis à mon p'tit-fils de m'téléphoner !

Mama, Mama, Mama. Elle adore Thomasville, je vous jure. Quatre kilos ? Elle adore exagérer, aussi. Il faudra que je voie ça de mes propres yeux. Je devrais lui demander de prendre une photo, je parie qu'elle trouverait une excuse pour ne pas le faire. Elle est vraiment trop. Mais je l'adore. Elle s'éclate en ce moment. Elle vit dans un monde de rêve, ce qui devrait tous nous arriver au moins une fois dans notre vie. Donc, oui,

Mama, tu peux faire mettre de côté ta salle à manger et acheter ta moquette améliorée et emménager dans ton appart pas-complètement-neuf-mais-presque.

Troisième message :

— Paris, c'est ta sœur, Janelle. J'espère que tu vas bien. Moi, ça va mieux. Je voulais te parler, à propos de George. Entre autres. Mais bon. Je l'ai fait arrêter. Je sais que ça ne t'étonnera pas, mais rappelle-moi quand tu auras mon message. Oh, au fait, notre frère est encore en prison. Il passe en procès la semaine prochaine. Il va sans doute finir sur la chaise électrique. Je plaisante et je sais que je ne devrais pas. Mais bon, de toute façon, il ne devrait pas en prendre pour plus d'un an. Ça m'étonne qu'il ne t'ait pas appelée. Et Charlotte, tu lui as parlé récemment ? Elle est en pleine période de bouleversements. Mais bon, tout le monde, on dirait, non ? Appelle-moi. Et dis bonjour à Dingus.

Putain ! Et la roue tourne, et la roue tourne. Je rappelle le Dr Lerner et la secrétaire me le passe immédiatement.

— Bonjour, Paris, qu'est-ce que je peux faire pour vous ?

— Eh bien, voilà. Il y a quelques jours, j'étais en train de faire un jogging et je me suis froissé un tendon et je suis tombée sur le bitume et je suis allée aux urgences et ils m'ont dit qu'il n'y avait rien de grave mais ils m'ont quand même donné des cachets contre la douleur et ils m'ont dit de suivre l'affaire avec mon généraliste, alors je vous appelle pour savoir si vous pourriez me prescrire encore quelques cachets parce que j'en ai plus et que ça me fait un mal de chien.

— Eh bien ! Quand est-ce que c'est arrivé ?

— Il y a quatre jours.

— C'était pas sur le chemin du Iron Horse, par hasard ? J'y ai fait quelques mauvaises chutes, moi aussi.

— En fait, si.

— Faut faire attention… Donc, vous avez vu quelqu'un aux urgences du Centre médical régional, c'est bien ça ?

— Oui, mais je ne me souviens plus de son nom.

— Ça ne fait rien. Je les connais tous, de toute façon. Qu'est-ce qu'on vous a donné comme antidouleur ?

— Je crois que ça s'appelle « Vicodin », et c'est marqué « extra fort » dessus.

— Eh bien ! Vous avez vraiment dû faire une mauvaise chute. Vous devez avoir des bleus, non ?

— Plein.

— Je vais vous prescrire vingt cachets. Vous pensez que ça vous suffira pour tenir quelques jours jusqu'à ce que je puisse vous voir ?

— J'aimerais bien, mais malheureusement, je pars demain pour une semaine à peu près, alors on devrait peut-être dire trente, juste par sécurité ?

— Pas de problème. On peut même dire quarante, comme ça vous serez sûre de pas être gênée, qu'est-ce que vous en dites ?

— Parfait. Merci, docteur.

— Quelle pharmacie je dois appeler ?

— La pharmacie Walgreen, à Danville.

— On va le faire tout de suite. Vous appliquez des glaçons ?

— Oui.

— Très bien. Et gardez le pied en l'air le plus possible pour faire circuler le sang.

— Je n'y manquerai pas. Merci, docteur Lerner, je vous rappelle dès mon retour.

— Bon voyage.

En raccrochant, je me sens à la fois soulagée et honteuse. Pourquoi je fais ça ? Mentir à mon gentil docteur, comme ça, pour des cachets dont je n'ai même pas besoin ? Depuis combien de temps ça dure, Paris ? À ce moment-là, je réalise que j'ai traversé le pont depuis longtemps et que j'approche de ma sortie. Je change de file et j'entends quelqu'un qui klaxonne derrière moi. En me retournant, j'aperçois un mec dans un camion qui brandit une main en plastique géante avec un doigt en l'air et les autres repliés. J'ai dû lui faire une queue de poisson mais je lui adresse le même signe, moi aussi. Une fois sortie de l'autoroute, je m'arrête sur le bas-côté, j'appuie la tête sur le repose-tête et je ferme les yeux.

Mais je n'arrive pas à penser. À rien. Presque machinalement, je plonge la main dans mon sac, en sort mes deux derniers cachets et les avale avec un peu d'eau. Je repose la tête sur le coussin et, cette fois, c'est presque comme si le fait de savoir que j'avais assuré mon bien-être immédiat me permettait de réfléchir un peu à mon mal-être à long terme.

L'année dernière. C'est là que ça a commencé. Quand je me suis fait refaire les seins et qu'on m'a prescrit du Vicodin et que je me suis aperçue que j'aimais bien l'état dans lequel ça me mettait. Que ça me permettait de penser à une seule chose à la fois. Même à l'époque, je n'avais pas si mal que ça et quelques Advil auraient suffi, mais je me rappelle que j'ai fait renouveler mon ordonnance alors que je n'en avais pas besoin et que j'ai rappelé le médecin pour lui en redemander une autre et qu'il me l'a donnée. J'ai fait ça quatre fois en quatre semaines. Et c'est juste après que je me suis fait opérer des dents et que j'ai pensé que j'avais de la chance lorsqu'on m'a prescrit le même médicament.

À l'époque, j'en prenais un toutes les quatre heures, comme on est censé le faire, mais maintenant je dois en être à six et parfois même huit par jour. Comment j'ai pu en arriver là ? Je ne suis quand même pas une droguée, non ? Est-ce que c'est ça la dépendance ? Pas possible. Ce n'est pas possible, bordel. Je n'en prendrai plus. Un point c'est tout. Je peux très bien m'en passer pendant une journée entière. De toute façon, les cachets n'ont rien arrangé. Rien changé. OK, problème résolu. Je vais arrêter d'en prendre, arrêter de faire la gamine, et je vais affronter la putain de réalité. De quoi je me plains, de toute façon ? J'ai une bonne vie. J'ai plein de sous. Une grande maison agréable. Un fils sympa. Je suis en vie. Et je ne suis pas une droguée, bordel de merde.

Cela dit, je suis carrément sciée, gênée et honteuse quand je m'aperçois que je suis plus faible que je le croyais car pendant la visite de la maison, alors que nous arrivons dans la chambre à coucher principale, la porte sonne, Sophia s'excuse un instant pour aller ouvrir, et je me retrouve en train de foncer dans la salle de bains, d'ouvrir les deux armoires à pharmacie aux rayons encombrés de médicaments et de survoler les antibiotiques, les analgésiques et les somnifères, sans oublier le Prozac, jusqu'à ce que je repère deux énormes flacons de Vicodin. J'en ouvre vite un, fais tomber un tas de cachets dans ma paume et les glisse dans ma poche. Je fais de même avec l'autre boîte, referme l'armoire à pharmacie et sort dans le couloir. Et quand Sophia revient et me demande si j'ai besoin de quelque chose, tout ce que je trouve à dire c'est qu'un verre d'eau me ferait grand plaisir.

[illegible] qu'ils de toute façon [illegible]

[illegible]

Cela dit, [illegible]

[illegible]

[illegible] a toujours [illegible]

[illegible]

Pécheurs

Brenda et moi, on est allés à l'église, y a deux semaines, et elle a rencontré Jésus. J'ai eu la peur de ma vie quand j'l'ai vue sauter comme un beau diable, les bras au-d'ssus d'la tête, en mettant des coups d'poing dans l'vide, et puis après, elle a crié, en direction du chœur : « Oui, Il en est digne ! » C'était l'moment où l'chœur chante et où les fidèles répondent et j'crois qu'c'est cette chanson qui a tout déclenché, pasqu'avant, l'révérend Xavier Jones nous avait fait un sermon costaud à propos du salut et comme quoi Dieu est très fort pour nous pardonner nos péchés, et y avait d'la sueur qui coulait sur les tempes de Brenda et des larmes qui roulaient sur ses joues mais elle r'muait pas autant. Le révérend a tellement bien m'né son affaire que Brenda et à peu près tout l'monde dans c't'église s'est mis à crier et à hurler tout en s'éventant et en gémissant des « Amen » et des « Alléluia » et des « Merci, Jésus », « Lui qui est mort pour nos péchés » et tout l'bataclan. Tout l'monde comme qui dirait, sauf moi. Y m'en faut beaucoup pour que j'm'emballe. J'étais ému, mais pas au point d'crier, d'parler en charabia ou d'sauter comme un cabri. Et avant même que l'révérend ait fini d'appeler l'monde à rejoindre la congrégation, quand l'chœur s'est mis à fredonner et à chanter dans l'fond, Brenda était déjà d'vant, à genoux. J'l'entendais pleurer et elle remuait la tête tellement vite qu'un d'ses anneaux s'est envolé mais elle a même pas r'marqué. « J'suis désolée, j'suis désolée », elle disait. J'voulais lui dire qu'elle avait pas à être désolée de rien, mais j'pouvais pas y aller pass'que c'dimanche-là j'sentais pas la présence du Saint-Esprit autant qu'Brenda et qu'si j'étais allé avec elle devant l'autel, ç'aurait été du chiqué. Et l'chiqué, c'est pas bon dans la maison du Seigneur. Une vieille tout habillée de rose a passé son bras autour de Brenda et l'a bercée jusqu'à temps qu'elle s'calme. Encore heureux qu'les gosses étaient dans la maison d'à-côté, à l'Église des Petits, pasqu'autrement ils auraient pas supporté d'voir leur mère dans cet état. Déjà qu'pour moi, c'était dur... Mais quand Brenda est rev'nue, y avait quèqu'chose de changé. Comme si elle avait pris une douche, un truc comme ça. Tout c'que j'sais, c'est que quand elle m'a pris la main et qu'elle l'a serrée, j'me suis senti plus proche d'elle à c'moment-là qu'à aucun moment avec Viola, d'aussi loin que j'me rappelle.

Après ça, dans la voiture, j'lui ai d'mandé tout net :

— Ça va, Brenda ?

— Ça va bien. Jamais été mieux d'ma vie.

— Qu'est-ce qui s'est passé, t'à l'heure ?

— J'sais pas vraiment, Cecil. Tout c'que j'sais, c'est qu'j'ai senti le souffle de Dieu passer en moi. Ça fait un moment que j'ai honte d'être une mauvaise mère, de boire comme un trou depuis des années, et maintenant j'suis encore enceinte et j'continue à picoler. Je sais que j'peux mieux faire pour moi et pour mes gosses. J'suis pas bête. On devrait pas habiter dans la cité, j'ai la tête sur les épaules, quand même.

— J'sais bien, Brenda. C'est une des choses qui m'a plu chez toi. Et y t'a dit un truc en particulier, l'bon Dieu ? Comme c'qui fallait faire maintenant, quèqu'chose dans c'goût-là ?

— Non. J'me suis juste sentie purifiée. Et c'est pas fini. Faut que j'me purge. Faut que j'regarde vers la lumière au lieu d'regarder vers les ténèbres. C'est c'que j'ai fait toutes ces années, vivre dans les ténèbres.

— Qui c'est qui t'a dit ça ?

— Personne. J'ai été élevée dans la religion. J'ai arrêté d'aller à l'église quand j'ai commencé à faire tout un tas d'trucs pas nécessaires. Mais tu sais, Cecil (elle me r'garde comme si elle m'suppliait), j'ai l'impression que Dieu m'a donné une nouvelle chance avec toi pour remettre ma vie sur l'droit chemin. T'es une bénédiction. J'sais bien qu't'es plus âgé et tout, mais ça m'est égal. J'veux passer les plus belles années d'ma vie et les plus belles qui te restent à vivre avec toi.

— Tu peux compter là-d'ssus.

— Tu t'inscriras avec moi ?

— À la congrégation ? S'il le faut, oui, mais j'aime pas aller à l'église tous les dimanches.

— J't'ai pas demandé d'y aller tous les dimanches, si ?

— Non, c'est vrai. Mais s'il te plaît, Brenda, deviens pas comme ces allumés qu'essaient d'convertir tout l'monde sous prétexte qu'ils ont été touchés par la grâce. Tu m'promets qu'tu f'ras pas ça ?

— Je te l'promets, Cecil. C'est juste que j'sens qu'il faut que j'remette de l'ordre dans ma vie. J'crois qu'c'est pour ça que j'suis venue à l'église aujourd'hui. Quelque chose m'a conduite ici.

— J'suis bien content pour toi, Brenda. Mais j'suis bien content aussi qu'tu saches pas chanter.

— Et pourquoi donc ?

— Comme ça, j'ai pas d'souci à m'faire, tu f'ras pas partie d'la chorale.

— Ah oui ?

Et elle pousse un cri, elle m'tape avec son sac à main et elle s'met à chanter *Plus près de toi Seigneur* à tue-tête, comme les gens qui s'font chasser d'la scène avec le grand bâton pendant les soirées amateurs de l'Apollo.

*

* *

Y a deux miracles qu'ont eu lieu dans c'te maison : Brenda a pas bu une goutte depuis qu'elle a rencontré Jésus et j'ai perdu presque quatre kilos depuis qu'j'ai commencé à m'promener l'soir, y a un peu plus d'un mois et d'mi. Ça m'plaît bien qu'elle soit plus soûle et elle dit que c'qui reste de moi lui plaît bien aussi.

À l'heure qu'il est, on est assis au parc, Lorenzie Park, et on r'garde les enfants qui donnent à manger aux canards. Elle est en colère cont'moi. Ça fait dix minutes qu'elle a pas dit un mot. Elle a juste mis Sunshine sur sa hanche et elle jette des miettes dans l'eau, elle aussi. Miss Q essaye de compter les canards mais y font rien que s'envoler alors ça l'énerve passqu'elle doit tout r'commencer. Elle compte pas trop bien pour cinq ans, mais j'essaye d'lui apprendre, avec des cure-dents. J'ai am'né ma canne à pêche jusqu'ici rien qu'pour que Hakeem puisse la t'nir dans sa main et voir comment ça fait d'pêcher, mais il a plutôt envie d'filer dans l'eau pour attraper un canard. J'voulais les am'ner au McDo et puis au cinéma voir un film pour les enfants, mais maint'nant, j'sais plus trop. Ça dépendra d'Brenda.

Elle d'vient grosse. Elle a l'ventre qui commence à pointer. J'trouve ça joli. Ça fait bien longtemps qu'j'ai pas été près d'une femme qu'avait un bébé dans l'ventre. J'ai réfléchi à c'que Howie m'avait d'mandé, et j'en suis v'nu à m'dire que j'm'en fiche pas mal que c'bébé soit l'mien ou pas. J'vais faire comme si l'était, et comme ça y le s'ra. Depuis que Howie a soul'vé la question, j'ai eu envie d'en causer à Brenda d'temps à autre, mais j'y arrive pas.

Je l'aime. Et j'y prends goût, à ses gosses. J'ai même appris à faire des tresses. Brenda m'a montré, pass'que les ch'veux de Sunshine partent dans tous les sens et qu'ça fait pas soigné pour une p'tite puce comme ça. J'ai dû leur ach'ter au moins une vingtaine de bouquins, aux gamins. Ils étaient tellement excités, on aurait dit qu'ils avaient jamais eu d'livres avant. J'ai dit à Brenda qu'la lecture, c'est important. Surtout quand on est noir. Moi-même, j'écrirais et j'parlerais drôl'ment mieux si j'avais appris à apprécier la lecture quand j'étais minot. J'leur raconte des histoires le soir, avant qu'ils aillent au lit, au moins quand j'travaille pas, et Brenda s'y est mise aussi quand j'suis pas là. Elle m'a dit que *Bonne nuit la lune* lui plaisait plus encore qu'à la p'tiote et qu'ça la rendait heureuse chaque fois qu'elle lisait *Si les gens pouvaient voler*. Elle a dit qu'elle savait pas qu'ça pouvait être aussi chouette, de lire. Qu'elle savait pas qu'les mots pouvaient faire autant d'bien. C'est encore un truc qu'j'aime bien chez Brenda : elle dit les choses comme elles sont. Oh oh ! La voilà qu'arrive ! Sunshine s'est endormie sur son épaule.

— Tu peux m'la prendre, Cecil ?

— Bien sûr.

Et elle s'plante là, les mains sur les hanches.

— Ça t'dirait si j'te faisais de la soupe de gombo, ce soir ?

Nom d'un p'tit bonhomme ! Si elle sait parler aux hommes, celle-là.

— Oui, si ça fait pas trop d'dérangement...

— Tu sais bien qu'ça fait du dérangement, mais si j'voulais pas l'faire, j'te l'proposerais pas, hein ?

— Merci, Brenda.

— Y a pas d'quoi. On y va ?

— J'aurais bien voulu emmener les gosses au McDo et puis au cinéma.

— J'suis crevée, Cecil. On a qu'à acheter un truc à emporter et puis rentrer direct. Ils peuvent regarder une cassette, ils s'en fichent.

— Bon, d'accord.

— Alors, t'as réfléchi à c'que j't'ai dit ?

— J'y ai réfléchi, oui.

— Et qu'est-ce que t'en dis ?

— J'en dis qu't'as p'têt raison. On vit dans l'péché d'vant les gosses et il faut faire les choses comme y faut.

— Alors, quand est-ce que tu vas aller faire les papiers ?

— Lundi matin.

— T'es sûr que tu veux l'faire, Cecil ?

— J'peux pas r'tourner chez Viola, Brenda. Plus maint'nant.

— Pourquoi pas ?

— Avec le bébé qui est en route, et tout.

— Et si j'te disais que j'suis pas sûre que cet enfant soit d'toi, Cecil ?

— T'as des raisons d'en douter ?

— Peut-être. Mais peut-être pas. J'en sais rien. J'essaye d'être honnête.

— En vérité, j'm'en fiche pas mal, Brenda. J'aime être avec toi et tes enfants.

— Et moi, j'adore être avec toi, Cecil. J'adore comment tu traites mes gosses. J'adore comment tu m'traites. C'est pour ça que j'vais t'faire de la soupe au gombo, ce soir, mais faudra qu't'ailles au magasin chercher c'qui faut.

— Ça m'gêne pas.

— Quand est-ce que tu crois qu'on va pouvoir déménager ?

— Bientôt. Viola quitte la maison la semaine prochaine. J'suis allé voir les gars du fisc et, à c'qui paraît, j'peux mettre la maison en vente et payer c'que j'dois avec l'argent d'la vente. Y devrait m'en rester assez pour nous trouver un endroit correct.

— Qu'est-ce qui va pas, dans cette maison-là ?

— J'peux pas t'emm'ner là, Brenda. Réfléchis un peu.

— Ça m'gênerait pas. C'est pas comme si on allait dormir dans l'même lit.

— Non c'est non. Et c'est tout c'que j'ai à dire là-d'ssus.

— Très bien. Mais quand est-ce qu'on va commencer à chercher ?

— Quand on aura une offre pour la maison.

— On ?

— Bah oui, Viola et moi. Tout c'qu'on aura, faudra que j'partage avec elle.

— Hakeem ! Miss Q ! Venez ! On va au McDo !

Ils rappliquent.

J'vois bien qu'elle est fâchée d'nouveau, mais tant pis. Et maintenant ça va être pire, quand elle va entendre ça :

— À propos d'Viola, faut qu'je fasse un saut pour aller chercher mes affaires sous l'auvent.

— Aujourd'hui ?

— Y en a pas pour longtemps, dix minutes, un quart d'heure tout au plus.

— T'es sûr de c'que tu fais, Cecil ? J'veux dire, j'veux pas te mettre la pression. J'me suis débrouillée toute seule avec mes gosses jusqu'à maintenant et j'veux pas que tu t'sentes obligé d'm'aider.

— Brenda, arrête...

— C'est vrai. J'suis désolée. Dieu soit loué. Je sais que je suis bénie et voilà que je fais l'ingrate. J'ai pas d'ressentiment envers Viola. Aucun. Elle a été ta femme depuis plus longtemps que j'suis au monde, alors je comprends que vous soyez liés. Change pas d'avis à notre propos, Cecil, c'est tout c'que j'te demande.

Nous v'là presque rendus à ma voiture, sur le parking.

— J'me disais que quand on vendra la maison, j'pourrais p'têt bien échanger c'vieux machin contre un truc plus grand. Où les enfants s'raient à l'aise. Qu'est-ce que t'en penses, Brenda ?

— Du bien. Beaucoup d'bien.

Une fois qu'on a installé les enfants dans leurs sièges-auto, j'me penche et j'l'embrasse sur les lèvres. Brenda embrasse bien. Elle embrasse très bien même. Elle a aucune idée d'à quel point j'me sens béni, moi aussi, et pourtant j'suis loin d'avoir rencontré Jésus.

*

* *

Il est encore là, c'gars-là ? Y manque pas d'air. Il en passe du temps avec une femme qu'a même pas encore divorcé ! Il a pas beaucoup d'vergogne, on dirait ? J'devrais lui d'mander, tiens. Meuh non. Qui j'suis, moi, pour lui faire la morale ? Et qu'est-ce que j'fais depuis cinq mois ? Quand même, j'me d'mande bien c'qui peuvent fabriquer, avec Viola. J'ai eu assez d'mal à la mettre dans mon lit, sans parler d'faire quoi qu'ce soit avec. J'voudrais bien l'voir, c'gars-là. Voir c'qu'il a et qu'j'ai pas.

Quand j'arrive d'vant la porte, j'ai même pas l'temps d'frapper qu'elle s'ouvre. C'est Viola. J'suis obligé d'me frotter les yeux pass'que j'ai des visions, c'est sûr. A r'ssemb'à la femme avec qui j'étais y a dix ou quinze ans. Pas à la Viola d'cinquante-cinq ans. Pas avec c't'allure.

— T'as perdu ta langue ?

Maintenant, j'vois bien qu'c'est la même qu'y a cinq mois, mais elle est encore assez belle pour qu'on ait envie d'l'embrasser. Si seulement elle pouvait changer d'ton et êt'moins méchante !

— Comment ça va, Vy ? T'es belle comme tout, ma puce. Me dis pas qu't'es allée t'faire un coup d'chirurgie esthétique, là ?

— Mais non, j'ai pas fait d'chirurgie esthétique. Et toi, alors ? On dirait qu't'as fait un peu d'liposuccion. Il est où, ton ventre ?

J'baisse les yeux. Y en a un bout qu'est parti pour de bon. C'qui reste, j'le rentre et j'me r'dresse, super droit.

— J'fais d'l'exercice.

— Eh bien, ça t'en a pris du temps, pour t'y mettre...

— Écoute, Viola... T'as d'la visite ?

— Non.

— Pourtant, la dernière fois que j'suis v'nu, t'as dit qu'cette voiture appartenait à un ami. Il t'la donnée ?

Elle m'fait un grand sourire et nom de Dieu qu'elle a d'belles dents blanches ! Mais qu'est-ce qu'elle fabrique ?

— Viola ?

— Quoi ?

— Qu'est-ce qu'est arrivé à ton dentier ?

— Paris m'en a acheté un neuf.

— On dirait même pas qu'c'est un dentier !

— C'est parce que c'est pas d'la camelote comme l'autre.

— On dirait qu't'as perdu du poids, aussi.

— C'est vrai. Et c'est pas fini. Faut qu'j'perde encore cinq ou six kilos.

— Moi aussi. Et ton ami, il est là ?

— Non. Et la voiture, elle est à moi, Cecil. C'est Paris qui m'l'a achetée.

— Ah bon, donc ça veut dire qu't'as pas d'ami ?

— J'ai dit ça, moi ?

— Non.

— Alors, t'occupe.

— J'étais juste venu chercher mes affaires.

— Elles sont là.

— Tu vas avoir besoin d'un coup d'main, pour déménager ?

— J'sais pas encore. Y a beaucoup d'ces merdes qui iront pas dans mon nouvel appart.

— Comment ça, des merdes ?

— La chambre à coucher, par exemple.

— Elle va très bien, la chambre à coucher !

— Et bah prends-la, j'te la donne.

— Non. J'peux pas dormir là-d'dans.

— Alors boucle-la, Cecil.

— T'as bonne mine, Vy. T'as l'air en pleine forme. Ça fait plaisir à voir.

— Merci. Tu sais, j'aimerais bien pouvoir continuer à discuter avec toi, mais notre p'tite-fille a une épreuve de course et j'ai pas arrêté d'regarder O.J. Simpson à la télé, et maintenant j'suis presque en retard.

— Il les a tués, ces gens, c'est clair comme de l'eau d'roche. Shanice est toujours là ?

— Ça, t'en sais rien, Cecil. Elle rentre pas chez elle avant l'mois prochain.

— On verra bien, r'marque. Et comment vont les gosses ?

— Nom d'une pipe, Cecil ! J'viens d'te dire que j'devais y aller. On y s'ra encore d'main matin si j'dois t'raconter tout c'qui leur arrive. Mais puisque tu veux savoir, v'là un résumé : Janelle a fini par flanquer George à la porte et il risque même d'aller en prison.

— De quoi ?

— T'as très bien entendu. Charlotte m'parle plus, et j'te suggère de l'appeler toi-même parce que moi, j'en ai ma claque de celle-là. Comme j'te l'dis. Ton fils est en prison. À c'qu'on dit, il risque de prendre un an pour avoir frappé le mari de Donnetta avec un manche à balai.

— De quoi ?

— Et Paris est toujours en Californie à essayer d'jouer les Superwomen et à avaler des cachetons comme elles font dans *La Vallée des poupées* pour continuer au même rythme, mais elle croit qu'on l'sait pas.

— De quoi ?

— Et si tu redis encore une fois « De quoi ? », j'te flanque ma main dans la figure. Maintenant, dégage, parce qu'on a fait l'tour des enfants qu'on avait en commun. Et t'avise pas d'toucher à ma tondeuse ou à quoi qu'ce soit d'autre qui t'appartient pas. Au revoir.

Je reste planté là tandis qu'elle referme le verrou d'la porte d'entrée dont j'ai eu les clés pendant vingt ans et quèques. Mais mes clés entrent plus dans cette serrure. J'me dirige vers l'auvent et j'me r'tourne : Viola est en train d'monter dans sa voiture neuve. Elle a pas seulement l'air plus jeune, elle a l'air heureuse, aussi. Ça fait des années qu'j'l'ai pas vue comme ça. J'me d'mande, tandis qu'elle m'fait signe en sortant à r'culons, si c'est pass'que j'suis là ou pass'que j'suis plus là.

UNE NOUVELLE VIE

— J'arrive pas à croire que Jackie Onassis est morte. Pas toi, Loretta ?

— J'arrive pas à croire que je ne suis pas morte, dit Loretta en riant.

— Elle était beaucoup trop jeune pour mourir. Et jolie comme un cœur, en plus. Tu t'rappelles le jour où Kennedy a été assassiné ?

— Bien sûr que je m'en rappelle, Vy. Tout le monde se rappelle de ce jour-là. Bon, et puis assez parlé de morts, maintenant. Nous sommes vivantes et en pleine forme, dans ton appartement tout neuf. Et il est magnifique ! Vraiment magnifique, Vy !

— C'est vrai, non ?

Je jette un coup d'œil autour de moi. C'est vrai qu'il est magnifique. Et assez éloigné d'mon ancienne maison pour que j'fréquente des nouvelles boutiques, une nouvelle banque et une nouvelle poste.

— Merci, Loretta. J't'avais bien dit que t'allais adorer.

Ça m'a d'mandé beaucoup d'patience pour pas lui montrer plus tôt, mais j'voulais qu'la nouvelle moquette soit installée et la peinture refaite pour qu'elle le voie au maximum de sa splendeur. Mais à cause du Memorial Day et tout, ils ont pas pu s'y mettre jusqu'à cette semaine et on peut dire qu'ils ont pris leur temps. Ils ont fini y a deux jours, on part en croisière dans une semaine exactement – le seize – et j'ai un million d'trucs à faire d'ici là.

Comme j'peux pas emménager avant quelques jours, j'voulais apporter un p'tit quelque chose pour avoir l'impression que j'habite bien ici, alors on s'est arrêtées chez Target avec Loretta et on a acheté deux plantes à sept dollars quatre-vingt-dix-neuf. Elle m'a aussi aidée à apporter mes belles serviettes, mes beaux draps et mes belles assiettes que j'gardais planqués. Je suis en train de m'demander si j'dois mettre une plante sur la fenêtre de la cuisine et l'autre sur celle de la salle de bains principale. Je sais pas. Nom d'un chien ! Si ça sonne pas bien, quand même : « salle de bains principale » ! J'm'en lasse pas. Et j'ai deux lavabos ! Comme ça, je peux choisir chaque soir dans lequel j'vais m'laver les dents ou me débarbouiller. On dirait du marbre, c'est pas du vrai mais j'm'en fiche. J'en r'viens toujours pas.

— Qu'est-ce tu penses de la couleur que j'ai choisie pour la moquette, Loretta ?

Et là d'ssus, j'éternue.

— À tes souhaits. J'adore, Vy. T'as tellement bon goût...

— Mais toi aussi, Loretta, qu'est-ce que tu m'chantes ? C'est juste que j'aime un peu moins les fronces et les volants qu'toi, c'est tout. Viens par ici, tu vas voir comme ma chambre est grande.

— J'arrive. Les plafonds sont drôlement hauts, dis-moi. Et t'as même un petit jardin derrière ! C'est parfait, vraiment. J'aimerais avoir une fille comme la tienne.

— Tous mes enfants sont une bénédiction, même quand ils m'énervent. J'ai hâte d'installer ma nouvelle chambre à coucher ici. Et encore, il me restera drôlement d'place. Dès que j'démarre les cours d'assistante maternelle et que j'décroche un boulot, j'essaierai d'm'acheter une chaise Récamier, tu sais, comme celle qu'avait Marlene Dietrich, tu t'rappelles ?

— Bien sûr que je me rappelle. Alors, tu penses toujours à travailler dans une crèche ?

— J'en sais rien. J'ai déjà du mal à compter jusqu'à dix, j'vois pas très bien comment j'pourrais reprendre des cours, mais j'vais apprendre à faire quelque chose. Ça c'est sûr.

J'éternue de nouveau.

— À tes souhaits.

— Merci. Bon, Loretta, prends la photo et dépêche-toi. Faut qu'je sorte d'ici parce que la peinture est en train d'me prendre à la gorge, j'te promets.

— C'est peut-être aussi la moquette neuve, tu sais. J'ai lu quelque part que les asthmatiques ne devaient pas être en contact avec les moquettes neuves parce que les produits avec lesquels on les traite pouvaient déclencher des crises. (Elle plonge la main dans son grand sac et en ressort un Polaroïd.) Appuie-toi contre le mur, là-bas. Ça fera plus professionnel avec un fond blanc derrière.

C'est c'que j'fais. Je souris pour montrer mes dents neuves et j'me tourne de trois-quarts pour exhiber mon corps tout neuf. J'porte des caleçons longs comme toutes les jeunes d'aujourd'hui et un T-shirt noir par-dessus.

— Dis « pizza » !

— Pizza. Je sais bien, Loretta. C'est pour ça que j'vais pas m'installer avant la semaine prochaine. Allez, on y va. En plus, faut qu'j'aille prendre de l'essence et que j'passe à la pharmacie acheter mes médicaments, et puis que j'aille chercher Shanice. Elle a cours que c'matin, aujourd'hui. Tu veux pas en prendre une deuxième, juste au cas où ?

— D'accord. Dis « pizza » !

— Non, « cheese » !

Et le flash s'allume.

— La première est très bien. Tu fais tellement plus jeune maintenant...

Loretta remet ses chaussures. J'lui ai fait enlever quand on est arrivées. J'ai r'tiré les miennes aussi. Mais quand j'habit'rai ici, j'demand'rai à personne de r'tirer ses chaussures, sauf si elles sont vraiment trop sales, bien sûr.

— Cecil va t'aider à déménager ?

— Même s'il me payait, j'lui demanderais pas d'm'aider. Je démarre une nouvelle vie, Loretta, et il a pas sa place dedans. Un point c'est tout.

— Je me demandais, c'est tout...

— Je sais, Lo. J'voulais pas être désagréable.

Tout d'un coup, elle prend un air excité comme si elle avait vu un truc mais j'vois pas c'que ça peut être parce qu'on est juste en train d'se diriger vers l'garage. J'adore appuyer sur la télécommande et voir la porte s'ouvrir avec ma voiture neuve à l'intérieur. Maintenant, j'sais c'que c'est qu'la belle vie. Mes dents me font même plus mal et j'ai perdu huit kilos ! Qu'est-ce que j'pourrais demander d'plus ? Hein, Seigneur, qu'est-ce que j'pourrais demander d'plus ?

— Tu sais, Vy...

— Quoi ?

— J'ai déjà fait ma valise, dit Loretta en rougissant comme une petite fille, rides comprises.

— T'es pas la seule.

— Tu as commencé, toi aussi ?

— J'ai fini. Quand est-ce que j'aurais l'temps d'la faire, sinon, une fois que j'commence à déménager ? Et comment j'pourrais retrouver mes affaires ? Tu sais tout c'que j'ai comme merdier...

— Oui, je sais.

— La ferme, Loretta. Allez, à plus tard.

Elle s'met à rire, me fait un p'tit signe de la main, et monte dans sa voiture, une grosse Cadillac blanche. Elle sait bien qu'elle a pas besoin d'une voiture pareille, aussi vieille et aussi grosse, mais c'est son mari qui lui a laissée et elle dit qu'elle continuera à s'en servir et qu'on verra bien qui mourra la première.

Il fait chaud comme dans un four. Y a pas de doutes. Mais j'm'en fiche. J'ai la clim dans la voiture. Et j'ai la clim dans mon nouvel appart. De Dieu ! J'me gare sur une place pour handicapés devant la pharmacie, j'pose ma carte sur le tableau d'bord pour que les flics la voient et j'cours chercher mes médicaments. J'adore avoir cette carte parce que j'trouve toujours à m'garer. Quand j'arrive à la station-service, j'me rends compte que j'ai dépensé presque tout mon liquide et qu'j'ai pas encore encaissé mon chèque, alors j'mets juste cinq dollars de sans plomb et j'fais fissa parce que j'supporte pas l'odeur de l'essence et qu'c'est dur de retenir mon souffle pendant que j'fais l'plein, mais bon, quand j'me bouche le nez, les gens me r'gardent comme si j'étais folle. Tant pis, j'vais encore avoir l'air d'une folle, une fois d'plus.

*
* *

Shanice est sur l'trottoir, devant son collège, en train d'parler à un garçon qui a des p'tites nattes sur la tête. Il est mignon. Ça m'étonne pas qu'elle s'plaise, ici. C'est une école « aimant », faite pour que tous les gosses puissent recevoir une bonne éducation et pas seulement les p'tits Blancs. J'ai envie de klaxonner, mais j'ose pas, j'voudrais pas lui faire honte. Elle tourne la tête et quand elle m'voit, elle dit un truc au garçon et arrive en courant.

— Salut, Mémé !

Elle m'embrasse sur la joue.

— Salut, ma puce. C'est qui, c'garçon ?

— Gerard. Il est dans mon cours de sciences nat. On fait notre projet d'fin d'année ensemble sur les cinq sens.

— Et lesquels t'as choisis ?

— Goût et odorat.

— Ça m'aurait étonnée...

— Mémé, arrête ! Eh, attends, où on va ?

— C'est la fête. On va au Mirage pour déjeuner et après on rentre préparer les bagages. Donne à Mémé un cachet de chaque boîte, là, et passe-moi la bouteille de Pepsi qui roule à tes pieds. Et pendant qu'tu y es, tu veux bien m'passer ma Ventoline qu'est dans mon sac ? Entre la peinture et les vapeurs d'essence, j'te jure...

— Mémé ?

Elle me tend les cachets, ouvre la bouteille de soda tiède puis me passe la Ventoline.

— Oui ?

J'avale les cachets et j'prends une bouffée, mais j'me mets à tousser parce que j'suis oppressée depuis un moment et c'est c'qui s'passe quand mes bronches se rouvrent. J'prends encore une bouffée par sécurité.

— Ça va, Mémé ?

— Oui, ça va mieux, ma puce. Tiens, tu peux la r'prendre.

Elle fait tomber la Ventoline dans mon sac.

— Tu vas te mettre en colère si je te dis que j'ai pas envie de rentrer chez moi après la colo ?

— Non, je vais pas me mettre en colère. Mais pourquoi tu veux pas rentrer chez toi ? George a été arrêté pour de bon. Et ta maman est toute seule.

— C'est vrai, mais Maman a dit qu'ils pourront pas le garder en prison à moins qu'ils m'examinent et qu'ils me fassent leur espèce d'entretien. Et je veux pas le faire. Un point c'est tout.

— Pourquoi pas ? Si c'est c'qu'il faut pour faire mettre ce fils de pute à l'ombre, à San Quentin ou ailleurs, pourquoi tu l'f'rais pas ?

— Parce que je peux pas. C'est tout. Je veux oublier toute cette affaire, mais où que je regarde, y a toujours un truc qui m'y fait penser.

— Peut-être qu'il faut que tu y réfléchisses un peu plus. Les assistantes sociales à qui j'ai parlé ont l'air vraiment gentilles. Elles veulent te protéger, Shanice. Elles font ça dans ton intérêt, tu sais.

— Je sais. Mais ça m'intéresse pas. Comme tu dis toujours, Mémé, elles sont « à la bourre et sans un rond ».

— Mais c'est pas d'leur faute.

— Je peux pas retourner dans cette maison. J'y remettrai plus jamais les pieds. Alors si Mama veut que je revienne, il va falloir qu'elle nous trouve un autre endroit.

— Ça, il faut qu't'en discutes avec elle.

— C'est c'que j'vais faire.

Et on dit pas un mot d'plus sur l'sujet. J'm'arrête à la banque, où j'encaisse mon chèque de la Sécurité sociale et puis on va au Mirage, où je les laisse garer ma voiture. On mange un steak, du crabe et du homard, et on est en train d'lécher nos doigts quand je vois, dans la pièce d'à côté, des chevaux qui courent sur un grand écran. Maintenant, j'sais bien qu'le Kentucky Derby est passé d'puis plus d'un mois et que j'devrais pas m'mêler d'ça mais, j'sais pas pour quelle raison, j'ai l'impression qu'la chance est là. Alors, sans même comprendre c'que j'fais, j'attrape Shanice par le bras et j'l'entraîne dans la grande salle ovale pleine d'écrans géants où tout un tas d'courses ont lieu.

— Qu'est-ce qu'on fait ici, Mémé ?

— J'veux parier sur un cheval.

— Lequel ?

— Hé, j'en sais rien. Attends, j'vais d'mander à quelqu'un.

Et c'est exactement c'que j'fais. J'me dirige vers un vieux Noir qu'a l'air sympa et qui tient un journal froissé d'vant lui qui s'avère être un formulaire de jeu.

— Excuse-moi, mon chou, mais c'est quoi cette course ? j'lui d'mande en désignant un écran.

— Hollywood Park.

— Qu'est-ce qu'il faudrait qu'je fasse si j'voulais parier sur un cheval ?

— Lequel ?

— J'sais pas.

— Eh bien, faudrait déjà savoir lequel. Ou lesquels. Et si tu veux jouer gagnant, placé ou troisième.

— Ça veut dire premier, deuxième ou troisième, ça je sais.

— Exact.

— Sur lequel tu paries ?

— Ces deux-là. (Il me montre les noms qu'il a encerclés.) Argent Comptant et Ailes-aux-pieds.

— Merci.

— Bonne chance. Et si tu veux parier sur cette course, il te reste exactement trois minutes.

— Merde… Oh pardon, Shanice. J'voulais dire mince. Donne-moi mon portefeuille qui est dans mon sac, s'il te plaît, ma puce.

J'fonce au guichet et quand on me d'mande sur quel ch'val j'veux parier, j'm'entends répondre :

— Je veux parier cinq dollars sur chaque, gagnant, placé ou troisième.

Le type me r'garde comme si j'étais cinglée.

— Ça fait quinze dollars chaque.

— Ah bon ? J'veux dire, bien sûr, j'le savais.

Tu parles. Ça vient d'm'engloutir l'essentiel de mon p'tit chèque mais pour une raison que j'comprends pas moi-même, j'm'en fiche pas mal à l'heure qu'il est. C'est peut-être ça que Cecil ressent quand il joue.

— Vous m'avez dit pour tous ?

— C'est bien ça.

— Comme vous voulez...

Et il me tend les tickets. J'les serre fort dans ma main et j'commande deux Shirley Temple, un pour Shanice et un moi. Quand la course démarre, j'ai l'cœur qui s'met à battre à toute vitesse, j'entends les gens qui crient, qui beuglent de plus en plus fort au fur et à mesure que les ch'vaux se rapprochent de l'arrivée et puis tout d'un coup des gémissements, des grognements quand la course est finie. Tout l'monde gémit sauf moi. Mes ch'vaux ont gagné. Je m'assois et j'attends mais j'comprends plus rien quand les chiffres de l'écran s'mettent à s'mélanger et à changer comme dans les gares, alors j'retourne voir le type de tout à l'heure et j'lui demande combien j'ai gagné. Il regarde mes tickets et s'coue la tête en riant.

— C'est la veine des débutants, il dit.

— Combien ?

— Attends une minute. Regarde l'écran, là-bas. Il va nous l'dire tout d'suite. Mais une chose est sûre, ma chérie, t'as gagné d'l'argent aujourd'hui !

J'attends, en serrant la main de Shanice dans la mienne, et puis quand les chiffres finissent par s'arrêter, je lui r'demande :

— Alors, combien j'ai gagné ?

— Eh bien (il feuillette mes bulletins) entre huit et neuf cents dollars à peu près.

— Tu mens, j'le sais.

— Va voir le caissier, il va t'le dire. Et félicitations. Tu veux pas être mon bookmaker ?

J'me contente de rire, j'apporte mes tickets au caissier, et effectivement, il compte huit cent quatre-vingt-dix-huit dollars, qu'il met dans ma main, et j'ai du mal à t'nir en place. Quand le gardien m'amène ma voiture, j'lui donne cinq dollars de pourboire et, une fois installée d'dans, j'tends à Shanice un billet de cent dollars tout neuf et craquant. On en rigole jusqu'à la maison.

En arrivant chez moi, j'vois un Blanc dans un costume beige qui sort d'une Saturne garée devant la maison. J'ai pas la moindre idée d'qui c'est.

— J'peux vous aider ? j'lui d'mande.

— Je cherche Viola Price.

— C'est moi. Pourquoi ?

— J'ai quelque chose pour vous.

Il s'approche et me tend une enveloppe.

— Qu'est-ce que c'est ?

— Je ne sais pas. Mais il me faudrait une petite signature ici, s'il vous plaît.

Je signe en face de mon nom.

— J'ai gagné quelque chose ?

— Peut-être, un voyage, un truc comme ça…

Il remonte dans sa voiture et s'en va.

C'est plutôt clair qu'il s'agit pas d'un voyage ni d'un cadeau quelconque. Une fois dans la maison, j'm'assois sur le lit ; même sans mes lunettes, j'vois bien que l'enveloppe vient du tribunal. J'ouvre. C'est la demande de divorce de Cecil.

— Shanice ! Va chercher la Ventoline de Mémé, s'il te plaît !

— Où est ton sac ?

Merde.

— J'l'ai laissé dans la voiture. Mais devrait y en avoir une autre près du lit. Dépêche.

J'étouffe à nouveau. Merde. J'suis pas d'humeur pour remettre ça aujourd'hui. Alors comme ça, Cecil veut divorcer ? Eh bien, bon débarras ! Tu m'as juste coiffée au poteau, mon salaud. Ça m'permet d'économiser plein d'sous. T'inquiète pas, tu vas l'avoir, ton divorce !

— Tiens, Mémé.

Après deux bouffées, j'me sens mieux.

— Ça va ?

— Ouais. Regarde dans l'deuxième tiroir de gauche, dans la cuisine, il devrait y avoir un stylo, et va dans ma chambre, ouvre le tiroir d'la table de nuit, et rapporte-moi des enveloppes, le papier à lettres avec les oiseaux d'ssus et un timbre à vingt-neuf *cents*. Et regarde si y a pas d'messages sur le répondeur, par la même occasion. Ça fait presque une semaine que Paris est à Londres et elle a pas appelé un seule fois, cette garce. J'lui ai d'mandé d'm'acheter un chapeau comme ceux de Lady Di. Elle pourrait donner d'ses nouvelles, quand même !

— D'accord, Mémé. T'es sûre que ça va aller ?

— Ouais, ça siffle un peu, c'est tout. Trop d'excitation. Et puis la peinture fraîche et l'essence, ça m'réussit pas. Faut juste que j'me repose un peu, que j'me fasse un traitement, et tout ira bien. Oh, flûte ! J'ai raté mes feuilletons ! Tu veux bien mettre Oprah, s'il te plaît ? Non, attends. À la réflexion, j'ai pas envie d'l'écouter aujourd'hui. Mets BET plutôt.

— D'accord, Mémé.

— Et tu peux aller chercher l'courrier ?

— D'accord, Mémé.

J'entends la voix de Paris.

— Salut, Mama. Salut, Shanice. C'est vraiment génial, ici. Et t'inquiète pas, j'ai ton chapeau. Shanice, je t'ai acheté un truc mignon à toi aussi. J'espère que tout le monde va bien. Je serai à la maison dans deux jours. Le voyage a été très fructueux. Sur tous les plans. Appelle Dingus chez son ami Jason, si tu veux. Je t'ai laissé son numéro, Mama, tu te rappelles ? Enfin, bref, je t'aime. Je t'appelle quand je rentre.

Quand Shanice revient avec c'que j'lui ai d'mandé, je prends les papiers et j'les signe tellement vite que j'en rigole toute seule. Shanice réapparaît avec le courrier et claque la porte-moustiquaire.

— Qu'est-ce qui te fait rire, Mémé ?

— Qu'est-ce que ça veut dire, un « voyage fructueux », et combien d'fois je t'ai d'mandé de pas claquer cette porte ?

— Pardon, Mémé. Ça veut dire productif, bon, qu'il est arrivé quelque chose que tu attendais.

— Comment tu peux connaître un grand mot comme ça alors que t'es à peine en quatrième ?

— C'est pas un grand mot, Mémé.

— Et pardon, mon cul. Claque encore une fois cette porte et j't'envoie couper une badine dans un des arbres que j'ai pas dans l'jardin. À part ça, les nouvelles sont bonnes ?

Elle rigole, maintenant.

— La grande enveloppe, c'est de la part de Dingus.

— Ouvre-la, tu veux ? Vite, vite, vite !

— Pourquoi ça presse, Mémé ?

— J'veux voir ! J'veux voir ! Il m'a promis de m'envoyer une photo de son bal de fin d'année et quelques lettres d'universités. J'veux voir ça d'mes yeux, parce que j'ai jamais vu une seule lettre d'université demandant à des gens de v'nir chez eux. J'suis tellement fière de c'garçon que j'sais pas quoi dire.

— Et maman, alors, et tante Paris ?

— Pas c'genre de lettres. Ces facs supplient Dingus de v'nir. Dépêche-toi, Shanice !

Après avoir pris tout son temps, elle finit par ouvrir l'enveloppe et en sort c'qui ressemble à une photo vue d'dos.

— Elle est mignonne, dit Shanice en m'la tendant. Dingus sera sûrement mieux quand il aura retiré tout le métal qu'il a dans la bouche et il le sait peut-être pas, mais Clearasil pourrait faire beaucoup pour lui. Mais bon. Sympa, le smoking.

— Tais-toi un peu, ma fille.

J'retourne cette photo : mon magnifique petit-fils, qui n'a pas du tout l'air d'avoir des boutons, a le bras passé autour des épaules d'un joli p'tit brin d'fille noir chocolat, et ça s'voit comme le nez au milieu d'la figure qu'elle vient d'une bonne famille. Paris m'a dit qu'son papa était prêtre, c'qui veut dire qu'elle a été élevée comme il faut et qu'elle doit pas aller aussi vite en besogne que la plupart des gamines d'aujourd'hui.

— Il a vraiment bon goût, c'est tout c'que j'ai à dire.

Et j'me mets à feuilleter les huit ou neuf lettres que Shanice vient d'me passer.

— Tu veux bien aller chercher mes lunettes, ma puce ? S'il te plaît ?

— Je sais pas ce que tu ferais sans moi, Mémé. Tu veux pas que je reste pour devenir ta secrétaire particulière ?

Je fais oui d'la tête en gloussant mais j'pleurniche en même temps parce que j'commence à lire les noms des écoles, inscrits en haut d'chaque feuille en grosses lettres de couleur que j'peux voir même sans lunettes : Stanford University, University of Southern California, Michigan State University, Ohio State University, University of California at Berkeley, University of Miami et là j'm'arrête parce que ça suffit. Mon petit-fils va aller à l'université, y a plus d'doutes là-d'ssus. Et il a l'choix. Et c'est eux qui lui demandent de venir. Doux Jésus, les temps ont bien changé.

— Shanice, qu'est-ce que ça veut dire exactement, une moyenne de trois virgule quatre-vingt-sept ?

— Ça veut dire qu'il a des A dans presque toutes les matières, Mémé.

— Ah oui ?

Et je lis chaque lettre, mot à mot, même si elles disent toutes la même chose : c'est un quarterback formidable. Il a fait une très bonne année. Sa moyenne est impressionnante et ils espèrent qu'il voudra bien venir jouer et étudier chez eux et ils font la liste de toutes les raisons pour lesquelles il se plairait là-bas. Je lâche les lettres sur mes genoux et Shanice vient m'essuyer les yeux avec un Kleenex.

— Moi aussi, j'espère que je pourrai te rendre fière un jour, Mémé.

Et elle me serre dans ses bras, tellement fort que sans l'vouloir j'arrache sa petite perruque frisée, mais à ma grande surprise, elle la jette sur la table basse.

— Tu sais quoi, ma puce ? J'suis déjà fière de toi. J'suis fière que tu t'sortes aussi bien de toutes les choses horribles qui t'sont arrivées et je prie à genoux tous les soirs pour qu'tu deviennes une femme forte, en bonne santé. Je prie pour que, même si t'arrives pas à oublier tout ça, c'qui m'étonnerait, tu puisses au moins l'enfouir quelque part, tellement loin qu'tu pourras pas l'retrouver. Que ça r'viendra pas te hanter. Quand j'te vois sourire, ça m'rend heureuse. Cela dit, maintenant que j'sais comment ça marche, les moyennes, il me semble me rappeler que la tienne était de trois tout court, si j'me trompe pas, alors ça vaudrait peut-être le coup que t'essayes de la r'monter l'année prochaine, non ?

— Si, Mémé.

— Et t'inquiète pas : le jour où tu courras le cent mètres, le deux cents mètres et la course de relais plus vite que Flo Jo, je s'rai là. Qu'est-ce t'en dis ?

— Ça m'paraît bien. Ça m'paraît très bien.

— Ça marche, alors.

J'ouvre mon bloc de papier à lettres et j'commence à écrire.

— Qu'est-ce que t'écris, Mémé ?

— C'est pas tes.

— C'est pas tes ?

— C'est pas tes oignons. Mais quand j'aurai fini d'écrire c'que j'suis en train d'écrire, j'voudrais qu't'ailles l'apporter chez Miss Loretta. Tu veux bien ?

Elle fait oui d'la tête et j'm'y mets.

*

* *

Ça fait des heures que j'me tourne et m'retourne dans tous les sens parce que j'me sens d'plus en plus coincée des bronches. J'ai pris mes médicaments, fait mon traitement. Qu'est-ce que j'peux faire de plus ? J'me sens pas trop fraîche, ça c'est sûr. Et puis j'connais trop la chanson. Mais j'vais attendre encore un peu et voir c'qui arrive. En plus, j'voudrais pas faire peur à Shanice en appelant le 911. Des fois, ça passe tout seul. Quelle heure il est ? J'regarde le réveil : 1 : 40. Merde. J'recommence à tousser et j'mets les mains sur la bouche parce que la gamine est couchée tout à côté d'moi, mais j'peux pas m'arrêter. Merde. J'ai sifflé toute la journée. Je savais qu'j'aurais pas dû rester si longtemps dans l'appart avec la peinture fraîche et la moquette neuve. Merde. Mais qu'est-ce que ça change ? J'ai faim. Peut-être qu'en mangeant quelque chose, j'me sentirai mieux...

J'me glisse hors du lit et j'vais dans la cuisine pour ouvrir le frigo. Y a un reste de spaghettis avec des boulettes et une sauce qui était bien bonne. Ça fait que trois ou quatre jours que c'est là. Ça d'vrait être encore meilleur. J'en mets un peu dans un bol que j'place au micro-ondes et j'm'assois à la p'tite table pourrie dont j'vais m'débarrasser vite fait dès qu'j'aurai fini d'payer mes nouveaux meubles. J'vais m'servir de l'argent du tiercé pour rembourser c'que j'dois.

Quand j'ai terminé, j'mets l'assiette dans l'évier et j'retourne dans la chambre avec une cannette de ginger ale. Shanice s'est retournée d'l'autre côté, Dieu merci. J'bois quelques gorgées et j'm'allonge. J'suis toujours oppressée et ça s'arrange pas. Merde. J'suis pas d'humeur. Pas ce soir. J'attrape ma Ventoline et j'en prends une bouffée. Et j'attends. Ça aide pas. J'sais bien que j'devrais appeler le 911 mais p'têt qu'en restant allongée sans bouger quelques minutes, ça va passer. Des fois ça arrive. On peut pas savoir. J'ai envie d'allumer la télé mais ça risque de réveiller Shanice et j'veux pas prendre ce risque alors qu'elle doit s'lever pour aller à l'école demain. Attendez un peu. Non, elle a pas école. Demain, c'est samedi. P'têt qu'en mettant l'son très bas, elle l'entendra pas. J'appuie sur la télécommande, y a un vieux film qui passe, ça m'dit vaguement quelque chose mais j'arrive pas à m'souvenir du titre. Il faut qu'j'arrive à plus penser à mes bronches. Ça marche pas. Merde. Ma gorge se r'ferme et j'peux presque plus respirer. Merde. J'pousse Shanice de toutes mes forces et j'dis, aussi fort que j'peux :

— Appelle le 911.

Mais c'est à peine un murmure. Elle se r'tourne, s'frotte les yeux et quand elle voit que j'suffoque, elle s'met à crier :

— Mémé !

J'l'attrape par le bras, tellement fort qu'ça doit lui faire mal, mais c'est la seule manière pour moi d'pouvoir redire :

— Appelle.

Cette fois-ci, elle saute sur ses pieds, compose le 911 et j'l'entends crier :

— Ma mémé est en train de faire une crise d'asthme, il faut une ambulance tout de suite au 4807 Bledsoe Avenue ! C'est une maison bleu clair ! Dépêchez-vous, s'il vous plaît !

Ça m'soulage un peu, on dirait.

— Ça va aller, Shanice, j'lui dis en m'éventant d'la main. Faut juste que j'm'assois et que j'reste tranquille. Ils vont arriver dans une minute et ça va aller. Ça va aller.

J'm'assois et j'me penche en avant, parce que c'est la seule façon d'respirer un peu quand on y arrive pas. J'ai d'la sueur qui m'coule sur l'visage et ma chemise de nuit commence à coller. J'aimerais bien l'enlever.

— Tu veux que je sorte ta machine de dessous le lit, Mémé ? Tu veux que je la sorte ?

J'tousse tellement fort que j'crache plein d'mucus et quand j'essaie de m'redresser, j'ai l'impression qu'on m'tire sur le cou, la poitrine et les côtes comme sur des élastiques. J'veux pas faire peur à ma petite-fille, mais ça y est, j'ai mal aux bronches. Maintenant, j'ai les narines dilatées parce que quand j'essaie d'inspirer y a presque pas d'air qui entre. J'ouvre la bouche et j'essaie d'avaler des p'tites bouffées, c'est tout c'que j'peux faire. Mais on dirait que quelqu'un a glissé une paille dans ma gorge qui fait un tout p'tit tunnel d'air. C'est pas assez. J'essaie de pas bouger, de pas pleurer, mais maintenant j'ai peur. Mon Dieu, s'il te plaît, fais qu'ils se dépêchent et qu'ils arrivent. Bouge pas, Viola. Tiens ta carcasse en place. Un. Deux. Trois. Nous irons aux bois. Quatre. Cinq. Six. Cueillir des cerises. Sept. Huit. Neuf. Dans mon panier neuf.

Des sirènes remontent la rue et j'ferme les yeux en attendant les gros coups qui vont venir frapper à la porte. Merci, Jésus, j'dis dans ma tête. Pauvre Shanice, coincée devant ma chambre en train d'me r'garder et d'surveiller la porte d'entrée en même temps. Elle disparaît et va leur ouvrir.

— Où est ta grand-mère, petite ?

— Par ici !

La pauvre. Elle a pas besoin d'ça. Pas besoin d'me voir dans c't'état-là. Faudrait que quelqu'un l'emmène.

S'il vous plaît. Deux infirmiers apparaissent et j'entends le bruit du brancard qu'on ouvre et puis l'un d'eux s'approche avec son sac et m'regarde en train d'me balancer, la tête sur les genoux :

— Comment ça va, m'dame ?

Il attrape un truc dans son sac et le fixe au bout d'mon doigt.

Je hoche un peu la tête :

— Ça va.

— Tant mieux. Vous en faites pas, on va vous arranger ça tout d'suite.

J'm'agrippe au drap pendant qu'le gars essaie de déboutonner ma ch'mise, j'attrape sa main et il appuie un truc froid sur ma poitrine et dit :

— Essayez d'vous calmer un peu, m'dame. J'ai besoin qu'vous respiriez à fond.

J'y arrive pas.

— Allez. Encore une fois.

J'essaye mais j'sais même pas si j'y arrive.

— Ça siffle dans tous les champs ! il dit.

L'autre type :

— Sa fréquence respiratoire est au-dessus de 33. Vous pouvez vous détendre, m'dame ? Il faut ralentir votre respiration.

Si j'pouvais, j'le f'rais, il doit bien s'en douter, non ? Mais j'peux pas. Dégrouillez-vous et donnez-moi quelque chose, c'est tout c'que j'demande. Regardez mes yeux, putain !

— J'vais vous mettre sous oxygène, ça devrait vous aider à respirer.

Aussitôt, j'sens un masque sur mon nez et ma bouche et pendant une minute j'me sens soulagée.

— Son taux reste bas. Prends l'albuterol, dit l'un.

Et puis j'entends la voix de Loretta :

— Vy, ma puce, ça va aller. Te fais pas de souci.

J'ouvre les yeux aussi grand que j'peux, en m'disant qu'un peu d'air va p'têt pouvoir entrer par là et descendre jusqu'aux poumons, mais ça marche pas et quand j'regarde Loretta, elle sait exactement à quoi j'pense parce qu'elle dit :

— T'inquiète pas. Je n'oublierai pas. Maintenant taistoi et détends-toi. Fais ce qu'ils te disent, Vy. Allez, ma puce.

— Mémé !

Shanice pleure et j'supporte pas qu'elle me voie dans cet état.

— Shanice, ma petite, viens par ici, on va laisser ces gentils messieurs s'occuper de ta grand-mère. Allez, viens.

Loretta passe son bras autour des épaules de ma p'tite-fille et maintenant mes yeux lui disent merci et elle pose son doigt sur sa bouche pour m'dire encore de m'taire, son truc préféré quand elle pense que j'l'ouvre trop et je hoche la tête très très vite pour lui dire que c'est c'que j'vais faire. J'vais m'taire. Plus broncher. Mais merci d'emmener ma petite-fille loin d'ici. Merci d'être une si bonne amie, Loretta. J'espère qu'elle aura lu tout ça dans mes yeux.

Maintenant, ils m'passent un truc dans la gorge et j'sais qu'ils font ça quand l'premier truc marche pas.

— Sa tension est super élevée : elle fait 17/10. Le pouls est en tachycardie à 160. Et il y a un signe d'ectopie sur le moniteur cardiaque. On va attendre un instant. Si ça change pas, on lui refait un albutérol. Comment ça va, m'dame ?

J'peux juste s'couer la tête et j'parie que j'tiens l'drap tout entier roulé en boule dans ma main. Fait trop chaud, ici. Ils pourraient pas ouvrir la fenêtre ?

— J'vais vous faire une piqûre, m'dame. Mais faut qu'vous restiez tranquille. Et puis j'vais vous mettre sous intraveineuse, vous allonger sur le brancard et vous amener à l'hôpital, d'accord ? Essayez de vous détendre et vous y serez dans quelques minutes.

J'aimerais bien qu'il arrête de dire ça. Comment j'pourrais m'détendre alors que j'peux pas respirer ? J'sens qu'ils me piquent avec plusieurs aiguilles mais bizarrement ça fait pas mal. Maintenant, j'ai des haut-le-cœur et, effectivement, v'là les spaghettis qui ressortent !

— Oh non, elle vomit !

J'ai chaud à la tête et maintenant je sais qu'y a plus d'air qui va pouvoir entrer. Même quand j'sens un autre tube me descendre dans l'gosier, j'sais qu'ça va pas marcher non plus. Quand ils me soulèvent pour me mettre sur le brancard et qu'ils m'attachent et me r'dressent la tête, j'sens un truc froid entre mes jambes. D'habitude, c'est plus froid qu'ça. J'ai les mains qui enflent. Les bras aussi. J'gonfle de partout.

Un des gars décroche un p'tit téléphone :

— Allô, c'est l'équipe 4. Je suis en route, je serai là dans deux minutes à peu près. J'ai une patiente qui fait une grave crise d'asthme. Ça a pas l'air de s'arranger malgré le traitement.

Et puis il raccroche et me regarde :

— Tenez bon, m'dame. Ça va aller.

Je sais qu'il ment. Mais c'est pas grave. Vraiment pas grave. Ça sert à rien d'continuer à s'battre. Malgré toute l'envie qu'j'ai d'rester et d'm'installer dans mon nouvel appart et de partir en croisière avec Loretta, c'est plus facile comme ça. Ça demande pas d'énergie. Ça demande pas d'force. Pourquoi est-ce que j'me sens mieux, tout d'un coup ? On dirait qu'j'ai même plus besoin d'respirer. Seigneur, c'est agréable. Très agréable.

— Elle a perdu conscience. Sa fréquence cardiaque tombe et elle devient toute bleue.

J'ai pas perdu conscience. Et j'suis pas toute bleue non plus. C'est quoi, cette île, Loretta ? La Jamaïque ou Saint-Thomas ? Où c'est qu'on est aujourd'hui, ma fille ?

D'accord, j'veux bien jouer au bridge, mais d'abord j'veux faire quelques balles de golf. Attends un peu. On est déjà rentrées ? Cecil ? T'es là, mon chou ? Je sais. Je sais. Moi aussi, toujours. Tu devrais l'savoir. Mais j'veux qu'tu sois heureux, surtout après tout c'temps. Moi, j'suis heureuse. J'crois qu'j'ai jamais été aussi heureuse. J'me sens bien. Comme juste avant d'mettre Paris au monde. J'ai la tête claire comme de l'eau d'roche. L'impression que j'pourrais voler, flotter et faire quelques sauts périlleux arrière si j'voulais. Là maintenant. J'pourrais. Je sais que j'pourrais. Il fait tiède et frais en même temps. Doux. Humide et onctueux. Comme à Chicago par un après-midi d'été après l'orage. Ouaouh. Qu'est-ce qui m'ont donné comme médicament ? Donnez-m'en encore. Donnez-moi tout c'que vous avez parce que là, à cette seconde, j'ai l'impression d'avoir tout c'qu'il me faut. J'sais pas pourquoi ça m'a pris si longtemps pour en arriver là. Pourquoi j'ai résisté tout c'temps-là. Quand j'aurais pu connaître cette douceur. Ce calme. Cette facilité. Ça s'raconte même pas. J'aurais jamais cru qu'ça s'rait comme ça. Et ça va. Ça m'plaît. J'me fais plus d'souci pour rien en c'moment. Sauf pour mes gosses. Seigneur, qu'est-ce qu'ils vont dev'nir ? Faites que ça soit pas trop dur pour eux. Par pitié, les laissez pas s'effondrer. Faites qu'ils s'rappellent toutes les choses que j'leur ai apprises. Faites qu'ils trouvent leur place, la place juste pour eux qui les attend depuis l'jour de leur naissance. Qu'ils aient pas trop mal. Et qu'ils se fassent pas trop d'mal, entre eux. Qu'ils sachent que la seule chose qui leur restera toujours, au final, c'est la famille. Et, s'il vous plaît, qu'ils découvrent ce qu'est l'bonheur. Qu'ils puissent récupérer jusqu'à la dernière goutte de mon courage, mes tripes, et ma force, parce que moi j'en aurai plus besoin. Distribuez c'qui m'restait entre eux quatre. Aidez-les à faire de la brasse et le dos crawlé plutôt qu'du sur-place. Et s'il vous plaît, quoi que vous fassiez tous les quatre, coulez pas et laissez personne vous faire sombrer. Vous d'vez arriver jusqu'au sommet, au contraire, parce que c'est comme ça que j'vous ai élevés. Tous les quatre. J'vous ai appris à être bons. Et encore meilleurs que ça. Envers vous-même. Envers vos frère et sœurs. Et envers tous ceux qui comptent pour vous. Oubliez pas que j'vous ai aimés de tout mon souffle ; et s'il m'était donné de r'commencer – de tout r'commencer –, sachez qu'ce dernier souffle aussi, je vous l'donnerais.

Pourquoi est-ce que je porte les chaussures de ma mère ?

Je devrais avoir honte. Certes, cette chambre d'hôtel est petite et n'a rien à voir, même en faisant un gros effort d'imagination, avec les suites auxquelles je suis habituée aux États-Unis. Mais si cette pièce était, disons, une penderie typique de femme californienne (ce à quoi ça ressemble, d'ailleurs), elle ne serait pas loin d'être pleine. Ce ne sont que cartons à chapeaux, vêtements et sacs empilés d'un bout à l'autre et il y en a tellement que je dois me frayer un chemin dans une mer de papier de soie pour aller à la salle de bains.

Comment je vais bien pouvoir ramener tout ce merdier ? Il faut que je garde les jolis sacs pour Mama parce qu'elle les collectionne. Elle se vante auprès de ses collègues de bowling (allant, d'après ce que j'en sais, parfois jusqu'à mentir) d'avoir été dans ces boutiques, mais elle les prend surtout comme sacs d'appoint pour attirer l'attention, non seulement parce qu'ils existent dans une infinité de couleurs mais parce que le nom inscrit en relief affiche d'emblée qu'il ne vient d'aucune boutique de Vegas.

Je donne un coup dans un des cartons à chapeaux et le couvercle tombe. En apercevant du orange, je me mets à glousser. Je n'ai aucun souvenir d'avoir acheté un chapeau orange mais je m'en fiche parce que je me suis tellement amusée au cours de ces quelques jours que c'est presque trop. Tout le monde a été adorable et accueillant envers moi. Ce sont tous des chefs et des restaurateurs d'origines diverses et on peut dire qu'ils savent cuisiner – dans tous les sens du terme. J'ai goûté la cuisine de toutes les régions d'Afrique ; des plats indiens comme je n'en avais jamais mangé ; la nourriture jamaïcaine la plus épicée, relevée et sensuelle de ma vie, et certains de ces repas étaient préparés chez des gens ! J'ai même eu l'occasion de manger de la véritable cuisine vietnamienne, même s'ils disent « eurasienne » ici, ce qui ne signifie pas grand-chose à mon avis, mais c'était meilleur que toutes les recettes « pan-pacifiques » que j'ai jamais goûtées.

Hier soir, Bernard, un chef de Grenade, m'a emmenée dans une boîte où des hommes et des femmes à moitié nus dansaient dans des cages accrochées au plafond. La musique était forte et je portais une robe rose style salope et des escarpins à hauts talons qui feraient mourir Charlotte, j'en suis sûre. J'ai tellement dansé que j'ai fini par être obligée de les retirer. À quatre heures du matin. C'était bon de remuer comme une folle. J'avais l'impression d'avoir vingt-cinq ans. Il faut que je sorte plus souvent. Ça ne m'a pas pris toute la nuit pour m'en apercevoir. Et c'est ce que je me suis promis de faire en rentrant. Aller danser, une fois par mois. Même si je dois y aller toute seule !

J'ai l'impression de m'éveiller d'un rêve, dans ma chambre au papier peint à fleurs jaunes, blanches et bleues. J'ai dépensé des tonnes de sous, fait un paquet de dégâts, mais je me suis vraiment éclatée. Chez moi, je ne fais jamais de folies. J'essaie toujours de rester raisonnable. Ici, pour une raison qui m'échappe, je n'ai pas eu envie de me retenir.

Je me sens aussi très sexy, d'humeur à dormir dans une combinaison en satin ou en dentelle, mais évidemment je n'en ai pas apporté. Pour quoi faire ? Tout en retirant mes sandales à bride, je regarde autour de moi et je me dis qu'il va sans doute me falloir deux valises supplémentaires.

J'ai des cadeaux pour tout le monde. Le chapeau de Mama vient de chez Harrods et elle va adorer leurs sacs verts ! À Papa, j'ai acheté des cigares roulés à la main à Covent Garden. Pour Shanice : une tenue d'une boutique branchée, pour jeunes. À l'instant précis, je ne me souviens plus exactement de ce que j'ai pris pour Charlotte, Lewis et Janelle. Dingus va avoir des caleçons de chez Marks & Spencer et un jean bizarre. Je me demande ce qu'il est en train de faire. Il doit être avec Jason.

Je décroche le téléphone pour consulter mes messages, étant donné que ça fait quatre jours que je n'ai pas appelé chez moi. Je ne vais même pas prendre la peine d'appeler ma ligne professionnelle parce que je ne veux pas savoir. Trois messages seulement ! Au début, j'éprouve un certain soulagement et puis, immédiatement, un sentiment d'impopularité. Où sont mes cachets ? Je tire le téléphone vers la table, près du canapé, ouvre le tiroir, repousse la Bible et fouille à la recherche de mon flacon. Le nom de Dingus est écrit dessus. Juste avant de partir, j'avais épuisé toutes mes sources de renouvellement d'ordonnance, mais je me suis souvenue qu'au printemps, au cours de son entraînement, Dingus s'était déchiré un ligament du tendon d'Achille et puis, deux semaines plus tard, il s'était froissé le quadriceps, alors son médecin lui avait prescrit deux médicaments : un anti-inflammatoire pour faire désenfler et de la Vicodin contre la douleur. J'ai pris la Vicodin parce que Dingus n'aimait pas l'effet que ça lui faisait. Si seulement je pouvais en dire autant... Il y avait un renouvellement prévu ; après ça, j'ai appelé le médecin et je lui ai dit que Dingus avait fait une petite rechute et que comme la Vicodin avait l'air de le soulager, est-ce qu'il voulait bien lui refaire une ordonnance ? Les voilà. J'en avale un. J'ai peur, si j'en prends deux, de me retrouver à court avant la fin du voyage et là je serais vraiment dans la merde.

Le premier message est raccroché. Ensuite, j'entends la voix sexy du fameux paysagiste qui avait disparu de la surface de la terre. Il a intérêt à ce que ça vaille le coup.

— Allô, bonjour Paris, c'est Randall Jamison. Je sais que devez être furieuse contre moi et vous avez toutes les raisons de l'être. Mais s'il vous plaît, écoutez-moi. D'abord, je voudrais vous présenter mes excuses et que vous sachiez que ce n'est pas comme ça que je travaille d'habitude. Et puisque vous m'avez confié un gros projet, je crois que je vous dois d'être honnête et de vous expliquer ce qui se passe dans ma vie actuellement. Je traverse une période très difficile, je suis en train de divorcer de ma femme qui a un énorme problème de dépendance à la drogue et je me bagarre pour récupérer la garde de ma fille. Et pour couronner le tout, je viens de découvrir que ma femme avait allégrement piqué dans la caisse de la boîte. Je suis dans un tel état de stress que tout mon temps et toute mon énergie y passent pour essayer de remettre les choses en ordre.

Bip.

— C'est encore Randall. Votre répondeur m'a coupé. Quoi qu'il en soit, Paris, je m'excuse platement pour le désagrément que j'ai pu vous causer et je vais essayer de me rattraper. Je vous promets de terminer votre jardin dans les deux mois et je suis prêt à réaliser la mare à mes frais. Donc, si vous ne m'avez pas encore viré, je vais en fait vous rendre une partie de l'argent très bientôt. Ma fille a dix ans et j'espère que je vais pouvoir lui servir de père et de mère quand les tribunaux reconnaîtront la situation dans laquelle elle est. Enfin bref, je vous tiens la jambe avec mes histoires mais c'est parce que je ne veux pas que vous me mettiez à la porte sur le plan professionnel. J'ai hâte que vous voyiez comme votre jardin va être beau. Vous ne serez pas déçue, je vous le promets. Donc, j'espère avoir de vos nouvelles très bientôt. Et s'il vous plaît, ne m'appelez pas pour m'insulter comme la plupart des gens en ce moment. Si c'est possible, faites semblant d'être mon amie et laissez-moi un message gentil... Merci, et à bientôt, Paris.

Putain. J'appuie sur le trois et réécoute tout le message. Nom d'un chien. Il divorce ? Eh bien. Et sa femme prend de la drogue ? La vache. Je m'assois sur le canapé puis je me relève d'un bond et j'ouvre les rideaux pour regarder Hyde Park. Il pleut à nouveau. Mais je m'en fous. On a bien dû passer dix ou douze heures ensemble à faire le tour des pépiniéristes à la recherche de plantes et d'arbres, et je dois reconnaître que j'ai attendu chaque rendez-vous avec impatience. On a discuté de tout, depuis ce qu'on fait dans la vie jusqu'à ce qu'on aime dans la région de San Francisco. On a même parlé du fait qu'il n'était pas trop tard, pour l'un comme pour l'autre, pour avoir un autre enfant. Il était plutôt convaincant. Chaleureux et sincère aussi. Je me demande ce qu'elle pouvait bien prendre comme drogue. Peut-être qu'elle en prenait plusieurs ? Oh, et puis ça ne change rien. Depuis combien de temps je prends de la Vicodin, moi ? Merde. Presque un an.

Quelque chose me disait que Randall n'était pas foireux. Je devrais peut-être faire davantage confiance à mon instinct. Je décide de l'appeler en rentrant, c'est-à-dire dans deux jours. Il va me falloir toutes mes forces pour me retenir jusque-là. Je me glisse dans le lit mais je n'ose pas fermer les yeux parce que je sais que Randall va aussitôt apparaître sous la couette à fleurs et que je n'ai pas envie de faire semblant, à l'heure qu'il est.

Pas quand il y a peut-être une chance que moi, la Femme de Pierre, puisse faire bientôt plus que simplement respirer l'odeur d'un homme de près.

*

* *

Je me réveille affamée. Je jette un œil au réveil et n'en reviens pas : dix heures moins le quart. Sans savoir pourquoi, avant même de me brosser les dents et de me laver le visage comme ferait tout être normalement constitué, j'ouvre le carton à chapeau de chez Harrods. Mama va mourir en voyant ça ! Je le mets et me regarde dans le miroir. Pas facile à porter, ce chapeau : il est en velours noir, on dirait un peu celui du Dr Seuss [1], mais dans une version plus sage. Ça ne me va pas. Pas avec cette vieille coupe en tout cas. Le style wet look ondulé a fait son temps et j'ai vraiment besoin d'aller faire un tour chez le coiffeur.

J'ouvre une boîte à chaussures et j'enfile une paire de sandales rose vif, vert menthe et lavande. Mama et Charlotte feraient une attaque si elles voyaient ces beautés. On a toutes les trois une passion pour les chaussures et on fait la même taille, en plus. Je me demande comment c'est possible.

Je crève toujours de faim. Ça c'est sûr. Je m'apprête à appeler la réception pour demander qu'on m'apporte à manger quand le téléphone sonne, me filant une peur bleue. Qui peut bien m'appeler ici ? Il n'y a que trois personnes qui ont le numéro et il est trois heures du matin, là-bas.

---

1. Célèbre auteur d'histoires pour enfants, notamment *How the Ginch Stole Christmas* et *The Cat in the Hat*. Le chapeau en question est une sorte de haut-de-forme très long et bosselé. (*N.d.T.)*

— Allô ? je dis prudemment, en espérant que c'est une erreur ou bien quelqu'un avec un accent anglais.

— C'est toi, Paris ?

Pas un accent anglais, en tout cas.

— Oui, qui est à l'appareil ?

J'ai l'impression d'avoir déjà entendu cette voix mais je ne sais plus où.

— C'est Loretta, ma chérie, l'amie de ta maman.

Mon cœur s'effondre.

— Miss Loretta ? Qu'est-ce qui se passe, il est arrivé quelque chose à Mama ? Je vous en supplie, ne me dites pas qu'il lui est arrivé quelque chose !

— Elle est à l'hôpital, ma chérie. Ça va. J'étais là-bas avec Shanice quand les infirmiers l'ont emmenée, il y a une demi-heure à peu près, mais on n'a pas pu trouver le numéro de Cecil et puis Shanice m'a indiqué où se trouvait ton numéro et avant que j'aie eu le temps de dire ouf, j'ai entendu la voiture de Viola démarrer et quand j'ai regardé par la fenêtre, j'ai vu que c'était Shanice qui suivait l'ambulance. Je ne savais pas quoi faire, alors j'ai commencé par t'appeler et puis je vais aller à l'hôpital pour récupérer la petite et téléphoner à sa mère.

J'ai l'impression d'entendre des voix mais je sais que je suis en train de parler avec Miss Loretta depuis l'hôtel Dorchester, à Londres, en Angleterre, où il pleut. Pour être tout à fait sûre, je lui dis :

— Excusez-moi, qu'est-ce que vous avez dit ?

— Y a pas de mal, ma chérie. Je suis désolée de t'appeler à une heure pareille. Quelle heure est-il là-bas ?

— Je sais pas. Elle est à quel hôpital, Miss Loretta ?

— Sunrise.

Elle me donne le numéro.

— Je vous rappellerai. Et merci, Miss Loretta.

Je n'attends pas qu'elle dise au revoir car j'ai le cœur qui bat tellement vite qu'il résonne dans mes oreilles. J'appelle l'hôpital mais je n'arrive pas à les joindre. J'essaye encore. Ça ne marche pas. Pourquoi est-ce que ça prend aussi longtemps d'avoir la ligne ? Quand j'y arrive enfin et que quelqu'un répond, je demande aussitôt les urgences. On me les passe et une infirmière décroche.

— J'appelle pour avoir des nouvelles de ma mère, Viola Price. Est-ce qu'elle va bien ?

— Un instant, m'dame, je vous passe le docteur.

Je me mords la lèvre en patientant une éternité ou du moins ce qui y ressemble et puis j'entends une voix d'homme.

— Dr Glover à l'appareil.

— Oui, je suis Paris Price, la fille de Viola Price. Est-ce que ma mère est là ?

— Oui.

— Ça va aller ?

— Oui, ça va aller. Malheureusement, plus dans ce monde-ci.

— Qu'est-ce que vous voulez dire ?

— Eh bien... elle vient de décéder.

Qu'est-ce qu'il a dit ? Je sais qu'il n'a pas dit ce que j'ai cru entendre. « Elle vient de décéder », il a dit ? Non. Si ? Il vient de dire que ma maman est décédée. Hein ? Quoi ? Attendez un peu, bordel ! J'inspire à fond mais on dirait que de l'hélium m'est entré dans la tête et qu'il tourne à un million de kilomètres par seconde, alors je recrache l'air par petites bouffées et j'essaie de me contrôler parce que je sais que j'entends des voix, je sais que cet homme qui fait semblant d'être médecin n'a pas dit ça.

— Qu'est-ce que vous avez dit ?

— Je suis désolé, Miss Price. En quatorze années d'exercice, je n'ai jamais eu à l'annoncer par téléphone. Je suis vraiment désolé.

— Vous êtes en train de me dire que ma mère est morte ?

— Oui.

Je reste assise là pendant un temps qui me semble infini, le temps que ce qu'a dit le docteur s'inscrive dans mon cerveau, et puis je souhaite savoir autre chose.

— Elle a beaucoup souffert ?

— Non. Ça s'est passé très vite. Je peux vous l'assurer.

Qu'est-ce que ça veut dire, très vite ? Et comment il peut savoir qu'elle n'a pas souffert ? Mon estomac se soulève et ne s'arrête plus. Comme quand j'avais seize ans et que j'avais lancé la balle très fort à Esther Washington mais qu'elle l'avait renvoyée quand même, en ligne directe vers mon nombril à soixante kilomètres/heure et qu'elle m'avait complètement coupé le souffle. Comme maintenant. J'appuie les deux mains sur mon ventre pour l'empêcher de haleter mais ça ne sert à rien parce que maintenant je pleure tellement fort que je ne peux plus respirer. Où est passé l'air dans mes poumons ? J'ai mal aux épaules. Elles me brûlent. Et j'ai l'impression que quelqu'un m'a planté un pic à glace dans la poitrine. Arrêtez ! Elle peut pas être morte ! Ma maman n'est pas morte. C'est pas possible. Je viens de lui acheter un chapeau et une paire de chaussures et il faut qu'elle les porte ! Il le faut. Elle m'avait demandé le chapeau mais les chaussures, c'est une surprise. Je veux lui faire une surprise. J'adore lui faire des surprises. C'est pas possible qu'elle soit morte. Elle n'a que cinquante-cinq ans, merde ! Elle fait de l'asthme. Elle a eu beaucoup de crises d'asthme et elle a survécu à toutes. Les mères des autres meurent quand elles sont vieilles. Ma mère n'est pas vieille, donc ça doit être une erreur.

Je crois que j'ai dû laisser échapper un hurlement, je ne sais pas. Ce que je sais, c'est que mon ventre tremble maintenant, et que je ne sens plus rien dans les mains, et ça doit être pour ça que le téléphone tombe par terre et qu'il y reste jusqu'à ce que j'arrive à m'arrêter de crier et de pleurer. À ce moment-là, je regarde autour de moi. Quelle chambre horrible. Trop de fleurs. Tout est trop clair, putain. Et pourquoi j'ai dépensé autant d'argent pour toutes ces conneries dont je n'ai pas besoin ? Dont personne n'a besoin. Qu'est-ce que ça peut bien foutre de quelle couleur sont mes sandales ou combien de chapeaux j'ai ? Qu'est-ce qu'on s'en fout que je porte une écharpe Vivienne Westwood ou une robe de chez Voyage ou un manteau argent très classe de Harvey Nichols ou que j'ai acheté du caviar et des cailles chez Harrods ? Qui peut bien en avoir quelque chose à foutre, vraiment ?

Je ramasse le téléphone au ralenti. À ma surprise, le docteur est toujours en ligne. J'attrape mon flacon de cachets et j'en avale deux à sec avant de presser le combiné contre mon oreille. Je n'arrive pas à savoir s'il est chaud ou froid.

— L'amie de votre mère, Loretta Susskind, va venir chercher votre nièce pour la ramener chez elle. Je crois que vous avez d'autres frères et sœurs ?

— Sœurs ?

J'attrape le verre d'eau posé sur ma table de nuit et je bois une gorgée. L'eau est tiède. Ça, je le sais.

— Oui. Je suis sûr que Mrs Susskind va appeler la maman de la petite fille, mais est-ce que vous pouvez prévenir les autres ?

— Moi ? Je vous ai dit que j'étais à Londres ?

— Non. Oh là là ! Écoutez, je peux le faire si vous n'avez pas envie.

Avant de réfléchir à comment je vais m'y prendre, je réponds :

— Je le ferai.

— D'accord. Et, Miss Price, vous devriez peut-être commencer à prendre des mesures.

— Des mesures ? Des mesures pour quoi ?

— Pour l'enterrement. Si tel était le souhait de votre mère.

Des mesures ? Un enterrement ? Le souhait ? Quel enterrement ? Qui est mort ? Je veux dire, personne n'est mort ! C'est forcément une énorme, je veux dire une monstrueuse erreur. Quelqu'un vient d'appeler et m'a joué un sale tour en me disant que ma mère venait de mourir.

Je m'entends dire « au revoir » et je raccroche. Est-ce que je l'ai remercié ? Je sais pas. Et de quoi exactement je le remercierais, au fait ? Je me mords la langue pour voir si je sens quelque chose et ça fait mal. Je regarde à nouveau le combiné. Je l'avais à l'oreille, il y a un instant, non ? Et Miss Loretta a bien appelé, en me disant de téléphoner à l'hôpital ? Est-ce que j'ai vraiment appelé ? Est-ce que j'ai vraiment parlé au Dr Glover qui a dit que ma mère était décédée ? Que ma mère était morte ?

Je crois que oui. Non ? Je m'assois au bord du lit et je lèche mes lèvres jusqu'à ne plus sentir le goût salé du sang et des larmes. Je regarde le réveil. Onze heures dix. Je regarde mes pieds. Pourquoi est-ce que je porte les chaussures de ma mère ? Je les retire et les remets dans leur boîte. Elle va adorer ces petites merveilles. Je le sais. Je sais ce qu'elle aime. Je connais ses goûts. En soulevant le couvercle, je m'aperçois que je tiens encore l'appareil à la main. Je cligne des yeux cinq ou six fois pour être sûre que je suis toujours dans ma chambre d'hôtel, et je me pince le bras pour être sûre que je suis toujours en vie. Je le suis. Ça m'étonne.

J'emporte le téléphone près de la fenêtre et regarde le parc. L'herbe est d'un vert luisant. Les feuilles des arbres aussi. J'ai tellement froid que je grelotte. Mais je ne peux que rester là et regarder les gouttes d'eau claire couler le long de la fenêtre jusqu'à en devenir aveugle.

Jusqu'à être gelée. Alors je bouge, je m'écroule contre le mur, j'attrape le rideau et je m'enroule dedans pour avoir chaud. Je reste comme ça le temps de me croire à nouveau dans les bras de ma maman. Je serre si fort que quand le rideau se détache de la tringle et tombe, je tombe aussi. Une fois par terre, je regarde la chambre encore une fois. Je regarde les fleurs sur les murs, les fauteuils et le canapé qui s'estompent et meurent et je pleure des larmes sèches parce que je me sens vide à l'intérieur, comme si un voleur m'avait pris quelque chose que personne ne pourra jamais remplacer, comme si la meilleure partie de moi-même venait de partir en fumée.

DÉSOLÉE

— Ma, c'est quoi tous ces trucs ?

Tiffany est assise à la table d'la cuisine où j'ai étalé tous les documents qu'j'ai demandés à l'École internationale d'enseignement par correspondance.

— C'est d'la documentation sur des métiers.

— Quel genre de métiers ? Y en a plein d'différents. On dirait des timbres !

Et elle s'met à rire. J'vois pas c'qu'il y a de drôle, pourtant.

— Dérange pas tout. Il est où, Trevor ? J'veux savoir où il a mis mon ticket de loto, le tirage est dans un quart d'heure.

— C'est lesquels qui t'plaisent, Ma ? Tu dois avoir une idée...

— Traiteur, peut-être, ou bien prendre des cours pour devenir chef. Je ne sais pas.

— Comme Tante Paris, tu veux dire ?

— Ah non ! J'monterais mon affaire autrement. J'ferais sûrement pas comme elle. Monique ! Tu veux bien fermer ta porte pendant que tu joues d'la flûte, ce soir ? J'ai mal au crâne et j'm'entends même plus penser.

— Pourquoi pas ? Elle gagne plein d'argent.

Une porte claque au premier.

— Parce que j'ai mes idées à moi.

— Comme quoi ?

— Et si t'arrêtais d'me casser les pieds, Tiffany ?

— Mais, Ma, j't'ai juste posé une question, quand même...

Elle a raison. Mais j'ai pas d'réponses pour l'instant. C'que ça peut être curieux, les gosses. Ils posent toujours des questions quand il faut pas. Enfin bon. Ce que j'leur ai pas encore dit, c'est que j'ai acheté un livre sur la vente par correspondance et que j'l'ai lu d'un bout à l'autre, et que j'ai rendez-vous demain avec une dame qui va écouter mes idées et m'signer un papier comme quoi elle m'en piquera aucune et qui va m'dire si elle pense qu'il y en a qui peuvent marcher. Mais une de mes idées est dans son livre, alors j'vois pas comment j'pourrais m'planter !

— À moi de te poser une question, Miss Grande Couillonne.

— Ma, s'il te plaît, m'appelle pas comme ça.

— C'est vrai. T'as raison. Pardon. Qu'est-ce que tu veux faire, toi, quand tu seras grande ?

— J'en sais rien.

— Donne-toi une minute entière pour y réfléchir.

— Mais, Ma, comment tu veux qu'je sache ? J'ai que treize ans !

— Et alors ? T'écris d'la poésie tout l'temps.

— Ouais, mais c'est pas très bien.

— Si, c'est bien.

— Ouais, mais on peut pas trouver du boulot comme poète, tu sais...

— Et Maya Angelou, alors ? Elle a l'air de s'en tirer pas mal.

— C'est vrai.

— Eh bien renseigne-toi, alors. Lis des livres sur la poésie, des trucs comme ça. C'est la seule manière de savoir.

— D'accord, d'accord !

Elle continue à feuilleter les documentations mais j'vois bien qu'elle les regarde plus. Elle a exactement dix secondes pour bouger ses fesses et aller s'occuper d'la vaisselle. Un. Deux. Tr…

— Ma, tu sais, Papa nous manque et on voudrait qu'il rentre à la maison.

Merde.

— J'sais bien, mais des fois les gens mariés ont des problèmes que les enfant peuvent pas comprendre.

— Si, on comprend, et on pense que c'est idiot de virer Papa et de vouloir divorcer pour un truc qu'il a fait y a des siècles. C'est un peu comme pleurer pour du lait déjà renversé.

— Qui c'est « on », d'abord ?

— Moi, Trevor et Monique.

— Ah oui ?

— Oui. Ma, tu peux pas savoir combien y a d'gosses à l'école qu'ont des parents divorcés. Et j'étais tellement contente de pouvoir dire que mes parents y pensaient même pas à ça et qu'j'avais un papa super. Quand même, Ma, il fait tout dans la maison et il nous emmène voir des trucs et puis y a pas beaucoup de pères qui lavent les cheveux de leurs filles et qui leur font des nattes.

— C'était y a tellement longtemps, ma fille.

— Eh bien, Monique et moi, on a pas oublié. Et même Tante Suzie elle dit que tu délires.

— Ah oui ?

J'ai vraiment envie de gueuler : « ALLEZ TOUS VOUS FAIRE FOUTRE ! », de toutes mes forces, mais je sais que ça s'fait pas. J'ai acheté un livre, y a quelques semaines, pour s'sentir bien et un des trucs qu'ils racontent c'est qu'il faut contrôler sa colère, comme quoi les gens doivent apprendre à pas dire la première chose qui leur passe par la tête parce que des fois ça peut faire plus de mal qu'on l'pense. C'est pas facile, ce truc. Le bouquin disait même qu'on peut contrôler sa façon d'penser, et ça, c'est nouveau pour moi, mais d'après ce test à la con que j'ai fait, j'ai beaucoup d'pensées négatives, c'qui veut dire que des fois j'vois pas les choses comme elles sont vraiment. J'y crois pas trop. Mais il y a peut-être du vrai là-dedans. Et des conneries aussi. Est-ce que j'crois qu'j'ai toujours raison ? Ouais, parce que la plupart du temps j'ai raison. Je dis jamais rien que j'puisse pas justifier. J'ai dû m'arrêter d'lire ce livre parce qu'il m'tapait sur les nerfs, comme Tiffany en ce moment. Mais ça m'a fait penser que j'avais peut-être besoin de plus qu'un bouquin. Peut-être que j'ai besoin de parler à quelqu'un pour de vrai.

— Salut, Ma, dit Trevor en entrant dans le salon et en me tendant mon ticket. Voilà. Et comme on dit toujours : « Vive le Loto ! »

— Tu voudrais bien me servir un coup à boire, s'il te plaît ?

— Bien sûr. Qu'est-ce que vous désirez, ce soir ?

— J'm'en fous. Du moment que ça mord...

— D'accord, Ma. Qu'est-ce que tu disais, à propos de Papa ?

— Rien. Vous allez devoir attendre. Comme moi.

— Attendre ? demande Trevor.

— C'est bien c'que j'ai dit.

— Il habite où, d'abord ?

— Chez un de ses potes.

J'mets la chaîne 9. J'sais pas depuis combien d'années j'fais ça tous les lundis, mercredis et vendredis. Un jour, j'vais gagner. J'le sais. Et quand j'gagnerai, Mama et moi on a un deal depuis super longtemps comme quoi la première qui gagne partage en deux. J'serais tellement contente d'avoir un peu d'argent à partager avec elle. Même si on s'parle plus, ça y changera rien. Un deal, c'est un deal. En plus, ça serait la première fois que j'pourrais lui donner un truc.

— Quel pote ?

— Pourquoi vous vous faites tellement d'souci pour votre père, tout à coup ? C'est moi qui suis à plaindre, dans c't'affaire.

— Non, c'est pas vrai, répond Trevor. D'après ce que je comprends, tu l'accuses d'un crime qu'il a commis il y a longtemps. T'as jamais entendu parler du délai de prescription ?

— Du quoi ?

— Même moi, je connais ça, fait Tiffany. Ça veut dire qu'au bout d'un certain temps passé, on peut plus t'accuser. Et ça, ça remonte à plus de dix ans, non ?

— Écoutez, la prochaine fois que j'en discute avec votre père, j'vous mets au courant du verdict mais, en attendant, est-ce qu'on pourrait éviter le sujet, s'il vous plaît ?

J'ai la mâchoire qui saute tellement j'suis énervée. J'déteste qu'on m'mette sur la sellette comme ça. J'sais pas pourquoi ils prennent son parti, ils connaissent même pas toute l'histoire.

— Bon, Ma ? demande Tiffany en faisant enfin couler d'l'eau. Comment ça s'fait que t'as rien dit sur mon bulletin d'notes ?

— Où il est ?

— Juste devant toi, à côté du *Ebony*.

J'en crois pas mes yeux ! C'est bien des B que j'vois ? Et un A ?

— Tiff, ma puce ! Depuis quand t'es devenue aussi intelligente ? J'veux dire, j'suis tellement fière de toi ! Comment t'as fait ?

— J'ai mieux écouté, elle répond en souriant. Mon prof particulier m'a dit que quand y avait un truc que j'comprenais pas, au lieu d'faire semblant, fallait que j'lève la main pour demander au prof d'expliquer. Et tu sais quoi ?

— Quoi ?

— Y a plein d'élèves dans ma classe qu'étaient contents que j'demande parce qu'y avait plein de trucs qu'ils avaient pas compris non plus.

Je lève mes deux pouces.

— Bien joué, Tiffany. J't'ai toujours dit qu'il fallait pas avoir peur de prendre la parole, c'est pas vrai ? Demain matin à la première heure j'vais faire une photocopie pour l'envoyer à ta grand-mère.

Elle secoue la tête comme si elle entendait d'la musique tout d'un coup. Je sais qu'elle est maligne. Elle faisait l'idiote, c'est tout. J'espère que c'est l'début d'une nouvelle tendance. Si c'est l'cas, ça fait deux d'gagnés, et encore une à récupérer. Monique s'donne plus de mal que personne et peut-être qu'un jour elle en sera récompensée, surtout quand elle sera plus grande et qu'elle aura plus besoin d'médicaments pour réfléchir. Mais quand j'y pense, j'me dis qu'elle avait des meilleures notes avant qu'on lui file cette saloperie. Elle s'est calmée comme voulaient les docteurs, mais un peu trop, peut-être. Elle aime pas les prendre, ça c'est sûr. Peut-être que j'devrais arrêter d'lui donner et voir comment elle s'débrouille. Les Blancs nous font croire tout c'qu'ils racontent, mais c'est pas parce que ça marche pour eux que ça marche pour nous.

— Bon, Ma, j'croyais qu'tu voulais m'poser une question, y a d'jà une plombe ?

— Ça y est. À propos des études. Et fais-moi plaisir, tu veux ? Fais un effort sur ta façon d'parler. T'as l'air carrément grossière la plupart du temps. Si t'es capable d'écrire, tu dois être capable de parler, bordel.

— OK. J'croyais qu'on était… je veux dire que nous étions en train de parler de cuisine.

— Ah ouais. Qu'est-ce que j'réussis l'mieux, à votre avis ?

— Les tartes, dit Trevor en me tendant une boisson jaune pâle, sans doute un mélange Tanquerry-Soda.

— Ouais, tes tartes sont trop top mais tu fais des purs gâteaux aussi. Et tes biscuits, des fois, ils assurent trop. Pourquoi, tu crois qu'tu voudrais faire c'genre de trucs ?

— J'sais pas. Peut-être. On verra.

— Et qu'est-ce que les gens mangeraient avec ?

— Tu peux te spécialiser, j'réponds.

— C'est vrai, dit Trevor. C'est ce qu'on a l'intention de faire, avec Felix.

— Felix, c'est un pédé, déclare Monique qui arrive en pyjama à la porte du salon.

Elle se met à rire et Tiffany en fait autant.

— Et alors, moi aussi, dit Trevor.

J'manque de m'étrangler en avalant une gorgée.

— Oh, on sait, fait Tiffany. Tout l'monde sait ça, c'est pas un scoop.

Je ne dis pas un mot. En fait, j'fais comme si j'avais rien entendu. J'regarde la télé en buvant mon verre jusqu'à c'qu'il soit vide.

— Rien à dire là-dessus, Ma ? il demande.

J'avale ma salive. J'essaie d'trouver c'qui faut dire mais je sais pas c'que c'est. La nouvelle a pas l'air de poser d'problème aux filles, pour qui apparemment c'en est pas une. Merde, c'est leur seul frère et il s'conduit comme une fille...

— C'est pas grave, Ma...

— Non, attends une minute. D'abord j'croyais qu'on disait « homosexuel » ?

Il prend un air choqué. Tiffany et Monique aussi. J'ai presque envie de sourire mais j'me retiens.

— C'est le terme technique, il reprend.

— En tout cas, quoi que tu sois ou quoi qu't'aies envie d'être, c'est ton problème. J'peux pas t'empêcher d'faire ou d'être c'qu'il y a en toi, tant qu'tu fais pas d'singeries pour attirer l'attention.

— Pourquoi je ferais ça, d'abord ?

— J'en sais rien. Mais ressers-moi un coup, s'il te plaît. Vous m'tapez sur les nerfs, tous. Et Tiffany, y a une tâche sur le derrière de ton short.

Elle se tord le cou pour essayer d'la voir mais elle peut pas comme ça.

— Laisse tomber, Trevor. J'vais m'servir toute seule.

J'me dirige vers notre petit bar.

— Au fait, Tiffany, j'voudrais t'poser une question, puisque c'est la soirée confidences. Quand est-ce que t'avais l'intention d'me dire que t'avais tes règles ?

— Ma, tu devrais venir voir, dit Trevor.

— Une minute ! J't'ai posé une question, Miss.

— J'te l'ai dit, Ma.

— Non, tu m'l'as pas dit.

— Ma, j'plaisante pas ! crie Trevor.

— Putain, une minute, j'ai dit !

— Si j'te l'ai dit. Y a trois mois.

— Et comment ça s'fait que j'm'en rappelle pas, alors ?

— Parce que t'avais dû boire un petit coup ce soir-là...

— Ma, t'as les cinq numéros du Loto !

— J'bois pas tant... Qu'est-ce que t'as dit, mon garçon ?

— T'as les cinq numéros ! Je déconne pas ! T'as touché le jackpot ! C'est genre deux cent mille dollars, putain !

— Sans déconner... dit Tiffany.

— Il était temps, bordel, dit Monique.

J'crois bien que j'les ai entendus jurer. Je sais que j'les ai entendus jurer mais j'y crois pas non plus à c'truc, tant que j'ai pas arraché le ticket des mains de Trevor et comparé avec les numéros sur l'écran. Il a raison, putain ! Tout l'monde fait des bonds, j'me laisse tomber sur le canapé.

— Vous excitez pas trop les gars, faut que j'sache d'abord avec combien d'gens j'vais devoir partager.

— Ah ouais, dit Trevor. On avait oublié.

— On va croiser les doigts, dit Tiffany.

— Peut-être qu'on devrait prier plus fort, ce soir, ajoute Monique.

— Ça, ça serait une bonne idée, je dis en appuyant la tête sur le dossier et en fermant les yeux.

Je meurs d'envie d'appeler Mama mais je ferais mieux d'attendre demain matin. J'veux pas lui faire de fausses joies. Pour l'instant, j'veux surtout remercier Dieu d'avoir exaucé mes prières. Je lui promets d'être meilleure : meilleure mère, meilleure épouse, meilleure sœur – meilleure tout. Parce que c'est un signe. J'crois qu'les mômes ont dû m'entendre dire : « Merci, mon Dieu, de m'avoir bénie moi et tous les habitants de cette maison », parce qu'aussitôt j'entends Trevor qui fait : « Nom de Dieu, v'là Maman qui vire au religieux. »

*

* *

Je suis la première debout. Une fois les gosses partis à l'école, j'essaie de m'occuper comme je peux pour que l'horloge avance plus vite. Va jusqu'à neuf heures, s'il te plaît. Quand elle y est enfin, et que j'appelle, j'apprends qu'on est deux à avoir choisi les numéros gagnants. Mais bon : ça m'fait quand même cent quatre mille dollars de plus que la veille ! Il faut que j'sois patiente maintenant, parce que ça prend quatre semaines pour recevoir l'argent. Je peux attendre.

J'appelle Mama mais elle est pas là. J'tombe sur le répondeur.

— Mama ! Mama ! Salut, c'est Charlotte ! Je sais qu'tu m'en veux encore mais laisse tomber pour l'instant. Devine un peu... J'ai un cadeau pour toi. Cinquante mille dollars ! T'as bien entendu ! Devine qui a gagné cent mille dollars au Loto ? Moi ! Ouais, moi ! Appelle-moi dès que t'as ce message et t'inquiète, j'te raccrocherai pas au nez. J'te l'promets. Tu crois qu'il leur reste de la place dans ta croisière ? J'ai jamais été nulle part. Peut-être que ça m'dirait d'y aller. Et quand est-ce que tu déménages ? J'voudrais t'acheter quelque chose pour ton nouvel appart. C'est vrai. Je t'aime, Mama, et j'suis désolée d'avoir été aussi méchante avec toi et de t'avoir raccroché au nez si souvent. J'te l'jure. Je suis désolée. Vraiment désolée. Et j't'aime. Ça fait longtemps que j'ai envie d'faire quelque chose de gentil pour toi et maintenant j'peux enfin l'faire. Alors rappelle-moi dès qu'tu as c'message ! Ciao ! Oh, au fait, j'vais démissionner d'la Poste et j'vais revendre les Lavomatic et j'vais sans doute démarrer ma propre boîte de vente par correspondance où j'vendrai que des desserts. J't'en dirai plus la prochaine fois qu'on s'parle, ah mais non, parce que...

Bip.

Le répondeur m'a coupée. J'ai presque envie de rappeler mais j'suis trop excitée. Il m'reste plus qu'à téléphoner au bureau pour dire que j'suis malade en m'bouchant le nez et en toussant un peu pour faire vrai, et puis j'passe le reste d'la journée à rêvasser et à rien faire. J'pourrais y prendre goût.

*

* *

J'sais pas pourquoi mais quand le réveil sonne à quatre heures et demie, comme tous les matins, j'peux à peine bouger. J'me suis couchée trop tôt, ça doit être pour ça que j'suis fatiguée. Mon corps a pas l'habitude de s'détendre. Ça doit être ça. Lève-toi, Charlotte. Bouge tes fesses de riche ! Et j'le fais. Il me tarde d'arriver au travail pour tout raconter à Belinda. C'est à peu près la seule là-bas à qui j'peux l'dire. Mais une chose est sûre, c'est pas aujourd'hui que j'vais démissionner.

J'éteins le réveil et entre dans la douche mais à peine j'y suis qu'je jure que j'entends l'téléphone sonner. Qui peut bien m'appeler à c't'heure-ci ? C'est sûrement pas Al, parce qu'il a pas grand-chose à m'dire depuis que j'l'ai foutu dehors. Mais on sait jamais. J'attrape une serviette et j'm'enroule dedans. En tout cas, ç'a intérêt à être important. Je me dépêche de décrocher le sans-fil près du lit.

— Allô ?

Ma voix est rauque parce que j'ai pas parlé depuis hier soir.

— Charlotte ? fait quelqu'un dont la voix est pire que la mienne.

— C'est qui ?

— C'est Paris.

— Paris ? Comment ça s'fait qu'tu m'appelles si tôt ? Et qu'est-ce qui s'passe, t'es malade ou quoi ?

— Non, je ne suis pas malade. Je suis à Londres.

— Qu'est-ce tu fais là-bas ? Et quelle heure il est ?

— Ça n'a pas d'importance pour l'instant, Charlotte.

— Qu'est-ce tu veux dire ? Qu'est-ce qui s'passe, Paris ? Parle-moi.

— Il est arrivé quelque chose à Mama.

— Comment ça, « quelque chose » ?

— Le pire qu'il pouvait arriver.

J'espère que c'est pas des pleurs que j'entends, j'espère qu'elle dit pas c'que j'crois l'entendre dire.

— Attends une minute, Paris.

Je parle très lentement. Je veux être sûre de comprendre. Je veux être sûre que j'entends c'qui sort de sa bouche et passe par le téléphone pour atteindre mon oreille.

— OK. Maintenant, dis-moi, qu'est-ce qui est arrivé à Mama ?

Et là, j'entends plus que des pleurs et des petits bruits comme si elle essayait de parler mais qu'elle y arrivait pas, et là je sais. J'me mets à pleurer moi aussi et j'arrête plus, et les gosses arrivent et m'prennent dans leurs bras et m'bercent et m'couchent sous les couvertures où j'reste pendant deux jours jusqu'au moment où Al vient m'aider à m'lever et Tante Suzie Mae débarque et m'dit qu'elle va pas à l'enterrement d'Mama parce que les autres peuvent raconter c'qui veulent, sa sœur est pas morte. J'ai envie d'lui dire qu'elle est cinglée et qu'elle foute le camp d'chez moi mais Al s'en charge à ma place.

Mama est morte. Et j'pourrai plus jamais lui parler. J'pourrai jamais la rendre fière. J'aurai plus jamais l'occasion d'lui dire que j'suis désolée pour toutes les fois où j'lui ai dit des trucs que j'avais pas à dire. Mais j'suis désolée, Mama. J'suis désolée de t'avoir mal parlé et d'avoir élevé l'ton avec toi. Désolée de t'avoir accusée de faire du favoritisme alors que j'savais que tu l'faisais pas exprès. J'suis désolée d'avoir rivalisé avec les autres enfants pour obtenir ton attention. Désolée d'avoir haï Paris pendant toutes ces années alors qu'elle essayait juste d'être ma grande sœur. Et j'suis vraiment désolée de pas avoir fait d'études comme tu voulais. De pas t'avoir écoutée quand tu m'disais de pas être si pressée d'grandir. Regarde où j'en suis parce que j't'ai pas écoutée : dix-huit années à la Poste et un mari qui m'trompe.

J'adore mes gosses, mais c'est pas vraiment ça dont tu rêvais pour moi, hein, Mama ? C'est pas ça dont j'rêvais non plus. Je l'sais maintenant. J'suis tellement désolée. Mais c'qui m'désole le plus c'est qu'j'aurai plus jamais l'occasion de t'dire à quel point j'suis désolée. J'espère que tu m'écoutes. Je prie pour que tu m'entendes. Tu m'entends ? Tu m'entends, dis, Mama ?

Rêves en noir et blanc

— *¡ Espera un momento !*

Je serre les dents.

— OK. *Aqui estoy. Hola.*

— Un appel en PCV, de la part de Lewis.

— *Sí*. Je veux dire oui, je le prends.

— Salut Luisa. C'est Lewis.

— Je sais, Lewis. Tu dois être en prison, toi aussi, eh ?

— Aussi ? Qui d'autre est en prison ?

— Juste mon petit frère, mon cousin et deux de mes oncles. Et c'est rien que les garçons. Ça boume, *Papí* ?

J'me tourne vers le mur de briques froides pour que les mecs qui attendent derrière moi entendent pas c'que j'dis.

— Écoute, Luisa, j'ai que dix minutes, d'accord, et j'ai besoin qu'tu fasses deux, trois trucs pour moi, si tu peux. Je sais qu'ça fait un bail que j't'ai pas appelée mais j'étais à Vegas depuis qu'ma mère est tombée malade, tu t'rappelles ?

— Oui, j'me rappelle. Elle va mieux ?

— Beaucoup mieux. Merci.

— *Es* bien. *Tu mama es* une partie de toi *muy importante*. J'suis contente de savoir qu'elle va mieux. Peut-être que je la rencontrerai un jour, eh, *Papí* ?

— On verra. Dis-moi, t'as bien reçu les quarante dollars que j't'avais envoyés dans ma carte de Pâques ?

— *Sí*. J'en revenais pas que t'aies pas oublié. Alors, pourquoi t'es là-bas, *Papí* ?

— Ça a pas d'importance, juste un délit.

— La vérité ?

— J'ai pas besoin d'mentir.

— C'est vrai ? Alors t'es déjà passé en procès et tout ?

— Ouais.

— T'aurais dû me prévenir. Je serais venue. J'adore les procès.

— Comme toutes les vieilles aux cheveux argentés qui ont rien d'autre à foutre que d'venir aux procès d'gens qu'elles connaissent pas…

— Je sais. Mais tu apprends tellement de trucs, *Papí*.

— Comme quoi ?

— Tu vois ce qui compte pour les gens. Ce qu'ils volent. Qui ils volent. Qui ils tuent. Tu vois qu'ils se fichent pas mal des vies humaines tant que la leur est pas en jeu. Et là, sortez les violons, hé, *Papí* ?

— Tous les gens en prison sont pas forcément des criminels.

— C'est vrai. Mais quand tu fais quelque chose de mal et que tu es attrapé, tu dois être puni. Dieu est juste.

— Ouais, bon, c'est une question de point de vue…

— Tu es pas en train de dire du mal du bon Dieu, eh, Lewis ?

— Non, bien sûr que non. Je crois en Dieu autant que toi. Tout c'que j'dis, c'est que t'as un peu l'impression d'être donné en spectacle gratuitement dans l'tribunal à tous ces inconnus qui apprennent des choses sur toi qu'ils ont pas à savoir. Enfin bref, c'est pas pour ça que j't'appelle…

— Tu en as pris pour combien de temps ?

— Ils m'ont donné quatre-vingt-dix jours et comme j'm'attendais à un an, j'ai eu d'la chance. Faut que j'aille en thérapie pour apprendre à contrôler ma colère une fois par semaine pendant trois mois et aux Alcooliques anonymes pendant six mois. Mais grâce aux remises de peine pour bonne conduite, j'pourrais être sorti d'ici quelques semaines.

— Je connais la musique tellement par cœur que j'en ai marre. Et alors, pourquoi tu as mis si longtemps à m'appeler ?

— J'étais pas vraiment d'humeur à bavarder, Luisa. J'ai même pas appelé mes sœurs. Écoute, mon temps est presque écoulé. Attends une seconde.

J'me retourne vers le mec qui est derrière moi et j'lui dis :

— Un Top Ramen contre cinq minutes de plus.

Il acquiesce.

— Crevettes, poulet ou bœuf ?

— Qu'est-ce que tu préfères ?

— Crevettes, il dit.

— Crevettes, alors.

Il va s'asseoir devant la télé.

— Luisa ?

— J'ai pas bougé.

— Est-ce que tu peux aller chez moi et voir si ma voiture va bien ?

— *Sí*. Tu veux dire, si elle est toujours là ?

— Ouais. Tu t'rappelles de Woolery, le mec avec qui j'travaille de temps en temps ?

— Celui avec le nez, là ?

— Ouais, lui. Tu t'rappelles où il habite ?

— *Sí*.

— Bon, eh bien il me doit d'l'argent. Et j'voudrais que t'ailles le chercher et que tu payes mon loyer pour que j'me fasse pas virer. Juste devant la porte de chez moi, à gauche, y a un vieux bout de cuir sous un buisson, on dirait un détritus mais y a mes clés dedans. Prends-les et va voir si tout va bien dans l'appartement. J'ai des documents importants et j'voudrais pas qu'on m'les vole.

— Comme quoi, *Papí* ?

— Des formules et des idées.

Elle s'met à rire.

— Ah bon, tu es pas seulement un criminel, tu es un savant aussi ?

— Oh, va t'faire foutre, Luisa.

— On peut plus rigoler, Lewis ?

— J'suis pas d'humeur. Alors, tu peux faire ça pour moi ou tu peux pas ?

— *Sí, Papí,* mais pas aujourd'hui. Demain. Faut que j'emmène les gosses chez le médecin aujourd'hui.

— Merci, hein ? J'le pense. J'te revaudrai ça quand je sortirai, t'inquiète. Ça me va droit au cœur.

— Tu es un brave type, Lewis. Mais évite la prison. J'en ai assez de ces appels en PCV. Tu peux rappeler demain soir après *Jeopardy* ?

— C'est à quelle heure ?

— Tu as pas le câble en prison ?

— J'appellerai vers huit heures, ça va ?

— *Muy bien.* Et je te donnerai le tuyau. C'est ça, *le tuyau* ?

— Faut qu'j'y aille, Luisa. Merci. Et dis bonjour à ton fils pour moi.

— J'en ai trois, tu te rappelles ?

J'ai déjà raccroché. Je reprends aussitôt le combiné et l'agite en direction du mec qui attendait. J'vais lui chercher son Top Ramen à la machine et le lui donne. En m'asseyant, j'attrape un exemplaire de *GQ*, mais j'le remets sur la pile et je prends *Life*. Je tombe sur une photo de montagnes dorées, on dirait un désert, et puis sur une page entière de brouillard et puis voilà une mer bleu émeraude avec une barque posée au milieu, juste posée, sans rien faire, elle flotte, c'est tout. Je parie que ça doit être bien. D'être au milieu de l'eau dans une barque, en train de tanguer doucement au rythme des vagues, juste les vagues. Je parie que j'dormirais comme un bébé et que j'ferais des rêves en couleurs au lieu d'ces rêves en noir et blanc que j'fais depuis que j'suis ici.

Je regarde autour de moi, tous ces types noirs ou basanés. Sur cent soixante-dix mecs, trente seulement sont blancs. On est tous là parce qu'on a fait des conneries, genre volé des trucs ou conduit en état d'ivresse, ou certains parce qu'ils s'sont fait choper avec un peu d'came mais pas suffisamment pour qu'ça soit considéré comme un crime. Et puis y a les types comme moi qui sont pas assez violents pour être mis en régime de sécurité renforcée avec les assassins et les types qu'en ont descendu d'autres et tout ça, mais qui sont quand même coupables de violence conjugale, alors on nous met ici. Y a même un maton qui dit que pour certains, leur seul crime, c'est d'être con. Tous ceux qui sont là parce qu'ils ont conduit sans permis ou pas payé leurs amendes ou pas comparu au tribunal. Moi, j'me la boucle parce que ça s'pourrait bien qu'ça soit aussi mon cas.

Tout le monde regarde les éliminatoires de la NBA à la télé. J'sais même pas qui joue. Et j'm'en fous. Depuis que j'suis ici, j'essaye de m'remettre la tête à l'endroit et de décider c'que j'vais faire en sortant. J'peux pas continuer comme ça, je l'sais, parce que ça mène nulle part. Sauf ici : et on peut pas dire que ça soit l'hôtel. Ça pourrait être pire, c'est sûr. Y a plein de gens qui seraient étonnés de venir ici s'ils sont jamais allés en prison. Tout le monde croit qu'on est dans des petites cellules avec des barreaux. Mais pas ici. Pas à notre époque. On est en dortoirs. Et au lieu d'barreaux, c'est du Plexi qui m'entoure à l'heure qu'il est. On a deux télés dans des boîtes en métal fixées au mur. D'ailleurs, tout est en métal ici, et tout est fixé dans quelque chose : nos lits superposés sont rivés au mur ; les lavabos et les toilettes sont en acier inoxydable ; les tables et les tabourets en métal de la cantine sont vissés dans le sol. Au moins, les murs sont blanc cassé, c'est pas aussi déprimant que ça pourrait l'être. Des bénévoles viennent deux fois par semaine avec un chariot rempli de bouquins et y a quelques mecs, ceux qui sont là pour un an ou plus, qui sont abonnés à *Playboy* ou *Penthouse* mais *Hustler* est interdit parce que soi-disant c'est trop hard. Pour un paquet de cigarettes et un Top Ramen, ils peuvent te « louer » quelques pages pendant une demi-heure.

J'suis pas chez moi ici et j'essaie pas d'me faire de nouveaux amis, même si je suis sympa avec tout l'monde. Je fais une liste de toutes les choses que j'voudrais essayer de faire une fois dehors. J'espère que personne va la trouver et m'la prendre.

— Tiens, Lewis. T'avais dit que tu voulais les lire quand j'aurais terminé, non ?

Un mec qui s'appelle Hector et qui se dit noir et portoricain, même si, à mon avis, il a surtout l'air noir, me tend deux magazines de business, le genre qui t'explique comment monter une affaire et quoi faire de tes idées. On l'a bouclé parce qu'il devait deux mille dollars de contraventions.

— Merci, Hector. J'te les rendrai dans quelques jours.

— Tu peux les garder, mec. Une fois que j'les ai lus, j'les ai lus.

L'infirmière crie que c'est l'heure des médicaments et tous ceux qui prennent des cachets vont la voir et elle nous les donne. J'prends mes trois Tylenol, passe déposer les magazines dans mon dortoir et vais prendre une douche rapide. En revenant, j'lis un des magazines de A à Z, jusqu'à ce que les télés et les radios s'éteignent et que tout soit plongé dans le noir. J'entrelace mes doigts comme si j'allais prier et j'me demande pour quoi je prierais si je devais prier. Et puis je ferme les yeux et je reste là, dans le noir, et j'm'imagine que j'ai douze ans et que j'suis en colo, et je prie pour pas être dévoré par les moustiques quand on ira pêcher, demain matin. À moins que j'aille faire de la barque, sur le lac.

*
* *

— Price, debout ! Réveille-toi !

En m'retournant, j'aperçois le maton devant mon lit.

— Hein ?

— Faut que tu te lèves.

— Pourquoi ? Qu'est-ce qui s'passe ? Quelle heure il est ?

— Quatre heures et demie. Tu as une sœur qui s'appelle Paris, c'est bien ça ?

— Ouais ?

— Elle a appelé de Londres en disant que c'était urgent, un problème familial, on sait pas vraiment quoi mais elle va te rappeler dans exactement treize minutes. Il faut que tu t'habilles pour que je puisse t'emmener au parloir où le standard te passera l'appel. Tu pourras lui parler de là-bas. Ça te va ?

— Oui. Elle a pas dit de quoi il s'agissait ?

— Non. Elle te le dira elle-même. Faut peut-être que tu te dépêches si tu veux t'habiller...

— D'accord.

J'enfile un bas de survêt et un T-shirt et je le suis le long des couloirs, jusqu'au quartier des visiteurs où ils me mettent dans le parloir B.

Je m'assois et j'attends, sans savoir ce qui se passe, j'ai peur de penser à c'que ça peut être, alors j'essaie de faire le vide total en moi. Je ferme même les yeux pour qu'il y ait plus que du gris et je m'en fous si le maton me voit. Quand le téléphone sonne, je sursaute pas. Je décroche à la deuxième sonnerie.

— Allô ?

— Lewis ?

— Oui, Paris. Qu'est-ce qui se passe ? Il est arrivé un truc ?

Elle pleure. Putain, elle pleure. Ça ne peut vouloir dire qu'une seule chose. C'est Mama. Il est arrivé quelque chose à Mama. Des larmes arrivent et le gris vire au rouge.

— Mama est morte, Paris ?

Et elle dit :

— Oui. Elle a fait une crise d'asthme il y a deux heures et moi, je suis à Londres et Miss Loretta m'a appelée et m'a dit qu'on l'emmenait à l'hôpital, mais elle a pas survécu. Mama a pas survécu, Lewis !

J'aimerais bien qu'ils ouvrent la porte. Le Plexi est plein de buée et il fait chaud comme dans un four, ici. Ils peuvent pas ouvrir une fenêtre ? J'ai oublié, y a pas de fenêtres. Le téléphone me brûle l'oreille et j'ai envie d'le lâcher et de repartir en courant dans le dortoir mais j'entends la voix de ma sœur.

— Lewis, tu es là ?

J'aurais préféré qu'elle appelle pas. Pas ici. Pas comme ça. J'ai envie de téléphoner à Mama et de lui dire que j'avais des trucs à faire avant qu'elle meure et est-ce qu'elle pourrait pas attendre au moins encore un an pour que j'puisse lui prouver que j'vais pas être un poivrot pour le restant d'mes jours ? Est-ce qu'elle peut pas repousser un peu sa mort pour que j'lui montre à quel point j'suis intelligent ? Je suis prêt à le prouver. J'me sens assez fort maintenant. C'est vraiment pas possible qu'elle remette ça à une autre fois ? Parce qu'elle a vraiment pas choisi le bon moment pour mourir. Je suis en taule, quand même, merde ! Comment j'vais pouvoir sortir d'ici pour l'aider ? Et elle est où, ma femme, au moment où j'ai besoin d'elle ? Elle est où, putain ? Mariée à quelqu'un d'autre. Tu t'rappelles ?

C'est vrai, on a divorcé. Mais il me faut une femme. Et il m'en faudrait une là tout de suite.

— Lewis ! crie Paris.

Et là je m'rends compte que j'suis pas l'seul à avoir perdu Mama. On l'a tous perdue. Tous les quatre.

— Ouais, j'suis là, Paris.

— Lewis, je sais pas...

— Ça va, toi ? T'es là-bas toute seule ?

— Ouais. Mais je pars dans deux heures. Me demande pas comment.

— Qu'est-ce qu'on va faire sans elle ? je m'entends demander.

— Je sais pas, elle dit. Je sais pas...

Et on reste comme ça pendant je sais pas combien de temps sans plus rien dire, jusqu'à c'que, finalement, le maton vienne frapper au Plexi pour voir s'il peut faire quelque chose et je dis non, merci, et si je veux qu'il aille chercher l'aumônier, et je dis non, mais merci quand même, et puis Paris me demande si je vais pouvoir sortir à temps pour aller à l'enterrement de Mama et j'lui dis que j'en sais rien, parce que c'est la première fois que ça m'arrive d'être en prison quand ma mère meurt et qu'il va falloir que j'me renseigne.

Deux de bâtons ou le pendu, à l'envers

Apparemment, toute la famille attendait de voir ce que j'allais faire de George. Mama est soulagée, sans aucun doute, mais je lui suis reconnaissante de ne pas avoir enfoncé le clou quand elle a su que je l'avais fait arrêter. Elle a juste dit qu'elle était contente de me voir enfin prendre la défense de ma fille. J'ai déjà été interrogée. Les policiers sont venus chez nous. Ils voulaient savoir pourquoi je ne l'avais pas dénoncé avant. Je leur ai répondu que, jusqu'à récemment, je ne savais pas ce qui se passait et que ma fille ne voulait pas que j'en parle, mais que j'avais aussi appris que mon mari avait abusé de ses propres filles. Et à mon grand regret, j'ai dû leur décrire en détail comment j'avais découvert l'affaire. J'ai même dû leur montrer la chambre de Shanice. Mais effectivement, comme ils me l'avaient dit, George a déjà versé une caution. Ils ont besoin de preuves concrètes pour le retenir et à moins que Shanice accepte d'être examinée ou de répondre à leurs questions sur cassette vidéo quand elle rentrera, George pourra continuer à arpenter les rues pour le restant de ses jours, libre de faire ça à d'autres petites filles. Ils m'ont assuré que Shanice n'aurait pas à aller au tribunal. Tout ce qu'on a pour l'instant, c'est une décision judiciaire lui interdisant de téléphoner ici ou de s'approcher à moins de trente mètres de moi ou de Shanice quand elle sera là.

Je ne sais pas quoi faire de plus pour la convaincre de se soumettre à l'examen ou de témoigner contre lui. Je leur ai tout expliqué, à elle et à Mama. Je leur ai dit qu'un représentant de la Protection de l'enfance, autrement dit, quelqu'un qui est du côté de Shanice, lui poserait des questions qui permettraient de condamner George. Je lui ai dit que l'entrevue dans son ensemble ne durerait qu'une heure. Qu'elle serait enregistrée sur cassette et diffusée pendant le procès. Sans ça, ils ne peuvent pas le poursuivre. Malgré tout, elle refuse de le faire.

Je ne sais plus où j'en suis. Et mon avenir est tellement flou ces jours-ci que je ne sais pas ce que je fais d'un jour sur l'autre. Ce n'est pas un crime de ne pas savoir et c'est aussi pour ça que je suis venue ici me faire tirer les cartes. J'ai entendu dire que Zina était bonne. Très bonne, même. Elle est jeune. Pas plus de trente-quatre ou trente-cinq ans. Indienne. Et jolie. Elle a un point rouge entre les yeux. Je crois que ça veut dire qu'elle est mariée. Elle porte un sari de soie bleu et rouge enroulé au moins quatre ou cinq fois autour d'elle.

Une vingtaine de bougies brûlent dans cette petite pièce blanche dont la fenêtre donne sur un bout de cour. La fumée de l'encens sent le jasmin. Zina vient de sortir ses cartes d'une espèce de bourse de soie chinoise. Violet et orange. Les cartes sont cornées, sans doute d'avoir été si souvent tirées. Je suis assise en face d'elle, de l'autre côté de la table. Elle bat les cartes pendant un bon moment.

— Respirez à fond plusieurs fois et recentrez-vous. Regardez bien mes mains tout en réfléchissant aux questions qui se posent dans votre vie, à vos espoirs, à vos rêves, à vos aspirations et à votre confusion, et essayez de vous concentrer, même si c'est très difficile, et quand vous voudrez que j'arrête de battre les cartes, dites-le moi.

— Stop.

Elle les pousse vers moi pour que je coupe, ce que je fais. Je lui ai déjà dit pourquoi j'étais ici. J'attends qu'elle étale dix cartes. Je regarde attentivement. La première, c'est le dix de coupes, à l'envers, qui montre un couple heureux avec deux enfants qui dansent sous un arc-en-ciel. La deuxième est le dix de bâtons.

— Bon, Janelle, dit Zina en regardant les deux cartes puis en me fixant dans les yeux. Il est clair qu'il y a beaucoup de conflits et de difficultés. Vous avez dit que vous connaissiez déjà les cartes mais, si ça ne vous ennuie pas, j'aimerais vous dire ce qu'elles signifient aujourd'hui, dans ce contexte précis, d'accord ?

— D'accord.

Une chose que je sais, c'est que quand une carte est à l'envers, ça n'est pas bon signe.

— La première lame, le dix de coupes, à l'envers, indique qu'il s'est passé quelque chose de très mauvais dans votre maison et qu'il y a des sentiments violents, de colère et de trahison. Est-ce que vous diriez que c'est vrai ?

— Oui.

— Et la deuxième carte, le dix de bâtons, représente vos obstacles. Le personnage porte une lourde charge : tous les fardeaux de la situation, on pourrait dire. Des conflits et des problèmes. Qu'est-ce que ce personnage peut faire ?Je sais qu'elle n'attend pas de réponse de ma part, alors je reste là sans bouger et je continue à écouter.

— Eh bien, il pourrait jeter son fardeau par terre et essayer de prendre une nouvelle direction. D'un autre côté, s'il essaie de repasser par-dessus, il risque de trébucher à nouveau. Il y a une situation négative dans votre passé. Beaucoup d'efforts pour contenir toutes les choses que vous avez voulu contenir. Donc, la question est de savoir si vous allez faire les choses autrement. Comme toujours, dans le tarot, votre choix est associé au devenir de votre destinée et donc vos choix sont importants.

Je hoche la tête comme si je comprenais, et de fait je crois que je commence peut-être à comprendre.

— J'aperçois une résistance. Regardez la carte en dessous des deux autres, elle représente les fondements, la base de la situation – un deux de coupes renversé. Cela m'évoque une relation qui s'est détériorée et dans laquelle il n'y a jamais eu d'égalité, ou bien une fracture entre ce que vous faites et ce que vous ressentez. Maintenant, voyez cette carte, elle représente vous-même telle que vous vous voyez : le cinq de coupes. C'est un homme qui porte une cape et qui tourne le dos. À votre avis, à quoi tourne-t-il le dos ?

— Je ne sais pas.

— Il contemple ce qu'il a perdu, pas ce qui lui reste.

— Eh bien, j'ai perdu mon mari. Je n'ai pas de travail. Ma fille a été agressée. Et je ne sais pas ce qui m'attend.

— Mais qu'est-ce qu'il vous reste, Janelle ? Quelles sont les deux coupes que vous ne voyez pas ?

— Ma fille.

— Mais il y en a deux. Qu'y a-t-il dans la deuxième ?

— Je ne sais pas.

— Eh bien, c'est à cela que vous devez réfléchir.

J'y réfléchis tellement que j'entends à peine ce qu'elle me dit pendant les cartes suivantes. J'attends qu'elle arrive à la neuvième. C'est elle qui m'intéresse car c'est le pendu, à l'envers, la carte que j'avais tirée la dernière fois et qui m'avait donné envie de partir. Quand je vois qu'elle la touche de son index, je cligne des yeux et j'ouvre les oreilles.

— ... signifie qu'il faut être vous-même, même si tous les autres pensent que vous faites les choses à l'envers. Y a-t-il une part de vous-même, Janelle, qui n'accepte pas complètement votre réalité à l'heure qu'il est ? Est-ce que vous vous débattez contre ce que vous savez être vrai ?

— Je ne sais pas.

— En tout cas, le pendu peut vous conduire jusqu'à la source véritable de votre peur et quelle qu'elle soit, faites-lui face et cessez de prétendre qu'elle n'existe pas.

Tout ce que je peux dire, c'est : « Je vais essayer. »

— Maintenant, la dixième lame est le deux de bâtons à l'envers. C'est une carte qui a beaucoup de choses à dire pour quelqu'un qui a vécu dans une situation insatisfaisante ou déplaisante et qui décide de faire des changements. Il s'agit de laisser derrière vous des situations sûres et de pénétrer dans l'inconnu, dans les émotions et l'énergie qui se libèrent quand cela se produit. Mais le fait que le Pendu soit à l'envers semble indiquer que vous avez peur de libérer l'énergie qui va jaillir quand vous quitterez vos anciens filets de sécurité. Il va falloir être seule, comme l'ermite – qui est votre carte la plus puissante dans ce tirage. Vous voyez, il tient la lampe, il a donc quelque chose pour éclairer son chemin. Nous savons que l'ermite est un homme sage, donc vous vous dirigez vers votre propre sagesse en laissant derrière vous votre ancienne sécurité, qui finalement n'était pas sûre du tout.

Si c'est pas la vérité... je me dis en lui tendant quarante dollars bien que son tarif soit seulement de trente. Au fond de moi, je crois que je savais déjà tout ce qu'elle m'a dit, mais j'avais besoin de l'entendre dire par quelqu'un d'autre.

— Merci beaucoup, Zina.

— Je vous en prie. Bonne chance.

Je ressors. J'avais presque oublié que j'étais dans une petite rue pittoresque bordée de boutiques toutes différentes. Je ne sais même plus comment je suis arrivée ici car ce n'est pas le genre d'endroit où je fais mes courses d'habitude. Je passe devant un sauna, un magasin de machines de musculation, petit mais bien équipé, une boutique de toilettage pour chiens, une autre de lingerie, un magasin d'articles de cuir magnifique, un nouveau café Starbucks, et j'arrive à un petit restaurant où ils font des soupes et des sandwichs à emporter, mais ce qui retient mon attention, c'est ce qui se trouve à côté. La vitrine, à elle seule, ressemble à ce dont j'ai toujours rêvé. Cela s'appelle Désordre élégant, c'est plein d'objets colorés de toutes les formes et de toutes les tailles et, quand j'entre dans la boutique, je n'en crois pas mes yeux : des bougies, des lampes, des presse-livres et des verres tout en courbes, volutes et déliés violet et or ; en me retournant, j'aperçois des choses en bronze et en cuivre, en onyx et en grès, orange et violettes ; toutes sortes de boîtes faites à la main et des étagères remplies de lotions, d'huiles et de mélanges aromatiques, sans oublier les statues et les fontaines en pierre avec de l'eau qui coule pour de vrai. Et les murs... Ils sont recouverts d'une impressionnante sélection de peintures ethniques d'origines diverses. C'est génial. Et en plus, il y a une vitrine en verre remplie de figurines noires comme j'ai à la maison. Et ça sent tellement bon... Je pourrais rester ici des heures.

— Je peux vous aider ? demande une voix de femme.

En me retournant, je découvre avec surprise une femme noire aux cheveux roux d'à peu près mon âge. Elle est aussi belle que tout le reste. J'ai envie de lui demander depuis combien de temps elle travaille là, si elle n'a pas besoin de quelqu'un et, si c'est le cas, combien ils payent. Mais ça serait un peu vulgaire, et je n'en ai pas le courage, alors je me contente de répondre :

— Je regarde. Quelle boutique magnifique. C'est parfait, vraiment.

— Merci. Dites-moi si vous avez besoin d'aide pour trouver quelque chose. On est officiellement fermé mais je resterai ouverte tant que vous voudrez et ne vous sentez surtout pas obligée d'acheter. Prenez votre temps.

C'est gentil de sa part. J'ai repéré quelque chose qui a l'air fait pour Mama. Une grappe de raisins dorés dans un plat en laque noire. Elle adore ce genre de trucs. Je regarde l'étiquette. Abordable. Je le prends sur l'étagère et, comme je passe devant une autre pleine de lotions, une odeur m'attire. C'est là que la femme revient.

— C'est du figuier. Délicieux, non ?

— Vraiment, oui.

— On le fait en lotion, gel pour la douche, et mélange aromatique. Il y a aussi des bougies.

Je regarde le prix. Raisonnable, là aussi.

— Je vais prendre la lotion, le gel et une bougie.

— Je vous les emballe tout de suite. Vous venez d'arriver dans le coin ?

— Non. J'habite à trois quarts d'heure d'ici.

— Moi aussi.

— Tout au bout de Palmdale.

— Moi aussi !

— C'est pas possible !

— Si.

— Où ? Quelle rue, quelle avenue ?

— En haut de la colline.

— Quartz Hill ? C'est joli là-haut. Quelle rue ? Je connais quelques personnes par là-bas. Leurs enfants vont à l'école avec ma fille.

— Pour l'instant, j'habite à Goode Hill Estates.

— Oh, alors vous habitez vraiment dans la partie cossue de Quartz Hill ! Je sais que c'est très résidentiel.

— Pourtant, je suis loin d'être *cossue*, ma chère, et si je ne trouve pas un associé rapidement, je vais être obligée de passer en appartement.

— Un associé pour quoi ?

— Pour ma boutique.

— Parce que c'est votre boutique ?

— Oui. Ça surprend beaucoup de gens. Les Blancs, je ne le leur dis même pas, je ne veux pas leur faire peur !

Elle se met à rire et moi aussi, même si mon cerveau tourne à deux cents à l'heure.

— Pourquoi vous avez besoin d'un associé ?

— Parce que je suis en train de divorcer et que je dois racheter la part de mon mari et que je n'ai pas les moyens de conserver la boutique toute seule. Vous connaissez quelqu'un ?

— J'aimerais pouvoir dire oui, moi. Je vais sans doute divorcer, moi aussi, et pour l'instant je n'ai rien à investir mais est-ce qu'on peut en reparler ? Est-ce que vous pourriez me donner une idée globale de ce qu'il faudrait pour devenir votre associé ? Non, attendez, ne me le dites pas. Je ne veux pas savoir pour l'instant. Je peux avoir votre carte ? Je m'appelle Janelle Porter, je veux dire Janelle Price. Je ne sais pas si je tirerai quoi que ce soit de ce divorce mais au moins je reprendrai mon nom.

— On en tire toujours quelque chose, ma chère, mais rarement de quoi sauter au plafond, croyez-moi.

— Et vous vous appelez ?

— Orange Blossom. Eh oui, c'est mon vrai nom. Ma mère a déliré, comme beaucoup d'autres. Tenez, voici ma carte.

Elle prend mes achats et les porte sur le comptoir où elle les emballe dans des feuilles de papier de soie orange et or, et elle rajoute même un genre de brindille en boutons dans le sac. Je regarde sa carte. Son nom de famille est Snipes. Bien sûr, je n'ose pas lui demander si elle a une parenté avec Wesley. A priori, elle n'en a pas l'air. Oh, et puis qu'est-ce que ça peut faire ? Elle fait le tour du comptoir et me tend le sac.

— Je vous fais signe bientôt. Vous avez une date limite ?

— On est en juin. Je vais tenir jusqu'en octobre, novembre à tout casser. Mais à partir de là, je vais devoir commencer à renvoyer la marchandise.

Je crispe les épaules.

— Bon, allez, donnez-moi une idée globale de combien ça ferait. Grosso modo ?

— Entre soixante et soixante-dix, et ça roule, Raoul.

Mes épaules retombent.

— Mille ?

— Oui. Ça fait beaucoup pour la plupart des gens.

— Ça oui.

Pourtant, j'ai quand même envie de lui dire : « Je reviendrai », mais c'est un peu cliché et je ne le dis pas.

— J'espère qu'on pourra en rediscuter bientôt.

— Quand vous serez prête. Et entre-temps, repassez me voir. On peut aller déjeuner ou dîner, je ne sais pas. Vous faites du sport ?

— Oui, même si ça fait des semaines que je n'ai pas bougé, mais je rêve de retourner à la gym.

— Eh bien, faisons cela. Quoi qu'il arrive. Dans tous les cas, mon avocat et mon comptable seront ravis de vous présenter les comptes de résultats des cinq dernières années.

— Ça fait cinq ans que vous êtes ici ?

— Cinq ans que j'ai ouvert ma boîte, mais trois ans et demi dans cet endroit. L'autre boutique était devenue trop petite. Les affaires marchent bien. J'adore ce que je fais, et c'est aussi pour ça que je n'ai pas envie d'abandonner. Cette boutique, c'est mon premier enfant.

— Vous en avez eu un deuxième depuis ?

— Eh non. Maintenant, c'est sans doute trop tard.

— Vous avez l'air d'avoir mon âge…

— C'est-à-dire ?

— Trente-cinq.

— Mettez dix de mieux.

— Emmenez-moi dans votre club de gym.

Ça nous fait rire toutes les deux. Une fois dehors, je dois presque me retenir pour ne pas faire des bonds. Cette idée, à elle seule, m'a donné une montée d'adrénaline. J'ai environ vingt à vingt-cinq mille dollars d'actions, grâce ce vieux porc de George, et suivant l'accord qu'on va trouver pour le divorce, qui sait combien ? Je ne veux pas m'emballer. Pas encore. Mais quand même. Quel pourcentage de chances j'avais de tomber sur une occasion pareille ? Et aujourd'hui, en plus ! Je courrais presque chez Zina pour la serrer dans mes bras.

Je n'ai pas envie de rentrer. Il n'est que six heures et je décide de faire quelque chose que je n'ai jamais fait : dîner dehors toute seule. Et c'est exactement ce que je fais. Je vais au restaurant italien où je mange des lasagnes avec une salade. Après ça, je fais encore autre chose que je n'ai jamais fait : je vais au cinéma seule. Je vois même deux films. De retour à la maison, je m'endors si profondément que j'ai l'impression de rêver quand j'entends le téléphone sonner. Mais je ne rêve pas. Il est trois heures quarante-cinq au réveil. Quelque chose ne va pas. J'ai peur de décrocher mais je sais qu'il le faut. « Allô », je fais d'une voix si pleine de peur et d'hésitation que ça doit ressembler à une question.

— Ma, c'est Shanice, ils ont emmené Mémé à l'hôpital en ambulance et j'ai peur !

— Shanice, du calme. Où es-tu ?
— À l'hôpital.
— Comment tu es arrivée là ?
— En voiture.
— Quelle voiture ?
— J'ai pris la voiture de Mémé.
— Tu as fait quoi ! ?
— Ils l'ont emmenée et Miss Loretta cherchait le numéro de Tante Paris à Londres et...
— Où est Miss Loretta maintenant ?
— Elle est là, à côté du rideau derrière lequel ils ont mis Mémé. J'ai peur, Mama. Et s'il lui arrive quelque chose ? Est-ce que tu peux venir me chercher ? S'il te plaît ?
— Oui, ma puce, j'arrive. Reste avec Miss Loretta, tu m'entends ? Tu peux me la passer, s'il te plaît ?
— Miss Loretta, ma maman veut vous parler.
Mon cœur bat tellement fort que c'est insupportable. Je suis déjà debout. Je marche. Je me demande combien de temps il me faudra pour arriver à Vegas à cette heure de la nuit. Il n'y a pas de vol à Burbank et c'est le plus proche...
— Allô, ma chérie.
— Miss Loretta, comment va Mama ?
— Je n'en sais rien pour le moment, ma chérie. Je n'en sais rien.
— Bon, soyez gentille, s'il vous plaît, sortez Shanice de là. Je ne veux pas qu'elle soit là s'il se passe quelque chose, vous comprenez ?
— Oui, je comprends.
— Merci. Je vais prendre le premier avion. Gardez-la avec vous, s'il vous plaît, Miss Loretta.
— Bien sûr.
— Merci. Vous êtes à quel hôpital ?
— Sunrise. Et le docteur s'appelle Dr Glover. Voilà son numéro...

Je le note et enfile mes habits si vite qu'on dirait que le réveil n'a pas avancé. Il va me falloir cinquante minutes pour arriver à l'aéroport de Burbank et qu'est-ce que j'ai fait de ce bout de papier où j'ai noté le numéro, déjà ? Le voilà. Je descends l'escalier quatre à quatre, monte dans ma voiture et démarre. Je décide d'appeler l'hôpital. Je demande le Dr Glover, on me le passe.

— Bonjour, docteur Glover, je suis Janelle Price, la fille de Viola Price et je suis en route pour l'aéroport de Burbank parce que je veux arriver le plus tôt possible et je voudrais savoir si vous pourriez me donnez des nouvelles de ma mère ? Je sais qu'elle est en réanimation mais est-ce que vous savez combien de temps elle va devoir y rester, cette fois-ci ?

Silence total au bout de la ligne. Je sors du garage en marche arrière, pensant que j'ai peut-être été coupée ou que je n'ai pas de réseau, mais c'est alors que j'entends une voix d'homme dire :

— Je suis désolé, mais votre mère n'a pas survécu.

— Quoi ? Attendez une minute. Il faut que je recule encore un peu.

Et je recule jusque dans cette foutue rue.

— Vous pouvez répéter et parler un peu plus fort, s'il vous plaît ?

— J'ai dit que votre mère n'avait pas survécu. Elle est décédée.

J'avais entendu la première fois. Mais j'espérais qu'entre cette phrase et la suivante elle aurait peut-être eu la force de les surprendre en reprenant son souffle. Mama est bonne pour ça. Ne jamais abandonner. Je me demande s'ils l'ont bien regardée, parce qu'elle pourrait être en train de dormir. Ces crises d'asthme la crèvent. Elle me l'a dit un million de fois. Elle pourrait être endormie. Quelqu'un devrait aller regarder. J'ouvre la bouche pour le dire au docteur mais rien ne sort. Absolument rien. Alors je tape des poings sur le volant jusqu'à ne plus avoir aucune énergie. Le téléphone tombe par terre, et ma tête tombe sur le volant. Je suis obligée d'attendre. Ici. Dans cette voiture. Dans la rue. Jusqu'à ce que je puisse bouger. Jusqu'à ce que je trouve le moyen de traverser cet épais et bruyant silence.

D'une entrée à l'autre

— Il est en train de bouger, Cecil, dit Brenda. Mets tes mains ici, tu vas l'sentir.

Elle est à côté d'moi, allongée su'l'dos. Au début, j'ai un peu peur – ça doit faire dans les trente-cinq ans qu'j'ai pas senti un bébé bouger dans l'vent'de quèqu'un –, mais sans attendre elle m'prend la main et la pose sur sa peau douce et chaude. J'ai les doigts bien écartés et elle la passe un peu partout et tout d'un coup j'sens une p'tite bosse, puis plus grosse, et puis ça r'mue sous ma main et j'fais un bond.

— Hé !

Brenda rit.

— Attends, j'crois qu'il est par là, maintenant.

— Il ?

— Il ou elle. C'est forcément l'un ou l'autre, Cecil.

Et en effet, le voilà qui r'vient ! C'est bizarre. J'peux même pas imaginer c'que ça doit êt'pour Brenda, vu qu'c'est dans son vent'que ça s'passe.

— Ça doit faire mal, non ?

— Pour être honnête, c'est plutôt agréable. En tout cas, ça fait pas mal, c'est sûr. Des fois ça chatouille. Loué soit Dieu.

J'fais glisser ma main sur son gros ventre, encore et encore, et j'attends mais y s'passe plus rien pendant cinq ou dix minutes.

— Elle dort, dit Brenda. Le spectacle est fini.

Mais elle r'tire pas ma main.

— Moi aussi, j'dors, elle dit.

J'reste là à l'écouter respirer, son souffle qui d'vient comme un p'tit sifflet, et puis j'me r'tourne et j'fais pareil jusqu'à c'que le réveil siffle un peu plus fort et alors j'sais qu'il est trois heures et demie et qu'il est temps d'se l'ver pour aller au turbin.

*

* *

J'sais pas pourquoi j'ai pris c'boulot. Des fois, j'reste planté ici pendant des heures et j'passe mon temps à marcher d'une entrée à l'autre, à l'affût d'un truc louche. J'aide les gens quand y trouvent pas les toilettes ou qu'ils sont bourrés et qu'ils s'rappellent pas où ils ont garé leur voiture ou dans quel casino y sont. Ce genre de choses. Y s'passe jamais rien d'excitant, ici. C'est pour ça qu'j'ai pas d'flingue, juste un uniforme. Mais y suffit d'me r'garder pour savoir que j'aurais du mal à rattraper quèqu'un même s'il l'fallait. J'veux dire, j'continue à marcher tous les jours et j'commence même à prendre goût aux haltères, mais j'pourrais pas piquer d'sprint même si on m'payait pour. J'soulève qu'une cinquantaine de kilos. J'ai vu des filles qu'en soulèvent plus. M'enfin, moi c'que j'dis, c'est qu'c'est toujours mieux que rien.

C'est mon nom qu'j'entends au haut-parleur ? Nan. Qui c'est qui pourrait m'appeler ? J'regarde tourner la roulette pour la centième fois en essayant de d'viner l'bon numéro mais y sort jamais. Depuis des mois que j'travaille ici, j'suis tombé d'ssus qu'une seule fois. C'est dur de gagner quand on joue. J'ai enfin fini par comprendre. J'y ai claqué tant d'argent, le leur et l'mien, qu'c'est même plus drôle. En fait, j'pense sérieusement à réouvrir une des Bicoques, suivant c'qu'on va tirer d'la maison.

— Cecil Price est prié de se présenter au bureau de la sécurité. Cecil Price, s'il vous plaît.

Là, j'ai entendu. C'était bien mon nom. On a jamais dit mon nom aussi fort. Ça vous donne l'impression d'être important. Comme si tout l'monde devait s'arrêter et regarder autour pour voir qui est Cecil Price. J'espère que c'est pas pour me dire qu'le fisc va mettre la main sur mon chèque. J'espère que c'est pas pour ça.

J'ouvre la porte de verre et j'vois Billy, le chef, assis derrière le bureau.

— Y a quèqu'un qui m'appelle ?

— Ouais, y a une certaine Loretta qui a téléphoné pour toi. Elle a demandé à ce que tu la rappelles dès que tu arrives. Voilà son numéro.

— Elle a pas dit c'que c'était ?

— Non. Elle a juste dit que c'était important et qu'il fallait la rappeler le plus vite possible. Elle avait pas l'air trop joyeux, si ça peut t'renseigner.

C'est Viola. Je sais qu'c'est ça. Y a pas d'aut'raisons pour qu'cette femme m'appelle au travail. Pour qu'elle m'appelle nulle part, d'ailleurs. J'baisse les yeux, il a toujours le bout d'papier rose à la main. J'croyais qu'je l'avais pris.

— Merci, Billy.

— J'espère qu'y a rien de grave, Cecil.

— Moi aussi.

— Tu peux utiliser ce téléphone, ici, ou tu peux aller dans le bureau vide, si tu veux être plus tranquille.

— J'crois qu'je vais faire ça, oui.

J'sais pas pourquoi mais j'allume pas la lumière ; pendant qu'je tape le numéro, quèqu'chose me dit que Viola est plus là. Et si oui, c'est d'ma faute. J'aurais pas dû lui envoyer ces foutus papiers du divorce comme j'ai fait. J'aurais dû savoir que ça allait l'énerver et que quand elle s'énerve vraiment, elle peut s'déclencher une crise. Je prie Dieu pour qu'ça soit pas l'cas. Par pitié, faites que j'aie tort.

— Allô ?

C'est la p'tite voix d'Loretta. Elle a l'air crevée et j'sens bien qu'c'est pas parce que j'viens d'la réveiller.

— Loretta, c'est Cecil. Il est arrivé quèqu'chose à Viola ?

Et comme elle répond pas, j'suis fixé.

— Où elle est ?

— À Sunrise. Ils ont dit qu'elle ne les avait pas aidés, cette fois-ci.

— Comment ça ?

— Les infirmiers ont dit qu'ils avaient déjà été chez elle et que Vy faisait toujours ce qu'ils disaient mais cette fois-ci, d'après eux, elle ne les a pas aidés. Elle ne s'est pas assez battue.

— Elle s'est pas assez battue, j'répète.

Et à c'moment-là, j'ai l'impression que tout mon corps s'enfonce dans cette chaise et que j'm'effondre su'l'bureau. J'ai envie d'me redresser et d'parler à Loretta mais j'trouve pas la force de l'faire. C'est d'ma femme qu'elle parle. Ma femme de presque trente-neuf années d'mariage. La femme qui a porté mes enfants. La femme qui les a élevés. La femme qui a voulu m'aider à dev'nir un homme meilleur mais qu'j'ai pas écoutée pass'que j'avais l'crâne trop dur et qu'j'étais trop paresseux et puis surtout trop fier. J'voulais pas admett'qu'elle savait c'qui valait mieux pour moi, alors qu'en fait j'en étais convaincu. C'est la femme qui a arraché mon cœur d'ma poitrine et qui l'a mis su'l'sien et qui a appuyé fort. Tellement fort qu'c'était doux. J'ai aimé Viola plus qu'elle a jamais su. Mais j'ai jamais su comment montrer à une femme qu'on l'aime. Personne m'a jamais appris à êt'tendre. Personne m'a jamais appris à m'détendre et puis à m'donner. C'est donc trop tard pour te d'mander : « Comment on fait, Vy ? » J'voulais t'emmener à Paris mais à l'époque on avait pas assez d'sous pour aller en France et après, quand on a eu quèqu'dollars de rab, on avait des gosses et un loyer et puis les Bicoques, et personne avait l'temps d'rien, à part travailler. J'suis vraiment désolé, Vy. J'voulais pas briser tous tes rêves. J'te jure, j'voulais pas.

— Cecil ? fait Loretta.

— J'aurais pas dû lui envoyer ces papiers, hier. C'est d'ma faute !

— Attends un peu ! Ce n'est pas de ta faute. En réalité, elle les a signés et ils sont au courrier. Cecil, est-ce que je peux te dire quelque chose, même si ce n'est pas le meilleur moment ?

J'essuie mes yeux et mon nez sur ma manche.

— Vas-y.

— Viola t'aimait. Je n'ai pas besoin de te le dire. Mais elle m'a dit aussi qu'elle était contente que tu sois parti.

— Quoi ?

— Elle a dit que tu avais besoin d'être auprès de quelqu'un qui t'apprécie et qu'elle ne pouvait plus.

— Pourtant, elle m'appréciait dans l'temps, Loretta. Elle m'appréciait.

— Cecil, quand les femmes vieillissent, leur esprit et leur corps et leur cœur connaissent beaucoup de changements difficiles, traumatisants parfois, et nous ne sommes plus tout à fait nous-même et ça nous fait mal de ne pas savoir comment redevenir qui nous étions. Nous regardons autour de nous et tout a changé. Nos enfants sont grands et ils n'ont plus besoin de nous – ou du moins le croient-ils. Notre corps a vieilli et ne ressemble plus du tout à ce qu'on attend de lui. Et d'une certaine manière, tout cela nous donne un sentiment désespéré, de perte sans fin, on ne sait même pas qu'on a du chagrin et pourtant on en a. Moi, ça fait un moment que j'en ai. Et ta femme, ta grande gueule de femme qui jurait comme un charretier, Viola Price, qui était ma meilleure amie, m'a aidée à revenir à la vie après la mort de Robert. Nous devions partir en croisière la semaine prochaine, Cecil, et je sais que tu as de la peine mais, crois-moi, elle va me manquer du feu de Dieu, à moi aussi.

J'me force à m'redresser pass'que j'réalise que j'suis pas l'seul à avoir perdu Viola. Et les gosses, alors ? Seigneur, comment ils vont l'prendre ?

— Cecil ?

— J'suis là, Loretta.

— J'ai quelque chose pour toi.

— Comment ça ?

— Viola m'a donné quelque chose, hier après-midi, pour que je te le remette.

— Attends une minute. C'est arrivé quand, Loretta ?

— Il y a deux heures à peu près.

Y a deux heures, j'étais en train d'caresser l'vent'de Brenda.

— Elle m'a dit de te remettre cette enveloppe si quelque chose lui arrivait.

— Quoi ?

— Je l'ai ici. Elle m'a demandé de te dire que ça lui ferait plaisir que tu attendes le premier Thanksgiving après son départ pour l'ouvrir.

— Une enveloppe ? Thanksgiving ?

— Ouais. Viola espérait aussi que tu puisses passer Thanksgiving avec tes enfants biologiques, juste cette fois-ci. Si tu ne peux pas, alors elle ne veut pas que tu la lises jusqu'au jour où tu pourras. Est-ce que je dois la garder, l'envoyer, ou quoi ?

— J'sais pas, Loretta. J'arrive pas à réfléchir, là. Laisse-moi voir. J'me d'mande pourquoi Viola avait besoin de m'écrire quèqu'chose... Les gosses sont au courant ?

— À l'heure qu'il est, certainement. Certainement.

— Et Shanice, alors ? Où elle est ?

— Elle est ici, elle dort. Janelle essaye d'attraper le premier avion. Elles ont l'air bien retournées, toutes les deux.

— J'm'en doute. J'vais v'nir vous r'joindre, mais il faut qu'je reste tranquille encore quèqu'minutes.

— Je comprends, Cecil, je comprends. Dis-moi juste si je peux être d'une aide quelconque.

J'reste assis là un long moment. Jusqu'à c'qu'un type allume la lumière et m'demande si ça m'gêne pas d'aller dans un aut'bureau pour finir de chialer. Y dit qu'les femmes valent pas la moitié des larmes qu'on verse pour elles et qu'il faut pas qu'je m'inquiète, pass'que quand sa femme l'a appelé sur c'même poste pour lui dire qu'elle s'barrait, il lui a pas fallu longtemps pour y trouver une remplaçante.

De vieux sacs à main

Je n'ai aucun souvenir du voyage de retour. Je sais qu'il m'a fallu presque vingt-quatre heures pour rentrer chez moi. Dingus est venu me chercher à l'aéroport de San Francisco et m'a ramenée à la maison. Je revois sa tête quand je lui ai dit. J'entends encore les voix de Charlotte et de Lewis quand je leur ai annoncé par téléphone. Et Papa. Il se sent coupable, alors qu'il ne devrait pas. Tout cela ressemble à un cauchemar, un très mauvais cauchemar, et je ne crois pas m'être réveillée et avoir accepté la réalité avant d'arriver ici – chez Mama et Papa – et de voir qu'elle n'était pas là. Elle était nulle part. Et je ne pouvais pas l'appeler pour lui parler et essayer de la convaincre de rentrer à la maison.

Dingus est dans tous ses états. Shanice est tellement détruite que rien de ce qu'on peut dire ne parvient à la consoler. Janelle a même dormi dans le lit de Mama. Je ne suis pas assez forte. J'ai peur de péter les plombs complètement si je respire l'odeur de ses draps. Je ne peux pas me permettre de lâcher prise maintenant parce que c'est à moi qu'on a demandé de s'occuper de l'enterrement, qui va avoir lieu à Chicago, là où elle est née. Où on est tous nés. Imaginez un peu : un enterrement. Avec Mama dans le rôle principal. Tout le monde va venir pour la voir, Viola Price. Si seulement ça pouvait ne pas être le cas. Si seulement ils pouvaient tous venir la voir ici, en direct et en couleurs, dans ce stupide bled de Las Vegas. Si seulement les infirmiers s'étaient donné plus de mal ou n'avaient pas essayé de jouer les foutus héros et l'avaient amenée à l'hôpital plus vite. Si seulement Mama les avait appelés cinq minutes plus tôt. Si seulement elle n'avait pas mangé ces spaghettis pleins de gras avant d'aller se coucher. Si seulement elle n'avait pas respiré l'odeur de la peinture et de la moquette et de l'essence dans la même journée.

Mais elle l'a fait. Et malgré mon plus grand désir – notre plus grand désir à tous – qu'il n'en soit pas ainsi, elle n'est même plus là pour qu'on l'engueule. En tant qu'aînée, elle me laissait la gronder et si elle était là, ça lui donnerait une excuse pour me débiter plein de gros mots en retour. Elle m'accusait toujours de penser que « je suis tellement maligne et que je sais tellement tout ». Mais ce n'est pas vrai, Mama. Je ne sais rien, à part que je voudrais que le calendrier recule d'un jour, que l'horloge tourne à l'envers pendant quarante-huit heures pour qu'on puisse reprendre à zéro et faire les choses différemment, comme il faut, afin que Viola Price puisse continuer à respirer. Et qu'il n'y ait pas d'enterrement dans trois jours.

Personne ne parle. Nous errons dans la maison comme des zombies. Charlotte n'est pas là. Elle a dit qu'elle avait déjà assez à faire pour préparer la maison pour les amis et la famille qui allaient débarquer d'un peu partout, et est-ce qu'on avait oublié que tout le monde venait chez elle après le service ?

On ne sait toujours pas s'ils vont laisser Lewis sortir pour l'enterrement. Papa a téléphoné pour dire qu'il passerait tout à l'heure. Il avait l'air vieux. Fatigué. Comme s'il risquait de ne pas y survivre. J'ai de la peine pour lui. Même s'il avait eu l'intention de revenir, c'est trop tard, maintenant.

Janelle et moi devons trier les affaires de Mama toutes seules. Je n'ai jamais trié ses affaires avant. Jamais trié les affaires de personne. On n'a pas encore commencé car on attend Miss Loretta qui est en chemin. Il paraît qu'elle a des choses à nous dire. Des choses importantes. Pour l'instant, je me suis contentée d'ouvrir et de refermer les tiroirs de la cuisine en me demandant ce qu'on allait faire de toutes ces fourchettes, ces couteaux et ces cuillères. Dans son armoire, il y a des tonnes de draps et de taies d'oreiller, tout est amidonné, repassé et bien empilé. Elle avait même une pile de mouchoirs à part. Je n'ai jamais vu Mama avec un mouchoir à la main.

— Paris, réveille-toi, Miss Loretta est là !

Janelle me secoue. Je ne me suis même pas aperçue que je m'endormais sur le canapé.

— OK ! je crie en me redressant mais tout en ressentant un début de torticolis.

— Je suis désolée, ma chérie.

— Il n'y a pas de mal, Miss Loretta. Comment allez-vous ?

— Je me sens à peu près comme vous tous, si vous voyez ce que je veux dire.

— Bien sûr, dit Janelle. Bien sûr.

— Ça vous ennuie que je m'assoie ?

— Non, je dis en m'écartant pour lui faire une place. Dingus ! Shanice !

— Oui, Ma ?

— Qu'est-ce que vous faites tous les deux ?

— Pas grand-chose, on regarde le jardin de Mémé. C'est cool. Y a plein de trucs qui poussent.

— Bon, bien restez-y, s'il vous plaît, jusqu'à ce qu'on vous dise que vous pouvez rentrer. C'est possible ?

— Oui, c'est possible.

— Alors, je fais en me tournant vers Miss Loretta, qu'est-ce que vous vouliez nous dire ?

— Où est ton frère et ton autre sœur ?

— Notre frère est en prison. On espère qu'il pourra être à Chicago pour la cérémonie. Et Charlotte habite là-bas, alors elle s'occupe de tout organiser.

— Je vois.

Ses cheveux blancs ont une coloration lavande. Je viens de m'en apercevoir. Je n'ai jamais remarqué grand-chose d'elle, à part qu'elle était blanche et vieille. Et pour la première fois, je réalise que Miss Loretta est jolie. Je parie qu'elle devait être à tomber quand elle était jeune. C'est écrit sur son visage. Je me demande si elle a d'autres amies. Mais elle joue au bridge, elle doit en avoir. Je me demande aussi si Mama a fini par savoir y jouer. Elle disait que Miss Loretta essayait de lui apprendre.

— Est-ce qu'il faut qu'ils soient là ? demande Janelle.

— Ça ne fait rien. Vous pourrez leur raconter.

Janelle est assise sur un des fauteuils dorés de Mama. Qu'est-ce qu'on va en faire ? Et tout ce qui est ici ? Qu'est-ce qu'on fait des affaires personnelles de quelqu'un une fois que cette personne meurt ? Je n'ai pas envie d'y penser pour l'instant.

— Qu'est-ce qu'on doit partager avec eux exactement, Miss Loretta ?

— Eh bien, dit-elle en joignant les mains, d'abord, sachez que votre mère et moi avons parlé de ça il y a déjà un moment.

— Parlé de quoi ? demande Janelle.

— De ce qu'il faudrait faire au cas où elle décéderait brutalement.

— Quoi ?

— Elle savait que ça risquait d'arriver, avec son asthme.

— D'accord, dit Janelle en prêtant une attention particulière.

— Et donc, Paris, puisque tu es l'aînée, elle voulait que je te dise plusieurs choses. D'abord, elle veut que tu regardes dans tous ses vieux sacs à main.

— Ses vieux sacs à main ? Pourquoi ? Pour quoi faire ?

— Je ne sais pas vraiment. Elle m'a juste demandé de te le dire.

— C'est bizarre, comme requête, dit Janelle. On dirait qu'elle savait ce qui allait arriver.

Après la dernière crise, Vy m'a dit qu'elle pensait ne pas pouvoir remettre ça encore une fois. Qu'elle en avait assez de se battre et que si elle faisait une nouvelle crise ressemblant de près ou de loin à celle-là, elle risquait d'y rester.

— Vraiment ? je demande. Elle vous a dit ça ?

— Oui, elle me l'a dit.

— Quand ça ? demande Janelle.

— Juste après que vous soyez tous repartis, en mars.

Elle plonge la main dans son sac et en retire un tas d'enveloppes blanches. Je n'ai pas pensé à son courrier. Qu'est-ce qu'on va faire du courrier de Mama ? Est-ce qu'on doit l'ouvrir et le lire ? Et si c'est personnel ? Et si ce sont des choses qu'on ne doit pas savoir ? Je n'avais jamais réfléchi à tout ça jusqu'à maintenant.

En voyant Miss Loretta presser les enveloppes sur son cœur, quelque chose me dit qu'il ne s'agit pas de factures ni de rien de la sorte.

— Votre mère vous a écrit une lettre à chacun d'entre vous.

Elle s'efforce de ne pas pleurer, mais ni elle, ni Janelle, ni moi ne pouvons nous en empêcher.

— Mama nous a écrit des lettres ?

— Oui. Et elles sont là.

— Est-ce que je peux avoir la mienne ? demande Janelle en tendant la main.

— Non.

— Pourquoi ?

— Parce que ce n'est pas comme ça que Vy veut qu'on fasse.

— Comment veut-elle qu'on fasse ? je demande.

— Elle m'a dit de vous dire qu'il fallait attendre le premier Thanksgiving suivant son décès pour les lire, et seulement si vous pouvez le passer ensemble, tous les quatre. À ce moment-là, elle veut que vous lisiez la lettre à voix haute et devant tout le monde, mais vous ne pouvez pas lire la vôtre.

— Hein ? dit Janelle, visiblement troublée.

— Paris, elle veut que tu lises celle de Charlotte.

— Mais pourquoi ?

— Je ne suis pas sûre de comprendre. Et elle veut que Charlotte lise la tienne.

— Alors, ça veut dire que je dois lire celle de Lewis et réciproquement. Mais je me demande pourquoi.

Je m'affale dans le canapé et appuie la tête sur le dossier. Qu'est-ce qu'elle peut bien nous dire dans une lettre qu'elle n'aurait pas pu dire avant ou qu'elle n'a déjà dit ?

— Est-ce que vous savez quand elle les a écrites, Miss Loretta ?

— Non. Mais j'ai déjà donné la sienne à votre père.

— Elle lui en a écrit une aussi ? demande Janelle.

— Oui.

— Il doit attendre jusqu'à Thanksgiving, lui aussi ?

— Oui. Et Vy espérait qu'il pourrait le fêter avec vous.

— Et si on les lit en douce, avant ? demande Janelle.

— Mais t'es con ou quoi ? Oh, pardon, Miss Loretta. T'es folle ou quoi ? Tu crois que c'est une manière d'honorer ses dernières volontés ?

— Désolée. Je posais juste la question. Novembre, c'est dans longtemps.

— Qui doit garder les lettres ?

— Toi, parce que, et je la cite, « en tant qu'aînée, tu vas devoir être la maman maintenant ». Vy a aussi suggéré, ou plutôt, devrais-je dire, insisté, pour que vous fassiez tous les efforts possibles pour passer au moins une fête par an tous ensemble, parce qu'elle était très inquiète à l'idée que vous perdiez le sens de la famille.

— Mais on a le sens de la famille, répond Janelle. C'est juste qu'on habite dans des villes différentes.

— Vous savez, Vy m'a dit que quand elle était jeune, il y avait des réunions de famille tous les ans et comme la plupart des gens ne déménageaient pas comme ils le font maintenant, tout le monde venait, en général. Elle m'a dit que ses cousins étaient comme des frères et sœurs. C'est dire s'ils étaient proches. Mais de nos jours, elle disait, les membres d'une même famille sont trop souvent comme des étrangers. Et je suis d'accord. J'ai deux sœurs que je n'ai pas vues depuis presque dix-huit ans. Vy ne veut pas que vous attendiez d'être vieux et que vos enfants soient grands pour qu'ils se découvrent. Faites-le maintenant, tant qu'ils sont jeunes. Et elle veut que vous essayiez de faire des choses ensemble, aussi.

— Mais on essaye, Miss Loretta, je dis. C'est juste que c'est tellement difficile, avec les emplois du temps de tout le monde...

— Essayez encore, dit-elle. Vy disait que les gens d'une même famille doivent se connaître. Les amis, ça va ça vient, mais la famille, c'est pour toujours. Elle disait qu'on n'est pas obligé d'aimer sa famille mais qu'il faut l'accepter, défauts compris, parce qu'on a le même sang.

— C'est vrai.

— Votre mère était intelligente et sage, vous savez. J'ai noté pas mal de choses qu'elle disait parce qu'elles m'étaient utiles.

— Elle a raison, dit Janelle. Shanice ne connaît pas du tout Tiffany ni Monique, alors qu'elles ont à peu près le même âge. Elles devraient avoir des choses à se raconter mais c'est pas le cas.

— Je sais.

Je m'aperçois que Dingus ne connaît presque pas le fils de mon frère, ni ses oncle et tantes, d'ailleurs. Je n'y ai jamais vraiment réfléchi sauf parfois en passant. C'est le genre de choses qu'on espère faire un jour, comme aller à l'église, lire des livres, le journal, faire du sport ou envoyer des mots de remerciement.

— Je n'ai pas fini, reprend Miss Loretta. Paris, Vy voulait que le premier Thanksgiving ait lieu chez toi, puisque tu aimes faire à manger, et qu'ensuite, chaque année, vous votiez pour savoir chez lequel d'entre vous vous alliez faire la fête la fois suivante.

— On peut déjà éliminer Lewis, dit Janelle.

— Pourquoi ? demande Miss Loretta.

— C'est une longue histoire. Une très longue histoire.

— J'ai tout mon temps.

— Non, Miss Loretta. On ne va pas vous embêter avec ça. Mais dites-moi une chose. Vous partez toujours en croisière ?

— Oh, non. Je ne pourrais pas y aller, maintenant. Il est hors de question que je mette un pied sur ce bateau sans Vy.

— C'est gentil, dit Janelle.

— Alors, ça veut dire que vous allez venir à l'enterrement ?

— Absolument. Vy m'a suppliée de ne pas faire de sentiment. Mais je ne l'ai jamais écoutée quand elle faisait sa cheftaine et ce n'est sûrement pas maintenant que je vais commencer. S'il y a quelque chose que je peux faire pour vous aider, je vous en prie, n'hésitez vraiment pas.

— On n'y manquera pas.

On l'embrasse toutes les deux.

— Et merci d'avoir été l'amie de Mama pendant toutes ces années.

Janelle hoche encore la tête quand je lâche :

— Au fait, est-ce qu'elle a fini par apprendre à jouer au bridge ?

— Doux Jésus, non ! Vy était très mauvaise au bridge, vraiment très mauvaise.

Et Loretta sort en riant.

*

* *

Nous sommes assises à la table de la cuisine, Janelle et moi, et nous buvons du café tout en faisant le tri du « tiroir à bordel » de Mama, qui est rempli de toutes les factures possibles et imaginables de choses qu'elle a achetées dans sa vie. En apercevant un reçu de vente à crédit de chez – devinez qui ? – Thomasville, je le sors du tas.

— Janelle, regarde ! Mama a une salle à manger à cinq mille dollars qui l'attend chez Thomasville.

— Tu déconnes !

Elle me prend le ticket des mains mais, juste à ce moment-là, le téléphone sonne. C'est un appel en PCV. Je sais d'où ça vient.

— Oui, je le prends. Salut, Lewis.

— Salut, Paris. Comment ça va, tout l'monde ?

— On tient le choc. Tu peux venir ?

— Ouais, ils me laissent sortir mais mon avocat doit m'escorter. Pour raisons de sécurité. Mais au moins je pourrai être là-bas avec vous. C'est comme ça que j'le vois, en tout cas.

— Il peut venir… je chuchote à l'intention de Janelle.

— Tant mieux ! On a besoin de toi, Lewis !

— Bon, bien c'est tout. J'vais raccrocher. C'est tout c'que j'voulais vous dire.

— Faut que tu raccroches déjà ?

— Ouais. On vient de rentrer du tribunal. Mais vous en faites pas. J'y serai.

— On t'aime, Lewis.

— Ouais, moi aussi.

Il est épuisé, comme nous. On roule tous à vide, ces jours-ci. Mais il faut que je me requinque. Je sors deux cachets de mon sac que j'avale avec mon café.

— Qu'est-ce que tu prends ? demande Janelle.

— Juste un truc pour la migraine.

— Donne-m'en un.

— Je ne peux pas. C'est sur ordonnance.

— Et alors ? Si ça marche pour toi, ça devrait marcher pour moi.

— D'accord, mais n'en prends qu'un parce que c'est fort.

— Et pourquoi t'en prends deux, alors ?

— Parce qu'il m'en faut deux. Maintenant, la ferme. (Je compose le numéro du magasin.) Oui, bonjour, je m'appelle Paris Price, je vous appelle de la part de Viola Price, c'est ma mère et à ce que je comprends, elle a retenu une salle à manger à crédit chez vous.

— Oui, c'est moi qui me suis occupée d'elle. Elle est toujours fourrée chez nous. Quel numéro, celle-là ! On l'adore. Est-ce que quelqu'un va passer chercher ses meubles ou bien elle préfère qu'on les lui livre ?

— J'aimerais bien pouvoir répondre oui à l'un ou l'autre, mais ma mère vient de décéder et ma sœur et moi sommes en train de trier ses affaires et nous avons trouvé la facture mais nous ne savons pas très bien quoi en faire.

— Oh ! Je suis vraiment désolée de l'apprendre ! Les autres vendeurs vont être très tristes quand je vais le leur dire. Elle nous a même apporté une tarte à la patate douce, une fois, parce que nous n'en avions jamais goûté. Qu'est-ce qui s'est passé ?

— Elle a fait une crise d'asthme.

— Je suis vraiment navrée. Dites-nous quand aura lieu la cérémonie pour que nous puissions envoyer des fleurs – ou bien si elle voulait qu'on fasse un don, ou s'il y a autre chose dont vous avez besoin, dites-le-nous. C'était notre amie.

— Merci.

— Et en ce qui concerne les meubles, nous ferons ce que vous voudrez. Nous pouvons vous rembourser l'argent, il n'y a aucun problème.

— Je n'avais pas encore réfléchi à ça.

— Eh bien, je m'appelle Nolene et je peux vous envoyer un chèque de remboursement d'ici trois ou quatre jours, si vous le souhaitez.

— Ça serait bien. Et merci. Merci beaucoup.

Je raccroche.

— Ils vont rendre son argent à Mama.

— Mais Mama n'est plus là, Paris. Et cet argent était à toi.

— Peu importe. On peut s'en servir pour payer son...

Le téléphone sonne à nouveau.

— Je le prends, dit Janelle. Allô ? Ah, salut, Charlotte. Ouais. On est là avec Paris. Oui, Lewis y sera. Oui. Tout se passe bien. Quoi ? Eh bien, on vient de vider le tiroir à bordel de Mama et on a découvert qu'elle avait réservé une salle à manger en merisier chez Thomasville et qu'elle avait versé deux mille dollars et en devait encore un peu plus de trois... Quoi ? Ils vont nous rendre l'argent. Quoi ? Attends. Une minute.

Janelle couvre le récepteur de sa main.

— Charlotte dit qu'elle veut la salle à manger.

— Quoi ?

— T'as bien entendu.

— Elle ne peut pas l'avoir

— Paris dit que tu peux pas l'avoir. Attends une minute. (Elle couvre le récepteur.) Elle veut te parler.

Je prends l'appareil.

— Charlotte, qu'est-ce qui te fait penser que tu peux prendre cette salle à manger ?

— Parce qu'elle était à Mama. C'est tout.

— Mais elle n'était pas à Mama. Elle n'est même pas payée.

— Elle était en train de le faire.

— Mais elle n'est pas payée, Charlotte. Elle est encore au magasin. Elle n'est même pas à la maison.

— On avait les mêmes goûts, Mama et moi, et j'vois pas pourquoi j'pourrais pas prendre quelque chose en souvenir d'elle. Si j'ai envie de finir de payer cette salle à manger, c'est mes oignons, pas les tiens !

— Écoute, c'est moi qui lui ai donné les deux mille dollars d'apport initial et je vais récupérer l'argent pour payer l'enterrement, OK ?

— Putain, faut toujours que tu contrôles tout, hein, Paris ? Tu m'rends malade ! Tu manipules tout l'monde et tu crois qu'les gens sont trop cons pour s'en apercevoir, mais moi, j'le vois, ton manège ! Salope !

Clic. Et nous y revoilà.

— Elle ne cessera jamais de m'étonner.

— Mais c'est pas juste, Paris. Elle ne devrait pas se croire autorisée à dire ça. Aucun d'entre nous. Comment peut-elle dire que ces meubles appartenaient à Mama alors qu'ils sont juste réservés, et avec ton argent ? En plus, il y a plein de choses ici qu'elle pourrait prendre. Si elle était là, elle s'en rendrait compte.

— Ouais, j'ajoute, mais comme d'habitude, elle n'y est pas.

Et on en reste là.

*

* *

Je demande à Janelle d'entrer la première dans la grande penderie de Mama et je la suis. Après les avoir fait tomber de toutes les étagères et de toutes les boîtes, nous nous asseyons par terre, entourées de sacs à main. La plupart sont en cuir noir et marron ; mais j'en aperçois un bleu marine, bordeaux et beige ; un sac à bandoulière rouge cerise ; et, de-ci, de-là, un petit sac de soie ou de lin jaune, fuchsia ou vert menthe émerge, et on sait que c'était pour Pâques ou pour la fête des mères. Qu'est-ce qu'on va faire pour la fête des mères ? N'y pense pas maintenant, je me dis en ouvrant un sac vert de chez Coach que Charlotte a envoyé à Mama l'année dernière – on dirait qu'elle ne l'a jamais porté. Il est vide, tout comme les six ou sept sacs suivants. Avec application, Janelle ouvre et ferme des fermetures éclair, ouvre et ferme des boutons-pression. Elle n'a pas vraiment l'air emballée par la situation mais je n'en attendais pas tant d'elle. Je voulais juste un peu de chaleur et de compagnie.

Je ramasse un horrible sac marron complètement pourri avec des morceaux de cuir découpés et recousus au point zigzag et un sourire me vient aux lèvres parce que je tanne Mama depuis la fin des années quatre-vingt pour qu'elle se débarrasse de cette horreur, mais elle n'a jamais voulu. Je glisse la main dedans et quand je tombe sur quelque chose, Janelle le lit tout de suite sur mon visage.

— Qu'est-ce que c'est ?

— J'en sais rien ! Donne-moi une minute.

J'extrais doucement quelque chose qui ressemble à un paquet de papier ou d'enveloppes. C'est bien des enveloppes. Je retire les élastiques et commence à les trier, une à une.

— C'est quoi ? redemande Janelle.

— Mais attends un peu ! Tiens, le certificat de naissance de Mama. Regarde ses petites empreintes de pied !

Elle l'attrape et nous le contemplons, en essayant de toutes nos forces de ne pas craquer ici, dans la penderie. Je m'essuie les yeux. Janelle essuie les siens. Elle embrasse le certificat de naissance puis me le tend, je le renifle et le presse contre mon cœur. J'inspire plusieurs fois à fond et puis je continue.

— Il y a tous nos certificats de naissance. Attends voir, qu'est-ce que c'est que ça ? Des assurances-vie. Deux.

— Pourquoi elle en aurait eu deux ?

— J'en sais rien, je dis en retirant d'autres élastiques. Ouah ! Tu vas pas y croire.

— Quoi ?

— Mama avait deux assurances-vie. Papa est le bénéficiaire de l'une et nous de l'autre.

— Quoi ?

— Mais tu peux arrêter de dire ça, non ? La vache. J'y crois pas. Celle de Papa est de vingt mille et l'autre de cinquante.

— Mille ?

— Qu'est-ce que tu crois, Janelle ? Mama a eu la nôtre pendant... presque quatorze ans.

— Tu veux dire qu'elle a payé des mensualités pendant tout ce temps-là ? Je parie que Papa n'est pas au courant de la nôtre.

— Elle a dû payer dans les soixante ou soixante-dix dollars par mois, on dirait. Mama. T'es vraiment trop. (Je replie les assurances.) En tout cas, je ne veux pas de ma part, je peux te le dire tout de suite. Je n'en ai pas besoin.

— Moi si. Et Lewis aussi, tu sais bien. Quant à notre gagnante du Loto, on verra. Et ça, c'est quoi ?

Elle soulève un autre paquet d'enveloppes et je dois plisser les yeux pour lire ce qu'il y a dessus car ça a été écrit au crayon, visiblement il y a très longtemps.

— Sur celle-là, c'est écrit « première dent de Paris ». Et celle-ci, « première dent de Lewis ». De Charlotte... De Janelle... Et une tresse de Lewis après sa première coupe de cheveux !

— On peut les ouvrir ? demande Janelle.

— Non ! On a encore plein de sacs à faire. Continue.

Elle continue.

— Regarde ! hurle Janelle.

— Quoi quoi quoi ?

Je me penche vers elle, laissant tomber le sac en paille noir – qui a l'air vide, de toute façon – sur mes genoux.

— Tous nos bulletins scolaires ! Depuis la maternelle, Paris. Depuis la maternelle.

Et nous revoilà en train de pleurer, mais ces larmes-là font du bien. Beaucoup de bien. Et on continue à chercher. À un moment, j'attrape une enveloppe jaune qui m'échappe des mains. Il en sort un flot de photos de Charlotte bébé, du noir et blanc, surtout. Puis Charlotte à l'école et jusqu'au bac, en couleurs cette fois. Elle a toujours été la plus jolie. Il n'y a aucun doute là-dessus. Et tellement intelligente. Elle aurait pu faire ce qu'elle voulait de sa vie. Mais je ne sais pas pourquoi elle déteste tant travailler à la Poste. C'est important, ce qu'elle fait.

Il y a encore quatre enveloppes comme celle-là. Je suppose que ce sont d'autres photos de nous. Je jette un œil dans chacune d'elles jusqu'à ce que je trouve Mama. Je vide l'enveloppe sur la moquette et la voilà, sous toutes ses facettes. Il y a une photo noir et blanc d'un groupe de filles noires ; Mama est au premier rang, elle s'appuie des deux mains sur une batte de base-ball, la tête penchée. Elle porte la raie au milieu et deux grosses nattes. Elle doit avoir quatorze ans, quinze peut-être.

— Elle te ressemble, Paris.

— Elle ressemble à Charlotte.

— Regarde ! Mama et Papa le jour de leur mariage !

On les contemple un bon moment. Ils ont l'air vraiment amoureux. Mama a du rouge à lèvres. Ses cheveux sont auburn et attachés en chignon. Elle porte un truc bleu marine à pois blancs. Même Papa est plus sexy que je l'aurais jamais imaginé, avec un vrai sourire aux lèvres. En voyant son regard posé sur Mama, son bras passé tendrement autour d'elle, je comprends presque comment elle a pu l'aimer. Je n'ai jamais vue une telle douceur entre eux. Waouh. Il n'y a pas d'autre photo d'eux. Juste elle, enceinte, et une autre au bowling. Cette dernière paraît récente. Comme si elle avait été prise pour son anniversaire. C'est bien ça, oui, parce qu'elle est en train de manger du gâteau avec Shanice.

— Continue à chercher, je dis à Janelle.

C'est ce qu'elle fait. Mais on ne trouve rien d'autre. Rien. On est un peu déçues, mais soulagées, surtout, de ce qu'on a trouvé : notre histoire, notre vie de famille. Et après avoir regardé les photos de notre mère et notre père, je crois que nous comprenons mieux d'où nous venons et qui nous sommes.

— Viens, on sort, on va prendre un peu l'air, dit Janelle.

Quand j'essaie de me lever, j'ai les jambes ankylosées et je commence à ressentir comme des décharges d'électricité. Je dois les secouer avant de pouvoir me mettre debout. En voulant éteindre la lumière, j'aperçois les vêtements de Mama. Je tire sur une robe. C'est du quarante-quatre et il y a encore le prix dessus : cinquante neuf dollars quatre-vingt-dix-neuf, bradé à vingt-cinq. Elle a toujours adoré les bonnes affaires, mais ça fait combien de temps qu'elle n'entrait plus dans du quarante-quatre ? Je ressors dans la chambre en souriant. L'air frais du soir entre par la fenêtre. Je m'assois sur le lit. Je pleure à nouveau. J'aperçois Dingus, debout près de la porte.

— Je peux faire quelque chose, Ma ?

Je me contente de secouer la tête.

— T'es sûre ?

Je fais oui, et là, je prends conscience que je ne suis pas la seule à ressentir sa perte. Loin de là.

— Et toi, Dingus ? Comment tu te sens ?

— Ça va. Mais j'arrive pas à croire que je suis chez Mémé et qu'elle est pas là. Je voulais qu'elle me voie jouer dans l'équipe de la fac. Elle voulait voir ça. Et moi aussi, j'en avais vraiment envie.

Il vient s'asseoir près de moi, pose sa tête contre la mienne, et je le serre dans mes bras jusqu'à ce qu'on entende la voix de Papa dans le salon.

J'avais raison : Papa a pris un coup de vieux. On voit ses racines grises et il a les yeux rouges, vitreux, avec des gros cernes. Il a l'air de souffrir comme un fou, d'être perdu. On ne dit rien. Pas même Janelle et Shanice quand elles ressortent de la chambre du fond. On se prend juste par la main et on serre, et puis on finit par lâcher prise.

Un gâteau « envoie par-là »

Pour un peu, il aurait fallu m'sortir de cette église sur un brancard. Les enterrements, j'ai jamais aimé, je crois que j'prends ça trop à cœur. Je fais tout c'que j'peux pour les éviter mais, cette fois, j'pouvais pas. J'ai fixé ce grand cercueil en acajou pendant des heures, en essayant de m'convaincre que c'était pas ma mère qui était d'dans, mais ç'a pas marché. Et toutes ces énormes couronnes de fleurs qui m'étouffaient et me donnaient la nausée... Pendant un moment, j'suis restée sans bouger, et puis j'ai senti mon corps se contracter et j'pouvais rien y faire et puis j'ai dû glisser par terre. J'étais partie pour aller chercher Mama là-haut et la tirer de l'éternité quand quelqu'un m'a fait rasseoir. J'ai crié et beuglé tellement longtemps qu'j'en avais froid à la tête et j'avais l'impression d'être seule au premier rang pendant tout l'sermon.

Mais j'étais pas seule. Lewis a passé son bras sous l'mien, j'sais pas si c'était pour m'rapprocher d'lui ou pour m'empêcher de m'relever. Après, j'me suis sentie purgée, comme si j'avais traversé quelque chose qui avait allégé le poids du fardeau que j'avais amené avec moi. Quand j'ai arrêté d'frissonner et qu'j'ai commencé à pouvoir apprécier la fraîcheur de l'éventail de Janelle, ç'a été au tour de Lewis de craquer. Il faisait pitié, comme d'hab : penché en avant, les yeux rivés sur le jésus en plastique, il s'est mis à secouer la tête en s'penchant de plus en plus et il a fini par dire : « Mais qu'est-ce qu'on va faire ? » Quelle question débile ! Qu'est-ce qu'on a fait, jusqu'à maintenant ? Mais comme j'venais à peine de m'remettre et que c'était pas l'bon endroit ni l'bon moment pour critiquer, j'ai gardé mes impressions pour moi.

Quant à Miss Paris Je-garde-mon-calme, elle a répandu beaucoup d'larmes mais elle avait l'air de s'contrôler, quand même. J'lui ai pas dit un mot depuis qu'elle est arrivée ici et elle a pas prononcé une syllabe à mon intention non plus. Elle manque vraiment pas d'air, c'est tout c'que j'ai à dire. Bien sûr, elle a pris une chambre d'hôtel, mais Janelle et Shanice dorment avec les filles. Pendant une bonne partie d'la cérémonie, Janelle m'a écrasé la main et a barbouillé ma robe bleu marine de fond de teint chocolat et d'rouge à lèvres, mais ça m'a pas gênée.

Al était assis juste derrière nous. À côté d'lui, y avait l'avocat de Lewis. Paris a failli avoir une attaque quand son ex-mari s'est pointé. Tout le monde – y compris Nathan – savait que Mama pouvait pas l'blairer. C'est Dingus qui l'a prévenu. Et après, Nathan s'est tourné vers moi et m'a demandé si j'pensais qu'il pouvait venir. J'lui ai dit que j'voyais pas pourquoi il pourrait pas être là, au moins pour son fils. Pour être honnête, le seul vrai plaisir que j'ai ressenti d'toute la journée, c'était de voir Paris serrer les dents et fouiller dans son sac à la recherche de ses cachets – j'sais pas c'qu'elle prend – quand elle l'a vu.

Il y avait tellement d'gens qui voulaient dire au revoir à Mama qu'on a dû changer d'église au dernier moment. Là encore, Paris nous en a chié une pendule. Mais j'm'en suis occupée. Et tout s'est bien passé. Le chœur a chanté les pires chansons que j'aie entendues depuis longtemps, mais la plupart étaient des amis qui avaient pas vu Mama depuis son départ de Chicago, il y a plus d'trente ans, et qui voulaient lui rendre hommage avec des solos. Même Miss Loretta, la dame blanche, est venue. Elle nous a tous serrés dans ses bras super fort et elle sentait bon la poudre et quand elle m'a dit qu'j'étais l'portrait craché de Mama, son sourire était aussi chaleureux qu'son geste. Maintenant, j'comprends pourquoi elle était son amie. Quelques fiancés de Mama ont dit des choses gentilles. Papa, un sourire figé aux lèvres, a même pas cligné des yeux quand ils se sont levés pour raconter c'qui les avait attirés chez Mama y a d'ça quarante et quelques années : ses jolies jambes ; son grand sourire ; son côté bravache ; comment elle tapait fort dans la balle ; comment elle courait vite ; comment elle sentait toujours bon l'propre. Un type l'a remerciée de lui avoir appris à rêver. Paraît qu'il est chirurgien à Washington. Après quinze, vingt minutes, plus personne les écoutait. On a même dû couper les discours de ses amis proches parce que c'est clair que quand les gens s'mettent sur leur trente et un et qu'ils ont un public, ils ont tendance à en rajouter et on peut plus leur retirer le micro des mains.

Ça faisait trois jours qu'il pleuvait sans arrêt, et il faisait chaud et moite comme j'sais pas quoi au cimetière. J'ai pas pu regarder quand ils ont mis le cercueil de Mama dans cette terre humide. Et ils avaient beau dire, tous, que l'cercueil était beau, j'm'en foutais pas mal. Tout c'que j'avais en tête, c'était : « Comment elle va faire pour respirer, là-dessous ? » J'crois qu'au fond d'moi, j'me racontais des histoires. Que j'allais la voir la prochaine fois qu'elle viendrait à Chicago. Qu'elle partait en croisière sous l'eau et pas sur l'eau. Qu'elle verrait quand même les îles et qu'elle m'raconterait tout à son retour.

J'suis partie avant tout l'monde pour être sûre que tout soit prêt quand les gens arriveraient. Tante Suzie n'est pas venue à l'enterrement mais comme elle fait partie d'un cercle – autrement dit, un tas d'vieilles bigotes qui adorent aller aux enterrements et qui s'foutent pas mal de savoir qui est mort –, elle a fait semblant d'être une inconnue qui passait pour donner un coup de main. Il paraît que leur but, c'est d'rendre hommage au défunt, mais j'ai surtout l'impression que c'qui les intéresse, c'est la bouffe gratuite, parce qu'elles se sont bourré la cantine.

J'connaissais pas la moitié des gens qui s'sont pointés. Il devait y en avoir au moins une centaine. Dans ces cas-là, j'regrette vraiment de pas avoir la clim. Ça sera pour la prochaine maison. Ça faisait pas quinze minutes qu'elle était là que j'ai entendu Paris dire à Al qu'elle allait peut-être faire un saut au magasin pour acheter d'autres ventilateurs, vu que tout l'monde se plaignait de la chaleur. Elle adore me provoquer. C'est vrai qu'ils avaient l'air d'avoir chaud, mais à quoi ils s'attendaient ? Il fait trente-quatre degrés dehors. On est à Chicago. Au mois de juin. J'lui ai fait dire par Al de remettre son American Express dans sa poche, qu'on avait pas besoin de son aumône. Il lui a juste dit que comme ça, ils resteraient peut-être moins longtemps et qu'ils pourraient toujours se rafraîchir chez eux.

J'aurais bien voulu m'cacher quelque part pour échapper aux bisous et aux accolades de toutes ces cousines pleines de parfum et d'maquillage dont j'me souvenais plus, mais Janelle, elle, oui. Ça fait deux heures que j'passe mon temps à regarder les gens manger et à écouter leurs tentatives, entre deux bouchées, pour nous rappeler toutes les choses qu'ils se rappellent de nous. Combien de couches pleines de merde ils ont changées ; qui était là quand on a fait nos premiers pas ; qui nous a brûlé les oreilles et le cou avec des peignes à défriser fumants ou des fers à boucler ; qui nous a sauvés quand on a failli s'noyer dans le lac Michigan.

Au bout d'un moment, j'suis d'ailleurs partie m'cacher dans ma chambre mais Al m'a trouvée et m'a forcée à redescendre. Y avait plein de gens qui partaient parce qu'il restait presque plus rien à manger mais certains réclamaient quand même de l'alu et des assiettes en papier. Janelle arrêtait pas d'courir à la cuisine. Les copines de Tante Suzie ont été les dernières à partir, et j'ai dû carrément leur demander d's'en aller pour que les gens d'la famille puissent se retrouver entre eux. Tante Suzie est partie avec elles.

Hier soir, des cousins et des amis d'la famille sont venus pour apporter de la bouffe. J'ai passé les deux derniers jours à faire la cuisine et à ranger. Fallait bien. Pour m'occuper et pas penser à pourquoi j'faisais tout ça. Tout à l'heure, la table de la salle à manger, le comptoir de la cuisine et toutes les tables de location étaient couvertes de Tupperware, de plats et de gamelles. On voyait même plus les jolies nappes en dentelle que j'avais mises dessus. Il devait y avoir au moins quatre ou cinq jambons à l'os, des marmites de légumes et du poulet frit en pagaille. J'ai compté trois grands bols de salade de pommes de terre, un de chou, et trois dindes de quinze kilos chacune, mais la sauce que j'sais pas qui avait faite devait pas casser des briques parce que personne y touchait. Les plats en pyrex pleins de macaronis au fromage et de haricots faisaient encore des bulles quand on les a mis sur la table. J'avais préparé deux grandes marmites de haricots verts : la première aux patates et la deuxième avec des os à jambon et des gombos. J'avais même sorti mon argenterie pour les hors-d'œuvre – des bâtonnets de carotte et de céleri, du brocoli et du chou-fleur que personne a mangé alors que j'avais pourtant mis plein de sauce à côté. Les torchons blancs étaient en promotion chez Target, et j'en avais tapissé les bols où je servais les petits pains et le pain de maïs. Tout est parti.

Tous les gâteaux imaginables étaient là, en deux exemplaires : à la noix de coco, au Seven Up, un « velours-rouge » plus quatre quatre-quarts – un au citron, un aux amandes, un au chocolat dégueulasse et un sérieux « envoie par-là » que j'ai coupé en deux et caché dans la boîte à pain parce qu'il a exactement le même goût qu'celui que fait – j'veux dire faisait – Mama. La plupart des gens prennent pas la peine d'utiliser un moule à manqué ou de préparer le mélange de cannelle, noix hachées et sucre roux, mais la personne qui a fait celui-là s'est pas gourée. Le glaçage qui dégoulinait sur les côtés était au poil. Je m'en suis coupé une grosse part qu'j'ai mise sur une petite assiette avec une serviette par-dessus, en espérant que personne y toucherait. Jusqu'ici, tout va bien.

La seule boisson qu'on a servie, c'était un punch sans alcool parce que les gens deviennent des vrais poivrots après les enterrements. J'ai même sorti mes beaux saladiers en cristal et argent avec une louche et deux tasses en plus pour servir. J'ai mis tout un sorbet à l'orange dans l'un des deux. Mais j'ai pas pu m'empêcher d'remarquer le nombre de verres qui atterrissaient sur le bar afin qu'Al y rajoute un petit quelque chose pour donner un peu d'punch à c'punch. Moi aussi, à l'heure qu'il est, j'ai bien besoin d'un remontant et c'est pour ça que j'prends mon gâteau et que j'me dirige vers le bar. Al dort dans l'fauteuil. J'espère qu'il va passer la nuit ici. J'lui demande pas autre chose que d'me prendre dans ses bras et après, quand il fera jour, il pourra partir, parce que la mort est plus facile à vivre en plein jour. On s'est pas remis ensemble mais on parle plus de divorce depuis qu'c'est arrivé. C'est dingue comment deux tragédies peuvent s'annuler. Mais j'ai pas oublié.

Maintenant, j'pivote sur le tabouret du bar en m'servant un double scotch, je grignote mon gâteau et j'regarde partir les derniers invités. Janelle est à la porte et joue les hôtesses, Dieu merci. Les gosses font toujours semblant de s'connaître mais quand nos regards se croisent, j'vois bien qu'il y a d'la peine dans leurs yeux même s'ils chahutent ensemble. Dingus est près du garage, en train d'parler à son père. Nathan a pas changé. Mais les affaires doivent mieux marcher parce que c'est un costume Armani qu'il a sur l'dos ou j'm'appelle pas Charlotte. Dingus est plus grand qu'lui et c'est son portrait craché. Comment il a pu laisser tomber c'garçon pendant tout ce temps-là ? Quand j'entends une voix qui est celle de ma sœur demander : « Et, dis-moi, Nathan, qu'est-ce que tu fais ici, exactement ? », j'pivote à fond sur mon tabouret pour me mêler de c'qui m'regarde pas. Ils font pas attention à moi.

— Hé, Ma ! Il est venu présenter ses condoléances, comme tout le monde.

— C'est vrai, Paris. Je suis venu présenter mes respects. Dans un esprit pacifique. Vraiment.

Il se penche pour lui donner l'accolade et le corps de Paris se raidit comme un bout d'bois.

— Qui te l'a dit, pour Mama ?

— C'est moi, répond Dingus.

— Je ne peux pas croire qu'après toutes ces années où je n'ai pas eu une seule nouvelle de toi tu aies le culot de te pointer à l'enterrement de ma mère…

Je leur tourne le dos et prends une autre bouchée de gâteau. Elle a dû s'éloigner parce que j'entends Nathan dire :

— Attends une minute.

— Quoi ? fait Paris d'un ton vraiment méchant.

— Est-ce que je vais pouvoir passer un peu de temps avec toi et Dingus pendant que je suis là ?

— Avec moi et Dingus ? Tu peux voir Dingus autant que tu veux pendant les prochaines vingt-quatre heures mais après on repart.

— Eh bien, j'ai une bonne nouvelle. Figure-toi que je vais passer une semaine à San Francisco en partant d'ici pour me trouver des bureaux.

Faut que j'voie ça, alors j'me retourne. Elle a pilé net et fait demi-tour pour lui faire face. Ça commence à devenir intéressant.

— Les choses marchent bien, pour moi, Paris. San Francisco me manque et j'ai pas mal d'athlètes qui viennent de Californie, alors je me suis dit que ce serait peut-être le bon moment pour rentrer à la maison.

— À la maison ?

— Écoute, Paris. C'est pas la peine de sauter de joie pour l'instant et, vu les circonstances, je comprends très bien que tu n'aies pas très envie de savoir ce qui m'arrive, mais il y a plein de choses qui ont changé chez moi. Pour commencer, j'ai grandi. Les affaires marchent. Je ne suis pas loin du million de dollars. J'ai même fait le coup de la thérapie. Je suis un homme neuf. Un autre homme, mais le même que celui dont tu étais amoureuse.

— Bien dit ! fait Dingus – et Paris lui botte le cul, à ce petit con.

Je fais semblant d'manger mais j'ai pas réussi à avaler les deux dernières bouchées.

— Si jamais tu t'avises ne serait-ce que de m'appeler pendant que tu es à San Francisco, j'embauche quelqu'un pour te faire péter le caisson.

— Ma !

— La ferme, Dingus !

— Bon, ben ça valait quand même le coup d'essayer.

— Et toi, Dingus, tu peux aimer ce type si ça te chante, mais n'oublie pas de lui dire qu'il faudra qu'il achète un abonnement pour venir assister à tes matchs et que s'il le fait, son siège a pas intérêt à s'trouver trop près du mien sinon il risque de se faire cracher sur la gueule.

Après ça, Paris fait une sortie de star, comme si elle avait eu l'dernier mot dans c't'affaire, et Dingus et son papa continuent jusqu'au garage. J'en ai ras le bol de ses grands airs, à celle-là, comme si tout c'qu'elle disait devait faire loi. Comme si c'était définitif. J'en ai marre qu'elle se prenne pour la reine de Sheba. Moi, en tout cas, elle me commande pas. Et puisqu'on a pas de public, à part quelques traînards qui sont presque tous soûls, de toute façon, et que personne a jamais les couilles de lui dire, j'pense qu'il est temps que quelqu'un la remette à sa place, cette garce. Elle passe derrière moi pour aller dans la cuisine, où elle fait mine de vouloir s'mettre à ranger. Je saute de mon tabouret et j'viens poser mon assiette en papier sur le plan de travail.

— C'était pas très cool.

Elle fait le coup de Linda Blair dans *L'Exorciste* et me dit :

— C'est à moi que tu parles, Charlotte ?

— C'est toi que j'regarde, non ?

— Non, tu me dévisages. Et ce que je dis à mon ex-mari, c'est mes oignons, pas les tiens.

— C'est vrai, mais t'as pas à dire à Dingus comment il doit s'comporter avec lui, c'est tout c'que j'dis.

— Tu manques pas d'air. Tu ne m'as pas adressé la parole depuis que je suis arrivée, et c'est par ces mots que tu comptes débuter ton monologue ? Arrête ton char.

— Faut toujours que tu fasses dans l'mélo, hein, Paris ?

— Dans le mélo ? Ha ! Et d'abord, qui est-ce qui a fait un show à l'église ?

— C'était pas un show.

— Ouais, enfin tu sais ce que disent les anciens ?

— Non, mais tu vas me le dire.

— Ceux qui crient le plus fort sont ceux qui se sentent le plus coupable. Et si t'as pas pu regarder Mama en face, c'est que tu savais qu'elle te rendrait ton regard et que tu lui as fait quelques belles saloperies que t'as jamais vraiment réparées, c'est pas vrai ?

— Va t'faire foutre, Paris. D'abord, j'ai pas d'raisons d'me sentir coupable. J'aimais autant Mama que toi ou les autres.

— Ça, personne n'en doute, mais je ne suis pas vraiment d'accord avec toi sur la question de la culpabilité, petite sœur. D'abord, tu lui parlais même pas à Mama, quand elle est morte. T'as même pas pris la peine de venir la voir quand elle était malade. T'as même pas réussi à venir nous aider, Janelle et moi, à trier ses affaires. Et puis t'as l'air de penser que les choses te reviennent de droit, comme ses meubles, par exemple… Il n'y en a vraiment que pour ta tronche, hein ?

— N'importe quoi. D'abord, j'lui parlais, à Mama. J'l'ai appelée deux fois mais j'suis tombée sur son répondeur. Et vlan, Mam'zelle Je-sais-tout. Et Mama avait pas besoin d'moi là-bas parce que tu dégaines toujours plus vite que les autres et que tu cours à sa putain de rescousse comme à celle de tout l'monde, alors pourquoi j'me casserais le cul quand tu fais tout, de toute façon ?

— Je fais tout parce que je ne peux jamais compter sur personne pour le faire. C'est pour ça.

— Tu laisses jamais aux autres l'occasion de faire quoi qu'ce soit…

— Oh, et puis arrête de te lamenter sur ton sort, s'il te plaît. J'en ai vraiment ras le bol de tes jérémiades, et de tes « je suis tellement malheureuse » et « Mama m'aimait pas autant que toi » et patati et patata…

— C'est pas des jérémiades. C'est vrai. Mama t'a toujours préférée.

— Préférer et aimer sont deux choses différentes.

— Pas chez moi.

— D'accord, eh bien, puis qu'on y est, je dirai juste ça : qui est-ce qui a dû faire passer vos besoins avant les siens, bande de petits morveux ? Avant même d'avoir douze ans. J'ai dû faire la maman avant d'avoir mes règles, merde ! Mama m'a montré comment faire les choses et je m'en suis bien tirée. Et…

— Attends une…

— Non, tu la boucles, Charlotte. J'ai pas terminé et cette fois-ci tu peux pas me raccrocher au nez. C'est pas de ma faute si tu as décidé de te marier et de faire des enfants au lieu d'aller à la fac et que moi, non. Pourquoi tu me détestes alors que j'ai fait ce que Mama souhaitait pour nous tous ? Ce n'est pas de ma faute si tu as opté pour un chemin qui n'a fait d'ombre à personne. Il n'y a jamais eu de compétition, Charlotte. Au cas où tu le saurais pas. Donc… tu te goures d'interlocuteurs. Tu n'as qu'à t'en prendre qu'à toi-même.

— Personne t'envie, ici. T'envoie pas des fleurs comme ça.

— Alors pourquoi tu fais toujours comme si je passais mon temps à vouloir t'écraser ? Hein ? J'ai envie que tu sois aussi heureuse et que tu réussisses aussi bien que moi et n'importe qui d'autre, bordel ! Pourquoi je ne voudrais pas ça ? J'essaie juste de vivre ma vie, c'est tout. Je veux dire, on dormait dans le même lit, dans le temps. Je te donnais ton bain. Je te coiffais. Je te tenais chaud la nuit. Et maintenant tu me parles avec tellement d'hostilité dans la voix que j'arrive pas à croire qu'on a grandi ensemble. À t'entendre, on croirait que tu as toujours été brimée, mais tu sais très bien que Mama t'aimait et que moi aussi je t'aime, abrutie, même si tu passes ton temps à me raccrocher au nez. Tu sais comme c'est humiliant quand tu te disputes avec ta propre sœur et qu'elle te raccroche au nez une fois qu'elle a dit ce qu'elle avait à dire mais qu'elle en a rien à foutre de connaître ta version des choses ? Bonjour la débine. C'est super injuste. Et infantile comme tout. Mais comme ça, c'est sûr, tu risques rien...

— Parce que tu crois qu'tu risques quelque chose, toi qui passes ton temps à jouer les femmes parfaites, sans aucun problème, qui dominent la situation ? Avec ton fils parfait, bien sûr...

— J'ai jamais voulu faire croire que j'étais parfaite, et mon fils non plus. C'est Mama qui est coupable, là, et j'aimerais bien que tu le comprennes.

— Ça, c'est sûr qu'elle a pas loupé son coup.

— Mais je ne suis pas Mama, Charlotte ! Et arrête de croire qu'elle l'a fait exprès, parce que c'est pas vrai !

— Et comment ça s'fait qu'on entende jamais parler d'tes problèmes, alors ?

— Parce que je ne les étale pas sur la place publique, c'est tout.

— Mais j'suis ta sœur, putain ! Si tu peux pas en parler à moi ou à Janelle, à qui t'en parles, alors ?

— Peut-être que...

— Non, à toi d'la fermer, maintenant. La vérité, c'est qu'tu veux qu'on pense que t'as réussi ta vie parce que tu gagnes plein de tunes et tu t'gênes pas pour nous en foutre plein la vue dès qu't'en as l'occasion parce que Madame part en vacances et s'achète une Mercedes ou une Lexus ou je sais pas quelle bagnole, et que son fils reçoit des lettres de toutes les facs, etc. Mais t'as pas vraiment réussi ton coup, Paris, parce qu'à moi tu m'la fais pas. C'est quoi exactement les cachets que tu t'enfiles toute la journée ? Hein ? Une chose qu'est sûre, c'est que c'est pas de l'Advil ou du Tylenol. Janelle m'a dit que ça s'achetait sur ordonnance. T'as mal quelque part, Paris ? T'es stressée ? Ou t'aimes juste les cachetons ? Pourquoi tu dis pas à ta petite sœur de quoi il s'agit ? Tu t'sens seule, c'est ça ? Tu voudrais bien un mari ? C'est un truc qu'tu peux pas acheter, en tout cas, c'est pas vrai ?

— Va te faire foutre, Charlotte. Ce que je prends comme cachets ne regarde que moi et, pour ta gouverne, je ne me sens pas seule et quelles qu'en soient les raisons, ce sont des choses que je peux gérer moi-même.

— Ouais, ouais, c'est ça, on verra bien, hein, Madame Parfaite !

— Mais arrête de m'appeler comme ça, merde !

— Mama a toujours pensé que t'étais parfaite et tu crois qu'tu sais tout et tu t'conduis comme si y avait qu'toi qui savais faire les choses comme il faut. T'as toujours été comme ça, Paris. Faut toujours qu'tu sois la chef et on a beau faire, on peut jamais trouver grâce à tes yeux.

— Je t'ai déjà dit : je sais que je ne suis pas parfaite et je n'essaie pas de tout contrôler.

Là-dessus, j'lui balance mon morceau de gâteau qui lui atterrit en pleine figure. C'est pas c'que j'visais.

— Oh pardon. J'voulais pas faire ça.

— Si, tu l'as fait exprès !

Elle pleure.

— Pourquoi tu pleures, Paris ? Ça t'a pas fait mal. Mais si ça peut t'faire plaisir, va chercher un bout d'gâteau et balance-le-moi dans la tronche.

— J'ai pas envie de te faire de mal, Charlotte. J'en ai jamais eu envie et j'en aurai jamais envie. Mais je vois bien que je suis complètement à côté de la plaque. Je voulais aider à ranger, mais laisse tomber !

— Très bien, eh bien casse-toi. J'ai pas besoin d'ton aide. Et au fait : m'attends pas pour Thanksgiving.

Et là, sortie de nulle part, j'entends la voix d'Janelle qui dit :

— T'as intérêt à être là ou je te balance autre chose qu'un putain de gâteau dans la figure, Charlotte. Et toi,

Miss Tour de Pise en train de tomber, t'as intérêt à dérouler le tapis rouge quand elle arrive.

— La ferme, Janelle, dit Paris. Tout ça ne te regarde pas.

— Ah bon ? Vous avez déjà oublié les dernières volontés de notre mère, ou quoi ? Vous allez ignorer toute rationalité, sans parler de cette petite chose qu'on nomme respect, et laisser votre colère décider à votre place ? Et vous avez le culot de parler de contrôle, en plus ? Contrôlez-vous un peu. Vous croyez que c'est une façon de se conduire le jour même où on enterre notre mère ?

— C'est elle qu'a commencé.

— C'est toi qui as commencé, rétorque Paris. Tu me critiques à propos d'un truc qui ne te regarde même pas !

— Ça suffit ! hurle Janelle.

— D'accord, mais une dernière chose. D'après ce que je comprends, Charlotte, tout ça ne date pas d'hier. Je ne sais pas ce que je t'ai fait pour que tu me détestes comme ça, mais j'aimerais bien que tu me le dises.

Maintenant, j'arrive pas à trouver d'exemple. J'ai besoin d'temps pour me rappeler. Et en plus, j'aime pas qu'on m'mette sur la sellette comme ça.

— J'ai pas envie d'parler d'ça pour l'instant.

— En tout cas, ce qui me fait le plus de peine, c'est que tu as l'air d'avoir réussi à te convaincre que je voulais ta peau, alors que ce n'est pas vrai. Je t'aime, Charlotte, mais vu ton attitude, c'est vraiment pas une sinécure.

— Ouais, ben c'est réciproque.

Et là-dessus, Paris jette son éponge dans l'évier, passe devant Janelle et moi et fonce vers lc garage, où on entend sa voiture de location démarrer. Janelle est restée plantée là, les mains sur les hanches. La maison est presque vide, maintenant, et c'est un vrai foutoir. Paris a bien dit qu'elle m'aimait, non ? J'me sens un peu mal, mais soulagée en même temps.

— J'espère que tu es contente, maintenant, Charlotte.

— Qu'est-ce que tu veux dire ?

— Rien. Viens, on va nettoyer pour pouvoir aller se coucher. La journée a été longue et visiblement t'as dû confondre avec le 4 Juillet parce que le bouquet final était vraiment magnifique.

Elle se baisse pour ramasser mon assiette en papier mais s'arrête.

— Tiens, t'as qu'à ramasser, d'abord...

— J'vais l'faire.

— Bien. Mama doit déjà être en train de se retourner dans sa tombe si elle vous a vues vous crêper le chignon comme deux mégères. C'est une honte, vraiment.

— J'ai dit que j'étais désolée !

— Des fois, ça ne suffit pas, Charlotte. Des fois, ça ne suffit pas. D'ailleurs, t'as qu'à ranger. Moi je suis fatiguée et je vais me coucher. Je me lèverai tôt demain pour t'aider. Mais là, je n'en peux plus.

Elle pleure. Dès qu'elle a l'dos tourné, j'ramasse mon assiette, j'râcle le glaçage du doigt et j'le lèche. Mais c'est vraiment pas bon, avec les larmes.

Pour quoi je me bats

— Hé, dégagez de cette voiture ! je gueule.

— On lui a rien fait, à ta putain de bagnole, répond un des Mexicains.

J'crois bien qu'ils sont quatre mais j'en suis pas trop sûr. Je suis un peu bourré. On a passé la journée à picoler, avec Silas, parce qu'il vient d'avoir un enfant, alors on fêtait la naissance de son fils. Il est parti y a quelques heures et disons qu'j'ai continué la fête tout seul.

— Écoutez, j'vous ai demandé une fois gentiment. C'est ma voiture et j'ai pas envie que vous soyez assis dessus.

— Cette merde ! dit un des mecs.

— Ouais, mais c'est ma merde à moi ! Alors maintenant cassez-vous ou j'appelle la police parce que c'est une propriété privée et que j'ai pas envie que tous les poivrots du quartier viennent s'asseoir dessus !

— Va te faire enculer !

Avant que j'aie pu dire ouf, l'un d'entre eux attrape un cric et y en a deux autres qui m'retiennent les mains dans le dos et j'prends un coup d'métal chaud sur le crâne et je vois l'sang m'dégouliner dans les yeux, mais à cause d'la quantité de bière de malt que j'ai dans l'système, j'ressens pas vraiment la douleur. C'est cette saloperie d'alcool qui m'a donné les couilles de débarquer sur le parking quand j'ai entendu ces enfoirés rigoler en buvant d'la bière, avec leur putain de musique mexicaine à fond les ballons.

Maintenant, le cric m'atterrit dans la poitrine et j'arrive plus à respirer, bordel. Un autre mec me frappe dans l'dos et dans les côtes et quand j'tombe en avant, ma tête cogne sur le pavé. En roulant sur le dos, j'aperçois un mec qui lève cette saloperie de cric comme un club de golf puis j'sens une entaille au-dessus d'l'œil droit. Je sais que ça devrait faire plus mal que ça, mais tout ce que je vois, c'est du sang et encore du sang. Du sang et encore du sang. C'est tout.

*
* *

Quand je rouvre les yeux, j'ai du mal à croire que j'suis à l'hôpital. Ces mecs m'ont pas fait si mal, quand même. Mais j'ai l'impression d'être un tas de glace pilée et de charbons ardents à la fois. Vivement que je sorte d'ici pour remettre la main sur ces enfoirés. J'me rappelle exactement leurs tronches. Enfin, j'pense.

— Salut, Lewis.

C'est la voix de Janelle.

— Qu'est-ce que tu fais ici ?

— C'est idiot, comme question, étant donné les circonstances.

— Quelles circonstances ?

— Tu as failli mourir, Lewis.

— Qu'est-ce que tu racontes ? Y a des mecs qui m'ont attaqué. J'essayais de défendre mes affaires et...

— Lewis, t'étais tellement bourré quand les infirmiers sont arrivés que, en plus des blessures à la tête, ton nez n'arrêtait pas de saigner.

— Ils m'ont frappé à la tête avec un cric et je suis tombé la tête la première sur le bitume !

— Je sais.

— Comment tu sais ?

— Parce qu'ils ont été arrêtés.

— Ah bon ? Comment ?

— T'occupe pas de ça pour l'instant. Il faut que tu m'écoutes, Lewis. C'est sérieux.

— Je sais.

— Non, je parle de ta santé. Tu n'as pas seulement saigné là où ils t'ont frappé. T'a saigné des yeux et des oreilles et puis regarde tes ongles, merde !

J'ai presque peur de l'faire parce que Janelle a l'air vraiment secouée et que j'l'ai jamais entendue jurer comme ça. Elle a raison : quand je regarde mes doigts, je vois du sang séché tout autour des ongles.

— Comment ça, j'ai saigné des yeux et des oreilles ? Et comment on peut saigner des ongles, d'abord ?

— Tu veux la vérité ?

— Bien sûr.

— Tu bois tellement, depuis tellement longtemps, Lewis... Tu sais que ça fait quatre jours que t'es ici ?

Je fais les yeux ronds. Quatre jours ? C'est pas possible, j'suis arrivé hier. Non ? Mais je sais que ma sœur me mentirait pas, alors j'me contente de secouer la tête.

— Enfin bref, l'alcool que tu engloutis depuis des années a fini par te rattraper. Le docteur a dit que ça avait détruit tes plaquettes – le truc qui fait coaguler le sang – et quand t'es arrivé ici, ton taux a dégringolé à quarante en quelques heures.

— Et alors, qu'est-ce que ça veut dire ?

— Eh bien, disons que le taux normal est entre cent quarante et quatre cents.

— Oh. Alors, j'ai merdé.

— T'as pas seulement merdé. Tu as failli mourir.

— Tu parles sérieusement, Janelle ?

— Tu veux que j'aille chercher le docteur pour qu'il te le répète ?

— Non. Fais pas ça.

— Tu as vingt-deux points de suture sur la tête, six sur le sourcil, et l'épaule droite cassée.

Je sais que j'ai la tête comme une pastèque pleine de graines bouillantes et l'œil droit qui m'tire. J'arrive pas à lever mon bras droit mais j'dis quand même : « Et c'est tout ? »

— Non, Lewis, c'est pas tout. T'as intérêt à ramener ta fraise aux Alcooliques anonymes tous les jours pour le restant de ton existence ou sinon tu vas mourir, pour de vrai. Et c'est pas une blague. On vient de perdre notre mère, on a pas envie de te perdre aussi.

— C'est qui, on ?

— Tes sœurs. Ta famille.

— T'inquiète pas. Mais, Janelle, me dis pas que tu l'as raconté à Paris ou à Charlotte, et surtout pas à Papa, hein ?

— Je viens juste de l'apprendre moi-même, il y a quelques heures. C'est une certaine Luisa qui m'a appelée. Elle a dit que c'était elle qui avait prévenu le samu, parce qu'elle était en train de t'apporter des *tamales* faits maison. Quand elle a vu ces mecs en train de courir, elle a reconnu son frère parmi eux mais en te voyant par terre, elle a eu tellement peur qu'elle a foncé appeler le 911 et elle savait pas quoi faire d'autre jusqu'à aujourd'hui, où elle a fini par retourner chez toi, prendre ta clé et fouiller dans ton appart pour trouver mon numéro. Elle a dit qu'elle se souvenait de moi parce qu'elle avait vu le mot que j'avais laissé, à propos de Mama, au printemps.

Je fixe le mur bleu clair derrière ma sœur pendant un moment. Et puis, juste pour être bien sûr :

— J'ai vraiment failli mourir, Janelle ?

— T'aurais pu, oui.

— Et Mama est morte...

— Elle est morte, Lewis. Ça fait presque deux mois qu'elle est morte. Deux longs mois.

— Il faut que j'lui parle, Janelle.
— Il faut tous qu'on lui parle, Lewis, mais on ne peut pas, d'accord ? Alors fais-toi une raison.
— Fais-toi une raison ?
— Tu sais très bien ce que je veux dire. Écoute, il faut que j'aille visiter un appartement aujourd'hui. Si tout va bien, ma fille pourra rentrer dans quelques jours.
— Qu'est-ce qui se passe avec George, au fait ?
— Il est sorti.
— Mais il va retourner en prison ?
— Seulement si Shanice accepte de faire l'examen et de témoigner sur cassette, comme je t'ai dit.
— Mais je croyais qu'il avait fait ça à ses autres filles, aussi...
— Oui. À ses belles-filles.
— Et elles peuvent pas témoigner contre lui ?
On dirait qu'une ampoule vient de s'allumer dans sa tête.
— J'ai jamais pensé à leur demander. Ça m'est jamais venu à l'esprit. Si elles le faisaient, peut-être que... Je vais me renseigner. Lewis ?
— Ouais ?
J'me sens heureux d'avoir enfin pu offrir quelque chose d'utile à un membre de ma famille.
— Merci.
— Je t'en prie. J'peux te demander un truc, Janelle ?
— Bien sûr. Quoi donc ?
— Des fois, tu te demandes pas pour quoi tu te bats ? T'as jamais l'impression d'avoir loupé un truc ?
— Si, mais des fois il y a des choses qui t'arrivent et qui te forcent à te réveiller et si tu le fais pas, alors là t'es vraiment un con. J'en ai marre d'être une conne, Lewis. Et pour quoi je me bats ? Pour mon bonheur et celui de ma fille, et notre bien-être à toutes les deux. Si j'y parviens, ça sera déjà pas mal en ce qui me concerne.
— Je suis d'accord.

— Et toi ? Tu sais pour quoi tu te bats ?

— Ma santé mentale. Une certaine dignité. La sobriété. La maîtrise de moi-même. J'vais m'arrêter là.

— Alors continuons à nous battre.

Elle se penche et m'embrasse sur le front, du côté où je suis pas blessé, et s'en va. Je reste là, à contempler le mur bleu et nu pendant si longtemps qu'il devient un écran de cinéma, comme ceux du drive-in où on allait quand on était petits. Je me vois. Je suis en train de tondre la pelouse avec une tondeuse super puissante, devant un joli petit pavillon. C'est ma maison. Devant le garage, il y a un pick-up Ford 250 bordeaux. C'est ma voiture. Rangée dans le pare-soleil, il y a la télécommande en cuir bordeaux que j'ai inventée pour ouvrir la porte du garage, avec la photo de Jamil sous le plastique. J'ai toujours les mains et les poignets déformés mais je prends enfin les médicaments qu'il faut et ça réduit la douleur. Quand j'ai terminé, je rentre dans le garage et je contemple les boîtes empilées sur les étagères. Il y a mon nom sur les étiquettes. J'ai un établi qui prend tout un mur. Tous les outils dont j'ai toujours rêvé. J'ai même une télé et une chaîne stéréo. Un petit frigo plein de bouteilles d'eau et deux, trois Coca par-ci par-là, mais rien d'autre. J'entends une voiture se garer devant la maison. C'est Donnetta et Todd qui amènent Jamil pour le week-end. On est pas les meilleurs amis du monde, mais je me suis souvenu d'une des étapes des Alcooliques anonymes et je leur ai présenté mes excuses et, comme ils sont corrects, ils les ont acceptées. Je leur fais un sourire et un signe de la main et quand j'entends la porte de la cuisine s'ouvrir, je me retourne pour voir qui c'est mais tout ce que je vois, c'est le bout d'un tennis de femme qui dépasse. Je cligne des yeux et j'attends qu'elle sorte mais le film est terminé. L'écran devient noir. Le mur redevient bleu. Et je suis content de ne pas être mort.

En fait, je pleure. Je pleure parce que je voudrais que ma vie ressemble à ce film. Mama aurait honte si elle me voyait comme ça. Mon fils aussi. Et toute ma famille. Moi-même, j'ai honte. Mais je veux pas mourir si vite. Je sais que j'ai des problèmes. Et que je suis alcoolique. Je finis enfin par le reconnaître. Et peut-être que le fait d'le savoir et d'le reconnaître peut me rendre plus fort, et non plus faible. C'est moi qui ai laissé toutes ces conneries me réduire à moins que rien. J'suis pas obligé de m'résigner et d'accepter mes problèmes – parce que, au fond, quand on regarde bien, on en a tous – mais c'est ce que j'ferai de ça qui peut m'aider à traverser, contourner et dépasser les difficultés. Faut que je voie ça comme une occasion d'apprendre à vivre. La seule manière de m'en tirer, c'est en arrêtant d'boire. Ça fait longtemps que j'aurais dû comprendre ça. Mais laisse tomber le passé.

Pour l'instant, tout c'que j'veux, c'est que ma famille, et en particulier ma mère, soit fière de moi. Je veux qu'ils sachent que je suis quelqu'un de bien, que je suis un homme, noir et fort. Responsable. Que j'peux m'occuper de mon fils. Que j'peux être un bon père. Que j'suis plus malin qu'ils croient. J'ai juste besoin de sentir qu'on a besoin de moi, d'me sentir nécessaire. Important pour quelqu'un. J'ai pas besoin de l'être, juste d'le sentir. Jusqu'à maintenant, j'me suis amouraché de c'qui fallait pas, parce que l'alcool est ni mon pote ni ma copine. Certainement pas ma femme. Tout cet amour me tue. Et j'en ai marre. Marre de ne pas avoir les idées claires. De ne pas me souvenir. De tomber et de ne pas être capable de me relever. D'une certaine manière j'étais mort, Mama, mais j'crois qu'il est temps que j'me redresse et que j'me tienne bien droit comme tu nous as appris. Ça sera forcément plus facile que tout ça.

DÉFAIRE LES NŒUDS

Il est dix heures du soir et je suis en train de charger les courses dans le coffre de ma voiture. En attrapant un sac dans le caddy en métal, je me cogne le genou dans le pare-chocs arrière. « Merde ! » je crie, mais à cette heure-ci il n'y a personne pour m'entendre sur ce parking. « Saloperie ! » je crie, encore plus fort, et je donne un coup de pied dans la voiture. Je jette le dernier sac dans le coffre, sans penser que les œufs ou un autre truc fragile pourraient être dedans, mais je m'en fous pas mal parce que ce pare-chocs n'aurait pas dû être là, bordel.

Une fois dans la voiture, je mets le contact mais je ne passe pas la marche arrière. Je reste là un moment parce que je réalise que je viens de m'énerver contre un pare-chocs. Maintenant que j'y pense, tout m'énerve en ce moment. J'ai une sœur qui me déteste, un livre de recettes qui est loin d'être terminé, un ex-mari qui refait surface et veut redevenir père tout d'un coup, et à peu près tout et tout le monde me tape sur le système en moins de temps qu'il ne faut pour le dire. Je n'arrête pas de trébucher ou de me cogner, et je me suis fait plus de bleus et d'écorchures au cours de l'année passée que de toute ma vie.

— Tu es larguée, Paris, dit la Femme Intelligente qui est en moi. Tu prends des cachets depuis tellement longtemps qu'ils font partie de ta routine quotidienne. Ils affectent tout ton comportement. Ta personnalité, tes pensées, même.

— Mais c'est pas complètement vrai, dit l'Idiote qui est en moi.

— Arrête tes conneries. Tu ne peux même pas démarrer une journée sans savoir si tu en as et combien tu en as.

— C'est pas vrai.

— Arrête tes conneries. T'es même pas capable de t'en passer pendant une journée.

— Tu paries ?

— Oui. Je te parie que tu ne peux pas.

— Regarde, dit la Femme Intelligente.

Je plonge la main dans mon sac et attrape mon flacon en plastique tout neuf, rempli de Vicodin à ras bord, soixante cachets extra forts – l'Idiote a non seulement pris le dessus dans le monde extérieur mais elle a aussi dégoté un docteur encore plus crédule que les précédents –, dévisse le bouchon et jette tous les cachets aussi loin que possible sur ce parking.

— Tiens !

Et aussitôt, je panique. Mais la Femme Intelligente refuse de succomber à l'angoisse soudaine de se retrouver dans une barque sans rames au beau milieu d'un lac désert, alors je fais marche arrière et rentre à la maison. Arrivée dans le garage, je glisse le flacon à l'intérieur d'une boîte de lait vide, dans la poubelle recyclage.

« Je peux le faire », je me dis en entrant dans la maison. Dingus est assis sur une chaise et fait une tête de six pieds de long. On est tellement déprimés tous les deux depuis la mort de Mama que la tristesse est devenue notre mode habituel. Il paraît que c'est le travail de deuil, que c'est normal et que, avec le temps, ça va s'arranger. Mais ça fait trois mois et je me sens toujours pareille. Elle me manque et je veux qu'elle revienne. Je ne peux pas imaginer que ce sentiment puisse disparaître. Jamais.

Mais je fais des efforts. D'ailleurs, demain, j'ai un rendez-vous, un vrai, avec Randall. En rentrant de Londres, je l'ai appelé pour lui dire ce qui était arrivé à ma mère. Il a très bien compris que j'aie envie d'attendre un peu pour finir le jardin parce que tout cela n'avait plus grande importance en ce moment. Maintenant, j'ai besoin de mouvement, d'activité, de compagnie. De quelqu'un à qui parler en dehors de ma famille.

— Ma, t'as une minute ?

— Non, la question, c'est plutôt : est-ce que toi tu as une minute ? Tu peux aller chercher les courses dans le coffre ou c'est un truc qui ne peut pas attendre ?

— Non, ça peut attendre.

Il part d'un pas nonchalant vers le garage et revient aussitôt, les six sacs à la main. Comment il fait ?

— Tu veux que je les range ?

— Non, je peux le faire. Qu'est-ce qui se passe ?

— Assieds-toi, il dit.

— Pourquoi je devrais m'asseoir ?

— Parce que.

— Viens-en au fait, Dingus, s'il te plaît.

Il prend plusieurs grandes inspirations.

— Jade est enceinte.

— Qui ?

— Jade.

— C'est pas possible.

— Si, c'est possible, Ma.

— Comment elle a pu tomber enceinte ?

— On a eu un accident, c'est tout.

— T'as l'air d'en avoir souvent des accidents de ce côté-là, non ?

— Non.

— Meagan, ça te dit quelque chose ?

— Elle ne compte pas.

— Je ne vois pas pourquoi. Mais c'est pas la question. Je croyais que Jade était une fille bien ?

— C'est une fille bien. Je l'aime. Et c'est pas parce qu'elle a couché avec moi que c'est une salope.

— Est-ce que je l'ai traitée de salope ?

— Non, mais tu le sous-entends par le ton que tu prends.

— C'est pas à toi de me dire ce que mon ton sous-entend. Et ne me fais pas dire ce que je n'ai pas dit non plus. Où est mon sac ?

— Juste devant toi.

En l'attrapant, je me rappelle que ce que je cherche n'y est plus. Ce qui veut dire que je n'ai rien pour me protéger de ce qui se déroule sous mes yeux. Rien. J'attends que la Femme Intelligente qui est en moi affronte la situation et prenne le taureau par les cornes, mais elle doit être en train de roupiller parce que je m'entends dire :

— J'ai oublié mon portefeuille au supermarché. On terminera cette conversation quand je rentrerai.

— Je peux y aller.

— Non ! C'est moi qui y vais.

Et je file. Avant même de m'en rendre compte, je suis de retour sur le parking. Je laisse tourner le moteur, allume les phares et essaie de prendre un air détaché tout en scrutant le bitume à la recherche de cachets blancs. J'en vois aucun. C'est impossible, je viens de les jeter ! Je tourne en rond, puis je me poste à l'endroit où j'étais garée tout à l'heure et essaie d'imaginer dans quelle direction ils ont pu rouler. C'est là que je m'aperçois que le bitume est mouillé par endroits. Le système d'arrosage s'est mis en route pour les petits arbres merdiques qui sont là. En m'approchant d'eux, je vois enfin quelque chose de blanc. Je me penche et du bout de l'ongle râcle un truc gluant qui ressemble à de la pâte blanche. Je ne peux pas. Je ne le ferai pas. Et je ne le fais pas.

Quand je rentre, Dingus est dans sa chambre. Je frappe à la porte et n'attends pas qu'il me dise d'entrer. Je m'assois sur le bord du lit. Il fait chaud, ici. Très chaud.

— Parle-moi.

— Je ne sais pas quoi dire, répond-il, à part qu'elle est enceinte.

— Et ? Quand est-ce qu'elle va avorter ?

— Qui a parlé d'avorter ?

Je sais qu'il n'a pas pu dire ce que j'ai cru entendre.

— Mais t'es complètement taré ou quoi, putain ?

— Ma, s'il te plaît, ne me parle pas comme ça. J'aime pas ça. Tu m'avais promis de ne jamais utiliser ce mot et tu viens de le faire.

— Va te faire foutre, Dingus !

Il prend sa tête dans ses mains et se couvre les oreilles.

— Écoute, Ma. J'ai déconné. On a déconné. Mais je suis prêt à prendre mes responsabilités.

— Et alors ? Ça veut dire que tu vas balancer tes perspectives de bourse et laisser tomber les études à cause d'une fille ?

— Non.

— T'as quand même pas l'intention d'abandonner le lycée pour me rendre fière, hein ? On a pas bossé autant pour en arriver là ?

— Qui a parlé de laisser tomber les études ? Et j'imagine pas abandonner le lycée, même en rêve.

— Alors, tu vas emmener Jade et le bébé avec toi ?

— S'il le faut, oui.

— Comme c'est gentil. Et ses parents, qu'est-ce qu'ils en pensent ? Je parie que son père ne va pas avoir à chercher loin pour trouver le sujet du sermon de dimanche prochain, hein ?

— Ils ne sont pas encore au courant.

Je lui file une claque sur le côté de la tête, tellement fort que j'en ai mal à la main.

— T'inquiète pas, ils vont le savoir. Tu y vas demain à la première heure pour le leur dire.

— Tu viens avec moi, Ma ?

— Pas cette fois-ci, mon pote. Tu te démerdes. Oh, j'oubliais ! Demande à ton père puisque vous êtes tellement copains tous les deux ces temps-ci !

— Je ne sais pas si je lui fais vraiment confiance.

— Ah bon ? Pourquoi ?

— Il est un peu bidon, et trop accro à son image.

— Surprise, surprise. Enfin, tu décides ce que tu veux avec ta belle-famille et je suivrai. D'autant plus que vous avez déjà tout prévu, toi et ta greluche... Bonne nuit.

— Ma, t'en va pas ! Je sais pas quoi dire à sa mère, et à son père encore moins. Aide-moi un peu.

— T'aurais dû y penser le jour où t'as pas enfilé de capote. Dors bien, Dingus.

Je claque la porte derrière moi. J'ai envie de l'étrangler, ce petit con. De faire tomber tous ses trophées de l'étagère, un par un, et de les balancer par la fenêtre pour qu'ils atterrissent dans les poubelles. Je me demande s'il se rappellera de l'avenir brillant qui l'attendait quand il sera en train de changer les couches et de parcourir les petites annonces à la recherche d'un boulot qui paye mieux que le smic, tout en essayant de suivre les matchs de football américain à la télé.

*

* *

Le lendemain matin, je constate avec étonnement que je n'ai pas la tremblote, contrairement aux alcooliques en manque d'alcool. Quand je vais m'assurer que Dingus est bien réveillé, je m'aperçois qu'il est déjà parti.

Je décide de faire exactement ce que j'avais prévu pour la journée avant d'apprendre que je risquais d'être grand-mère. Et de le faire sans cachets.

Je vais aller marcher autour du lac de Lafayette, soit quatre ou cinq kilomètres, et ça prendra le temps que ça prendra. Il faut que j'aille me désintoxiquer quelque part. Il y a un an, un de mes clients m'a offert une semaine de soins dans une balnéothérapie de luxe en Arizona qui est, paraît-il, un bain de jouvence pour l'âme. Ils y vont deux fois par an pour se retrouver, purifier leur corps et leur esprit mais surtout pour éviter de trop « décharger les batteries », comme ils disent. J'ai lu la brochure une centaine de fois au moins mais n'ai jamais eu le sentiment que je pouvais m'accorder une semaine entière à ne rien faire. Mais, là encore, je n'ai jamais ressenti le besoin d'apprendre à gérer la tension du quotidien jusqu'à aujourd'hui. Jamais pensé que je pourrais tirer un bénéfice quelconque du yoga, du taï chi ni même de la méditation. Jamais compris qu'il fallait s'arrêter. Jamais compris que je ne savais pas. Mais j'aime l'idée de vivre dans le présent au lieu de toujours projeter et de me faire du souci pour demain ou l'an prochain. Et la perspective de me faire frotter, récurer, envelopper dans des algues ou tremper dans un bain chaud avec la pression de cent neuf jets me paraît presque trop belle pour être vraie. Quant aux massages « tissus profonds », « pierre chaude » ou « crâne-sacrum », je suis toute prête à essayer.

Bien sûr, j'ai toujours pensé que personne ne me connaissait mieux que moi-même, alors pourquoi aurais-je eu besoin de travailler sur la « découverte de soi » ? Qu'est-ce qu'il me reste à découvrir ? Attendez un peu. Charlotte m'accuse de vouloir tout contrôler. Peut-être qu'elle a raison. En gros elle dit que je suis manipulatrice, et là je ne suis pas d'accord, mais c'est vrai que je sais obtenir ce que je veux. Que j'aime commander.

C'est possible. Que je crois que j'ai toujours raison. Faux. Je sais reconnaître que j'ai tort. Que je crois être la seule à savoir faire les choses. Non. Mais honnêtement, le temps que j'explique tout et que j'attende de voir si c'est fait correctement et en temps requis, une fois sur deux j'aurais aussi vite fait de le faire moi-même. C'est comme ça, c'est tout. Mais peut-être que ça énerve les gens. Et pas seulement elle. J'aimerais bien apprendre aussi à ne pas m'en faire autant. Donc... la Femme Intelligente qui est en moi sait que cela ne lui ferait pas de mal de comprendre pourquoi la partie vulnérable Je-suis-seule-et-j'ai-peur-et-je-dois-être-parfaite se protège à coups de cachetons. Je veux me ressaisir. Trouver une forme d'équilibre. Ne plus être obligée d'être tout pour tout le monde, et aussi m'autoriser à ne pas être parfaite. Je me demande si je peux parvenir à tout ça dans un endroit comme ça. On verra.

Quand j'entends toc-toc-toc à ma porte, je me demande ce que Dingus fait de retour si tôt. Il n'est que neuf heures et demie.

— Entre.

Il porte les couleurs de son école : violet et doré. Il s'approche et m'embrasse sur le front.

— Tu te sens mieux ce matin ?

— À vrai dire, non.

— Je suis vraiment désolé, Ma. J'arrivais pas à dormir, alors j'y suis allé très tôt.

— Et qu'est-ce qui s'est passé ?

— Ses parent sont furieux contre nous. Ils ont demandé à Jade si elle se sentait prête à être mère.

— Et qu'est-ce qu'elle a dit ?

— Que non, mais qu'elle était prête à payer le prix de son erreur.

— Et qu'est-ce que t'as dit quand ils t'ont demandé si tu étais prêt à être père, ce qu'ils ont fait, j'en suis sûre ?

— Son père m'a demandé. À peu près la même chose.

— Et ?

— Et on a parlé de la fac, de nos projets, de ce qu'on comptait faire une fois qu'on serait dans la vraie vie, et...

— Et quoi ?

— Elle ne va pas le garder.

— T'es en train de me dire qu'une fille de pasteur va se faire avorter ?

— Oui.

— Comment c'est possible ?

— Parce que ses parents ont dit que les temps ont changé. Et en plus, Jade a des projets. Elle a 3,87 de moyenne.

— Toi aussi, abruti !

— Je sais. Et elle a reçu des propositions de bourse. Elle écrit super bien. Et elle veut faire des études de journalisme.

— Tu leur as dit ce que tu voulais faire, à part du football américain ?

— Oui.

— Et alors ?

— Je leur ai dit que je pensais faire médecine. Commencer par de la biologie et de la chimie.

— Merci beaucoup. Quoi d'autre ?

— Eh bien, ils nous ont demandé : « Si vous pouviez recommencer, est-ce que vous feriez les choses différemment ? » et on a tous les deux dit oui. Et ils ont demandé si on voulait une deuxième chance et bien sûr on a redit oui.

— Et c'est tout ?

— Oui. Mais c'est moi qui dois payer l'opération.

— C'est normal.

— Et puis on a promis tous les deux d'aller dans les églises parler à des groupes d'ados des dangers qu'il y a à faire l'amour sans protection. Une fois par semaine pendant neuf mois.

— Bien. T'as toujours l'intention de continuer à voir cette fille ?

— Je crois qu'on va se calmer un peu pendant quelque temps.

— Et t'es sûr de tout ça ?

— Ma, je sais que j'ai fait une grosse connerie. J'ai eu super les boules et quand tu m'as obligé à m'en occuper moi-même, tout ce qui était en jeu est devenu très clair. Donc, t'as même plus à te faire du souci. Et merci.

Il fait demi-tour et s'apprête à partir.

— Attends, moi aussi j'ai un truc à te dire.

— Ouais ?

— Tu sais à quel point je suis susceptible et méchante ces temps-ci ?

— Euh, ouais...

— Écoute, Dingus, il faut que je sois honnête avec toi. Il y a un peu plus d'un an, on m'a opérée d'une dent et puis... je sais que tu sais que je me suis fait refaire les seins, non ?

— Euh, ouais, j'avais un peu remarqué.

— Enfin, bref, on m'a prescrit des antidouleurs que j'ai d'abord pris contre la douleur mais petit à petit, à chaque fois que j'étais stressée, j'en ai pris un, puis deux, parce qu'ils faisaient retomber la tension et que je croyais qu'ils m'aidaient à penser clairement. Mais, bon, passe le film en accéléré et voilà où j'en suis aujourd'hui.

— Tu veux dire que t'es devenue accro aux médicaments ?

Là, j'ai du mal à répondre mais je dis quand même :

— Oui.

— Comment ça s'appelle ?

— Vicodin.

— Ça me dit quelque chose. Je crois que j'en ai.

— Tu en avais.

— Ah.

Tout d'un coup, des larmes roulent sur mes joues et je me demande bien comment ça a pu arriver, parce que je n'avais pas l'intention de pleurer et que je ne sais même pas pourquoi je pleure. Si, je sais. J'ai honte parce que j'ai finalement reconnu une de mes nombreuses faiblesses devant mon fils et ça me fait bizarre.

— C'est pas grave, Ma. T'as toujours tellement de trucs à faire, je comprends que ça soit un peu difficile à gérer, des fois. T'as pas à avoir honte. Est-ce que je peux faire quelque chose pour t'aider ?

Je secoue la tête et il me prend dans ses bras, comme si j'étais son enfant.

— En plus, j'ai pas choisi le bon moment pour t'imposer mes conneries. Je suis vraiment désolé, Ma.

— Dingus, ça aurait pu arriver la semaine prochaine ou l'année prochaine, ça n'a rien à voir avec toi. C'est moi, et la façon que j'ai de gérer les choses. J'aurais pas dû me faire avoir.

— Mais écoute, Ma... T'as fait une erreur, et alors ? Ça prouve seulement que tu es humaine, comme nous tous. Dieu merci.

— Qu'est-ce que tu veux dire par là ?

— Que j'avais des doutes.

Je lui donne une petite tape.

— En tout cas, je vais essayer d'aller dans un endroit en Arizona où je pourrai faire un examen de conscience et peut-être aussi purifier mon corps et mon esprit.

— Super. Je t'avais dit d'acheter des tennis et de venir courir avec moi. Tu trouveras pas un cachet qui fasse plus d'effet que les endomorphines, je te promets.

— Je te prends au mot dès que j'arrive à marcher.

— Ça roule.

— Ça roule.

À peine est-il parti que j'enfile un survêt que j'ai toujours eu envie de mettre, je vais m'acheter une bonne paire de tennis de course et je me rends à Lafayette où je parviens à faire le tour du lac en moins de quarante minutes. J'ai même transpiré. C'était bon.

Mais… j'ai parlé trop vite. Tout d'un coup, j'ai chaud. Et puis j'éternue et puis je gèle. Ça doit être ça, les effets du manque.

Je rentre à la maison direct, je me glisse sous les couvertures et je suis réveillée par mes propres ronflements. Ça fait quatorze heures que je n'ai pas pris de cachet. J'ai presque envie de me féliciter mais vu que c'est moi qui me suis mise toute seule dans cette situation, ça ne me paraît pas logique de fêter ça, même au niveau mental.

Je dors trois grosses heures et quand je me relève, bien que je sois excitée par la perspective de mon dîner avec Randall, mon corps en a décidé autrement. Il réclame un cachet de toutes ses forces. Je suis agitée, nerveuse, et je me surprends à fouiller tous les tiroirs de mon bureau, mes vieux sacs, mes boîtes à bijoux, mes étuis à lunettes, toutes les poches de costumes et de manteaux et même le cendrier de ma voiture, où d'ordinaire je range deux dollars pour le péage – tous les endroits où j'ai déjà caché des pilules dans l'espoir de les retrouver un jour par hasard ou, comme aujourd'hui, quand il m'en faut juste une ou deux. La Femme Intelligente qui est en moi dit :

— Tu fais encore l'idiote ! On dirait que ces trucs sont comme une récompense ou un trésor. Heureusement que personne ne te voit.

J'ai honte et j'ai l'impression qu'on me regarde. Mais c'est tellement dur de faire comme si je n'en voulais pas alors que j'en crève d'envie. Pourtant, je sais qu'un cachet n'y changera rien. Ils ne changent jamais rien. Tout est exactement pareil avant et après qu'ils aient fait effet. J'aimerais comprendre pourquoi je les vois comme une compensation. Un bon point pour me récompenser de me tenir bien, de ne pas craquer, de fonctionner correctement, d'être capable de relier les points entre eux sans l'aide de personne et de gérer mon univers sans effort apparent, alors qu'en réalité tout cela pèse souvent très lourd. Mais, là encore, ça fait partie du jeu – faire croire que c'est facile quand ça ne l'est pas.

Un cachet est une bien petite récompense pour ce que je fais. D'ailleurs, la Femme Intelligente sait tout ça, mais l'Idiote semble avoir le plus de pouvoir. Après avoir fait le tour de mes cachettes sans avoir localisé une seule pilule, je décide de laisser tomber et de prendre ma douche. Soudain, en ouvrant mon tiroir de slips et soutiens-gorge et en les déplaçant pour essayer de trouver une paire assortie, *bingo* ! un sac en plastique rempli d'une vingtaine de cachets était dissimulé dans un coin.

Je les fais tomber sur le lit et les regarde rouler vers le centre de ma couette violette. J'ai envie d'en mettre un dans ma bouche mais j'ai peur, si je le fais, de devoir recommencer dans deux heures, puis deux heures après, et encore deux heures plus tard, et de me retrouver à la case départ.

Je décide de jouer le jeu de l'attente. Pour voir combien de temps je peux tenir, vraiment. Il est presque sept heures, Randall n'arrivera pas avant une heure. Qu'est-ce que je vais pouvoir faire pour tuer le temps ? Je ne peux pas manger. Si je commence quelque chose, je serai incapable de terminer. Je pourrais appeler Janelle, mais tout ce qui l'intéresse en ce moment, c'est son nouvel appartement et son nouveau boulot à Désordre élégant. Comme les filles de George ont témoigné contre lui, quand elle touchera l'argent du divorce, elle pourra sans doute devenir l'associée de la fameuse Orange Blossom. Elle me répétera sans doute qu'elle compte mettre le nom de l'ex-femme de George sur l'acte de propriété du duplex dans lequel elle habitait depuis des années, et que le groupe de victimes d'inceste auxquelles elles participent, Shanice et elle, leur font le plus grand bien. Et même si je suis contente pour elles, je ne crois pas que je sois disponible pour entendre ça à l'heure qu'il est. C'est toujours moi qui écoute ; cette fois-ci, j'ai besoin d'être écoutée.

Le miracle des miracles, c'est que je peux enfin appeler mon frère qui a une ligne de téléphone à son nom, mais ces temps-ci il ne parle que d'avoir arrêté de boire et des brevets qu'il a commencé à déposer pour ses inventions diverses – même qu'on lui fabrique des prototypes pour certains. Il est tellement excité d'être productif qu'on ne peut pas l'arrêter, à moins qu'il passe de lui-même au sujet de son fils et qu'il me raconte comment il a pris une partie de l'argent de l'assurance de Mama pour régler ses arriérés de pension alimentaire. Conformément aux douze étapes du programme des Alcooliques anonymes, il a même présenté des excuses à Donnetta et son mari pour l'avoir frappé avec un manche à balai et ils lui ont pardonné et vont laisser Jamil passer un week-end avec son père. Il est tellement heureux d'être en vie et de se sentir bien que je doute qu'il se montre réceptif.

Et enfin, il y a Charlotte, qui m'a laissé un message il y a quelque temps pour m'expliquer qu'elle ne savait pas encore si elle serait prête ou non à me parler au moment de Thanksgiving, parce que Al et elle vont peut-être commencer une thérapie de couple mais d'abord elle se dit qu'elle aurait peut-être besoin d'en faire une toute seule. Entre lui, moi et mes conneries, Mama qui n'est plus là, son fils qui est gay et ses deux filles qui saignent désormais, tout ça en même temps, ça fait trop pour elle. D'après elle, il y a encore des trucs à régler entre nous, donc il va falloir que j'attende qu'elle se décide.

Comme je ne suis pas allée chez le coiffeur, contrairement à ce que j'avais prévu, je me plante devant le miroir et ramène mes cheveux au-dessus de la tête en queue-de-cheval que je tortille pour faire un nœud. Mais le nœud est trop serré, je le desserre et fais un petit chignon à la place. Je me demande de quoi nous allons parler avec Randall, pendant le dîner. Nous allons à Sausalito. Je jette un coup d'œil aux pilules. On va sans doute devoir traverser deux longs ponts. Peut-être qu'une pilule ne me ferait pas de mal... Le restaurant sera probablement au bord de l'eau. La tête commence à me lancer. Je vais manger du homard. Je commence à avoir un peu mal. Je me demande si Randall sera aussi intéressant une fois sorti de ses plantes. Peut-être qu'il m'en faut une, juste une. Pour ne pas être sur les dents. Sinon, je risque de ne pas être très marrante. J'ai envie de lui poser des questions sur sa fille. De lui parler de mon fils. Comment il fait pour être parent ? Maintenant, j'ai les tempes qui pulsent. On dirait une migraine. Mais je n'en ai jamais eu. Pourquoi maintenant, Paris ? C'est quoi ton problème ? J'ai les mains moites. Et j'éternue. Je me demande si j'ai pas attrapé froid. Merde, je ne peux pas sortir si je suis malade. J'ai pas envie de lui refiler mon truc. Arrête, Paris. Je sais que je n'ai pas attrapé froid. Et je n'ai pas vraiment mal à la tête non plus. Je veux avoir mal. Je veux être malade, pour ne pas avoir à affronter la musique. Et qu'est-ce que c'est que cette musique, d'abord ? Du blues, du jazz ou du rock ? Du rap, du classique ou du rhythm and blues ? Qu'est-ce qu'il y a de si difficile dans cette musique, bordel ? Hein, Paris ?

Je retombe sur le lit et je sens les cachets qui adhèrent à ma peau humide. Je m'écarte, les ramasse tous un à un, puis fonce dans la salle de bains d'un pas décidé et les jette tous dans les toilettes. En entendant sonner, je sens comme une charge soudaine d'énergie. Comme si on me donnait une décharge affective. J'appuie sur l'interphone et fais entrer Randall en lui disant que j'arrive tout de suite. Je ne sais pas pourquoi, mais en me glissant dans la jolie robe-combinaison pêche que j'ai achetée à Londres, je m'imagine en train de lui raconter la vérité à propos de ce que je traverse actuellement. Le temps que j'enfile mes sandales et je suis à peu près sûre de le faire. À quoi ça sert de démarrer une relation par un mensonge, même si au final nous devons nous contenter d'être amis ? En plus, il s'est montré honnête avec moi, et si la vérité ne le fait pas fuir, et s'il continue à m'intéresser comme je l'intéresse, avec un peu de chance nous aurons encore plus de choses à nous raconter sur le chemin du retour, et qu'importe le nombre de ponts qu'il y aura à traverser.

À L'AIDE

— Comment ça marche ?

— Eh bien, ça dépend de vous, Charlotte. Il n'y a pas de règles préétablies ni de ligne stricte à suivre. Mais on pourrait commencer par les choses qui vous donnent le plus de souci.

— Oh.

J'regarde autour de moi dans c'bureau gris clair. C'est pas tout à fait *Un nid de coucous,* mais on voit bien qu'on est chez une Blanche. Tout est tellement joli et bien rangé. Trop joli. Y a pas d'papiers sur son grand bureau en érable, à part le questionnaire que j'lui ai rendu et qu'elle est en train d'lire. Y a un truc à buvard noir, un beau stylo doré qui sort d'un bloc de marbre et qui a pas d'encre dedans, j'parie, une agrafeuse bordeaux, un rouleau de scotch et un bloc de papier jaune à rayures posé près d'un crayon HB bien taillé comme mes enfants ont pour l'école. Tout est un peu trop parfait ici à mon goût. J'sens même pas d'odeur.

Et où est l'canapé ? J'vois pas d'canapé. Juste une banquette sous la fenêtre et elle est pleine de peluches. Les murs sont couverts de dessins bizarres, on dirait que des gosses ont gribouillé au feutre et au pastel sur du papier et comme c'est sans doute ses enfants, elle a dû s'sentir obligée d'les encadrer et d'les accrocher ici au lieu de chez elle, comme ça personne qu'elle connaît les voit, juste des gens comme moi, des inconnus complets. Attendez une minute : elle porte pas d'alliance, j'parie qu'elle a même pas d'enfants. J'vais être honnête : si j'étais un homme et que j'la croisais dans la rue, j'me retournerais sûrement pas sur elle. Mais si quelqu'un la maquillait et qu'elle faisait quelque chose pour ses cheveux châtains ternes, en les éclaircissant peut-être ou au moins en faisant des mèches, elle pourrait presque passer pour mignonne.

Mais elle est psychologue. Elle devrait déjà savoir tout ça. Peut-être qu'elle se plaît comme ça. En plus, je sais qu'elle est riche, alors ça m'étonnerait pas si ces tableaux étaient peints par des artistes célèbres et qu'elle avait payé ces conneries une fortune. Pour c'qui est d'gaspiller leur argent, les Blancs, ils se posent là.

Mais bon. Belinda, la fille blanche très gentille avec qui j'travaille encore à la Poste – depuis que j'ai découvert à quelle vitesse ça pouvait filer, cent mille dollars – m'a dit que l'année dernière, après avoir divorcé et perdu la garde de ses enfants, elle a pris trois mois d'congés et a passé pas mal de temps avec une psychologue qui l'a aidée à s'remettre les idées en place. Belinda a trouvé confiance en elle, aussi, un truc qu'elle avait jamais vraiment eu jusqu'à présent, à c'qui paraît. Ça m'a pas étonnée, parce qu'on peut faire semblant d'avoir confiance en soi. J'le fais très bien.

La semaine dernière, j'lui ai carrément dit que depuis qu'ma mère était morte, j'avais trop de choses dans la tête, et est-ce qu'elle pouvait pas m'donner le numéro d'cette femme. J'avais pas envie d'lui raconter tous les détails, d'autant qu'je savais qu'il allait falloir tout répéter au docteur. Et donc j'ai tout gardé pour cette Blanche en tailleur bleu marine qui a l'air de sortir tout droit de chez Ellen Tracy, mais avec l'argent qu'elle gagne elle doit pas porter ça, quoique, cela dit, y a des Blancs riches qui sont très radins et qui claquent tout leur argent pour des tableaux débiles, conduisent des voitures pourries mais ont des investissements dans l'monde entier, donc si ça se trouve c'est même un truc d'occas'. Mais bon, on s'en fout, après tout.

Voilà exactement pourquoi j'suis ici. J'ai l'cerveau qui s'barre dans tous les sens. Tout l'monde dit que l'deuil prend beaucoup d'temps, mais j'étais comme ça avant la mort de Mama. C'est juste pire. J'sais vraiment pas quoi dire, ni par où commencer. J'ai déjà répondu à un million de questions sur le formulaire qu'elle est en train d'feuilleter, donc à l'heure qu'il est elle connaît toute mon histoire. Y avait des questions un peu trop personnelles et c'était vraiment pas ses oignons, alors j'ai laissé des blancs ou j'ai menti.

Il paraît qu'il faut toujours prendre deux avis et c'est pour ça que, juste après, j'vais voir un autre docteur. Celle-là est psychiatre, et elle est noire. Dimanche dernier, juste après la messe, la femme de Smitty, Lela, m'a dit que la fois où elle l'avait accusé d'la tromper, c'était parce qu'elle avait oublié qu'il devait aller à la pêche et qu'elle avait bien dû reconnaître que, depuis quelque temps, les choses se raccordaient plus comme avant dans sa tête et qu'elle avait peur d'être en train d'perdre la boule. Alors la femme du pasteur lui avait donné l'nom d'une psychiatre qu'elle était allée voir et ce docteur – qui, d'après Lela, a pas du tout l'air d'un docteur mais juste d'une femme qu'on aimerait avoir pour amie – lui avait dit d'emblée qu'elle perdait pas la boule et elle l'avait mise à l'aise. Lela a dit qu'elle voulait pas être raciste mais que, peut-être, l'fait qu'elles soient noires toutes les deux avait aidé parce qu'il y avait des trucs qu'la femme comprenait d'office et y avait pas besoin d'lui expliquer. Lela a dit qu'elle avait mis l'doigt sur pas mal de problèmes et qu'elle avait déjà les idées plus claires.

Le Dr Simpson m'regarde et j'me sens un peu bizarre. J'ai peur de c'qui va sortir d'sa bouche mais quand elle l'ouvre, c'est juste pour dire :

— Il y a un certain nombre de choses difficiles dans votre vie, en ce moment, surtout depuis la perte récente de votre mère, n'est-ce pas, Charlotte ?

— Oui.

— À votre avis, laquelle vous préoccupe le plus ?

— Toutes.

— Eh bien ! Elles vous préoccupent toutes ?

— Ouais.

Elle a l'air d'attendre que j'dise quelque chose mais moi j'attends qu'elle parle d'abord. À la fin, elle dit :

— Vous dites que votre fils est peut-être gay ?

— C'est pas peut-être, c'est sûr.

— Ça doit être vraiment dur à avaler.

— Comme vous dites. Vous trouvez pas ça dégoûtant ?

— Peu importe ce que j'en pense. C'est ce que vous en pensez vous.

Elle doit venir de Californie, cette pétasse. Ils pensent tous comme ça, là bas. J'm'installe un peu mieux dans ma chaise.

— Ça m'plaît pas. C'est pas normal. Il devrait aimer les filles.

— Mais s'il n'aime pas les filles, qu'est-ce que cela vous fait ressentir envers lui ?

— J'sais pas. J'aime mon fils mais j'arrive pas à accepter l'idée qu'il embrasse des garçons et Dieu sait c'qu'ils peuvent faire d'autre. Vous pouvez dire c'que vous voulez, c'est bizarre.

— D'accord. On peut revenir à cette question une autre fois, si cela ne vous ennuie pas ?

— Non, ça m'ennuie pas. Mais mon mari, alors ? Et ma sœur qui m'aime pas et qui m'accuse toujours d'être jalouse d'elle alors qu'c'est pas vrai ? Avant d'mourir, ma mère a demandé qu'tous ses enfants passent Thanksgiving ensemble et j'dois aller chez ma sœur, dans sa grande maison d'luxe, et au fond j'en ai pas envie mais si j'le fais pas, on va encore dire que j'suis la méchante sorcière et j'veux pas créer d'problèmes. Vous en dites quoi, d'tout ça ?

— Eh bien ! Ça fait beaucoup. Et si nous commencions par parler de la situation avec votre mari ?

— J'vous écoute.

— Qu'est-ce que vous pensez de lui ?

— C'est un menteur et j'peux pas lui faire confiance.

— Je comprends. D'après ce que vous dites ici, il semble difficile de lui faire confiance.

— Alors, vous pensez que j'dois divorcer ?

— Je pense que nous devons élucider ce que vous voulez vraiment faire. J'imagine que vous avez des sentiments mitigés et que vous hésitez.

— Ouais, et alors ?

— À propos de quoi ment-il ?

— J'l'ai chopé qu'deux fois, mais c'était deux bonnes.

— Est-ce que vous pouvez me raconter de quoi il s'agissait ?

— Ouais. Y a dix ans il a eu une liaison avec une femme et j'l'ai chopé, et maintenant, j'viens d'apprendre qu'elle a eu un enfant d'lui et qu'il s'en est occupé pendant toutes ces années.

— Et ?

— Et c'est tout.

— C'est pour ça que vous voulez divorcer ?

— Ouais, vous voudriez pas, vous ?

— Je ne peux pas vous dire ce que je ferais à votre place. Je m'intéresse davantage à ce que vous ressentez.

— J'ai les boules. J'le hais. J'lui fais plus confiance. J'crois plus un seul mot de c'qu'il dit.

— Est-ce que vous l'aimez encore ?

— C'est pas la question.

— C'est pas la question ?

Mais c'est un médecin ou un écho ?

— J'vois pas c'que l'amour a à voir là-dedans. Comme dirait Tina [1].

— Charlotte.

Elle croise les mains.

— Ouais ?

— Dites-moi pourquoi vous êtes là. En quoi vous voulez que je vous aide.

— J'vous l'ai dit dans l'questionnaire. J'veux changer des trucs dans ma vie et il se passe tellement d'choses en c'moment que j'sais pas par où commencer. Faut qu'je déblaye.

— Eh bien, vous commencez, puisque vous êtes là aujourd'hui.

Elle jette un petit coup d'œil à sa montre.

— C'est déjà fini ?

— Pas tout à fait. Il vous reste dix minutes. Nous nous arrêtons à moins dix.

— OK. (J'essaie de m'dépêcher.) J'veux aussi parler d'mon travail.

— Et qu'est-ce qu'il a, votre travail ?

— J'le déteste. J'veux démissionner. J'travaille à la Poste mais j'veux démarrer ma propre boîte et arrêter d'pointer matin et soir. J'en ai marre de m'lever à l'aube cinq jours par semaine et de toujours pas avoir d'argent. J'veux m'mettre à mon compte. Ah, j'ai oublié d'vous dire que j'avais gagné cent mille dollars au Loto.

— Eh bien ! Ça a dû vous rendre bien service.

— À la vitesse où j'les dépense, il en restera plus à Noël.

— Donc… vous avez des idées pour créer une entreprise ?

1. En anglais, *What's love got to do with it*, comme la chanson de Tina Turner.

— Quelques-unes.

— Dites-moi.

Pourquoi faut qu'elle me mette sur la sellette, comme ça ? Merde. J'en sais rien, mais j'm'entends répondre :

— Ça m'dirait bien d'monter une boîte genre traiteur ou restauration parce que j'cuisine bien et que j'connais plein de gens riches grâce aux itinéraires de mes facteurs, et y en a plein qui m'connaissent depuis des années, à l'époque où j'livrais l'courrier moi-même dans ces coins-là. Voilà déjà une idée.

— Vous connaissez bien ce genre d'activité ?

— J'pourrais apprendre. Ma sœur fait un truc dans c'goût-là en Californie.

— Alors vous pourriez peut-être lui demander conseil ?

— Non. J'veux pas.

— Pourquoi pas ?

— J'ai pas envie d'en parler pour l'instant.

— D'accord. D'autres idées ?

— Je sais coudre. Je m'disais que j'pourrais faire de la tapisserie ou des rideaux ou peut-être apprendre la décoration d'intérieur ou à recouvrir des fauteuils, j'sais pas.

— Cela m'a l'air très bien. Et ce sont des choses amusantes, créatives. Beaucoup de gens réussissent très bien dans ces domaines.

— Ouais, faut juste que j'trouve celui qui sera l'plus lucratif.

Elle me regarde comme si j'avais dit une connerie.

— Qu'est-ce qu'il y a ?

— Rien. L'argent compte vraiment beaucoup pour vous, alors ?

— Pas pour vous ?

— Si. Mais ce qui m'intéresse surtout, c'est de savoir à quel point c'est vital. Si vous aviez à choisir, est-ce que vous préféreriez faire quelque chose qui ne vous passionne pas parce qu'on y gagne beaucoup d'argent, plutôt que quelque chose qui vous passionne mais qui paye un peu moins ?

— J'peux apprendre à aimer beaucoup d'choses. Ça fait dix-huit ans que j'suis à la Poste et ça commence juste à m'taper sur les nerfs. Faut qu'je gagne plus, c'est tout.

— D'accord, elle dit d'une voix chantante.

Elle m'énerve. On a rien résolu en tout c'temps et moi j'croyais que j'pourrais ressortir d'ici avec des solutions.

— Et mon mari, alors ? Qu'est-ce que j'dois faire de lui ?

— Oh, Charlotte... Je ne peux pas répondre à ce genre de questions à votre place.

— Pourquoi pas ?

— D'abord, je ne dis pas à mes patients ce qu'ils doivent faire, j'essaie de les amener à découvrir eux-mêmes la meilleure manière de résoudre une situation et cela demande parfois plus d'une séance. Vous avez un passé avec cet homme. Il y a tellement de questions qui entrent en jeu et nous n'avons même pas commencé à les aborder. Si vous le souhaitez, nous pourrons démarrer avec ça la prochaine fois.

— Peut-être. Mais dites-moi quand même. D'après c'que j'vous ai dit, à votre avis, est-ce que j'dois divorcer ou pas ?

Elle prend son crayon jaune et le repose très doucement.

— Je ne peux pas répondre à cette question, Charlotte, et ce serait un manque total de professionnalisme de ma part que d'essayer. Parlons-en la prochaine fois. Quand est-ce que vous pouvez revenir ?

— J'en sais rien, je dis en m'levant.

— Je suis libre la semaine prochaine à la même heure.

— J'vais vérifier mon emploi du temps et j'vous rappelle, d'accord ?

— D'accord.

Elle se lève et fait le tour du bureau. La vache. Elle doit faire au moins un mètre quatre-vingts. Pas étonnant qu'elle trouve pas d'mari. J'lui serre la main en lui disant que j'ai hâte de la voir la semaine prochaine, mais dès que j'suis dehors, j'prends la petite carte qu'elle m'a donnée et j'la jette dans la première poubelle que j'croise sur mon chemin.

*

* *

Eh bien, pour changer, ça change. D'abord, le bureau du docteur Cecily Greene est même pas dans un immeuble. C'est dans une maison. Y a une petite fontaine dans l'entrée avec de l'eau qui coule entre des pierres. C'est joli. De l'encens qui brûle. J'sais pas lequel c'est mais ça sent bon. Et c'est bien du jazz que j'entends dans l'fond ? Avant que j'aie l'temps d'm'asseoir, une belle femme, la quarantaine, avec une petite afro bouclée et super bien maquillée, ouvre la porte et me sourit.

— Bonjour, Charlotte. Je suis le Dr Greene mais vous pouvez m'appeler Cecily.

— D'accord.

Elle sent bon, aussi. C'est quoi, c'qu'elle porte ? Si j'm'approche un peu, peut-être que ça m'reviendra. Quand elle s'retourne, j'me retrouve presque nez à nez avec elle. J'me sens con.

— C'est quoi votre parfum ?

— Un mélange d'huiles essentielles.

— Quel genre ?

— Jasmin, ilang-ilang et géranium.

— Jamais entendu parler.

— J'ai une petite bouteille de dépannage que je garde ici dans mon bureau, vous pouvez l'avoir.

— Oh, non, j'voudrais pas…

— Je prépare le mélange moi-même. Il n'y a aucun problème.

— Merci.

— Eh bien... asseyez-vous où vous voulez.

Elle me montre du doigt deux gros fauteuils énormes en velours. Violets gansés d'orange. Sympa. En face, y a une causeuse, orange foncé gansée de violet. Je m'assois dans un des fauteuils. Quelques livres et des magazines médicaux sont empilés à un bout d'son bureau, qui a l'air ancien. J'aperçois *Essence*, *Black Entreprise*, des mots croisés et une tasse avec un sachet de thé posé sur une petite soucoupe. Au bout du bureau, un plat en verre violet plein de bonbons. J'ai envie d'en prendre un mais j'me retiens.

— Je peux vous offrir quelque chose à boire ? De l'eau, des jus de fruits ?

— Non merci. Ça va.

Elle va éteindre la musique et revient s'asseoir en face de moi. J'sais pas pourquoi mais j'ai pas peur.

— Alors... C'est Lela qui vous envoie ?

— Oui.

— Tant mieux. Elle est sympa. Très intelligente, comme frangine. Alors, dites-moi, Charlotte, qu'est-ce que je peux faire pour vous ?

Elle a bien dit « frangine » ? J'ai du mal à croire qu'un docteur puisse employer un mot pareil mais ça m'plaît.

— J'sais pas, Cecily. Où est votre questionnaire ?

— Je n'en ai pas.

— Ah bon, pourquoi ?

— Parce qu'ils ne m'indiquent pas grand-chose sur vous en tant qu'individu. Cela sert simplement à vous mettre dans une petite case. Vous pigez ?

« Vous pigez ? » Elle a dit « vous pigez ? » Oui. Elle l'a dit. Ça aussi, j'aime bien.

— Oui, je pige.

Et j'la regarde.

— Je vais vous expliquer un peu comment je travaille. D'abord, la plupart de mes patients viennent me voir parce qu'ils ont vécu des événements traumatisants ou des expériences négatives et qu'ils souffrent. Un de mes buts est d'alléger votre souffrance et de vous aider à découvrir des choses sur vous-même. Mais c'est quelque chose que nous faisons ensemble.

— D'accord, mais j'ai pas vraiment l'impression de souffrir, à part pour la mort de ma mère. Pour le reste, j'ai surtout les boules.

— Désolée d'apprendre que votre mère est morte.

— Merci.

— Qu'est-ce qui vous fout les boules ?

— Mon mari, ma sœur aînée et mon fils. Des fois, mes filles sont sur la liste mais pas aujourd'hui. C'est tout pour l'instant.

— Bon, je vais vous dire comment nous pouvons procéder. Si vous êtes à l'aise avec moi, au cours de nos trois premières séances, j'essaierai de saisir un peu mieux qui vous êtes et d'où vous venez, grâce à ce que vous me direz. Cela peut aller de ce en quoi vous croyez jusqu'à n'importe quelle expérience traumatique que avez vécue, y compris la mort de votre mère – et ça, c'est un gros morceau pour la plupart d'entre nous. Avec le temps, on entrera en profondeur et c'est là que vous allez peut-être vous sentir un peu mal à l'aise parce que je vais dire des choses qui risquent de vous remuer. À ce moment-là, vous aurez peut-être envie de ne plus revenir, mais ça voudra dire que nous sommes entrées dans le vif du sujet. C'est là en général que mes patients se mettent à décommander leurs rendez-vous et se fâchent contre moi, d'une manière ou d'une autre, parce qu'ils veulent me rendre responsable de ce qui les dérange.

J'me surprend à dire :

— J'ferai pas ça.

— Espérons. Donc… Vous avez une sœur, au moins. Est-ce que vous en avez d'autres, Charlotte ?

— J'ai une sœur aînée, un petit frère et une petite sœur.

— Donc vous êtes au milieu.

— On peut dire ça. Mais est-ce que j'peux juste vous raconter c'que mon mari a fait et après, s'il reste du temps, j'veux vous parler de l'engueulade que j'ai eue avec ma sœur juste après l'enterrement de Mama – en fait, c'était le jour-même – et c'est la sœur aînée, celle que Mama préférait, et elle croit que tout l'monde l'envie parce qu'elle a d'l'argent, mais moi j'l'envie pas, et elle croit que quand elle pète ça sent la rose (passez-moi l'expression) et elle me tape sur le système et même si j'l'aime, la plupart du temps, j'peux pas la blairer, mais comme Mama nous a fait promettre, j'suis obligée d'aller passer Thanksgiving chez elle et j'essaye de m'préparer mentalement à une nouvelle crise ou bien de trouver un moyen de m'entendre avec cette pétasse une fois pour toutes et qu'on en parle plus. J'peux commencer par mon mari ?

Elle s'enfonce un peu dans son fauteuil ; elle a un sourire aux lèvres, comme si elle savait déjà d'quoi il retourne. Ou alors, j'suis un cas compliqué. J'en sais rien, moi.

— Mais certainement.

Et là, j'lui raconte tout. Après coup, j'ai la gorge sèche, alors j'lui demande un verre d'eau. Elle se lève pour aller m'le chercher et revient s'asseoir. Elle m'regarde droit dans les yeux.

— Que je comprenne bien : c'est quelque chose qu'il a fait il y a dix ans et vous allez le quitter maintenant ?

— Ouais.

— Et qu'est-ce qui s'est passé au cours des dix dernières années ? Est-ce qu'il a eu d'autres aventures ?

— J'crois pas. Non.

— Est-ce qu'il joue, est-ce qu'il boit ?

— Non.

— Est-ce que c'est un bon mari ?

— Ouais, mais j'peux plus lui faire confiance. J'ai déjà déposé la demande de divorce.

— Et qu'est-ce que ça vous a fait ? Je veux dire, est-ce que vous vous sentez mieux depuis ?

— Non. C'est pour ça que j'suis là. J'sais plus quoi penser.

— Vous savez l'impression que ça me donne ?

— Non, quoi ?

— Comme si vous appliquiez aujourd'hui du lait après-solaire pour un coup de soleil que vous auriez attrapé l'été dernier.

— Hein ?

— Réfléchissez un instant.

J'réfléchis, mais merde, un coup d'soleil c'est pas la même chose qu'un mari qui ment, alors j'dis :

— Mais quand même, il a menti. Ils nous ont pris nos retours d'impôts et tout.

— D'accord. Et s'il vous avait dit la vérité, qu'est-ce que vous auriez fait ?

— Sans doute divorcé.

— Alors je peux comprendre qu'il ne vous l'ait pas dit.

J'ai presque envie de lui mettre une claque, mais j'me rappelle c'qu'elle a dit y a quelques minutes et j'vais pas tomber dans l'piège, alors j'me contente de boire une gorgée d'eau et de rien dire, en faisant comme si j'écoutais, ce qui est l'cas, d'ailleurs.

— Est-ce que vous le quittez pour sauver la face, ou est-ce que vraiment vous ne l'aimez plus et vous ne voulez plus être mariée avec lui ?

— C'est une question d'orgueil. J'ai pas envie qu'il pense qu'il peut m'marcher dessus. Il devrait m'dire la vérité.

— Ce n'est qu'un incident mais il se trouve qu'il est très chargé émotionnellement. Cela dit, la confiance est un lien très fragile tissé entre deux êtres, Charlotte. Parfois il faut le retisser et quand on y arrive, il peut même devenir plus fort.

— OK, mais faut que j'y aille.

— OK, mais voilà ce que j'ai à vous dire. Si après presque vingt ans de mariage vous pensez qu'il ne va pas y avoir de secrets entre vous ou que votre partenaire ne va pas garder des choses pour lui, alors vos attentes ne sont pas réalistes.

— Vous voulez dire que tout l'monde fait ça ?

Elle me sourit et maintenant, j'sais pas pourquoi mais j'ai plus envie d'la taper et j'ai même envie d'retirer la claque que j'voulais lui mettre tout à l'heure.

— Ce que je dis, c'est que parfois les gens gardent des secrets pour éviter de causer de la peine à ceux qu'ils aiment. C'est tout.

— Ouais, j'vois, mais quand vous découvrez la vérité, ça fait pas plaisir, c'est tout c'que j'ai à dire.

— Je sais.

— Quand est-ce que j'peux revenir ?

— Vous voulez revenir ?

— Bien sûr que j'veux revenir. J'veux m'débarrasser du truc avec ma sœur parce que Thanksgiving va pas tarder à arriver.

— Alors, regardez vos disponibilités et voyons-nous dans une semaine à peu près et à partir de là nous déciderons de la fréquence des séances. Qu'est-ce que vous en dites ?

— Ça m'paraît bien. Ça m'paraît très bien.

Quand j'me lève, elle me serre dans ses bras. Une étreinte légère, chaude. Comme celle d'une sœur ou d'une mère. Comme j'en ai pas senti depuis des années. En vérité, j'dois aller nulle part parce que j'ai pris ma journée. Mais Cecily avait raison, elle commençait déjà à toucher du doigt un truc qui m'donnait l'impression d'être ridicule et maintenant j'regrette de pas l'avoir bouclée parce que tout c'que j'veux, en réalité, c'est me pelotonner dans son fauteuil avec une couverture, en buvant un thé et en m'passant de l'huile sur les poignets et derrière les oreilles, et lui expliquer pourquoi j'parlais pas à ma mère au moment où elle est morte et comment j'suis mal à cause de ça, et pourquoi j'me confie plus à mes sœurs. Parce qu'au fond, j'ai l'impression qu'elles m'aiment pas. Et ça fait mal. J'veux dire la vérité à Cecily. Que mes sœurs et mon frère et ma mère me manquent, et que j'en ai marre de vivre comme si j'étais perdue au milieu de nulle part et que personne m'entende quand j'appelle à l'aide.

THANKSGIVING

— Écoute, Papa, dit Paris, on devrait commencer à manger sans eux. C'est en train de refroidir.

— Je suis d'accord, dit Janelle. Elle savait à quelle heure on dînait.

— Peut-être qu'y s'sont perdus. Y sont jamais v'nus en voiture jusqu'en Californie.

— Elle veut juste nous faire attendre pour pouvoir faire une entrée de star, dit Paris.

Elle fait bouger les p'tites dindes en plastique de Janelle avec les noms d'ssus autour de la tab', pour que personne ne s'retrouve à côté d'ses enfants, d'son père ou d'ses frères et sœurs. Janelle dit qu'ça permettra d'faire un peu mieux connaissance. On dirait que j'suis placé à côté d'Randall, le nouveau copain d'Paris, celui qui lui a r'fait son jardin à neuf.

— Essayons de rester dans un état d'esprit positif, dit Lewis en r'mettant des glaçons dans nos verres pour la deuxième fois.

Il a l'air en forme, même si ça s'voit comme le nez au milieu d'la figure qu'il aurait bien voulu qu'y ait une p'tite dinde au nom de Jamil. L'année prochaine, c'est sûr, qu'il a dit. C'qu'y a d'bien, c'est qu'il a pas bu une goutte d'alcool depuis quatre-vingt-dix jours et qu'on va sans doute lui rendre son permis d'conduire en début d'année.

— C'est pas comme si elle n'avait pas mon numéro. Elle aurait pu nous prévenir, d'une manière ou d'une autre.

— T'es sûr qu'elle a dit qu'elle venait, Papa ? demande Janelle.

— J'ai dit j'espère qu'elle viendra. C'est tout c'que j'ai dit. Écoutez, j'vais faire un tour dans l'jardin. Venez m'chercher quand ils arrivent.

— On attend encore un quart d'heure et après on mange, déclare Paris.

Tout c'que j'peux dire, c'est que Charlotte est aussi têtue qu'Viola. Ma facture de téléphone va crever l'plafond, c'mois-ci, à force de l'écouter raconter comment elles sont différentes, elle et Paris. Au début, j'croyais qu'j'arrivais à lui faire voir qu'tout l'monde peut pas sentir les choses pareilles. Qu'les gens vont pas toujours êt'd'accord sur c'qui est, c'qui s'ra ou c'qui a été. Mais quoi qu'il en soit, quand on est liés par le sang, faut bien trouver un moyen d'dépasser ces différences et s'rappeler qu'on fait partie d'la même famille. On en aura jamais qu'une. Dans c'cas présent, vous êtes toutes sœurs. Et toutes ces sornettes d'« elle m'cause plus-j'lui cause plus », c'est vraiment ridicule. J'lui ai dit à Charlotte et j'ai passé la matinée dans la cuisine avec Paris à lui répéter la même chose.

Charlotte a dit qu'j'avais pas idée de c'que c'était d'se sentir rejetée par sa prop'famille. On prend pas parti, j'lui ai dit. On accuse personne. C'est pour ça qu'les choses s'arrangent jamais. Y a toujours quèqu'un qui veut accuser l'autre. Vous voulez redev'nir sœurs, ou vous voulez avoir raison ? Paris a dit qu'elle voulait r'trouver sa sœur. Charlotte a pas répondu, alors j'lui ai dit, va bien falloir que tout l'monde y mette du sien et prenne ses responsabilités pour toutes ces foutaises. Ça s'réglera p'têt jamais, et alors ? Fais-toi une raison et passe à aut'chose, nom d'un chien. Elle continuait à rabâcher, alors finalement, j'lui ai dit, si y a bien une fois où tu dois mettre ton orgueil d'côté, c'est celle-là. Qu'elle en mourrait pas d'essayer. Et puis, j'lui ai dit d'montrer un peu d'respect à sa Mama, à moi et aux aut'enfants et d'ramener sa fraise en vitesse le jour de Thanksgiving. J'y ai dit de tout. J'me suis pas gêné. Et que j'm'en foutais pas mal d'savoir comment qu'elle allait v'nir. J'étais en pétard. Pasque ça tient pas d'bout tout ça et c'est pour ça qu'j'ai fait un truc qui a dû la choquer, même si paraît qu'elle l'fait très bien elle-même : j'lui ai raccroché au nez avant qu'elle ait l'temps d'rajouter un seul mot. Depuis trois jours, r'marquez, j'appelle chez elle en douce mais ça répond pas. Suzie Mae a dit qu'elle lui a pas parlé d'puis plus d'une semaine.

Et même si ça f'ra d'la peine à tout l'monde si elle vient pas, c'est pas un singe seul qui va arrêter l'spectacle.

*

* *

On est bien, dehors. J'ai r'gardé les poissons orange qui faisaient la course dans leur mare. J'ai jamais été dans une maison aussi splendide, et Brenda aussi, ça l'a épatée. Au début, elle croyait pas qu'elle et les gosses – en particulier notre nouvelle petite, Chanterella – seraient les bienv'nus, mais Paris lui a dit tout net que, puisqu'ils font partie d'ma vie maintenant, ils font partie d'la famille.

J'décide de fumer un des cigares de luxe qu'elle m'a rapportés d'Londres. C'est que l'deuxième que j'allume. Le premier, j'l'ai goûté l'jour d'mon anniversaire et j'l'ai fini quand Chanterella est arrivée, quelques heures plus tard. Howie dit qu'elle m'ressemb', même si l'est pas d'moi. Ça m'est bien égal, d'une manière ou une aut', c'est ma fille, mon bébé tout neuf. À propos de Howie, le voilà qui rapplique. Il peut pas m'fout'la paix, celui-là.

— Cecil, t'es en train d'louper la dernière mi-temps, mec. Detroit en est à trente-cinq contre vingt et un à Buffalo.

— J'arrive dans une minute, Howie.

— D'accord.

Il est tout prop'. L'aurait passé la fête tout seul, sinon, alors j'ai d'mandé à Paris si il pouvait pas v'nir avec nous, vu qu'on a plein d'place dans la nouvelle Dodge, et elle a dit pas d'problème. Elle est beaucoup plus gentille que dans mon souv'nir. C'est p'têt ce Randall qui lui a rendu la joie d'vivre. C'est un garçon bien, ça fait pas un pli. Pendant la première mi-temps, il m'a dit tout net non seulement qu'il aimait ma fille mais en plus pourquoi il l'aimait. J'ai pas l'habitude d'entendre un homme s'montrer aussi honnête avec ses sentiments, et j'vais voir si j'peux pas essayer d'l'imiter. La chose qu'il a dit qui m'a fait vraiment plaisir, c'est combien il avait d'respect pour elle. « Respect », c'est un mot fort. Si j'étais pas au courant, j'dirais qu'c'est Paris qui a donné naissance à sa fille, Summer, pass'que d'abord, elles s'ressemb'carrément et puis, elle arrête pas d'se coller à Paris depuis qu'ils sont arrivés. Paris lui caressait la tête et plus elle le f'sait, plus la gamine s'rapprochait. Elle doit avoir besoin qu'une femme la touche tout doux, comme ça. J'sais pas c'que sa mère à elle fabrique, mais c'est pas mes oignons.

Y paraît qu'y a pas de hasard dans la vie. Chanterella est née l'jour d'mon anniversaire. Paris, qui rev'nait d'un séjour de santé dans l'Arizona, a poussé jusqu'à Vegas pour voir la p'tite. Janelle et Shanice sont v'nues l'lend'main et pour couronner l'tout, Charlotte a fait un truc qui a failli nous donner une crise cardiaque à tous : elle a pris un train jusqu'à Vegas pour me donner la part de Viola sur l'argent du Loto et m'aider à trier ses dernières affaires puisque la maison a fini par êt'vendue. J'l'ai emm'née chez Thomasville et elle s'est ach'té exactement la même salle à manger que Viola avait réservée et elle l'a fait envoyer à Chicago.

Charlotte m'a d'mandé d'utiliser c't'argent pour rouvrir mon resto et plus avoir à travailler au casino. J'lui ai dit qu'si elle voulait qu'je fasse ça, fallait qu'elle d'vienne mon associée. Elle m'a dit qu'ça s'rait dur, vu qu'elle habite tout là-haut à Chicago, mais j'lui ai dit qu'c'était pas forcément vrai, pass'que c'te fois-ci j'avais l'intention d'me prend'un vrai comptable pour tenir les comptes comme ils aiment, au fisc. J'ai dit à Charlotte qu'elle pouvait m'faire confiance. Que j'lui enverrai sa part, du moment qu'y aurait d'quoi faire des parts. Elle m'a dit qu'elle m'faisait confiance. Ça m'a plu.

Elle m'a même dit qu'en c'moment elle apprend les techniques de vente et d'marketing et qu'elle pouvait m'montrer comment mettre ma sauce en bouteilles pour la distribuer dans les boutiques chic de luxe. Que j'pouvais mettre ma photo sur la bouteille si j'voulais. Putain, j'veux dire punaise, ça f'sait beaucoup d'nouveautés pour une seule journée, mais j'essaie d'm'habituer à beaucoup d'choses, y compris à l'absence de Viola. J'crois qu'elle savait exactement c'qu'elle f'sait quand elle est partie, passqu'elle nous a fait beaucoup d'bien à tous.

Avec l'argent d'l'assurance qu'elle m'a laissé, j'lui ai ach'té une belle pierre, où j'ai fait incruster sa photo – celle que les gosses m'ont donnée, avec ses nouvelles dents et sa taille fine. Ça la f'rait rigoler, j'suis sûr. Les gosses et moi, on s'est cotisé pour donner d'l'argent à l'église où on l'a baptisée ; avec ça, y vont démarrer un fonds à sa mémoire pour envoyer des petiots en colo, l'été. Viola s'rait flattée d'savoir qu'on fait un truc en son honneur. Le reste de l'argent m'a servi d'apport pour ach'ter une belle p'tite maison de cinq pièces dans un lotissement, dans un quartier où y a une bonne école. Les gosses ont même pas besoin d'prend'le bus. Y a que quatre ou cinq familles noires dans not'carré, mais ça m'gêne pas. Il reste encore plein d'terrains vagues et vu qu'ils finissent à peu près une maison par semaine, y devrait en arriver d'aut'bientôt.

Dès que Chanterella s'ra sevrée, et du moment qu'ça l'empêche pas d'aller aux répétitions d'la chorale les mardis et jeudis, Brenda a dit qu'elle s'rait ravie d'aider à La Bicoque, passqu'elle dit qu'elle a plein d'talents inexploités pour l'instant. Un truc qu'est sûr, c'est qu'on va changer l'nom pour prend'quèqu'chose d'un peu plus classe. Ça s'ra plus une bicoque, elle peut en êt'sûre. On a trouvé un endroit très bien à dix minutes d'là où on habite mais Brenda a peur qu'les Noirs viennent pas jusque-là pour un barbecue. J'lui ai dit qu'les Noirs iraient n'importe où pour un bon os à sucer, et qu'en plus les Blancs aussi aiment les grillades. Notre cuisine, elle est pas raciste. Mais cette fois-ci, j'embauche pas d'gens pas fiab'et j'vais pas m'installer dans un quartier où il faut cacher un flingue sous l'comptoir.

J'pourrais rester ici toute la journée, pass'que ça sent aussi bon qu'dans une forêt tropicale, ou du moins c'est l'idée que j'm'en fais. En plus, la fraîcheur tombe, c'est agréable. Tout comme j'aime. J'crois qu'j'ai assez d'courage pour faire ça maintenant, alors j'tire la lettre de Vy d'la poche de ma veste, j'la déplie et j'commence à m'la lire à moi-même.

9 juin 1994

Cher Cecil,

D'abord, je veux que tu saches que j'me sens pas bien aujourd'hui, alors si jamais j'me réveillais pas demain matin, va pas dire que c'est d'ta faute parce que j'ai reçu tes papiers aujourd'hui. C'est pas ça, mon chou. C'est la peinture, l'essence, la fumée ou peut-être tout simplement l'excitation à l'idée d'emménager dans mon nouvel appart. Mais là aussi, j'crois que j'peux t'dire que même si j'étais très heureuse à cette idée, au fond d'moi j'avais peur. Peur de quitter la maison où on avait vécu toutes ces années et peur d'recommencer à zéro quelque part, toute seule. J'avais pas envie d'recommencer. J'aimais bien comment c'était. Mais c'est pas vrai non plus. En tout cas, j'voulais que tu saches que j'comprends pourquoi t'es parti, Cecil. Vraiment. Et j'sais bien que t'es pas un salaud qui cherchait l'adulterre ou j'sais pas comment on dit. T'as jamais rien fait délibérément pour me faire du mal et j'apprécie. Je sais que j'suis devenue une mégère de premier ordre au cours des cinq ou dix dernières années et j'crois bien qu'le retour d'âge y est pour quelque chose, mais j'le savais pas à l'époque et bien sûr, maintenant, j'sais qu'on peut prendre des médicaments qui vous font redevenir vous-même. J'crois que c'est là que j'ai commencé à m'détourner de toi et j'imagine que tu as dû t'tourner vers quelqu'un d'autre pour trouver un peu d'réconfort. J't'en veux pas. Je veux juste que tu saches combien d'joie tu m'as apportée au fil des ans et combien j'te suis reconnaissante de m'avoir donné quatre beaux enfants et que j't'ai aimé comme si t'étais une pomme délicieuse, Cecil. Tu t'rappelles quand on était gentil l'un avec l'autre ? Quand on pouvait pas s'passer l'un de l'autre ? Quand on s'faisait rire et sourire ? Eh bien, je souris, maintenant, Cecil. J'souris parce que j'espère que tu trouveras une forme de bonheur avec cette jeune femme et ses gosses. Et laisse pas Howie te détourner d'elle parce qu'il a pas d'femme, lui. Au début, nos enfants seront peut-être pas très chauds avec elle, mais laisse-leur le temps et ils changeront d'avis. Et s'ils changent pas d'avis, qu'ils aillent au diable. Fais c'qui te fait du bien et aide cette gamine avec ses gosses. Je t'ai pas fait trop confiance la première fois, mais maintenant t'as une deuxième chance, alors profites-en. Pour être honnête, j'espère que tu l'aimeras pas avec la même passion que t'avais pour moi, mais donne-lui une petite flamme régulière, le meilleur de toi-même, et elle sera heureuse. J'espère que tu utiliseras une partie de l'argent d'l'assurance pour remonter au moins une des Bicoques et si tu peux, change ce nom débile pour un truc un peu plus classe, comme « La maison du barbecue » ou « Chez Cecil, le meilleur barbecue de Las Vegas ». Et si possible, ouvre-la dans un quartier correct. Les Blancs aussi adorent les grillades et tu peux leur faire croire que c'est d'la bouffe de luxe (comme eux quand ils nous font dépenser une fortune pour des trucs qui ont aucun goût). Quant aux Noirs, ils iraient jusqu'au bout du monde pour des bonnes grillades, des légumes mijotés, une salade de pommes de terre et un cobbler à la pêche. Elle sait cuisiner, la gamine ? Sa famille vient pas du Texas ? Si c'est l'cas, elle devrait pouvoir faire un cobbler correct et une tarte à la patate douce digne de c'nom. Et vends ta sauce. Demande à Paris comment faire. Qu'on la trouve sur les étagères d'une épicerie d'luxe, à côté de toutes les marinades que t'oses jamais essayer. Et fais-moi plaisir, Cecil. Essaie de voir tes propres enfants de temps en temps. Parle-leur au téléphone. Qu'ils sachent qui tu es. Comme ça, quand tu partiras, toi aussi tu seras regretté. Et tu seras heureux. Tu veux bien faire ça pour moi, Cecil ? En souvenir du bon vieux temps ?

À toi,
Ta femme,
Viola

(P.S. Si t'as l'intention de garder cette jeune femme, débarrasse-toi s'il te plaît de cette vieille permanente et achète des vêtements modernes. Balance toutes tes che-

mises pastel et tes pantalons en polyester à la poubelle, ou donne-les à l'Armée du Salut !)

— Cecil ! Qu'est-ce t'as à rigoler si fort ? Detroit a gagné et maintenant, c'est l'coup d'envoi du match Dallas-Green Bay dans quelques minutes !

— J'arrive, Howie.

J'replie la lettre et la range dans ma poche. Viola. Viola. T'avais tout prévu, hein, ma puce ? J'sais pas pourquoi, ça m'étonne pas. « Merci, Vy », je dis en tirant une longue bouffée d'mon cigare. C'est une portière de voiture qui vient d'claquer ? J'remonte le chemin qui donne sur l'côté d'la maison et en entrouvrant la grille, j'aperçois Charlotte, Al et les gosses qui sortent d'une Lincoln Town Car argent qu'est sûr'ment pas à eux.

J'retourne à l'intérieur. Toute la famille est dans l'entrée en train d'échanger des bonjours, et on est contents qu'vous soyez arrivés, et tout, et une fois qu'j'ai embrassé mes p'tits-enfants qui disparaissent en un clin d'œil, il m'semble que l'ambiance d'vient un peu tendue, tout à coup, alors j'm'approche de Charlotte et j'la prends dans mes bras.

— Salut, Papa.

— Vous avez eu du mal à trouver, vous aut'?

Al arrive juste avec deux valises.

— Nan, dit Charlotte en regardant tout autour comme si elle s'apprêtait à faire une inspection. Toutes les maisons s'ressemblent tellement qu'on est passés devant plusieurs fois.

— Comment ça va, Al ? j'demande, en espérant détendre un peu l'atmosphère.

— Hé, bonjour, Cecil ! T'as l'air en forme. Salut, Lewis. Ça fait plaisir d'te voir, toi aussi.

— Le numéro d'la maison est marqué dessus, dit Paris d'un ton sec.

— Merci, j'dis à Al en m'demandant comment j'vais arrêter la crise avant qu'elle démarre. On est bien contents qu'vous soyez arrivés.

— Tu veux que je te montre où est la chambre d'amis, Charlotte, pour que vous puissiez déposer vos sacs ?

— On dort à l'hôtel. Mais merci quand même. C'est joli, ta maison. Dis-moi juste où est la salle de bains pour qu'on puisse s'rafraîchir un peu.

— Alors, pourquoi Al a sorti...

— Je vais te montrer, coupe Janelle.

— Ça vous a pris combien d'jours pour venir d'Chicago en voiture ? j'demande.

— On est pas venus en voiture, répond Charlotte avant d's'engager dans l'couloir. Notre avion a eu du r'tard.

— T'as pris un avion, toi ? demande Paris.

Charlotte pile net.

— Oui.

— Vas-y, Charlotte, raconte toute la vérité.

— Très bien, Al ! Bon, d'abord, notre avion a eu du retard et après on s'est un peu perdus...

— Non, on s'est pas perdus, Mama, dit Tiffany qui a réapparu de j'sais pas où et qui glousse comme une p'tite folle.

— Bon, d'accord ! La vérité, c'est qu'j'ai forcé Al à faire l'tour du pâté d'maisons j'sais pas combien d'fois avant d'avoir le courage d'entrer.

— En tout cas, vous êtes ici, dit Paris. Et maintenant que nous sommes tous sous le même toit, est-ce qu'on peut se dépêcher s'il vous plaît de passer à table ?

Tout l'monde a l'air d'accord et une fois les présentations faites et qu'on est tous assis, Paris lève la tête et demande :

— Qui va dire le bénédicité ?

Tout l'monde se r'garde.

— Moi.

Et j'le fais. Et on mange. Et c'est bon. Après ça, j'ai un peu mal au ventre d'avoir trop mangé d'tout et quand j'ressors des toilettes, tout l'monde est parti voir *Le Roi lion*, à part mes gosses, Brenda et la p'tite.

— Ça va, Cecil ? demande Brenda quand je ressors.

— Ça va bien, mon cœur. Ça va bien.

— Bon, la petite et moi, on va aller faire la sieste en haut pendant que vous faites ce que vous avez à faire.

— Où ils sont ?

— Au fond du couloir, dans le living-room ou j'sais pas comment ça s'appelle et ils t'attendent. Dieu vous bénisse.

J'lui fais un bisou sur les lèvres et à la p'tite aussi. Elle fait pas d'histoires, c'te gamine, Dieu merci. J'avance au fond du couloir : ils sont tous assis là, devant un grand feu qui brûle fort.

— Salut, Papa, ils disent tous en même temps.

— Salut. Ça va là-d'dans ?

— Ouais, dit Paris. Ça va. Mais on veut s'dépêcher d'le faire parce que ça nous rend dingues.

— Parle pour toi, dit Charlotte.

— Moi, ça va très bien, dit Lewis.

Il doit avoir chaud dans son pull marron, passqu'il a l'front plein d'sueur. J'm'assois sur un canapé en cuir noir.

— Et la tienne, Papa, ça allait ? demande Janelle.

— Te mêle pas de c'qui t'regarde pas, dit Charlotte.

— Elle demande, c'est tout, dit Paris.

Mon grand bébé est toute belle en jaune.

— Tu sais, Janelle, t'es toute belle en jaune.

Elle a l'air surprise de m'entendre dire ça.

— D'ailleurs, vous êtes belles toutes les trois. Et toi, mon fils, t'as l'air en forme et j'suis fier de c'que tu fais d'toi ces temps-ci. C'est tout c'que j'voulais dire. Non, c'est pas tout. Paris, j'veux qu'tu saches que je respecte c'que t'as fait avec mon petit-fils et ta vie en général. Et toi aussi, Charlotte, pass'que si vous étiez pas là, vous aut', on pourrait pas r'cevoir de courrier. T'as vécu des trucs pas marrants, mon bébé, et j'suis fier d'la façon qu'tu t'en es tirée. Vy disait toujours qu'nos gosses étaient intelligents comme pas deux. J'ai d'la chance d'êt'votre père et j'suis désolé d'avoir pas pu passer autant d'temps avec vous qu'j'aurais voulu quand vous étiez p'tits mais j'suis là maintenant. Ça marche ?

— Ça marche, Papa, ils disent tous ensemble.

Ça marche.

— Bon, ben, maintenant, lisez donc vos lettres.

Personne dit rien.

— Vous voyez ce que je veux dire ? fait Paris. J'essaie de ne pas faire la cheftaine mais personne n'ouvre la bouche. Alors, qui veut commencer ?

Elle regarde Charlotte. Tout l'monde tient une lettre à la main. Personne dit rien jusqu'à c'que Charlotte montre Paris du doigt.

— Pourquoi tu commences pas, puisque t'es la plus vieille ?

— D'accord, dit Paris en enfilant des lunettes.

J'savais pas qu'elle portait des lunettes.

Chère Charlotte,

J'espère que t'es plus fâchée contre moi parce que moi j'suis pas fâchée. Ça va pas m'prendre la journée pour dire c'que j'ai à dire, alors écoute-moi bien s'il te plaît. Toute ma vie, j'ai essayé d'montrer à chacun d'entre vous que j'vous aimais. J'ai fait du mieux que j'ai pu mais des fois, quand on est parent, c'est dur de savoir quand un enfant a besoin d'un peu plus d'affection et d'attention qu'les autres. Quand tu essaies de satisfaire les besoins d'quatre mômes et d'un mari pour qu'ils soient heureux, chauffés, nourris, blanchis, y a des fois où tu remarques pas lequel c'est. C'est c'qui t'est arrivé. J'ai pas remarqué et j'viens d'comprendre que c'que tu cherchais à faire, avec tes scènes et tes salades, c'était attirer mon attention. J'comprends maintenant, et j'espère qu'il est pas trop tard pour dire que j'ai toujours tout remarqué chez toi, et que j'suis désolée de pas t'avoir dit ça, ni combien d'joie tu m'as apportée. Charlotte, j'suis désolée si j't'ai pas donné l'sentiment d'être unique, parce que tu l'étais. Ta lumière a toujours brillé fort à mes yeux mais peut-être parce qu'il y avait quatre lumières en même temps, des fois on avait l'impression qu'vous étiez plus qu'une seule grosse ampoule. Mais s'il te plaît, t'en prends pas à tes frère et sœurs pour ça, parce que c'est pas leur faute. Et surtout à Paris. C'est moi qui l'ai mise sur un piédestal et c'était de l'égoïsme pur de ma part, parce que j'avais besoin qu'elle m'aide avec les plus petits. J'suis désolée si c'est ça qui t'a donné l'impression que t'étais pas à la hauteur, parce que tu l'étais, Charlotte. Et tu l'es toujours. Si j'pouvais revenir en arrière et tout recommencer, j'te prendrais dans mes bras un peu plus souvent, j't'embrasserais un peu plus, j'te garderais sur mes genoux aussi longtemps que tu voudrais et je lirais mot à mot tes fiches de lecture rasoir. (Je rigole.) J'passerais la journée à t'écouter pendant que t'apprends par cœur les cinq lignes de ton poème de Pâques et j'te regarderais sauter à la corde un million de fois si c'était c'qui fallait pour que tu comprennes quelle enfant formidable tu étais. Mais j'peux pas revenir en arrière, Charlotte. Alors, à partir de maintenant, essaye de comprendre que tu t'en prends aux mauvaises personnes. Personne te veut du mal dans cette famille. Personne. Alors, radoucis-toi un peu. Laisse ressortir ta gentillesse et partage-la. Arrête de dire autant d'gros mots. Bien sûr, tu tiens ça d'moi mais ça te va pas, comme ça m'allait pas non plus. J'veux aussi m'excuser si j'parle comme quelqu'un qui a pas d'éducation mais c'est vrai, j'en ai pas eu. Apprends à mes p'tites-filles à s'conduire en dames, s'il te plaît, et envoie-les à la fac. Et arrête de don-

ner à Monique ces saloperies de médicaments qui font que des dégâts...

— C'est fait, Mama, lâche Charlotte. Et t'as raison. Elle a que des A et des B depuis qu'j'ai arrêté d'les lui donner et même ses profs ont remarqué qu'elle était vachement plus vive.

Et puis, c'est comme si elle s'reprenait ou un truc comme ça :

— Excusez-moi, j'voulais pas vous interrompre.

— Bravo, Monique ! dit Paris.

— Super, dit Janelle.

— Tous nos gosses sont intelligents, au cas où vous auriez pas remarqué, dit Lewis en s'adressant au feu avant d'rajouter une bûche.

— Bon. Un peu de silence s'il vous plaît ! C'est seulement la première lettre. Est-ce que je peux continuer ?

Mais Paris, elle attend pas d'réponse.

... qui font que des dégâts dans son jeune cerveau. Fais-leur lire des livres et pas seulement des magazines. Emmène-les à la bibliothèque et qu'elles laissent tomber un peu leur miroir. Elles peuvent pas être plus jolies. Et jolie, ça suffit plus. Fais en sorte qu'elles oublient pas. Et s'il te plaît, fais un peu plus d'efforts pour accepter que ton fils est homo et lui en veux pas pour ça. Nous devons tous apprendre à accepter les gens pour ce qu'ils sont et non pour ce qu'on voudrait qu'ils soient, Charlotte. Pense à c'que les autres doivent ressentir quand tu les critiques et pardonne-les quand ils font des erreurs. Parce que tout l'monde en fait. Même toi. Alors pardonne à ton mari. Pardonne à tous ceux qui font pas exactement ce que tu penses qu'ils devraient faire, au moment où ils devraient l'faire. Personne est parfait. Et, Charlotte, apprends à être heureuse. Et prends l'habitude de l'être. Je m'en fous si tu passes le reste de ta vie à travailler à la Poste. Sois fière

de toi parce que tu fais quelque chose de constructif. La seule personne que tu dois impressionner et avec qui tu dois rivaliser, c'est Charlotte. Moi, tu m'as déjà impressionnée. Embrasse mes petits-enfants pour moi et essaie d'acheter un téléphone à haut-parleur, comme ça tu pourras plus raccrocher au nez d'personne ! (Je rigole.) Tu vas m'manquer, Miss Black America. C'est comme ça qu'on t'appelait, Paris et moi, quand t'étais petite, parce qu'on savait que t'avais c'qui fallait pour l'être. À ton avis, pourquoi Paris adorait te coiffer ? Te montrer comment te tenir ? Et qui lui montrait, à ton avis ? Même quand t'étais bébé et que t'es tombée du comptoir de la cuisine, qui a accouru et qui t'a passé du beurre de cacao sur le front et c'est pour ça d'ailleurs que, aujourd'hui encore, t'as pas de cicatrice ? On rêvait d'te voir à la télé, avec une couronne sur la tête, et Paris disait toujours qu'elle aurait bien voulu être aussi jolie que toi. Et elle était pas jalouse, juste fière d'être ta sœur. Je t'aime, n'oublie pas. Maintenant, mets ça dans ta pipe et fume !

Ta mère

(P.S. Si jamais tu gagnes à ce foutu Loto, s'il te plaît donne ma part à ton père. Il en aura sans doute besoin. Quelques dollars à ton frère seraient pas mal non plus, mais à condition qu'il ait arrêté d'boire.)

Charlotte, elle est tout'chamboulée. Mais j'crois pas qu'il faut lui dire quoi qu'ce soit maintenant. Elle a besoin d'sentir tout ça. Complètement. J'espère juste qu'elle s'rend compte, vu l'silence qui règne d'un seul coup, qu'on est tous avec elle. Tout l'monde s'essuie les yeux sur sa manche, alors j'vais chercher un paquet d'serviettes su'l'bar et j'en donne une à chacun. J'en garde une pour moi.

— J'peux pas lire maintenant. Lewis, tu veux bien y aller ? S'il te plaît ?

Charlotte dit ça avec une douceur qu'je lui ai pas entendue depuis qu'elle était p'tite. En la r'gardant, j'me d'mande si j'ai pas été trop dur avec elle au téléphone. J'ai été méchant. Et j'le sais. P'têt qu'elle s'est dit qu'ça en f'sait un d'plus qui s'en foutait ou qui comprenait pas c'qu'elle ressentait.

— D'accord, dit Lewis. J'y vais.

3 mai 1994

Chère Janelle,

Tu dois sans doute penser que j'vais te rentrer dans l'lard à propos d'George mais t'as déjà assez souffert à cause de ce connard et j'espère que quand tu liras ces mots, il sera en train d'se morfondre dans une cellule. Il va payer. Dieu s'en chargera et j'vais plus gaspiller une seule goutte de c'qui m'reste comme énergie à parler d'lui, alors je saute le sujet. J'veux qu'tu saches combien j'suis fière que t'aies fini par faire quelque chose. T'as toujours été tellement momolle, Janelle, et j'ai pas honte de l'dire parce que c'est vrai et que tu l'sais. T'es différente. Et même si on a tous tendance à s'moquer d'certains trucs que tu fais, j'espère que tu sais qu'c'est pas méchant. Simplement, j'connais aucun Noir qui aille chez les voyantes et demande à des gens d'lui tirer les cartes pour lui dire des trucs qu'il sait déjà. C'qui m'épate, surtout, c'est que t'y retournes. Et combien ça coûte, ces conneries ? Tu y trouves des réponses à tes problèmes ou bien c'est juste des généralités ? J'connais pas non plus tellement d'gens qui fêtent toutes les fêtes du calendrier en mettant plein d'saloperies dans leur jardin comme toi, mais y a un truc que j'ai toujours aimé et adoré chez toi, Janelle, c'est que tu l'fais quand même. Tu t'en fous pas mal qu'on rigole de tes gros lapins ou d'tes chiens de prairie ou même de tes secrétaires gonflables assises avec une vraie machine à écrire sur ton perron – c'qui était quand même pousser l'bouchon un peu loin mais j'voulais rien dire –, sans parler de tous tes drapeaux qui volent au vent et les gens qui savent même plus de quel pays tu viens, mais tu t'en fiches, hein, ma puce ? Tu fais ça parce que ça t'amuse et que c'est ta façon à toi d'être créative. C'est pareil pour tous les cours que tu prends depuis une quinzaine d'années. Tu parles comme si t'avais d'l'éducation, même si t'as pas de diplôme, et j'adore vous entendre discuter, Shanice et toi, parce que vous causez comme on doit causer. Faut qu'tu saches que tous les gens qui ont été à la fac sont pas intelligents pour autant, alors te fais pas d'mourron pour ça, Janelle. Il y a des gens éduqués qui sont vraiment très cons dans la vie, parce que si c'était pas l'cas, tu crois pas que l'monde irait beaucoup mieux ? Réfléchis-y. Mais pas maintenant. Ce que j'veux dire, c'est ça : depuis des années que tu essaies d'trouver ta place et quoi faire pour réussir, j'crois que t'as pas compris que t'avais déjà trouvé. Regarde dans ton garage ! Y a plein de trucs là-dedans. Regarde dans ta maison. Toutes ces fronces, ces froufrous et le reste devraient t'faire comprendre deux, trois choses. Peut-être que tu dois trouver un boulot où tu peux bricoler et faire des jolies choses, même si c'est ringard, mais y a plein de gens comme toi dans la vie qui adorent c'qui est ringard. En plus, certains trucs que tu fais sont carrément jolis. Alors penses-y. Et arrête de juger ta réussite par rapport à celle des autres. Apprécie les talents que tu as et pars de là. Fais de l'argent, mais perds pas ta vie à la gagner. Le bonheur se compte pas en nombre de diplômes ou de zéros. Amuse-toi. Fais comme si tu vivais l'reste de ta vie dans l'urgence et tu trouveras peut-être beaucoup de bonheur dans l'instant, c'que j'vous souhaite à toi et tes frère et sœurs. J'ai pas grand-chose d'autre à dire, sauf que c'est pas la peine de t'précipiter pour trouver un remplaçant à George. Tu peux survivre sans homme, ma puce, crois-moi. Et l'prochain, qu'ça soit lui qui t'fasse la cour, cette fois. Fais la difficile. Vérifie ses antécédents s'il le faut. Prends bien soin de ma petite-fille, s'il te plaît, parce qu'elle va avoir des problèmes. Elle va connaître des moments durs et elle va avoir besoin de voir quelqu'un spécialisé dans ces problèmes, mais essaie d'en trouver un qui a déjà vécu ça et qui a pas seulement appris dans les livres. Aide-la à apprendre à être à l'aise avec elle-même. À comprendre que c'était pas d'sa faute et que George était un malade, que tous les hommes sont pas comme lui. Dis-lui qu'y a des Cecil dans le monde, parce que ton père est un brave homme. Ah oui, et puis essayez d'accepter Brenda, vous tous. Elle prend pas ma place, elle prend la relève et y a pas d'mal à ça. Enfin bref, j'suis en train d'faire un ragoût pour Shanice et moi et j'ai l'impression qu'ça attache. Hé ! Peut-être que tu devrais devenir voyante ? J'ai vu des pubs au dos du Star *ou du* Globe, *on peut suivre des cours pour apprendre. Pour tirer le tarot, aussi. J'ai l'impression que ça gagne bien et en plus on travaille à son rythme. Pour c'qui est des points retraite, je sais pas comment ça marche, mais penses-y. Comme ça, tu pourrais prédire ton propre avenir, qu'est-ce que t'en dis ?*

Ta mère qui t'aime

(P.S. Janelle, ça fait des années que j'veux te l'dire, change de coiffure parce que celle que t'as depuis cinq ans a largement passé d'mode.)

Maintenant, tout l'monde éclate de rire. Même Charlotte. C'est chouette. C'est vraiment chouette.

— Merci, Mama ! crie Janelle d'toutes ses forces.

— Bon, j'suis prête maintenant, dit Charlotte. Et Mama a raison, à propos de ta coiffure.

— La ferme, j'ai compris. Mais c'est peut-être mieux que j'lise celle de Lewis, maintenant... Qu'est-ce que t'en penses, Papa ?

— Ça m'regarde pas. Mais j'adore c'qui s'passe. On dirait qu'Viola est ici, parmi nous. P'têt qu'on devrait lui d'mander ?

— À qui le tour, Mama ? crie Janelle en poussant Charlotte contre le canapé et en s'mettant à lire d'toute façon.

15 avril 1994

Cher Lewis,

J'espère que t'es sorti d'prison, si tu lis cette lettre comme j'vous ai demandé d'le faire, mais j'ai pas eu d'tes nouvelles de toute la journée et tu sais très bien que c'est mon anniversaire. Je sais c'que ça veut dire si tu m'as pas appelée. T'étais en prison, aujourd'hui, Lewis ? J'espère que t'as pas fini par tuer quelqu'un en conduisant quand t'es soûl. J'prie pour que ça soit pas l'cas. T'as eu d'la chance, jusqu'à maintenant. Enfin, peut-être pas d'la chance. Enfin, bref, Lewis, même si t'as des problèmes à gérer tes problèmes depuis dix ou quinze ans, j'aurais bien aimé en avoir deux de plus comme toi parce que t'as un cœur d'or et t'as pas d'scrupules à exprimer tes sentiments comme beaucoup d'autres hommes. Les femmes devraient t'en aimer que plus, mais c'est pas ça que j'voulais dire. C'que j'voulais t'dire, c'est que j'sais pourquoi t'es pas venu à l'enterrement de Squirrel et Boogar. Que ça te préoccupe depuis des années, alors écoute-moi bien : ils doivent être en enfer aujourd'hui pour c'qu'ils ont fait. Mais c'est comme ça. Les gens font des choses terribles aux autres et après c'est toi qui souffres pendant qu'ils sont morts et enterrés quelque part. J'dis pas ça pour te faire rire, même si ça m'fait rigoler...

— Excuse-moi si j't'interromps, mon bébé, mais qu'est-ce qui t'ont fait tes cousins, Lewis ?

— On sait, dit Paris.

— Ça fait des années qu'on est au courant, dit Janelle.

— Comment ça s'fait que vous m'l'avez jamais dit ? demande Lewis.

— Parce qu'on ne voulait pas te mettre mal à l'aise ou que tu aies honte parce qu'on savait. En plus, à l'époque où elle l'a appris, Mama est allée voir Tante Priscilla et Oncle Julian mais bien sûr ils l'ont pas crue, alors elle l'a dit à la police, qui les a surveillés jusqu'à ce qu'on les arrête pour autre chose. Il y a une justice dans le karma. Bon, je peux continuer ?

— Attends, dit Paris. Tu n'as à avoir honte de rien, Lewis, et si tu ne veux pas en reparler, on n'en parlera plus jamais.

— Merci, frangines. Et si t'as pas encore compris, Papa, j'te raconterai plus tard.

— Ça s'ra pas nécessaire. Mais j'suis là, si tu veux m'en parler.

— Bon !

Et Janelle se r'met à lire :

Je pars en m'faisant du souci pour toi parce que j'veux pas qu'tu passes le restant d'tes jours à souffrir en essayant d'trouver l'bonheur dans l'alcool. C'est pas comme ça qu'tu vas l'trouver, mon chou, et tu l'sais bien. Ça a marché pour l'instant ? Bien sûr que non. C'est pour ça que tu t'retrouves toujours en prison. T'es malade et tu fais comme si tu l'savais pas, et du coup tu fais des conneries alors qu'tout l'monde sait bien que t'es intelligent. Tu t'rappelles plus du QI que tu as, ou qu'tu avais ? C'était des chiffres de génie, mon garçon. J't'ai appris à distinguer le bon grain de l'ivraie alors grandis un peu, sois un homme et fais c'qu'il faut pour te ressaisir. Arrête complètement de boire. Même pas une bière de temps en temps parce que c'est encore de l'alcool. Va aux Alcooliques anonymes régulièrement. L'église te ferait pas d'mal non plus. J't'écris pas cette lettre pour te faire la morale. Mais bon. Fais quelque chose pour ton fils. J'm'en fous si t'as pas mille dollars à lui envoyer, envoie quand même quelque chose, et fais des trucs avec lui avant qu'il soit grand et qu'il en ait plus rien à cirer qu'tu sois vivant ou mort. C'est comme ça qu'ça s'passe, Lewis, crois-moi. T'as eu un père mais tu l'connais même pas, hein ? Essaie d'le connaître avant qu'il m'rejoigne. C'est pas trop tard, tu sais. Et occupe-toi d'tes sœurs. T'es leur seul frère. Sois fort pour elle, comme elles essaient de l'être pour toi. Et j'veux qu'tu saches que si elles sont toujours furax contre toi, c'est parce qu'elles t'aiment et qu'elles savent à quel point t'es intelligent. Elles ont toujours voulu mieux pour toi. Pas la vie qu'tu as. Une vie meilleure. Elles veulent te voir heureux et les conneries que tu fais les déçoivent, mais sûrement pas autant que toi. Et te tue pas à essayer d'tout faire d'un seul coup. Prends ton temps. Une chose après l'autre. Fais quelque chose de toutes ces inventions dont tu m'parles depuis des années. Que ça reste pas que d'la gueule. Et trouve-toi une femme bien. Pas du genre que tu rencontres dans les bars. Laisse ces putains sur leurs tabourets. Ou alors, apprends à être seul tant que t'auras pas autre chose à offrir à une femme que c'que t'as entre les jambes. Les hommes croient toujours que ça suffit, mais crois-moi, mon chou, ça suffit pas. J'continuerai à t'regarder d'là-haut et j'veux que tu saches que je serai toujours ta plus grande fan. Sache-le. Haut les cœurs !

Ta mère qui t'aime

(P.S. S'il te plaît, recommence pas à conduire tant que t'auras pas ton permis et va chez le médecin pour qu'il te soigne sérieusement de ton arthrite ou tu vas être infirme avant l'âge de quarante ans. Et un peu d'exercice, d'la marche par exemple, te ferait pas d'mal. C'est vrai, j'ai essayé mais c'est pas parce que j'ai pas réussi que ça t'fera pas d'bien à toi. Oh ! Et puis regarde Oprah Winfrey de temps en temps. Elle te remonte le moral même quand t'es déprimé. À seize heures sur Channel 4. Enregistre-la si t'es pas là. T'as un magnétoscope, non ?)

Janelle replie sa lettre et s'lève pour lui donner, mais Lewis a baissé la tête. Elle pose la main sur son épaule et embrasse l'sommet d'son crâne.

— Ça va aller, Lewis.

Il s'coue la tête de haut en bas.

— Je sais. Je sais.

— À mon tour, dit Charlotte, alors rasseyez-vous, tout l'monde, et écoutez. Attendez. Est-ce que… Vous avez fait attention aux dates ?

— Ouais, dit Lewis. La mienne était plutôt claire.

— Elle a écrit la mienne le lendemain de notre départ de Vegas, dit Janelle.

— La mienne est datée du jour où elle est partie, j'dis.

— Où elle est partie où ? demande Janelle.

Et puis, avant qu'on ait l'temps d'dire quoi qu'ce soit, elle ajoute :

— Oubliez ce que je viens de dire. Je sais très bien de quoi tu parles, Papa. Excusez-moi. Vas-y, Charlotte. Quand est-ce qu'elle a écrit celle de Paris ?

Charlotte regarde.

— Y a deux dates. Juste les mois : mars et avril 1994. Bon, j'vais pouvoir lire ou quoi ?

— Attends une minute, dit Lewis. Faut qu'j'enlève mon pull. Je crève de chaud.

Tout l'monde le r'garde. J'veux juste voir s'il a un tricot d'corps ou pas. Il en a un. Mais si Vy était là, elle lui arracherait du dos pour l'faire tremper dans d'la javel, passqu'il est tellement crado qu'il en est gris.

— C'est bon.

— Attendez une minute ! (Maint'nant c'est à Janelle de mett'son grain d'sel.) J'ai oublié de vous dire que quand on aura terminé, on va devoir tirer au sort.

— Ah, oui, dit Paris.

— Pour Noël. On va tirer un nom au sort tous les quatre, et il faudra qu'on s'offre à chacun un cadeau fait main. Les gosses feront pareil sauf qu'ils peuvent acheter leurs cadeaux mais ils ne doivent pas dépasser les dix dollars. Maxi. Et il faut absolument absolument que les destinataires les reçoivent le jour de Noël au plus tard. Compris, Charlotte ?

— J'ai entendu ! Et t'inquiète, les miens seront à l'heure.

— Encore une chose, dit Lewis qu'a l'air d'être à nouveau perdu dans ses pensées. Ça va peut-être vous paraître idiot, mais, à propos de Noël, ce sera le premier où on pourra pas envoyer une carte à notre Mama, et j'me disais qu'on devrait peut-être l'faire quand même.

— Quoi ? fait Janelle.

— J'me disais qu'on pouvait continuer à lui envoyer des cartes pour Noël, son anniversaire, et la fête des Mères, comme on a toujours fait.

— Et les envoyer où ? demande Charlotte.

— Au paradis, bien sûr. Suffit de pas mettre d'adresse de retour sur l'enveloppe. Comme ça, on peut la tenir au courant de c'qui s'passe dans nos vies.

— J'aime bien cette idée, dit Paris.

— Moi aussi, dit Janelle maint'nant qu'elle a pigé.

— J'peux pas dire le contraire, dit Charlotte. Bravo, Lewis. Bonne idée. Maintenant, reposez vos derrières sur vos chaises que j'puisse lire la suite. J'veux m'dépêcher parce que j'ai l'impression qu'c'est bientôt l'heure de bouffer, à nouveau. Bon, je lis, alors la ferme.

Mars 1994, avril 1994

Chère Paris,

Je sais pas qui t'a dit que tu devais être parfaite quand t'étais petite. C'est pas moi, si ? J'espère vraiment que non et si jamais c'est moi, j'suis désolée. Tellement désolée. Ou peut-être c'est juste parce que t'étais l'aînée, t'avais l'impression que tu devais donner le bon exemple aux autres, c'est ça ? J'ai l'cœur brisé quand j'te vois te donner autant d'mal pour tout faire bien, pour que tout soit comme il faut. Tu t'en sors drôlement bien, mais c'est pas facile comme numéro, hein ? J'connais la réponse quand j'te regarde. C'est pour ça que tu prends des cachets en douce, et j'sais très bien que c'est pas de l'Advil. J'me rappelle que Liz Taylor a pris des cachets, elle aussi, et j'parie que c'est c'qui t'arrive. J'parie que tu veux pas l'voir, hein ? J'parie que tu te crois trop maligne pour être accro à des cachets ?

— Pause. Attendez une minute, dit Charlotte. Comment ça, « accro » ? T'es pas vraiment accro à des cachets, hein, Paris ?

— Pour dire les choses crûment, si. Enfin je l'étais. Je suis devenue accro aux antidouleurs et j'ai décroché il y a juste quelques mois.

— C'était ça que tu prenais tout le temps ? demande Janelle. Je ne savais pas qu'on pouvait devenir accro à ces trucs-là.

— C'est pas un crime, glisse Lewis. Elle est humaine, comme tout l'monde.

— Et ce spa, il t'a aidée, ma puce ?

— C'était une cure de désintox, Papa. Je ne vous ai parlé que du spa parce qu'il était à côté. J'ai passé quatre jours dans chaque.

— Comment c'est arrivé ? demande Charlotte. Et comment ça s'fait que tu nous en as jamais parlé ?

— Il y a beaucoup de raisons.

— On écoute, fait Charlotte.

— J'ai pas envie d'entrer là-dedans...

— Entre là-dedans, dit Charlotte.

— Oui, vas-y, dit Janelle. Ta lettre est là, elle peut attendre quelques minutes.

— OK, bon, voilà ce que je ressens et je ne dis pas que j'ai raison mais, comme je suis la plus vieille, j'ai toujours eu l'impression que tout le monde me prenait pour référence et je ne crois pas avoir jamais eu le sentiment de pouvoir faire des erreurs. Et quand j'en faisais, je les gardais pour moi parce que j'étais gênée. Et je ne voulais pas que vous pensiez que je me plantais ou que j'assurais pas. Tout le monde comptait sur moi pour assurer, y compris Mama, alors j'ai appris à faire semblant. Quelques voyages chez le dentiste plus tard, j'ai découvert quelque chose qui m'aidait à faire face. J'en ai eu marre qu'on me demande toujours de tout faire. Marre de trouver toujours toutes les réponses. Et j'en ai eu assez d'essayer de résoudre les problèmes de tout le monde et de ne pas savoir où m'adresser quand j'avais besoin d'aide pour résoudre les miens.

— Tu crois qu'on est là pour quoi ? demande Charlotte.

— Ça faisait longtemps que tu n'étais plus « là », Charlotte, et c'est pour ça que je suis contente qu'on soit tous réunis aujourd'hui. On était super proches, dans le temps. Comme des sœurs. Ou des frères. Mais à un moment donné, on est partis sur des voies différentes et on s'est éloignés. Pas étrangers, mais distants. J'ai l'impression que ça fait un moment que je suis sur une île sans bateau. Par exemple, il y a une fille qui est tombée enceinte de Dingus, et j'avais peur de vous en parler parce que mon fils est censé être un garçon bien, et il l'est, mais il est pas parfait et moi non plus.

— Qui est-ce qui est enceinte ? demande Janelle.

— Plus personne. C'était Jade.

— La fille du pasteur ? demande Charlotte.

— Oui.

— C'est celles qui ont l'plus chaud au cul, quand elles ont passé la journée à l'église et la nuit enfermée à la maison, déclare Charlotte. Enfin, bref, à partir de maintenant, tu sais qu'tu peux m'appeler, pigé ?

— Pigé.

— J'ai l'téléphone, dit Lewis. Et on va pas m'le couper de sitôt.

— Bon, dit Janelle, mais j'aimerais savoir si tu as encore envie de prendre ces trucs.

— Ça m'arrive.

— Te laisse pas avoir, dit Lewis. C'est un piège, crois-moi.

— J'me laisserai pas avoir.

Elle a l'air tellement soulagée. On dirait qu'la même douceur s'répand sur son visage. Quand elle s'rappuie cont'le dossier, ses épaules se r'lâchent.

— Bon, j'continue à lire ! crie Charlotte.

J'parie que tu te crois trop maligne pour tout un tas de trucs, hein, Paris ? Mais laisse-moi te dire quelque chose que tu devrais déjà savoir : il n'y a pas d'pilule qui va t'aider à t'sentir mieux de l'intérieur. Pas d'pilule qui va t'forcer à vivre, et vite. Pas d'pilule qui va t'empêcher de t'sentir seule ou qui va remplacer un bon vieil orgasme non plus. Ouais, j'l'ai dit. Et j'le pense. Alors arrête de t'raconter des histoires. Si t'es pas capable de flanquer ces machins à la poubelle et de continuer à vivre sans, va dans un endroit où on pourra t'aider à arrêter. Et fais pas trop la fière. T'as rien fait d'mal, à part être humaine. Tu es humaine, Paris, au cas où tu l'saurais pas. Je prie Dieu pour que t'arrêtes de jouer les Superwoman. Tu peux pas être tout pour tout l'monde. Peux pas toujours être une mère parfaite et une épouse parfaite et une cuisinière parfaite et une femme d'affaires parfaite et une femme parfaite. C'est un truc que j'veux te dire depuis des années : t'es pas obligée d'être parfaite partout, bordel. Fais des trucs à moitié. Que ça attache au fond d'la casserole et qu'ça crame un coup. C'est pas un crime d'être médiocre. J'ai été médiocre toute ma vie et j'crois qu'je m'en suis pas mal tirée. Arrête de penser qu'il faut que tu sauves le monde entier. Sauve-toi toi-même. Dieu sait que je m'excuse de t'avoir suppliée de faire cette émission de télé. Au diable les émissions de télé où tu prépares des plats que t'es la seule à pouvoir faire, de toute façon. J'voulais juste te voir dans l'poste, c'est tout. Enfin bon, j'suis désolée de t'avoir demandé autant. T'en as fait tellement pour moi. Tout en écrivant, j'fais claquer mon nouveau dentier qui me va comme un gant. Merci. Merci pour l'appart et pour la voiture et pour la croisière. Est-ce que j'ai pu faire ma croisière, au fait ? Même si je l'ai pas faite, je suis en train de voguer, à l'heure qu'il est, crois-moi, ma puce. Oh ! Fais ça pour moi, s'il te plaît. Couche avec quelqu'un, juste comme ça, parce que ça te prend. T'es pas obligée d'attendre d'être amoureuse. Sinon, tu risques de t'dessécher. L'époque où on restait coincée près de son téléphone est bien finie. Conduis-toi comme un homme. Si tu vois quelqu'un qui t'plaît, va lui parler. Invite-le à faire un truc et même s'il te rejette, qu'il aille se faire foutre. Invite quelqu'un d'autre. Et continue à demander. Quant à mon petit-fils, dis-lui que je choisis USC ou Stanford. Mais qu'il peut aller où il veut, du moment que c'est une fac. Et quand il marquera son premier essai à la télé, dis-lui d'regarder droit dans la caméra et d'envoyer un gros bisou baveux à sa mémé, et j'le recevrai. Oui madame. Je t'aime jusqu'au trognon. Sache-le.

Ta poulette de mère

(P.S. J'ai oublié. Je parie tout c'que tu veux que si Nathan se pointe à mon enterrement, c'est parce qu'il se sera refait une santé et qu'il voudra revenir se faufiler dans ta vie et celle de son fils. Si c'est le cas, file-lui une baffe pour moi et dis-lui qu'il peut toujours courir. Il a eu l'occasion d'être père et il a foiré. Alors qu'il aille se faire foutre et son cheval avec. À moins, bien sûr, que Dingus ait envie d'se laisser enquiquiner. Quoi d'autre ? Ah oui. Si jamais Lewis récupère son permis de conduire un jour, donne-lui ma voiture mais dis-lui de pas retirer l'petit chien en feutrine qui secoue la tête sur la plage arrière. J'aime bien ce chien. Oh. Encore une chose. Ça te ferait pas d'mal de t'inscrire dans un gymnase ou de faire du jogging. Je sais que tu t'crois mignonne mais t'es pas si mignonne que ça. La dernière fois que je t'ai vue, t'avais l'air d'être dans ton troisième mois et ton cul se barrait tout seul dans l'autre sens. De toute façon, vous êtes rien que des versions de moi en plus jeune, toutes les trois, sauf que j'étais plus sexy et plus belle, mais on va faire comme si j'avais rien dit, hein ?)

Maintenant, c'est Paris qui craque. On craque tous. Y compris moi, encore une fois. J'suis surpris d'voir Charlotte s'diriger vers Paris, lui prendre les mains pour la r'mett'sur ses pieds, la serrer dans ses bras puis reculer, prendre son élan et lui filer une grande torgnole. Mais Paris devait s'y attendre, pasqu'à son tour elle file une grande beigne à Charlotte et puis elles se r'prennent dans les bras et elles pleurent, leurs lèvres tremblent puis s'mettent à sourire et les autres s'y mettent aussi et tout d'un coup, tout l'monde est en train d'rigoler comme si on avait raconté une bonne blague. J'suis d'la partie moi aussi.

Mes bébés. Mes gosses. Mes grands enfants.

J'entends Chanterella qui pleure de l'aut'côté d'la porte.

— Entre, Brenda, dit Paris, puisque tu fais partie de la famille maintenant !

Mais la porte s'ouvre pas.

— J'ai envie de vous demander chez qui on va fêter Thanksgiving l'an prochain, mais je ne le ferai pas parce que j'essaie de ne pas tout commander et contrôler, donc je vais rester assise sans rien dire en attendant que quelqu'un d'autre le fasse.

Elle r'garde tout autour d'la pièce et personne dit rien pasqu'y font tous comme si ils avaient pas entendu.

— Bon, j'essaie de changer mes sales manières petit à petit, mais je crois que je vais être obligée de remettre ça à demain parce que…

— Non, tu vas pas être obligée, j'lui dis. Assieds-toi, Paris. Et détends-toi.

— Bien dit, Papa ! fait Janelle.

Paris se rassoit et croise les jambes comme les gens qui font d'la méditation.

— Pour l'amour de vot'Mama, et de moi aussi, lequel d'entre vous va organiser Thanksgiving l'an prochain ?

Charlotte dit :

— Eh bien, Al et moi, on pense faire construire une maison assez grande pour vous recevoir tous mais c'est sûr que les fondations seront pas creusées d'ici novembre prochain, et en plus ça caille… j'veux dire il fait trop froid à Chicago.

— Faut qu'elle soit grande comment, une maison, pour manger d'dans ? j'demande.

— Plus grande que notre appart, ça c'est sûr, dit Janelle. C'est tellement petit chez nous que Shanice et moi, on se cogne les genoux sous la table. Mais si tout va bien et qu'on parvient à s'agrandir d'ici deux ans avec Orange Blossom, ça sera plus le cas.

— Et j'te souhaite plein d'réussite dans ta nouvelle carrière, Janelle. Maintenant, vot'Mama a d'mandé que vous vous r'trouviez chez les uns et les aut', mais comme tout l'monde a l'air d'avoir une raison d'pas pouvoir, et que Brenda et moi on achète un chouette terrain et qu'la maison s'ra prête d'ici six semaines, et comme on a jamais fait la réunion d'famille comme on d'vait, j'crois qu'ça nous gênerait pas si tout l'monde venait l'fêter chez nous, hein, Brenda ?

— Non, ça nous gênerait pas du tout, elle dit à travers la porte.

— On peut le faire chez moi, l'an prochain, dit Lewis.

Tout l'monde se r'tourne et le r'garde comme si c'était un extraterrestre. Mais pas moi. J'souris.

— Où ça, chez toi ? demande Charlotte.

— Ouais, dans quelle maison ? ajoute Paris.

— Celle que j'aurai d'ici novembre prochain, dit mon fils – et on sait tous qu'il le pense. Et Papa, merci pour le geste, mais j'suis sûr qu'il y aura plein d'autres weekends où on pourra venir te rendre visite. Ça marche ?

— Ça marche, j'lui réponds.

Ses sœurs lui tapent dans la main et puis il s'approche de moi. On s'regarde dans les yeux et on s'sourit pour la première fois depuis des années, et j'lui donne la main, moi aussi, mais poing contre poing.

Note de l'auteur

Ceci est un ouvrage de fiction inspiré par mes émotions et les réponses, personnelles, face aux problèmes qu'on retrouve dans de nombreuses familles et, dans certains cas, peut-être même dans la mienne. Pour autant, ni les personnages décrits ici ni aucun des événements se déroulant dans l'histoire ne doivent être considérés comme réels. Ils sont, au contraire, le produit de mon imagination.

Remerciements

Je tiens à exprimer ma reconnaissance aux personnes suivantes pour avoir pris le temps de me fournir des conseils techniques : Dr Elizabeth Whelchel, Gary Mahlberg, Denise Portuesi, Carol Carrillo, Dr Michelle Clarke, Chef Mario Garcia, Lisa Crites et Margaret Muller. Pour tous les renseignements sportifs, je remercie mon neveu, Terrence Zenno ; pour l'espace de travail : Bob et Doralee Rae ; pour son oreille attentive : Blanche Richardson ; pour leur assistance administrative : Judi Fates et Lorena Smith ; pour m'avoir supportée et s'être montrées si compréhensives tout le temps qui m'a été nécessaire pour terminer ce roman : mon agent, Molly Friedrich, et ma judicieuse éditrice, Carole DeSanti, sans oublier Beena Kamlani et son regard éditorial aiguisé ; pour avoir imprimé et apporté le manuscrit à mon agent et à mon éditrice : ma cousine, Jacqueline Dixon ; pour son temps et son amitié : Lynda Drummer ; et, *last but not least,* pour leur patience en général et leur amour en particulier : mon fils, Solomon, et mon mari, Jonathan.

7699

Composition Nord Compo
Achevé d'imprimer en France (La Flèche)
par Brodard et Taupin
le 08 juin 2005. 30034
Dépôt légal juin 2005. ISBN 2-290-33642-4

Éditions J'ai lu
87, quai Panhard-et-Levassor, 75013 Paris
Diffusion France et étranger : Flammarion